KB124750

비밀의 계절 2

• 이 도서의 국립중앙도서관 출판예정도서목록(CIP)은 서지정보유통지원시스템 홈페이지(http://seoji.nl.go.kr)와
국가자료공동목록시스템(http://www.nl.go.kr/kolisnet)에서 이용하실 수 있습니다.
 (CIP제어번호: CIP2015013571)

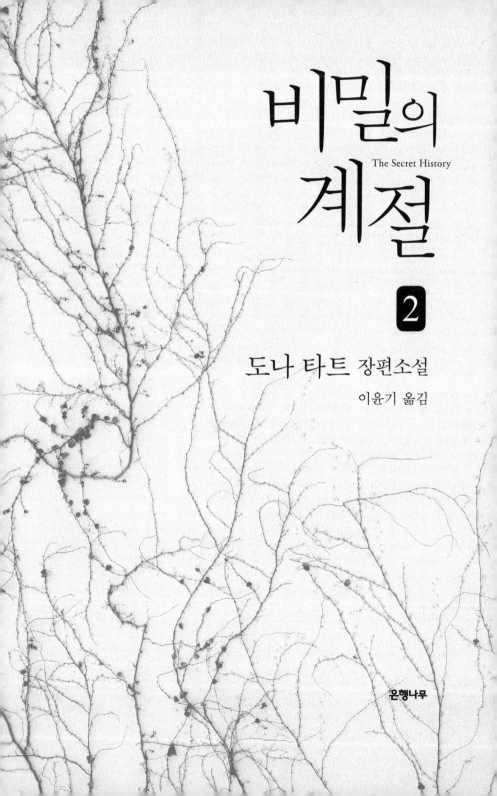

비밀의
계절

The Secret History

2

도나 타트 장편소설

이윤기 옮김

은행나무

디오뉘소스는 환상의 천재다.
그는 뱃전에서 포도덩굴이 자라게 할 수도 있고,
자기를 섬기는 사람에게 이 세상을 이 세상이 아닌 것으로
보이게 할 수도 있다.
E. R. 도즈, 《그리스인과 비이성》

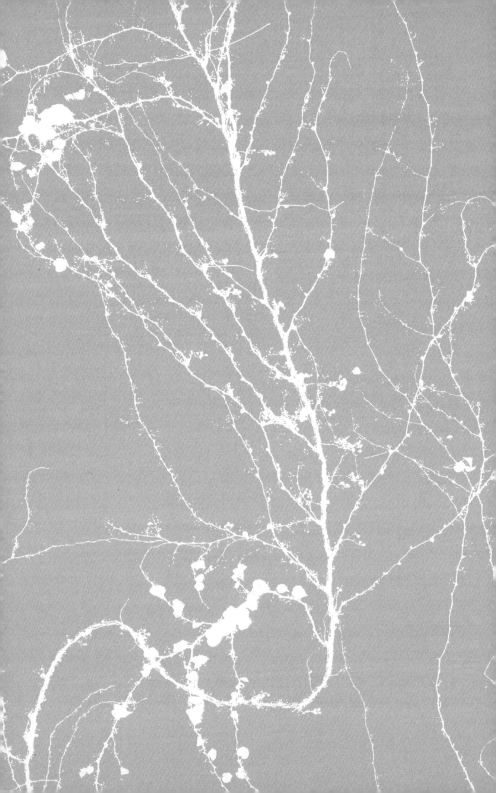

일러두기
1. 이 책의 그리스어 표현은 고대 그리스어의 Y발음을 살려서 번역한 표현과 병기했습니다.
2. 원문의 이탤릭체가 강조의 의미일 경우 고딕체로 표기했습니다.

6장

　분명히 말해두는데, 나는 나 자신을 사악한 사람이라고 생각하지 않는다.(이렇게 말하니 정말 살인자 같다!) 신문에서 살인사건 관련 기사를 읽을 때마다 나는, 주 경계선을 넘어 다른 주로 도망 다니는 자들, 마약에 중독된 소아과 의사들, 범죄 혐의를 받는 인격 파탄자들이 자기네들이 나쁜 놈이라는 사실을 전혀 인식하지 못하는 데, 심지어는 짐짓 자기 자랑까지 하는 데 충격을 받고는 한다.

　"나는 본바탕이 아주 좋은 사람이다."

　이것은 얼마 전에 텍사스 주에서 여섯 명의 간호사를 도끼로 쳐 죽인 연쇄살인범 —보도에 따르면 전기의자에 앉게 된— 의 말이다. 나는 이 사건의 보도를 흥미롭게 눈여겨본 적이 있다.

　나는 스스로를 아주 좋은 사람이라고 생각해본 적은 없지만 그렇다고 해서 특별히 나쁜 놈이라고 생각해본 적도 없다. 우리의 텍사스 친구가 보여주듯이, 자신을 아주 공정하게 평가하기는 불가능한 모양이다. 우리가 한 짓은 소름 끼치는 짓이었지만 나는 아직도 우리 중의 어느 누구도 아주 나쁜 놈이라고는 생각하지 않는다. 우리의 살인 동기가 된 것이 나의 유약함 때문이었는지, 헨리의 자기 과신 때문이었는지, 지나치게 많은 그리스어 작문 과제물 때문이었는지, 그것은 독자의 판단에 맡기겠다.

모르겠다. 뚜렷한 생각을 가지고 어떤 일에 뛰어들어야 했는데, 나에게는 그것이 없었던 것이 후회스러울 뿐이다. 첫 번째 살인사건—애꿎은 농부가 죽은—은 지극히 단순해서, 호수에 던져진 돌이 잔물결을 일으키면서 가리앉은 정도에 지나지 않는다. 두 번째 사건도, 적어도 처음에는 그렇게 단순한 것처럼 보였다. 그러나 나에게는 이 둘의 차이를 설명할 길이 없다. 우리가 그의 주검에 매단 추(부드럽게 수면을 가르고 들어가서는 흔적도 남기지 않고 바닥에 가라앉아 버릴)는 실제로는 수중폭탄이었다. 다시 말하자면 그 추는 물풀 뜬 수면 아래로 쑥 들어가되, 수면에는 물결의 동심원도 그려내지 않고 터지는 추였던 것이다.

16세기 초 이탈리아의 물리학자 갈릴레오 갈릴레이는 물체가 낙하할 때의 가속도율을 측정하기 위해 피사의 사탑에서 물체를 떨어뜨려가면서(우리는 그렇게 알고 있다) 갖가지 낙하 실험을 한 것으로 되어 있다. 이 실험을 통해 그가 알아낸 바는 다음과 같다. 첫째, 낙하하는 물체는 낙하하면서 속도를 얻는데 이 속도를 가속도라고 한다. 이때 물체를 떨어뜨린 곳이 높으면 높을수록 가속도는 그만큼 더 빨라진다. 이 가속도는 중량과, 초로 환산한 낙하 시간에 따라 결정된다. 요컨대, 우리의 경우는 조금 다르기는 하겠지만 대체로 버니의 몸이 골짜기에 있는 바위에 부딪쳤을 때의 낙하 속도는 초속 10미터 안팎이었다.

얼마나 빠른 속도로 떨어졌는지 짐작이 갈 것이다. 이 필름을 천천히 틀어놓고, 한 장면 한 장면을 자세하게 들여다보는 것은 불가능하다. 내 눈에는 그때의 광경이, 사고로 위장된 상황에서 순식간에 벌어진 그 일의 장면

장면이 보이곤 한다. 소나기처럼 떨어지던 자갈, 풍차처럼 돌아가던 버니의 팔, 나무뿌리를 잡으려다 하릴없이 허공만 그러쥐던 버니의 손. 소리에 놀라 관목 숲 속에서 날아와서는 까옥까옥거리며 컴컴한 하늘로 날아오르던 까마귀 떼. 카메라가 헨리에게로 넘어가면…… 벼랑에서 한 발 물러서는 헨리. 바로 이 순간에 필름이 영사기 안에서 헛돌면서 스크린은 암흑이 된다. 다 끝났다(Consummatum est).

밤에 침대에 누울 때마다 나는 이 지겨운 소형 다큐멘터리 영화의 관객이 되어야 한다(눈을 뜨면 영화 장면은 온데간데없어진다. 그러나 눈을 감으면 처음부터 다시 돌아간다). 나는 이 영화가 개인의 견해를 무시한 충실한 다큐멘터리인 데, 섬세한 장면까지 남김없이 담고 있는 데, 감정이 깡그리 배제되어 있는 데 자주 놀라고는 한다. 바로 이런 식으로, 내 머릿속의 이 영화는, 내가 체험한 것을 독자가 상상하는 것 이상으로 자세하게 거울에 되비쳐내고는 한다. 시간의 흐름과, 되풀이되는 상영은 기억에다 원래의 경험에는 없었던 위험한 요소를 덧붙여서 경험을 살찌운다. 나는 그날의 그 일을 냉정하게 처음부터 끝까지 바라보았다(공포도, 연민도 없었다. 나에게 있었던 것은 오로지 호기심뿐이었다). 그래서 그 사건의 인상은 내 시신경 안에서 맹렬하게 타오른다. 그러나 이상하게도 내 가슴속에서는 그렇지 않다.

내가 얼마나 엄청난 일에 끼어들었는가를 깨닫게 된 것은 몇 시간 뒤의 일이다(아니, 며칠 뒤인지, 몇 달 뒤인지, 몇 년 뒤인지 자세히 모르겠다). 어쨌든 나는 얼마간의 시간이 지난 다음에야 우리가 저지른 일이 얼마나 엄청난 것인가를 이해했다. 우리는 오래 생각했고, 많이, 그리고 자주 이 일에 관한 이야기를 나누었다. 그런 다음에야 이 계획은 구체화되었고 무시무시한 자체의 생명력을 얻으면서 우리를 떠났다……. 한 번도, 그것이 게임 이상의 어떤 것이라는 생각은 해본 적이 없다. 심지어는 사건 당일까지도 이 일의 주변에는 비현실적인 어떤 분위기가 감돌았다. 친구를 죽일 음모를 꾸민 다기보다는 흡사 수학여행을 떠나는 기분이었다. 분위기가 그랬기 때문에, 고백하거니와, 나는 실제로 그런 일이 일어날 것이라고 믿지도 않았다.

생각할 수 없는 일은 일어나지도 않는다. 이것은 그리스어 시간에 줄리언 모로 교수가 자주 하던 말이다. 나는 그가, 우리의 정신적 습관을 힘써 가꾸라는 뜻으로 이런 말을 한 것으로 믿는다. 그런데 이 말은 우리의 음모를 고무하는 방향으로 작용한 듯하다. 버니를 살해한다는 것은 생각 자체부터가 참으로 끔찍하다. 그런 생각을 우리의 머리에 담을 수 있었다니 믿어지지 않는다. 그럼에도 불구하고 우리는 그 문제에 끈질기게 매달렸고, 선택의 여지가 없음을 재삼 확인했고, 약간 우스꽝스러워 보이는 계획을 세웠다. 그런데 시험 삼아 이 계획을 실행에 옮겼는데…… 그것이 제대로 되고 말았다. 모르겠다. 어째서 이렇게 될 수 있었는지. 한두 달 전만 하더라도, 살인 어쩌고 하는 말만 들어도 나는 기겁을 했을 것이다. 그러나 그 일요일 오후, 실제로 살인사건이 벌어지는 현장을 구경하고 있으려니 세상에 그렇게 쉬운 일이 또 있을 것 같지 않았다. 버니가 나자빠지는 것과 동시에 그 일은 끝나버렸으니까.

이 부분은, 쓰려니 몹시 힘이 든다. 주제 자체가 지난밤과 같은 수많은 악몽의 밤(위통, 신경쇠약, 4시부터 5시까지의 시계 소리)과 관련이 있기 때문일 것이다. 이 대목이 쓰기 어려운 또 한 가지 이유는, 분석건대 우리가 시도한 것이 하도 터무니없어 보이기 때문이기도 하다. 나는 우리가 왜 그런 짓을 했는지 아직도 모르겠다. 그러나 상황이 요구할 경우 이런 일을 다시 하지 않을 것이라고 장담할 자신은 없다. 내가 퍽 유감스럽게 생각하는 것은 다시 하든 하지 않든 별로 다르게 보이지 않는다는 점이다.

이야기를 하자면, 이 이야기의 핵심 부분을 빼놓을 수는 없다. 이 핵심 부분은, 사건의 줄거리를 이해하는 데는 필요하겠지만 약간의 혐오감을 준다. 따라서 이 점에 대해서도 미안하게 생각한다. 내가 본 바에 따르면 말하기를 좋아하는 아주 파렴치한 살인자도 자기 범죄를 재구성하는 데는 지극히 수줍어하는 일면을 보인다. 몇 달 전 어느 공항 서점에서 악명 높은 연쇄살인광의 수기 한 권을 사서 읽다가, 이 살인광이 생생하게 범죄 상황을 묘사하려다가 슬쩍 딴소리를 하는 데 그만 맥이 빠져버렸던 일이 있다. 서스펜스의 순간(비 오는 밤, 한적한 거리, 제4의 희생자의 부드러운 목 위로 감겨드는 억센 손가락)에 그만 수줍어졌던지 전혀 엉뚱한 이야기로 김을 빼는 것이었다.(독자들은 그가 감옥에서 아이큐 테스트를 받았다는 사실을 아시는지? 그의 지능지수가 조너스 소크(소아마비 백신을 발명한 사람 – 옮긴이)와 비슷했다는 것을 아시는지?) 책의 상당 부분은 엉뚱하게도 감방 생활에 대한 시시콜콜한 이야기, 가령 형편없는 급식, 운동장에서의 폭력 사태, 수감자들의 자질구레한 취미 생활 이야기 같은 것에 할애되고 있었다. 나는 5달러를 낭비했다는 느낌을 지울 수가 없었다.

나는 내 친구들의 기분은 어느 정도 파악할 수 있다. 아마도 그날 밤의 기분을 알 수 없을 것이다. 너 나 할 것 없이 완전한 기억의 공백 상태였으니까. 당시 우리를 사로잡은 일종의 원시적인 이성의 마비 상태 때문에 그랬는지, 그날 밤에는 낮에 있었던 사건을 마음에 담을 수 없었다. 바로 이런 원시적인 이성의 마비 상태 때문에, 자식을 건진답시고 어머니들이 겨울 강으로 뛰어들기도 하고, 불 속으로 뛰어들기도 하는 것일까. 가까운 사람의 장례식에서도 눈물 한 방울 흘리지 못하는 사람 역시 이런 마비 상태에 빠지기 때문일 것이다. 어쨌든 그날 밤의 우리에게는, 너무 끔찍해서 마음에 담을 수도 없는 것들이 너무 많았다. 깨달음이 온 것은 그 뒤에 홀로 사건을 반추하게 되면서부터였다. 재가 식고, 문상객들이 떠나고, 완전히 달라진 세계에 홀로 남아 있다는 것을 아는 순간에 그런 깨달음이 오는 것인가 보다.

∽◯∾

우리가 자동차를 타고 돌아올 때만 해도 눈은 내리지 않았다. 숲은 밤사이에 자신을 덮을 얼음의 무게를 느끼고 잔뜩 찌푸린 하늘 아래서 숨을 죽이고 기다리는 것 같았다.

"젠장, 뻘 구덩이투성이잖아!"

프랜시스가, 구덩이를 지나면서 차가 튀어올랐다가 내려앉자 소리를 질렀다. 철퍼덕 소리와 함께 벌건 진흙덩어리가 차창을 때렸다.

헨리는 기어를 재빨리 1단으로 바꾸었다.

또 하나의 구덩이에 빠질 때는 이빨이 맞부딪쳤다. 거기에서 빠져나오려는데 바퀴가 헛돌면서 진흙덩어리를 날렸다. 우리는, 유리창이 막아주는데도 불구하고 몸을 도사렸다. 헨리는 자동차를 후진시켰다.

프랜시스가 유리창을 내리고 밖으로 머리를 내밀고는 바퀴를 보았다.

"빌어먹을, 차를 세워! 빠져나갈 수가 없어. 아무래도……."

"빠져나갈 수 없는 데는 없어."

헨리가 짤막하게 대꾸했다.

"안 돼, 억지를 부려봐야 더 깊이 빠질 뿐이야. 헨리, 차를 세우래도!"

"닥쳐."

바퀴가 뒤로 헛돌았다. 내 양옆에 앉아 있던 쌍둥이 남매는 뒤 창문을 바라보고 있었다. 진흙 방울이 뒤 창문으로 날아들었다. 헨리가 전진 1단으로 바꿔 넣고 액셀러레이터를 밟자 차가 뛰듯이 구덩이를 빠져나갔다.

그 바람에 프랜시스가 뒤로 나자빠졌다. 운전을 몹시 조심스럽게 하는 프랜시스로서는, 상황이 급박하기는 했지만, 헨리가 운전하는 차는 아무래도 신경 쓰이지 않을 수 없었을 터였다.

마을에 들어서자 우리는 곧장 프랜시스의 아파트로 갔다. 우리는 집 앞에서 뿔뿔이 헤어져야 했다. 나는 캠퍼스로, 쌍둥이는 아파트로 가야 했다. 그동안 헨리와 프랜시스는 차를 손질했다. 헨리가 엔진을 끄자, 기괴한 침묵이 흘렀다.

헨리가 룸미러로 나를 바라보면서 말했다.

"잠깐 할 얘기가 있어."

"뭔데?"

"방에서 언제 나왔어?"

"3시 15분쯤에."

"본 사람은 없었어?"

"없었어. 전혀."

먼 길을 달려오느라고 과열되었던 엔진을 식히자 차가 쉭 소리를 내지른 다음 완전히 멈춰졌다. 헨리는 잠시 말이 없었다. 그가 입을 열려고 할 때 프랜시스가 갑자기 창문을 가리키면서 소리쳤다.

"봐, 눈이 내리고 있어."

쌍둥이는 창밖을 보려고 몸을 앞으로 숙였다. 헨리는 아랫입술을 지그시 깨문 채 무표정한 얼굴로 앉아 있었다. 마침내 헨리가 입을 열었다.

"우리 넷은 1시에 시작해서 4시 55분에 끝나는 오후 시간대 동시상영 영화를 보러 시내에 있는 오르페움에 갔어. 그 후 잠시 드라이브를 했고."

헨리는 시계를 만지면서 말했다.

"……그리고 5시 15분에 돌아왔어. 우리는 괜찮지만, 네가 걱정이 돼."

"내가 함께 있었다고 하면 안 돼?"

"넌 거기 없었잖아."

"무슨 문제라도 있어?"

"오르페움의 매표소 아가씨가 문제야. 오후 쇼를 보려고 100달러를 내고 티켓을 끊었거든. 매표원은 우리를 기억할 거야. 네가 오지 않은 것도 기억할 거고. 우리는 발코니에 앉아 있다가 15분쯤 후에 비상구로 빠져나왔어."

"내가 그곳에서 너희를 만났다고 말하면 안 돼?"

"넌 차가 없잖아. 택시를 타고 갔다고 해도 안 돼. 그곳에서는 택시도 쉽게 확인이 돼. 게다가 넌 여기저기 돌아다녔잖아. 그러니 넌 우리를 만나기 전에 커먼스에 있었다고 말해야 해."

"알았어."

"내 생각으로는 네가 곧장 집으로 갔다는 것이 제일 좋을 것 같아. 물론 가장 좋은 생각은 아니지만, 지금은 선택의 여지가 없어. 우리는 영화를 본 다음에 만난 걸로 해야 해. 말하자면 우리가 5시 정각에 네게 전화를 걸었고, 우리는 주차장에서 만났어. 그리고 함께 프랜시스의 아파트로 갔어. 썩 매끄럽게 연결되지는 않지만, 여하튼 넌 걸어서 다시 집으로 갔어."

"좋아."

"너는 집으로 가면, 계단 아래에 있는 개인 사물함을 확인한 다음에 3시 30분부터 5시 사이에 네게 온 전화가 없는지 확인해. 전화가 왔다면 네가 전화를 걸어주지 못한 적절한 핑계를 생각해야 돼."

그때 찰스가 소리쳤다.

"저 눈발 좀 봐."

작은 눈발이 소나무 꼭대기 위에 쌓여갔다.

헨리가 말을 이었다.

"한 가지 더 주의해야 해. 우리는 뉴스를 들으려고 서성거리는 것처럼 행동해서는 안 돼. 자연스럽게 집으로 가서 책을 읽어. 오늘 밤에 서로 연락도 하지 마. 정말 중요한 일이 아니면 말이야."

"눈이 이렇게 늦게 온 해는 처음인 것 같군."

프랜시스가 창밖을 내다보며 중얼거렸다.

"어제는 정말 추웠어."

"눈 온다는 예보 있었어?"

찰스가 말했다.

"나도 몰라."

"제기랄, 벌써 부활절이 돼가는데."

"찰스, 흥분하지 마."

헨리가 한마디 내쏘았다. 찰스는 농부처럼 날씨에 대해서 해박한 지식을 갖고 있었다. 그는 날씨가 식물의 발아나 성장, 꽃이 피는 시기에 미치는 영향을 잘 알았다.

"눈 때문에 꽃들이 모두 죽을 테니까."

잰걸음으로 걸었다. 날씨가 몹시 추웠기 때문이었다. 11월의 적막이 4월의 풍경 위로 모순되게 드리워져 있었다. 눈은 본격적으로 쏟아지고 있었다. 함박눈송이가 파랗게 새순이 돋은 봄나무 사이로 내리는 광경, 하얗던 꽃송이가 눈송이가 되어가는 광경. 이야기책에 나오는, 불가사의한 땅에서나 볼 수 있는 기가 막히는 풍경이 아닐 수 없었다. 나는 한 줄로 늘어선 사과나무 밑을 지났다. 꽃을 활짝 피우고 있던 사과나무가 석양 아래서 떨고 있어서 흡사 황량한 도시 거리의 창백한 우산 행렬 같았다. 두툼한 눈송이가 그 사과나무 사이로 떨어지고 있었다. 눈송이는 꿈결같이 부드러웠다. 마음 같아서는 그 아래에 잠깐이라도 서 있고 싶었으나 그럴 수 없었다. 나는 걸음을 빨리했다. 햄든에서 한 해 겨울을 보낸 나에게 눈은 곧 악몽이었다.

아래층에는 쪽지도 전화 메모도 없었다. 방으로 올라간 나는 우선 옷부터 갈아입었다. 벗은 옷을 버려야 할지, 빨아야 할지 몰라 한동안 망설이던 나는, 세탁물 가방의 바닥에 그것을 넣고는 침대에 앉아 시계를 보았다.

저녁 먹을 시각이었다. 그러나 하루 종일 아무것도 먹지 않았는데도 불구하고 시장기가 느껴지지 않았다. 창가로 다가가, 테니스코트 옆의 가로등 사이로 떨어지는 눈송이를 바라보다가 다시 침대로 가서 가장자리에 걸터앉았다.

시간이 그렇게 더디 흐를 수가 없었다. 오후 내내 나를 지배하고 있던 지각의 공백 상태가 서서히 걷혀가기 시작했다. 하룻밤을 그렇게 앉아 시시각각으로 흐르는 시간을 세고 있을 생각을 하니 끔찍했다. 라디오를 켰으나 별로 도움이 되지 않았다. 라디오를 끄고 책을 읽으려고 해보았다. 그러나 책에도 주의를 집중할 수가 없었다. 한동안 책을 뒤적거렸는데도 흐른 시간은 고작 10분이었다. 다른 책을 집어 들었으나 마찬가지였다. 결국 책 읽기를 포기한 나는 아래층으로 내려가 공중전화로 프랜시스를 불렀다.

"여보세요."

첫번째 신호에 프랜시스가 전화를 받았다. 그는 전화를 건 사람이 나라는 것을 알고는 약간 퉁명스럽게 물었다.

"왜 걸었어?"

"아무 일도 아니야."

"정말이야?"

헨리의 웅얼웅얼하는 소리가 들려왔다. 프랜시스에게 뭐라고 하는 모양이었다. 프랜시스도 수화기를 막고 헨리에게 뭐라고 하는 것 같았다. 그러나 나로서는 두 사람이 무슨 말을 하는지 알아들을 수가 없었다.

"너희는 거기에서 뭘 해?"

내가 물었다.

"별것도 없어. 마시고 있는 거지. 잠깐만 기다려주겠어?"

프랜시스는 또 헨리와 뭐라고 이야기를 주고받는 모양이었다.

조금 뒤 헨리가 수화기를 들고 퉁명스럽게 물었다.

"지금 어디에 있어?"

"기숙사에 있어."

"무슨 일이 생긴 거야?"

"무슨 일이 있는 건 아니고, 나도 가서 한잔 같이 마시면 어떨까 하고."

"별로 좋은 생각이 못 되는 것 같다. 나도 지금 갈 참이거든."

"가서 뭘 할 건데?"

"정말 알고 싶어? 목욕하고 잠잘 거다."

수화기 사이로 잠시 침묵이 흘렀다.

"여보세요?"

헨리가 물었다.

"헨리, 나 지금 미치겠어. 뭘 해야 좋을지도 모르겠어. 뭘 하든 제대로 되지도 않을 것 같고."

"네가 하고 싶은 걸 해. 되도록이면 방에 붙어 있도록 하고."

"방에 붙어 있는 것과 밖에 나가는 것에 무슨 차이가 있는지 모르겠는데?"

"마음이 불안정할 때, 외국어로 생각해본 적 있어?"

"뭐라고?"

"외국어로 생각하면 마음이 가라앉아. 생각이 야생마처럼 날뛰지 않도록 해주지. 내 경우에는 어떤 상황에서든 아주 효과가 좋아. 그게 안 되면 불교도들의 방법을 따라 해보는 것도 괜찮고.”

“그게 뭔데?”

“선(禪)의 수련법에 ‘무드라(印契)’라는 게 있어. 텅 빈 벽을 마주 보고 앉는 수련 방법이지. 마음이 흔들려도, 격정이 몰려와도 움직이면 안 돼. 면벽(面壁)을 풀어서는 안 돼. 중요한 것은 절대로 벽 앞을 떠나지 않는 거야.”

헨리의 말이 끝났지만 나는 대꾸하지 않았다. 나는 헨리의 정신 나간 듯한 충고를 한마디로 표현할 수 있는 단어를 그리스어 중에서 고르고 있었다.

내가 적당한 단어를 골라내기도 전에 헨리의 말이 계속되었다.

“내 말 잘 들어. 나도 지금 지칠 대로 지쳐 있어. 내일 수업 시간에 만나자, 알았지?”

“헨리.”

내가 애처롭게 불렀지만 헨리는 전화를 끊어버렸다.

한동안 망연자실하게 서 있다가 다시 내 방으로 올라갔다. 술을 마시고 싶어 견딜 수가 없었지만, 내 방에 마실 만한 것은 아무것도 없었다. 나는 침대에 걸터앉아 창밖을 내다보았다.

수면제도 바닥이 나 있다는 것을 알면서도 나는 혹시나 하고 서랍을 열어 병이 빈 것을 확인했다. 내 방에 있는 것이라고는 얼마 전에 약국에서 타다 놓은, 하얀 비타민 C정제뿐이었다. 나는 비타민 C를 책상 위에다 쏟아놓고 손가락으로 밀고 당기면서 여러 가지 무늬를 만들어보다가, 혹시 기분이 좀 나아질까 하고 한 알을 먹어보았다. 그러나 예상했던 대로 아무 효과도 없었다.

나는 가만히 앉아, 아무 생각도 하지 않으려고 노력했다. 무엇인가를 기다리고 있는 느낌이었지만 그것이 딱히 무엇인지는 나로서도 알 수 없었다. 몸과 마음의 긴장을 걷어내고 내 마음을 가볍게 할 수 있는 것. 그러나 나는 그것이 무엇인지 상상도 할 수가 없었다. 나에게 그것을 가능하게 할

만한 사건은 과거에도 없었고, 현재에도 없고, 미래에도 없을 터였다. 시간
은 견딜 수 없이 더디 흘렀다. 이런 것일까. 살인에 공모한다는 것이 이런 것
일까? 앞으로 영원히 이런 느낌 속에서 살아야 하는 것일까? 문득 끔찍하다
는 생각이 들었다.

시계를 보았다. 겨우 1분이 흘러가 있었다. 나는 침대에서 벌떡 일어나
아래층 주디의 방으로 내려갔다. 문을 잠가야 한다는 생각 따위는 나지조
차 않았다.

다행히도 주디는 방에 있었다. 취한 모습으로 거울 앞에 앉아 립스틱을
칠하고 있었다.

"왜? 파티 가려고?"

주디는 거울에서 고개도 돌리지 않은 채 물었다.

그때 주디에게 뭐라고 말했는지는 기억나지 않는다. 모르기는 하지만 컨
디션이 좋지 않다는 내용으로, 앞뒤 없이 몇 마디 했을 것이다.

"뭘 좀 먹어보지그래?"

주디는, 옆얼굴을 보느라고 거울 앞에서 연방 고개를 양옆으로 돌리면서
말했다.

"그보다는 수면제를 한 알 먹었으면 하는데. 가진 게 있으면 좀 줄래?"

주디는 립스틱을 돌려 잠그고 일어나 침대 옆에 있는 화장대 서랍을 열
었다. 진짜 화장대라기보다는 내 방에 있는 것과 흡사한, 대학 기숙사에서
흔히 볼 수 있는 그런 화장대, 쓰임새를 모르는 야만인에게 걸렸다면 꽃제
단이 되어 있을 그런 물건이었다. 그런데 이 화장대가 주디에게는 화장품
전시장이 되어 있었다. 조명 시설까지 갖추어져 있는 화장대 위에는 유리
가 깔려 있었고, 유리 위에는 갖가지 화장품이 놓여 있었다. 서랍을 연 주디
는 온갖 잡동사니 속을 다 뒤지다가 약병 하나를 꺼내어 불빛에 비춰본 뒤
에 쓰레기통에 처넣고는 다른 병 하나를 꺼냈다.

"이거면 될 거야."

주디는 이렇게 말하면서 그 병을 나에게 건네주었다.

병에 붙은 라벨을 읽어보았다. 병 바닥에는 황갈색 알약이 두 알 들어 있었다. 라벨에 쓰인 문구는 '아플 때'가 전부였다. 그 말이 무엇을 뜻하는지 알 수가 없어서 주디에게 물어보았다.

"이게 뭐야? 아나신 같은 진통젠가?"

"먹어봐. 그럼 끝나니까. 날씨가 꽤 사납다, 그렇지?"

"그래."

나는 알약 하나를 꺼내서 삼키고는 약병을 주디에게 내밀었다.

화장대에서 고개도 돌리지 않고 주디가 말했다.

"걱정 말고 가져. 어째 만날 눈이래? 내가 어쩌자고 이곳으로 왔는지. 맥주 줄까?"

주디에게는, 옷장 안에 감추어둔 냉장고가 있었다. 나는 냉장고를 열기 위해 벨트와 모자와 스타킹의 정글을 뚫고 들어가야 했다. 내가 맥주를 건네주려고 하자 주디가 고개를 저었다.

"나는 마시고 싶지 않아. 지겨워. 파티에는 안 갔던 거지?"

"안 갔어."

이렇게 대답하면서 맥주병을 입에 갖다 대려다가 나는 손길을 멈추었다. 맥주 맛, 맥주 냄새가 여느 때와는 달랐다. 순간 나는 그 까닭을 생각해냈다. 맥주 냄새가 나던 버니의 숨결, 땅바닥에 쏟아지면서 거품으로 변하던 맥주, 버니와 함께 골짜기로 굴러 내려가던 맥주병.

"안 가길 잘했지. 날씨는 춥지요, 밴드는 엉망진창이지요. 거기에서 네 친구를 봤어. 이름이 뭐더라, 우리는 대령이라고 하는데."

"뭐라고?"

내가 물었다.

주디는 깔깔거리고 웃었다.

"로라 스토라라고, 너도 알지? 걔가 네 친구를 그렇게 불러. 로라는 네 친구 바로 옆방에 사는데, 네 친구가 만날 존 필립 수자의 행진곡을 트는 바람에 미치겠대."

주디가 말하는 내 친구는 바로 버니였다. 나는 맥주병을 내려놓았다.

다행스럽게도 내 표정을 들키지 않을 수 있었던 것은 주디가 눈썹 그리는 데 바빠서 뒤를 돌아다보지 못했기 때문이었다. 주디는 눈썹을 그리면서도 쉴 새 없이 수다를 떨었다.

"로라는 식습관이 좋지 않아. 거식증은 아니고, 캐런 카펜터처럼 먹는 족족 토하는 버릇이 있거든. 어젯밤에 나, 로라, 트레이스가 맥줏집에 갔어. 농담 아니라고. 그런데 로라는 숨도 못 쉴 정도로 먹고 마시는 거야. 먹고 마시는 것은 좋은데, 토하는 게 바빠서 그만 남자 화장실로 들어갔지 뭐야? 트레이스와 나는 어안이 벙벙했을 수밖에? 이게 도대체 정신이 **바로** 박힌 애가 할 짓이야? 그때 트레이스가 날 보고 뭐라고 했는지 알아? 로라가 단핵증 때문에 병원에 출입한 적이 있다지만 사실은 말이지……."

나는 버니와 관련된 어수선한 생각에 빠진 채, 수다를 떨어대는 주디를 멀거니 바라보기만 했다.

한동안 버니 생각을 하다가 정신을 차려보니 주디의 수다가 멎어 있었다. 주디는 내 얼굴을 빤히 노려보고 있었다. 무슨 질문을 하고는 대답을 기다리는 눈치였다.

"왜 노려봐?"

"그 나이에 그 모양인 애도 다 있느냐는 거야. 부모님들은 신경 안 쓴대. 그건 그렇고, 파티 갈 거야?"

주디가 화장대 서랍을 닫으면서 물었다.

"누구네 파티인데?"

"이런 돌머리 같으니. 잭 타이텔바움의 파티. 더빈스톨 지하에서 열려. 시드의 밴드가 연주하기로 되어 있대. 모펏이 드럼 연주자로 컴백한다는군. 정보에 따르면 전문 댄서도 등장한대. 가자, 응?"

몇 가지 이유가 있어서 나는 대답할 수가 없었다. 주디의 초대에 대한 무조건적인 거절은 내가 지닌 생래적인 방어 본능의 산물이었다. 따라서 그러자고 하기가 어려웠다. 주디의 끈질긴 권유를 받고 보니 문득 내 방이 생각났다. 침대, 서랍, 책상, 펼쳐진 채로 두고 온 책.

"함께 가자. 나랑은 한 번도 안 나갔잖아?"

"그래. 외투 입고 올게."

나는 결국 이렇게 말하고 말았다.

시간이 흐른 다음에야 주디가 나에게 준 약이 데메롤이라는 것을 알았다. 파티장에 도착한 순간부터 이 데메롤이 약효를 나타내기 시작했다. 사물의 모양, 색깔에서부터 심지어는 폭동이라도 일으키고 있는 듯한 함박눈 송이들, 시드 밴드의 소음까지 이 모든 것이 그렇게 부드럽고 다정하게 느껴질 수가 없었다. 나는 온 세상을 용서할 수 있을 것 같았다. 평소에는 역겹던 아이들의 얼굴에서도 아름다움을 느낄 수 있었다. 나는 누구에게나 미소를 보냈다. 그들 역시 미소로 화답해주었다.

주디(주디! 신이시여 그녀를 축복하소서!)는 잭 타이텔바움과 라스라는 친구들이 있는 곳에 나를 남겨두고는 마실 것을 가지러 갔다. 모든 것이 천상의 빛의 세례를 받은 것 같았다. 나는 잭 타이텔바움과 라스의 이야기에 귀를 기울였다. 두 사람의 화제는 핀볼, 모터사이클, 여자 킥복싱 사이를 넘나들었다. 나는 그들이 자기네 대화에 나를 끼워주려고 하는 데 감명을 받왔다. 라스는 나에게 대마초를 권하기까지 했다. 그들의 호의가 나에게는 가히 충격적이었다. 나는 난생처음으로, 그들에 대한 나의 선입관에 문제가 있었음을 깨달았다. 나의 편견과는 달리 그들은 좋은 사람들, 평범한 사람들, 세상의 소금이라고 일컬어도 좋을 사람들이었다. 나는 그들과 알게 된 것을 큰 행운으로 여겼다.

성현들이라도 만난 것 같은 이 깨달음의 순간을 그들에게 언어로 전하려고 애를 쓰는데 주디가 술을 가지고 왔다. 나는 내 몫을 마셨다. 더 찾아 마시려고 돌아다니다가 나는 그제야 내가 비틀거리고 있다는 것을 알았다. 기분 나쁘지 않은 꿈이라도 꾸면서 꿈결에 파티장을 돌아다니고 있는 것 같았다. 누군가가 나에게 담배를 권했다. 저드와 프랭크도 거기에 와 있었다. 저드는 버거킹 햄버거 가게에서 가져온 듯한, 이상한 종이 모자를 쓰고 있었다. 어마어마하게 큰 맥주잔을 들고 다니면서 이따금씩 고개를 젖히고 걸판지게 웃는 저드는 아일랜드의 전설적인 영웅 쿠훌린이나 아일랜드의 위대한 왕 브라이언 보루 같았다. 클로크 레이번은 뒷방에서 당구를 치고 있었다. 나는 클로크에게는 내 모습이 보이지 않을 만한 곳에 몸을 숨기고 그를 관찰했다. 심각한 얼굴을 한 채 그는 큐에 초크를 칠하고는 당구대를 끌어안을 듯이 허리를 구부리고는 공을 겨냥했다. 허리를 구부리는 바람에 머리카락이 내려와서 얼굴을 덮었지만 그는 아랑곳하지 않았다. 딱! 색색의 공이 사방으로 굴렀다. 수많은 빛의 반점이 내 눈앞에 어른거렸다. 나는 사람의 육안으로는 보이지 않는 원자, 분자 같은 것들을 생각했다.

몹시 어지러웠다. 맑은 공기를 마시고 싶어서 사람들 틈을 비집고 나갔다. 내 눈에 콘크리트블록으로 버티어놓은 문이 보였다. 문득 반가운 생각이 들면서 찬바람이 얼굴을 어루만진다고 느낀 순간부터는 무엇이 어떻게 되었는지 모르겠다. 잠시 정신을 잃었던 것 같다. 정신을 차리고 보니 벽에다 등을 기대고 있었다. 문을 보고 반갑다고 생각하던 그곳이 아니었다. 낯선 여학생 하나가 나와 이야기를 나누고 있었다.

아무래도 그 여학생과 꽤 오랜 시간을 그곳에 서서 이야기를 나누고 있었던 모양이다. 나는 눈을 깜빡거리면서 여학생에게 초점을 맞추려고 애썼다. 짧고 동그란 코, 검은 머리채, 주근깨, 파란 눈이 잘 어울리는, 전체적으로 아름다운 얼굴이었다. 어디에선가 본 적이 있는 얼굴이었으나 어디에서 보았는지는 생각나지 않았다. 바에서 만났던 것 같지만, 주의를 기울였던 적은 한 번도 없었다. 그런데 그 여학생이 허깨비처럼 나타나 플라스틱 컵으로 붉은 포도주를 마시면서 내 이름을 불러대고 있었다.

여학생의 목소리는 파티장의 소음을 이겨낼 만큼 맑았으나 나는 뭐라고 말하는지 알아들을 수가 없었다. 내용을 알아들을 수 없었는데도 그 음성이 내 귀에 기분 좋게 들렸다. 나는 두 손을 귀에다 댄 채, 키가 작은 그 여학생 앞으로 몸을 구부리면서 물었다.

"뭐라고?"

여학생은 웃으면서 발뒤꿈치를 들고 서서 얼굴을 내 얼굴에 갖다 댔다. 향수 냄새. 열풍과 같은 속삭임이 내 뺨에 닿았다.

나는 여학생의 팔목을 잡고, 귀에 대고 소리쳤다. 입술에 여학생의 머리카락이 스쳤다.

"여기는 너무 시끄럽다. 밖으로 나가자."

여학생은 다시 웃었다.

"밖에 있다가 방금 들어오지 않았어? 춥다고 들어가자며?"

그랬던가? 기억나지 않았다. 여학생의 눈은, 재미있어 못 견디겠다는 표정을 하고는 희미한 불빛 아래서 나를 바라보고 있었다.

"어디, 좀 조용한 데로 가잔 말이야."

내가 말했다.

여학생은 술잔을 비운 뒤, 술잔 바닥을 통해 나를 보면서 물었다.

"어디? 내 방, 아니면 네 방?"

"네 방."

나는 미리 준비라도 하고 있었던 듯이 대답했다.

좋은 아이였다. 어둠 속에서 나누는 대화도 재미있었다. 여자의 머리카락은 부드럽게 내 얼굴을 간질였다. 대학생 같다기보다는 고등학생 같은 분위기. 내 팔이 여자에게서 느껴낸 감촉은, 참으로 오래 잊고 있던 감촉이었다. 여자에게 입을 맞춘 지 얼마나 되었던가? 몇 달은 된 것 같았다.

세상만사가 얼마나 간단하고 단순한가 싶었다. 파티, 몇 잔의 술, 그리고 낯선 상대와의 만남. ……우리 대부분이 그렇게들 살았다. 대부분의 학우들은 아침식사 때면 전날 밤에 상대했던 여자 이야기를 아무 거리낌 없이 하면서, 맨정신에 저지른 일이든 술김에 저지른 일이든 대단한 타락과 방탕의 심연을 헤매고 온 양 떠들어대고는 했다.

포스터, 맥주잔에 꽂힌 마른 꽃, 어둠 속에서 명멸하는 스테레오의 램프. 캘리포니아에서는 너무나 낯익던 그 광경이 이상하게도 그렇게 생소해 보일 수가 없었다. 그것들은 흡사 아득하게 먼 옛날에 잊고 있던 일, 나와는 생판 무관한 일로 보였다. 여학생의 입술에서 풍선껌 냄새가 났다. 나는 그 부드럽고도 향기로운 목에 얼굴을 파묻고 온몸을 출렁거리면서, 거의 잊고 있던 생명의 캄캄한 흐름 속으로 빠져들었다.

악마의 눈동자처럼 시뻘겋게 명멸하는 디지털시계에 따르면, 내가 꿈속을 헤매다 잠을 깬 것은 2시 반이었다. 별로 무서운 꿈은 아니었다. 꿈속에서 찰스와 나는 붐비는 기차 안에서 정체불명의 제3의 인물에게 쫓기고 있었다. 기차의 객실은 파티에 참석했던 사람들─주디, 잭 타이텔바움, 종이 모자를 쓴 저드─로 붐비고 있었다. 우리는 그들 사이를 헤치며 복도를 빠져나갔다. 그러나 꿈속에서도 나는, 거기에서 벌어지는 일은 중요하지 않다는 것을 알고 있었다. 중요한 것이 있다는 것은 알겠는데, 그게 무엇인지는 생각나지 않았다. 그러다가 문득 그 중요한 것을 생각하는 순간 나는 놀라서 잠을 깨었다.

악몽에서 깨어나 더 지독한 악몽에 빠져드는 것과 비슷한 상황이었다. 나는 일어나 앉았다. 가슴이 쿵쾅거렸다. 전등 스위치를 찾느라고 벽을 한참이나 더듬은 끝에야 나는, 내가 잔 곳이 내 방이 아니라는 것을 알았다. 이상한 물건들, 눈에 익지 않은 그림자가 내 주위에 빼곡히 차 있는 것 같았다. 내가 어디에 있는지를 알아내는 데 필요한, 단서가 될 만한 것은 아무것도 없었다. 짧은 순간이지만 나는, 혹시 죽은 것은 아닐까 하는 생각까지 했다. 바로 그런 순간에 나는 문득 내 옆에서 자고 있는 또 하나의 알몸을 느꼈다. 본능적으로 몸을 움츠렸지만 곧 기억의 실마리를 찾아낸 나는 팔꿈치로 부드럽게 그 몸을 밀어보았다. 꼼짝도 하지 않았다. 나는 다시 침대에 누워 몇 분간 기억을 더듬고 생각을 가다듬어보다가 일어나 옷을 찾아 어둠 속에서 대강 꿰어입고는 살며시 그 방을 빠져나왔다.

밖으로 나오다가 나는 눈이 얼어붙은 계단에서 중심을 잃고 아래로 꼬꾸라졌다. 꼬꾸라지고 보니 한 자나 족히 쌓인 눈 위였다. 나는 눈에 머리를 박은 채로 한동안 엎드려 있다가 무릎을 꿇고 앉아 주위를 둘러보았다. 믿기지 않았다. 날씨가 그렇게 빨리 변할 수 있다는 것이 도무지 믿어지지 않았다. 눈발은 여전히 날리고 있었다. 꽃도 잔디도 눈에 묻혀 보이지 않았다. 눈이 닿는 곳은 모두, 발자국 하나 나 있지 않은 눈밭, 가로등 불빛에 퍼렇게 보이는 눈밭이었다.

　손이 얼얼하면서 팔꿈치가 아팠다. 나는 있는 힘을 다해 일어났다. 일어나 뒤를 돌아다본 순간 나는 놀라고 말았다. 내가 버니의 기숙사에서 나온 셈이었기 때문이었다. 1층에 있는 버니의 방 창문이 시커멓게 뚫린 채 조용히 나를 바라보고 있었다. 나는 책상 위에 놓여 있을 그의 여벌 안경, 텅 빈 침대, 어둠 속에 놓여 있을 가족사진을 생각했다.

　정신없이, 꽤 먼 길을 돌아 내 방으로 돌아온 나는 외투도 구두도 벗지 않은 채 침대 위로 몸을 던졌다. 불은 켜져 있었다. 나 자신이 송두리째 그 불빛 아래 노출되는 것 같아 마음이 편치 않았지만 그 불을 끄고 싶지는 않았다. 내 침대가 뗏목처럼 출렁거렸다. 그래서 나는 한 발을 방바닥에 대고 버티었다.

　그렇게 버틴 채로 잠을 잤다. 두어 시간 잤을까, 나는 노크 소리에 잠을 깼다. 공포가 엄습했다. 나는 침대에서 일어나려다 그대로 꼬꾸라졌다. 외투가 팔꿈치와 무릎에 감기면서, 살아 있는 짐승처럼 내 몸을 공격하는 것 같았다.

　삐걱거리는 소리와 함께 문이 열렸다. 그런데 그 뒤로는 아무 소리도 들리지 않았다.

　"아니, 도대체 뭘 하고 있는 거야?"

　이 소리가 들린 것은 한참 뒤의 일이다.

　프랜시스가 문 앞에 서 있었다. 그는 검은 장갑을 낀 손으로 문손잡이를 잡은 채, 미친 사람 보듯이 나를 바라보고 서 있었다.

　나는 외투에서 빠져나오는 것을 포기하고 그대로 다시 누웠다. 반가웠다. 웃고 싶었다. 모르기는 하지만 웃었을 것이다.

　"프랑수아."

　나는 바보스럽게 프랜시스의 이름을 가만히 불러보았다.

　프랜시스는 문을 닫고 침대 가로 다가와 나를 내려다보았다. 분명히 프랜시스였다. 머리에도, 검고 긴 외투 어깨에도 눈이 앉아 있었다.

"괜찮아?"

한동안 나를 내려다보고 있던 프랜시스가 물었다.

나는 눈을 비비면서 다시 한 번 일어나려고 애썼다.

"응, 미안해. 괜찮고말고. 암, 괜찮아."

아무 대꾸 없이 무표정하게 나를 내려다보고 있던 프랜시스가 외투를 벗어 의자 등받이에 걸고는 물었다.

"차 좀 마실래?"

"아니."

"괜찮다면 내가 차를 좀 끓이지."

프랜시스가 돌아왔을 즈음에는 정신이 어느 정도 말짱해져 있었다. 그는 라디에이터 위에 물주전자를 올리고 서랍에서 찻봉지를 꺼냈다.

"찻잔은 있는데, 우유가 없구나."

프랜시스가 옆에 있으니 참 좋았다. 나는 일어나 차를 마셨다. 내 앞에서 프랜시스는 구두와 양말을 벗었다. 그는 젖은 양말을 말리려고 라디에이터 위에 발을 올렸다. 그의 발은 길고 날씬했다. 잘쑥한 발목에 비해 너무 길어 보였다. 발가락을 꼼지락거리면서 그가 물었다.

"지독한 밤이다. 외출했었어?"

나는 여자 이야기만 빼고, 전날 밤에 있었던 일을 대강 그에게 들려주었다. 셔츠 윗단추를 풀면서 그가 투덜거렸다.

"나는 밤새도록 내 방에서 뭉갰어. 깜짝깜짝 놀라면서."

"무슨 소식 있었어?"

"없었어. 9시에 어머니가 전화를 거셨어. 어머니와 이야기할 기분인가, 어디? 페이퍼 써야 한다면서 끊어버렸지."

나는 그의 손을 눈여겨보았다. 프랜시스의 손은 책상 위에서 끊임없이 꼼지락거리고 있었다. 내가 보고 있다는 것을 의식했는지 프랜시스는 손을 펴고 손바닥을 책상에다 딱 붙이고는 쑥스러운 듯이 웃었다.

"불안하다, 이거지."

우리는 아무 말 없이 한동안 서로 마주 보고 앉아 있었다. 나는 찻잔을 창틀에다 놓고 벽에 등을 기대었다. 데메롤은 내 머리에다 일종의 도플러효과 같은 현상을 일으키고 있었다. 자동차가 속도를 내며 지나갈 때와 멀리 사라질 때의 타이어 소리가 계속해서 들리는 것 같았다. 나는, 얼마나 오래 그랬는가는 모르겠지만 하여튼 꽤 오랜 시간 천장만 멍하니 바라보고 있었다. 그런데 문득 프랜시스의 시선이 예사롭지 않다는 느낌이 왔다. 어쩐지 강렬해진 것 같은 시선, 어쩐지 뜨거워진 듯한 표정이 마음에 걸렸다. 나는 일어나서 알카셀처를 찾는답시고 서랍을 차례로 여닫았다.

움직이고 나니 갑자기 머리가 텅 빈 것 같았다. 나는 알카셀처 둔 곳을 생각해내느라고 한동안 가만히 서 있었다. 그런데 프랜시스가 내 뒤로 다가오는 것 같았다. 나는 몸을 돌렸다.

그의 얼굴은 내 얼굴 바로 앞에 있었다. 놀랍게도 그는 두 손으로 내 어깨를 잡더니 입을 맞추었다. 그것도 정확하게 내 입술에.

진짜 키스였다. 공들여서 하는 긴 키스였다. 그의 키스에 당황한 나머지 나는 그만 균형을 잃고 말았다. 균형을 잡으려니 그의 어깨를 끌어안지 않을 수 없었다. 프랜시스는 나의 움직임을 오해했던지 내 목을 끌어안았다. 결국은 나 역시 그의 어깨를 끌어안고 키스에 호응한 꼴이 되고 말았다. 그의 입에서는 담배 냄새가 났다.

숨결이 거칠어지면서 프랜시스의 입술은 내 목을 더듬었다. 나는 방 안을 둘러보면서 하릴없이 이런 생각을 했다. 정말 웃기는 밤이로구나.

"프랜시스, 떨어지지 못해?"

내가 소리쳤다.

프랜시스는 내 셔츠 단추를 풀면서 키득거렸다.

"이런 멍청이, 셔츠 뒤집어 입은 줄 알기나 해?"

나는 너무 피곤하고 취해서는 웃기 시작했다.

"프랜시스, 이거 왜 이래? 정신 좀 차리자."

"가만있어봐. 황홀하게 만들어줄 테니까."

설상가상이었다. 둔해졌던 신경도 들뜨기 시작했다. 쇠테 안경 너머로, 유난히 큰 프랜시스의 눈이 보였다. 프랜시스는 안경을 벗어 던졌다.

전혀 뜻밖에도 노크 소리가 났다. 우리는 후다닥 일어나면서 서로에게서 떨어졌다. 프랜시스는 두 눈이 휘둥그레져 있었다. 어쩔 줄을 몰라 서로 마주 보고 있는데 또 한차례 노크 소리가 들려왔다.

프랜시스가 나지막하게 욕지거리를 하고는 입술을 깨물었다. 내가 둔한 손으로 셔츠 단추를 잠그면서 일어서려는데 프랜시스가 손을 내저었다.

"하지만……."

나는 "헨리가 왔을지도 모르잖아?" 이렇게 말할 참이었다. 그러나 내가 생각하고 있던 것은, "경찰이 왔을지도 모르잖아."였다. 프랜시스도 나와 같은 생각을 한 것 같았다.

세 번째 노크 소리가 났다. 이번에는 소리가 좀 컸다.

가슴이 쿵쾅거렸다. 공포와 당혹감에 몸 둘 곳을 몰랐던 나는 침대에 털썩 주저앉았다.

프랜시스가 손가락으로 머리를 빗으면서 말했다.

"들어오시오."

찰스였는데도, 반쯤 정신이 나가 있던 나는 몇 초가 지난 다음에야 그를 알아볼 수 있었다. 찰스는 들어오다 말고 문설주에 팔꿈치를 대고 서서 우리를 바라보았다. 목에는 예의 그 빨간 스카프가 감겨 있었다. 취해 있었다.

"도대체 여기에서 뭘 하고 있어?"

그가 프랜시스에게 물었다.

"이 시각에 웬일이야? 어찌나 놀랐는지 숨넘어가는 줄 알았다."

프랜시스가 말했다.

"네가 여기 있는 줄 몰랐어. 헨리가 전화를 걸어 단잠을 깨워놓는구나."

우리는 찰스를 바라보면서 설명을 기다렸다. 그는 외투를 벗으면서 나에게 말했다.

"네 꿈을 꾸었어."

"어떤 꿈?"

"조금 전에는 생각났는데. 어쨌든 꿈을 꿨는데, 네가 그 꿈에 등장했어."

내가 찰스를 바라보면서, 그 역시 내 꿈에 나오더라는 말을 할 참인데 프랜시스가 안달을 부리면서 물었다.

"찰스, 도대체 어떻게 된 거냐고?"

찰스는 손으로 바람에 헝클어진 머리카락을 쓰다듬고는 외투 주머니에 손을 넣어 세로로 길쭉하게 접은 종이를 꺼냈다.

"별거 아냐. 그리스어 숙제 끝냈어?"

그제야 생각났다. 나는 그리스어는 생각도 못 한 채 며칠을 보낸 셈이었다.

"헨리는, 네가 틀림없이 잊어버리고 있을 거라고 하더라. 그래서 내게 전화를 걸어서 내 걸 갖다주라는 거야. 네가 잊고 있었다면 베끼는 수밖에 없지 않겠느냐면서."

그는 취해 있었다. 말은 더듬지 않았지만 분명히 술 냄새가 났다. 게다가 그는, 자기는 서 있는 줄 알 테지만 끊임없이 방 안을 서성거리고 있었다.

"헨리에게 물어봤어? 아무 일 없대?"

"날씨에 몹시 짜증을 내고 있더라. 헨리에게도 아무 일 없나 봐. 젠장, 이놈의 방은 왜 만날 이렇게 더워?"

찰스는 윗도리까지 벗었다.

프랜시스는 창가로 의자를 끌어다 놓고 다리를 꼬고 앉아, 찻잔을 아슬아슬하게 무릎 위에 놓은 채 찰스를 노려보고 있었다.

그런 시선을 의식했던지 찰스가 퉁명스럽게 물었다.

"왜 그런 눈으로 노려봐?"

"주머니에 위스키병이 들어 있지?"

"없다."

"인마, 출렁거리는 소리가 나는데도 없어?"

"있으면 어쩔래?"

"한 모금 하지."

찰스가 눈살을 찌푸리면서 윗도리 안주머니에 손을 넣었다가 납작한 위스키병을 꺼냈다.

"못 말리겠군. 여기 있다. 꼭 한 모금이다."

"고맙다."

프랜시스는 남은 차를 단숨에 마시고는 위스키병을 받아 찻잔에다 위스키를 2센티 정도 따랐다. 나는 다리를 꼬고 반듯이 앉아 있는 검은 양복 차림의 프랜시스를 바라보았다. 양말을 벗고 있는 것 말고는 완벽한 정장 차림이었다. 문득 처음 만났을 때의 인상이 떠올랐다. 냉정하고, 예의 바르고, 유복해 보이고, 흠잡을 데가 없는 인상. 허점이 있고 약점이 있는 것이 확인되었는데도 이상하게도 그의 그런 인상이 푸근하게 느껴졌다.

프랜시스는 위스키를 단숨에 마시고는 찰스에게 말했다.

"찰스, 너 술에 그렇게 취해서 어쩔래? 두 시간 뒤면 수업이 있는데?"

찰스는 한숨을 쉬면서 바닥에 털썩 주저앉았다. 지쳐 있는 것 같았다. 낯빛이 창백하다거나 눈 밑이 검지는 않았다. 오히려 감미롭고 환한 뺨 언저리가 어쩐지 슬퍼 보였다.

"알아, 좀 걸으면 술이 깨겠지."

"커피 좀 마셔라."

찰스가 손등으로, 땀이 밴 이마를 문지르면서 대답했다.

"커피 가지고 되겠어?"

나는 찰스가 준 종이를 책상 위에다 펴놓고 베끼기 시작했다.

프랜시스가 찰스 옆으로 다가가 앉으면서 물었다.

"커밀라는?"

"잔다."

"너희들 뭐 했어? 밤새 마셨어?"

"아니, 청소했다."

"청소 같은 소리 하네."

"정말이야."

술과 약에서 완전히 깨어나지 못했던지 문장 여기저기가 생소해 보였다. 그렇거니 하고 나는 베꼈다. '행군에 지친 장병들은 행군을 잠시 중단하고 신전으로 들어가 제물을 드리려고 했다. 나는 거기에서 나와, 고르곤을 보기는 했지만 나를 돌로 만들지는 못했다는 이야기를 했다.'

"안 믿는군. 우리 집은 튤립투성이야."

"그게 무슨 말이야?"

"눈이 쌓이기 직전에 밖으로 나가 튤립을 보는 족족 꺾어 왔거든. 꽃병이라는 꽃병은 다 튤립이야. 심지어는 물컵에도 튤립이 꽂혀 있는걸."

튤립. 나는 눈앞에 어른거리는 그리스 문자를 보면서 튤립을 생각했다. 그리스에 튤립이 있었다면 고대 그리스인들은 다른 이름으로 불렀을 터였다. 그리스 문자 프시(Ψ)는 튤립과 그 모양이 비슷하다. 갑자기 빽빽한 알파벳의 숲에서 검은 튤립이 무수히 튀어오르기 시작하면서, 떨어지는 빗방울처럼 제멋대로 무늬를 만드는 것 같았다.

눈앞에서 환영이 일렁거렸다. 나는 눈을 감았다. 눈을 감은 채 가만히 있는데 찰스가 내 이름을 부르는 소리가 들렸다.

나는 의자 위의 현실로 되돌아왔다. 두 사람은 떠날 준비를 하고 있었다. 프랜시스는 침대 모서리에 앉아 구두끈을 매고 있었다.

"어디로 가게?"

내가 물었다.

"집에 가서 옷 갈아입어야지. 잘못하면 늦겠어."

혼자 있고 싶지 않았다. 그런데도 이상하게도 그 두 사람으로부터는 놓여나고 싶었다. 해가 떠 있었다. 프랜시스가 일어나 전등을 껐다. 아침의 빛살은 창백하면서도 단정했다. 아침이 찾아온 내 방은 끔찍하리만치 적막했다.

"이따 만나자."

프랜시스의 말이 끝나기가 무섭게, 계단을 내려가는 발소리가 들렸다. 그 발소리 뒤에 남는 것은 고요뿐이었다. 더러워진 찻잔, 손질하지 못한 침대, 끔찍하게도 조용하게 창밖에서 흩날리고 있는 눈송이. 이명이 생길 정도의 고요함에 몸서리가 쳐졌다. 나는 잉크가 묻은, 떨리는 손으로 하던 일을 계속했다. 펜 끝이 종이 위를 달리는 소리까지 유난스럽게 들렸다. 나는 몇 마일 떨어진 골짜기에 있을 버니를 생각했다. 버니를 켜켜이 덮고 있을 고요를 생각했다.

수업이 시작되자마자 줄리언이 물었다.

"에드먼드는 어디에 있는 건가?"

"방에 있을 겁니다."

헨리가 대답했다. 헨리가 늦게 오는 바람에 서로 이야기를 나눌 기회가 없었다. 태도가 안정되어 있는 것으로 보아 헨리는 충분한 휴식을 취한 것 같았다.

다른 친구들도 대체로 차분했다. 프랜시스와 찰스는, 평소에는 자주 건너 뛰던 면도까지 말끔히 하고 정장 차림으로 나와 앉아 있었다. 커밀라는 이들 둘 사이에서 팔꿈치를 책상에 괸 채 손바닥 위에 턱을 올려놓고 한 포기의 난초처럼 조용하게 앉아 있었다.

줄리언이 헨리를 향해 눈썹을 치켜 올리면서 물었다.

"버니 말인데, 어디 아픈가?"

"모르겠습니다."

"날씨가 이 모양이라 감기에 걸렸나? 기다렸다가 시작할까?"

"좋은 생각이십니다."

헨리가 책으로 시선을 돌리며 대답했다.

수업이 끝난 뒤 우리는 뤼케이온을 나와 가까운 곳에 있는 자작나무 숲으로 들어갔다. 헨리는 혹 듣는 귀가 없는지 확인하느라고 끊임없이 주위를 둘러보았다. 우리가 머리를 모으고, 헨리가 무슨 말인가를 하려는 참인데 멀리서 누군가가 내 이름을 불렀다. 돌아다보니 롤랜드 박사였다. 그는 엎어지고 자빠지고 하면서 눈길을 걸어오고 있었다.

나는 동아리에서 벗어나 그를 맞았다. 숨이 차는지 연거푸 기침을 해대면서 그가 한 말은 연구실로 같이 가자는 것이었다.

따라가는 수밖에 없었다. 나는 그와 보조를 맞추느라고 천천히 걸었다. 계단을 오르면서 그는 관리인들이 미처 치우지 못한 쓰레기를 걸어차면서 짜증을 부리고는 했다. 그는 반 시간은 좋이 나를 자기 연구실에 잡아두었다. 귀가 울릴 정도로 잔소리를 듣고, 자료 한 아름을 안고 돌아가 보니 자작나무 숲에는 아무도 없었다.

내가 무엇을 기대하고 있었는지는 모르겠다. 그러나 하룻밤 사이에 지구가 궤도를 이탈한 것도 아니었다. 사람들은 저마다 바쁘게 눈길을 오갔다. 전날과 다른 것은 아무것도 없어 보였다. 하늘은 잿빛이었다. 캐터랙트 산에서는 매운바람이 불어오고 있었다.

스낵바에서 밀크셰이크를 사가지고 방으로 올라가던 길에 주디 푸비를 만났다.

그냥 지나치려는데 주디의 눈초리가 심상치 않았다. 지독한 숙취에 시달리고 있는지 주디의 눈 주위가 푸르뎅뎅했다.

"재미있게 지냈어? 실례한다."

나는 이러면서 지나치려고 했다.

"나 좀 봐, 어젯밤에 모나 빌의 방에 갔지?"

"누구?"

나는 주디가 무슨 말을 하는지 몰라 되물었다.

"어땠어? 괜찮았어?"

당혹스러워서 나는 주디 옆을 지나쳐 내 방 쪽으로 걸었다. 주디가 뒤따라와 내 어깨를 낚아채고는 덧붙였다.

"몰랐어? 걔는 남자친구가 있어. 남자친구 귀에 무슨 말이 안 들어가게 조심해."

"상관없어."

"지난 학기에 브램 건지가 모나를 꾀었다고 남자친구에게 떡이 되게 맞았어."

"내가 걔를 꾄 게 아니라 걔가 나를 꾀었다, 됐냐?"

"갈보가 따로 없군."

주디가 곱지 못한 눈길을 던지면서 한 말이었다.

나는 악몽에 시달리다가 잠을 깼다.

자자 가보르 주연의 영화에나 나옴 직한, 벽에는 황금빛 장식품과 거울이 걸려 있고 바닥은 핑크빛 타일로 되어 있는 구식 목욕탕이었다. 구석에는 금붕어 어항이 받침대 위에 놓여 있었다. 나는 금붕어를 구경하러 그 어항 앞으로 갔다. 타일에 내 발소리가 몹시 스산하게 울렸다. 그런데 욕조에서 무슨 소리가 들려왔다.

나는 욕조 앞으로 가보았다. 욕조 역시 핑크색인데, 물이 가득 차 있고, 안에 흙투성이가 된 버니가 꼼짝도 않고 누워 있었다. 버니는 눈을 뜨고 있었다. 안경이 뒤틀려 있었다. 한쪽 관자놀이는 시커멓게 멍이 든 채 부어올라 있었고, 다른 한쪽은 말짱했다. 넥타이의 끝은 물 위로 떠올라 있었다.

꼼짝할 수가 없었다. 문득 내 귀에 발소리와 웅성거리는 소리가 들려왔다. 어떻게든 몸을 숨겨야겠다고 생각했다. 그러나 마땅한 곳이 없었다. 나는 얼음같이 차가운 욕조의 물에 손을 넣어 버니의 팔을 잡아 밖으로 끌어내려고 했다. 그러나 그럴 수가 없었다. 머리가 축 늘어질 정도로 끌려 올라왔을 뿐 거기에서 더는 꼼짝도 하지 않았다. 벌어진 버니의 입안에는 물이 가득 들어 있었다…….

내가 그의 체중과 씨름하다가 어항을 건드렸는지 어항이 받침대 위에서 바닥으로 떨어지면서 박살이 났다. 내 발치의 유리 조각 사이로 금붕어가 뛰기 시작했다. 누군가가 문을 두드렸다. 나는 버니의 손을 놓았다. 버니의 몸이 다시 욕조로 들어가면서 물이 튀었다. 그 얼음같이 찬 물을 뒤집어쓰는 순간 나는 잠을 깼다.

벌써 방 안은 어둑어둑해지고 있었다. 가슴이 걷잡을 수 없이 뛰었다. 가슴에 새가 한 마리 들어가서 필사적으로 날개로 내 가슴을 치는 것 같았다.

나는 침대에 드러누운 채로 숨을 가누었다.

숨이 가누어지는 대로 나는 일어났다. 땀에 젖어 있던 몸이 걷잡을 수 없이 떨렸다. 무시무시할 정도로 긴 그림자, 악몽과 같은 석양. 창밖을 내다보았다. 아이들이 분홍빛 하늘을 배경으로 하얀 눈밭을 뛰고 있었다. 그들의 웃음소리와 고함 소리를 나는 견딜 수 없었다. 손바닥으로 눈을 가렸다. 수많은 잔상이 눈앞을 일렁거렸다. 하느님, 맙소사.

화장실에서 물을 내리는 소리가 어찌나 큰지 내 몸까지 빨려 들어가는 것 같았다. 몸이 아플 때나 숙취 때문에 고생할 때, 주유소나 술집의 화장실에서 늘 경험하는, 물 내리는 소리, 변기 밑에 있어 평소에는 눈에 잘 띄지 않는 꼭지, 땀을 흘리고 있는 물통, 파이프가 윙윙거리는 소리, 나선형 관을 타고 내려가는 물소리 같은 것들이 안기는 불쾌감이었다.

세수하면서야 나는 비로소 내가 울고 있다는 것을 알았다. 눈물과 찬물이 뒤섞이는 바람에 울고 있다는 것을 몰랐던 셈이다. 간헐적으로 북받쳐 오르는 흐느낌은 멈추어지지 않았다. 내 감정과는 상관이 없는, 기계적이고 메마른 흐느낌이었다. 나는 흐느낌이 북받쳐 오르는 까닭을 알 수 없었다. 따라서 나와는 무관한 흐느낌이었다. 나는 고개를 들고 거울 속의 내 얼굴을 보면서, 이게 무슨 짓이냐 하는 생각을 했다. 낯꼴이 말이 아니었다. 모두들 붙어 다니는데 나만 〈잃어버린 주말〉에 나오는 레이 밀랜드처럼 화장실에서 박쥐처럼 떨고 있다는 생각을 하니 몹시 비참했다.

찬바람이 창을 때리고 있었다. 몸은 떨리는데도 마음은 개운했다. 뜨거운 물로 몸을 닦고 나와 옷을 갈아입고 나니 몸과 마음이 차분해지는 느낌이 들었다.

니힐 수브 솔레 노움(Nihil sub sole novum). 내 방으로 가면서 나는 '하늘 아래 새로운 것은 없다.'라는 말을 생각했다.

∽◯∾

저녁식사를 함께하기로 한 날이었다. 쌍둥이 남매의 집에 이르고 보니 모두 모여 있었다. 친구들은 전투 상황 보도라도 듣는 듯이 라디오 앞에 모여앉아 있었다. 아나운서가 재빠른 목소리로 일기를 예보하고 있었다.

"전체적으로 목요일은 흐린 가운데 소나기가 내릴 가능성이 있고 기온은 낮을 것으로 예상되나 점차 기온이 올라가면서……."

헨리가 라디오를 껐다.

"운이 좋으면 내일 밤을 전후해서 눈이 그치겠어. 리처드, 오늘 저녁 먹고는 뭐 할 거야?"

"방에 있겠지, 뭐."

"잘됐군. 부탁 하나 들어주겠어?"

"뭔데?"

"자동차로 오르페우스 극장에 실어다 줄 테니까 영화 본 뒤 내용을 우리에게 좀 일러줬으면 하는데? 괜찮겠어?"

"좋아."

"숙제 같지만, 우리가 시내로 나가서 좋을 게 없을 것 같아. 어제 벌써 영화를 본 걸로 되어 있거든. 그리스어 숙제는, 너만 괜찮다면 찰스가 대신 해주기로 했어."

"네가 쓰는 노란 종이에 네 만년필로 쓰면 줄리언도 내 글씨라는 걸 못 알아볼 거야."

찰스가 말했다.

"고마워, 찰스."

찰스에게는 필적을 위조하는 희한한 재주가 있었다. 커밀라의 말에 따르면 찰스의 이런 재능은 역사가 꽤 길었다. 그는 4학년 때 이미 성적표에 들어갈 보호자 서명을 위조해냈고, 6학년 때는 결석계를 위조했다. 그는 작업 시간을 확인하는 롤랜드 박사의 서명을 위조함으로써 내가 받는 급료의 액수를 적지 않게 늘려주기도 한 장본인이기도 했다.

"네게 이런 부탁 하긴 참 싫어. 영화가 아무래도 저질인 것 같거든."

헨리가 말했다.

아닌 게 아니라 그랬다. 동시상영이었는데, 첫 번째 영화는 전국을 자동차로 여행하기 위해 아내를 떠나는 한 남자를 그린 70년대 초의 로드무비였다. 이 남자는 캐나다로 넘어가 사기극에 걸렸다가 갖은 어려움 끝에 집으로 돌아오게 되자 히피식으로 의식을 치르고 아내와 재결합한다는 내용을 그린 것이었다. 영화도 영화지만, 기타 반주로 나오는, 말끝마다 '자유' 어쩌고 하는 주제가는 정말 들어주기가 역겨웠다.

두 번째 영화는 〈오욕의 전장〉이라는 최신작 베트남전쟁 영화였다. 이른바 호화 배역으로 돈깨나 들인 영화였는데 팔다리가 잘려나가는 등의 특수 효과가 내 입맛에는 그런대로 맞았다.

영화관에서 밖으로 나오니 헨리의 차가 라이트를 모두 끈 채 주차장에서 기다리고 있었다. 쌍둥이 남매의 집에서는 모두들 소매를 걷어붙이고 그리스어 숙제에 여념이 없었다. 우리가 돌아오자 찰스가 내 숙제를 끝마쳤는지 커피를 준비했다. 나는 내 것으로 정리된 과제물을 읽어보고는 영화 이야기를 들려주었다. 플롯이 없는 영화라서 이야기를 연결하기가 몹시 힘에 겨웠다.

"정말 그런 엉터리 영화를 보러 갔다니. 사람들이 우리가 그런 영화를 보러 갔다면 믿을까?"

프랜시스가 투덜거렸다.

"잠깐만."

커밀라가 무슨 말을 하려는데 찰스가 끼어들었다.

"이해 안 가는 대목이 있는데, 상사는 베트콩도 없는 마을을 왜 포격했어?"

"그래, 내 말이 그 말이야. 왜? 강아지를 안고 그 마을을 돌아다닌 애는 누구야? 걔가 어떻게 주인공 찰리 신을 알지?"

커밀라의 말이었다.

과연 찰스의 필적 위조는 완벽했다. 다음 날 수업 시간에 찰스의 필적을 읽으면서 감탄하고 있는데 줄리언이 들어오다가 문 앞에서 걸음을 멈추고는 버니의 빈 의자로 눈길을 던지면서 기가 막힌다는 듯이 웃었다.

"또 안 나왔군."

"그런 것 같군요."

프랜시스가 줄리언의 눈길을 피하면서 대답했다.

"우리 수업이 그렇게 재미가 없었나? 에드먼드를 보거든 전해줘. 내일은 내가 꼭 좀 만나야겠다더라고. 전화 걸어서 만날 시간을 정하자고 해."

정오가 되자 일기예보가 잘못된 것으로 드러났다. 기온은 섭씨 영하 10도로 곤두박질치더니 오후부터는 또 눈이 쏟아지기 시작했다.

그날 저녁식사는 쌍둥이 남매의 집에서 하게 되어 있었다. 쌍둥이 남매와 내가 헨리의 집으로 가보니 헨리는 돌 씹은 얼굴을 하고 있었다.

"드디어 전화가 왔어."

헨리가 말했다.

"누구?"

"매리언."

찰스가 앉으면서 물었다.

"매리언이 왜 전화했대?"

"버니를 보았느냐고 묻더라."

"그래서 뭐라고 했어?"

"물론 못 봤다고 했지. 일요일 밤에 만나기로 약속이 되어 있었는데 토요일부터 코빼기도 안 보이더라는 거야."

"걱정스러워하는 것 같았어?"

"별로 그런 것 같지는 않더라."

"그런데 뭐가 문제야?"

"내가 언제 문제 있다고 했어? 그러나저러나 내일쯤은 날씨가 개었으면 좋겠는데."

그러나 다음 날도 날씨는 개지 않았다. 수요일 아침이 밝았다. 밤사이에 눈이 2인치 정도 쌓여 있었다. 날씨도 몹시 추웠다.

"결석을 할 수도 있기는 하다. 하지만 내리 세 번이면 문제가 있지. 따라잡으려면 고생깨나 해야 할 거다."

그날 줄리언이 한 말이었다.

"이런 식으로 계속할 수는 없는 일이지."

그날 밤 쌍둥이 남매의 집에서 헨리가 한 말이었다. 우리는 베이컨과 계란 접시를 앞에 두고 담배를 피우면서 잡담을 나누고 있었다.

"그럼 어떻게 하지?"

"모르겠어. 하지만 버니가 실종된 지 72시간이 넘었어. 우리가 천하태평으로 앉아 있다는 게 남들 눈에 이상하게 보이지 않겠어?"

"걱정하는 사람이 있어야 말이지."

찰스의 말이었다.

"우리만큼 버니를 자주 보는 사람이 없으니까. 그러나저러나 매리언이 제 방에 있을까 몰라."

헨리가 시계를 보며 중얼거렸다.

"어쩌려고?"

"전화 한번 걸어보는 게 좋을 것 같아서."

"도대체 어쩌자는 거야? 매리언을 여기에다 끌어들이고 싶어?"

프랜시스가 대경실색하면서 헨리의 손을 잡으려고 했다.

"매리언을 끌어들이자는 게 아니야. 최근 사흘 동안 우리 중에는 아무도 버니를 본 사람이 없다는 걸 확실히 해두고 싶은 거야."

"매리언이 어떻게 해주었으면 하는 거야?"

"경찰에 신고해주었으면 하는 거지."

"제정신으로 하는 소리야?"

"매리언이 신고하지 않으면 우리가 해야 해. 버니가 실종된 채로 시간이 흐르면 흐를수록 우리 꼴은 그만큼 더 형편없어져. 나는 한바탕 소동을 원하지 않아. 사람들이 우리에게 얼마나 많은 걸 물을 건지 어디 상상이나 좀 해보라고."

"그런데 왜 경찰에 신고해?"

"우리가 신고해버리면, 우리에게 미치는 소동의 여파는 훨씬 줄어들 것 같단 말이야. 당국에서는 경찰관 한둘쯤 파견해가지고는 별일이 아닐 거라 여기면서 우리 근처를 쿡쿡 쑤셔보고 말 것 아니겠어?"

"아직 버니를 찾아낸 사람은 없어. 그런데 햄든의 교통순경 한둘이 쑤시고 다닌다고 뭐가 되겠어? 네 생각을 모르겠군."

"아무도 찾지 않기 때문에 버니가 눈에 띄지 않는 거야. 버니는 이 근처에 있는 게 아니잖아?"

누가 전화를 받았는지는 모르겠지만 매리언이 받기까지는 꽤 오랜 시간이 걸렸다. 헨리는 바닥에 눈을 내리깔고 수화기를 귀에 댄 채 서성거렸다. 그러나 시간이 가는데도 매리언이 받지 않자 헨리의 시선은 방 안을 헤매더니 5분 이상이 흘러가자 우리들을 향해 소리쳤다.

"이런 젠장, 뭘 하는데 이렇게 오래 걸리는 거야? 프랜시스, 담배 있으면 한 대 붙여줘."

프랜시스가 헨리의 입에다 담배를 물리고 라이터를 갖다 대는 찰나 매리언이 받은 모양이었다.

"응, 매리언? 잘 있었어?"

헨리는 담배 연기를 뿜어 올리고는 우리에게서 등을 돌리고 선 채로 말을 이었다.

"어쨌든 반갑다. 버니 거기에 있어?"

매리언의 말을 듣고 있던 헨리가 재떨이로 손을 뻗으면서 말했다.

"버니는 그럼 어디에 있다는 거야?"

매리언의 말이 길어지는 모양이었다.

"그래…… 내가 하려던 말이 바로 그거야. 이삼일 동안 수업도 거르고 있어."

헨리는 한 마디도 놓치지 않고 들으려는 듯이 무표정한 얼굴을 하고는 눈을 감았다. 그러던 그가 갑자기 눈을 부릅뜨면서 소리를 질렀다.

"뭐야?"

우리는 일제히 긴장했다. 헨리는 우리를 보는 대신 우리 뒤의 벽을 보고 있었다. 휘둥그레진 그의 파란 눈은 멍했다.

"그건 나도 알아. 그래, 만일에 그쪽에 들르거든 내게 꼭 전화 좀 하라고 해주면 고맙겠어. 내 번호 일러줄게."

전화를 끊고 난 그의 표정은 이상했다. 우리는 모두 그가 입을 열기를 기다렸다.

"헨리, 왜 그래?"

기다리다 못해 커밀라가 물었다.

"매리언은 화가 나 있군. 걱정하고 있는 게 아니야. 금방이라도 문을 열고 들어올 것 같은 기분이라는 거야. 그런데 이상해. 매리언의 말로는 자기 친구 리카 탈하임이라는 애가 버니를 보았다는군? 오늘 오후에, 퍼스트 버몬트 은행 앞에 서 있는 버니를 보았다는 거야."

우리는 어찌나 놀랐던지 아무 대꾸도 할 수 없었다. 프랜시스가 어이없다는 듯이 웃었다.

"세상에, 그런 게 어디 있어?"

이렇게 말하는 찰스의 음성은 떨리고 있었다.

"누가 아니래?"

헨리가 메마른 목소리로 말했다.

"어떤 멍청이가 허깨비를 봤군."

"난들 알아? 헛것을 보고도 헛것인 줄을 모르는 게 사람이야. 리카라는 애가 본 게 버니가 아닌 것은 물론이지. 어쨌든 나로서는 모르겠어. 우리가 이 대목에서 어떻게 해야 할지는……."

"그게 무슨 뜻이야?"

"여섯 시간 전에 버니를 보았다는 사람이 있는 판에 경찰에 전화를 걸어 실종 신고를 할 수는 없는 것 아니야?"

"그럼 어떻게 하지? 그냥 기다려?"

"그것도 아니고, 생각을 좀 해보자."

헨리는 입술을 깨물었다.

"이런 세상에…… 에드먼드는 어떻게 된 건가? 도대체 결석을 얼마나 하고 싶어서 이러는 거야? 나한테 연락도 없이 이러는 게 얼마나 생각이 모자라는 것인 줄을 모르는 건가?"

목요일 아침에 줄리언이 목소리를 높였다.

아무도 대꾸하지 않았다. 줄리언은 책을 보다 말고 고개를 들었다. 그는 우리의 침묵을 오해한 모양이었다.

"어떻게 된 거야? 얼굴들이 도대체 이게 뭐야? 옳아, 어제 내준 과제물을 충분하게 못 한 모양이군? 그래서 이렇게들 잔뜩 창피스럽다는 얼굴들을 하고 있는 건가?"

나는 찰스와 커밀라가 잠깐 눈을 맞추는 것을 보았다. 마침 줄리언이 우리에게 계속해서 과제물을 한 보따리씩 안기던 주일이었다. 우리는 이런저런 방법을 동원하여 써내는 것까지는 그럭저럭 해낼 수 있었다. 그러나 읽어 오는 과제는 분량이 너무 많아서 도저히 해낼 수가 없었다. 이 때문에 우리와 줄리언 사이에 꽤 고통스러운 침묵이 흘렀다. 이 침묵은 헨리조차도 깨뜨리지 못했다.

줄리언이 다시 책에서 고개를 들고 우리에게 선언하듯이 말했다.

"수업 시작하기 전에 자네들 중 한 사람이 에드먼드에게 전화를 걸어 빨리 오라고 해. 읽기 쓰기가 다 되지 않았어도 상관하지 않겠다. 오늘 수업은 대단히 중요한 대목이니만치 빠지면 안 된다고 전해."

헨리가 일어섰다. 그런데 뜻밖에도 말은 커밀라가 했다.

"버니는 방에 있지 않습니다."

"그럼 어디에 있나? 햄든을 떠났나?"

"모르겠어요."

줄리언은 안경을 내리고 안경테 너머로 커밀라를 내려다보았다.

"그게 무슨 뜻인가?"

"저희들도 며칠 동안이나 버니를 보지 못했어요."

줄리언의 눈이 어린아이의 눈처럼 극적으로 휘둥그레졌다. 나는 줄리언의 분위기와 헨리의 분위기를 자주 비교하고는 했다. 차가움과 따뜻함이 이상하게 어우러지면서 특유한 분위기를 자아낸다는 점에서 이 둘은 너무나도 흡사했다.

"세상에 이렇게 해괴한 일도 있나? 에드먼드가 어디에 있는지 자네들이 모른다는 건가?"

그의 말꼬리를 감도는, 심술기가 내비치는 비아냥거림이 내 마음에 걸렸다. 나는 수정 꽃병이 책상 위에 던지는 수많은 빛의 동심원을 바라보았다.

"모릅니다. 저희도 걱정하는 중입니다."

"암, 믿어야겠지."

그의 시선이 헨리의 시선과 꽤 오래 공중에서 만나는 것 같았다. 등골이 오싹했다.

줄리언은 알고 있다. 줄리언은 우리가 거짓말을 하고 있다는 것을 알고 있다. 우리가 무엇을 속이고 있는지 모를 뿐, 자기를 속이고 있다는 것은 알고 있다……. 나는 이런 생각을 했다.

✎

프랑스어 시간이 끝나고 점심을 먹은 뒤 나는 도서관 맨 위층에서, 책상 위에 책만 펴놓은 채 멍하니 앉아 있었다. 세상이 눈 천지인데도 이상하게 맑고, 그래서 도무지 현실로 믿어지지 않는 날이었다. 눈 덮인 잔디밭은 생일 케이크에 뿌려진 설탕 프로스팅 같았다. 멀리서 뛰노는 장난감 같은 아이들의 모습, 공을 쫓으며 짖는 강아지의 모습은 생일 케이크 위에 세워진 장식 인형들 같았다. 인형의 집 굴뚝에서는 진짜 연기가 오르고 있었다.

1년 전에는…… 1년 전 이맘때 무엇을 하고 있었던가를 생각해보았다. 1년 전의 그즈음 나는 친구의 자동차를 빌려 타고 샌프란시스코로 달려가 서점의 시집 코너에서 햄든 대학 지원 문제를 곰곰 생각하고 있었다. 그런데도 막상 1년이 지난 뒤 나는 이상한 옷차림을 하고 햄든 대학의 어느 차가운 방에서 평생을 감옥에서 썩느냐 마느냐는 문제를 놓고 고민하는 것이다.

하늘 아래 새로운 것은 없다(Nihil sub sole novum). 어디에선가 자동 연필 깎이가 신경질적으로 돌아가고 있었다. 나는 책상 위에 올려놓은 내 책에 이마를 대었다. 속삭이는 소리, 애써 죽인 발소리가 났다. 세월에 바랠 대로 바랜 종이 냄새가 코로 들어왔다. 몇 주 전 헨리는 버니를 없애자는 발상에 도덕적인 문제를 제기하는 쌍둥이 남매에게 화를 낸 적이 있는데 문득 그 일이 생각났다.

"바보같이 굴지 마."

헨리는 이 한마디로 쌍둥이 남매의 도덕적인 문제 제기를 봉쇄하려고 했다.

"하지만 도대체 이 냉혈한 살인을 어떻게 합리화할 수 있다는 말이야?"

이렇게 달려드는 찰스의 눈에는 눈물이 어리고 있었다.

"나는 이걸 살인이라고 생각하지 않아. 단지 재분배의 문제와 관련해 생각하고 있을 뿐이야."

헨리가 담배에 불을 붙이면서 한 말이었다.

헨리와 프랜시스가 가까이 다가오는 것을 보고 있으려니 정신이 퍼뜩 들었다.

"무슨 일이야?"

내가 눈을 비비면서 두 사람에게 물었다.

"별것은 아니고, 차 있는 데로 좀 같이 가자."

헨리가 중얼거렸다.

나는 잠결에 두 사람을 따라 계단을 내려갔다. 서점 앞 주차장에는 자동차들이 빼곡히 들어차 있었다.

"무슨 일이냐니까?"

차 안으로 들어가 앉자마자 내가 다시 물었다.

"커밀라 어디 있는지 알아?"

"집에 없어?"

"없어. 줄리언도 커밀라를 보지 못했다는군?"

"커밀라에게 부탁할 거라도 있어서?"

헨리는 한숨을 쉬었다. 차 안은 추웠다. 입김이 하얗게 나올 만큼 추웠다.

"뭔가 이상하게 돌아가고 있어. 프랜시스와 나는 오늘 보안 관리초소 앞에서 매리언과 클로크를 보았어. 보안관과 이야기를 나누는 것 같더라."

"언제?"

"약 한 시간 전에."

"무슨 일을 벌인 것은 아닐 테지. 네 생각은 어때?"

"그렇게 결론을 내릴 일은 아직 아니야."

헨리는 얼음에 덮인 서점 지붕을 바라보고 있었다. 서점 지붕의 얼음은 햇빛에 반짝거리고 있었다.

"커밀라가 있으면 클로크에게 들러서 어떻게 돌아가는지 좀 알아 오라고 할 수 있을 텐데. 내가 가고 싶지만 나는 이 클로크라는 친구를 잘 몰라."

"내가 조금 알기는 해."

프랜시스가 말했다.

"그 정도 알아가지고 되겠어? 클로크와 버니는 고등학교 동창이었으니까 분위기를 읽을 수 있을 것 같은데. 그런데 이 클로크라는 친구도 영 보이지 않아."

나는 주머니에서 제산제병을 꺼내고, 제산제 한 알을 꺼내 씹었다.

"뭘 먹어?"

프랜시스가 물었다.

"제산제야. 롤레이드라고."

"나도 한 알 줘. 아무래도 다시 커밀라의 집으로 가봐야 할 것 같아."

헨리가 중얼거렸다.

초인종을 누르자 놀랍게도 커밀라가 문틈으로 밖을 내다보고는 문을 열어주었다. 헨리가 뭐라고 하려는데 커밀라가 눈짓을 하면서 태연하게 말했다.

"응, 어서들 들어와."

우리는 아무 말 없이 커밀라의 뒤를 따라 어두운 현관 복도를 지나 거실로 들어갔다. 놀랍게도 거기에는 찰스와 클로크 레이번이 마주 앉아 있었다.

찰스는 당황했던지 벌떡 일어났다. 클로크는 예의 그 졸리는 듯한 눈으로 우리를 쳐다보았다. 검게 그을린 얼굴에 수염이 텁수룩했다. 찰스가 클로크 뒤에서 우리에게 눈짓했다. 말을 삼가라는 신호였다.

"오랜만이군. 어떻게 지냈어?"

헨리가 잠깐 분위기를 읽고는 먼저 입을 열었다.

"나쁘지 않아."

클로크는 가래가 끓어서 듣기 거북한 기침을 계속 하면서도 탁자 위에 말보로 담배 한 개비를 꺼내고는 대답했다.

"다행이군."

클로크는 기침을 해대면서 담배에 불을 붙였다.

"넌 어떻게 지내?"

클로크가 나에게 물었다.

"응, 아주 좋아."

"일요일 더빈스톨 파티에 왔었지?"

"응."

"모나를 만났어?"

클로크의 말투는 하도 심드렁해서 대꾸하고 싶지가 않을 정도였다.

"아니."

나도 심드렁하게 대답했다. 대답하고 보니 모두의 시선이 나를 향하고 있었다.

"모나라고?"

찰스가 모나라는 이름이 몰고 온 이상한 침묵을 깨뜨렸다.

"버니와 기숙사 같은 동에 사는 2학년짜리야."

클로크가 말했다.

"누구더라."

헨리의 말에, 클로크가 의자 등받이에 기대면서 헨리에게 핏발이 선 시선을 던졌다.

"방금 버니 이야기를 하고 있었어. 지난 며칠 동안 버니를 못 봤어. 넌 봤어?"

"나도 못 봤는데?"

클로크는 아무 말도 않고 있다가 고개를 가로젓고는 재떨이를 더듬었다.

"이 자식이 어디로 사라졌지? 지난 토요일에 만나고는 못 만났어. 못 만났다는 것도 사실은 오늘에서야 알았지만."

"어젯밤 매리언과 그렇지 않아도 버니 얘기를 했어."

헨리의 말이었다.

"알아. 매리언도 걱정하더라, 오늘 아침 커먼스 홀에서 매리언을 만났는데 버니는 자그마치 닷새 동안이나 방을 비우고 있대. 혹시 자기 집이나 형들에게 갔나 하고 코네티컷으로 전화를 했는데 버니의 형 패트릭의 말로는 집에 온 일이 없대. 뉴욕에 사는 형 휴에게도 전화를 걸어봤는데, 거기에도 안 왔다는 거야."

"버니의 부모님께 이 사실을 알렸대?"

"그러면 버니의 입장이 난처하게 되잖아? 매리언도 그렇게 만들고 싶지는 않았던 모양이야."

헨리는 한동안 가만히 입을 다물고 있다가 불쑥 클로크에게 물었다.

"너는 버니가 어디에 있을 거라고 생각해?"

클로크는 거북살스럽다는 듯이 어깨를 실룩거리고는 고개를 돌려버렸다.

"넌 나보다 더 오래전부터 버니를 알고 있잖아. 예일 대학에 버니의 형이 있지, 아마?"

"있어. 브래디라고. 경영학을 하고 있어. 하지만 패트릭이 브래디에게 전화를 했는데 거기에도 안 왔다는 거야."

"패트릭은 자기 집에서 살아?"

"응. 스포츠용품점이라던가, 무슨 사업을 하는 모양인데 이게 신통찮아서 바닥을 긴다더군."

"휴는 변호사던가?"

"응, 버니의 맏형이야. 뉴욕의 밀뱅크 트위드에 있어."

"버니의 형들은 다 결혼했어?"

"휴가 결혼한 것은 알겠는데."

"결혼한 형이 또 있을걸, 아마?"

"그러고 보니 테디도 결혼했구나. 하지만 버니가 그 집에 갔을 가능성은 없어."

"왜?"

"테디 형은 처가살이하거든. 부부 사이도 엉망인 모양이야."

거실에 무거운 침묵이 감돌았다.

"버니가 갈 만한 곳, 짚이는 데가 없어?"

헨리가 물었다.

클로크는 고개를 숙이고 재떨이에 담배를 비벼 껐다. 그 바람에 긴 머리카락이 내려와 그의 얼굴을 덮었다. 표정이 복잡한 것으로 보아 뭔가를 숨기고 있는 것 같았다. 한동안 고개를 숙이고 있던 그가 우리를 올려다보면서 입을 열었다.

"지난 이삼 주 사이에 버니에게 현금이 꽤 있었는데 너희들 혹시 눈여겨봤어?"

"그게 무슨 뜻이야?"

헨리가 송곳으로 찌르듯이 물었다.

"너희도 버니를 잘 알잖아? 늘 빈털터리거든. 그런데 최근에는 현금을 좀 만졌어. 꽤 많은 현금을. 누가 보내준 걸까? 부모님이 버니에게 송금하지 않는다는 건 너희도 잘 알지?"

말이 또 끊겼다. 헨리가 입술을 깨물고 있다가 물었다.

"도대체 무슨 이야기를 하고 싶은 거야?"

"그걸 알았어, 몰랐어?"

"네 이야기를 들었으니 이제 알게 된 셈이잖아?"

클로크는 앉은 채로 의자를 흔들면서 말했다.

"지금부터 하는 이야기는 대외적으로는 비밀이다."

가슴이 철렁 내려앉는 것 같았다. 헨리 역시 놀랐던지 클로크 앞으로 바싹 다가앉았다.

"그래, 그 비밀이라는 거 좀 들어보자."

"어디서부터 시작해야 좋을지 모르겠다."

"중요한 이야기면, 어디서 시작하든 다 통하게 되어 있어."

헨리가 매정하게 클로크를 구석으로 몰았다.

클로크는 담배 연기를 깊게 빨아들인 뒤 코르크 마개라도 뽑는 듯한 기분으로 천천히, 아주 공들여 뿜어내었다.

"내가 코카인 거래를 조금씩 하고 있다는 건 너희도 알지? 많은 양은 아니야. 일이 그램, 뭐 그런 거지. 나를 위해서, 또 친구들을 위해서 소량의 거래를 하고 있는 것뿐이야. 쉬운 일이고, 또 약간의 돈도 만질 수 있고 해서, 그럭저럭 해오고 있는 셈이지."

우리는 눈길을 나누었다. 별로 놀라운 소식은 아니었다. 클로크가 캠퍼스 최고의 마약 딜러라는 것은 공공연한 비밀이었다.

"그래서?"

헨리가 다그쳤다.

클로크는 의외라는 표정을 짓고는 말을 이었다.

"뉴욕 모트 가에 사는 중국인 하나를 알게 되었는데, 이 친구도 겁이 많아. 그래서 물건을 대주기는 해도 현금 회전에 무리가 있을 만큼은 절대로 대주지 않아. 이따금씩은 대마초도 대주지만, 그거 골치가 아파서 못 쓰겠더라고. 이 중국인과는 몇 년 동안 거래해온 셈이야. 버니와 내가 세인트 제롬 고등학교에 다닐 때부터 이 친구를 알았지. 버니의 주머니 사정은 너희도 알다시피 지금이나 그때나 마찬가지였어."

"알고말고."

"그런데 버니 이 친구, 그런 데에 관심이 많아. 현금치기가 가장 빠르거든. 버니에게 돈이 있었다면 이런 데 손을 뻗치게 했을 리 없지. 하지만 없잖아? 할 수 없어서 이 일을 조금 맡기기는 했지만 버니는 이런 일에는 원래 소질이 없잖아? 그래서 걱정스러운 거야."

"무슨 말인지 모르겠다."

헨리가 눈살을 찌푸렸다.

"내 실수이긴 하지만 몇 주 전에 뉴욕에 가면서 버니를 데리고 갔어."

버니의 뉴욕 여행이라면 우리도 알고 있었다. 버니가 틈만 나면 뉴욕 이야기를 했으니까.

"그래서?"

헨리가 또 다그쳤다.

"뭐라고 하면 좋을까? 어쨌든 걱정스러워. 버니는 그 중국인 친구가 어디에 사는지 알아. 알겠어? 그런데 버니에게는 현금이 있어. 그래서 매리언에게 이 문제를 두고……."

"버니가 혼자 뉴욕으로 갔다고 생각하는 건 아니겠지?"

찰스가 물었다.

"모르겠어. 그러지 않았기를 비는 수밖에. ……혼자 가서는 그 친구를 만날 수 없거든."

"버니가 그런 짓을 할 것 같아?"

커밀라가 물었다.

"솔직하게 말해서, 버니같이 멍청한 게 그런 짓을 한다면 이건 충격적이다."

헨리가 안경을 벗어 들고 손수건으로 닦으면서 중얼거렸다.

그 말은 아무도 잇지 못했다. 헨리가 고개를 들었다. 안경을 끼지 않은 그의 얼굴은 낯설었다. 그는 안경이 없으면 장님이나 마찬가지였다.

"그래, 매리언은 이런 사실을 알고 있어?"

"모르더라. 너희도 이 이야기는 하지 말아줘. 그래줄 수 있겠지?"

"버니가 뉴욕에 갔을지도 모른다고 생각하게 된 이유가 이것 말고 또 있어?"

"없어. 하지만, 거기에 안 갔으면, 버니가 갈 수 있는 데가 어디에 또 있겠어? 매리언이 네게 리카 탈하임 이야기를 했다며? 리카 탈하임이 수요일 은행 앞에서 버니 같은 사람을 본 적이 있다는 이야기."

"응, 했어."

"이게 묘하단 말이야. 한번 생각해보라고. 버니는 수백 달러를 챙겨가지고 뉴욕으로 갔다. 가서는, 돈 나올 데는 얼마든지 있다고 허풍을 떨었을 것이다. 이 친구들, 어떤 친구들인지 알아? 단돈 20달러 때문에 사람을 죽여 토막내가지고 쓰레기봉투에 담아서 버리는 녀석들이야. 모르지. 녀석들이 버니에게 학교로 돌아가 은행 계좌 닫아버리고, 현금 있는 것 다 챙겨가지고 내려오라고 했는지 어쩼는지."

"버니에게는 은행 계좌도 없어."

"너도 알았군?"

"암, 알고말고."

"거기에 전화해볼 수 없어?"

찰스가 물었다.

"누구에게? 그 중국인에게? 전화번호부에 이름을 남기겠어? 이 사람아, 이건 명함 주고받으면서 하는 사업이 아니라고."

"그럼 너는 어떻게 연락하지?"

"제3의 인물을 통해서 하지."

"그럼 제3의 인물을 통해서 연락하면 되지 않아?"

헨리가 손수건을 주머니에 넣고 안경을 끼면서 물었다.

"사무적인 연락 아니면 응대해주지 않아."

"너와는 오랜 친구라며?"

"무슨 소리야? 친구라니? 이 친구들이 보이스카우트 하는 줄 아나? 사업 한다고. ……뒷골목 사업가들이라고."

놀랍게도 프랜시스가 웃음을 터뜨렸다. 그러나 그는 손으로 입을 가리고 연거푸 기침을 함으로써 웃음을 교묘하게 위장했다. 헨리는 눈도 안 돌리고 프랜시스의 등을 두어 번 두드려주었다.

"우리가 어떻게 했으면 좋겠어?"

커밀라가 물었다.

"모르겠어. 버니의 방에 가봤으면 하는데? 여행 가방 같은 걸 챙겨 갔는 지 확인해보고 싶군."

"잠겨 있지 않아?"

헨리가 물었다.

"잠겨 있지. 매리언이 관리실에 열어달라고 했다가 거절당했대."

"잠겨 있다고 하더라도 들어가는 건 별로 어렵지 않을 거다."

헨리가 이러면서 아랫입술을 깨물었다.

"1층이니까 유리창을 통해 들어가면 돼. 방충망은 걷혀 있으니까."

"철망은 간단히 뜯어낼 수 있을 거야."

헨리와 클로크가 시선을 주고받았다.

"가서 한번 들어가 보는 게 좋겠어."

클로크가 손을 비비면서 말했다.

"우리도 가겠어."

"다 갈 수는 없잖아?"

클로크의 이 말에, 헨리가 클로크 뒤에 서 있는 찰스에게 눈짓을 했다. 찰스가 그 눈짓의 의미를 알아내고는 앞으로 나섰다.

"내가 가겠어."

찰스는 너무 크다 싶은 목소리로 이렇게 말하고는 술잔에 남은 술을 단숨에 마셨다.

"클로크, 세상에 어떻게 그런 일을 태연하게 할 수 있어?"

커밀라가 속삭였다.

클로크는 겸연쩍은 듯이 웃으면서 대꾸했다.

"별거 아니야. 사람이 한세상 살아가자면 이런 일을 겪을 수도 있는 거지, 뭐. 그래도 녀석들 나에게는 함부로 손 못 댄다."

헨리가 찰스에게 다가가 잠깐 나지막하게 귓속말을 했다. 찰스가 고개를 끄덕였다. 클로크는 이것도 모르는 채 중얼거렸다.

"그러니까 너무 걱정하지 않아도 좋아. 나는 놈들의 머리 꼭대기에 올라가 있으니까. 그런데 버니가 문제야, 버니는 놈들이 어떤 인간들인지 전혀 몰라. 버니는 100달러짜리 지폐만 한 다발 가지고 가면, 어서 옵쇼 하면서 놈들이 저희 본부로 안내하는 줄 알아."

클로크가 지껄이다가 제풀에 지쳐 입을 다물었을 즈음 찰스는 헨리와의 의견 교환이 끝났는지 옷장으로 다가가 외투를 꺼냈다. 클로크도 선글라스를 집어 들고 일어섰다. 클로크에게서는 마른 약초 냄새가 났다. 더빈스톨의 지저분한 복도에 가면 언제든지 맡을 수 있는 파촐리 기름, 정향 담배, 향초 냄새가 클로크에게서 풍겼다.

찰스는 목에다 스카프를 돌려 감았다. 그의 표정은 어떻게 보면 무심한 것 같기도 하고 어떻게 보면 비장한 것 같기도 했다. 눈빛은 부드러웠으나 입 매무새가 단정한 것으로 보아 헨리의 주문이 예사롭지 않았던 모양이었다. 찰스의 코는 숨을 쉴 때마다 벌름거렸다.

"조심해."

커밀라가 말했다.

찰스에게 한 말인데도 클로크가 저에게 한 말인 줄 알고 뒤를 돌아다보면서 웃었다.

"염려 놓으셔."

커밀라는 두 사람을 따라 문 앞까지 갔다. 문을 닫고 돌아서면서 커밀라는 헨리의 눈치를 살폈다.

헨리는 담배를 붙여 물었다.

우리는 계단을 내려가는 두 사람의 발소리, 클로크의 자동차에 시동이 걸리는 소리에 귀를 기울였다. 헨리는 창가로 다가가 커튼을 한쪽 가로 밀었다.

"갔군."

헨리가 중얼거렸다.

"헨리, 버니의 방에 가보는 것 말인데, 괜찮은 아이디어 같아?"

커밀라가 물었다.

"글쎄다. 아이디어가 나왔으니 한번 밀어붙여 보는 수밖에."

눈길을 창밖에 꽂은 채로 헨리가 대답했다.

"네가 따라갔으면 좋았을걸. 왜 안 갔어?"

"가고 싶었지. 하지만 안 가길 잘했어."

"찰스 오빠에겐 뭐라고 했어?"

"클로크도 버니가 시내에 있지 않다고 생각하는 모양이야. 버니가 갖고 있던 것은 고스란히 버니의 방에 있어. 돈, 여벌 안경, 겨울 외투, 모두 버니의 방에 있지. 이상한 건 클로크가 이 자리를 뜨려고 했다는 거야. 이유는 말하지 않더군. 그래서 나는 찰스에게 버니의 방에 가거든 일단 매리언을 불러서 방 구경을 시키라고 했어. 매리언이 방 꼴을 보면…… 매리언은 버니가 클로크에게 붙어 있는 까닭을 전혀 알지 못해. 알아봐야 별로 달라질 것은 없지만, 내 짐작이 빗나가지 않는다면 매리언은 버니의 방을 본 직후 경찰에 전화하기가 쉬워. 어쩌면 버니의 부모님에게 전화를 할지도 모르지. 모르기는 하지만 클로크도 이건 말릴 수 없을 거야."

"버니는 오늘도 발견되지 않았어. 두 시간 뒤면 해가 진다."

프랜시스가 처음으로 입을 열었다.

"그래, 하지만 일이 제대로 되면 내일부턴 수색이 시작되겠지."

"사람들이 우리에게 버니 일을 물을 것 같아?"

"모르겠어. 사람들이 어떤 반응을 보이는가에 따라 달라지겠지."

가느다란 빛줄기가 벽난로 위에 놓인 유리 촛대를 투과하면서 무지개를 만들었다. 무지개는 둥근 천장에서 이상하게 비틀리고 있었다. 문득 내가 보았던 범죄 영화의 장면장면이 머리에 떠올랐다. 창이 없는 방, 덩그런 의자 위로 쏟아지는 눈부신 빛줄기, 좁은 복도. 그러나 이런 이미지는 별로 극적인 것 같지도, 낯선 것 같지도 않았다. 생각하지 말자, 생각하지 말자. 나는 내 발밑의 융단을 비추는 빛줄기를 바라보면서 이런 생각을 했다.

커밀라는 담배에 불을 붙이려고 성냥을 그었지만 두 번이나 성냥개비만

부러뜨렸다. 헨리가 성냥을 받아 불을 일으켰다. 불꽃이 똑바로 오르자 커밀라는 한 손으로는 그 불꽃을 가리고 한 손으로는 헨리의 손목을 잡은 채 허리를 꾸부려 담뱃불을 붙였다.

～∞～

시간은 고통스러울 정도로 느릿느릿 흘러갔다. 커밀라가 위스키 한 병을 꺼내었다. 우리는 부엌 식탁에 앉아 편을 갈라 유커 카드놀이를 했다. 나와 커밀라, 헨리와 프랜시스가 각각 한편이 되었다. 커밀라는 유커를 잘했으나 편을 잘못 만나서 우리는 판마다 헨리와 프랜시스에게 지고 말았다.

집 안은 술잔 딸그락거리는 소리, 카드 섞는 소리가 귀에 거슬릴 만큼 조용했다. 헨리는 소매를 팔꿈치까지 걷어 올리고 카드를 섞었다. 석양빛이 들어와 프랜시스의 코안경 위에서 반짝거렸다. 카드에 정신을 집중하려고 했지만 자꾸만 문 쪽으로 눈이 가고, 거실의 시계 소리에 귀가 쏠리는 바람에 정신이 자꾸만 헷갈렸다. 거실 벽난로에 놓인 시계는 쌍둥이 남매가 애지중지하는 빅토리아 시대의 골동품이었다. 도자기로 만든 코끼리 등 위의 가마 안에 들어 있는 것으로 매시간마다 금빛 터번을 쓴 코끼리 몰이가 종을 치게 되어 있었다. 그런데 이 코끼리 몰이에게는 약간의 악마적인 분위기가 있었다. 이따금씩 내가 고개를 들고 올려다볼 때마다 코끼리 몰이는 심술궂은 웃음을 보내는 것 같았다.

나 때문에 우리 편은 판마다 졌다. 부엌은 점점 어두워지고 있었다.

"그만하자."

헨리가 카드를 놓으면서 말했다.

"그래. 지겹다. 그러나저러나 찰스는 왜 안 오지?"

프랜시스가 중얼거렸다.

시계 소리가 유난히 컸다. 우리는 카드를 놓은 채 어두워져가는 부엌에 앉아 있었다. 커밀라는 접시에다 사과를 내놓고 자기는 한 알을 통째로 부숴 먹으면서 창틀에 앉아 아래를 내려다보았다. 석양이 커밀라의 실루엣을 그려냈다. 머리카락 부분에서 황금빛으로 불타던 실루엣은 무릎 위로 아무렇게나 걸친 순모 스커트의 보풀 진 천 위로 흩어져 갔다.

"뭐가 잘못되고 있나?"

프랜시스가 중얼거렸다.

"바보 같은 소리 마라. 잘못될 게 뭐 있어?"

"찰스가 거기에서 체포된다거나 하는……."

"정신 차려, 도스토옙스키가 여러 사람을 버려놓는다니까?"

헨리가 눈살을 찌푸렸다.

프랜시스가 뭐라고 대꾸하려는데 커밀라가 창틀에서 바닥으로 내려서면서 소리쳤다.

"온다."

헨리가 벌떡 일어섰다.

"어디? 혼자야?"

"응."

커밀라가 창가에 붙어 있다가 문을 열고 밖으로 나갔다. 잠시 후 쌍둥이 남매가 현관 복도로 들어왔다.

찰스의 눈길은 험악했고, 머리카락은 아무렇게나 헝클어져 있었다. 그는 외투를 벗어 의자 등받이에 아무렇게나 걸고는 소파에 털썩 소리가 나게 앉았다.

"누가 술 한 잔 가져다줘."

찰스의 말이었다.

"잘됐어?"

"잘 안 되면?"

"무슨 일이 있었어?"

"술은 주는 거야, 안 주는 거야?"

헨리가 지저분한 컵에 아무렇게나 위스키를 부어 찰스에게 내밀었다.

"잘됐느냐고? 경찰이 왔어?"

찰스는 위스키를 한 모금, 꿀꺽 소리가 나게 마시고 나서 고개를 끄덕였다.

"클로크는 어디에 있어? 제 방으로 갔어?"

"갔을 거야, 아마."

"처음부터 자세히 이야기 좀 해봐."

찰스가 잔을 비우고는 바닥에다 내려놓았다. 그의 뺨은 빨갛게 상기되어 있었고, 얼굴에는 진땀이 배어 있었다.

"방에 가보기를 잘했지."

헨리의 생각이 그대로 적중한 셈이다.

"무슨 뜻이야?"

"엉망진창이야. 침대 위 이불은 걸레가 되어 있고, 사방은 먼지투성이이고, 먹다 남은 치즈에는 개미가 새까맣게 몰려들어 있고. 클로크는 겁이 나는지 자꾸 나가겠대. 그래서 내가 클로크가 나가기 전에 매리언을 불러들였지. 매리언도 거기에 몇 분 동안 있었어. 어이가 없는지 아무 말 없이 둘러보기만 했어. 클로크는 안절부절못했고."

"클로크가 매리언에게 마약 이야기 했어?"

"아니. 한두 번 암시는 주더라만 매리언은 관심을 가지지 않아서 그런지 눈치를 못 채는 것 같더라. 헨리, 우리가 엄청난 실수를 저질렀어. 그다음 날 바로 버니의 방에 가봤어야 했던 건데. 다른 사람을 앞질러 갔어야 했다, 이 말이야."

"무슨 뜻이야?"

"이걸 좀 봐."

찰스는 주머니에서 종이 한 장을 꺼냈다.

헨리가 재빨리 그 종이를 훑어보고는 물었다.

"이게 어디에 있었어?"

"하늘이 도왔지. 책상 위에 있더라. 들어가면서 눈에 띄기에 슬쩍 주머니에 넣었지."

나는 헨리의 어깨 너머로 그 종이쪽지를 내려다보았다. 〈햄든 이그재미너〉의 일부를 복사한 것이었다. 주택개조 칼럼과 모종삽 광고 사이에 다음과 같은 기사가 있었다.

> 배튼킬 군(郡)의 수수께끼의 살인사건!
>
> 배튼킬 군의 보안관서는 햄든 경찰과 합동으로 지난 11월 12일에 발생한 것으로 보이는 헨리 레이 맥리의 잔혹한 피살사건을 수사 중이다. 양계업자이자, 버몬트 양계협회 전(前) 회원이었던 맥리 씨의 토막 시체는 이에 앞서 미캐닉스빌에 있는 그의 농장에서 발견된 바 있다. 살인강도의 소행인 것 같지도 않고, 맥리 씨에게 배튼킬 군의 양계업과 관련된 몇 명의 적이 있는 것으로 알려지고 있기는 하나 아직은 혐의가 갈 만한 사람은 없는 것으로 경찰은 보고 있다.

나는 기겁을 하고 신문 기사 가까이 눈을 가져갔다. 토막이라는 단어가 그렇게 충격적일 수가 없었다. 신문 기사 중에서 오로지 이 단어만 내 눈에 보이는 것 같았다. 그러나 헨리는 종이쪽지를 뒤집어보면서 중얼거렸다.

"이건 여느 복사기로 복사한 게 아닌데. 이상하지 않아? 버니는 왜 이걸 도서관의 복사기로 복사했을까?"

"문제는 버니가 이걸 몇 장이나 복사했느냐 하는 데 있어."

헨리는 복사된 신문 기사를 구겨 재떨이에 넣고는 성냥을 그었다. 그가 성냥불을 갖다 대자 복사된 기사는 순식간에 타올랐다. 기사의 글씨는 잠깐 우리 앞에 환하게 그 모습을 드러내고는 곧 어둠으로 변했다.

"늦었어. 한 장만 우리 손으로 들어왔을 뿐. 그리고 그다음에는 어떻게 되었어?"

헨리가 말했다.

"매리언이 나가더니 잠시 후 친구를 하나 데리고 왔더군. 퍼트넘 하우스로 갔던 모양이야."

"그게 누구데?"

"모르겠어. 어타라던가, 어설라라던가. 만날 어부들이나 입는 줄무늬 셔츠를 걸치고, 스웨덴 냄새를 풍기고 다니는 애 있잖아? 어쨌든 이 애가 방을 한차례 둘러보았어. 그동안 클로크는 침대에 앉아 담배만 피우고 있는데, 위통이 있는지 계속 인상을 쓰더군. 결국 어타인가 뭔가 하는 애가 2층으로 올라가 기숙사 학생장에게 알리자고 하는 바람에……"

프랜시스가 웃었다. 햄든의 기숙사 학생장은 불평할 거리가 생길 때마다, 즉 창문이 말을 안 듣는다든지, 옆방에서 음악을 너무 시끄럽게 튼다든지 할 때마다 동네북이 되는 존재였기 때문이었다.

찰스가 말을 이었다.

"역시 올라가길 잘한 것 같아. 학생장은, 거 왜 있잖아, 만날 등산화 신고 다니는, 말 많은 빨강 머리. 이름이 뭐던가, 브리오니 딜러드라고 하던가?"

"맞아."

나는 브리오니를 알고 있었다. 기숙사 학생장, 학생회의 강골 임원인 브리오니는 캠퍼스 좌익 동아리의 우두머리이기도 해서 틈만 나면 햄든의 젊은이들을 선동해서 무관심한 기성세대에게 경종을 울리고자 하는 여걸이었다.

"응, 이 여걸 브리오니가 턱 나서더니 팔을 걷어붙이고는 우리 이름을 적고 한바탕 질문을 하더니, 버니의 옆방에 있는 애들을 모두 불러 그 친구들에게 또 같은 질문을 하고, 학생과에 전화를 걸고, 안전과에 연락을 하고. 안전과에서는 곧 사람을 보내겠다고 하는 모양이야. 담배 하나 줘……. 하지만 학생이 실종되었는데 그게 어디 안전과 소관이야? 경찰에 전화를 걸어야지. 술 한 잔 더 주겠니?"

찰스는 커밀라를 보면서 소리쳤다.

커밀라가 술을 따라주면서 물었다.

"경찰에서 사람이 왔어?"

찰스는 오른손 손가락에는 담배를 끼운 채 왼손의 손등으로는 이마의 땀을 씻었다.

"응, 왔어. 둘이 왔더군. 학교 안전과에서 두엇이 왔고."

"와서 뭘 했어?"

"학교 안전과 직원들이야 별 볼 일 있어? 하지만 경찰은 역시 다르더라. 능률적이야. 경찰관 하나가 방을 조사할 동안 다른 하나는 학생들을 한곳에 몰아놓고 질문을 던지기 시작하는데, 이건 완전히 기관총이야."

"뭘 물었어?"

"마지막으로 본 사람은 누구냐, 어디에서 보았느냐, 버니는 보통 외출하면 얼마 만에 돌아오느냐, 어디에 있을 것 같으냐, 뭐 이런 걸 묻는데, 별것 아닌 것 같은데도 경찰 심문이라 그런지 분위기가 싸늘해지더라."

"클로크는 무슨 말을 했어?"

"별로 안 했어. 난장판이었지. 애들이 다 몰려와서는, 앞을 다투어 정보랍시고 제공하는데, 내가 보기에 쓸 만한 것은 하나도 없더라고. 나한테는 아무도 관심을 갖지 않더군. 학생과에서 내려온 여직원 하나가 아주 사무적으로 끼어들면서, 이것은 경찰의 소관이 아니다, 학교에서 단독으로 처리해야 한다고 주장했다가 경찰에게 코를 떼였지. 경찰관은, 당신네들이 도대체 뭘 처리할 수 있나, 학생 하나가 근 일주일 동안이나 나타나고 있지 않은데도 모르고 있는 당신네들이 하기는 뭘 하냐, 이건 예사 사건이 아닌 만큼 학교는 문책을 당하게 될 것이다, 이렇게 면박을 주더군. 학생과 여직원 얼굴이 새빨갛게 될 수밖에. 그런데 그때 경찰관 하나가 버니의 지갑을 찾아냈다고 하더군.

물을 끼얹은 듯이 조용해지더라. 버니의 지갑에는 현금 200달러와 학생증이 들어 있었어. 지갑을 찾아낸 경찰관이 버니의 부모에게 연락해야겠다고 하니까 학생과 여직원이 그제야 제정신을 차리고 학생과로 올라가 버니의 신상명세서를 가져오겠다고 하더라. 그러니까 경찰관 하나가 바로 따라붙더군.

이때 이미 기숙사 복도에는 학생들이 어찌나 모여들었던지 발 디딜 틈이 없었어. 이들이 바깥에서 웅성거리면서 버니의 방 안을 기웃거리니까 경찰관이 화를 내면서 가서 할 일이나 하라면서 쫓아보내더군. 클로크는, 옳다구나 했는지 슬며시 빠져나가 버리더라. 참, 나가기 전에 클로크는 살짝 나를 부르더니, 마약 이야기는 하지 말아달라고 했어."

"너도 그렇게 빠져나온 건 아니겠지? 가라는 말을 듣고 나서 나왔어?"

"별로 오래 걸리지는 않더라고. 경찰은 매리언과 이야기를 좀 나누고 싶다면서 나와 어터는 이름만 적고 보내주더군. 그래서 한 시간 전에 나왔어."

"그런데 바로 오지 않고 뭘 했어?"

"그 이야기를 하려는 참이야. 오는 길에 사람을 만나고 싶지 않아서 학교 뒤, 교수 아파트 뒤로 둘러왔지. 그런데 이게 실수였어. 자작나무 숲길로 들어서기 직전에 조금 전에 말하던 문제의 학생과 여직원이 학장실에 있다가 나를 보고는 불러들이더군."

"학생과 여직원이 학장실에는 왜?"

"장거리전화를 쓰고 있었나 봐. 버니의 아버지에게 전화를 건 모양인데, 버니의 아버지는 소리를 질러대면서 학교를 고소하겠다고 으름장을 놓고 있더라고. 학장이 달래느라고 진땀을 빼고 코크런 씨는 자기가 알 만한 아들 친구를 바꾸라고 소리소리를 지르는 참인데 내가 지나가고 있었던 거야. 내가 지나가기 직전에 학생과 여직원은 헨리의 집으로 전화를 했던 모양이야. 있을 리가 없지."

"나한테 전화하라고 학장이 시켰대?"

"물론 그랬을 테지. 너에게 연락이 안 되니까 줄리언의 연구실이 있는 뤼케이온으로 사람을 보내려는 참인데 학생과 여직원이 무심코 창밖을 내다보다가 나를 발견한 거라니까. 학장실 역시 북적거리더군. 경찰관, 학장 비서, 행정처에서 온 직원 너덧, 학생기록실 직원, 전화통을 붙잡고 고함을 질러대는 교무처 직원. 학생과 여직원이 경찰관을 끌고 들어오는 순간부터 학장실은 완전히 수사본부가 되어버린 거지. 교수들도 몇 명 와 있더라. 리처드, 네 꼰대, 누구더라, 응, 롤랜드 박사도 와 있더라.

어쨌든, 내가 들어가니까 사람들이 좍 갈라지더군. 학장이 손수 수화기를 넘겨주더군. 내가 누구라고 하니까 코크런 씨도 흥분을 가라앉히고, 가만히, 비밀결사와 관계가 있는 실종사건은 아니냐고 묻더라."

"하느님, 맙소사."

프랜시스가 중얼거렸다.

찰스는 프랜시스를 흘겨보면서 말했다.

"네 안부도 묻더라. 홍당무 대가리는 어디에 있느냐고."

"딴말한 건 없어?"

"신사더라. 너희들 안부 다 묻고, 전화 끝날 때쯤은 안부들 고루 전하라는 말까지 하더라."

이 말이 길고 거북한 침묵을 불러일으켰다.

헨리는 아랫입술을 깨문 채 위스키를 한 잔 따르고는 물었다.

"은행 앞에서 버니를 본 애가 있다고 했는데, 그 이야기는 안 나왔어?"

"매리언이 그 여학생의 이름을 대었던 모양이야. 아 참, 그런데…… 깜박 잊고 있었구나. 매리언이 헨리 네 이름을 경찰에다 일러주더라. 프랜시스 네 이름도."

"왜, 어쩌고?"

"친구들이 누구누군지 당연히 알고 싶을 것 아냐?"

"그런데 왜 하필이면 나야?"

"진정해, 프랜시스."

방은 이미 어두워져 있었다. 하늘은 라일락꽃빛이었다. 눈 덮인 거리는 달빛 아래에서 초현실적인 풍경화 같았다. 헨리가 등불을 켜면서 물었다.

"오늘 밤부터 당장 수색을 시작할 것 같아?"

"시작이야 하겠지. 제대로 시작할지, 엉뚱한 곳을 뒤질지 그거야 모르겠 지만."

또 침묵이 흘렀다. 찰스가 얼음을 넣은 위스키 잔을 흔들었다. 얼음이 유 리컵의 벽면에 부딪치면서 종소리가 났다. 찰스는 기가 죽어 있었다.

"역시 우리가 지나쳤던 거야."

"찰스, 우리도 어쩔 수가 없었어. 그게 우리 토론의 결론 아니었어?"

"알아. 자꾸 코크런 씨 생각이 난단 말이야. 방학 때 그 집에 가서 놀기까 지 하지 않았어? 전화 통화였지만 그렇게 다정할 수가 없더라고."

"우리는 그럼 인정머리가 없냐?"

"다 그런 건 아니지만……"

헨리가 짜증 섞인 미소를 지으며 중얼거렸다.

"나도 모르겠다. 펠라이우 부스 메가스 에인 아이데(Pellaiou bous megas ein Aide)."

저승에 가면 황소 한 마리가 단돈 한 닢이라는 뜻이었다. 나는 그가 말하려는 뜻을 알았지만 나도 모르게 웃음이 나왔다. 고전 시대의 사람들은 지옥에서는 물가가 지극히 싸다고 믿었던 모양이다.

〜◯〜

헨리는 그 집을 나오면서 원하면 나를 집까지 태워다 주겠다고 했다. 이미 늦은 시각이었다. 헨리의 차가 기숙사 뒤에 이르렀을 때 나는 커먼스 홀로 가서 함께 저녁이나 먹자고 말했다.

우리는 먼저 우체국에 들렀다. 헨리가 우편함을 점검했다. 그는 3주에 한 번밖에는 우편함을 살펴보지 않았다. 자연히 우편물이 쌓여 있을 수밖에 없었다. 그는 쓰레기통 옆에 서서 우편물 겉봉을 읽은 뒤 대부분은 봉투를 뜯지도 않은 채 쓰레기통에다 버렸다. 그러던 그가 손길을 뚝 멈추었다.

"왜 그래?"

내가 묻자 그가 웃었다.

"네 우편함도 좀 봐. 교수 평가 설문지가 들어 있다. 줄리언의 것도 들어 있을 거야."

우리가 커먼스 홀에 이르렀을 즈음 식당은 이미 문 닫을 준비를 하고 있었다. 관리인 몇몇은 이미 식당의 바닥을 훔치고 있었다. 주방도 닫히기 직전이었다. 나는 주방에서 다행히 땅콩버터와 빵을 얻어낼 수 있었다. 헨리는 홍차 한 잔을 손수 마련했다. 식당 홀은 한산했다. 우리는 구석 자리에 앉았다. 우리 모습이 검은 판유리로 된 창에 비쳤다. 헨리는 펜을 꺼내어 줄리언에 대한 교수 평가 설문지를 메우기 시작했다.

빵에다 땅콩버터를 발라 먹으면서 내 몫의 평가 설문지를 살펴보았다. 평가 설문은 1점 - 부족에서 5점 - 탁월까지 나와 있었다. 설문의 내용은,

교수가 학문의 흐름에 민활하게 대응하는가, 강의 준비는 충실하게 하는가, 강의실 밖에서도 학생들의 공부를 도울 준비가 되어 있는가 등이었다. 헨리는 조금도 망설이지 않고 모두 5점에 동그라미를 치고 있었다. 그는 동그라미치기가 끝나자 여백에다 19라고 써넣었다.

"그건 뭐야?"

"줄리언으로부터 따야 하는 학점."

그는 설문지에 시선을 둔 채로 대답했다.

"줄리언 시간이 19학점이나 돼?"

"개인 지도가 포함된 거라서 많아."

헨리의 음성에는 짜증이 섞여 있었다.

한동안 종이 위를 달리는 헨리의 펜 소리와 주방에서 접시 부딪치는 소리만 내 귀에 들렸다.

"평가 설문지는 전교생이 다 받는 거야, 우리만 받는 거야?"

"우리만."

"왜 이런 게 필요하지?"

"자기네 기록을 위해 필요한 거지."

헨리가 이렇게 대답하면서 설문지를 뒤집었다. 대부분이 여백으로 되어 있는 뒷면에는 다음과 같은 글귀가 적혀 있었다.

이 난에서는 해당 교수를 찬양하거나 비난할 수 있습니다. 이 난으로 부족하면 추가로 첨부해도 좋습니다.

헨리의 펜이 이 뒷장에서는 머뭇거렸다.

그는 이 난은 거의 공란으로 남긴 채 설문지를 접어 옆으로 밀어두었다.

"별로 안 쓰는 것 같네?"

내가 묻자 헨리는 홍차를 한 모금 마시고는 대답했다.

"그렇다고 학장에게, 우리 중에 신(神)이 섞여 있다는 인상을 줄 필요는 없는 거 아니야?"

〰️

저녁을 먹은 뒤 방으로 돌아왔다. 밤을 맞기가 무서웠다. 그러나 오해하지 말기 바란다. 나는 경찰이 들이닥칠까 봐, 아니면 양심의 가책 같은 것 때문에 밤을 맞기가 무서웠던 것이 아니다. 전혀 그렇지 않다. 그즈음 나는, 무의식의 훈련을 통하여 살인과 관련된 연상을 적절한 시기에 차단하는 방법을 터득하고 있었다. 따라서 동아리와 만나면 더러 그 이야기를 하고는 했지만 혼자 있을 때는 생각하는 일이 거의 없었다.

혼자 있을 때마다 나를 괴롭힌 것은 일반적인 의미의 신경쇠약이었다. 말하자면 흔한 불안감 혹은 과장된 자기혐오증 같은 것에 시달리고는 했던 것이다. 내 입으로 뱉은 험한 말 혹은 어리석은 말이 그 이상으로 명징하게 나를 겨냥하고 되돌아왔다. 나 자신을 타이르기도 해보았고, 생각을 털어버리려고 애썼지만 헛수고였다. 오래전에 남에게 안긴 모욕, 은밀하게 경험하던 죄의식, 당혹감. 이런 것들이 어린 시절까지 거슬러 올라가면서 하나씩 되살아나 나를 괴롭혔다. 절름발이를 놀렸던 일, 부활절 병아리를 터뜨려 죽였던 일. 이런 일들이 하나씩 내 앞에 생생한 모습으로 나타나면서 나를 못 견디게 했다.

그리스어 공부에 집중하려고 애써보았지만 그것도 제대로 되지 않았다. 사전을 펼치고 단어를 찾아놓고도 옮겨 쓰려다 보면 기억에 남아 있지 않기가 일쑤였다. 명사, 동사의 형태도 제대로 잡히지 않았다. 그날 나는 자정이 가까운 시각인데도 불구하고 아래층으로 내려가 쌍둥이네 집에 전화를 걸었다. 커밀라가 전화를 받았다. 커밀라의 목소리는 취해 있었다. 잠과 술에 취해 있는 것 같았다.

"재미있는 이야기 하나만 들려줘."

나는 이렇게밖에는 말할 수가 없었다.

"재미있는 이야기? 생각이 안 나는걸."

"아무거나 좋아."

"신데렐라 이야기라도 하라는 거야? 나더러 지금 곰 세 마리 이야기라도 하라는 거야?"

"어린 시절 이야기 좀 들려줘."

커밀라는 기억에 남아 있는, 마지막으로 아버지를 보았을 때의 이야기를 했다. 그러니까 부모가 한꺼번에 세상을 떠나기 직전의 이야기였던 셈이다. 눈이 오던 날이라고 했다. 찰스는 자고 있었고 자기는 아기 침대 창살을 잡고 서서 창밖에 있는 아버지를 바라보고 있었다고 했다. 그때 아버지는 낡은 회색 스웨터 바람에 가래로 눈을 퍼서 울타리 밖으로 던지고 있었다고 했다.

"오후 두세 시쯤 되었을 거야. 아버지가 거기에서 뭘 하는지는 몰랐어. 단지 아버지가 보였다는 것, 그래서 아버지에게 가고 싶어서 아기 침대 문을 통해 나가려고 했다는 것만 기억나. 그런데 할머니가 들어오더니 못 나가게 이 침대의 가로장 문을 닫아버리는 거야. 막 울었어. 할머니의 동생인 힐러리 할아버지가 그때 우리와 함께 살고 있었는데, 이 힐러리 할아버지가 오시더니 나를 달래보다가 안 되니까 주머니에서 줄자를 꺼내서 가지고 놀라고 주시더라."

"줄자를?"

"응. 거 왜 있잖아? 뽑으면 쑥 나왔다가 단추를 누르면 좌르륵 소리를 내면서 들어가는 거. 찰스 오빠와 나는 이걸 서로 차지하려고 많이 싸웠어. 지금도 우리 집 어디엔가 있을 거야."

다음 날 아침 노크 소리에 억지로 잠을 깼었다. 느지막한 시각이었다.

나가보니 커밀라였다. 커밀라는 서둘러 옷을 입고 달려온 모양이었다. 커밀라는 뒷손질로 문을 닫는, 가운 차림으로 선 채로 어정쩡하게 졸고 있는 내 앞에 우뚝 섰다.

"아직 바깥에 안 나갔구나."

커밀라의 말이었다.

문득 불안한 예감이 내 목 뒤를 스쳐 지나가는 것 같았다. 나는 침대에 걸터앉으면서 물었다.

"안 나갔는데, 왜?"

"나도 뭐가 뭔지 모르겠어. 경찰이 찰스와 헨리를 데려갔어. 프랜시스는 어디에 있는지도 모르겠고."

"뭐야? 자세히 좀 말해봐."

"오늘 아침 7시쯤 경찰이 와서 찰스를 데려갔어. 왜 데려가는지는 설명하지 않더군. 찰스가 옷을 입고 경찰을 따라나가고 나서 조금 뒤에, 그러니까 8시쯤 헨리가 전화를 걸었더군. 헨리는, 조금 늦게 생겨서 미안하다고 하는 거야. 만날 약속도 안 했는데 무슨 소리냐니까, '응, 경찰이 버니 문제로 여기에 와 있어. 물어볼 게 있는 모양이야.' 이러는 거야."

"괜찮겠지. 헨리는 자기 소재를 알리려고 일부러 약속이 있는 것처럼 전화를 한 거야."

커밀라가 헝클어진 머리카락에다 손가락을 찔러 넣으면서 말했다. 찰스가 자주 보이는 몸짓이었다.

"그것뿐만이 아니야. 이 주위에 사람들이 좍 깔렸어. 경찰, 기자, 숫제 난장판이야."

"버니를 찾는다고?"

"뭘 하는지는 나도 모르겠어. 캐터랙트 산 쪽으로 이동하는 것 같던데?"

"당분간 캠퍼스를 좀 떠나 있어야겠다."

커밀라의 창백한 시선이 초조한 듯이 내 방 안을 훑고 다녔다.

"옷이나 입어. 옷 입고, 어떻게 해야 할지 좀 생각해보자."

욕실에서 구식 면도기로 면도를 하고 있는데, 주디 푸비가 문을 박차고 들어왔다. 어찌나 놀랐는지 그만 면도기에 뺨을 베이고 말았다. 주디는 내 뺨에서 피가 흐르는 것도 모르고 내 어깨에 한 손을 올려놓으면서 물었다.

"리처드, 들었어?"

손으로 뺨을 쓰다듬어보니 손가락 끝이 피에 흥건하게 젖어 있었다.

"듣다니, 뭘?"

"버니 얘기."

주디가 눈을 동그랗게 뜬 채 쉰 목소리로 말했다.

나는 주디가 무슨 소리를 할지 모르면서도 놀랄 채비를 하고는 귀를 기울였다.

"잭 타이텔바움이 얘기해줬어. 어젯밤에 클로크한테서 들었대. 실종이라는 거, 영화나 소설에만 나오는 줄 알았더니, 잭의 말로는, 오늘 중에 나타나지 않으면 십중팔구…… 나야 물론 버니에게 무슨 일이 생겼으리라고는 안 믿지. 아무 일 없을 거야."

나는 뭐라고 해야 좋을지 몰라서 가만히 듣기만 했다.

"나, 방에 있을 테니까, 궁금한 게 있으면 들러."

"알았어."

"할 말이 있으면, 궁금한 게 있으면 들르라는 거야. 방에 있을 테니까, 얘기나 좀 하자고."

"고마워."

고마울 것은 하나도 없었다. 나를 쳐다보는 주디의 눈동자에는 버니에 대한 연민이 어리어 있었다. 알기는 뭘 알까마는 눈동자를 통해 주디는 슬픔이 안기는 고독, 슬픔이 지니는 불가항력 같은 것을 이해하고 있는 척했다.

"아무 일 없을 거야."

내 손목을 꽉 잡아주고 돌아서 나가던 주디는, 문 잎에서 다시 니에게 슬픔이 어린 듯한 시선을 던진 다음에야 문밖으로 사라졌다.

커밀라로부터 학교 안이 난장판이 되어 있다는 소식을 들었는데도 내게는 밖으로 나갈 마음의 준비가 되어 있지 않았다. 주차장은 햄든 시내에서 온 듯한 사람들로 붐볐다. 차림새로 보아 공장 노동자 같은 사람들이 도시락을 옆구리에 끼고 우왕좌왕하면서 캐터랙트 산 쪽으로 꾸역꾸역 몰려가고 있었다. 아이를 데리고 온 사람들도 있었다. 캐터랙트 산으로 통하는 도로 연도에는 수많은 학생들이 몰려들어 호기심 어린 눈으로 이들을 구경하고 있었다. 경찰, 보안관, 주(州) 경찰도 보였다. 주차장 옆 잔디밭에는 라디오 중계차, 매점 트럭, 채널 12번의 〈현장 소식〉 중계차가 서 있었다.

"세상에, 이 많은 사람들이 저기에서 뭘 하고 있대?"

"저거 프랜시스 아냐?"

커밀라가 엉뚱한 소리를 했다.

바쁘게 움직이는 무리 속에서 빨강 머리와 검은 외투가 유난히 드러나 보였다. 프랜시스가 분명했다. 커밀라가 유리창을 두드리면서 프랜시스를 불렀다.

우리는 밖으로 나갔다. 프랜시스는 구경하러 나온 식당 종업원들 사이를 지나 우리 쪽으로 걸어왔다. 옆구리에 신문을 낀 채 그는 담배를 피우며 천천히 우리 앞으로 다가왔다.

"잘 잤어? 웬 소동인가 싶을 테지?"

프랜시스가 물었다.

"그래, 대체 이게 웬 소동이지?"

"보물찾기야."

"보물찾기라니?"

"코크런가에서 거액을 걸었어. 햄든 공장이 모두 문을 닫았지, 종업원들이 보물찾기하러 나서는 바람에. 커피 마실래?"

우리는 학교 시설물 관리인들 사이를 비집고 매점 트럭 쪽으로 다가갔다.

"커피 석 잔. 두 잔은 밀크 넣어주세요."

프랜시스가 계산대 뒤에 선 뚱뚱한 종업원에게 주문했다.

"밀크는 없어요. 크레모라밖에."

"그럼 그냥 블랙으로 줘요. 리처드, 오늘 아침 신문 봤어?"

프랜시스는 이러면서 신문을 내밀었다. 〈햄든 이그재미너〉였다. 1면에 실린, 최근에 찍은 것인 듯한 버니의 사진과 헤드라인이 눈에 들어왔다.「경찰과 가족이 햄든에서 실종된 청년(24세)을 수색 중」.

"스물네 살이라니, 어떻게 된 거야?"

나로서는 의외였다. 나와 쌍둥이 남매는 스무 살, 헨리와 프랜시스는 스물한 살이었다.

"초등학교 때 한두 해 낙제했대."

커밀라가 대답했다.

"그랬나."

기사의 내용은 이랬다.

　일요일 오후 에드먼드 코크런(친구와 가족 사이에서는 버니라는 애칭
으로 불리는)은 캠퍼스 파티에 참석했다가, 오후 2시에서 3시 사이에 같
은 햄든 대학에 다니는 여자친구 매리언 반브리지(뉴욕 주 라이 시 출
신)를 만나러 간다면서 자리를 떴다. 버니 코크런은 이후로 소식이 없다.
　문제의 반브리지 양과 코크런의 한 친구가 어제 주 경찰과 시경에 신
고함으로써 실종사건이 접수되었다. 오늘 햄든 지역에서는 대규모 수색
작업이 시작된다. 실종된 청년의 인상착의는 제5면을 참고할 것.

"끝이야?"
내가 커밀라에게 물었다.
"5면에서 계속된대."

　버니 코크런은 키 185센티미터, 몸무게 90킬로그램의 거구로 머리카
락은 금발, 눈은 푸른색이다. 그는 안경을 쓰고 있고, 마지막으로 목격된
바에 따르면 회색 트위드와 카키색 바지, 노란 비옷을 입고 있는 것으로
알려져 있다.

"리처드, 커피 여기 있다."
프랜시스가 커피 석 잔을 두 손에 들고 돌아섰다.

　매사추세츠 칼리지 팔에서 세인트 제롬 고등학교를 나온 코크런 군은
하키, 라크로스, 야구 등에 만능 선수였고, 졸업반 시절에는 울버린 축구
팀의 주장을 지낸 것으로 알려지고 있다. 햄든 대학에서는 문학과 언어

학, 특히 그리스 고전학을 공부하고 있는 코크런은 동료들 사이에서는 '학자'라는 별명으로 불린다. 그는 자원 소방대의 소방 부장이기도 하다.

"학자 좋아한다."
커밀라가 중얼거렸다.

경찰에 실종 신고를 낸, 코크런 군의 학교 친구인 클로크 레이번은 코크런 군이 강직한 청년인 만큼 마약 거래 같은 데 관련되었을 가능성은 전혀 없다고 증언했다.
클로크 군은 어제 오후, 코크런 군이 보이지 않자 기숙사 방을 뒤져보고는 바로 그 자리에서 경찰에 신고한 것이다.

"이건 엉터리다. 경찰에 전화한 건 클로크가 아니잖아?"
커밀라가 속삭였다.
"찰스 이야기는 한마디도 안 나오네."
"하느님이 돌보셨지 뭐야."
커밀라가 그리스어로 말했다.

코네티컷 주 셰이디 브룩에 거주하는 코크런 군의 양친 맥도널드 코크런과 캐서린 코크런은 어제 오후 실종된 막내아들의 수색작업을 돕기 위해 급거 햄든으로 왔다(자세한 내용은 제10면 「기도하는 코크런 일가」를 볼 것). 전화 인터뷰에서, 빙엄 신탁은행장이자 코네티컷의 퍼스트 내셔널 뱅크의 이사인 맥도널드 코크런 씨는 여기에서 우리가 할 수 있는 일은 지극히 한정되어 있다, 우리는 최선을 다해 수색작업을 벌이는 사람들을 도울 것이다, 라고 말했다. 그는 또, 실종 일주일 전에 아들로부터 전화를 받은 적이 있지만 이상한 데는 전혀 없었다고 말했다.

　　어머니인 캐서린 코크런 부인은 아들에 대해, 버니는 굉장한 효자인 만큼 무슨 일이 있었으면 먼저 본인이나 남편에게 이야기했을 것이라고 말했다. 코크런 군의 행방과 관련된 정보를 제공하는 사람에게 돌아갈 5만 달러의 현상금은 코크런가, 빙엄 신탁은행, 하일랜드 맨션이 공동 출연(出捐)한 것으로 알려져 있다.

바람이 심하게 불어오고 있었다. 나는 커밀라와 함께 신문을 접어서 프랜시스에게 돌려주었다.

"5만 달러라, 거액인데?"

"햄든 시민이 몽땅 이곳으로 몰린 까닭을 이제 알겠지? 젠장, 여긴 너무 춥구나."

프랜시스가 이렇게 말하고는 커피를 마셨다.

우리는 커먼스 홀로 갔다. 커밀라가 프랜시스에게 물었다.

"찰스와 헨리 일 알고 있겠지?"

"경찰이 찰스에게 동행을 요구했던 거로군?"

"헨리는 왜 불려 갔을까?"

"헨리 걱정은 시간 낭비야."

난방이 잘된 커먼스 홀은 놀랍게도 거의 비어 있었다. 우리 셋은 검은 비닐 소파에 앉아 커피를 마셨다. 이따금씩 사람들이 썰렁한 바람을 몰고 문을 드나들었다. 우리에게 다가와 새로운 소식이 없느냐고 묻는 친구들도 있었다. '파티 피그' 학생회장 저드 매케나는 빈 깡통을 들고 다니면서 긴급 수색 기금을 모은다고 우리에게도 깡통을 내밀었다. 우리는 동전으로 1달러 기부했다.

헨리가 나타난 것은, 조르주 라포르그 교수가 우리에게 다가와 브랜다

이스에서 있었던 비슷한 실종사건 이야기를 장황하게 이야기하고 있을 때였다.

"자넨가."

라포르그 교수는 자기 뒤로 다가온 사람이 헨리인 것을 알고는 떨떠름한 표정을 하고 냉담하게 말했다.

"라포르그 교수님, 다시 뵙게 되어 반갑습니다(Bonjour, Monsieur Laforgue, Quel plaisir de vous revoir)."

헨리가 고개를 숙이면서 말했다.

라포르그 교수는 주머니에서 손수건을 꺼내어 자그마치 5분 동안이나 코를 풀고는 손수건을 네모나게 접어 주머니에 넣은 뒤, 헨리에게서 등을 돌린 채로 실종사건 이야기를 계속했다.

"실종 좋아하네. 아니었어, 그 친구가 아무에게도 알리지 않고 뉴욕에 다녀온 걸 가지고 그 난리를 쳤던 거라고. 이번의 이 친구, 버디라고 했나?"

"버디가 아니고 버니입니다."

"응, 이 친구의 경우는 사라진 지가 꽤 오래되기는 했지만 머잖아 불쑥 나타나 야단법석을 떨었던 사람들을 머쓱하게 만들 거라고. 학교가 왜 이렇게 법석을 떠는지 알아? 고소당할까 봐서 그러는 거야. 이 이야기 딴 데 가서 하면 안 돼."

"뭣하러 그런 소릴 하고 다니겠어요?"

"자네들도 알다시피 나와 학장과의 관계가 좀 묘하다고."

"피곤해 죽겠다. 하지만 걱정할 일은 하나도 없으니까 그렇게들 알아."

자동차로 돌아왔을 때 헨리가 한 말이었다.

"뭘 묻디?"

"별거 아니야. 버니를 안 지 얼마나 되느냐, 최근에 버니에게 이상한 점은 없었느냐, 버니에게 학교에서 사라질 만한 동기가 있느냐, 뭐 이런 것들이었어. 물론 지난 며칠 동안 버니의 행동은 이상했지. 그래서 이상했다고 했어. 자그마치 두 시간 동안이나 말이야. 헛짓하는 줄 알면서도 장단을 맞춰주려니 영 죽겠더라고."

우리는 쌍둥이 남매의 아파트로 갔다. 뜻밖에도 찰스가 소파에 구겨진 채 자고 있었다. 외투도 신발도 벗지 않은 채, 팔을 아래로 늘어뜨리고 소파에 엎드려 자고 있던 찰스는, 우리가 들어가자마자 소스라치게 놀라면서 잠을 깼다. 얼굴이 부석부석했다. 소파에는 찰스가 자면서 침을 흘린 자국이 군데군데 남아 있었다.

"어떻게 됐어?"

헨리가 물었다.

찰스가 일어나 앉으면서 눈을 비볐다.

"잘됐어. 어제 한 일을 다 쓰라고 하더니 서명하래. 했지."

"내게도 왔더라."

"그래? 뭘 물어?"

"비슷한 질문이지, 뭐."

"대접 잘해줘?"

"특별히 잘해주는 건 아니더라."

"내게는 어찌나 잘해주는지. ……경찰서에서 대접받으니까 이상하더라. 아침까지 먹여주더군. 커피와 젤리 도넛으로."

금요일이라서 수업이 없었다. 줄리언도 학교에 있지 않고 집에 있는 날이었다. 그의 집은 우리가 있는 곳에서 그리 멀지 않았다. 올버니로 가는 도중이었던 우리는 트럭 휴게소에 팬케이크를 먹으러 들렀는데, 헨리가 난데없이 줄리언의 집에 가보자고 했다.

다른 친구들은 여러 차례 갔을 테지만 나는 줄리언의 집에 가본 적이 없었다. 실제로, 헨리는 예외이기는 하지만, 줄리언은 대체로 사람들이 찾아가는 것을 좋아하지 않았다. 줄리언을 조금이라도 아는 사람에게는 그의 이런 방침이 조금도 이상하지 않았다. 그는 학생들과 친밀하게 지내기는 하되 되도록이면 일정한 거리를 유지하고 싶어했다. 그는 다른 교수 이상으로 학생들을 사랑했다. 그러나 그렇다고 해서 학생을 자기와 동등하다고 여기는 것은 아니었다. 이 점에서는 헨리도 예외는 아니었다. 수업에 관한 한 줄리언과 우리의 관계는 민주주의와는 인연이 먼, 은혜로운 독재자와 신하 같은 백성의 관계였다.

"내가 자네들의 선생이 된 것은, 내가 자네들보다 더 많이 알고 있기 때문이다."

그는 언젠가 이런 말을 한 적도 있었다. 우리를 대하는 그의 태도는, 정신적인 차원에서는 극도로 친밀했지만, 표면적으로는 냉담하고 사무적이었다. 그는 우리가 지닌 가장 매력적인 자질들을 제외한 우리의 어떤 점도 제대로 보려 하지 않았다. 그 매력적인 자질이란 우리의 모든 지루하고 비호감스러운 특성을 배제하는 방향으로 그가 가꾸고 확대한 것들이었다. 나는 줄리언이 의도하는 이 매력적인 수준에 나 자신을 맞추는 일에 굉장한 기쁨을 누리고 있었다(결국 이 때문에 나는 거짓말로 자신을 교묘하게 방어하는 이상한 인간이 되어가고 있었던 것이다). 그러나 그에게는 우리의 전체성을 보려고 하지 않는 경향이 있었다. 그는 자기가 발명한 덕목인 게니스 그라투스(genis gratus), 코르포레 글라벨루스(corpore glabellus), 아르테 물티스키우스(arte multiscius), 에트 포르투나 오풀렌투스(et fortuna opulentus), 즉 고운 얼굴, 부드러운 살빛, 충분한 교양 그리고 유복함을 통해서만 우리를 보려고 하는 경향이 있었다. 그에게는 이상하게도 개인적인 성격의 문제까지도 맹목적으로 이런 문맥에서 읽으려는 경향까지 있었다. 바로 이 때문에 그는 버니가 지니는 현실적, 실재적 문제까지도 정신적인 것으로 변화시키고 바로 그런 문맥에서 문제의 핵심을 읽으려고 했던 것이었다.

나는 지금도 그렇지만 그때는 더더욱 줄리언의 교실 밖에서의 삶(행동이나 말을 통해서 사람들에게 자신을 신비스러운 존재로 비치게 하던 학교생활의 연장선상에 있는)에 관해서는 까맣게 모르고 있었다. 그의 사생활에도 여느 사람의 사생활과 마찬가지로 결점이나 오점은 있을 터였다. 그러나 우리가 엿볼 수 있는 그의 삶의 한 부분은 거의 완벽에 가까웠다. 따라서 나는 그가 일단 우리 옆을 떠나 사생활로 들어가 있을 때는 상상할 수도 없이 완벽한 삶 속으로 물러설 것이라고 생각했다.

내가 그가 사는 곳, 그의 사생활의 보금자리가 되는 집에 호기심을 품었던 까닭이 여기에 있다. 그의 집은 간선도로에서 몇 마일 떨어져 숲 속에 있었다. 집 앞에서 보니, 눈 닿는 곳은 오로지 나무와 눈뿐이었다. 외양이 당당한 저택이기는 했지만 프랜시스의 시골집에 견주면 그 크기나 아름다움은 훨씬 미치지 못했다. 줄리언은 우리에게 정원 이야기, 집 안에 있는 고대 그리스의 항아리, 마이센의 사기 그릇, 알마 타데마와 프리드의 그림 이야기를 자주 하고는 했다. 그러나 정원은 눈에 덮여 있어서 어떤지 알 수 없었고 집 안에 실제로 그런 물건이 있는지는 줄리언이 없어서 확인할 수 없었다. 그가 집에 있었는지 없었는지 모르지만 하여튼 헨리의 노크에 대답하지 않았던 것은 분명하다.

헨리는 줄리언 모로 교수의 집 문을 두드리다가, 자동차에서 기다리는 우리를 돌아다보았다. 그러고는 주머니에서 메모지를 꺼내어 몇 자 써서는 접어서 문틈에 끼웠다.

햄든으로 돌아오는 차 속에서 헨리가 말했다.

"학생들도 수색작업에 나서고 있어? 적당한 이유만 있으면 되도록이면 나서지 않았으면 하는데. 하지만 어떻게 보면 너무 매정스러운 것 같기도 하고, 생각들이 어때? 집으로 바로 갈 거야?"

헨리는 무슨 생각을 했던지 잠시 후에는 이렇게 덧붙였다.

"아무래도 가보는 게 좋겠다. 찰스, 너는 오늘 아침 일만으로도 적잖이 지쳤을 거야. 너는 그냥 집으로 돌아가는 게 좋겠어."

쌍둥이 남매를 집 앞에서 내려주고 헨리, 프랜시스, 나 이렇게 셋은 학교로 돌아갔다. 그때쯤이면 수색하던 사람들이 제풀에 지쳐 돌아갔겠거니 했는데, 웬걸, 아침보다 더 분주해 보였다. 경찰관, 대학 본부의 행정 직원들, 보이스카우트, 관리 직원들, 학교의 안전요원들, 서른 명가량의 햄든의 학생들(학생회에서 나온 학생들도 있었고 심심풀이로 따라 나온 학생들도 있었다), 그리고 햄든 시민들이 분주하게 오고 갔다. 어떻게 보면 굉장히 많은 사람들이 모였다고 볼 수 있었다. 그러나 구릉에서 내려다보았을 때 그들의 수는 끝없이 펼쳐진 설원에 견주어 너무나 하찮아 보였다.

우리는 구릉에서 내려와 군중 속으로 합류했다. 집으로 돌아가고 싶어했지만 헨리 때문에 끌려오다시피 한 프랜시스는 시무룩한 얼굴을 하고 우리 뒤에서 두세 걸음 처진 채 따라왔다. 우리에게 주의를 기울이는 사람은 거의 없었다. 우리 뒤로 워키토키 끊는 소리가 들려왔다. 깜짝 놀라 돌아보니 교내 교통관리대장이 내 등 뒤에 붙어선 꼴이 되어 있었다.

"똑바로 보고 다녀."

관리대장이 소리쳤다. 코와 턱에 군데군데 반점이 솟아 있는 불독 같은 사내였다.

"죄송합니다. 한 가지 여쭐 게 있는데요……"

그는 침이라도 뱉을 듯이 내게서 고개를 돌리며 투덜댔다.

"대학생 녀석들이라니…… 쓸데없이 돌아다니긴 왜 돌아다니나? 해야 할 일 찾아가면서 좀 못 하나."

"우리가 지금 할 일을 찾으러 다니고 있지 않소?"

헨리가 쏘아붙였다.

관리대장이 홱 소리가 나게 고개를 돌렸다. 그러나 헨리를 노려본 것이 아니었다. 그는 허공을 보고 있는 프랜시스를 노려보면서 으르렁거렸다.

"자네지? 교수 주차장에 주차해도 좋다고 생각하는 건방진 교외 거주자가 바로 자네지?"

프랜시스의 눈초리도 험악해졌다.

"그래, 바로 자네야. 주차 위반하고 벌금 안 낸 게 몇 건인지 알기나 하나? 아홉 건이다. 그렇지 않아도 지난주에 이미 학장실에다 자네 차량의 등록 취소를 건의해두었다. 학장실에서는 곧 자네에게 보호관찰 조치를 취하게 될 거다. 이렇게 되면 자네의 차량 등록은 취소되고, 도서관 이용권도 보류된다. 학장실은 그래도 인심이 좋지. 나라면 냉큼 감옥에 보내버리고 말았을 거다."

프랜시스가 관리대장을 노려보았다. 헨리가 프랜시스의 소매를 잡아 한쪽으로 끌고 갔다.

사람들로 이루어진 긴 줄이 눈 쌓인 산기슭을 오르고 있었다. 그중 일부는 작대기 같은 것으로 끊임없이 눈밭을 쿡쿡 찌르면서 따라가고 있었다. 우리는 줄 맨 뒤에 붙어서서 앞에서 이끄는 대로 따라 올라갔다.

버니의 시체는 수색이 벌어지는 현장에서 남서쪽으로 3킬로 정도 떨어진 곳에 있었다. 그것을 알고 있어도 별로 마음이 조급해지지는 않았다. 나는 눈밭에 시선을 꽂은 채로 졸면서 따라다녔다. 줄의 맨 앞에는 주 경찰들과 시경에서 나온 경찰관들이 고개를 숙인 채 두런거리면서 걷고 있었고 독일산 셰퍼드 몇 마리가 그들을 중심으로 흩어진 채 따르고 있었다. 분위기가 무거울 수밖에 없었다. 산 위의 하늘은 금방이라도 눈보라를 뿌릴 것처럼 잔뜩 찌푸리고 있었다. 프랜시스는 코트를 질질 끌면서 올라가고 있었다. 그는 자기를 수상하게 여길 사람이 근방에 있기라도 한 듯이 이따금씩 주위를 힐끔거렸다. 불안한지, 그는 이따금씩 마른기침으로 자기 자신을 위로하고 있는 것 같았다.

"주차 위반을 했으면서 벌금은 왜 안 내?"

헨리가 나무랐다.

"말 시키지 마."

프랜시스가 잘라 말했다.

기분으로는 몇 시간 동안 수색대에 끼어 산을 오른 것 같았다. 찌릿찌릿한 발도 서서히 기분 나쁘게 무뎌졌다. 경찰관들은 무거운 벨트에 진압봉을 매단 채 그 육중한 장화로 발자국을 꾹꾹 눌러 찍으면서 오르고 있었다. 헬리콥터 한 대가 나무 꼭대기에 닿을 듯한 높이에서 우리 머리 위를 한 바퀴 돌고는 온 방향으로 날아가 버렸다. 어둠이 내리기 시작하자 사람들은 산 사면을 돌아서 내려올 채비를 했다.

"젠장, 그만 가자."

프랜시스가 투덜거렸다. 그날 프랜시스는 같은 소리를 여남은 번은 되풀이했을 것이다.

산 사면을 따라 내려오는데 경찰관 하나가 우리 앞으로 나서면서 씩 웃었다. 얼굴이 붉은 이 거구의 경찰관은 빨간 수염을 기르고 있었다.

"다 찾았나?"

"그런 것 같습니다."

헨리가 대답했다.

"자네들, 버니라는 친구를 아나?"

"사실은…… 압니다."

"어디 갔을 만한 곳은 없나?"

그게 만일에 영화였더라면…… 만일 영화였더라면, 그렇게 안절부절 못하고 있던 우리는 의심을 받아도 여러 번 받았을 것이다. 나는 공연히 호의적인 경찰관의 푸짐한 얼굴을 바라보면서 이런 생각을 했다.

"텔레비전, 그거 얼마나 하지?"

집으로 돌아오는 길에 헨리가 물었다.

"왜?"

"오늘 밤 뉴스를 보고 싶어서."

"그거 꽤 비쌀 거야."

프랜시스가 심드렁하게 대답했다.

"먼머스 하우스 다락방에 가면 한 대쯤 있을 거야."

내가 가르쳐주었다.

"주인이 있어?"

"있겠지만 갖다 써도 돼."

"그래. 가져다 보고 나중에 갖다 놓자."

헨리가 말했다.

프랜시스가 망을 보고 나와 헨리는 다락방으로 올라가 부서진 전등, 합지 상자, 싸구려 유화 사이를 뒤져 헌 텔레비전을 한 대 찾아내어 헨리의 자동차에다 실었다. 프랜시스의 집으로 가는 길에 우리는 잠시 쌍둥이 남매에게 들렀다.

커밀라가 헨리에게 이런 말을 했다.

"코크런 가족이 오늘 오후에 너를 만나고 싶어하더라."

"전화가 열 번쯤은 왔을 거야."

"줄리언도 전화를 했더구나. 상심이 큰 모양이던데?"

"클로크도 전화를 했고."

찰스의 이 말에 헨리가 다그쳐 물었다.

"왜 전화했대?"

"오늘 아침 경찰의 심문을 받으면서 마약 이야기를 했나 안 했나 그걸 알아보려고 전화했대."

"그래서 뭐라고 했어?"

"나야 안 했으니까 안 했다고 했지. 넌 어쨌는지 모른다고 했어."

"뭣들 하고 있어? 서둘지 않으면 저녁 뉴스 놓친다."

프랜시스가 연방 시계를 보면서 재촉했다.

우리는 프랜시스의 집 거실에다 텔레비전을 놓고 한동안 만지고 두드리고 한 뒤에야 겨우 괜찮은 화면을 볼 수 있었다. 〈페티코트 정크션〉이 끝나고, 후터빌의 급수탑 화면이 지나가고 있었다.

곧 뉴스가 시작될 터였다. 시그널 뮤직이 사그라지면서 진행자의 책상 왼쪽에서 조그만 원이 하나 나타났고, 그 위에 경찰견 한 마리를 끌고 플래시를 켜 들고 있는 경찰관 화면이 나타났다. 그 경찰관 발치에 '실종자 수색'이라는 뉴스 헤드라인이 나타났다.

진행자가 카메라를 응시하면서 말했다.

"수백 명이 모여들고 수천 명이 마음을 졸이며 기도하는 가운데 햄든 지역에서는 실종된 햄든 대학의 재학생 에드먼드 코크런 군의 수색이 시작되었습니다."

화면은 뉴스 진행자의 모습에서 울창한 숲으로 변했다. 수색 현장을 뒤에서 찍은 화면이 나왔다. 수많은 사람들이 작대기로 눈을 푹푹 쑤시고 있는 장면을 배경으로, 오후에 본 독일산 셰퍼드들이 화면에서 우리를 보며 짖고 있었다.

"너희는 어디에 있었어? 텔레비전에 나오는 거 아냐?"

커밀라가 물었다.

"보기만 하라고. 근사하게 나올 테니까."

프랜시스가 비아냥거렸다.

화면이 바뀌면서 진행자의 목소리가 따라나왔다.

"오늘 아침 백여 명의 햄든 대학 학생들이 자원해서, 지난 일요일 오후부터 행방불명인 학우의 수색작업에 합류했습니다. 지금까지 코네티컷 주 셰이디 브룩 출신인 에드먼드 코크런 군(24세)의 행방과 관련된 단서는 발견되고 있지 않습니다만 저희 〈현장 소식〉은 방금 당국의 사건 수사 방향을 수정하게 할지도 모르는 중요한 전화 신고를 한 건 접수했습니다."

"뭐라고?"

찰스가 텔레비전 앞으로 다가앉으면서 중얼거렸다.

"그러면 현장에 나가 있는 릭 도브슨 기자를 불러보겠습니다."

화면이 바뀌면서, 주유소 비슷한 것을 배경으로 마이크를 잡고 선 트렌치코트 차림의 기자가 나타났다.

"나 저 집 알아. 6번 고속도로변에 있는 리딤드 서비스공장이야."

프랜시스가 화면에 눈을 갖다 댈 듯이 하면서 소리쳤다.

"쉿."

누군가가 프랜시스의 입을 막았다.

화면에서는 바람이 몹시 불고 있었다. 마이크가 심하게 바람 소리를 받아 날카로운 소리를 화면에 그대로 실어 보냈다가는 조용해졌다. 현장 기자가 턱을 바짝 당긴 채 말했다.

"오늘 오후 1시 56분, 채널 12의 〈현장 소식〉은 최근에 발생한 대학생 실종사건에 관한 햄든 경찰 당국의 수사 방향을 전폭적으로 수정하게 할지도 모르는 중요한 전화 제보를 받게 되었습니다."

카메라가 뒤로 물러났다가, 멜빵 작업복 위에 기름때 묻은 방풍 재킷을 입고 빵모자를 눌러쓴 노인의 모습을 담아냈다. 그는 약간 긴장한 채 카메라를 비켜서 허공으로 시선을 던지고 있었다. 그의 머리는 둥글었고 얼굴은 아이의 얼굴처럼 부드럽고 천진스러웠다.

현장 기자의 말이 계속되었다.

"이 정보를 제공해주신, 햄든 소재 리딤드 서비스공장의 공동 소유주이자 햄든 카운티 구조본부의 회원이신 윌리엄 헌디 씨를 이 자리에 모시겠습니다."

"헨리."

헨리를 부르는 프랜시스의 목소리가 걷잡을 수 없이 떨리고 있었다. 프랜시스의 얼굴은 하얗게 질려 있었다.

"나도 보고 있어."

헨리가 주머니를 더듬어 담배를 찾으면서 대답했다.

"아니, 왜 그래?"

내가 물었다.

"내 차를 손봐주는 양반이야."

헨리가 화면에 눈길을 박은 채 대답했다. 그는 담배 한 개비를 꺼내어 담뱃갑 모서리에 툭툭 치고 있었다.

현장 기자가 자신만만한 어조로 말했다.

"그럼 헌디 씨로부터 일요일 오후에 있었던 일을 직접 들어보시겠습니다."

"하느님 맙소사."

찰스의 소리였다.

"쉬잇."

헨리가 허공에다 대고 손을 흔들었다.

기술자 헌디 씨는 약간 수줍은 듯이 카메라를 잠깐 보고는 시선을 돌리고 콧소리를 유달리 많이 내는 버몬트 억양으로 말했다.

"일요일 오후, 출고한 지 사오 년쯤 되어 보이는 미색 르망 승용차가 저기 저 주유 펌프 앞으로 다가왔습니다."

그는 이러면서 화면 밖의 한 곳을 가리켰다.

"세 사람이 타고 있더군요. 앞자리에 둘, 뒷자리에 하나, 이렇게 셋이었던 것으로 기억합니다. 버몬트 사람이 아닌 것 같았습니다. 상당히 다급해하는 듯하더군요. 셋 중 하나가 바로 이 사건의 주인공이었다는 것 이외에는 잘 모르겠습니다. 신문에 난 사진을 보니 바로 그 학생이었다는 걸 알겠더군요."

내 심장은 그대로 얼어붙어 버리는 것 같았다. 세 사람에다 흰색 차. 그러나 정신을 차리고 따져보니 그렇게 걱정해야 할 만한 것도 아니었다. 우리 일행은 셋이 아니라 넷이었고, 거기에는 커밀라도 끼여 있었다. 게다가 버니는 일요일 오후 그 차에 타고 있지도 않았고 헨리의 차는 폰티악의 르망이 아니라 베엠베(BMW)였다.

헨리는 더 이상 담배로 담뱃갑을 치고 있지 않았다. 담배가 그의 손가락 사이에서 까딱거리고 있었다.

"이 정보에 따라, 코크런가에서는 동의하지 않고 있지만 경찰 당국은 문제의 코크런 군이 피랍되었을 가능성을 배제하지 않고 있습니다. 채널 12 〈현장 소식〉의 릭 도브슨이 생중계로 보내드렸습니다."

스튜디오에서 마이크와 화면을 넘겨받았다.

"고맙습니다, 도브슨 기자. 혹시 시청자 가운데 제봇거리가 있으신 분은 저희 방송국의 팁스라인, 전화 363-TIPS로 제보해주시기 바랍니다. 전화 접수가 가능한 시간은 오전 9시부터 오후 5시까지입니다. (……) 오늘 햄든 카운티 군의 교육위원회는 격렬한 논쟁 끝에 지난달에 상정된 의제를 표결에 부쳤습니다……."

우리는 이른바 실종사건 뉴스가 끝난 다음에도 멍한 얼굴로 텔레비전을 몇 분 동안 더 보았다. 갑자기 서로 시선을 교환하고 있던 쌍둥이 남매가 웃음을 터뜨렸다.

헨리는 여전히 믿어지지 않는다는 얼굴을 한 채 텔레비전에서 시선을 거두며 고개를 설레설레 흔들었다.

"버몬트 멍청이들."

"저 양반 알아?"

찰스가 물었다.

"지난 2년간이나 내 차를 손봤어."

"정신이 오락가락하는 사람인가?"

헨리가 고개를 가로저으며 대답했다.

"현상금에 정신이 나가가지고 헛소리를 하고 있는 거야. 정말 뭐라고 해야 좋을지 모르겠군. 내가 틈만 보이면 한쪽으로 끌고 가서는 지상에 건설될 그리스도의 왕국 어쩌고 하는 걸 보면 온전하다고는 하기 힘들어."

"어쨌든 저 영감이 우리를 봐줘도 크게 봐줬는데그래."

프랜시스가 안도의 한숨을 내쉬면서 중얼거렸다.

"글쎄, 그럴까? 납치극은 굉장히 심각한 범죄에 속해. 이게 청문회에 걸리면 우리가 모르는 엉뚱한 제보가 잇달아 들어오게 될지도 몰라."

헨리의 말이었다.

"그게 우리와 무슨 상관이 있어?"

"크게 걱정할 일은 아니지만 그렇다고 그렇게 가볍게 보아 넘길 일도 아니야. 제봇거리가 될 가능성이 있는 것은 얼마든지 있어. 가령 내가 멍청하게 항공권 대금을 신용카드로 결제한 것도 그중 하나라고 할 수 있어. 이걸 설명하는 일은 간단하지가 않아. 프랜시스 너의 신탁 예치금 신청건도 그런 거야. 우리의 은행 계좌는 또 어떻고? 지난 6개월 동안 얼마나 많은 돈을 인출했어? 뿐인가? 버니의 옷장에는 엄청나게 많은 새 옷이 걸려 있어. 버니에게 그만한 옷을 살 돈이 없었다는 것은 우리 학교 학생이라면 누구나 다 알지."

"거기까지 이르는 건 꽤 깊이 파고든 사람에게만 가능할걸."

"그래, 꽤 깊이 파고든 사람의 전화 한두 통이면 우리 문제가 복잡해진다는 것도 분명하다."

이때 전화벨이 울렸다.

"이런, 젠장."

프랜시스가 외마디 소리를 질렀다.

"받지 마."

헨리가 속삭였다.

그러나 내가 말릴 사이도 없이 프랜시스는 수화기를 들었다.

"네, 아, 코크런 씨야말로 얼마나 걱정되시겠습니까."

프랜시스는 손가락으로 오케이 신호를 보내면서 수화기를 귀에 댄 채 소파에 앉았다.

"좋은 소식이 있습니까?"

프랜시스는 몇 분간, 천장에 눈길을 던진 채 이따금씩 고개를 끄덕거리며 듣기만 했다. 그는 안절부절못하고 발끝을 떨었다.

"뭐래?"

찰스가 참을 수 없었던지 프랜시스를 쿡쿡 찌르면서 속삭였다.

프랜시스는 수화기를 잠깐 귀에서 뗀 뒤, 입술 앞에 손가락 하나를 세워 보였다.

"뭐라고 하는지 알겠어. 우리더러 자기가 묵고 있는 호텔로 와서 저녁이라도 함께하자는 것일 거야."

찰스가 퉁명스럽게 말했다.

"사실은, 저희는 벌써 저녁을 먹었습니다. 아닙니다, 물론 아닙니다. …… 알겠습니다. 곧 찾아뵙도록 하겠습니다. 워낙 갑자기 당한 일이라서 저희들도 정신이 나가 있습니다. 물론입니다."

수화기를 놓은 프랜시스가 한숨을 쉬면서 우리 쪽으로 시선을 돌렸다.

"그래, 나도 피할 수 있는 데까지 피해봤어. 하지만 어떻게 해? 20분 뒤에 자기 호텔 방에서 우리를 기다리겠대."

"우리를?"

"나는 못 가겠어."

"코크런 씨는 혼자 있대?"

프랜시스가 주방으로 들어가 찬장을 열면서 대답했다.

"아니. 테디 형만 빼고 온 가족이 다 모여 있대. 테디 형은 조만간 도착할 거고."

거북한 침묵이 흘렀다.

"주방에서 뭐 해?"

헨리가 물었다.

"한 잔 마시려고."

프랜시스가 대답했다.

"나도 한 잔 줘."

찰스였다.

"스카치로 할래?"

"버번 있으면 부탁한다."

"두 잔을 따르지그래?"

커밀라도 끼어들었다.

"아예 병째 들고 와."

헨리의 말이었다.

프랜시스, 헨리, 쌍둥이 남매가 버니의 아버지를 만나러 간 뒤, 나는 프랜시스의 소파에 누워 스카치위스키를 마시면서 텔레비전을 보았다. 〈제퍼디 게임〉이었다. 도전자 중에는 내 고향에서 겨우 팔구 킬로미터 정도 떨어진 샌질베르토 출신이 섞여 있었다. 우리 고향에서 좀 떨어졌다고는 하나 시골은 원래 경계가 분명하지 않아서 샌질베르토는 내 고향이나 다름없었다.

〈제퍼디 게임〉의 다음 프로그램은 텔레비전용으로 특별히 제작한 공상과학영화였다. 지구가 외계인들로부터 위협을 받자 과학자들이 단결하여 외계인들을 물리치고 지구를 구한다는, 그렇고 그런 내용이었다. 천문학자 주인공 역으로는 토크쇼 같은 데 뻔질나게 나오는 사람이 나와서 참신한

맛이 전혀 없었다.

뉴스만 기다리고 있기도 지루해서 나는 사회 교육방송 채널을 돌려 〈야금(冶金)의 역사〉 같은 프로그램을 보았다. 재미있는 프로그램이었으나 워낙 지치고 취한 다음이어서 보다가 그대로 곯아떨어지고 말았다.

잠을 깨어보니 내 몸에 담요가 덮여 있었다. 방 안으로는 새벽의 희끄무레한 빛줄기가 들어오고 있었다. 내 옆 의자에는 프랜시스가 앉아 창밖을 내다보고 있었다. 그는 전날 밤에 입고 있던 옷을 고스란히 그대로 입은 채, 나중에야 그게 무엇인지 알게 되었지만, 버찌 술 단지를 껴안고 버찌를 꺼내 먹고 있었다.

"몇 시나 됐지?"

내가 소파에서 일어나면서 물었다.

"6시."

프랜시스는 고개도 돌리지 않고 대답했다. 그의 입속에는 버찌가 잔뜩 들어 있었다.

"왜 안 깨웠어?"

"나도 4시 반에야 돌아왔다. 취해서 널 태워다 줄 수 있어야지. 버찌 줄까?"

프랜시스는 술이 덜 깬 것 같았다. 셔츠 자락이 열려 있었다. 목소리는 그렇게 단조로울 수 없었다.

"밤새 어디에 있었어?"

"코크런 일가와 함께 있었지."

"술은 안 마시고?"

"물론 마셨지."

"4시까지?"

"우리는 나왔지만 그 집 식구들은 아직 마시고 있을 거야. 욕실 욕조에 아예 맥주를 대여섯 박스 담가뒀더라."

"술이나 사다 놓고 먹을 일이냐?"

"푸드킹에서 기증한 모양이더라. 맥주 말이야. 코크런 씨와 브래디가 그중의 일부를 호텔로 갖다 놓은 모양이고."

"어디에 머물고 있던?"

"어딘지 모르겠지만 하여튼 지긋지긋한 데더라. 곁에다 커다란 네온사인을 달아놓은 납작한 모텔 있지, 왜? 룸서비스도 없는 데 말이야. 여러 개의 방이 서로 통해 있더군. 그런데 휴의 애들이 빽빽거리고 뛰어다니면서 감자칩으로 전쟁을 하지, 텔레비전은 왕왕거리지, 조금 더 큰 녀석들은 방 안에서 종이비행기를 날리지, 지옥이야, 지옥. 거기에서 벗어났더니 핵전쟁의 생존자가 된 기분이더라. 그런데 누가 그랬는지, 누구긴 누구야, 애새끼 중 하나가 그랬겠지, 아무튼 내가 즐겨 매는 스카프를 벗겨가지고는 거기에다 닭다리를 쌌어. 시계 무늬가 찍힌 실크 스카프를 아예 버려놓은 거라고. 정말 죽겠더군."

"굉장히들 상심하지?"

"누구? 코크런 가족이? 상심은 나발이 상심이야? 아는 척도 않더라."

"네 스카프 이야기를 하는 게 아니야."

프랜시스는 단지에서 버찌 하나를 꺼내 입에 넣었다.

"그래, 그래, 상심하는 것도 당연하지. 사건 자체에 대해서는 서로 슬슬 피하면서 말을 하지 않는 것 같더라. 그러나 정신이 반쯤 나가 있어야 당연한데, 그건 아니야. 코크런 씨는 슬픔에 잠겨 있는 것 같다가도 틈만 나면 애들과 놀아주거나 손님에게 맥주를 권하는 품이 무슨 잔치라도 벌이는 것 같았어, 기가 막혀서."

"매리언도 거기에 왔었어?"

"응. 클로크도 다녀갔어. 자동차로 브래디와 패트릭을 태우고 다니다가 대마초 냄새를 풍풍 풍기면서 들어오더군. 헨리와 나는 라디에이터에 기댄 채 밤새 코크런 씨의 이야기 상대가 되어줘야 했어. 커밀라는 휴 부부에게 인사하러 들어갔다가 덥석 덜미를 잡혔던 모양이야. 찰스는 어디에서 무얼 하고 있었는지도 모르겠고. 어때? 내 이야기를 들으니까? 비극인지 희극인지, 원⋯⋯."

"재미있을 거야 없지 않아?"

"물론 없지. 코크런 씨 말로는 오늘 수색 전문 부대가 온대. 온 햄든이 바야흐로 난장판이야."

나는 그가 껴안고 있는 게 뭔지도 모르고 멍하니 바라보고 있었다. 가만히 보니 버찌 단지였다.

"왜 그걸 먹고 있어?"

"몰라. 맛이 지랄 같군."

프랜시스는 그제야 단지를 내려다보면서 대답했다.

"창밖으로 집어 던져버려."

나는 무심코 이 말을 했는데 프랜시스는 정색을 하고 창문을 잡아 올렸다. 창문이 부서지는 소리를 내면서 위로 올라가면서 열렸다.

찬바람이 들어와 내 얼굴을 때렸다.

"말이 그렇다는 거야."

내가 이렇게 소리쳤지만 이미 때늦은 다음이었다.

프랜시스는 단지를 창밖으로 집어 던지고는 알루미늄 새시에 온 체중을 실어 기대섰다. 나는 프랜시스를 부축하러 그쪽으로 다가갔다. 밖에서 단지가 떨어지면서 부서지는 소리가 들려왔다. 눈 위로 빨간 버찌즙이 튀어 있었다.

"장 콕토식이다, 그렇지? 피곤해 죽겠어, 아무래도 뜨거운 물에 목욕이라
도 좀 해야 할까 봐."

프랜시스가 욕실로 들어가 물소리를 한참 내고 있는데 전화벨이 울렸다.

헨리였다.

"미안해. 프랜시스의 번호를 눌렀는데, 내가 정신이 없어서 잘못 누른 모
양이군."

"아니야, 제대로 누른 거야. 잠깐만 기다려."

나는 수화기를 놓고 프랜시스를 불렀다.

프랜시스가 얼굴에 비누 거품을 칠한 모습으로 면도기를 든 채 욕실을
나왔다.

"누구야?"

"헨리야."

"나 목욕 중이라고 해줘."

"프랜시스는 목욕 중이야."

"프랜시스는 지금 욕실에 있지 않고 네 옆에서 이야기를 하고 있지. 내 귀
에도 들리니까 딴소리 말고 바꿔줘."

나는 프랜시스에게 수화기를 건네주었다. 그는 비누 거품에 닿지 않도록
수화기를 얼굴에서 멀찍이 뗀 채 전화를 받았다.

헨리의 말이 희미하게 들렸다. 그가 뭐라고 했는지 프랜시스의 눈이 휘
둥그레졌다.

"사람 좀 살려줘, 나는 싫어."

프랜시스의 말에 이어 불분명하나마 헨리의 말소리도 들렸다. 퉁명스럽고 사무적인 말투였다.

"헨리, 나는 싫다니까. 지금 졸려서 죽을 지경이야. 자야겠어. 다른 애들……."

이러다가 별안간 프랜시스가 낯빛을 바꾸었다. 놀랍게도 프랜시스는 욕지거리를 해대면서 수화기를 전화기 위에다 내동댕이쳤다. 부서지는 소리가 났다.

"왜 그래?"

"개자식, 저 할 말만 하고는 끊어버리잖아?"

프랜시스가 수화기를 노려보면서 식식거렸다.

"뭐라고 했는데?"

"또 수색하러 나가자는 거야. 나는 헨리와 달라. 대엿새씩 눈 안 붙이고 살수는 없는 일 아니야?"

"지금 가자는 거야? 꼭두새벽에?"

"수색은 한 시간 전에 이미 시작되었대. 빌어먹을 자식, 저 자식은 잠도 없나?"

며칠 전 내 방에서 있었던 일에 대해서는 프랜시스 쪽에서도 그랬고 내쪽에서도 새삼 말을 꺼내지 않았다. 그러나 분명하게 못 박아놓을 필요는 있었다. 그래서 나는 학교로 가는 차 안에서 프랜시스에게 그 이야기를 하기로 했다.

"프랜시스, 짐작은 하고 있겠지만."

"뭘 짐작해?"

아무래도 단도직입적으로 말하는 것이 좋을 것 같았다.

"프랜시스, 솔직하게 말해서 나는 네게 매력을 느끼고 있지 않아. 말하자면……."

"잘됐군. 나도 네게 별로 매력을 느끼지 않게 되었으니까."

"하지만……."

"네가 그 자리에 있었기 때문에 그런 일이 생긴 것뿐이라고."

학교에 도착할 때까지 별로 유쾌하지 못한 침묵이 차 안에 흘렀다.

사태는 밤사이에 믿어지지 않을 정도로 급진전되어 있었다. 수색대는 수백 명으로 불어나 있었다. 제복, 개, 무전기, 카메라가 지천이었다. 매점 트럭에서 빵을 사는 사람들, 방송국 중계차의 유리창을 기웃거리는 사람들로 커먼스 홀 앞 잔디밭은 만원이었다. 세 대의 방송 중계차 중 한 대는 보스턴에서 온 텔레비전 중계차였다.

헨리는 커먼스 홀 앞의 계단에 앉은 채 정신없이, 아랍어로 씌어진 것인 듯한 책을 읽고 있었다. 새벽 추위에 코가 빨갛게 된 쌍둥이 남매는 연거푸 하품을 하면서 십대 소년 소녀처럼 나란히 벤치에 앉아 커피 한 잔을 돌려가면서 마시고 있었다.

프랜시스가 헨리의 구두코 끝을 툭 걷어찼다.

헨리는 그제야 우리를 올려다보았다.

"안녕, 왔구나?"

"안녕 좋아한다. 한숨도 못 잔 걸 알면서 말을 어쩌면 그렇게 할 수 있어? 지난 사흘 동안 먹지도 못했다."

헨리는 읽고 있던 페이지에 리본을 끼우고는 책을 주머니에 넣었다.

"그럼 도넛을 사 먹어라."

"돈이 있어야지."

"내가 주면 되잖아?"

"도넛은 싫다."

나는 프랜시스의 투정을 들으면서 쌍둥이 남매한테 다가갔다.

"어제저녁의 난장판, 너도 보았어야 하는 건데."

찰스의 말이었다.

"나도 들었어."

"휴의 마누라는 우리에게 저희 자식들 사진을 보여주는데, 자그마치 한 시간 반 동안이나 보여주면서 설명하더라."

"그래, 자그마치 한 시간 반이다. 얼마나 지루했으면 컵 없이는 못 마시는 헨리가 맥주를 깡통째 마셨겠어?"

커밀라가 거들었다.

침묵이 흘렀다. 할 말이 없었다.

"그동안 너는 뭘 했어?"

찰스가 재미없게 물었다.

"나? 텔레비전 영화 한 편 때렸지."

"그래? 행성 충돌, 뭐 그런 영화?"

"코크런 씨가 채널을 거기에 맞춰두었는데 다른 사람이 이걸 돌려버리는 바람에 중간까지밖에는 못 봤어."

커밀라의 말이었다.

"어떻게 끝났어?"

"어디까지 봤는데?"

"산 위에 있는 연구실에서 회의가 열리는 데까지. 젊고 부지런한 교수가 협조를 거부하던 냉소적인 과학자들을 설득하는 대목이었지."

내가 한창 영화의 대단원(dénouement)을 설명하고 있는데 클로크 레이번이 불쑥 들어섰다. 나는 클로크가 쌍둥이 남매나 나에게 볼일이 있어서 온 줄 알고 이야기를 중단했다. 그러나 그는 우리에게는 눈짓만 보내고는, 포치 난간에 서 있던 헨리에게 다가갔다.

이어서 클로크의 말소리가 들려왔다.

"어젯밤에 얘길 좀 하고 싶었는데 짬이 났어야 말이지. 나 뉴욕에 있는 치들에게 전화를 걸었어. 버니가 거기에 온 일은 없다더군."

헨리는 한동안 아무 말 없이 서 있다가 퉁명스럽게 쏘아붙였나.

"통화가 불가능하다고 하지 않았어?"

"그런데 어찌어찌해서 통화를 했어. 다 설명하자면 골치 아파. 어쨌든 버니는 만난 적도 없대."

"그걸 어떻게 알아?"

"뭘?"

"네가 그러지 않았어? 통화도 안 될뿐더러 그치들 하는 말을 믿을 수도 없다고."

"내가 그랬나?"

클로크는 당황해하기 시작했다.

"분명히 그랬지."

당황한 나머지 클로크는 선글라스를 벗고 핏발이 선, 툭 튀어나온 눈으로 헨리를 노려보면서 설명했다.

"그치들 입을 잘 안 열어서 그렇지 열었다 하면 거짓말은 안 해. 물론 전에는 몰랐지. 응, 그렇다고 그치들을 안 지 오래되었다는 뜻은 아니야. 어쨌든 버니에 관한 기사가 뉴욕의 신문에도 났던 모양이야. 만일에 그치들이 버니에게 무슨 짓을 했다면 태연하게 아파트에 앉아 내 전화를 받고 있을 수는 없는 일이라고. ……그건 그렇고, 누구에게 무슨 말 하지 않았겠지?"

헨리의 목구멍 속에서 이상한 소리가 났다. 이것은 헨리가 상대의 말을 한심하게 여긴다는 뜻이었다.

"뭐라고 하는 거야?"

당연히 그 소리를 알아듣지 못한 클로크가 반문했다.

"누가 물어봤어야 말을 하든지 말든지 하지."

헨리가 대답했다.

헨리의 얼굴에는 표정이 없었다. 낭패한 기색이 역력한 클로크는 가만히 헨리의 말이 계속되기를 기다렸다. 그러나 헨리가 끝내 아무 소리도 하지 않자 선글라스를 다시 쓰고는 말을 입속에 넣고 우물거렸다.

"좋아. 응…… 알았다고. 그럼 나중에 보자."

클로크가 자리를 떠나자 프랜시스가 헨리에게 다가가 물었다.

"도대체 어떻게 할 셈이야?"

헨리는 음흉하게 웃었을 뿐 아무 말도 하지 않았다.

그날 하루가 꿈같이 지나갔다. 사람들의 아우성 소리, 개 짖는 소리, 머리 위에서 끊임없이 들리는 헬리콥터 소리. 거세진 바람은 나무 사이에서 바다의 파도 소리를 지어냈다. 헬리콥터는 올버니에 있는 뉴욕 주 경찰국에서 날아온 것들이었다. 소문에 따르면 열 감지장치를 장착한 헬리콥터였다. 적외선 감지장치가 실린 경비행기도 자원 출동해서 수색작업을 지원하고 있었다. 경비행기는 나무 꼭대기를 스칠 듯이 저공으로 비행하고는 했다. 수색대의 체제도 거의 갖추어져 있어서 각 단위조직의 지휘자에게는 휴대용 무전기가 지급되어 있었다. 수색대는 제대별(梯隊別)로 눈 덮인 산정을 향해 출발하고 있었다. 말하자면 사다리꼴 모양의 대형으로 공격을 감행하는 셈이었다.

옥수수밭, 목초지, 관목에 덮인 구릉…… 산기슭에 이르자 아래쪽으로 경사진 구릉이 나타났다. 아래쪽 계곡은 짙은 안개에 덮여 있었다. 계곡에서 안개를 뚫고 우뚝우뚝 솟아올라 신비스러운 분위기를 자아내고 있는 나무는 흡사 하얀 물이 끓고 있는 거대한 가마솥에 들어 있는 것 같았다. 찰스는 내 옆에서 숨을 헐떡거리면서 걸었다. 뒤처져 있는 헨리는 산 채로 유령이 되어버린 것 같았다. 안개 속에서 어른거리는 그의 모습은 도무지 이 세상 사람 같지 않았다.

몇 시간 뒤부터는 오르막이 시작되었다. 우리는 비교적 수가 적은 수색대를 뒤따랐다. 안개가 짙은 곳을 지나고 나서야 나는 우리가 속한 수색대에 놀랍게도 알 만한 사람들이 많다는 사실을 알았다. 꽤 유명한 작곡가인 음악대학 교수 마틴 호퍼 박사도 있었고, 식사 때마다 우리의 학생증을 확인하는 중년의 식당 관리인도 있었다. 롤랜드 박사도 있었다. 그는 우리에게서 꽤 멀리 떨어진 곳에서 끊임없이 코를 풀고 있었다.

"저기 좀 봐, 줄리언 아냐?"

찰스가 롤랜드 박사 쪽을 가리켰다.

"어디?"

"줄리언이 이런 데 나타날 리 있나?"

헨리가 눈살을 찌푸렸다.

그러나 줄리언 모로 교수였다. 역시 줄리언은 그답게 멀리 떨어져 있을 동안은 우리에게 알은 척하지 않았다. 그는 기숙사 사감임에 분명한, 키가 작고 얼굴이 여우 같은 여자와 이야기를 주고받으면서 우리 쪽으로 다가오고 있었다. 우리는 기다렸다. 거리가 도저히 더 이상은 무시하고 지나칠 수 없을 정도로 가까워지고서야 그가 여우 얼굴과의 이야기를 끝내고는 일부러 놀라는 척했다.

"이게 누구야? 어디에 있다가 나타났다지? 여기에 계시는 오로크 부인은 모두 잘 알 테지?"

오로크 부인이 웃었다.

"누군지 나는 다 알지. 학생들은 우리가 자기들을 모르는 줄 알지만 우리는 척 보면 누군지 다 알지."

"저까지 기억하실 리는 없겠죠? 아마 잊어버리셨을 겁니다. 비숍 하우스 10동에 있었어요."

찰스의 말에 오로크 부인의 얼굴이 환하게 밝아졌다.

"잊어버렸으면 좋겠지만 유감스럽게도 만날 우리 관리실의 바닥 걸레를 훔쳐 가던 학생은 잘 안 잊혀."

찰스와 오로크 부인이 이런 수작을 나누고 있을 동안 헨리는 줄리언과 이야기를 나누었다.

"일이 이 지경에 이르기 전에 말을 했어야지."

"말씀드리지 않았습니까?"

"그랬던가? 하지만 이 지경에 이를 줄은 몰랐어. 에드먼드는 수업도 잘 빼먹는 친구니까. 나는 꾀병 부리고 있는 줄 알았어. 사람들은 납치당했을지도 모르겠다고 하지만, 글쎄, 나는 그런 것 같지 않아. 자네 생각은 어떤가?"

"글쎄, 세상이 눈 천지인데, 엿새 동안이나 소식이 없을까요?"

이렇게 말한 것은 오로크 부인이었다.

"그건 그렇고, 아무 일도 없었으면 좋을 텐데, 에드먼드의 가족들이 다 와 있다며? 헨리, 자네 그분들 만나봤는가?"

"오늘은 못 만났습니다."

"그럴 수도 있겠지, 바쁘니까."

줄리언은 코크런 집안 식구들을 좋아하지 않았다.

"나도 오랫동안 만나보지 못했어. 불쑥 찾아가기도 뭣하고 해서 미적거리고 있었는데, 오늘 아침에 우연히 에드먼드의 아버지와 형을 만났어. 에드먼드의 형은 아기를 하나 데리고 있더군. 아기를 목마 태우고 학교 안을 나돌아다니는 품이 흡사 소풍이라도 나온 것 같더라고."

"이런 날씨에 아기를 데리고 나다니면 어떻게 한대, 세 살도 안 된 것 같던데."

오로크 부인의 말이었다.

"글쎄 말이오. 이런 일에 애를 데리고 나오는 사람들, 알다가도 모르겠더군요."

"애들 데리고 다니면서 자기가 빽빽 소리를 지르는 것도 이상하고 애들 빽빽 울리는 것도 이상하고. 나 같으면 그런 꼴 못 봐."

"굉장히 춥네."

줄리언이 중얼거렸다. 줄리언의 말은, 그 화제에는 싫증이 났으니까 그 이야기는 그만하자는 뜻이 담긴 신호와 같았다.

헨리가 줄리언의 마음을 읽고 화제를 바꾸어 질문했다.

"버니의 아버님과 이야기는 좀 나누셨습니까?"

"잠깐 동안. 이 일을 다루는 방법이나 받아들이고 처리하는 방법이 내가 생각하는 것과는 다르더군. 하기야 다를 수도 있기는 하지. ……에드먼드는 제 아버지를 쏙 뺐더군."

"형제들도 다 그렇습니다."

"게다가 형제가 많더군. 동화에 나오는 집안 같아. 어이쿠, 벌써 시간이 이렇게 되었나."

그가 시계를 보고는 중얼거렸다.

프랜시스가 우중충한 얼굴로 침묵을 지키다가 줄리언에게 물었다.

"지금 가시렵니까? 괜찮으시다면 제가 모셔다드리겠습니다."

수색 현장에서 도망치자는 수작이었다. 헨리의 콧구멍이 벌름거렸다. 화가 나서 그런다기보다는 프랜시스가 얄미워서 그러는 것 같았다. 그는 프랜시스에게 뾰족한 시선을 던지고는 줄리언 쪽으로 고개를 돌렸다. 자기의 대답에 따라 프랜시스가 거기에서 합리적으로 도망칠 수 있게 된다는 것을 알지 못하는 그는 먼산바라기처럼 대답했다.

"고맙네만 걸어가겠네. 에드먼드만 불쌍하게 됐군. 정말 걱정스러워."

"그러니 부모님들 속은 어떻겠어요?"

오로크 부인이 한숨을 섞어서 말했다.

"그러게 말이오."

줄리언은 버니에 대한 연민과 코크런 일가에 대한 혐오감을 이 짤막한 말의 어조에다 실어 보내고 있었다.

"우리 같으면 미쳐도 벌써 미쳤을 거예요."

줄리언은 그답지 않게 외투 깃을 세우면서 부르르 떨고는 조그만 소리로 말했다.

"어젯밤에는 잠이 안 옵디다. 약간 멍청하기는 해도 괜찮은 친구였는데. 꽤 좋아했답니다. 이 친구에게 무슨 일이 생기면, 글쎄, 견뎌낼 수 있을지 몰라."

이러면서 줄리언은 사람과 숲과 설원이 어우러지면서 빚어내는 한 폭의 영화 장면 같은 정경을 내려다보았다. 목소리를 들어보면 분명히 걱정스러워하고 있는 것 같지만 표정은 그렇지 않았다. 그의 표정은 분명히 그런 상황을 즐기고 있는 것 같았다. 물론 버니의 실종사건이 그에게는 마음의 짐이 되었을 테고, 수색작업 자체도 그에게는 큰 부담이 되었을 터였다. 그러나 그럼에도 불구하고 그는 대규모의 수색작업이 연출하는 극적인 효과와, 사람과 풍경이 어우러져 빚어내는 설원의 풍경 자체에 감동하고 있음에 분명했다.

헨리도 그걸 바라보고 있다가 줄리언에게 속삭였다.

"톨스토이에 나오는 정경 같지 않습니까?"

줄리언은 어깨 너머로 헨리를 바라보았다. 놀랍게도 그의 얼굴은 환희에 젖어 있는 것 같았다. 줄리언이 천천히 대답했다.

"미안하지만 그렇군."

오후 2시쯤 난데없이 검은 외투를 입은 두 사내가 우리 앞에 나타났다.

"찰스 매컬리가 누구지요?"

둘 중에 키가 작은 사내가 물었다. 눈이 크고, 가슴이 두터운 사내였다.

내 옆에 있던 찰스가 멍하니 그 사내를 바라보았다. 사내는 주머니에 손을 넣어 배지를 꺼내 보여주면서 재빨리 말했다.

"연방수사국 북동부 지역분실의 하비 대븐포트 수사관이오."

순간 나는 찰스가 마음의 균형을 잃을 것이라고 생각했다. 그러나 찰스는 눈을 껌벅거렸을 뿐 그리 놀라는 것 같지는 않았다.

"전데요, 뭘 원하십니까?"

"괜찮다면 얘기 좀 하세."

"오래 걸리지는 않을 걸세."

키 큰 사내가 말을 보탰다. 어깨가 구부정하고, 코가 푸르뎅뎅한 것이 전체적으로 음침한 인상을 주는 이탈리아인이었다. 그러나 그의 음성은 부드럽고 상냥했다.

헨리, 프랜시스, 커밀라는 걸음을 멈추고, 각각 나름의 관심과 경계가 실린 눈으로 이 침입자들을 노려보았다.

대븐포트가 씩씩한 목소리로 농담하듯이 말했다.

"이렇게 추운데 어디 따뜻한 데서 몇 분 얘기하는 것도 좋지 않겠어? 이런 데서 어정거리다가는 꽁꽁 얼고 말겠다."

~⃝~

두 연방수사국 요원이 찰스를 데리고 간 뒤 우리는 안절부절못하고 어정
거렸다. 물론 이야기도 서로 나눌 수 없었고, 눈밭에서 눈을 떼기도 두려웠
다. 3시가 되고 4시가 지나갔다. 그런데도 찰스는 돌아오지 않았다. 다행히
도 수색작업은 끝나가는 분위기여서 우리는 그 분위기를 틈타 재빨리, 그
러나 묵묵히 자동차에 올랐다.

~⃝~

"그 사람들이 뭘 물으려고 찰스 오빠를 데려갔을까?"
커밀라의 이 질문은 그때 이미 10여 차례 계속되고 있었다.
"모르지."
헨리의 대답이었다.
"진술서는 벌써 썼잖아?"
"그건 경찰에다 쓸 거지. 연방수사국은 경찰이 아니야."
"뭐가 달라? 뭘 물으려고 데려갔을까?"
"커밀라, 나도 모르겠어."
쌍둥이 남매의 아파트에 이르고 보니 놀랍게도 찰스가 거기에 와 있었
다. 그는 술잔을 탁자에 놓은 채 침대에 누워 전화를 받고 있었다. 약간 취
해 있었다. 그는 전화 수화기를 내려놓으면서 커밀라에게 말했다.
"할머니가 너더러 건강 간수 잘하라셔. 진달래에 벌레가 꼬이는 걸 여간
상심하시는 게 아니야."

"근데, 손가락이 그게 뭐야?"

커밀라가 물었다.

찰스는 우리 앞으로 손바닥이 보이게 손을 펴 보였다. 손가락 끝이 새카
맣게 되어 있었다.

"지문을 찍재. 재미있더라. 한 번도 찍어본 적이 없거든."

어찌나 놀랐는지 대꾸할 말이 마땅치 않았다. 헨리가 앞으로 나서서 찰
스의 손가락을 끌어서는 불빛에 비추어보면서 물었다.

"왜 지문을 찍으라고 했는지 알아?"

찰스는 헨리의 손에 잡히지 않은 손으로 이마를 훔치면서 대답했다.

"연방수사국에서 버니의 방을 증거물로 보전하고 있더군. 몇몇 수사관이
지문을 채취하면서 자질구레한 것들을 비닐 주머니에 담더라."

헨리가 찰스의 손을 툭 떨어뜨리면서 다시 물었다.

"왜 그러느냐고?"

"내가 아나? 지난 목요일에 그 방에 들어와서 물건을 만진 사람의 지문은
모두 채취하는 모양이더라."

"그게 무슨 도움이 되겠어? 버니의 지문을 채취하지 않은 상황에서 그게
무슨 소용이 있느냐고."

"버니의 지문이 있는 모양이야. 버니는 몇 년 전에 보이스카우트 단원 노
릇을 한 모양이더라. 그때 무슨 기장 같은 걸 받으면서 지문을 찍었다던가?
그게 어딘가에 보존되어 있다지, 아마."

"왜 너와 얘기를 하재?"

"그 사람들도 대뜸 그것부터 묻더군."

"그건 또 무슨 소리야?"

"그 사람들도 대뜸 왜 우리가 자네와 얘기를 나누고 싶어한다고 생각하
나? 이렇게 묻더라? 헨리, 그 친구들 똑똑하더라고. 경찰과는 비교가 안 돼."

"너를 어떤 식으로 대하던?"

"대븐포트라는 친구는 약간 퉁명스럽더라. 이탈리아 친구는 상냥하면서도 사람을 겁주는 데가 있었고, 말은 별로 안 해. 듣기만 하지. 이탈리아 친구가 대븐포트보다 훨씬 똑똑한 것 같더라."

"그게 무슨 뜻이야?"

"몰라. ……우리가, 아니 내가 알 리 있어? 우리도 조심하는 데까지는 조심했어. 그 친구들, 한두 차례, 말꼬투리를 잡기는 하더라만."

"우리라니, 무슨 뜻이야?"

"응, 내가 그 친구들에게 목요일 4시쯤 클로크와 함께 버니의 방에 갔다고 했어."

"그래, 너희들이 간 게 4시쯤 되었을 거다."

프랜시스가 거들었다.

"나도 알아. 그런데 내가 4시쯤에 갔다고 하니까, 상냥하게 굴던 이탈리아 친구가 관심을 보이면서, 4시 맞아? 정말이야? 잘 생각해봐, 이러더라고. 그렇게 다그치니까 헷갈리더라. 그때의 시각이 분명 4시 전후였어. 그런데 대븐포트라는 친구가, 잘 생각해봐, 클로크라는 자네 친구는 그보다 한 시간 전이라고 하던데, 이러더라고."

"그 친구들은 너와 클로크가 작당하고 뭘 숨기고 있는 건 없을까 하고 넌지시 떠본 거야."

헨리가 한 말이었다.

"그럴지도 모르지. 내가 거짓말하고 있는지의 여부를 확인해보려고 그랬는지도 몰라."

"그래, 거짓말을 했어?"

"아니. 하지만 그 친구들이 까다로운 질문을 하니까 슬며시 겁이 나더라고. 안 당해본 사람은 몰라. 그 친구들은 둘이고 이쪽은 하나지. 게다가 생각할 시간도 안 줘. 그래, 그래, 네가 무슨 말을 하려는지 알아. 하지만 이 친구들은 경찰과 다르더라니까. 경찰은 진실을 말해도 믿으려 하지 않지만 이 친구들은 달라. 겉모습을 보고 사람을 평가하는 게 얼마나 무서운 것인가 싶더라고. 우리가 약게 굴었다는 뜻이 아니야. 이 친구들은, 우리가 그런 짓을 했다고는 생각지 않는다, 이런 인상을 주더란 말이야. 경찰은 우리를 주일학교 선생님 정도로 보았는지도 모르지. 하지만 이 친구들은 그렇게 호락호락하지 않아."

찰스는 술잔을 들어 한 모금 마시고는 말을 이었다.

"그런데 너희들의 이탈리아 여행을 두고 똑같은 질문을 자꾸 하더라."

헨리가 흠칫했다.

"경비 문제를 물었어? 누가 경비를 대었느냐고 물었어?"

"아니야. 그런 질문할까 봐 걱정스럽기는 했다만 이 친구들은 코크런 집안 자체에 대해 별로 좋은 인상을 못 받았던 모양이야. 내가 만일에 버니를 두고, 같은 속옷을 두 번은 안 입는다고 했어도 이 친구들은 곧이곧대로 믿었을 거야."

"버몬트 토박이는 어떻게 됐어? 어젯밤 텔레비전에 나왔던 영감 말이야."

프랜시스가 말했다.

"몰라. 내가 보기에는 클로크에게 관심이 가장 많이 가는 것 같더라. 모르지. 내가 하는 말과 클로크가 한 말을 대조하려고 그러는지 모르지만, 질문 중에는 약간 이상하다 싶은 것도 있었어. 몰라, 몰라, 기억이 안 나. 클로크가 사람들에게, 버니가 마약 밀매꾼들 손에 납치되었다는 소문을 퍼뜨리고 다닌대도 나 같으면 놀라지 않을 거다."

"찰스, 클로크가 그럴 리는 없지."

프랜시스의 말이었다.

"하지만 클로크는 우리에게 그런 암시를 주지 않았어? 게다가 클로크는 우리 동아리도 아니야. 연방수사국 요원들은 멋모르고 나와 클로크가 친한 친구 사이인 줄 알더라만."

"힘들더라도 그 시각은 바로잡아주지 그랬어?"

헨리가 담배에 불을 붙이면서 말했다.

"클로크가 그 친구들에게 주는 인상이 벌써 아니야."

"그렇다면 바로잡고 자시고 할 것도 없지. 애시당초 우리가 클로크를 만나는 것부터가 잘못이었어. 운이 좋으면 약간 귀찮은 선에서 끝날 거고 운이 나쁘면 이것 때문에 곤욕을 치르게 될 거다."

담배 연기를 깊이 들이마시면서 헨리가 말했다.

헨리의 이 말에는 아무도 대꾸하지 않았다. 헨리가 시계를 보고는 중얼거렸다.

"젠장. 벌써 6시야, 가야겠어."

프랜시스의 집으로 가는데 새끼를 밴 개가 자동차 앞을 지나쳤다.

"재수 없어."

그러나 헨리는 새끼 밴 개를 보면 왜 재수가 없는지는 설명해주지 않았다.

뉴스가 막 시작되고 있었다. 원고를 내려다보고 있다가 고개를 드는 진행자의 표정은 약간 무거워 보였는데도 대체로 밝았다.

"현재까지는 수확이 없기는 합니다만, 실종된 햄든 대학 재학생 에드워드 코크런에 대한 수색은 계속되고 있습니다."

"저런 빌어먹을 아주머니 같으니, 에드먼드의 이름이나 좀 제대로 읽지."

커밀라가 찰스의 주머니를 뒤져 담배를 꺼내면서 투덜댔다.

화면이, 항공촬영한 눈 덮인 구릉으로 바뀌었다. 바늘로 인형을 꽂아둔 입체 전략지도 같았다. 캐터랙트 산이 약간 기울어진 채로 그 거대한 모습을 드러내었다.

진행자의 음성의 화면 위로 깔리고 있었다.

"주군(州軍), 햄든 시경, 햄든 소방대, 센트럴 버몬트 공무원이 포함된, 300명으로 추산되는 수색대가 이틀째 산을 수색하고 있습니다. 연방수사국에서 오늘 햄든을 중심으로 자체 조사에 착수한 것으로 알려지고 있습니다."

화면이 바뀌면서 카우보이 모자를 쓴 백발의 사내가 나타났다. 자막에 따르면 햄든 카운티의 딕 포스턴킬 보안관이었다. 뭐라고 말을 하고 있었으나 텔레비전에서는 소리가 나오지 않았다. 설원을 배경으로 상당수의 수색대원들이 보안관 뒤에 서서 발뒤꿈치를 든 채 카메라를 바라보고 있었다.

잠시 후 잡음과 함께 소리가 나왔다. 보안관의 말이 앞부분은 뭉텅 잘린 채 흘러나왔다.

"……싶은 말은, 무리를 지어서 수색에 임하시되, 되도록이면 도로변을 중심으로 수색해주시고 중요한 지형지물을 기준점으로 삼아주시기 바란다는 것입니다. 아울러 당부드리고 싶은 것은, 기온이 언제 어떻게 곤두박질 칠지 모르는 만큼 두꺼운 옷을 준비해주시기 바란다는 것입니다."

"이상 수색대에 자원해서 합류하실 시청자들을 위해 햄든 카운티의 딕 포스턴킬 보안관께서 안전지침을 말씀해주셨습니다."

진행자가 약간 돌아앉자 카메라가 다른 각도에서 그를 비추었다.

"코크런 군 실종사건과 관련된 단서 중 현재까지 확보된 유일한 단서는 채널 12 〈현장 소식〉의 애청자이자 이 지역 사업가이신 윌리엄 헌디 씨가 팁스라인을 통해 전화로 제보해주신 단서로 알려지고 있습니다. 오늘 헌디 씨는 주 경찰 및 시 경찰의 전문가들을 도와 코크런을 납치한 것인지도 모르는 정체불명의 동승자들의 몽타주를 작성하고 있다고 합니다……."

"주 경찰과 시 경찰이라고?"

헨리의 말이었다.

"왜?"

"연방이라는 말은 안 나오잖아?"

"물론 안 나오지. 야, 연방수사국이 멍청한 버몬트 촌영감이 제멋대로 꾸며낸 이야기를 믿을 것 같아?"

찰스가 반문했다.

"믿지 않는다면 왜 여기에 와 있을까?"

헨리였다.

이 질문에 대답할 수 있는 사람은 우리 중에 없었다. 화면에는 환한 정오의 햇빛을 받으며 군청 계단을 오르는 한 무리의 사람들이 비치고 있었다. 헌디 씨도 무리에 들어 있었다. 그는 고개를 숙이고 묵묵히 계단을 오르고 있었다. 모자를 삐딱하게 쓴 그는, 작업복 대신 파란 오리털 점퍼 차림을 하고 있었다.

지방 뉴스의 〈금주의 영화〉에 고정 출연하면서 이미 그 지역의 유지 노릇을 하던 리즈 오카벨로가 헌디 씨에게 다가가 마이크를 대고 그의 이름을 불렀다.

"헌디 씨, 헌디 씨."

헌디 씨가 걸음을 멈추고는 당혹스러운 얼굴을 했다. 함께 계단을 오르던 사람들은 헌디 씨를 남겨두고 저만치 오르다가 헌디 씨가 기자의 카메라에 붙잡혀 있는 것을 알고는 돌아와 헌디 씨를 둘러쌌다. 리즈 기자의 접근을 막는 것 같았다. 자세히 보고 있으려니 그들은 헌디 씨를 둘러싼 채 팔꿈치로 접근하는 사람들을 막으면서 그를 군청 안으로 끌고 들어가려는 것이 분명했다. 그러나 당사자인 헌디 씨는 따라가고 싶지 않은 눈치였다.

리즈 오카벨로 기자가 사람들 사이를 파고들면서 물었다.

"헌디 씨, 오늘은 경찰과 함께 지난 일요일에 목격하신 실종자 및 그와 함께 있던 사람들의 인상착의로 몽타주를 만드신 것으로 아는데요."

헌디 씨가 고개를 끄덕였다. 수줍어하면서 회피하려던 전날의 태도에 견주어 훨씬 당당했다.

"실종자와 함께 있던 사람들의 인상착의를 대강 말씀해주실 수 있을까요?"

사람들이 헌디 씨를 군청 안으로 끌어들이려 했지만 그는 텔레비전 카메라가 마음에 들었던 모양이었다.

"이곳 사람들 같지는 않고…… 뭐라고 할까, 살빛이 검었어요."

"검었다면?"

사람들은 그를 군청 안으로 끌어들이기를 포기했는지 이번에는 계단 아래로 끌어내리려고 했다. 헌디 씨는 어깨 너머로 그들을 흘낏 보고는 대답했다.

"아랍인들 같았어요."

안경을 쓰고, 전형적인 여성 앵커처럼 머리를 매만진 리즈 오카벨로 기자는 이 말을 전폭적으로 믿는 것 같았다. 나는 귀를 의심하지 않을 수 없었다.

"고맙습니다, 헌디 씨."

리즈 오카벨로 기자는, 헌디 씨와 함께 계단을 내려서는 사람들 무리에 시선을 던지고는 카메라 앞으로 돌아섰다.

"햄든 군청 앞에서 리즈 오카벨로가 전해드렸습니다."

"고마워요, 리즈."

스튜디오의 진행자가 의자를 빙그르르 돌리면서 경쾌하게 말했다.

"아니, 내가 잘못 들은 건가?"

커밀라가 정색을 하고 물었다.

"뭘 잘못 들어?"

"아랍인이라니! 버니가 아랍인과 함께 자동차에 있더라는 거야?"

진행자는 다음 소식을 전하기 시작했다.

"수색이 진행됨에 따라 이 지역 교회도 일제히 연대하여 실종된 청년을 위해 기도하고 있는 것으로 알려지고 있습니다. 루터교회의 A. K. 풀 목사에 따르면 침례교회, 감리교회, 축복받은 성사교회, 하느님의 집회교회를 비롯해 수많은 교회들이 연대로 특별 예배를……."

"헨리, 저 영감이 노리는 게 뭐야?"

프랜시스가 물었다.

헨리는 대답 대신 담뱃불을 붙여 물고 길게 한 모금 빨아들이고는 찰스에게 물었다.

"찰스, 연방수사국 요원들이 아랍인과 관련된 질문은 안 했어?"

"안 했어."

"하지만 뉴스에 따르면 헌디는 연방수사국에 협조하고 있는 게 아니잖아?"

커밀라가 물었다.

"그거야 우리로서는 알 수 없는 일이지."

"어쩐지 연막을 치는 것 같지 않아?"

"글쎄, 모르겠어. 어떻게 받아들여야 할지."

화면이 또 바뀌었다. 몸매를 잘 가꾼 오십대 부인—샤넬 카디건 차림에 목에는 진주 목걸이를 두른—이 나와 콧소리가 심한, 귀에 익은 억양으로 말하고 있었다. 낯익은 얼굴이었다.

어디서 보았더라? 나는 이런 생각을 하면서 그 부인의 말에 귀를 기울였다.

"네, 햄튼에 사시는 분들 정말 친절하시군요. 어제 오후 늦게 호텔에 도착해보니 지배인이 나와서……"

"지배인 좋아하시네, 코치라이트 여관에 지배인이 어디 있어?"

프랜시스가 눈살을 찌푸리면서 내뱉었다.

나는 그 부인을 자세히 보다가 물었다.

"버니의 어머닌가?"

"맞았어. 나도 누군가 했어. 넌 만나본 적이 없지, 아마?"

그 나이, 그 정도 관록에 어울리게 몸매를 다듬은 목에는 검버섯이 더러 보이는 부인이었다. 버니와 닮은 것 같지 않았으나 머리카락과 눈의 색깔은 버니와 똑같았다. 코도 버니의 코와 흡사했다. 그러나 얼굴과 완벽한 조화를 이루는 작고 뾰족한 코는 비슷해도 얼굴의 분위기는 비슷하지 않았다. 버니와는 달리 버니의 어머니는 얼굴이 작았기 때문이었다. 태도는 약간 시건방지고 산만해 보였다. 버니의 어머니는 반지를 돌리면서 말을 이었다.

"네, 전국에서 안부를 묻는 카드, 전화, 꽃이 아주 홍수처럼 밀려들고 있어요."

"저 여자 약 먹었어?"

내가 물었다.

"무슨 뜻이야?"

"도무지 슬퍼하는 기색이 안 보이잖아?"

코크런 부인의 말이 계속되고 있었다.

"물론이죠, 물론 정신을 차릴 수가 없는 상황이죠. 내가 지낸 지난 며칠 밤은, 이 세상의 어떤 어머니라도 견딜 수 없었을 거예요. 하지만 다행히 날씨가 이렇게 좋고, 친절한 분들을 많이 만날 수 있었는 데다 이 지역 유지들도 잘 대해주시고 있어서……"

광고 때문에 방송이 중단되자 헨리가 중얼거렸다.

"화면발은 잘 받는군그래."

"만만치 않은 여잔데그래?"

"지옥에서 왔을 거야."

찰스의 술주정 비슷한 참견이었다.

"그렇게 나쁜 여자인 것만은 아니야."

프랜시스가 말했다.

"만날 때마다 키스해주니까 그러는 거지? 너희 어머니는 안 해주는데 버니 어머니는 해주니까 그러는 거지?"

찰스가 시비하듯이 물고 늘어졌다.

"키스? 무슨 소리야? 코크런 부인은 나에게 키스한 적이 없어."

"역겨워. 자식들에게 이 세상에서 돈이면 안 되는 게 없다고 가르친다니. 한술 더 떠서 이걸 실천에 옮긴다니, 어이구, 불쾌해라. 애들을 땡전 한 닢 안 주고 내보낸대요. 버니에게도 땡전 한 닢……."

찰스가 말했다.

"그거야 코크런 씨의 잘못이지, 부인의 잘못인가, 뭐?"

커밀라의 말이었다.

"그럴지도 모르지. 그래, 모르겠다. 하지만 나는 저런 탐욕스러운 인간들, 천박한 인간들은 만나고 싶지 않아. 모르는 사람들은 저 집안을 보고 정말 매력적인 집안, 취미가 고상한 집안이라고 할지 모르지만, 아니야, 허장성세뿐인 빈털터리라고. 뭐라고 할까? 그래, 광고 같다고 하면 되겠다. 버니네 집에는 광고탑 노릇을 하는 방이 하나 있는데……."

찰스는 내게로 돌아누우면서 말을 이었다.

"그 방을 구찌룸이라고 부른대요, 글쎄."

"뭐라고 불러?"

"구찌 무늬 있잖아? 방을 온통 그 무늬로 도배를 한다잖아? 잡지 같은 데서 줄무늬로 되어 있는 구찌 무늬 못 봤어? 〈아름다운 집〉 같은 잡지를 보면 이상한 아이디어로 장식한 게 나오잖아, 왜? 천장에는 거대한 바닷가재를 그려 붙여놓고는 기발한 착상, 매력적인 착상 어쩌고 하는……. 저 집안이 바로 그런 인간들로 우글거리는 곳이라고. 겉치레뿐이야. 버니는 꼴에 그래도 저 집안에서는 썩 괜찮은 인간인 셈이야."

"구찌라면 질색이다."

프랜시스의 말이었다.

"그래? 정말 구찌라면 질색이야? 내가 보기에는 근사하던데?"

"헨리, 너 왜 그래?"

"그래. 비싸고도 흉하지? 괜히 흉한 게 아니야. 그게 바로 구찌가 노리는 거라고. 그래야 사람들이 별나 보이려고 그걸 잡거든."

"그러면 근사할 게 없잖아?"

"이런 짓을 대규모로 해먹으니까 근사하다고 해본 거야."

그날 밤 나는 아무 생각 없이 밤길을 걸어 혼자 집으로 돌아가고 있었다. 그런데 퍼트넘 하우스 앞의 사과나무 사이에서 몸집이 큰 사내 하나가 나오더니 나에게 물었다.

"네가 리처드 페이펀인가?"

나는 걸음을 멈추고 그렇다고 했다.

바로 그 순간 주먹이 얼굴로 날아들었다. 나는 눈밭에 벌렁 나자빠졌다. 숨이 막혀왔다.

"모나에게 접근하지 마. 다시 접근하면 죽여버리겠어. 내 말 알아들었어?"

그가 소리쳤다.

나는 졸지에 당한 참이라 말도 못 하고 멀거니 그를 올려다보았다. 그는 내 갈비뼈를 무지막지한 발길로 걷어차고는 돌아섰다. 눈을 밟는 발소리에 이어 어디에선가 문이 열리고 닫히는 소리가 들렸다.

별을 올려다보았다. 별이 유난히 멀어 보였다. 나는 있는 힘을 다해 일어나—갈비뼈가 심하게 아팠으나 부러진 것 같지는 않았다—비틀거리며 어둠 속을 걸어 내 방으로 돌아왔다.

다음 날은 느지막이 일어났다. 옆으로 돌아누우려니 눈이 아팠다. 나는 햇빛이 눈부셔서 눈을 감은 채 한동안 그대로 누워 있었다. 전날 밤의 일이 꿈속에서 벌어진 일 같았다. 시계를 끌어당겨 보니 정오가 가까웠다. 쓸쓸하게도 아무도 나를 깨우러 오지 않던 모양이었다. 벽거울 속에 있던 내 모습이 나를 맞았다. 벽거울 속의 내 얼굴은 그대로 굳어지면서 나를 노려보았다. 머리끝은 서 있었고, 바보같이 놀라는 바람에 입은 우스꽝스럽게 뒤틀려 있었다. 모루에 머리를 얻어맞고는 무수한 별이 떠다니는 것을 멍하니 바라보고 있는 만화 주인공 같은 얼굴이었다. 가장 놀라운 것은 만화 주인공의 검은 눈가가 자두만큼이나 부어오른 데다 시커멓게 멍이 들어 있다는 점이었다.

세수하고 옷을 갈아입은 뒤 서둘러 밖으로 나갔다. 그런데 밖으로 나가서 내가 처음으로 맞닥뜨린 사람이 공교롭게도 줄리언이었다. 줄리언 모로 교수는 뤼케이온으로 올라가는 중이었다.

그는 나를 보고는 몹시 놀라면서 찰리 채플린같이 순진하면서도 과장기 있는 표정을 지었다.

"세상에…… 자네 어떻게 된 건가?"

"오늘 아침에 무슨 소식 들으셨습니까?"

"못 들었어. 무소식이 희소식인 게지. 그런데 자네는 술집에서 한바탕 한 사람 같군그래."

대개의 경우 나는 여러 가지 착잡한 이유에서 그에게 진실을 말하지 않았다. 그러나 거짓말에도 신물이 났다. 그래서 문득, 별로 중요한 것이 아닌 만큼 사실 그대로 말하고 싶은 충동이 일었다. 나는 사실 그대로 아주 솔직하게 말했다.

그의 반응은, 적어도 그에 대한 선입견을 지닌 나에게는 놀라운 것이었다. 그는 내 이야기를 들으니 오랜만에 신명이 났던 모양이었다.

"그걸 바로 한바탕이라고 하는 것이야. 멋있어. 자네 그 처녀와 사랑에 빠졌나?"

"그건 아닐 겁니다. 사실은 누군지 잘 알지도 못하니까요."

그는 그답지 않게 깔깔거리고 웃었다.

"여보게, 오늘 비로소 자네의 진실한 면모를 보네. 인생이란 살기에 따라 국면국면이 이렇게 극적일 수도 있는 법이야. 그래, 인생은 어찌 보면 소설 같아. ……그런데 어제 오후에 정체불명의 사내들이 날 찾아왔다는 이야길 했던가?"

"누구였는데요?"

"두 사람이었어. 처음에는 무지하게 놀랐지. 처음에는 국무부나 그보다 더 고약한 데서 나온 사람인 줄 알았거든. 자네, 나와 이스라미 정부 사이에 무슨 문제가 있다는 소문 들은 적 있겠지?"

나는 줄리언과 이스라미 정부—어떤 테러리스트 정부를 일컫는 말 같았다—의 관계를 들어서 어렴풋이 알고 있었다. 그는 이스라미 정부가 자기에게 어떤 조처를 취하려 하는 것으로 믿고 있었다. 그 조처가 어떤 것인지는, 나로서는 물론 알 수 없었다. 알려진 바로는, 줄리언이 이스라미 정부에 공포를 느끼는 것은 약 10년 전에 이스라미 정부에서 망명한 공주를 가르친 데서 비롯된다. 어느 중동국에 혁명이 터지자 이 왕위 계승자인 공주는 지하로 잠적했는데, 바로 이때 공주는 햄든 대학에서 숨어 지내고 있었던 모양이었다. 줄리언은 전직 이스라미 교육부 장관의 감독 아래 이 공주를 개인교수 형식으로 4년을 가르친 것으로 알려지고 있었다. 전직 이스라미 교육부 장관은 이따금씩 스위스에서 공주에게 줄 캐비아와 스위스 초콜릿 같은 선물을 사가지고 미국으로 날아와, 왕위 계승에 필요한 교육 과정을 점검하고 돌아가곤 했다는 것이었다.

알려진 바에 따르면 공주는 엄청난 부자였다(헨리는, 선글라스를 끼고 발치까지 내려오는 긴 코트를 입은 공주가 경호원들에게 둘러싸인 채 뤼케이온 계단을 내려가는 것을 본 적이 있다고 했다). 공주가 속하는 왕조의 기원은 아득히 먼 바벨탑의 세대까지 거슬러 올라간다고 했다. 오랜 세월에 걸쳐 어마어마한 재산을 축적한 이 왕조의 퇴물들은 친인척을 통하여 몰래 재산을 해외로 빼돌리고 있었다. 그러나 공주의 머리에는 거액의 현상금이 붙어 있었다. 바로 이 때문에 꽃다운 나이를 햄든에서 보내면서도 공주는 수많은 경호원들의 과보호 속에서 친구도 없이 살아가지 않으면 안 되었다. 그러나 그런 삶조차 드러내놓고는 살 수 없었다. 햄든에서도 공주는 자객을 피해 수시로 거처를 옮기지 않으면 안 되었다. 그러나 세월이 흐르면서 공주의 전 가족—사촌 둘과, 무슨 연구소에 몸담고 있는, 사람이 조금 모자라는 오빠는 제외하고—은 하나씩 하나씩 이스라미 정부로 강제 소환되었고, 전직 교육부 장관도 공주가 햄든 대학을 졸업한 지 6개월 뒤, 몽트뢰에 있는 빨간 지붕의 자택 정원에서 암살당했다.

줄리언은 공주를 가르쳤을 뿐 이스라미 정부의 정치와는 아무 상관도 없는 인물이었고 기질적으로 혁명정부보다는 왕당파를 선호하는 경향이 있기 때문에 공주에게 연민의 정을 느낀 죄밖에는 없는 사람이었다. 그러나 그는 항공 여행은 할 생각도 하지 않았고, 배달되는 소포는 수취를 거부했으며 약속이 안 된 방문객은 극도로 기피했고 자그마치 팔구 년이나 해외에 나간 적이 없었다. 줄리언의 이러한 태도가 합리적인 예방 조처였는지, 아니면 지나친 신경과민인지 나로서는 알 수 없었다. 그러나 줄리언 자신과 공주의 관계는 그렇게 이스라미 정부의 신경을 건드릴 것 같지 않았다. 주위의 많은 사람들도 이스라미의 지하드 과격주의자들이 뉴잉글랜드의 고전학 개인교수를 죽일 만큼 한가하지 않다고 생각하는 것 같았다.

그날 줄리언은 나에게 이런 말을 했다.

"국무부에서 나온 사람들은 아니었네만, 정부와 관계가 있는 기관에서 나온 것만은 분명해. 내 육감은 그런 쪽으로 상당히 발달되어 있는 편이거든? 이상하지 않은가? 그중의 하나가 이탈리아계 미국인인 것 같던데, 꽤 매력적인 사람이었어. 약간 우스꽝스럽기는 하지만 예의도 바르고. ⋯⋯그런데 예의 바르게 굴었다는 게 또 마음에 걸려. 이 사람들의 말에 따르면 에드먼드가 마약 거래에 개입한 것 같다더군."

"무슨 거래라고 하셨습니까?"

"마약 거래라고 했네. 이상하지 않은가? 내 생각으로, 이건 뭐가 잘못되어도 한참 잘못된 것 같아."

"그래서 뭐라고 하셨습니까?"

"나는 그럴 리가 없다고 했네. 이렇게 말해도 될지 모르지만 에드먼드라면 나도 알 만큼은 아는 사람이야. 에드먼드는 약간 둔하면서도 답답하다는 뜻에서 청교도적인 데가 있는 친구 아닌가? 마약 하는 젊은이들을 가만히 보면 약간 둔하고 재미없는, 말하자면 산문적인 친구들이 많기는 해도 에드먼드가 그런 데에 개입했을 것으로는 상상이 안 돼. 이탈리아 친구가 나에게 뭐라고 했는지 아는가? 젊은이들은 겉만 보아서는 도무지 알 수 없다는 거야. 글쎄, 젊은이들이 그럴까? 나는 그렇게 생각하지 않아. 자네 생각은 어때? 자네도, 젊은이들은 겉만 보아서는 알 수 없다고 생각하나?"

이야기를 들으면서 걷다 보니 어느새 커먼스 홀이었다. 머리 위에서 주방의 접시들이 마주 부딪치는 소리가 들려왔다. 나는 볼일이 있다는 핑계를 대고 줄리언을 따라 뤼케이온으로 올라갔다.

뤼케이온이 있는 곳, 즉 햄든 대학 본부 북쪽은 조용하고 사람의 발길이 뜸해서 겨울에 내린 눈이 사람의 발에 밟히지 않은 채 봄을 맞기가 보통이었다. 그런데 그 뤼케이온 부근도 시장판이 되어 있었다. 누군가가 지프로 느릅나무를 들이받은 모양이었다. 지프의 유리는 부서져 있었고 앞 범퍼는 뒤틀려 있었다. 느릅나무에도 누런 상처가 드러나 있었다. 입이 거친 시내 아이들이 판지로 만든 썰매를 타고 뤼케이온 뒤편의 언덕을 소리지르며 내려오고 있었다.

"세상에, 저 딱한 애들 좀 봐."

줄리언이 눈살을 찌푸렸다.

나는 뤼케이온 뒷문에서 줄리언과 헤어져 롤랜드 박사의 방으로 들어갔다. 일요일이라서 롤랜드 박사는 연구실에 나와 있지 않았다. 나는 문을 걸어 잠그고 그 방에서 나만의 느긋한 오후의 평화를 즐겼다. 느긋하게 앉아, 롤랜드 박사의 서류를 정리하면서 '론다'라고 찍힌 누군가의 전용 커피 잔으로 커피를 마시는 기분도 나쁘지 않았다.

가까이서 두런두런거리는 사람들의 말소리가 들려왔다. 그러나 신경이 쓰일 정도는 아니었다. 두런거리는 소리는 내 쪽에서 주의만 기울이면 알아들을 수도 있을 정도였다. 따라서 만일 신경에 거슬린 나머지 귀를 기울였다면 나는 그들이 무슨 말을 하는지 충분히 알아들을 수 있었을 터였다. 그러나 신경에 거슬리지도 않았고, 따라서 두런거리는 사람들이 누구인지 알아낼 필요도 없었다. 뒤에 안 일이지만 만일에 내가 두런거리는 사람들이 누구인지 알았더라면 그날 오후의 평화는 산산조각이 났을 터였다.

롤랜드 박사의 연구실을 나와 헨리로부터 들은 이야기에 따르면 이랬다. 연방수사국 요원들은 롤랜드 박사의 연구실에서 조금 떨어진 빈 강의실에다 임시 수사본부를 차렸다. 그러니까 헨리는 바로 그 방에서 연방수사국 요원들의 심문을 받았던 것이다. 그들이 임시 수사본부를 차린 곳은 롤랜드 박사의 연구실에서는 6미터 정도밖에 떨어져 있지 않았다. 따라서 그들은 내가 교수 휴게실에서 끓여서 복도에 두었던 커피를 마셨을 터였다. 헨리는 이런 말도 했다.

"그 커피를 마시다 보니 이상하게도 문득 네 생각이 나더라고."

"그게 무슨 뜻이야?"

"맛이 약간 이상하더란 말이야. 탄 냄새가 났어. 네 방에서 커피를 마시면 늘 그 맛이거든."

헨리의 말에 따르면, 그 방 벽에는 이차방정식이 잔뜩 씌어진 칠판이 붙어 있고, 바닥에는 긴 회의용 탁자가 있었다. 이 탁자 위에는 꽁초가 수북하게 쌓인 재떨이가 놓여 있었는데, 헨리는 바로 이 탁자 앞에서 두 수사 요원들로부터 심문을 받았던 것이다. 벽에 붙은 작은 탁자 위에는 랩톱 컴퓨터, 노란 연방수사국 마크가 찍힌 서류가방, 메이플 시럽 캔디 상자가 놓여 있었는데, 이탈리아인의 것이었다. 그는 "애들에게 주려고 산 것."이라고 했다.

헨리는 수사국 요원들의 심문에 적절하게 대처했던 것으로 보인다. 헨리가 그렇게 말한 것은 아니다. 헨리는 적절하게 대처했다는 말을 나에게 새삼스럽게 할 필요도 없었다. 어떤 의미에서 헨리는 이 드라마의 작가였다. 그는 무대 옆에서 자기가 등장할 순서를 기다리고 있었는지도 모른다. 그러니까 그는 차례가 되자 무대로 나갔던 것이고, 따라서 자기가 쓴 각본인 만큼 그 각본에 따라 자기 몫을 연기했기가 쉽다. 차분하되 우호적으로, 사건과 관련해 신중하고도 자세하게 일러주었을 것이다. 그러면서도 실제 이상으로 똑똑한 척하지 않을 줄도 아는 사람이 바로 헨리였다. 실제로 헨리는 재미있는 옛날이야기라도 하듯이 스스로 즐기면서 내게 얘기해주었다. 그의 말에 따르면 대븐포트는 속물, 따라서 언급할 가치도 없는 인물이었다. 그러나 이탈리아인은 진지하고 예의바르고, 그래서 굉장히 매력 있는 인물이었다(헨리의 말에 따르면, 단테가 연옥에서 만난 늙은 피렌체인 같은 사람이었다). 이름이 스키올라인 그는 헨리의 로마 여행에 지대한 관심을 보이면서 수많은 질문을 던졌다. 그러나 헨리에게 그 질문은 수사관의 질문이 아니라 여행 애호가의 질문이었다.("자네들, 거 뭣이냐, 응, 산타프라세데에서 외곽으로 빠져나가 기차역 있는 곳까지 가봤나? 조그만 교회들이 많지, 왜?") 스키올라와 헨리는 시종 이탈리아어로 이야기를 나누었다. 이 때문에 이탈리아어를 한마디도 모르는 대븐포트로부터 자주 핀잔을 들어야 했다.

헨리는 자기에게 그 심문이 뜻밖의 일은 아니었다고 말했다. 그러나 그는 수사국 요원들이 아무리 똑똑해도 정곡을 찔러낼 수는 없을 것으로 확신하고 있었다.

"뿐만 아니라 우리에게는 훌륭한 협조자가 생긴 셈이야."

"그게 무슨 말이야?"

"클로크가 있거든."

"수사국 요원들이 설마 클로크가 버니를 죽였다고 생각하는 건 아니겠지?"

"아니야. 수사국 요원들은 클로크가 자기네들에게 털어놓는 것 외에도 훨씬 더 많은 것, 더 깊은 것을 알고 있다고 믿어. 그리고 클로크의 말과 행동에 의심스러운 점이 많다는 것도 알고 있어. 실제로도 그렇지 않은가? 나는 수사국 요원들이 만만치 않다고 믿어. 말하자면 클로크가 말하지 않은 것까지 수사국 요원들은 알고 있다는 뜻이야."

"가령 어떤 것?"

"마약 밀매와의 관련성. 날짜, 이름, 장소까지 알고 있어. 심지어는 클로크가 햄든으로 오기 전의 행적까지 알더라고. 이들은 클로크의 행적과 나 사이에 무슨 관계가 있는 것은 아닐까 생각했던 모양이더라. 그러나 그건 안 되지. 실제로 아무 관계도 없으니까. 수사관들이 이걸 모를 만큼 멍청하지는 않더라고. 수사관들은 1학년 때부터 내가 병원에서 받은 처방, 내가 쓰는 진통제 같은 것까지 자세히 조사하더군. 때와 곳에 따라 분류된, 우리에 관한 자료가 엄청나게 많았어. 병력, 심리평가분석 자료, 교수의 의견서, 논문 견본, 성적 등. 물론 자기네들에게 그런 게 있다는 것도 숨기지 않더군. 모르기는 하지만 공연한 시간 낭비를 막기 위해 일부러 내게 흘린 것일 거야. 나와 관련된 자료야 내가 잘 알지. 하지만 클로크의 자료는 어떨까? 시원찮은 성적, 마약, 낙제…… 뭐 이런 거 아니겠어? 모르기는 하지만 클로크의 기록에는 상당량의 부정적인 의견서가 붙어 있었을 거야. 수사관들의 관심을 끄는 게 기록 그 자체인지, 아니면 클로크의 진술 자체인지 그건 나도 잘 모르겠어. 그러나 이들이 나에게 원하는 답변, 줄리언에게 요구한 답변, 브래디 코크런과 패트릭 코크런(어젯밤에 이들은 버니의 두 형을 심문했던 모양이야)에게 요구한 답변은 거의가 버니와 클로크와의 관계에 관한 것이더라고. 줄리언이야 물론 알 리 없지. 브래디와 패트릭은 꽤 많은 자료를 구두로 넘겼을 거야. 나도 꽤 많은 자료를 준 셈이고."

"도대체 무슨 소리를 하고 있는지 모르겠네?"

"그저께 저녁 브래디와 패트릭은 코치라이트 여관 주차장에서 클로크와 대마초를 피웠다고."

"그럼 네가 수사국 요원들에게 말한 건 뭐야?"

"클로크로부터 들은 걸 말했지. 뉴욕의 마약 밀매꾼들과의 관계 같은 거."

"아니, 헨리, 그런 진술이 클로크에게 얼마나 불리하게 작용할 건지 모르고 있는 건 아니겠지?"

"물론 알지. 하지만 수사국 요원들이 듣고 싶어한 게 바로 그것이었거든. 수사국 요원들은 오후 내내 그 문제를 싸고 빙빙 돌더라. 그래서 결국 내가 슬쩍 흘려주었지. 앞으로 이삼일 동안 클로크는 약간 피곤하게 되겠지. 그러나 우리에게는 그만큼 분위기가 부드럽지 않겠어? 우리는 어떻게 하든지 눈이 녹기 전에 수사국 요원들을 바쁘게 만들어놓을 필요가 있어. 어제의 날씨가 얼마나 좋았는지, 오늘 날씨가 얼마나 좋은지 너도 봤지? 도로에서는 벌써 눈이 자취를 감추기 시작했어."

멍든 내 눈자위는 주위의 사람들에게 많은 관심거리와 토론거리와 반성거리를 제공했다. 내가, 연방수사국 요원들이 내 눈을 그 꼴로 만들었다고 했을 때 프랜시스가 놀라는 모습은 가히 볼만했다. 그러나 보스턴의 〈헤럴드〉 기사를 보고 놀라는 정도는 거기에 견줄 바가 아니었다. 뉴욕의 〈포스트〉〈데일리 뉴스〉 같은 신문도 특파원을 햄든으로 보내어 상세하게 보도하고 있었으나 기발하기로는 〈헤럴드〉를 따라잡지 못했다. 〈헤럴드〉의 버니 관련 기사는 다음과 같다.

버몬트 실종사건, 마약과 관련이 있는지도

4월 24일에 발생, 지난 사흘간 버몬트 주에서 대규모 수색작업의 표적이 되어온, 24세의 햄든 대학 재학생 에드먼드 코크런의 실종사건을 수사하고 있는 연방수사국 요원들은 실종된 문제의 청년이 마약과 관련이 있다는 사실을 알아내고 이를 수사 기관에 통보했다. 코크런 군의 방을 수색한 연방수사국 요원들은 문제의 방에서 마약 상용자들이 이용하는 기구 일부와 상당량의 코카인을 발견한 것으로 알려졌다. 코크런 군에게 마약에 중독된 병력이 있는지 여부는 확인되지 않고 있으나 가까운 친구에 따르면 평소에는 외향적인 코크런 군이 몇 달 동안 우울증에 시달리다가 갑자기 행방불명되는 경우가 간혹 있었다는 것이다(제10면 「자녀가 부모에게라고 다 말하는 것은 아니다」를 참조할 것).

우리 동아리에게는 이 기사가 의외로 받아들여졌지만 캠퍼스의 다른 학우들은 당연하게 여기는 것 같았다. 가령 주디 푸비는 나에게 이런 말을 했다.

"연방수사국 요원들이 버니의 방에서 찾아낸 게 뭔지 알아? 로라 스토라의 거울이었어. 더빈스톨 애들 중에 그 거울을 써서 코카인을 해보지 않은 애는 하나도 없을 거야, 아마. 가장자리에 흠이 나 있는 거울 말이야. 잭 타이텔바움은 이 거울을 눈의 여왕이라고 했어. 절박할 때는 잘 긁으면 한두 번 들이마실 정도는 나왔거든. 거울은 원래 로라 스토라의 물건이지만 지금은 완전히 공용이 되고 말았어. 로라는 그 거울 이야기가 나올 때마다 첫날에 보고는 못 봤다는 말을 하곤 하더라. 말하자면 지난 3월에 로라가 새로 이사하고 거실에 걸어두었는데 누가 들고 가버렸다는 거지. 브램 건지의 말에 따르면, 클로크는 그 거울이 버니의 방에 있었다는 사실을 부정한대. 자기는 버니의 방에 자주 출입했지만 그런 거울을 본 적이 없다는 거야. 그러니까 클로크는 치밀한 각본에 따라 연방수사국 요원들이 일부러 거기에 갖다 놓았다는 거지. 브램의 말을 들어보니까, 클로크가 이걸 연방수사국 요원들이 자주 이용하는 소도구라고 주장했다더라. 결국 연방수사국 요원들이 버니를 걸어 넣기 위해 만든 무대장치라는 거지. 〈미션 임파서블〉에 나오는, 적을 모함하기 위한 무대장치 같은 거, 필립 케이 딕의 소설에 나오는 편집광에 관련된 책 같은 거 있잖아, 왜? 클로크는 브램에게, 연방수사국 요원들이 더빈스톨 어딘가에 카메라를 숨겨놓았을지도 모른다고 주장했대. 클로크는 이것 때문에 무서워서 잠도 못 자고 크리스털 메스 암페타민을 먹으면서 48시간을 버텼대. 방 안에 들어앉아 문을 꼭 걸어 잠그고 버펄로 스프링필드의 노래만 계속해서 틀었다나. '무엇인지는 모르지만 여기에서는 여기에서는…… 무슨 일인가가 벌어지고 있다……' 뭐 이런 노래 있잖아? 무시무시하지? 사람들은 정신이 불안정할 때면, 말짱할 때는 잘 안 듣던 쓰레기 같은 히피들의 판을 틀고는 하거든. 나도 고양이가 죽었을 때는 어찌나 심란하던지 나가서 사이먼 앤 가펑클의 레코드 전부를 빌려다 틀었어. 내가 이런 걸 어떻게 알았느냐고? 로라는 요새 제정신이 아니야. 연방수사국 요원들이 결국 그 거울의 임자가 로라라는 걸 추적하고 말았거든. 따라서 로라 역시 감시를 당하고 있는 셈이지. 그런데 이 소문이 이미 기숙사 전체에 좍 퍼지고 말았어. 왜? 플리퍼 리치가 정신이 돌아가지고 로라와 잭 타이텔바움 이야기를 퍼뜨렸거든. 그다음 이야기는 너도 알지?"

"플리퍼 리치는 또 뭐야?"

"플리퍼를 알면서 그래? 말괄량이야. 우리는 모두 개를 플리퍼라고 부르는걸. 왜? 1학년 때만 자기 아버지의 볼보 승용차를 네 번이나 플립(홱 뒤집어지다―옮긴이)을 했으니까."

"그런데 이 플리퍼 어쩌고 하는 애가 이 일과 무슨 관련이 있는지 도무지 모르겠다."

"리처드, 플리퍼 리치는 이 일과 아무 관계도 없어. 너는 꼭 〈드래그넷〉(톰 행크스 주연의 코믹 범죄 영화―옮긴이)에 나오는 사람처럼 손에 쥐여줘야 알더라. 문제는 로라가 실성해가지고 엉뚱한 소릴 한 데 있어. 로라가 엉뚱한 소리를 하니까 학생과에서는, 그 거울이 어떻게 해서 버니의 방에 가 있게 되었는지 아는 대로 해명하지 않으면 부모님에게 연락하겠다고 협박했어. 그런데 로라는 정말이지 **모를 일**이라는 거야. 이런 정보를 입수한 데다, 지난주에 로라가 코카인 파티를 열었다는 사실까지 알아낸 연방수사국 요원들은 로라에게 참가자들의 이름을 대라고 조른다는 거야. 그래서 나는 로라에게 그랬어, 대지 말라고. 이름을 댔다가는 친구들에게 미움을 사게 되고 결국은 딴 학교로 가는 수밖에 없을 거라고 그랬지. 브램의 말에 따르면……."

"클로크는 지금 어디에 있어?"

"왜 좀 가만히 있지 못해? 지금 막 이야기하려는 참인데. 클로크? 누가 알아? 폴이 팍 죽어가지고 어젯밤에 브램에게 와서, 어딜 좀 가야겠으니까 차 좀 빌려달라고 했대. 브램은 분명히 열쇠를 주었는데, 아침에 보니까 차는 열쇠가 꽂힌 채로 주차장에 얌전하게 있는데 클로크는 온데간데없다는군. 본 사람도 없고, 방에도 없고. 이상한 일 아니야? 바야흐로 불가사의한 일들이 속속 일어나고 있는데, 이게 어찌 된 일인지 도무지 모를 일이야. 이제는 이상한 약 근처에도 못 가게 생겼어. 그런데, 아까부터 물어보려고 했는데 말이야, 네 눈은 어쩌다 그 꼴이 된 거야?"

쌍둥이 남매와 프랜시스의 집으로 간 나는 세 친구에게 주디로부터 들은 이야기를 했다. 헨리는 코크런 일가와 점심을 먹으러 가고 없었다.

"그 거울이라면 나도 본 적이 있어."

커밀라의 말이었다.

"나도 봤다. 때가 시커멓게 묻은 것 말이지? 한동안 버니의 방에 있었지, 아마?"

프랜시스가 말했다.

"나는 그게 버니 건 줄 알았어."

"어디에서 들고 왔을까?"

"로라라는 애가 거실에다 뒀다니까 버니가 무심결에 들고 갔기가 쉬워."

찰스의 말이었다.

버니에게는 그랬을 가능성이 충분히 있었다. 버니는 가벼운 도벽이 있어서, 별것이 아닌데도 작은 물건, 가령 손톱깎이, 단추, 스카치테이프 같은 것을 주머니에 집어넣고는 했다. 그의 방에는 집어 온 물건을 감추는 바구니가 하나 있었다. 이 바구니는 이런 물건들로 늘 차 있었다. 반드시 자기도 모르는 사이에 이런 짓을 하는 것만도 아니었다. 그는 주인이 한눈을 팔 경우 꽤 값나가는 물건을 집어 들고 오고도 양심의 가책 같은 것을 느낄 줄 몰랐다. 위스키 매장에서 위스키병을 숨겨가지고 나올 때도 있었고, 주인이 보지 않을 때면 꽃가게에서 꽃다발을 겨드랑이에 숨겨가지고 뒤도 안 돌아보고 걸을 때도 있었다. 이런 짓을 하면서도 어찌나 당당하고 어찌나 자신만만한지 어떨 때는 버니가 그것이 도둑질이라는 것을 과연 알고 있기나 한지 의심스러울 때도 있었다. 언젠가 나는 그가 매리언에게 분명하고 단호하게, 냉장고에서 먹을 것을 훔치는 자들을 어떻게 처단해야 할 것인가에 대한 자기 의견을 밝히는 것을 본 적도 있다.

사태는 로라 스토라에게 불리하게, 클로크에게는 훨씬 더 불리하게 진행되고 있었다. 뒤에 알게 되었지만 클로크는 자기 손으로 브램 건지의 차를 주차장에 몰아다 놓은 것이 아니라 연방수사국 요원들에 의해 주차장으로 끌려온 것이었다. 그러니까 클로크는 햄든에서 16킬로미터도 채 못 달리고는 끌려온 셈이었다. 연방수사국 요원들은 클로크를 임시 수사본부로 데리고 가서 일요일 밤이 새도록 내보내지 않았다. 요원들이 클로크에게 무슨 짓을 했는지는 나로서도 알 수 없었다. 우리는 월요일 아침에 클로크가 변호사 면담을 신청했다는 소문을 들었다.

◦◦◦◦◦◦◦

헨리의 말에 따르면, 코크런 부인은 누군가가 버니의 마약 관련설을 흘린 데 대해 치를 떨었다. 브래서리에서 점심을 먹고 있는데 기자 하나가 코크런 부부와 헨리가 점심을 먹는 식탁으로 다가와, 버니의 방에서 '마약 상용자들이 이용하는 기구'가 발견된 데 대한 코멘트를 요구했다.

코크런 씨는 약간 놀라는 표정을 짓고 눈을 내리깔고는, "글쎄요, 그게 좀…… 어흠……." 어쩌고 하면서 말을 더듬었으나 코크런 부인은 통후추를 친(au poivre) 스테이크를 난폭하게 칼질할 뿐, 짓궂게 달려드는 기자를 올려다보지도 않았다. 언론에서 마약 상용자들이 이용하는 기구라고 부른 것이 마약이 아닌 것은 물론이었다. 무책임한 언론이 피해자에게는 자신을 변호할 기회도 주지 않고 오해의 소지가 많은 용어를 쓴 것은 잘못이었다. 그러니까 코크런 부인은 자기 아들을 마약 밀매의 두목으로 오해받게 할 수 있는 용어를 쓴 것이 견딜 수 없었을 터였다. 코크런 부인의 무언의 코멘트를 일리 있는 것으로 보았던지 다음 날의 〈포스트〉는 입을 딱 벌린 코크런 부인의 사진과 함께 다음과 같은 헤드라인을 붙이고 있었다. 「어머니의 말, 내 아들은 그럴 리가 없다」.

◦◦◦◦◦◦◦

월요일 새벽 2시, 나와 함께 프랜시스의 집에 있었던 커밀라는 나에게 집까지 걸어가야 하게 생겼으니까 좀 바래다줄 수 없겠느냐고 했다. 헨리는 자정 무렵에 돌아가고 없었다. 오후 4시부터 마시기 시작한 프랜시스와 찰스의 술은 도무지 그칠 기미를 보이지 않았다. 두 사람은 주방에서 전등을 끈 채 별로 기분 나쁘지 않은 냄새를 풍기며 '블루 블레이저'라는 이름의 악명 높은 칵테일을 만들고 있었다. 하나의 백랍 잔에 든 위스키를 다른 백랍 잔에 번갈아 따르면서 거기에 불을 붙여서 만드는 칵테일이었다. 하나의 백랍 잔에서 다른 백랍 잔으로 위스키가 쏟아지면서 활꼴의 불길을 만들었다.

자기 아파트에 이른 커밀라는 밤길이 몹시 추웠던지 오들오들 떨면서 몹시 걱정스러운 얼굴을 하고 나에게 올라가 차나 한잔 마시고 가지 않겠느냐고 했다. 커밀라의 뺨은 빨갛게 얼어 있었다. 전등 스위치를 올리면서 커밀라가 중얼거렸다.

"우리도 거기에 그냥 있을 걸 그랬나 봐. 칵테일 만든다고 저러다가 불이라도 내면 어쩌지?"

"괜찮을 거야."

나도 걱정스럽기는 마찬가지였다.

우리는 차를 마셨다. 전등의 불빛은 따뜻했고 아파트는 조용하고도 아늑했다. 내 방 침대에 누워 은밀한 욕망의 심연에 빠질 때마다 내가 꿈꾸는 장면은 늘 그렇게 시작되고는 했다. 술에도 취하고 잠에도 취할 시각, 마주 앉은 나와 커밀라. 시나리오에 따르면 커밀라는 실수로 그러는 것처럼 내 어깨에 머리를 스치게 하거나, 내게 기대어 뺨을 붙이면서 어느 책에서 읽은 한 구절을 읊조리거나 했다. 내 시나리오에 나오는 커밀라의 이런 사소한 실수는 짜릿한 행복으로 이어지는 서곡과 같은 것이었다. 나는 오기만 하면 그런 기회를 놓치지 않았을 터였다.

찻잔이 너무 뜨거워 나는 손가락을 데고 말았다. 나는 찻잔을 내려놓고는 두 자도 채 떨어지지 않은 데 앉아 멍하니 정신을 놓은 채 담배를 피우고 있는 커밀라를 바라보았다. 그 조그만 얼굴, 염세주의의 독이 묻은 듯한 그 아름다운 입술에서라면 영원토록 길을 잃고 헤매도 좋을 것 같다. 이봐, 리처드, 불 끄는 게 어때? 나는 커밀라가 이런 말을 하는 것을 상상해보았다. 견딜 수 없이 황홀했다. 그러나 커밀라는 그런 말을 하지 않았다. 내 쪽에서 그런 말을 하는 것은, 나로서는 상상도 할 수 없었다.

그러나 다시 생각하면 그게 아니었다. 그런 일이 벌어져서는 안 되었다. 커밀라는 두 사람을 죽인 살인의 공모자이자 성모 마리아처럼 침착한 얼굴을 하고 버니가 죽어가는 것을 본 장본인이었다. 나는 불과 6주 전에 들은 헨리의 섬뜩한 말을 기억하고 있었다. 그때 헨리는 과정에 육체적인 요소가 있었다는 것은 인정하지, 이런 말을 했다.

"커밀라."

내가 부르자 커밀라가 약간 놀라면서 나를 보았다.

"구체적으로 어떤 일이 있었는지 좀 들려주겠어? 그날 밤 숲 속에서 말이야."

나는 그때, 그 일의 정경을 일부라도 들을 수 있을 것으로 기대했던 것 같다. 그러나 커밀라는 눈 하나 깜빡하지 않았다.

"정말 아무것도 기억나지 않아. 기억난다 해도 도저히 설명할 수 없어. 몇 달 전의 일보다도 기억이 선명하지 않은걸. 글로 쓰면 쓸 수 있을까 몰라?"

"하지만 기억나는 게 있기는 있을 거 아니야?"

커밀라는 한동안 눈을 감고 있다가 대답했다.

"헨리로부터 꽤 자세한 대목까지 들었을 거야. 어째 소리를 내가면서 이야기를 하자니 우습게 느껴지네. 개 떼를 본 기억이 나. 수많은 뱀들이 내 팔을 감고 있던 기억도 있고. 주위의 소나무들은 일시에 불이 붙어 가지마다 불길을 뿜어내더군. 한동안 우리에게는 제5의 인물이 있었어."

"제5의 인물?"

"인물이라고 해서 사람이라는 뜻은 아니야."

"무슨 말을 하는지 모르겠다."

"그리스인들이 술의 신 디오뉘소스를 뭐라고 부르는지 알아? 폴뤼에이데 스(polyeides)라고 해. 그러니까 어떨 때는 남자, 어떨 때는 여자일 수도 있어. 때로는 전혀 다른 것으로 변할 수도 있고. 생각나는 대로 말해볼게."

"그래, 말해봐."

나는 드디어 비교적 자세한 내막에 접근하는구나 싶었다.

"시체가 땅바닥에 쓰러져 있었어. 배가 갈라져 있었는데, 거기에서 김이 무럭무럭 나고 있었어."

"배에서?"

"날씨가 추운 밤이었으니까. 그 냄새, 죽어도 못 잊을 거야. 작은할아버지가 사슴 배를 갈랐을 때 맡았던 냄새와 똑같았어. 프랜시스에게 물어봐. 프랜시스도 기억할 거니까."

나는 질린 나머지 말을 이을 수가 없었다. 커밀라는 찻주전자를 들어 자기 잔에 차를 조금 더 따랐다.

"우리가 왜 이렇게 재수 없는 일을 당하고 있는지 알아? 내가 그 이유를 어디에서 찾고 있는지 알아?"

"어디에서 찾는데?"

"시체를 파묻지 않고 그냥 왔기 때문이야. 《아이네이스》에 나오는 가엾은 팔리누루스 기억나? 매장을 당하지 못한 팔리누루스는 사람들 주위를 배회하면서 수많은 사람들을 공포의 도가니로 몰아넣지 않던? 숲 속의 그 농부도 바로 발견되지 않았어? 버니를 파묻지 않았기 때문에 우리는 잠 한숨 제대로 못 잤던 거야."

"무슨 말을 그렇게 해?"

커밀라는 웃음을 터뜨렸다.

"기원전 4세기에 아티카 함대가 한 병사의 재채기 때문에 항해를 연기했던 것 알고 있지? 숲 속의 일이 있은 지 이틀 뒤에 헨리가 우리에게 무슨 짓을 하게 했는지 알아?"

"무슨 짓을 하게 하다니?"

"새끼 돼지를 죽이게 했어."

나는 이 말 자체에 놀랐고, 이 말을 태연하게 하는 커밀라에게 다시 한 번 놀랐다.

"세상에……."

"우리는 새끼 돼지의 목을 잘랐어. 그러고는 돌아가면서 머리 위로 쳐들었지. 우리 머리와 팔과 손이 피투성이가 될 때까지. 무서웠어. 프랜시스는 토하기까지 했으니까."

살인을 저지른 직후, 비록 새끼 돼지의 피였기는 하나 교묘하게 살인한 몸을 피투성이로 만든 그 간교함. 그러나 나는 그 말을 입 밖으로는 낼 수 없었다.

"헨리는 왜 그런 짓을 하게 했을까?"

"살인은 부정한 행위이거든. 살인자의 손에 닿는 물건은 모두 더럽혀지거든. 그런데 피를 정화할 수 있는 것은 피밖에 없다는 거야. 그래서 우리는 돼지 피를 뒤집어쓴 거지. 일단 피를 뒤집어쓰자마자 우리는 곧 안으로 들어가 깨끗이 씻었어. 그랬더니 기분이 그렇게 상쾌할 수 없더라."

"내게 무슨 말을 하고 싶은 거야? 혹시……."

"걱정 마. 이번 버니 일에도 그런 걸 계획할 것 같진 않으니까."

"왜 않지? 효력이 없었어?"

커밀라는 나의 비아냥거림을 이해하지 못했다.

"아니야. 효력이야 만점이었지."

"그럼 왜 이번에도 그러지그래?"

"헨리에게 다른 생각이 있는 모양이야. 이것 역시 너에게는 약간 끔찍하기 쉬울걸."

이때 문의 자물쇠에 열쇠가 꽂히고 돌아가는 소리가 들렸다. 잠시 후 문이 열리면서 찰스가 뛰어 들어왔다. 그는 어깨에 두르고 있던 외투를 벗어 바닥의 양탄자 위에 던졌다.

"헬로, 헬로."

그는 노래를 부르면서 복도로 들어서자마자 바지를 바닥에 팽개쳤다. 그러고는 거실로 들어오는 대신 자기 방과 욕실로 통하는 쪽 복도로 꺾어 들어왔다. 문이 열리는 소리가 나면서 찰스의 목소리가 들려왔다.

"밀리, 어디 있니? 어디 있느냐고!"

"찰스, 여기 있어. 우리 여기, 거실에 있어."

커밀라가 소리쳤다.

찰스가 거실로 들어왔다. 넥타이가 느슨하게 목에 걸려 있었다. 머리카락은 심하게 헝클어져 있었다.

"밀리, 너 여기에 있었구나."

찰스는 문설주에 기대서면서 이렇게 중얼거렸다. 그제야 나를 본 모양이었다.

"아니, 너, 여기에서 뭘 하고 있어?"

그의 말투는 정중하지도 않았고 그렇다고 해서 막 하는 말도 아니었다.

"그저 차를 마시고 있는 중이야. 한잔하겠어?"

커밀라가 나를 대신해서 대답했다.

"싫어. 너무 늦었어. 자러 간다."

찰스는 돌아서더니 복도 저쪽으로 사라졌다.

문소리가 몹시 컸다. 커밀라와 나는 서로의 얼굴을 바라보았다.

"나 아무래도 집에 가는 게 좋겠다."

나는 일어서서 이렇게 말하고는 그 집을 나섰다.

～○～

수색은 여전히 계속되고 있었다. 그러나 참가 인원 중 시민들은 현저하게 줄어들었고 학생들은 거의가 빠져나가고 없었다.

그러니까 수색작전은 훨씬 팽팽하게, 은밀하게, 전문적으로 진행되고 있는 셈이었다. 나는 경찰이 심령술사, 지문 감식가, 난네모라에서 훈련받은 특수 수색견을 수색작업에 투입했다는 소문을 들었다. 어쩌면 나 역시 저 은밀한 부정에 오염되어 있다고 상상했기 때문인지도 모르겠다. 그래서 대부분의 사람들의 코앞에서는 안전해도 개의 코앞에서는 그렇지 못할지도 모른다고 상상했기 때문인지도 모르겠다(영화를 보면 개는 흡혈귀가 어떤 모습을 하고 나타나든 가장 먼저 그 정체를 알아보는 것으로 되어 있다). 좌우지간 특수 수색견이 투입되었다는 소식을 듣고부터는 공연히 불안해서 되도록이면 모든 개로부터 멀찍이 떨어져 있고 싶었다. 요업을 가르치는 교수의 마약에 취한 듯한 래브라도 잡종견을 비롯해서 햄든의 모든 개는 모두 혀를 빼물고 다니면서 주둥이 댈 거리만 찾아다녔지만, 특수 수색견은 아무래도 다를 것 같아서 불안했다. 헨리는 심령술사에게 관심이 많았다. 그는 경찰 앞으로 던져질, 저 트로이아의 예언자 카산드라의 아무도 알아듣지 못할 예언, 아무도 믿지 않을 예언을 상상하는지도 모를 일이었다.

"이번에 경찰이 우리를 범인으로 지목한다면 아마 저 심령술사의 도움을 받았기 때문일 거야."

헨리의 말이었다.

"설마 심령술사 같은 걸 믿고 하는 말은 아니겠지?"

헨리가 한심하다는 듯이 나를 바라보면서 중얼거렸다.

"네게는 놀랍게도 말이야, 네 눈에 보이지 않는 것은 존재하지 않는다고 생각하는 경향이 있단 말이야."

심령술사는 뉴욕 주 북부에서 온 젊은 아기 엄마였다. 그 심령술사는 자동차 배터리 연결선에 닿는 바람에 감전되어 3주간 혼수상태를 헤매다가 깨어난 뒤부터는 사람의 손만 잡아보고도 그 사람의 과거와 미래를 훤히 안다는 것이었다. 소문에 따르면 경찰은 이미 그 심령술사를 이용하여 수많은 실종사건을 해결한 바 있었다. 학교에는, 그 심령술사가 지도의 한 점을 짚음으로써 교살당한 아이의 시체가 유기된 지점을 정확하게 짚어냈다는 소문이 돌았다. 자기 집 앞을 지날지도 모르는 악령을 달랜답시고 밤이면 우유 한 접시를 바깥에 내놓을 정도로 미신을 지나치게 믿는 헨리는, 외투 차림에 물방울무늬 스카프로 빨간 머리카락을 동여맨 이 심령술사가 두꺼운 안경을 쓰고 캠퍼스를 혼자 걸을 때마다 황홀한 듯이 바라보고는 했다.

"지금 저 여자를 만난다는 것은 대단히 위험해. 이 위험을 감수할 수 없는 게 유감이야. 정말 만나서 한번 이야기를 나누고 싶어."

헨리의 말이었다.

학우들의 대부분은 정보의 홍수 속을 허우적거리고 있었다. 나는 이때 우리들 사이를 떠돌던 소문이나 정보가 정확한 것이었는지 아니면 뜬소문이었는지는 아직도 모르고 있다. 그 소문 중의 하나는 마약 강력 단속반이 마약 전문가들을 풀어 조사를 진행시키고 있다는 소문이었다. 알프레드 비니의 《채터턴》이 파리 청년들에게 끼친 영향에 관해 쓴 바 있는 테오필 고티에는, 19세기에는 밤마다 고독한 자살자의 권총 소리를 들을 수 있다고 한 바 있다. 그런데 햄든에서는 밤마다 화장실 물 내리는 소리가 낭자했다. 수면제 중독자, 코카인 중독자들이 애석해하는 얼굴을 하고 밤마다 가지고 있던 것들을 변기로 흘려보내고 있었기 때문이었다. 누군가는 조각 작업실의 화장실에다 대마초를 얼마나 많이 버렸던지 수도국에서 전문가가 와서 정화조를 파내야 했다.

오후 4시 반쯤 찰스가 내 방에 들러 물었다.

"뭘 좀 먹으러 가지 않을래?"

"커밀라는 어디에 있어?"

"모르겠어. 어딘가에 있겠지. 어떻게 할래, 갈래?"

찰스는 내 방 구석구석을 창백한 시선으로 훑으면서 다시 물었다.

"응, 그러자."

"좋았어. 택시가 기다리고 있다."

그의 표정이 밝아졌다.

택시 운전사―내가 햄든에서 처음 맞던 어느 가을날 나와 버니를 싣고 시내로 갔고, 곧 사흘 말미를 내어 영구차로서 마지막으로 버니를 싣고 코네티컷으로 가게 될 주니어라는 이름의 운전사―는, 차가 칼리지 드라이브로 접어들자 룸미러로 우리를 보면서 물었다.

"브래지어로 가요?"

그의 브래지어는 브래서리 주점이라는 뜻이었다. 우리를 만날 때마다 하는 농담 중의 하나였다.

"그렇습니다."

"아니에요."

찰스가 나의 대답을 수정했다. 그는 어린아이처럼 창문 아래로 고개가 푹 들어가게 드러누워 손가락으로 팔걸이를 툭툭 치면서 말했다.

"캐터마운트 거리 1910번지 부탁합니다."

"거기가 어디야?"

"괜찮겠지? 기분 전환 좀 하고 싶어서 그런다. 그렇게 멀지도 않아. 브래서리 음식은 이제 지긋지긋하다."

찰스가 내 쪽으로는 얼굴도 돌리지 않고 대답했다.

우리가 간 파머스 인이란 곳은 음식이 좋은 것으로 이름난 곳도 아니었고, 그렇다고 해서 실내장식이 좋은 것으로 이름난 곳도 아니었다. 가보니, 포마이카 테이블에 접는 의자가 놓인 이 허름한 바의 손님들이라고는 술에 취한 노인들뿐이었다. 평균 연령이 65세가 훨씬 넘을 것 같았다. 음식으로 보나 분위기로 보나 브래서리보다 못했다. 그러나 파머스 인의 장점은, 좋은 상표는 아니지만 위스키 한 잔에 겨우 50센트밖에 되지 않는다는 점이었다.

우리는 바 스탠드의 한쪽 끝, 텔레비전 옆에 있는 자리에 앉았다. 텔레비전에서는 농구 경기를 중계하고 있었다. 바의 안주인—청록색 아이셰도에 맞추어 청록색 반지를 낀 오십대의 부인—은 우리의 양복과 넥타이를 번갈아가며 보고 있었다. 찰스가 두 잔의 더블 위스키와 클럽 샌드위치를 주문하자 이 안주인은 앵무새 같은 목소리로 말했다.

"세상에, 새파란 손님들이 술집 출입을 다 하시네."

우리 햄든 대학을 비아냥거리는 것인지, 아니면 학생증으로 나이를 조사해보겠다는 것인지 나로서는 알 수 없었다. 그 직전까지도 우울한 얼굴을 하고 있던 찰스가 여자를 쳐다보면서 푸짐하게, 그리고 다정하게 웃어 보였다. 찰스에게는 그런 사람을 잘 다루는 재주가 있었다. 찰스에게 걸리면 대부분의 여급이나 바의 안주인들은 지극 정성으로 서비스를 했고 귀찮은 일이 생길 경우 찰스가 눈짓만 해도 기꺼이 해결해주고는 했다.

파머스 인의 안주인도 기분이 좋은 듯이 웃음을 터뜨리면서 반지를 여러 개 낀 손으로 재떨이를 밀어주면서 중얼거렸다.

"옷을 어찌나 단정하게 입고 있는지 모르몬교도들인 줄 알았어. 그런데 코카콜라로 끝낼 생각이 아닌 모양이군."

여자가 고개를 돌려 주방에다 우리가 주문한 것을 전한 순간 찰스의 얼굴에서는 미소가 사라졌다. 내 시선을 만난 찰스는 어깨를 으쓱거려 보이면서 중얼거렸다

"미안해. 짜증스럽더라도 참아주라. 브래서리보다는 술이 싼 데나 아는 사람이 거의 없거든."

이따금씩 열을 내면서 떠들어대기는 해도 대체로 찰스는 이야기를 즐길 기분이 아닌 모양이었다. 그는 심사가 뒤틀린 아이처럼 뚱한 얼굴을 하고, 바 스탠드에 팔꿈치를 댄 채, 머리카락이 얼굴로 흘러내렸는데도 쓸어 올릴 생각을 않고 마시기만 했다. 샌드위치가 나오자 그는 속에 든 베이컨만 뽑아 먹었다. 나는 위스키를 마시면서 텔레비전에서 중계하는 우리 캘리포니아 팀의 경기를 구경했다. 버몬트 주의 꼬질꼬질한 바에서 내 고향 팀의 경기를 구경하고 있으려니 기분이 묘했다. 캘리포니아에서 대학을 다닐 당시 학교 옆에는 대형 텔레비전이 있는 팔스타프라는 술집이 있었다. 나는 농구광인 칼의 손에 이끌려 자주 그 술집에서 맥주를 마시면서 농구 경기를 구경하고는 했다. 나는 캘리포니아 팔스타프의 바 스탠드에 앉아 맥주를 마시면서 바로 그 시각에 그 경기를 구경하고 있을 칼을 생각했다.

칼을 생각하니 기분이 울적했다. 찰스가 넉 잔째인가, 다섯 잔째 위스키 잔을 비우고 있을 때 누군가가 리모컨으로 채널을 돌렸다. 화면은 〈제퍼디 게임〉〈행운의 수레바퀴〉〈맥닐과 레러의 뉴스쇼〉로 넘나다니다 지방국이 제작한 대담 프로에서 멎었다. 〈버몬트의 투나잇〉이라는 토크쇼였다. 뉴잉글랜드의 농가 분위기를 낸 무대가 볼만했다. 무대에는 셰이커 가구 모조

품이 놓여 있었고 벽에는 삽과 쇠스랑 같은 농기구가 걸려 있었다. 사회자는 리즈 오카벨로였다. 리즈는 토크쇼의 명사회자 오프라 혹은 필 도너휴를 흉내 내어 대담의 한 단락 한 단락이 끝날 때마다 질문을 던지고는 했다. 참석자들이 미인이나 미남이 아닌데도 리즈의 미모는 별로 두드러져 보이지 않았다.

나는 무심하게 대담 프로를 한동안 바라보고 나서야 대담자 중에 윌리엄 헌디가 끼어 있는 것을 알았다. 헌디 씨는 파란 오리털 점퍼 대신 양복을 입고 있어서 흡사 시골 목사 같았다. 그는 이상하게도 아랍의 여러 나라나 오펙(OPEC)에 대해 꽤 권위 있게 이야기를 하였다. 나는 그의 말을 들어보고 나서야 왜 아랍 나라들이나 오펙에 대해 그가 그토록 권위가 있는지 알았다. 서비스공장에 주유소가 딸려 있기 때문이었다. 그의 말은 이랬다.

"오펙 때문에 텍사코 주유소의 수가 자꾸 줄어들고 있는 겁니다. 우리 어릴 때는 어디에 가든 주유소는 오로지 텍사코였습니다. 그런데 아랍인들이 이걸 하나씩, 뭐라고 할까요, 매수한 겁니다."

"찰스, 저것 좀 봐."

내가 찰스에게 이렇게 말하고 보니 텔레비전 채널은 벌써 〈제퍼디 게임〉으로 돌아가 있었다.

"뭐?"

그가 물었다.

"아무것도 아니야."

텔레비전 채널은 〈제퍼디 게임〉에서 〈행운의 수레바퀴〉로, 〈행운의 수레바퀴〉에서 다시 〈맥닐과 레러의 뉴스쇼〉로 바뀌었다. 누군가가 소리를 질렀다.

"이봐요, 도티, 텔레비전 채널 좀 돌려."

"뭘 볼래요?"

"행운의 수레바퀴!"

많은 사람들이 이구동성으로 소리쳤다.

그러나 채널이 그쪽으로 돌아갔을 때 〈행운의 수레바퀴〉는 벌써 끝나고 있었다. 채널은 하릴없이 윌리엄 헌디와 뉴잉글랜드 농가로 되돌아왔다. 헌디 씨는 전날 아침에 자기가 출연했던 〈뉴스쇼〉 이야기를 하고 있었다.

"봐, 리딤드 서비스공장 사장이 나왔다."

누군가가 소리쳤다.

"사장이 아냐."

"그럼 뭐야?"

"버드 앨콘과 공동소유로 되어 있으니까."

"보비, 좀 닥치지 못해?"

헌디 씨의 이야기가 계속되고 있었다.

"아랍인들 사이에서 소형차가 자취를 감춘 지 벌써 오래되었어요. 경험해보지 않았다면 이런 말 하지 않을 겁니다. 그들이 타는 차는 텔레비전을 보고 우리가 아는 것보다 훨씬 큽니다."

나는 발끝으로 찰스의 구두를 툭 쳤다.

"나도 보고 있어."

찰스가 가볍게 떨리는 손으로 술잔을 잡으면서 대답했다.

나는 겨우 나흘 사이에 헌디 씨가 변해 있는 데 놀랐다. 헌디 씨는 말을 함부로 하고 있었다. 그런데 더욱 놀라운 것은 스튜디오에 있는 청중이 헌디 씨의 말에 동조하고 있다는 것이었다. 그들은 헌디 씨에게 법질서 체제 문제에서부터 지역사회에서의 중소기업의 역할에 이르기까지 광범위하게 질문을 던지고는, 별것도 아닌 헌디 씨의 농담 섞인 대답에 깔깔거리고는 했다. 말하자면 헌디 씨는 졸지에 인기인으로 부상해 있었던 셈인데, 내가 보기에 아무래도 그의 인기는 물거품 같았다. 그러나 헌디 씨는, 우물쭈물하면서 말을 더듬던 헌디 씨가 더 이상 아니었다. 그는 두 손을 배 위에 포개고 교황같이 점잖게 웃으면서 청중의 질문에 대답했다. 그러나 자연스럽기는 해도 지나치게 자연스러워서 그가 사기극을 벌이고 있다는 인상을 지울 수 없었다. 나는 텔레비전을 시청하고 있는 다른 사람들에게도 헌디 씨의 그런 태도가 보일 것이라고 생각했다.

셔츠 차림의 작고 가무잡잡한 사람이 연거푸 손을 들었다. 이윽고 리즈 오카벨로의 지명을 받자 그가 일어서서 말했다.

"내 이름은 애드넌 나사르라고 합니다. 팔레스타인계 미국인입니다. 시리아에서 9년 전에 미국으로 건너와서 미국 시민권을 얻어 지금은 6번 고속도로변에 있는 피자가게 피자 패드의 부지배인으로 일하고 있습니다."

헌디 씨가 고개를 갸웃거리다가 정중하게 말했다.

"나사르 씨, 시리아에서 건너와서 미국의 시민권을 얻고 지금은 피자가게의 부지배인으로 있다고 했는데, 미국인도 시리아로 건너가서 시민권을 얻어 피자가게를 열 수 있습니까? 그렇습니다. 이 미국은 그런 체제로 운영되는 나라입니다. 모든 사람을 위한 나라입니다. 당신이 어떤 인종에 속하든, 피부 색깔이 어떻든 미국은 모든 사람에게 공평하게 기회를 주고 있습니다."

청중이 박수를 보냈다.

리즈 오카벨로가 마이크를 들고 청중석 복도로 내려가 머리카락을 털실꾸러미같이 손질한 부인에게 마이크를 내밀었다. 그 순간 팔레스타인인이 고함을 지르면서 손을 내저었다. 그 바람에 카메라는 그에게 되돌아갔다. 마이크를 받아 들고 그가 항변했다.

"내 말은 그것이 아닙니다. 나는 아랍인입니다. 그런데 당신은 우리 아랍인에 대한 인종차별을 획책하고 있습니다. 이건 이대로 넘어갈 수 없는 문젭니다."

리즈 오카벨로는 오프라를 본떠 그 아랍인의 어깨에 손을 얹고 그를 달랬다. 모조품 셰이커 의자에 앉아 있던 윌리엄 헌디 씨는 허리를 구부리고 아랍인에게 물었다.

"당신은 미국 생활을 좋아하지요?"

"그렇소."

"돌아가고 싶소?"

"아니지요, 그런 식으로 유도하는 질문은 안 되지요."

사회자 리즈 오카벨로가 이렇게 말했으나 이미 헌디 씨의 막말은 시작되고 있었다.

"돌아가고 싶으면 얼마든지 돌아갈 수 있습니다. 왜냐, 배라고 하는 것은 앞으로도 갈 수 있고 뒤로도 갈 수 있으니까요."

바의 안주인 도티는 담배를 빨다 말고 웃음을 터뜨렸다.

"그 양반 말 잘하는데."

"당신은 뿌리 생각을 하지 않습니까? 당신네 조상들도 처음부터 미국인이었던 건 아니지 않습니까? 당신의 조상도 인디언인 건 아니지 않습니까?"

아랍인이 헌디 씨에게 대들었다.

그러나 헌디 씨는 그 말은 못 들은 척하고 말을 이었다.

"돌아가겠다면 비행기 삯은 내가 대드리지요. 요새 바그다드로 가는 비행기의 편도 요금이 얼마더라? 원하면 말씀만 하세요. 그러면 내가……."

리즈 오카벨로가 헌디 씨를 나무랐다.

"헌디 씨, 헌디 씨는 이 신사분의 말씀을 오해하신 것 같군요. 이 신사분은 헌디 씨의 말에서 잘못된 부분을 지적하고 있는……."

리즈가 다시 어깨 위에 손을 올리려 하자 아랍인은 난폭하게 그 손을 털어내면서 소리쳤다.

"오늘 밤 헌디 씨 당신은 우리 아랍인을 모욕하는 발언을 계속하고 있습니다. 당신은 아랍인을 잘 모르는 모양이나 여기에 있는 나는 이 가슴으로 아랍인을 알고 이 가슴으로 아랍인으로 살고 있습니다."

아랍인은 이러면서 자기 가슴을 쳤다.

"나도 압니다. 당신이 어떤 사람인지, 사담 후세인이 어떤 사람인지 잘 알고 있답니다."

"어떻게 감히, 우리 아랍인들을, 대형차나 굴리는 탐욕스러운 사람들이라고 할 수 있습니까? 이건 이대로 앉아서 듣기만 할 수 없는 공격적인 발언입니다. 나는 아랍인입니다만, 에너지 절약은 나도 하고 있습니다."

"유정(油井)에 불을 질러가면서 말이지요?"

"천만에요, 나는 소형 도요타 코롤라를 탑니다. 이게 바로 나의 에너지 절약입니다."

"나는 당신이라는 **특정인**을 두고 말한 게 아닙니다. 나는 오펙의 떼거리들, 햄든 대학생을 납치한 아랍인들을 두고 말하고 있는 겁니다. 당신은 그들이 도요타 코롤라를 타고 있었다고 생각합니까? 우리가 미국 땅에서 벌어지는 이런 테러리즘을 좌시할 것 같습니까? 당신네 아랍인들은 당신네 조국에서도 테러나 하고 학생이나 납치하나요?"

"햄든 대학생을 납치한 자들이 아랍인들이었다는 건 거짓말입니다!"

한순간, 당황한 카메라가 리즈 오카벨로에게로 돌아갔다. 리즈 오카벨로는 스크린 한구석을 멍한 눈길로 내려다보고 있었다. 세상에, 이건 대담이 아니라 난장판이군, 나는 이런 생각을 했는데 표정으로 보아 리즈 오카벨로도 같은 생각을 하는 것 같았다.

헌디 씨가 또박또박 반박했다.

"그건 거짓말이 아니오. 나는 알고 있어요. 이래 봬도 나는 서비스공장만 30년 동안이나 해온 사람이오. 카터가 대통령이던 시절, 1975년이던가, 당신네들이 기름값을 다락같이 올린 걸 내가 기억하지 못하는 줄 아시오? 그래놓고 당신네들은 이 땅으로 몰려와서는 땅 임자 행세를 하고 있지 않나요? 그래서 병아리콩과 저 지저분한 주머니빵이 온 미국을 누비고 있는 게 아닌가요?"

리즈 오카벨로는 옆을 바라보면서 카메라맨에게 뭔가를 지시하고 있었다.

아랍인은 헌디 씨를 향해 상스러운 욕지거리를 퍼붓고 있었다. 헌디 씨는 벌떡 일어나, 떨리는 손가락으로 관중석을 가리키면서 내뱉었다.

"사막의 니그로들, 사막의 니그로가 지금 무슨 짓을 하고 있는지 잘 보아두시오!"

카메라가 미친 듯이 관중석을 누비다가 세트 밖으로 나가 복잡하게 얽힌 검은 전선과 갓이 붙은 등을 비추었다. 카메라가 부지런히 초점을 맞출 동안 화면이 바뀌고 맥도널드 광고가 나왔다.

"빌어먹을."

바에서 누군가가 소리쳤다.

여기저기에서 산발적인 박수 소리와 휘파람 소리가 들려왔다.

"봤어?"

찰스가 물었다.

나는 찰스가 옆에 있다는 것을 까맣게 잊고 있었던 터였다. 머리카락이 땀에 젖은 얼굴을 덮고 있었으나 찰스는 이것을 쓸어 올리려고도 하지 않았다.

"조심해, 이 아주머니가 엿들을지도 모르니까."

나는 바의 안주인을 의식하고 그리스어로 말했다.

찰스는 뭐라고 중얼거리면서 반짝이는 비닐과 크롬 재질의 싸인 바 스툴을 빙그르르 돌렸다.

"늦었다, 그만 가자."

내가 돈을 찾느라고 주머니를 뒤지면서 말했다.

찰스는 험악한 얼굴로 나를 노려보면서 내 손목을 잡았다. 주크박스의 불빛 아래 드러난 그의 눈길은 험악하기가 영락없는 살인자의 눈길이었다.

"이봐, 헛짓할 생각은 아예 말라고."

나는 주머니에서 손을 뽑고는 바 스툴에 가만히 앉아 있었다. 밖에서 천둥소리가 들려왔다.

"비가 오는군."

그가 말했다.

우리는 잠깐 시선을 맞추고는 밖으로 나왔다.

밤새도록 처마에서 떨어진 뜨뜻한 빗물이 내 창을 두드렸다. 나는 침대에 누운 채 그 빗소리를 들었다.

비는 다음 날 새벽까지 내렸다. 꿈속에서 내릴 법한 비처럼 따뜻하고 부드러운 잿빛 빗줄기였다.

잠에서 깨어나 밖을 내다보는 순간 나는 그날 중으로 버니의 시체가 발견될 것임을 예견했다. 창밖의, 군데군데 마맛자국같이 남은 잔설의 무더기, 군데군데 드러난 진흙투성이의 잔디를 보는 순간부터, 사방에서 뚝뚝뚝 물이 듣는 소리를 듣는 순간부터 나는 그날 중으로 버니의 시체가 발견되리라는 것을 알았다.

우리가 햄든에서 맞이하는 전형적인 북부의 비 오는 봄날, 신비스러우면서도 숨 막힐 듯이 답답한 그런 날이었다. 지평선 위로 나지막하게 내려앉아 있던 산들은 안개가 잠깐 삼켜버리는 바람에 우리 눈에는 보이지 않았다. 세계는 텅 비어 훨씬 가벼워진 것 같았다. 어쩐지 아슬아슬해 보이는 것은 어쩔 수 없었다. 캠퍼스를 걷자 젖은 잔디가 발밑에서 짓뭉개졌다. 신들이 살 았다는 올림포스 산정, 혹은 전사한 용사들의 천국인 발할라, 혹은 구름 위의 황무지를 걷는 느낌이었다. 우리가 익히 알던 지형지물—시계탑, 학교 건물 같은—은 안개 속에 고립된 채 전생의 기억처럼 떠오르고 있었다.

이슬비가 내리고 있어서 대기는 축축했다. 커먼스 홀에서는 젖은 옷 냄 새가 났다. 모든 것이 기가 죽은 채 어두컴컴한 분위기를 빚어내고 있었다. 헨리와 커밀라가 2층 중앙 식당의 창가 자리에 꽁초가 수북이 쌓인 재떨이 를 가운데 두고 마주 앉아 있었다. 커밀라는 손으로 턱을 괸 채 앉아 있었 다. 잉크가 묻은 커밀라의 손끝에서 불붙은 담배가 대롱거렸다.

중앙 식당은 2층에 있고, 이 식당 뒤로는 식료품 하차대가 딸린 창고가 있었다. 중앙 식당의 네 벽면 중에서 세 면은 거대한 판유리로 되어 있었는 데 이 판유리—회색의 채색 유리여서 그날의 분위기를 실제 이상으로 어 둡게 했다—위로는 물방울이 기어다니고 있었다. 뒤쪽으로 난 판유리에는, 이른 아침이면 버터와 우유 같은 것을 싣고 온 트럭이 비치고는 했다. 숲 속 으로 꼬부라지면서 노스 햄든 쪽으로 사라지는 가죽 띠처럼 검은 길이 보 이는 것도 바로 이 뒤쪽으로 난 판유리를 통해서였다.

점심으로 나온 것은 토마토 수프와, 보통 우유가 떨어졌다면서 탈지 우 유를 탄 커피가 고작이었다. 비가 판유리를 때리고 있었다. 헨리는 우울해 보였다. 전날 밤 두 번째로 연방수사국 요원들의 방문을 받았기 때문이라 고 했지만 그들이 무엇을 물었는지는 설명해주지 않았다. 그는 커밀라에게 나직한 목소리로 슐리만의 일리온(트로이아—옮긴이) 발굴 이야기를 들려주 고 있었다. 그의 굵직굵직한 손가락은 식탁 한 모서리에 놓여 있었는데, 내 가 보기에 헨리는 그 탁자 모서리를, 알파벳으로 된 점괘가 나온다는 위자 보드(점이나 심령체험에 사용되는 판—옮긴이)로 여기는 것 같았다. 한 해 겨울 을 함께 지내다시피 하면서 알게 되었지만 헨리에게는 몇 시간이고 이런 식의 대단히 교훈적인 독백을 계속할 때가 자주 있었다. 이럴 때면 그는 최면술에 걸린 사람 같은 얼굴을 하고는 지극히 현학적이고 지극히 정확한 자료를 인용하면서 천천히 그리고 조용히 자기 지식의 무게를 우리 앞에다 덜어내고는 했다. 그는 히사를리크 발굴 이야기를 하면서 그곳을 '무시무시한 땅, 저주받은 땅'이라고 말했다. 그는 꿈을 꾸는 사람처럼 도시 아래에 매몰된 또 하나의 도시 이야기, 외적의 침략에 폐허가 된 도시 이야기, 벽돌이 유리로 변하도록 참담하게 불에 타버린 도시 이야기, 무시무시한 도시 이야기, 저주받은 도시 이야기, 그리스인들이 안텔리온(antelion)이라 부르는 갈색의 작은 독사들의 소굴이자, 새겨진 그림 속에서 올빼미 머리를 한 수천에 이르는 죽은 신(아테나의 흉측한 원형으로 사실상 여신)들이 엄격하고 광적인 눈으로 바라보고 있는 곳을 이야기했다.

프랜시스가 어디에 있는지는 궁금했지만, 찰스가 어디에 있는가는 물을 필요도 없었다. 그 전날 택시에 태우고 와서 2층으로 끌고 올라가 침대에 눕힌 장본인이 바로 나였기 때문이었다. 상황으로 판단하건대 찰스는 그 시각까지도 침대에서 숙취로 뭉개고 있기가 쉬웠다. 커밀라의 접시에는 치즈와 마멀레이드를 넣은 두 개의 샌드위치가 냅킨에 싸인 채 놓여 있었다. 내가 찰스를 데리고 올라갔을 때는 커밀라가 귀가하기 전이었다. 커밀라는 머리가 부스스하고, 립스틱도 칠하지 않은 것으로 보아 잠자리에서 빠져나오자마자 식당으로 왔기가 쉬웠다. 커밀라는 잿빛 털스웨터를 입고 있었다. 스웨터는 소매를 몇 번 걷었는데도 커밀라의 손등을 덮을 정도로 컸다. 커밀라가 들고 있는 가느다란 담배에서 바깥의 하늘 색깔과 똑같은 색깔의 연기가 오르고 있었다. 하얀 점이 되어 자동차 한 대가 햄든 시내 쪽에서 다가왔다. 산모롱이를 돌고부터 자동차는 시시각각으로 커 보였다.

점심시간도 지난 시각이었다. 식사를 끝낸 학생들이 식당을 떠나고 있었다. 불만을 잔뜩 품은 듯한 청소부가 걸레와 물통을 날라 와 음료수 통이 놓인 자리부터 걸레질을 시작했다.

창밖을 내다보던 커밀라의 두 눈이 갑자기 휘둥그레졌다. 천천히 의자에서 몸을 일으키던 커밀라는 급기야 의자를 뒤로 밀고 판유리에 이마를 대었다.

나도 커밀라의 눈길을 좇았다. 우리의 발밑에 앰뷸런스가 멎어 있었다. 두 사람이 자동차에서 들것을 들고 나와 무수한 카메라에 쫓기면서 비를 피하느라고 고개를 숙이고 걸었다. 들것에 실린 사람은 시트에 덮여 있었다. 두 사람은 앰뷸런스의 뒷문을 열고 들것을 집어넣고는(오븐에 빵 집어넣듯이 천천히) 문을 닫았다. 나는 들것이 앰뷸런스 뒷문으로 밀려 들어긴 순간에 보았다. 시트 사이로 노란 비옷이 10여 센티 내비치는 것을.

커먼스 홀 1층이 갑자기 소란스러워졌다. 문이 여닫히는 소리, 우왕좌왕 하는 발소리, 고함 소리. "죽었어, 살았어?" 누군가가 소리쳤다.

헨리는 숨을 깊이 들이마시고는 눈을 감고 그 숨을 토해내면서, 총에 맞은 사람처럼 의자 위로 털썩 무너져 내렸다.

경위는 이렇다.

수요일 오후 1시 반경, 뉴멕시코 주의 타오스 출신인 열여덟 살짜리 1학년생 홀리 골드스미드는 털이 황금빛인 사냥개 마일로에게 운동을 좀 시키기로 마음먹었다.

현대무용을 공부하는 홀리 역시 실종된 버니의 수색작업이 캐터랙트 산을 중심으로 벌어지고 있다는 것을 알고 있었다. 그러나 그 나이의 학생들 대부분이 그랬듯이 홀리는 학교가 어수선해진 틈을 모자라는 공부와 잠을 보충하는 시간으로 삼았다. 열여덟 살배기의 꽃다운 처녀가 실종자 수색에 따라나서지 않았던 것은 이해가 가는 일이다. 그러나 사냥개 마일로 때문에 언제까지나 집 안에 처박혀 있을 수는 없는 일이었다. 그래서 흘리는 마일로를 데리고 테니스코트 뒤를 돌아 캐터랙트 산의 골짜기 쪽으로 올라갔다. 전에도 몇 차례 다녀본 곳이었고 사냥개 마일로가 좋아하는 곳이기도 했기 때문이었다.

흘리는 이렇게 말했다.

"한참 달리다 학교가 보이지 않는 지점에 이르렀을 때 마일로의 목줄을 풀어주었어요. 제멋대로 좀 뛰어다니게요. 마일로는 사냥개니까 어쩔 수 없이 달리는 걸 굉장히 좋아하죠. 나는 마일로를 기다리면서 골짜기 가장자리에 서 있었어요. 마일로는 혼자 짖으면서 골짜기를 오르내리기도 하고, 도랑을 만나면 건너뛰기도 하면서 놀더군요. 늘 하는 짓이죠. 나는 깜빡 잊고 테니스공을 가져가지 않았어요. 주머니에 있는 줄 알았는데 아무리 찾아봐도 있어야죠. 그래서 작대기를 하나 잘라 마일로에게 던졌어요. 던지면 마일로가 그걸 물고 오는데 이상하게 안 오는 거예요. 그래서 내려가 봤더니 마일로가 뭔가를 물고 고개를 양옆으로 흔들고 있더군요. 아무리 불러도 마일로는 올 생각을 안 해요. 그래서 나는 토끼 같은 걸 한 마리 잡은 모양이라고 생각했죠. (……) 마일로가 저 사람을 끌어냈던 모양이에요. 멀리서 보니까, 머리가 보이고 곧 가슴이 보이고 그러더군요. 그러나 멀어서 잘 보이지는 않았어요. 안경이 유난히 똑똑하게 보였어요. 귀 뒤로 흘러내려온, 찌그러진 안경이…… 잠깐만요, 그렇게 다그치지 마세요. (……) 마일로는 그의 얼굴을 핥고 있더군요. 사실은, 그 순간에는 그가 누군지 몰랐어요……."

우리 셋은 재빨리 아래층으로 내려갔다(청소부들은 벌어진 입을 다물 줄을 몰랐고, 요리사들은 주방에서 내다보고 있었으며, 카페테리아의 웨이트리스들은 난간에 기대선 채 내려다보고 있었다). 우리는 스낵바를 지났고, 우체국을 지났다. 스위치보드 앞에 앉아 있던 전화교환수가 문 앞으로 나와 화장지로 눈을 닦으면서 커먼스로 들어가는 우리를 바라보았다. 커먼스 홀에는 경찰관, 보안관, 학교 안전요원들이 모여 있었다. 카메라 플래시가 터지는 곳에는 여학생 하나가 울고 서 있었다. 누군가가 우리를 보고 외쳤다.

"이봐, 너희들 이 친구를 알지?"

플래시가 연달아 터지면서 마이크와 캠코더 카메라가 우리 얼굴로 우르르 몰려들었다.

"이 친구와는 언제부터 알았어요?"

"……마약 관련 여부 말인데……."

"……유럽 횡단 여행을 했다는데 사실인가요?"

헨리가 한 손으로 자기 얼굴을 가렸다. 그때의 헨리 모습은 평생 잊지 못할 것이다. 그의 얼굴은 백지장처럼 하얬고, 윗입술에는 땀방울이 맺혀 있었다. 카메라 플래시는 그의 안경 위에서도 터지고 있었다.

"이거 왜 이래요?"

헨리는 커밀라의 손목을 잡고 필사적으로 문 쪽으로 가면서 비명을 질렀다. 기자들은 순식간에 우리의 앞을 가로막았다.

"……말하고 싶지 않나요?"

"……가장 친한 친구였다며?"

검은 캠코더의 렌즈가 헨리의 얼굴로 달려들었다. 헨리가 거칠게 손을 내젓자 캠코더가 땅바닥에 떨어졌다. 여러 개의 건전지가 튀어나와 사방으로 굴러갔다. 메츠 야구단 모자를 쓴 뚱뚱한 캠코더 주인은 금방이라도 헨리의 멱살을 잡을 것처럼 하고 욕지거리를 퍼부었다. 캠코더 주인의 손길이 헨리의 재킷에 닿는 순간 헨리는 재빨리 몸을 피해버렸다.

사내의 몸이 기우뚱했다. 재미있는 것은, 몸집이 큰데도 불구하고 헨리를 처음 보는 사람들은 그렇게 느끼지 않는다는 점이다. 어쩌면 만화에서처럼 말도 안 되지만 이상하게도 완벽한 위장이 되는 그의 옷 때문이었는지도 모르겠다.(왜 '책벌레' 클라크 켄트 기자가 안경을 벗으면 슈퍼맨이란 걸 아무도 알아채지 못하는 걸까?) 어쩌면 이것은 그가 사람들 앞에 어떻게 나타나느냐의 문제일 수도 있었다. 그는 그 자신을 보이지 않게 하는 더 놀라운 능력―말하자면 방 안에서, 차 안에서, 자유자재로 자신을 비물질화하는 능력―을 가지고 있었다. 어쩌면 이런 재주는 보이게 만드는 것, 그러니까 돌아다니는 분자들이 일시적으로 응집해 그의 어슴푸레한 형상을 굳게 만들고 돌연 사람들을 깜짝 놀라게 만드는 변형을 일으키는 것과 정반대의 능력이었다.

앰뷸런스는 갔다. 이슬비 속의 도로는 다시 텅 비었다. 연방수사국 요원 대븐포트가 고개를 숙인 채 커먼스 홀로 들어왔다. 그의 검은 구두가 대리석 바닥을 찍는 소리는 유난히 컸다. 우리를 본 그는 걸음을 멈추었다. 뒤에서 이탈리아인 스키올라가 손바닥으로 무릎을 짚으며 힘겹게 계단을 오르고 있었다. 대븐포트 뒤에서 스키올라는 우리를 가만히 보고 있다가 거친 숨을 몰아쉬면서 중얼거렸다.

"이렇게 되어서 유감이네."

구름에 가려서 보이지는 않았지만 비행기 한 대가 우리 머리 위로 지나가고 있었다.

"그럼, 죽었다는 겁니까?"

헨리가 물었다.

"유감스럽게도 그렇다네."

비행기 소리가 바람 소리 속으로 잦아들었다.

"어디에 있었습니까?"

헨리가 물었다. 헨리의 얼굴은 창백했다. 관자놀이의 머리카락은 땀에 젖어 있었다. 그런데도 끝내 침착했다. 그의 목소리는 공허하게 울렸다.

"숲 속 골짜기에 있었네."

대븐포트가 대답했다.

"그렇게 멀지 않아. 여기에서 1킬로미터가 좀 못 될까."

스키올라가 손가락으로 눈을 찍듯이 닦으면서 중얼거렸다.

"가보셨습니까?"

"뭐라고?"

스키올라가 눈 닦던 손길을 멈추었다.

"발견된 현장에 가보셨습니까?"

"우리는 블루 벤에서 점심을 먹고 있었어. 찾았다기에 내려가 보기는 했지. 지금 가족을 만나러 가는 길이다."

대븐포트가 퉁명스럽게 대답했다. 콧구멍 속에서 그의 호흡이 거칠었다. 머리카락에는 이슬비 방울이 매달려 있었다.

"가족들은 알고 있나요?"

커밀라가 간신히 물었다.

"그게 아니고, 검시 양해를 얻을 참이야. 뉴어크의 검시 연구소로 보내 몇 가지 테스트를 하게 하려고. 하지만 이런 일은……."

그는 누런 손가락으로 외투 주머니를 차례로 쓰다듬었다. 이윽고 주머니에서 구겨진 팰맬 담뱃갑을 꺼낸 그는 담배를 한 개비 뽑아 들고 말을 이었다.

"이런 일은 가족의 동의를 얻기가 쉽지 않아. 가족들 원망할 것도 없지. 벌써 일주일 동안이나 시달릴 대로 시달린 사람들이니까. 가족들은 한시바

삐 장례를 끝내고 잊고 싶어하거든."

"현장이 어떻게 되어 있었는지, 혹시 아시는지요?"

스키올라는 라이터를 꺼내어 서너 번 헛손질을 하고서야 불을 켜 담배에다 붙였다.

"말하기 끔찍하지만, 목이 부러진 채 골짜기에 쓰러져 있었네."

"자살했다고는 생각하지 않으시는지요?"

스키올라의 표정은 변하지 않았다. 그러나 콧구멍에서 나오는 담배 연기가 잠깐 끊어지는 것으로 보아 그는 내심 놀라고 있는 모양이었다.

"왜 그런 말을 하나?"

"안에서 누가 그러더군요."

스키올라가 대븐포트를 힐끔 바라보고는 말했다.

"나는 그런 친구의 말에는 귀를 기울이지 않아. 경찰 조사의 결과가 어떻게 될지, 경찰이 어떻게 판정할지 모르겠네만, 나는 경찰이 자살로 단정하지는 않을 거라고 확신한다네."

"왜요?"

그는 우리를 보면서 눈을 껌뻑거렸다. 두꺼운 눈꺼풀 속에 든 눈은 흡사 거북의 눈 같았다.

"자살로 단정할 만한 어떤 자료도 지금으로서는 없는 셈이거든. 그렇지 않아도 내가 예의 주시하고 있다네. 보안관은, 외출하면서도 기온이 급강하할 것에 대비한 복장을 하고 있지 않다는 데 주목하는 모양이야. 보안관은, 그 친구는 기온이 떨어지자 급히 학교로 돌아오다가 변을 당했다…… 라고 보고 싶은 모양이야."

대븐포트가 그 말을 받았다.

"경찰이나 보안관 쪽에 아직은 확신할 만한 근거가 없기는 하지만, 죽기 직전까지 술을 마시고 있었던 것 같아."

"술을 마시지 않았다고 하더라도 땅은 질척거렸지, 비는 오고 있었지, 게다가 그 친구가 산을 내려올 즈음에는 어두웠을지도 몰라."

우리는 그들의 말에 아무 대꾸도 할 수 없었다.

스키올라가 사근사근한 어조로 말했다.

"물으니까 대답하는 건데, 이건 내 생각인데 말이야, 자네들의 친구는 자살한 게 아니야. 그 친구가 미끄러져 내려간 곳을 유심히 봤는데 말이야, 관목이 전부……."

그는 허공을 향하여 어깨를 들었다가 놓았다.

대븐포트가 대신해서 설명했다.

"부러져 있었어. 손톱 밑에는 흙이 들어가 있었고. 미끄러져 내려가면서 뭘 붙잡으려고 필사적으로 손을 허우적거렸다는 증거 아니겠어?"

"진상 추측에 이르면 많은 사람들이 입을 다물 거야. 내가 분명히 말해두는데, 누가 무슨 말을 하더라도 믿지 않는 게 좋아. 그 골짜기, 그거 위험하기 짝이 없더군. 따라서 학교 당국에서는 거기에다 울타리를 치든지 했어야 했는데…… 좀 생각해보라고. 이 아가씨는 안색이 좋지 않네? 아무래도 좀 쉬어야겠군."

그는 파랗게 질려 있는 커밀라를 보면서 덧붙였다.

대븐포트가 스키올라의 말을 받아 설명했다.

"대학의 입장이 여러모로 난처해질 것이라는 뜻이야. 학생과에 있다는 여자의 말을 들어보니 벌써부터 책임 소재를 둔 신경전이 벌어지고 있는 모양이던데. 그 친구가 교내 파티에서 술을 마셨다면, 문제가 생길 소지가 많아. 내 고향 내슈아에서도 2년 전에 비슷한 소송사건이 있었거든. 학생 하나가 자기네 서클의 파티에서 술을 마시고 가다가 눈더미에 빠져 죽었어. 시체는 제설기로 눈더미가 파헤쳐진 다음에야 나왔다. 문제는 학생이 얼마나 취해 있었느냐, 그 학생이 마지막으로 술을 마신 곳이 어디냐에 따라 달라지기는 하지만 대학 당국으로서도 그냥 손을 씻을 수는 없다는 데 있네. 학생을 학교에 보냈는데, 바로 캠퍼스 안에서 사고를 당했다. ……부모에 따라서 다르기는 하겠지만, 이번에 만난 이 친구 부모들을 보니 학교를 걸어 소송할 것 같던데?"

"설마 그러기야 하려고요?"

헨리의 이 말은 썩 잘한 말 같지 않았다. 스키올라가 웃었다. 그가 웃자 누렇게 변색한 이가 드러났다. 흡사 늙은 개 혹은 주머니쥐의 이 같았다.

"설마라고?"

"그렇지 않습니까?"

그는 아무 말 없이, 타 들어가는 담배를 내려다보고 있다가 고개를 끄덕였다.

"하기야 우리가 신경 쓸 일은 아니지. 연방수사국 일은 아니니까."

"무슨 뜻이죠?"

대븐포트가 대신 설명했다.

"연방수사국 소관이 아니라 이 말이야. 이 사건에는 연방수사국이 개입할 만한 부분이 없어. 따라서 지방 경찰이 알아서 할 테지. 우리가 이곳으로 파견된 건 그 영감 있지, 서비스공장과 주유소를 경영한다는 영감 때문인데, 영감도 이 사건과는 아무 관계가 없는 것 같아. 우리가 오기 직전에 워싱턴 본부에서는 팩스로 이 영감과 관련된 자료를 한 아름 보냈더군. 어떤 영감인지 알아? 1970년대에 이미 미치광이처럼 안와르 사다트에게 줄줄이 소포를 보낸 인물이야. 달이 지난 도색 잡지, 개똥, 동양 여자의 누드 사진이 든 우편 판매 카탈로그 같은 걸 말이야. 하지만 아무도 이 영감에게는 주의를 기울이지 않았어. 그런데 1982년인가, 안와르 사다트 대통령이 암살당하자 중앙정보국은 이 헌디 영감을 추적해서 우리가 팩스로 받은 것과 같은 방대한 자료를 모았지. 한 번도 체포당한 경력이 없어. 그런데 이게 아주 꼴통이야. 국제전화로 중동의 요인들에게 어찌나 악담을 퍼부었던지 전화 요금이 1000달러 넘기가 보통이었대. 나는 이 영감이 이스라엘의 전(前) 수상 골다 메이어에게 보낸 편지를 봤는데, 영감이 골다 메이어를 뭐라고 부르는지 아나? 사랑하는 사촌 누이라네. ……이런 괴짜는 일단 의심해볼 필요가 있었는데도 별로 해를 끼치는 존재가 아니니까 거들떠보지 않았던 거야. 우리가 가짜 수표로 접근해보았지만 영감은 거들떠보지도 않아. 하지만 진짜 우리가 의심해야 하는 게 바로 이런 영감이라고. 1978년에 검거된 모리스 리 하든이 생각나는군. 헌 시계를 모아 고쳐서 가난한 사람들에게 나눠주던 아주 좋은 사람이었는데 나중에 이상해서 조사해보니, 세상에, 시계방 뒤는 무기 창고더란 말이야……."

"이 친구들은 모리스를 몰라. 세대가 다르거든."

스키올라가 담배꽁초를 떨어뜨리면서 한마디 거들었다.

우리는 판석 위에 반원 꼴로 서서 한동안 이런저런 이야기를 나누었다. 그러다 각기 헤어지려는 찰나, 나는 커밀라에게서 나는 것인 듯한, 금방이라도 숨이 넘어가는 듯한 소리를 들었다. 놀랍게도 커밀라는 흐느끼고 있었다.

잠시, 네 사내는 어쩔 줄을 모르고 서로의 눈치만 살폈다. 대븐포트가 나와 헨리에게 눈살을 찌푸려 보이고는 돌아섰다. **자네들 잘못이야,** 그는 이렇게 말하고 있는 것 같았다.

그러나 스키올라는 천천히 커밀라의 어깨에 손을 올려놓았다가 커밀라가 가만히 있자 이번에는 팔꿈치를 잡았다.

"아가씨, 가는 길에 집까지 태워다 줄게, 응?"

두 연방수사국 요원들의 차―우리가 생각했던 대로 검은 포드 세단―가 과학관 뒤에 서 있었다. 커밀라는 앞자리의 두 수사관 사이에 앉았다. 스키올라는 어린아이 달래듯이 커밀라를 달랬다. 무수히 지나가는 사람들의 발소리, 빗소리, 머리 위의 나무 사이로 부는 바람 소리 속에서도 그의 목소리를 들을 수 있었다.

"자네 오빠는 집에 있나?"

그가 커밀라에게 물었다.

"네."

"오빠가 마음에 들었어. 좋은 친구더라. 재미있어. 남매가 있는 줄은 몰랐어. 어이, 하브, 자네는 남녀 쌍둥이가 있다는 걸 알았나?"

"나도 몰랐어."

"나도 몰랐어. 어릴 땐 정말 똑같았겠네? 하지만 자네 머리카락 색깔은 오빠와 다르던걸. 우리 마누라 사촌 중에 쌍둥이가 있어. 얼굴도 똑같고, 함께 시청 복지과에서 일하고 있으니까 일자리까지 같은 셈이야. 자네들 남매는 사이가 좋지?"

커밀라가 고개만 끄덕였다.

"다행이지, 뭐야. 그런데 쌍둥이 주위에는 이상한 이야기가 많더라. 초감각 지각(ESP), 뭐 이런 것 말이야. 우리 마누라 사촌들은 이따금씩 전국 쌍둥이 대회 같은 데도 나가는데 갔다 올 때마다 이상한 이야기를 듣고 오더라고. 우리 같은 사람에게는 믿어지지 않더라만."

하얀 하늘. 지평선에서 사라지는 나무 그림자. 산은 이미 사라지고 없었다. 내 옆으로 늘어져 있는 두 손은 도무지 내 것 같지가 않았다. 나에게는 그날의 지평선이 그렇게 생소할 수 없었다. 자기 자신의 모습을 지워버림으로써, 우리를 외로운 모습으로, 버림받은 모습으로, 우리가 아는 이 세상의 미완성 풍경화—거대한 숲처럼 자리 잡은 한 그루 나무의 윤곽, 배경이 그려지지 못한 화면에 불쑥 솟아 있는 가로등과 굴뚝—속에 덜렁 남겨놓은 지평선. 그런 지평선이 우리를, 낯익은 이정표가 있기는 하되 너무 멀리 떨어져 있고 너무 제멋대로 흩어져 있어서 그것이 없는 것 이상으로 우리를 공허하게 하는 기억상실의 땅에 버려놓은 것 같았다.

조금 전까지 앰뷸런스가 서 있던 식료품 하차장 앞 아스팔트에는 낡은 신발이 한 짝 버려져 있었다. 버니의 신발은 아니었다. 누구의 것인지, 왜 거기에 버려져 있게 되었는지 나는 모른다. 옆으로 드러누운 한 짝의 낡은 테니스화에 지나지 않았다. 왜 그것이 지금 이렇듯 절실하게 기억나는지, 왜 그것이 나에게 그렇게 공허한 인상을 주었는지 모르겠다.

7장

버니는 햄튼에서 그다지 유명한 인물이 못 되었다. 그러나 학교가 워낙 작아서 대부분의 학생들은 이런저런 연줄로 버니라는 존재를 알고 있었다. 이름만 아는 학생이 있는가 하면 얼굴을 보아야 아는 학생도 있었다. 그런가 하면 목소리로 버니를 기억하는 학생도 있었다. 버니의 목소리는 그만큼 독특했기 때문이었다. 이상한 것은 내게도 버니의 스냅사진이 두어 장 있는데도 불구하고 버니 하면 얼른 떠오르는 것은 그 모습이 아니고 목소리, 이제는 사라져버린 그 목소리라는 점이다. 그 목소리는 그 뒤로도 몇 년간이나 내 귓가를 맴돌았다. 어쩐지 귀에 거슬리는 시끄러운 목소리, 한 번 들으면 좀처럼 잊히지 않는, 유난히 울림이 큰 목소리였다. 그가 죽고 난 뒤 얼마간은, 그가 자주 가던 우유 자동판매기 가에서 들리던 나귀의 울음소리 같던 그 목소리가 없어서 식당이 적막하게 느껴질 때도 있을 정도였다.

학생들이 그의 죽음을 애도하고 그의 존재를 아쉬워하는 것은 당연했다.

더구나 학생들 개개인이 어쩔 수 없는 고립감 때문에 저희끼리 동아리 짓기를 즐기는 햄든 같은 조그만 대학 사회에서 그것은 너무나 당연했다. 그러나 그의 죽음이 공식화되면서 햄든 학생들이 토해내는 정숙하지 못한 슬픔은 실로 가관이었다. 적어도 내 눈에 버니의 죽음은 그 상황에 공짜로 던져진 행삿거리, 학생들이 부끄러워하면서도 기꺼이 받아들이는 선물로 비쳤다. 내가 알기로는, 버니가 실종된 직후에도 버니라는 인간 자체를 놓고 상심하는 학생은 없었고, 최악의 소식밖에는 더 들어올 것이 없는 상황에서도 버니의 실종을 크게 슬퍼하는 학생은 없었다. 수색작업 자체도, 학생들 중에는 어쩔 수 없이 가담하는 학생들도 있기는 했으나 대부분의 학생들에게 그것은 자기네 생활을 불편하게 하는 학교의 행사에 지나지 않았다. 그런데 막상 버니가 죽었다는 소식이 날아들고부터 학교는 이상하게 술렁거리기 시작했다. 갑자기 많은 학생들에게 버니는 그럴 수 없이 절친한 친구가 되어갔다. 많은 학생들은 슬픔을 이기지 못해 몸부림쳤다. 대부분의 학생들은 버니 없이는 예전의 일상을 되찾을 수 없을 것처럼 보였다. "버니가 있었으면 이랬을 텐데…… 버니가 있었으면 저랬을 텐데……." 이것이 바로, 버니가 어떤 인간인지도 알지 못하는 무수한 사람들(가령 학교의 행정 직원들, 익명의 조문객들, 식당 밖에서 흐느끼는, 내 눈에는 낯선 사람들)로부터 내가 들었던 말이다. 코크런 집안의 소송에 대비해서 약간 몸을 사릴 필요를 느끼고 있던 대학 평의회는 정교하게 다듬어진 성명을 발표했는데, 이 성명에 따르면 대학 당국은, '버니 코크런의 독창적인 정신과 햄든 대학의 인문주의적이고도 진보적인 이상에 따라' 버니 코크런의 이름으로 미국 민간자유연맹—이런 것이 있는 줄 알았다면 버니가 대경실색했을 터인—에 거액의 기부금을 헌납하기로 결의한 것으로 되어 있다.

버니가 죽은 후 햄든 대학에서 보인 이 연극적인 혹은 희극적인 반응을 여기에 다 소개하자면 한이 없다. 학교에는 반기(半旗)가 게양되었다. 심리 상담 지도교수들은 24시간 전화를 열어놓고, 버니가 남긴 공허를 견디지 못하는 학생들의 상담을 받았다. 정치학과의 몇몇 진보적인 괴짜들은 검은 완장을 차기도 했다. 버니를 기리기 위한 기념식수, 추모 예배, 기금 조성 모임이 있었는가 하면 심지어는 연주회가 열리기까지 했다. 1학년 여학생 하나는 음악과 건물 근처 숲에서 독버섯을 먹고 자살을 기도하기까지 했다. 자살을 기도한 직접적인 이유는 버니의 죽음과 아무 상관이 없었다. 이런 사태는, 집단적인 히스테리의 한 측면에 지나지 않았다. 대부분의 학생들은 며칠 동안이나 선글라스를 끼고 지냈다. 하늘이 무너져도 세월은 간다고 굳게 믿고 있던 프랭크와 저드는 버니를 추모하는 맥주 파티를 열겠다면서 빈 페인트 깡통을 가지고 다니면서 돈을 걷었다. 이런 발상이, 버니의 죽음을 통해서 햄든 대학의 알코올과 관련된 모임이 갑자기 여론의 주목을 받게 된 이상, 학교 당국의 몇몇 고위 행정 직원들의 눈에 좋게 보였을 리 없다. 그러나 프랭크와 저드는 전혀 상관없다는 식이었다. "지금 어디에선가 우리를 보고 있다면 버니는 틀림없이 우리의 모금을 고맙게 여길 것이다." 이것이 그들의 주장이었다. 버니가 어디에서 보고 있을 리가 없는 만큼 이것은 어느 누구도 확인할 수는 없을 터였다. 그런데 학생들 사이에서 화제가 된 것은, 고위 행정 직원들이 프랭크와 저드를 몹시 겁내고 있다는 점이었다. 이 두 망나니의 부모가 학교의 종신 평의원이기 때문만은 아니었다. 프랭크는 바로 도서관 개축에 거액을 희사한 평의원의 아들이었고 저드는 과학관 증축에 거액을 희사한 평의원의 아들이기 때문이었다. 결론적으로 그들을 학교에서 축출할 수 있는 사람은 없었다. 학장의 징계도 그들을 말릴 수는 없는 지경이었으니 무리도 아니었다. 결국 맥주 파티를 위한 모금은 계속되었고, 남의 눈에 거슬리기야 하겠지만 파티 자체는 어떻게든 열릴 터였다. 그러나 나에게는 지금 그런 이야기나 하고 있을 시간이 없다.

햄든 대학은 이상하게도 집단 히스테리에 취약했다. 고립감, 일종의 지적인 심술 혹은 권태 때문인지, 햄든의 학생들에게는 교육받은 사람답지 않게 분위기에 약하고 걸핏하면 흥분하는 경향이 있었다. 결국 이런 과열된 분위기, 마술적인 분위기는 학교 전체를 왜곡하면서 멜로드라마 상태로 만들어버리는 것 같았다. 가령 나는, 어떤 싱거운 사람이 장난하느라고 틀어버린 민방위 사이렌이 학교 전체를 공포의 도가니로 만드는 것을 본 적이 있다. 그 사이렌 소리를 들은 사람 중에는 어쩌면 핵전쟁이 터졌을지도 모른다고 주장하는 사람도 있었다. 산악 지대라서 보통 때도 고르지 못하던 텔레비전과 라디오의 수신 상태가 그날 밤에 공교롭게도 악화되자 방송국으로 쇄도하는 전화가 결국은 과열되어 전화국 스위치보드를 태우기에 이르렀고, 이로써 학교 전체는 걷잡을 수 없는 혼란의 소용돌이에 휩쓸리고 말았다. 주차장에서는 자동차들이 서로 부딪쳤고, 사람들은 울부짖으면서 덩치 큰 소지품을 내버리고 소규모의 무리를 지어 서로 위로하면서 도시를 빠져나갈 방법을 강구했다. 몇몇 히피들은 학교 안에 있는 유일한 핵 대피 시설인 과학관 지하를 점거하고는, '슈가 매그놀리아' 가사를 아는 사람만 들여놓겠다는, 참으로 어처구니없는 주장을 하기도 했다. 이렇게 되면서 분파가 만들어지고 혼란 속에서 지도자들이 떠올랐다. 그러나 결국 세상은 무너지지 않았고 사람들은 나중에 그것을 그저 지난 시절의 추억거리로 삼을 수 있게 되었다.

규모가 큰 것은 아니었지만 버니의 죽음을 애도하는 분위기가 지어낸 결과는 많은 부문에서 비슷했다. 말하자면, 그런 분위기가 지역사회의 유대를 강화하면서 삶과 죽음에 대한 인식을 곧추세웠던 것이었다. 햄든 대학의 교훈은 행함을 통하여 배운다는 것이다. 많은 학생들은 그룹 토론, 야외 플루트 연주회 같은 데 어울림으로써만이 자기 위안과 평화의 느낌을 경험할 수 있었다. 말하자면 이 공적인 구실을 이용하여 스스로 체험한 악몽과

사회 속에서의 좌절을 서로 비교하고, 이것을 통하여 위안과 평화를 공유할 수 있었던 것이다. 어떤 의미에서 이것은 단지 연기에 지나지 않는다. 그러나 창조적인 자기표현이 으뜸가는 미덕으로 통하는 햄든에서는 연기 자체도 일종의 공부였다. 동무들과의 약속 시간이 되면 뛰어나가서 별 재미를 느끼지 못하면서도 대단히 진지하게 소꿉놀이를 하는 아이들처럼, 햄든의 학생들도 그런 태도로 학교가 제공하는 갖가지 행사에 참석했다.

버니의 죽음을 두고 이루어진 히피족들의 애도는 거의 문화인류학적인 의미까지 지니는 것으로 보였다. 생전의 버니에게 히피는 기필코 타도해야 할 숙적이었다. 버니는 걸핏하면 욕조에다 물감을 푸는 히피, 밤늦도록 음악을 트는 히피를 가장 싫어했다. 그래서 히피들이 음악을 크게 틀면 빈 깡통을 던졌고, 히피들이 대마초를 피우면 학교 당국에 전화를 걸고는 했다. 그런데 버니가 저세상으로 가자 히피들은 버니의 행적을 초인격적인 차원에서 읽는 것은 물론 죽음 자체를 종족적 사건으로 드높였고, 노래를 부르고, 만다라를 그려 바치고, 북을 치는 등 그들만의 비밀 의식을 통해 그의 죽음을 애도했다. 어느 날 나는 히피들 옆을 지나다, 구두코에다 우산 꼭지를 세운 채 멀찍이 서서 이들의 행사를 구경하는 헨리를 발견했다.

"'만다라'라는 말이 팔리어던가?"

내가 그에게 물었다. 그는 고개를 가로저었다.

"아니야. 산스크리트어야. '원'이라는 뜻이지."

"그러면 저 의식은 힌두식이군?"

헨리는 동물원 우리에 든 짐승들을 관찰하듯이 히피족들을 아래위로 훑어보면서 대답했다.

"반드시 그런 것만도 아니야. 힌두 의식이 나중에 탄트리즘에 합류하면서 만다라라는 게 생겨났지. 탄트리즘은 인도 불교에 악영향을 끼쳤다고 볼 수 있어. 물론 800년까지 탄트라의 요소가 정통 불교의 전통에 동화되면서 그 전통을 다듬는 데 기여한 바가 없지는 않지만. 탄트리즘에는 나름의 학문적인 전통이 있는데, 내가 아는 한 이게 불교에 악영향을 끼친 전통이기는 하나 그 자체가 하나의 전통이었다는 사실에는 변함이 없지."

헨리는 잔디 위에서 자지러지게 탬버린을 두드리는 여자 히피를 바라보면서 말을 이었다.

"네 질문에는 대답을 못 했군. 내가 알기로 저 만다라는 정통 불교사에서도 어엿하게 한자리를 차지해. 갠지스 평원에서 발견되는 옛날의 성골함(聖骨函)에서는 물론, 1세기의 유물에서도 나온다는군."

이 글을 다시 읽어보니, 내가 어떤 면에서는 버니를 잘못 판단하고 있었다는 느낌이 든다. 사실 사람들이 버니를 좋아하기는 했다. 그를 속속들이 아는 사람은 많지 않았지만, 버니에게는 이상한 측면이 있어서, 그를 덜 알수록 그를 더 많이 안다고 생각했다. 멀리서 보면 그의 성격은 견고하고 완전해 보였으나 이는 홀로그램만큼이나 공허한 것이었다. 가까이서 보면 그는 온통 티끌과 빛이어서 손이 그대로 그를 투과할 지경이었다. 그러나 충분히 멀리 떨어지면, 환상이 다시 작동해 안경 너머에서 눈을 가늘게 뜨고 사람들을 바라보며 한 손으로 축축한 머리 뭉치를 쓸어 넘기던 그 특유의 모습이 보인다.

이러한 성격은 분석을 하면 와해된다. 오직 일화, 우연한 만남이나 전해 들은 이야기로만 규정할 수 있다. 버니와 한 번도 이야기해본 적 없는 사람이 느닷없이 치솟는 애정을 담아 개에게 막대를 던지거나 교수의 정원에서 튤립을 훔치는 버니의 모습을 기억해낸다. "그는 **사람들의 삶을 어루만졌어요.**" 두 손으로 움켜쥔 연단에 기대어 총장은 말했다. 비록 똑같은 말을, 똑같은 모습으로 두 달 후 1학년 학생의 장례식(그녀는 독초보다는 면도칼로 자살을 해냈다)에서 말하긴 했지만, 적어도 버니의 경우 그 말은 이상하리만치 맞아떨어졌다. 그는 다른 사람들의 삶을 어루만진 것이 사실이다. 낯선 이들의 삶을 전혀 예상하지 못한 방식으로 어루만졌다. 그들은 그와 친하지 않다고 덜할 것도 없는 슬픔으로 그를, 혹은 그들이 생각하는 사람을 진심으로 애도했다.

버니의 성격이 지니는 이 같은 비현실성 혹은 만화 같은 측면이야말로 그가 풍기던 매력의 비밀이었다. 그의 죽음이 햄든의 비극적인 사건이 된 것도 바로 이러한 비밀 때문이었다. 위대한 코미디언이 그렇듯이, 그는 자기 주위를 제 나름의 색깔로 칠했다. 그는 자기를 만나고 싶어하는 사람들에게 온갖 모습으로 자기를 드러냈다. 그래서 낙타를 탄 버니도 있을 수 있었고, 아기를 보고 있는 버니, 심지어는 우주의 버니도 가능했다. 그런데 죽고 나니 바로 이러한 그의 인상이 굳어지면서 전혀 다른 것으로 발전했다. 그는 비극적인 역할을 맡는, 관중들에게 낯익은 재담꾼이 된 것이다.

눈은 일단 녹기 시작하면서부터는 한시가 다르게 빠른 속도로 녹았다. 24시간이 지났을 때 눈이 남아 있는 곳이라고는 숲 사이의 호젓한 그늘 길—나뭇가지에서 떨어지는 물방울은 거기에 남은 눈 위에 수많은 구멍을 만들어놓고 있었다—과 도로 옆의 잿빛 눈더미뿐이었다. 커먼스 홀 앞의 끝없이 푸른 잔디밭에는 수많은 발자국이 나 있어서 나폴레옹의 전장을 방불케 했다.

이상하게도 시간은 토막이 나면서 흐르는 것 같았다. 장례식 직전에 우리 동아리는 서로를 자주 만날 수 없었다. 헨리는 코크런 일가의 부름을 받고 코네티컷에 가 있었다. 버니 사건을 전후해서 어느 정도 우리와 가까워진 클로크는 초대가 있건 없건 찰스와 커밀라의 집을 수시로 드나들었다. 그는 여섯 병짜리 그롤쉬 맥주를 사 들고 와서 마시다가는, 손가락 사이에서 담배가 타고 있는 줄도 모르는 채 소파에서 잠들기도 했다. 나 자신 역시 주디 푸비 및 주디의 친구들인 트레이시와 베스의 짐이 되고 있었다. 처음에는 나를 위로하려고 그랬겠지만 그들은 정기적으로 나를 불러내고는 했다(식탁에서 마주 앉을 때마다 주디는 내 손을 잡으면서, 리처드, 아무리 그래도 먹을 건 먹어야지, 이런 말을 하고는 했다). 그러나 시간이 흐르면서 그들은 아예 나를 위해 특별한 행사를 끊임없이 마련하는 것 같았다. 어쨌든 나는 그들과 함께 드라이브 인 극장에도 갔고, 멕시코 식당에도 갔으며 트레이시의 아파트에서 데킬라 칵테일인 마르가리타를 마시면서 텔레비전의 음악 전용 채널을 보기도 했다. 드라이브 인 극장은 그런대로 참을 만했으나 하루가 멀다 하고 먹고 마시는 멕시코 음식은 참을 수 없었다. 주디와 트레이시와 베스가 가미카제(神風)라고 하는 칵테일을 개발했다면서 마르가리타를 시퍼렇게 만들어 내놓고는 했다.

내게는 그들과의 만남이 좋았다. 결점이 많은데도 불구하고 주디는 늘 나에게 친절했다. 뻐기기를 좋아하고 말이 많은 것이 흠이기는 했지만 그래도 주디와 있을 때가 내게는 가장 편하게 느껴졌다. 베스는 별로 좋아 보이지 않았다. 샌타페이 출신의 무용학과 학생인 베스는 얼굴이 고무 같은데다 웃을 때마다 보조개가 드러나는 것이 내 눈에는 별로 차지 않았다. 햄든에서는 그래도 미인으로 꼽히고 있었던 모양이지만 나는 느릿느릿한, 스패니얼 강아지 같은 걸음걸이가 싫었고, 목소리가 어린애 같은 것이 싫었다. 베스의 목소리는 기분이 좋을 때도 짜증 섞인 목소리 같아서 신경이 쓰였다. 게다가 신경이 몹시 날카로워 내가 무슨 말을 할 때마다 각막이 허연 눈으로 쏘아보는 것이 내 신경에 거슬렸다. 트레이시야말로 내 마음에 드는 아이였다. 트레이시는 유대인이라서 몸집이 작으면서도 깜찍한 데가 있는가 하면, 몸집이 작은데도 불구하고 메리 타일러 무어처럼 말할 때마다 손짓을 크게 하는 버릇이 있었다. 이 셋은 만나기만 하면 담배를 피우면서, 나로서는 알지도 못하는 사람들에 대한, 밑도 끝도 없는 지루한 이야기보따리("왜 있잖아. 우리가 탄 비행기가 무려 다섯 시간이나 활주로에 멈춰 있었어")를 풀고는 했다. 그럴 때 내가 할 수 있는 일은 창밖을 내다보는 일이 고작이었다. 정말 못 견딜 정도가 되면 나는 더러 머리가 아프다든지, 열이 있는 것 같다는 식의 핑계를 대고는 자리를 뜨려고 했다. 그러나 트레이시와 베스는 내 뜻을 오해하고 재빨리 자리를 피함으로써 주디와 나만의 자리를 만들어주고는 했다. 물론 주디가 사전에 그런 눈치를 보였기 때문에 그러는 것이겠지만, 나를 위로하기 위해 주디가 쓰려고 하는 방법이 나에게는 아무 흥미도 없었다. 따라서 10분, 20분 덤덤하게 주디와 마주 앉아 있다가는 트레이시의 방으로 가서 마르가리타를 마시거나 텔레비전을 보거나 했다.

프랜시스는 우리와 어울리지 않고 이따금씩 혼자 나를 만나러 오곤 했다. 나와 트레이시, 이렇게 둘만 있을 때 찾아오는 경우도 있었다. 그럴 때면 프랜시스도 헨리처럼 내 책상 앞에 얌전하게 앉아 그리스어책을 뒤적거리고는 했다. 그러나 트레이시가 눈치를 채고 자리를 뜨면 책을 덮고는 내 곁으로 다가오고는 했다. 당시 우리가 가장 신경을 쓰고 있었던 것은 버니의 가족들이 요청한 검시 결과였다. 코네티컷에 가 있는 헨리가 살며시 버니의 집을 빠져나와 공중전화로 프랜시스에게 전화를 걸어주는 바람에 그런 사실을 알게 되었다. 헨리의 말에 따르면, 코크런 부인이 코크런 씨에게 하는 말을 엿들었는데, 아들의 **결백을 증명하는** 길은 검시밖에 없다고 하더라는 것이었다.

그 소식을 들은 나는 며칠 동안이나 잠을 이루지 못한 채 데킬라를 마시면서 범죄 수사에 등장하는 섬조(纖條), 지문, 머리카락 같은 용어들을 생각했다. 내가 검시에 관해 아는 것은 재방송되는 〈퀸시〉를 보고 배운 것이 전부였다. 그러나 〈퀸시〉가 텔레비전 프로그램인 만큼 그렇게 보고 배운 것도 정확할 리가 없을 터였다. 그런 프로그램을 만드는 사람들이 전문의의 고증을 받아가면서 만드는지의 여부도 나로서는 알 수 없었다. 불안을 견딜 수 없어서 불을 켜고 보니 입술이 새파랗게 질려 있었다. 나는 화장실로 들어가 마신 것을 깨끗이 비워냈다.

바로 코크런 저택에서 코크런 일가의 일거수일투족을 지켜보고 있던 헨리는 사태의 추이를 짐작하고 프랜시스에게 걱정할 필요가 없다고 전화로 알렸던 모양이었다. 프랜시스는 이 반가운 소식을 듣는 즉시 내 방으로 딜려와서는 트레이시와 주디가 있는데도 불구하고 완전하지 못한 그리스어로나마 그 소식을 전했다. 트레이시는 우리가 공부에 관한 이야기를 하고 있는 줄 알고는 몹시 감탄했다.

"겁낼 것 없어. 문제는 어머니야. 어머니는 불명예를 견디지 못하겠던 모양이야. 아들이 술에 취해 있었을 경우의 불명예 말이야."

프랜시스가 그리스어로 설명했다.

나는 그가 '불명예'라는 뜻으로 쓴 아티미아(atimia)라는 말을 제대로 알아들을 수 없었다. 아티미아는 '시민권의 상실'이라는 뜻을 담고 있었기 때문이었다. 나는 그리스어로 물었다.

"아티미아라고 했어?"

"그래."

"하지만 시민권이라고 하는 것은 산 사람에게나 필요한 것이지 죽은 사람에게는 필요 없는 것이잖아?"

"슬프도다(Oimoi). 그게 아니야, 그게 아니라고."

프랜시스가 머리를 가로저었다.

사어(死語)로 일상적인 대화를 나누기는 굉장히 어려운 법이다. 프랜시스는 재미있다는 듯이 눈을 반짝거리면서 듣고 있는 주디와 트레이시 앞에서 설명을 시도했다.

"소문이 무성한 모양이야. 어머니는 슬픔에 잠겨 있어. 아들의 죽음 때문에 슬픔에 잠겨 있는 게 아니야. 이 어머니가 얼마나 사악한 여자인지 우리는 알고 있잖아. 어머니는 자기 집안에 돌아올 치욕 때문에 슬퍼하고 있는 거야."

"그게 왜 치욕이 되지?"

"오이논 파르마콘(Oinon pharmakon). 어머니는 자기 아들의 검시를 통해 아들이 술에 취해 있지 않다는 걸 보여주고 싶은 거야."

(여기에서 프랜시스는, 몸속이 빈 술통 바닥이라는 대단히 우아하고 번역이 까다로운 은유를 사용했다.)

"아니, 왜 그런 일이 필요하지?"

"그 지역 사람들 사이에서는 자식이 술 취한 상태에서 죽을 경우, 그것을 그 집안의 불명예로 여기는 모양이야."

그제야 이해가 갔다. 버니가 죽은 직후에는 자식 잃은 것을 하느님의 섭리로 받아들이던 코크런 부인이 문득 자기가 처한 입장을 깨닫고 보니 그게 아니었던 모양이었다. 결국 자기를 지칭하던 언론의 표현인, '차림새가 우아한' '놀라우리만치 침착한' '완벽한 가정주부' 등이 「어머니의 말, 내 아들은 그럴 리가 없다」는 식의, 비아냥거리는 투로 바뀌었기 때문이었다. 버니의 주검 곁에는 빈 맥주병이 하나 놓여 있었지만, 그가 술이나 마약에 취해 있었음을 입증할 자료는 없었다. 그런데도 저녁 뉴스쇼에 나온 심리학자들은 가정의 기능장애라든지, 사회 부정의 현상이라는 말을 써가면서 술을 포함하는 약물중독의 습성은 부모에게서 자식에게로 유전된다는 말까지 했던 것이었다. 이것이 코크런 부인에게는 치명타였다. 그래서 햄든을 떠나면서 코크런 부인은 기자들에게 이를 악물고 눈을 부릅떠 보였던 것이었다.

물론 언론의 그 같은 횡포는 부당했다. 언론의 보도만 보고 들으면 누구든 버니를 언론의 말마따나 '실질적인 중독자' 혹은 '십대 불량청년'의 전형으로 생각하게 되어 있었다. 버니를 조금이라도 아는 사람(나를 비롯해서)에게는 이런 표현이 옳지 않다는 것은 너무나 명백했다(버니는 사춘기의 불량소년이 아니었다). 검시 결과, 마약을 복용한 흔적이 없고 단지 소량의 알코올이 혈액에서 검출되었다든지, 버니는 십대 소년이 아니라든지하는 항변은 이미 소용이 없었다. 독수리처럼 그의 주검 위를 떠돌던 소문이라는 괴물이 갑자기 급강하하면서 그의 시체에 발톱을 박은 형국이었다. 〈햄든 이그재미너〉 사회면에는 검시 결과를 순화해서 보도하는 기사가 실려 있었다. 그러나 대학을 흘러다니는 소문에서 그는 이미 술에 취해 비틀거리는 문제아로 기억되고 있었다. 이미 맥주에 취한 그의 귀신은 자동차 사고로 목이 잘려 죽은 학생, 퍼트넘 하우스의 다락방에서 목매고 죽은 여학생 귀신과 함께 역대의 무시무시한 햄든 귀신의 반열에 들어 어두컴컴한방에서 1학년생들을 괴롭히기 시작하는 참이었다.

장례식은 수요일로 예정되어 있었다. 월요일 아침, 나는 우편함에서 두통의 편지를 꺼내었다. 한 통은 헨리, 다른 한 통은 줄리언의 편지였다. 나는 줄리언의 편지를 먼저 뜯었다. 뉴욕 소인이 찍힌 이 편지는 줄리언이 우리 그리스어의 교정을 보아주는 예의 그 빨간 잉크가 나오는 만년필로 씌어 있었다.

리처드 군.

오늘 아침 내 기분이 좋지 않네. 앞으로 며칠 그러하리라고 나는 믿네.
우리 친구의 죽음은 나를 몹시 슬프게 하고 있네. 나에게 연락을 했는지
모르겠네만 나는 지금 멀리 와 있네. 장례식 때까지 햄든에 갈 수 있을

것 같지 않네.

수요일이 우리가 모두 함께 자리할 수 있는 마지막 날이 된다는 생각을 하니 슬프기 한량없네. 이 편지가 자네를 평화롭게 하기를 바라네. 여기에는 사랑이 깃들어 있으니까.

그리고 편지 끝에는 그의 이름의 머리글자가 쓰여 있었다.
코네티컷에서 써 보낸 헨리의 편지는 서부 전선에서 날아온 암호문 같았다.

친애하는 리처드.

잘 있으리라고 믿어. 며칠 동안 나는 코크런 댁에서 지내고 있어. 자식 앞세운 분들의 슬픔에 견주어보아도 내 슬픔 또한 적지 않으나 이분들은 내게 자잘한 집안일 돕는 것을 허락하셨어.

코크런 씨께서는 평소에 절친하던 버니의 친구들에게 편지를 보내어, 장례식 전날 밤을 댁에서 함께 지낼 수 있게 하라고 하셨어. 너도 지하실에서나마 하룻밤을 묵을 수 있을 거야. 형편이 허락하지 않을 경우 코크런 부인께 전화를 드려 사연을 전하도록 해. 장례식 전에 만날 수 있으면 좋겠지만, 가능하지 않다면 그날에라도 만날 수 있으면 해.

서명이 없는 대신 《일리아스》에 나오는 시구가 그리스어로 씌어 있었다. 오뒤세우스가 친구들을 떠나 홀로 적지에 들어가서 읊은 것으로 되어 있는, 제11부에 나오는 시구였다.

내 가슴이 내게 말하기를, 강건하라, 너는 군병이 아니더냐.
그러나 나는 이보다 참담한 경우는 당해보지 못하였구나.

나는 프랜시스와 함께 코네티컷으로 갔다. 쌍둥이 남매와 함께 갔으면 했지만 그들은 클로크—놀랍게도 클로크 역시 코크런 부인으로부터 개인적으로 초대를 받았다고 했다. 우리는 그가 초대받을 것으로는 상상도 하지 못했던 터였다—와 함께 하루 전에 떠났다. 자동차로 햄든을 떠나려다가 스키올라와 대븐포트의 손에 끌려 다시 돌아온 뒤로, 코크런 부인은 클로크를 아는 척도 하지 않았다(그때 프랜시스는 나에게, 부인은 자기 체면을 살리려고 모르는 척하는 거야, 하고 말했다). 어쨌든 그런 클로크는 물론, 헨리 편에 클로크의 친구인 루니 와인과 브램 건지도 초대를 받았다.

실제로 코크런 일가는 상당수의 햄든 학생들을 초대했다. 여기에는 버니가 알고 있었던 것 같지 않은 꽤 많은 기숙사 친구들도 포함되어 있었다. 프랑스어 시간에 더러 만나던 소피 디어볼드라는 여학생은 나와 프랜시스와 같은 차를 타고 갔다.

"버니가 소피를 어떻게 알지?"

소피의 기숙사로 가는 자동차 안에서 내가 프랜시스에게 물었다.

"글쎄, 알기는 알지만 절친한 건 아니야. 1학년 때 잠깐 버니가 반해서 좋아했지만. 소피가 가는 줄 알면 매리언이 좋아하지 않을 거야."

처음에는 잘 알지도 못하는 소피와 같은 차를 타고 가려면 어색할 것 같았지만 실제로는 반대였다. 잘 모르는 소피가 타고 있어서 분위기가 훨씬 밝고 좋았다. 우리는 라디오를 틀어놓은 채 달렸다. (갈색 눈에, 목소리에서 자갈 구르는 소리가 나는) 소피는 팔짱을 낀 채 앞자리에 앉아 끊임없이 우리에게 말을 걸었다. 프랜시스는 전에 없이 기분이 좋아진 것 같았다.

"소피, 너 어째 오드리 헵번 같다. 알고 있어?"

프랜시스의 말이었다. 소피는 우리에게 담배와 껌을 나누어주었을 뿐만 아니라 재미있는 이야기도 들려주었다. 나는 웃다가 창밖을 내다보면서 엉뚱한 길로 접어들어 자동차에서 시간을 더 보냈으면 좋겠다고 생각했다. 내 경우 코네티컷은 초행이었다. 상가에 가는 것도 처음이었다.

버니의 집이 있는 셰이디 브룩을 찾아 우리는 고속도로에서 좁은 지방도로로 나와 꼬불꼬불한 길을 몇 킬로미터나 달렸다. 우리는 그러고도 다리를 지나고, 농장을 지나고, 목장을 지나고, 넓은 벌판을 지났다. 한동안 더 달리자 구릉진 벌판이 끝나면서 골프장이 나왔다. 클럽 하우스 앞에서 바람에 흔들리던 나무 간판에 따르면 '셰이디 브룩 컨트리클럽'이었다. 골프장을 지나자 집들이 나타났다. 적어도 대지가 오륙 에이커씩은 되어 보이는 크고도 잘 지어진 집들이었다.

그런데 집들이 나타나고부터는 길이 미로 같았다. 프랜시스는 우편함에 쓰인 번지를 읽으면서 차를 몰았지만, 몇 차례나 엉뚱한 길로 들어갔다가 투덜대면서 되짚어 나오고는 했다. 번지수가 없는 집도 많았고, 번지수가 있어도 일정한 원칙을 따르고 있지 않았기 때문이었다. 근 한 시간이나 그런 식으로 헤매다 보니 문득 집 찾는 것을 포기하고 웃고 떠들어대면서 다시 햄든으로 돌아가는 순간이 목마르게 기다려졌다.

그러나 나의 희망은 실현되지 않았다. 버니 코크런의 집은 막다른 골목에 있는 거대한 현대식 저택이었다. 삼나무를 제재로 해서 올린 각 층들이 독립된 양식인 것으로 보아 이름 있는 건축가의 작품인 모양이었다. 의도적으로 휑하게 만든 듯한, 비대칭 테라스가 특히 인상적이었다. 바닥에는 검은 벽돌이 깔려 있었다. 띄엄띄엄 배치되어 있는 초현실적인 모양의 토분(土盆)에 심어진 은행나무를 제외하면 마당에는 초록색 식물이 거의 없었다.

"와, 굉장하구나."

뉴잉글랜드의 분위기에 놀란 소피가 북부 시골의 햄든 대학생답게 혀를 내둘렀다.

내가 프랜시스에게 눈길을 던지자 프랜시스가 어깨를 으쓱하더니 중얼거렸다.

"현대식 작품을 좋아하시나 보다."

∽◯∽

물론 곧 알아보기는 했지만, 문을 열어준 사람이 처음에는 내 눈에 생소했다. 우람한 몸집, 강인한 턱, 붉은 얼굴, 백발. 그는 잠깐 우리를 바라보면서 그 조그만 입을 O자 모양으로 만들었다. 그러다가 소년 같은 얼굴을 하면서 튀어나와 프랜시스의 손을 잡았다.

"그래, 그래, 그래, 그래…… 어서 오너라 당근 대가리. 잘 지냈느냐?"

콧소리가 두드러지는, 수다스럽기가 쉬운 목소리. 영락없는 버니의 목소리였다.

"네, 뵐 낯이 없게도 잘 지냈습니다."

프랜시스가 대답했다. 놀랍게도 그의 음성은 깊이가 있으면서도 따사로웠다. 코크런 씨의 손을 마주 잡는 그의 손에도 뜻밖에 힘이 들어가 있었다.

코크런 씨는 우람한 팔로 목을 감아 프랜시스를 껴안았다.

"이 친구는 내 자식이나 다름없다네."

그가 프랜시스의 빨강 머리를 쓰다듬으면서 나와 소피를 보고 덧붙였다.

"우리 형들이 모두 빨강 머리여서 나는 내 자식 중에도 하느님께 순종하는 빨강 머리가 나오겠거니 했는데, 안 나오더군. 이해가 안 가잖아? 그런데 아가씨는 누구더라?"

코크런 씨는 팔 하나를 풀고 소피에게 손을 내밀면서 물었다.

"안녕하세요, 소피 디어볼드라고 합니다."

"그래, 정말 예쁘구나. 얘들아, 이 아가씨 참 예쁘지? 네 고모 진을 아주 쏙 빼닮았구나."

"네?"

소피의 눈이 휘둥그레졌다.

"네 고모, 네 아버지의 여동생 말이다. 작년 우리 클럽의 여성 골프 토너
먼트에서 우승한 진 릭폴드 말이다."

"저는 릭폴드가 아니라 디어볼드예요."

"디어폴드라고? 이상하잖아? 이 근처에 디어폴드라고는 없는데? 가만있
자, 브리들로라고는 있지만, 20년 전에 이사 갔는데? 사업가였어. 동업자의
주머니에서 자그마치 500만 달러를 우려내고는 사라졌다더군."

"저는 이 동네에서 온 게 아니에요."

"아니야?"

코크런 씨가 눈을 치켜떴다. 나는 그 모습을 보고 버니를 생각했다.

"아니에요."

"셰이디 브룩 사람이 아니라는 거냐?"

"아니에요."

"그럼 고향이 어디야? 그리니치?"

"디트로이트예요."

"아, 그러면 먼 길을 왔구나."

소피가 웃으면서 설명을 시작하자 코크런 씨는 별안간 소피를 껴안으면
서 울음을 터뜨렸다.

우리는 기겁을 하고 그 자리에 얼어붙고 말았다. 출렁거리는 코크런 씨
의 어깨 너머로 우리를 바라보는 소피의 두 눈은 겁에 질려 있었다. 흡사 코
크런 씨가 칼로 소피의 배를 찌르고 있는 듯했다.

코크런 씨는 소피의 목에 얼굴을 파묻고는 흐느꼈다.

"얘들아, 버니 없는 세상을 어찌 살아야 좋으냐……."

"코크런 씨, 진정하세요."

프랜시스가 그의 겨드랑이에 손을 넣었다.

"우리가 얼마나 애지중지하던 아들이더냐? 버니가 너를 얼마나 좋아했는지 알지? 너에게 제 마음을 전하고 싶어서 그렇게 애를 쓰더니. ……너도 알겠지? 이제는 알 테지."

"알고말고요, 코크런 씨."

프랜시스는 이러면서 있는 힘을 다해 한 손으로 그의 어깨를 거머쥐었다.

몹시 아팠던지 코크런 씨는 소피에게서 떨어지면서 프랜시스에게 부딪쳤다.

나도 재빨리 그의 겨드랑이 밑으로 들어가서 목으로 겨드랑이를 받쳐 올렸다. 그의 무릎이 바로 섰다. 체중이 어찌나 무거운지 그대로 겨드랑이에 깔릴 것 같았다. 그러나 나와 프랜시스가 있는 힘을 다해 허리를 펴자 그의 발이 바닥에서 떨어졌다. 우리는 그런 식으로 코크런 씨를 떠메고 현관으로 들어가 의자 위에 내려놓았다(뒤에서 소피가, 이런 제길, 하고 중얼거리고 있었다).

의자에 무너지다시피 한 뒤에도 그는 통곡을 그치지 않았다. 호흡이 힘에 겨워서 그랬는지 얼굴이 보라색에 가까웠다. 내가 옷깃을 펴주려고 손을 내밀자 그는 내 손을 붙잡고 눈을 똑바로 쳐다보면서 울부짖었다.

"가고 말았어. 그 녀석이 떠나고 말았어."

문득 그의 시선—절망에 빠진 짐승의 눈길 같은—이 곤봉처럼 내 머리로 날아드는 것 같았다. 처음으로, 정말 처음으로, 얼마나 엄청난 짓, 얼마나 무서운 짓을 저질렀는지 알 것 같았다. 전속력으로, 벽을 향해 달려 들어가고 싶었다. 나는 그의 옷깃을 놓았다. 죽고 싶었다. 나도 모르는 사이에 내 입술에서 이런 말이 새어 나왔다.

"아, 하느님, 살려주세요. 못 할 짓을……."

누군가가 내 정강이뼈를 걷어찼다. 프랜시스였다. 그의 얼굴은 분필처럼 하얗게 질려 있었다.

빛줄기가 내 눈을 아프게 찌르고 들어왔다. 나는 쓰러지지 않으려고 의자 등받이를 잡고는 눈을 감았다. 그의 규칙적인 흐느낌이 빨간 곤봉이 되어 무수히 내 머리 위로 떨어지는 것 같았다.

그러다 아무것도 보이지 않았다. 그의 흐느낌도 멎어 있었다. 주위는 고요했다. 나는 눈을 떴다. 코크런 씨─뺨에는 눈물방울이 매달려 있었으나 표정만은 침착을 되찾은 듯한─는 발치에서 깡충거리는 스패니얼 강아지를 어르고 있었다.

"제니, 고약한 어미 같으니. 네 어미가 또 너를 내쫓은 모양이구나, 그렇지?"

그의 목소리는 태연했다. 그는 강아지를 안고 기묘한 콧소리로 어르면서 문밖으로 나갔다.

"이제 저리 가. 알았지, 저리 가 있어."

밖에서 그의 목소리가 들려왔다. 이어서 바깥의 문소리가 나더니 그가 다시 안으로 들어왔다. 배우처럼 울던 그는 어느 사이엔가 침착하고 점잖은 아버지로 돌아와 있었다.

"맥주들 할 테냐?"

우리는 당황하고 말았다. 아무도 대답을 하지 않았다. 나는 가볍게 떨면서 그를 바라보기만 했다.

"괜찮아, 마셔도. 안 마실 거니?"

그가 한쪽 눈을 찡긋하면서 웃었다.

마침내 프랜시스가 마른기침을 하고는 깔깔한 소리로 말했다.

"한 병 정도 했으면 합니다."

침묵이 흘렀다.

"저도 하겠습니다."

소피였다.

"그럼 세 병이지?"

코크런 씨는 손가락 세 개를 들어 올려 보이면서 언제 통곡했느냐는 듯이 밝은 소리로 물었다.

나도 말을 하려고 했다. 그러나 입술은 움직이는데도 말은 나오지 않았다.

코크런 씨가 나에게 다가와, 고개를 좌우로 흔들면서 나를 찬찬히 훑어보고는 물었다.

"우리는 처음 만나는 것 같은데?"

나는 고개를 끄덕였다.

"맥도널드 코크런이다. 그냥 맥이라고 불러도 좋아."

그가 손을 내밀었다. 나는 내 이름을 대었다.

"뭐라고?"

나는 다시, 이번에는 큰 소리로 내 이름을 대었다.

"응, 그러니까 자네가 바로 캘리포니아에서 온 친구로군그래. 별로 탄 것 같지 않은데?"

그는 자기 농담이 만족스러운 듯이 껄껄껄 웃고는 맥주를 가지러 갔다.

나는 의자에 털썩 주저앉았다. 긴장 때문에 나는 거의 탈진 상태에 이르러 있었다. 우리가 앉은 거실은 〈건축 다이제스트〉 같은 잡지에 소개될 법한 그런 방이었다. 자연광이 들어오는 거실의 천장은 엄청나게 높았고, 벽에는 판석으로 만든 거대한 벽난로가 붙어 있었다. 하얀 가죽소파, 편도 모양의 응접 테이블은 값비싼 최신식 이탈리아 제품인 것 같았다. 뒷벽에 붙어 있는 거대한 트로피 케이스에는 우승컵, 펜던트, 학교와 운동경기 대회와 관련된 수많은 기념품이 진열되어 있었다. 기묘하게도 이 수많은 트로피 옆에는 여러 개의 조화(弔花)가 걸려 있었다. 조화와 트로피는 켄터키 승마 대회장의 분위기를 지어내고 있었다.

"정말 굉장한 거실이네."

소피가 거실을 둘러보면서 중얼거렸다. 소피의 목소리는 벽과 잘 닦인 바닥에 메아리치는 것 같았다. 주방에서 나오면서 코크런 씨가 대답했다.

"고마워, 아가씨. 작년에는 〈아름다운 집〉에 나왔고, 재작년에는 〈타임스〉의 가정 코너에 소개되기도 한 거실이라네. 나는 별로 소질도 없고 취미도 없어. 내 아내 캐시의 집 손질하는 솜씨가 썩 괜찮은 모양이야."

초인종이 울렸다. 우리는 서로의 얼굴을 바라보았다. 초인종이 한 번 더 울리자 코크런 부인이 거실 뒤쪽에서 나와, 우리를 아는 체하기는커녕 눈길 한번 던지지 않고 똑바로 현관 쪽으로 걸어 나갔다. 그런데도 어느새 우리를 보았던 모양이었다.

"헨리, 네 손님들이 여기에 와 있구나."

코크런 부인은 거실 뒤쪽을 향하여 이렇게 말하고는 현관문을 열었다. 문 앞에는 꽃집에서 온 듯한 배달부 소년이 서 있었다.

"어서 와라. 어디에서 왔니? 선셋 꽃가게에서 왔니?"

"네, 사모님. 여기에 서명해주시면 고맙겠습니다."

"아니다, 잠깐만 기다려라. 아까 너희 가게에 전화를 했다. 오전에 잠깐 나갔다 왔더니 화환만 잔뜩 배달해놓았더구나. 도대체 누가 시킨 거냐?"

"제가 배달한 게 아닙니다. 저는 방금 교대해서 잘 모릅니다."

"선셋 꽃가게에서 온 게 아니야?"

"그건 맞습니다."

소년이 불쌍했다. 얼굴에 여드름이 많은 십대 소년이었다.

"나는 분명히 꽃꽂이가 된 수반(水盤)과 실내 장식용 화분만 배달하라고 했다. 이런 조화로 만든 화환은 장례식장으로 바로 배달하라고 하지 않았느냐?"

"죄송합니다, 사모님. 정 그러시다면 저희 가게 주인께 전화를 해주시지요."

"너는 내 말을 못 알아듣는구나. 나는 이런 조화 화환은 집 안에 들여놓을 수 없다. 지금 당장 이 조화 화환은 차에다 실어 장례식장으로 가져가도록 해라. 그리고 네가 들고 온 것도 내게는 필요 없으니 그냥 가지고 가거라. 잠깐, 누가 보낸 건지 그것만 가르쳐다오."

코크런 부인은 배달부 소년이 들고 있는, 빨간 카네이션과 노란 카네이션으로 만들어진 화환을 가리켰다.

소년은 곁눈질로 클립보드를 읽었다.

"삼가 조의를 표합니다. 로버트 바틀 부부. 이렇게 되어 있는데요?"

"베티와 밥이 보낸 거군?"

맥주를 들고 주방에서 나온 코크런 씨가, 놓을 데가 마땅치 않았는지 맥주를 든 채 엉거주춤하게 서서 말했다. 코크런 부인은 남편의 말은 들은 척도 않고 배달부 소년에게 명령했다.

"가거라. 가서 또 누가 꽃 배달을 시키거든 이 고사리 잎을 중심으로 꽃꽂이 수반을 만들어 오너라."

배달부 소년이 돌아가자 코크런 부인은 화환에 꽂혀 있는 고사리 잎을 요리조리 뜯어보고는 편지 봉투 뒤에다 깨알 같은 글씨로 뭔가를 적어넣으면서 남편에게 물었다.

"바틀 씨가 보낸 화환 보셨어요?"

"왜, 마음에 들지 않던가?"

"부하 직원이 상사에게 보내는 화환으로는 부적당하지 않아요? 게다가 밥은 당신에게 승급을 요구하고 있다면서요?"

"쓸데없는 소리."

"믿어지지 않아요, 어떻게 이런 화분을 보낼 수 있죠? 이 아프리카 바이 올렛은 죽어가고 있어요. 루이스라면 모욕당했다고 생각할 거예요."

"중요한 건 마음 아니겠어?"

"알아요. 하지만 다시는 선셋 꽃가게에는 주문하지 말아야겠어요. 티나 꽃집이 훨씬 나을 걸 그랬어요. 프랜시스! 작년 부활절에 보고는 이제야 만나는구나."

코크런 부인은 꽃가게에 불평을 늘어놓던 바로 그 짜증에 겨운 말투로, 고개도 돌리지 않은 채 프랜시스에게 말했다.

"저는 잘 있었습니다만, 어떠신지요?"

맥주를 마시다 말고 프랜시스가 물었다.

코크런 부인은 한숨을 쉬면서 고개를 가로저었다.

"말해서 뭐하겠느냐? 하루하루를 그럭저럭 연명해가고 있다. 부모 노릇하는 게 이렇게 어려운 줄 미처 몰랐구나, 헨리, 너냐?"

코크런 부인은 계단 쪽에서 발소리가 나자 신경을 곤두세우면서 물었다.

"어머니, 저예요."

"응, 팻이로구나. 가서 헨리를 찾아 이리로 내려오라고 해라."

그러고는 다시 프랜시스에게로 돌아서면서 말을 이었다.

"오늘 아침 네 어머니로부터 아주 싱싱한 백합이 왔더구나. 요즘은 어떠시냐?"

"잘 지내세요. 지금은 뉴욕에 가 계십니다. 버니 일로 많이 상심하시는 것으로 압니다."

(그러나 그것은 프랜시스가 내게 한 말과는 달랐다. 프랜시스는 자기 어머니는 히스테리가 도지는 바람에 늘 신경안정제 병을 끌어안고 산다고 했다.)

"네 어머니, 참 좋은 분이다. 알코올중독 때문에 베티포드센터에 들어가셨다는 소문 듣고 걱정 많이 했다."

"겨우 며칠 계셨는걸요."

"그랬니? 치료 효과가 빨랐나 보구나. 아주 좋은 데라고 들었다."

"어머니는 휴양차 가시곤 하는걸요. 꽤 많은 사람들이 베티포드센터를 그렇게 생각한답니다."

코크런 부인은 약간 의외라는 얼굴을 하고 프랜시스를 물끄러미 바라보면서 물었다.

"너는 베티포드센터 이야기가 나와도 대수롭지 않은 거로구나. 하지만 그런 것은 아니다. 내가 말하고 싶은 건 네 어머니의 태도다. 네 어머니는 자기에게 타인의 도움이 필요할 경우 이걸 용감하게 인정하시는데, 이거야말로 이 시대에 맞는 사고법이 아니겠느냐. 얼마 전까지만 하더라도 사람들은 그런 문제를 문제로 인정하기를 꺼렸다. 내 처녀 시절에만 하더라도……."

"하고많은 이야기를 두고 하필이면."

코크런 씨가 핀잔을 주었다. 검은 양복 차림의 헨리가 뻣뻣한 걸음걸이로 조심스럽게 계단을 내려오고 있었다.

프랜시스가 자리에서 일어났다. 나도 일어났다. 그러나 그는 우리를 알은체하지 않았다.

"이리 와서 맥주 한잔 하려무나."

코크런 씨가 소리쳤다.

"고맙습니다만."

헨리가 고개를 가로저었다. 나는 헨리의 안색이 내가 생각했던 이상으로 창백한 데 놀랐다. 창백한 그의 이마에는 땀방울이 맺혀 있었다.

"너희들 오후 내내 뭘 하고 지냈니?"

코크런 씨가 얼음을 우적우적 씹으면서 물었다.

헨리는 눈만 껌벅거렸다.

"여성 잡지나 뒤적이면서 보냈냐? 햄 라디오를 조립했냐?"

헨리는 떨리는 손으로 이마를 닦으면서 대답했다.

"저는 책을 읽었습니다."

"책을 읽어?"

코크런 씨가 독서라는 말은 생전 처음 듣는다는 듯이 반문했다.

"네."

"뭘 읽었어? 어디 들어보자, 얼마나 재미있는 책을 읽었는지?"

"《우파니샤드》를 읽었습니다."

"저런, 고약한 취미로군. 지하실에 서고가 있으니까 원하면 가서 책을 골라봐도 좋아. 페리 메이슨 시리즈도 몇 권 있어. 재미가 썩 괜찮아. 텔레비전에 나오는 그 페리 메이슨 말이야. 하지만 텔레비전에는 페리와 델라의 성관계가 쏙 빠져 있지? 책에는 페리가 욕을 곧잘 하는 것으로 되어 있어."

코크런 부인이 듣기에 민망했던지 헛기침을 하고는 마실 것을 집어 들면서 헨리에게 말했다.

"헨리, 애들이 오늘 밤에 묵을 곳을 둘러보고 싶어하겠지? 자동차에 짐이 있을지도 모르니까 일찌감치 챙겨주도록 하려무나."

"알았습니다."

"지하 욕실에 수건과 가운이 충분한지, 그것도 좀 점검해주려무나. 모자라면 저기 현관 벽장에 얼마든지 있으니까 챙겨주도록 하고."

헨리가 고개를 끄덕이면서 뭐라고 말하려는데 코크런 씨가 갑자기 헨리 뒤로 다가섰다.

"이 친구……."

그는 헨리의 등을 두드리며—이때 나는 헨리가 목을 움츠리며 아랫입술을 깨무는 것을 보았다—말했다.

"좀처럼 보기 드문 좋은 친구야, 진짜 귀공자지?"

"헨리가 있어서 얼마나 도움이 되었는지 알기나 해요?"

코크런 부인이 약간 쌀쌀맞은 말투로 남편에게 응수했다.

"암, 도움이 되었고말고. 헨리가 없었더라면 지난 일주일이 우리에게는 얼마나 견딜 수 없는 세월이었을꼬? 얘들아, 이런 친구 사귄 걸 큰 복으로 알아야 한다. 아무 데서나 만날 수 있는 친구가 아니니까. 버니가 햄튼으로 간 첫날 밤에 내게 전화를 걸어서 그러더구나. '룸메이트가 생겼는데요, 어찌나 걸물인지 아버지께 꼭 보여드리고 싶다고요.' 그래서 내가 그랬지. '인마, 꼭 붙들어. 공연히 나중에 후회하지 말고.' 그때부터는 말끝마다 헨리야. 이것도 헨리, 저것도 헨리…… 헨리의 영향을 받았는지 그로부터 얼마 되지 않아 그리스어과로 과를 바꾸기까지 하더니, 나중에는 이탈리아에 간다, 어디로 간다, 라더군. 어찌나 행복해하던지."

이렇게 말하는 코크런 씨의 눈에 다시 눈물이 고이기 시작했다. 그는 사랑스러워 못 견디겠다는 듯이 헨리의 어깨를 거칠게 흔들면서 말을 이었다.

"나는 처음에는 버니가 헨리의 겉모양만 보고 그러는 줄 알았어. 그래서 늘, **표지로 책을 평가하는 게 아니다**, 어쩌고 하면서 주의를 주었어. 나중에 알고 보니 그게 아니더군. 아, 하지만 이걸 어쩌지? 헨리는 여기에 여전히 좋은 친구로 있는데 그 녀석은 이 좋은 친구와 만날 수 없게 되었으니. 지난번에 만났을 때는, 이 친구와 여름방학 때 프랑스에 간다고 어찌나 흥분하던지……."

"여보, 사실은 말이지요."

코크런 부인이 남편의 주의를 다른 데로 돌리려고 했다. 그러나 때늦은 다음이었다. 코크런 씨는 흐느끼기 시작했다.

처음 그 집에 들어설 때보다는 나았으나 여전히 분위기는 엉망이었다. 코크런 씨는 두 팔로 헨리의 목을 감고 흐느꼈고, 헨리는 굳어진 얼굴로 먼 데로 시선을 던지고 있었다.

모두가 당혹감에 시달리고 있었다. 코크런 부인은 하릴없이 분재 식물을 손질했고, 나는 내 무릎만 내려다보고 앉아 있었다. 그때 현관문이 거칠게 열리면서 두 젊은이가 거실로 들어섰다. 그들이 누군지는 설명이 필요하지 않았다. 역광선을 받고 있어서 얼굴을 자세히 볼 수는 없었다. 그러나 웃고 떠들면서 들어오는 그들의 목소리에서 버니의 목소리가 들렸다.

그들은 눈물은 본 척도 하지 않고 아버지에게 다가섰다.

"안녕하셨어요, 아버지?"

장남이 소리쳤다. 서른쯤 되어 보이는 곱슬머리였다. 버니와 얼굴 생김새가 너무나 흡사했다. 그의 품 안에는, 레드삭스 야구단 모자를 쓴 조그만 사내아이가 안겨 있었다.

둘째로 보이는, 주근깨가 많은 젊은이가 아이를 넘겨받아 자기 아버지에게 넘겨주었다.

"할아버지께 인사드려라, 인마."

코크런 씨는 언제 울었느냐는 듯이 아이를 받아 번쩍 들어 올리고는 소리쳤다.

"야, 우리 챔프! 아빠와 브래디 삼촌과 함께 차 타고 어디에 갔었니?"

"맥도널드에 갔었어요. 먹을 걸 좀 사주느라고요."

브래디의 말에 코크런 씨가 눈살을 찌푸렸다.

"네가 그걸 어떻게 먹어? 해피밀을 다 먹은 거야?"

"다 먹었다고 그래."

아이아버지의 말이었다.

"다 먹었어요, 할아버지."

"새빨간 거짓말이에요, 하나도 안 먹었어요."

브래디의 말이었다.

"대신 선물을 받았죠. 너 그거 가지고 있지?"

"어디 보자."

코크런 씨가 아이의 몸을 뒤져보았다.

코크런 부인이 이들의 말을 중간에서 잘랐다.

"헨리, 이 아가씨 짐 좀 날라다 주고, 오늘 묵을 방이 어딘지 가르쳐줘라. 그리고 브래디, 너는 남자애들을 지하로 안내해라."

코크런 씨는 아이의 주머니에서 맥도널드의 선물인 플라스틱 비행기를 뒤져내어 공중으로 날리는 시늉을 했다.

"봐라, 잘 날지?"

"하룻밤만이니까, 독방을 쓰지 못하더라도 참아다오."

코크런 부인의 말이었다.

브래디를 따라 지하로 내려가는 우리 귀에, 코크런 씨가 아이를 어르는 소리가 들려왔다. 그는 아이를 바닥에다 굴리면서 간질이는 모양이었다. 아이의 자지러지는 웃음소리는 지하 계단까지 들렸다.

우리가 묵을 지하실은 말이 아니었다. 탁구대와 당구대 사이에는 몇 개의 군용 침대가 놓여 있었다. 구석에는 침낭이 쌓여 있었다.

"이거, 너무 심한 거 아니야?"

우리끼리만 남게 되자 프랜시스가 볼멘소리를 했다.

"하룻밤인데 뭘 그래?"

"나는 이렇게 여럿이서 자면 잠을 못 이룬단 말이야. 뜬눈으로 밤을 새운단 말이야."

나는 군용 침대에 앉았다. 지하실은 축축했고 이상한 냄새가 났다. 당구대 옆에 놓인 전등이 희미해서 분위기가 음산했다.

"게다가 먼지투성이야. 야, 나가서 호텔에 드는 게 좋겠다."

프랜시스는 쉽사리 주저앉을 것 같지 않았다. 그는 끊임없이 불평하면서 재떨이가 될 만한 것을 찾아다녔다. 나는 라돈 가스가 줄줄 새어 나온대도 아무렇지도 않았다. 내게 걱정스러운 것은, 하루라는 시간을 어떻게 보내느냐는 것이었다. 그 집에 도착한 지 10분밖에 되지 않았는데도, 총이 있으면 자살이라도 하고 싶은 기분이었다. 하루를 보낸다, 끔찍했다.

프랜시스는 불평을 계속했고, 나는 참담한 느낌을 삭이려고 애를 쓰고 있는데 커밀라가 내려왔다. 커밀라는 검은 벨벳 정장에 회색 귀고리를 하고 있었다.

"너, 마침 잘 왔다. 나가서 라마다 모텔에 가서 방이라도 잡자."

프랜시스가 커밀라에게 담배를 권하면서 속삭였다. 담배에 불을 붙여 무는 커밀라를 보고야 내가 그런 커밀라의 모습을 얼마나 그리워하고 있었던가를 알았다.

"그렇게 나쁘지는 않은데그래? 나는 어제 매리언과 같이 잤어."

"같은 방에서?"

"같은 침대에서."

"정말이야? 끔찍하구나, 야."

프랜시스의 두 눈이 휘둥그레졌다.

"매리언, 지금 위층에 찰스와 함께 있어. 지금 신경이 잔뜩 뻗쳐 있어. 누가 매리언에게 코네티컷까지는 누구랑 함께 왔느냐고 물었다는데 이게 매리언의 신경을 건드렸던 모양이야."

"헨리는 어디에 있어?"

"아직 못 만났어?"

"보기는 했는데 이야기는 나누지 못했어."

커밀라는 잠시 말을 멈추고 자욱한 담배 연기를 불어냈다.

"헨리를 보니까 어떻던?"

"괜찮은 것 같던데, 그건 왜 물어?"

"굉장히 괴로워하고 있어. 예의 그 두통이 도진 모양이야."

"지독한 걸로?"

"헨리의 말에 따르면 최악이래."

프랜시스는 믿기지 않는다는 얼굴을 했다.

"그런데 어떻게 나다니냐?"

"모르겠어. 약 기운을 빌리고 있는 것 같아. 진통제를 가지고 다니면서 며칠째 과자 먹듯이 먹고 있어."

"헨리 지금 어디 있어? 왜 좀 누워 있지 않고?"

"모르겠어. 코크런 부인이 컴벌랜드 가게로 보낸 모양이야. 아기 우유가 떨어졌다나?"

"아프다면서 운전은 할 수 있어?"

"내가 알아?"

"프랜시스, 담배 조심해!"

내가 소리쳤다.

프랜시스가 뛸 듯이 놀라면서 담배를 거두어들이다가 다시 한 번 비명을 질렀다. 너무 급하게 담배를 거두어들이다가 반대편 손을 덴 모양이었다. 내가 주의를 주기까지 프랜시스는 담배를 당구대 옆구리에다 대고 있었다. 당구대 옆구리의 초록색 천에 담뱃불이 번져가고 있었다.

바로 그때 위에서 코크런 부인의 음성이 들려왔다.

"얘들아, 내려가도 괜찮겠니? 온도조절기를 좀 봤으면 좋겠구나."

"빨리 꺼! 지하실에서는 담배 못 피우게 되어 있을 거야."

커밀라가 담배를 비벼 끄면서 속삭였다.

"얘들아, 누구누구가 거기에 있니? 뭐가 타는 냄새가 나는데?"

"아무것도 아니에요."

프랜시스가 불탄 자국을 문지르면서 소리쳤다. 코크런 부인은 벌써 계단을 내려서고 있었다.

◯

내 생애 최악의 밤 중의 하나였다. 집 안은 사람들로 북새통을 이루고 있었다. 시간은 흘러가는 대신, 친척들의 고함 소리, 이웃 사람들이 떠드는 소리, 빽빽 우는 아이들 소리, 접시 부딪치는 소리, 전화벨 소리, 주차장으로 드나드는 차 소리 속에 고여 있는 것 같았다. 눈부신 전등의 불빛, 낯선 얼굴들, 처음 만나는 사람들이 나누는 어정쩡한 대화. 나는 이런 것들을 견딜 수 없었다. 나를 구석으로 몰아넣고 시카고, 내슈빌, 캔자스시티에서의 세월 좋던 시절 이야기에 열을 올리는 낯선 사람들도 있었다. 나는 견딜 수가 없어서 2층 화장실로 올라가서는 안으로 문을 잠가버렸다. 아이들이 몰려와 애원하면서 문을 두드렸지만 나는 가만히 있었다. 아이들은 발을 동동 구르다가 울면서 화장실 앞을 떠나고는 했다.

7시에는 저녁이 차려졌다. 식도락가 식성에나 맞을 듯한, 따라서 나로서는 식욕이 동하지 않는 메뉴—오르조 샐러드, 캄파리와 버무려 요리한 오리고기, 푸아그라 파이 등—와 이웃집에서 하나씩 들고 온 음식(참치 캐서롤, 타파웨어에 든 젤라틴 몰드, 어떻게 소개해야 좋을지 눈앞이 캄캄한 '왜키 케이크'라는 끔찍한 이름의 디저트)만 잔뜩 어질러져 있었다. 사람들은 종이접시를 하나씩 들고 뷔페식으로 차려진 음식상 앞으로 모여들었다. 벌써 어두워진 바깥에서는 비가 내리고 있었다. 휴 코크런은 셔츠 바람으로 손님들 사이를 비집고 다니면서 빈 잔에 술을 채웠다. 그는 내 몸을 툭 건드리고 지나가면서도 눈길 한번 돌리지 않았다. 그 많은 형제들 중에서도 휴가 가장 버니와 비슷했다(버니의 죽음이 일종의 재생 에너지를 촉발함으로써 제2, 제3의 버니가 온 사방에서, 집 안의 목재에서 불쑥불쑥 튀어나오는 것 같았다). 나는 휴 코크런을 통해서 서른다섯 살이 된 미래의 버니를 보는 것 같았고, 코크런 씨를 통해서 육십대의 버니를 보는 것 같았다. 나는 휴를 알았지만 그는 나를 알아보지 못하는 모양이었다. 나는 휴의 손을 잡고 무슨 말인가를 하고 싶다는 강렬한 충동에 쫓겼다. 하지만 무슨 말을 할 수 있었으랴.

그저 눈을 내리깔고, 그렇소, 전당포 안주인과 그 여동생인 리자베타를 도끼로 쳐 죽이고 금품을 강탈한 게 바로 나요, 이렇게 도스토옙스키의 대사를 읊을 수는 없는 노릇이었다.

사람들의 웃음소리에 현기증이 났다. 낯선 사람들이 얼쩡거리면서 자꾸만 나에게 말을 시켰다. 스무 살이 채 못 되어 보이는 버니의 사촌—내가 캘리포니아 출신이라는 것을 알자 그는 계속해서 파도타기에 관한 꽤 까다로운 질문을 던졌다—으로부터 벗어나 사람들을 피해 다니다 보니 헨리가 보였다. 그는 혼자서, 사람들에게 등을 돌린 채 창밖을 바라보면서 담배를 피우고 있었다.

나는 헨리 옆으로 다가섰다. 그는 내 쪽을 보지도 않았고 말을 걸지도 않았다. 창은 전등만 휘황찬란하게 켜진 텅 빈 테라스에 면해 있었다. 검은 재가 깔린 바닥, 콘크리트 화분에서 자라고 있는 쥐똥나무, 예술적으로 부서져 허연 파편으로 흩어진 조각상이 내다보였다. 빗줄기가 빛줄기 속으로 엇비슷하게 파고들면서 테라스 바닥에 이상한 그림을 연출하고 있었다. 폼페이 유적의 부석(浮石) 깔린 뜰이 그렇듯이, 그 테라스 바닥 역시 고대와 핵폭탄 시대의 분위기를 두루 연출하는 것 같았다.

"이렇게 황량한 뜰은 난생처음 본다."

내가 헨리에게 말을 걸었다.

"그래. 자갈과 재뿐이군."

헨리가 대답했다. 그의 얼굴은 백지장처럼 하얬다.

우리 뒤에서 사람들은 웃고 떠들었다. 빗줄기가 흐르는 창을 통해 들어온 빛이 그의 얼굴에 물방울의 그림자를 던지고 있었다.

"누워서 좀 쉴 필요가 있지 않을까?"

그는 입술을 지그시 깨물었다. 담배 끝에 매달린 재는 2센티미터가 실히 될 것 같았다.

"이제 남은 약도 없어."

"약 없이 견딜 수 있겠어?"

"어쩌겠어, 견뎌야지?"

이렇게 반문할 뿐, 그는 꼼짝도 하지 않았다.

커밀라는 내 뒤에서 욕실 문을 잠갔다. 우리는 욕실 바닥을 기면서 싱크대 속에 들어 있는 수많은 약병을 뒤졌다.

"이건 고혈압에 먹는 혈압강하제잖아."

커밀라가 라벨을 읽었다.

"그럼 아니지."

"이건 천식 약이고."

누군가가 욕실 문을 두드렸다.

"사람 있어요."

내가 소리를 질렀다.

커밀라는 머리가 싱크대 모서리나 파이프에 부딪칠 때마다 엉덩이를 뒤로 내밀었다. 싱크대 밑에서 끊임없이 약병 부딪치는 소리가 났다.

"귓속의 통증을 가라앉히는 약도 있다. 한 알씩 하루에 두 번이라?"

"어디 보자."

커밀라가 내게 10년은 좋이 싱크대 밑에서 썩은 듯한 항생제병을 건네주었다.

"이건 안 돼. 치과 의사가 처방한 강력한 진통제 같은 거 없나?"

"없어."

"'졸음이 올지도 모르니 운전 중이나 중기계를 다룰 때는 복용하지 마시오'? 이런 약이 있으면 헨리에게 도움이 될 텐데."

누군가가 다시 문을 두드리고는 손잡이를 잡고 흔들었다. 나는 문에 달려 있던 나머지 자물쇠도 마저 채웠다.

우리가 찾아낸 것은 보잘것없었다. 헨리가 독초에 중독되었다거나 열이 난다거나 류머티즘을 앓고 있거나 눈이 충혈되어 있었다면 우리가 찾아낸 것이 요긴할 수도 있었다. 그러나 진통제로 우리가 찾아낸 것이라고는 엑세드린이 고작이었다. 엑세드린 말고 우리가 찾아낸 것은, 먹으면 졸음이 온다는 정체불명의 약이었다. 그러나 아무래도 안티히스타민 계통의 약인 것 같아 안심이 되지 않았다.

막 욕실 문을 열고 나서는데 놀랍게도 문밖에는 클로크가 서 있었다. 그는 나에게, 그리고 내 뒤를 따라나오는 커밀라—머리카락이 엉망으로 흐트러지고, 스커트가 허벅지로 말려 올라가 있는—에게 모멸적인 시선을 던졌다.

커밀라는 클로크를 보고 놀랐을 테지만 별로 놀란 내색은 하지 않았다. 무릎에 묻은 먼지를 털면서, "너였구나." 했을 뿐이었다.

클로크는 당황했던지 시선을 다른 데로 돌렸다. 클로크가 커밀라에게 관심을 두고 있다는 것은 우리 모두가 알고 있었다. 그러나 클로크가 관심을 안 두었다고 하더라도 커밀라는 욕실 문을 걸어 잠그고 남자친구와 헛질을 할 그런 여자는 아니었다.

커밀라는 우리 옆을 지나 아래층으로 내려갔다. 나도 계단을 내려서려는데 클로크가 마른기침을 했다. 아무래도 의미가 있는 마른기침인 것 같아

나는 그에게로 돌아섰다.

클로크는 마치 나를 태어나고 나서 처음 본다는 듯한 눈길을 하고, 욕실 문에 기대선 채로 노려보았다. 다림질을 하지 않은 것임에 분명한 그의 셔츠 뒷자락이 바지 위로 빠져나와 있었다. 술에 취해서 그런지 피곤해서 그런지 클로크의 눈은 빨갛게 충혈되어 있었다.

"그래, 재미가 어땠어?"

그가 비아냥거리는 어조로 물었다.

나는 그에게로 한 발 다가섰다. 커밀라는 이미 계단 아래로 내려서 있었다. 우리가 무슨 이야기를 해도 들릴 턱이 없는 거리였다.

"좋았어."

"이야기나 좀 해주지그래?

"무슨 이야기?"

"이 집 안주인 캐시는 너희가 욕실에서 시시덕거렸다는 걸 알면 좋아하지 않을걸. 보따리 안겨가지고 버스 정거장으로 데려다줄 거야."

어조 자체는 담담했다. 문득 일주일 전에 모나의 남자친구로부터 봉변당하던 생각이 났다. 그러나 클로크는 육체적인 위협을 가해온다고 하더라도 그렇게 겁날 것이 없었다. 게다가 클로크에게는 나름의 약점도 있었다.

"뭘 크게 잘못 알고 있는 모양이군."

"상관없어. 대답만 하면 돼."

"그럼 대답하지. 믿거나 말거나, 그건 상관 않겠어."

클로크는 주머니를 뒤져, 안에 담배가 들어 있을 성싶지 않을 정도로 쪼그라든 말보로 갑을 꺼내면서 중얼거렸다.

"커밀라가 딴짓하고 다닌다는 걸 알고는 있었지만."

"어처구니가 없군."

클로크는 바로 그 쪼그라든 말보로 갑에서 담배 한 개비를 찾아내어 물고는 중얼거렸다.

"내가 상관할 바는 아니지. 학교에서 애들이 어찌나 귀찮게 굴던지 이따금씩 커밀라네 집으로 몸을 피하고는 했어. 그런데 커밀라가 전화를 받는 걸 가만히 들어보니……."

"뭐라고 하던?"

"별것은 아니지만 새벽 두세 시에 소근소근하는 게 예삿일은 아니더라. 물론 커밀라는 내가 자는 줄 알았겠지만, 천만에, 나는 자지 않았어. 네가 커밀라와 헛짓을 해도 그건 모르셌지?"

"몰라."

"정말 몰라?"

"정말 몰라."

"너희들 안에서 무슨 짓 했어?"

나는 클로크를 노려보고 있다가 주머니에서 약병을 꺼내어 클로크의 눈앞으로 들이밀었다.

클로크는 약병과 그 속에 든 알약을 물끄러미 바라보고는 천천히 고개를 끄덕였다. 그러고는 알약을 꺼내어, 전문가처럼 불빛에 비춰보고는 물었다.

"이게 뭔데?"

"슈다페드(감기약의 일종 – 옮긴이)야. 하지만 어쩔 수 없잖아? 다른 건 없으니까."

클로크가 쿡쿡 웃고는 처음으로 나에게 다정한 눈길을 보내면서 말했다.

"이런 것밖에 없을 수밖에. 자네들은 엉뚱한 곳을 뒤진 거야."

"뭐라고?"

"버니 부모의 침실. 진짜는 거기에 있어. 진작 묻지, 그럼 가르쳐줬을 텐데."

"그걸 어떻게 알아?"

"내가 이 집에서 자라다시피 한 걸 모르시는군. 캐시 아주머니에게는 자그마치 열 가지가 넘는 진통제, 수면제가 있다고."

클로크가 턱으로 침실 쪽을 가리키면서 대답했다.

나는 코크런 부부의 침실을 돌아다보았다.

"안 돼. 지금은."

"왜 안 돼?"

"할머니가 계셔. 할머니는 식사 직후에는 그 방에 누워서 쉬거든. 이따 가보자."

아래층은 사람들이 빠져나가면서 어느 정도의 고요를 되찾고 있었다. 그러나 다 간 것은 아니었다. 커밀라는 아무리 찾아도 보이지 않았다. 지칠 대로 지친 데다 술에 취한 찰스는 방 한구석에 서서 술잔을 관자놀이에다 대고 있었다. 매리언이 상품 카탈로그에 나오는 커다란, 사립학교풍의 나비핀으로 머리를 뒤로 고정하고 곰살갑게 찰스 곁에 붙어 다니고 있었다. 매리언이 잠시도 옆을 떠나지 않고 있어서 찰스에게 말을 걸 짬을 낼 수 없었다. 나로서는 매리언이 찰스 옆에 붙어 있는 까닭을 알 수 없었다. 매리언은 클로크에게도 말을 걸지 않았다. 하기야 버니의 형들이 모두 기혼자들이거나 약혼한 처지라서 남은 총각으로는 버니의 사촌들과 헨리와 나, 그리고 브램 건지와 루니 와인이 있었다. 그러나 찰스가 그중에서 가장 돋보이는 미남인 것도 아니었다.

찰스는 이따금씩 어깨 너머로 나에게 눈길을 던지고는 했다. 달려가 매리언의 손길로부터 찰스를 구출해낼 용기가 없었던 나는 그의 눈길을 만날 때마다 번번이 고개를 돌리고는 했다. 멀찍이서 찰스를 바라보고 있는데 난데없이 꼬마 하나가 내 가랑이 사이를 빠져나갔다. 나는 중심을 잃고 쓰러지다가 가까스로 균형을 되찾았다.

꼬마 둘이 나를 중심으로 쫓고 쫓기고 있었다. 둘 중 작은 녀석이 빽빽거리면서 도망다니다가 내 무릎을 껴안고는 큰 녀석에게 소리쳤다.

"야, 이 멍청아."

그러자 큰 녀석이 걸음을 멈추고는 뒷걸음질을 쳤다. 그의 얼굴이 묘하게 일그러졌다.

"아―빠!"

큰 녀석이 제 아버지를 부르며 달려갔다. 아이의 목소리가 이쩐지 엎질러진 시럽 같다는 생각이 들었다.

방 건너편에서 휴 코크런이 술잔을 든 채 걸어 나오면서 아들을 맞았다.

"브랜던, 아빠 방해하지 말라고 하지 않았어?"

"코리가 아빠를 멍청이라고 했는걸."

"너보고 그랬다. 너, 너, 너, 너보고 그랬다."

작은 녀석이 내 다리를 껴안은 채 소리쳤다. 나는 꼬마를 털어내고 헨리를 찾으러 나섰다. 헨리와 코크런 씨는 많은 사람들에게 둘러싸인 채 주방에 있었다. 코크런 씨는 헨리의 어깨를 껴안고 신나게 떠들어대고 있었다.

"캐시와 나는, 젊은 사람들을 위해 문호를 최대한 개방하는 주의예요. 식탁에도 늘 손님 자리가 있지요. 그러니까 애들이 문제가 생길 때나 나나 캐시를 찾아오는 일이 많아요. 여기에 있는 이 친구처럼 말이지요. 그런데 어느 날 저녁상을 물리는데 이 친구가 찾아왔어요. 오래되었는데 아직도 잊히지 않네요. 와서는, 맥, 하면서 날 부릅디다. 애들은 모두 날 맥이라고 불러요. 이 친구 왈, 맥, 남자 대 남자로 자문을 구하고 싶어요, 하더군요. 그래서 내가 그랬지요, 야, 말하기 전에 말이다, 내가 먼저 한마디만 하자. 나는 네 녀석 같은 사내애들을 잘 알아. 다섯이나 키웠으니까. 게다가 나는 4형제의 막내다. 이 정도면 사내아이들에 관해서는 꽤 권위가 있지 않겠어."

그는 옛일을 아무렇게나 떠올리면서 신나게 말을 꾸며내고 있었다. 땀에 젖은 창백한 얼굴을 하고는 어깨를 붙잡힌 채 듣고 있는 헨리는, 망나니 아이가 못된 장난을 하는데도 묵묵히 참고 있는 강아지 같았다. 이야기 자체부터가 이상했다. 코크런 씨는 정열적이고 활동적인 헨리가 부모의 만류를 뿌리치고 단기통 소형 비행기를 사려 했다고 주장했다.

"하지만 이 친구는 결심이 되어 있었던 모양이에요. 나가서 비행기를 사든지, 집을 뛰쳐나가든지 하겠다는 거예요. 그래서 붙잡고 앉아 찬찬히 타일렀지요. '들어보니 썩 괜찮은 비행기 같기는 하다. 나도 너의 그 마음은 이해한다만 어디 내 이야기 조금만 더 들어보아라. 응?'"

이때, 패트릭 코크런이 술을 따르러 들어왔다가 아버지의 이야기를 듣고는 이상하다는 얼굴을 했다. 패트릭은 버니만큼 뚱뚱하지 않은 대신 주근깨가 더 많았다. 머리카락이 갈색인 것과 코가 작고 뾰족한 것은 버니와 똑같았다.

"아버지, 그건 헨리가 아니에요. 휴의 친구 월터 밸런타인이었다고요."

"뭐야?"

"네, 월터 밸런타인이었어요. 결국 그 비행기를 사고 말았죠. 형."

패트릭이 옆방을 향하여 소리를 질렀다.

"형, 월터 밸런타인 기억나?"

"물론 기억나지. 월터 밸런타인이 어쨌길래?"

휴 코크런이 도망치려는 아들 브랜던의 손목을 잡고 그 방에서 나왔다.

"월터가 부득부득 경비행기 보난자를 사지 않았어?"

아우 패트릭의 말에 휴 코크런이 보채는 아이는 본 척도 않고 대답했다.

"야, 그건 보난자가 아니라 비치크래프트였어."

휴는, 아버지 코크런 씨와 아우 패트릭에게 항변할 여유도 주지 않고 말을 계속했다.

"나는 월터와 차를 몰고 직접 댄버리로 갔어. 가보았더니 보난자는 보난자인데, 비치크래프트로 개조한 것이더라고. 그런데 주인의 요구가 지나쳐. 가만히 보니까 정비하는 데만도 엄청난 돈이 들겠더라고. 게다가 손볼 곳은 한두 군데가 아니었고. 그렇게 돈이 많이 들게 생겼으니까 팔자고 내놓았던 모양이더라."

"그래서 그 비치크래프트 어떻게 했어? 꽤 괜찮은 것이라고 들었는데?"

코크런 씨가 헨리의 어깨에서 손을 내리면서 물었다.

"월터가 가지고 있기에는 돈이 너무 들었죠. 월터는 광고를 전문으로 하는 〈페니세이버〉 광고에서 뉴저지 주의 전직 하원의원이 선거운동을 하면서 타고 다니다 팔려고 내놓은 걸 보고는 미쳐 날뛰었던 거죠."

휴가 이야기에 정신이 팔려 있을 동안 아이가 그의 손에서 풀려나 대포알처럼 방을 가로지르면서 돌진했다. 아버지 휴가 태클을 걸었고, 삼촌 패트릭이 전진을 차단했지만 아이는 잽싸게 빠지면서 도망치다가 머리로 헨리의 배를 들이받았다.

굉장한 충격이었다. 아이는 울음을 터뜨렸다. 헨리의 턱이 아래로 꺾였다. 피가 한 방울도 남김없이 그의 얼굴에서 빠져나가는 것 같았다. 나는 헨리가 쓰러질 것이라고 생각했다. 그러나 그는 부상당한 코끼리처럼 위엄을 잃지 않고 꼿꼿이 버티었다. 사정을 모르는 코크런 씨는 이를 악물고 참고 있는 헨리를 보면서 배를 잡고 웃었다.

클로크는 2층에 있는 버니의 부모 침실에 진통제와 수면제가 있다고 했지만 나는 믿지 않았다. 그러나 사실이었다. 침실에는 조그만 드레스룸이 딸려 있었다. 드레스룸에는 서랍이 많이 달린 조그만 수납장이 있었다. 수납장의 서랍 안에는 캔디 색깔의 여러 가지 약이 들어 있었다. 처방해준 의

사는 의학박사 E. G. 허트로 되어 있었다. 의사는, 글씨로 보면 성격이 깔끔한 의사인 듯하나 암페타민에는 그렇게 깔끔하지 못했던 모양이다. 코크런 부인 또래의 여자들은 정신안정제인 발륨을 많이 복용했다. 그러나 코크런 부인은 지옥의 천사(Hell's Angels)라는 오토바이 폭주족들을 모두 크로스컨트리 경주에 몰아넣을 만한 양의 필로폰을 갖고 있었다.

불안해서 견딜 수 없었다. 방에서는 새 옷 혹은 향수 냄새가 났다. 벽에 걸린 대형 디스코 거울에 우리가 움직이는 모습이 여러 개의 이미지로 편집증적으로 비치고 있었다. 누가 들어오기라도 하는 날에는 숨을 곳도 없을뿐더러 변명할 여지도 없을 것 같았다. 내가 문 쪽으로 신경을 곤두세우고 있을 동안 클로크는 능수능란하게 수많은 약병을 찾아냈다.

달마인. 노란색과 오렌지색. 다르본. 빨간색과 회색. 피오리닐. 넴뷰탈. 밀타운. 나는 클로크가 찾아준 약병에서 각각 두 알씩 꺼내 주머니에 넣었다.

"그것밖에 안 가져가?"

그가 물었다.

"더 가지고 갔다가 들통 나면 어쩌게?"

클로크는 다른 약병을 열고는 내용물을 제 주머니에다 쏟으면서 대답했다.

"걱정 말고 가지고 가고 싶은 대로 가지고 가라고. 이런 거 먹는 사람이 숫자 세어가면서 먹지는 않아. 여기 있는 이거, 이거 굉장한 신경안정제다. 시험 때면 한 알에 15달러, 20달러씩이나 주고 사 먹는 게 바로 이런 거라고."

약병을 주머니에 넣고는 아래층으로 내려왔다. 프랜시스는 계단 밑에 앉아 있었다.

"헨리 어디에 있는지 알아?

내가 그에게 물었다.

"아니. 찰스 봤어?"

그의 목소리에는 짜증이 섞여 있었다.

"뭐가 잘못되었어?"

내가 물었다.

"내 자동차 열쇠를 훔쳐 갔어."

"뭐야?"

"내 코트 주머니에서 열쇠를 꺼내 사라졌어. 커빌라가 보니까 차를 몰고 큰길로 나가더래. 돈 녀석 아냐? 내 차는 빗길에서는 맥을 못 춰. 젠장…… 찰스를 언제 봤어?"

"한 시간쯤 되었나? 매리언과 함께 있더군."

"그래. 매리언도 그러더군. 담배 사러 간다면서 나갔대. 하지만 한 시간이나 됐어. 아까 봤을 때 얘기도 나눴어?"

"아니, 왜?"

"술에 취해 있지 않더냐, 이 말이야. 매리언 말로는 취해 있었대. 네가 보기엔 어때? 취한 것 같았어?"

프랜시스야말로 취해 있었다.

"별로. 헨리나 찾아보자. 좀 도와줘."

"말하지 않았어? 어디에 있는지 모르겠다고. 찾아서 뭐하게?"

"헨리에게 줄 게 있어."

"뭔데? 약이야?"

"응."

"나도 좀 주라."

그러나 프랜시스는 신경안정제를 먹기에는 너무 취해 있었다. 나는 그에게 엑세드린을 주었다.

프랜시스는 위스키와 함께 엑세드린을 삼키고 나서 중얼거렸다.

"고맙다. 이런 밤이면 죽고 싶어진다. 찰스는 어디로 간 것 같아? 지금 도대체 몇 시냐?"

"10시쯤 되었을 거다."

"이봐, 리처드, 이 녀석 차를 몰고 집으로 간 거 아닐까? 차가 있는 김에 햄든까지 내뺀 거 아니겠느냐고? 커밀라는 장례식이 내일인데 그럴 리가 없다고 하기는 하더라만, 알 수 없는 일이지. 그러지 않고야 이렇게 도깨비처럼 사라져버릴 리가 없잖아? 담배를 사러 갔다면 돌아와도 몇 번이나 돌아왔을 시간이 아니냐고? 어디 다른 데 갈 만한 데 있어? 너는 짚이는 데가 없느냐고."

"올 거야. 미안해. 나 가봐야겠다. 이따 보자."

나는 온 집 안을 뒤진 끝에야, 술에 취한 채 지하의 군용 침대에 홀로 앉아 있는 헨리를 발견했다.

내가 들어가자 헨리는 꼼짝도 하지 않고 곁눈질로 나를 바라보았다. 내가 캡슐로 된 약을 건네주자 그가 물었다.

"이게 뭐야?"

"넴뷰탈이다."

헨리는 물도 없이 약을 삼키고 나서는 내게 물었다.

"또 있어?"

"응."

"내게 다오."

나는 약을 더 건네주면서 다짐을 주었다.

"헨리, 농담이 아니야. 좀 조심했으면 좋겠어."

헨리는 내가 준 캡슐을 주의 깊게 살펴보고는 주머니에서 파란 약병을 꺼내어 거기에 넣었다.

"심부름 같지만, 위로 올라가 술 한 잔 갖다주지 않을래?"

"이런 약 먹고 술 마시면 안 될 텐데?"

"벌써 마셨어."

"그건 알지만."

"스카치와 소다수가 필요해. 큰 잔으로. 스카치는 많이, 소다수는 조금, 얼음 많이 넣어서. 그리고 맹물 한 잔. 여기엔 얼음 넣지 말고. 내가 지금 원하는 게 바로 이거야."

"너를 위하는 마음 때문에 그 부탁은 못 들어주겠다."

"네가 그 부탁을 못 들어준다면 내가 올라가서 가지고 온다."

나는 할 수 없이 위로 올라가 주방으로 들어갔다. 그러나 그의 부탁과는 달리 스카치는 조금, 소다수는 많이 따랐다.

"헨리 것이구나."

술잔을 채운 뒤, 맹물 한 잔을 따르는데 커밀라가 들어왔다.

"응, 맞아."

"헨리 어디에 있어?"

"지하실에."

"기분이 어떻대?"

주방에는 우리밖에 없었다. 나는 열린 문을 바라보면서 커밀라에게 침실 옆 드레스룸에 있던 수납장 상자 이야기를 했다. 커밀라가 웃었다.

"역시 클로크답구나. 재주가 신통한 친구야, 그렇지? 버니는 늘 클로크만 보면 네 생각이 난다고 했어."

듣고 보니 별로 기분이 좋지 않았다. 나는 물컵을 내려놓으면서 기분이 좋지 않다는 말을 하려다가 다른 것을 물어보았다.

"커밀라, 새벽 두세 시에 전화를 받는다는데 상대는 누구야?"

"뭐라고?"

커밀라는 놀라는 것 같았다. 그러나 커밀라는 그런 연기에 도가 튼 아이였다. 따라서 그 놀라움이 진짜인지는 알 수 없었다.

나는 커밀라의 시선을 붙잡았다. 커밀라는 눈을 동그랗게 뜬 채 내 시선을 맞았다. 침묵이 지나치게 길다고 생각하는 순간 커밀라가 웃었다.

"너 어떻게 된 거 아냐? 도대체 무슨 소리를 하는 거야?"

나도 웃었다. 이런 일에 커밀라 이상의 여유가 되기는 불가능하다고 여겼기 때문이었다.

"내가 너를 감시하고 있는 건 아니야. 그러나 클로크가 네 집을 출입할 동안은 전화 통화에 좀 조심해야 할 거다."

"조심하고 있어."

"다행이다. 클로크가 엿듣고 있는 모양이야."

"들어봐야 들리는 게 없을걸."

"그래도 주의할 필요는 있어."

우리는 얼굴을 마주한 채 서 있었다. 커밀라의 눈 밑에 있는 빨간 점을 바라보고 있으려니 문득 가슴이 털컥 내려앉는 느낌이 들 정도로 예뻤다. 나는 충동을 이기지 못하고 커밀라에게 입을 맞추었다.

"이건 또 뭐야?"

커밀라가 웃었다.

뛰는 것을 잊고 있던 내 가슴이 그제야 쿵쾅거리기 시작했다. 나는 돌아서서 물컵을 챙기는 척하면서 중얼거렸다.

"아무것도 아니야. 그냥 예뻐 보여서."

찰스가 후줄근하게 젖은 채 주방으로 뛰어 들어오지 않았더라면 한마디 더 했을 것이다. 찰스 뒤에는 프랜시스가 붙어 서 있었다.

프랜시스는 잔뜩 감정이 격앙된 채 부들부들 떨면서 찰스를 몰아붙였다.

"왜 말도 안 하고 차를 몰고 나갔어? 게다가 너는 뚜껑도 닫지 않은 채 타고 다녔어. 시트가 젖는 것, 시트에 곰팡이가 슬고 결국은 썩어갈 테지만 그것도 좋다. 내일이면 몰고 햄튼으로 갈 거니까. 그건 아무래도 좋아. 내가 참을 수 없는 건 너의 그 태도야. 너는 내가 코트를 어디에다 벗어두는지 보고 있다가 코트에서 열쇠를 꺼내고는……."

"너도 비 오는 날 뚜껑 열어놓은 채로 타고 다니더라."

찰스가 짤막하게 대꾸하면서 프랜시스에게 등을 돌린 채로 주방 카운터에서 술을 따랐다. 찰스의 머리카락은 머리에 딱 달라붙어 있었다. 푸들 강아지가 리놀륨 바닥에서 찰스의 다리를 중심으로 빙글빙글 돌았다.

"되지도 않는 말 하지도 마, 나는 그런 적 없다."

프랜시스의 말이 이 사이에서 새어 나왔다.

"그런 적 있어."

찰스가 여전히 등을 돌린 채로 우겼다.

"언제 그랬는지 구체적으로 말해봐."

"오냐. 개학을 2주 앞두고 맨체스터에서 에퀴녹스 하우스에 가려고 했을 때……."

"그건 여름이었어. 그리고 그때 내린 건 겨우 부슬비였고."

"부슬비 좋아하네. 소나기였다. 네가 그때 일을 이야기하고 싶어하지 않는 건 그날 오후에 우리 둘이서……."

"돌았구나, 아주. 그 일은 이 일과 아무 상관도 없어. 밖이 이렇게 어둡고 비가 이렇게 쏟아지고 있는데 너는 차를 몰고 나갔어. 그것도 맨정신도 아닌 채로. 네가 누굴 치어 죽이지 않은 건 기적이야. 그래, 좋다고 치자. 담배 사러 어디까지 갔어? 이 근방에는 담배를 살 만한 곳도 없는 것으로 알고 있는데."

"나는 취해 있는 게 아니야."

"얼씨구, 그럼 어디 좀 들어보자. 그 담배는 어디에서 샀어? 어디 좀 가르쳐주라. 내가 단언하거니와……"

"나는 취하지 않았다고 했어."

"좋다고 치자. 그러나 단언하거니와 너는 담배를 산 것이 아니야. 네가 밖에서 담배를 사 가지고 왔다면 그 담뱃갑은 젖어 있을 거야. 자, 젖은 담뱃갑 어디에 있어?"

"말 시키지 말아줘."

"암, 안 시킬 테니까, 담뱃갑만 보여줘."

찰스가 술잔을 소리 나게 카운터에 놓고 돌아서면서 으스스한 얼굴을 하고 말했다.

"말 좀 시키지 말아줘."

무시무시한 얼굴도 그랬지만 목소리도 전혀 여느 때의 찰스가 아니었다. 프랜시스는 입을 가볍게 벌린 채 얼빠진 사람 같은 얼굴을 하고 찰스를 바라보기만 했다. 약 10초 동안, 주방에서는 찰스의 젖은 옷에서 바닥으로 물방울 떨어지는 소리밖에는 아무 소리도 나지 않았다.

나는 헨리에게 갖다줄 술잔과 물컵을 들고는 프랜시스 옆을 지나 지하실로 내려갔다.

비는 밤새도록 쏟아져 내렸다. 침낭의 먼지 때문에 코가 간질거렸다. 얇고 뻣뻣하며 옥외와 실내 겸용인 카펫 한 장만 깔려 있을 뿐인 지하실 바닥은 어찌나 딱딱한지 돌아누울 때마다 뼈마디가 아팠다. 빗줄기는 끊임없이 창문을 두드렸다. 유리창으로 들어온 자동차의 전조등 불빛이 벽에다 이상한 무늬를 그리곤 했다.

찰스는 군용 침대에서 자면서 입을 벌린 채 코를 골았다. 프랜시스도 잠꼬대를 했다. 이따금씩 빗속을 지나가는 자동차 전조등 불빛이 새어 들어올 때마다 방 안이 환해졌다. 당구대, 선반 위에 놓여 있는 스노슈즈, 모터보트의 엔진, 꼼짝도 하지 않고 앉아 있는 헨리, 헨리가 앉은 팔걸이의자, 헨리가 들고 있는 술잔, 헨리의 손가락 사이에서 타는 담배. 밖으로 자동차가 지나갈 때마다 이런 것들이 내 눈에 보이고는 했다. 유령처럼 창백하고 음산한 헨리의 얼굴은 어둠 속에서 나타났다가는 사라지고, 사라졌다가는 다시 나타나곤 했다.

다음 날 아침에 일어나니 머리가 무거웠다. 어디에선가 들리는, 셔터 내리는 소리도 신경에 거슬렸다. 빗줄기는 전날 밤보다 더욱 굵고 거칠었다. 우리가 묵묵히 식탁 앞에 앉아 맛없게 커피와 과자로 된 간단한 아침식사를 하고 있을 동안에도 빗줄기는 환하게 불을 밝힌 창유리를 때리고 지나가고는 했다.

코크런 씨 부부는 2층에서 옷을 입고 있는 모양이었다. 클로크와 브램과 루니는 식탁에 팔꿈치를 대고 커피를 마시면서 나직한 목소리로 이야기를 나누었다. 그들은 면도를 말끔하게 하고, 옷도 정장으로 차리고 있었으나 표정은 흡사 법정에 나가야 하는 사람들처럼 잔뜩 긴장하고 있었다. 빨간 머리카락에 소가 핥은 것 같은 자국을 그대로 남긴 채 프랜시스는 가운 차림으로 앉아 있었다. 그는 늦게 일어나는 바람에 뜨거운 물을 얻지 못해 심통이 나 있는 참이었다.

프랜시스와 찰스는 식탁을 사이에 두고 마주 앉아 있었다. 둘은 서로 상대 쪽으로 눈길을 던지지 않으려고 무진 고생을 하고 있는 것 같았다. 매리언—충혈된 눈에 머리카락에다 뜨거운 컬 세트를 잔뜩 감은—도 뚱하기는 마찬가지였다. 짙은 감색 정장을 말쑥하게 차려입었지만 살색 스타킹에 분홍 털신을 신은 매리언은, 컬 세트가 식었는지 확인하느라고 이따금씩 머리 위로 손을 올리고는 했다.

헨리는 우리 중에서 유일하게 관을 운반하는 운구 요원으로 뽑혔다. 관을 운반할 나머지 다섯 명은 버니의 친척 및 코크런 씨의 부하 직원들로 구성되어 있었다. 나는 관이 너무 무거워 헨리가 고생스러울까 봐 걱정스러웠다. 그에게서는 땀 냄새, 스카치 냄새가 났다. 그러나 취해 있는 것 같지는 않았다. 신경안정제 때문인지 그의 분위기는 무서울 정도로 가라앉아 있었다. 위험스러울 정도로 손가락 가까이까지 타 들어가고 있는 필터 없는 담배에서는 외줄기 연기가 반듯하게 오르고 있었다. 헨리의 분위기를 잘 모르는 사람이 보았다면 니코틴 중독자가 담배와 더불어 평화를 즐기고 있는 것으로 오해할 터였다.

주방 벽에 걸린 시계로는 9시 반이 조금 지난 시각이었다. 장례식은 11시에 시작하기로 되어 있었다. 프랜시스는 일어나 옷을 입으러 갔고, 매리언은 컬 세트를 풀러 갔다. 나머지 사람들이 그럴 기분들이 아닌데도 별 뾰족한 수가 없어서 주방에 가만히 앉아 두세 잔째의 커피를 즐기는 척하고 있는데, 테디 코크런의 아내가 주방으로 들어왔다. 뻔뻔스럽고 예쁘장한 테디의 아내는 소송 전문 변호사로, 줄담배로 소문나 있었다. 테디의 아내에 뒤이어, 아이를 줄줄이 낳은 부인네로는 지나치게 젊고 약해 보이는 휴의 아내가 들어왔다. 우연의 일치치고는 묘하게도 이 둘의 이름이 같은 리사였다. 이 때문에 더러 웃지 못할 희비극이 연출되고는 했다.

먼저 들어온 리사가, 반쯤 타고 있던 담배를 재떨이에 비벼 끄면서 헨리를 불렀다. 조르조 향수 냄새가 코를 찔렀다.

"헨리, 우리 둘은 지금 성당으로 가서 화환을 정리하고 미사가 시작되기 전에 위로 카드를 받아야 해요. 테디의 어머니 말로는……"

리사는 코크런 부인을, 코크런 부인은 리사를 좋아하지 않았다. 그래서 호칭이 이 모양이었다.

"당신이 우리를 좀 태워다 주고 성당으로 오는 운구 요원들과 합류하라고 하더군요. 괜찮겠죠?"

헨리는 쇠테 안경 뒤에서 눈을 깜박거렸을 뿐 들은 척도 하지 않았다. 내가 식탁 아래에서 발끝으로 건드리려고 하자 그제야 고개를 들고는 물었다.

"왜요?"

"운구 요원들은 10시 50분에 성당 포치에서 만난대요."

"왜요?"

헨리가 조용히 같은 질문을 되풀이했다.

"이유는 나도 몰라요. 테디 어머니의 말을 전하는 것뿐이니까. 이 영결 미사는 싱크로나이즈드스위밍처럼 손발이 척척 맞아야 한대요. 갈 준비가 된 거예요, 아니면 준비할 시간이 필요한가요?"

"왜 이래, 브랜던. 엄마 다치겠다."

주방으로 쳐들어와 원숭이처럼 매달리는 아들에게 휴 코크런의 부인이 소리쳤다.

"리사, 애들 그렇게 매달리지 못하게 해요, 버릇 나빠져요."

먼저 들어온 리사가 시계를 보면서 말했다.

"브랜던, 왜 이래, 엄마 쓰러지겠다."

"다 큰 게 저러다니. 나 같으면 욕실로 끌고 들어가 속 시원할 때까지 두들겨 패겠다."

코크런 부인이 약 20분 뒤 까만 프랑스 비단 상복 차림으로 내려왔다.

"모두들 어디 갔느냐?"

트로피 진열대 앞에 나와 커밀라와 소피 디어볼드밖에 없는 것을 보고 부인이 물었다.

우리가 대답을 못 하자 부인은 계단을 내려오다 말고 걸음을 멈추고는 약간 짜증스러운 얼굴을 했다.

"벌써 성당으로 갔나? 프랜시스도 갔니?"

"아마 옷을 갈아입고 있을 겁니다."

내가 대답했다. 나는 부인의 질문에 거짓말로 대답하지 않을 수 있어서 좋았다. 부인이 선 위치에서는 테라스에 서서 대마초를 피우고 있는 클로크, 브램, 루니, 그리고 찰스가 보일 리 없었다. 다른 사람도 아닌 찰스가 클로크 무리와 함께 그런 짓을 하고 있는 게 내 눈에는 이상하게 보였다. 찰스가 클로크 패거리에게 기죽지 않으려고 그러는 것으로밖에는 생각되지 않았다. 찰스는 술도 그런 식으로 마실 때가 종종 있었다. 그렇다면 찰스는 클로크의 패거리에게 긴장하고 있음에 분명했다. 열두세 살 때 나는 매일같이 학교에서 위험할 정도로 마약에 호기를 부리고는 했다. 좋아서 부린 것이 아니었다. 호기를 부리고 나면 한동안 식은땀을 흘리면서 정신의 공황상태를 헤매고는 했다. 내가 그런 호기를 부린 것은 저학년의 경우 상습자의 낙인이 찍히고 나면 아무도 건드리지 못했기 때문이었다. 그리고 나는 마약이 나에게 끼치는 편집증적인 증상을 숨기는 데 대단히 능했다.

코크런 부인이 내가 무슨 나치스의 서약이라도 한 사람인 양 나를 바라보면서 되물었다.

"옷을 갈아입고 있을 거라고?"

"네, 그렇게 생각합니다."

"아직 옷도 안 갈아입었대? 아침 내내 뭘 했대?"

코크런 부인은 계단을 하나씩 하나씩 천천히 내려와 난간 위로 머리를 드러냈다. 테라스 쪽으로 눈길만 돌렸어도, 거기에서 비를 맞으면서 몹쓸 짓을 하는 친구들을 볼 수 있었으리라. 안에 있는 우리는 마음을 졸였다. 어머니들 중에는 대마초 피우는 것을 보고도 그게 뭔지 모르는 어머니들이 많다. 그러나 코크런 부인은 그런 어머니일 것 같지 않았고 또 사실이 그랬다.

코크런 부인은 손가방을 소리 나게 열고는 독수리 같은 눈으로 가방 안을 훑어보았다. 나는 그 눈길을 보면서 내 아버지의 눈길을 생각했다.

"누가 가서 재촉 좀 하고 오려무나."

"제가 가서 프랜시스를 데려오겠습니다, 코크런 부인."

커밀라가 이렇게 말하고 일어서서는 먼저 테라스 쪽 눈치를 보았다.

"고맙구나."

부인이 이렇게 말하면서 손가방에 손을 넣어 찾던 물건을 꺼냈다. 선글라스였다. 부인은 선글라스를 끼고는 잔소리를 늘어놓기 시작했다.

"젊은 애들이 왜 이러는지 모르겠다. 너희만 나무라는 건 아니다만 지금은 너 나 할 것 없이 어려울 때다. 이럴 때는 그저 도와가면서 집안일이 말썽 없이 굴러가게 하는 사람이 제일이다."

테라스에 있던 클로크가 고개를 들고는, 유리창 너머로 신호를 보내는 커밀라를 보았다. 그의 눈에는 핏발이 서 있었다. 코크런 부인이 내려온 것을 알 리 없던 클로크는 거실을 둘러보다가 부인이 내려와 있는 것을 보고는 뭐라고 중얼거렸다. 입 모양으로 보아, 이런 제기랄, 이라고 하는 것 같았다. 거실에서 고개를 돌리는 클로크의 입에서 연기가 무럭무럭 나오고 있었다.

찰스도 그제야 부인이 내려왔다는 것을 알았던 모양이었다. 그는 브램과 돌려가면서 피우던 담배를 빼앗아 손가락으로 눌러 끄고 있었다.

커다란 선글라스를 쓴 코크런 부인의 눈에, 테라스에서 벌어지고 있던 진풍경이 보이지 않은 것은 적잖이 다행스러운 일이었다. 자기 뒤를 돌아 프랜시스를 재촉하러 올라가는 커밀라의 등 뒤에 대고 부인이 또 잔소리를 늘어놓았다.

"맥과 나는 스테이션왜건으로 앞서 가겠다. 너희는 다른 차로 함께 가거나 뒤따라와도 좋아. 차가 세 대는 가야 할 거다. 두 대면 좀 복잡할 거고. 할머니 집에서 이렇게 뛰는 게 어느 녀석이야?"

부인이 자기 앞을 지나 총알처럼 거실로 뛰어 들어가고 있는 두 손자 브랜던과 닐에게 소리쳤다. 정장에 나비넥타이까지 맨 데다 구두까지 신고 있었기 때문에 아이들 뛰는 소리가 유난히 클 수밖에 없었다.

브랜던이 숨을 할딱거리며 소파 뒤로 숨으면서 소리쳤다.

"할머니, 닐이 날 때렸대요."

"날강도 같다고 하잖아요."

"날강도 같다고는 안 했다."

"했어, 했어."

"이 녀석들아! 창피하지도 않아?"

코크런 부인의 불호령이 떨어졌다. 부인은 잠깐 말을 멈추고 아이들이 기가 완전히 꺾여 있다는 걸 확인하고는 말을 이었다.

"버니 삼촌이 죽었다. 이 할머니 말이 무슨 뜻인지 아느냐? 이제는 **영원히 삼촌을 볼 수 없게 되었다**는 말이다. 오늘은 아주 특별한 날이다. 무슨 날이냐 하면, 이제는 **영원히 못 볼** 삼촌을 생각하는 날이다. 따라서 얌전하게 앉아 삼촌이 너희에게 얼마나 좋은 사람이었는지를 생각하는 날이지, 이렇게 쿵쾅거리고 다니면서 할머니가 애써 손질해놓은 거실 마루를 망치는 날이 아닌 거다. 알겠느냐?"

아이들은 꼼짝도 하지 않았다. 그러나 그것도 잠깐이었다. 닐이 브랜던을 걷어차면서 소리쳤다.

"삼촌은 나에게 새끼라고 하더라, 뭐."

부인이 그 말을 못 들었는지, 못 들은 척하는지 모르겠지만 아무래도 못

들은 척하는 것 같았다. 테라스 문이 열리면서 클로크를 비롯해서 찰스, 브램, 루니가 안으로 들어왔다.

"너희들 거기에 있었구나. 세상에, 거기에서 비를 맞으면서 뭘 했니?"

"맑은 공기 좀 쐬고 있었어요."

연기에 취한 얼굴로 클로크가 대답했다. 그의 양복 윗주머니 위로 약병 뚜껑이 보였다.

취해 있어 보이기는 다 마찬가지였다. 찰스는 진땀까지 흘리고 있었다. 빈속에 욕심이 지나쳤던 모양이었나.

부인은 이들을 물끄러미 바라보았다. 아무래도 이들이 무엇을 하고 있었는지 아는 것 같았다. 부인은 이들에게 뭐라고 하려다 말고 대신 브랜던의 팔을 낚아채면서 말했다.

"자, 모두들 서둘러라. 늦겠다. 자리가 모자라서 너무 늦어지면, 미사 끝날 때까지 서 있어야 할 거다."

국가사적목록에 따르면 성당은 18세기 건물이었다. 세월의 풍상에 찌들어 시커멓게 변색한, 흡사 지하감옥 같은 그 성당 뒤에는 규모가 작으나마 묘지도 있었다. 시트가 축축하게 젖은 프랜시스의 차로 성당 앞에 이르렀을 때 이미 도로 양쪽에는 차를 댈 곳이 없었다. 마을의 무도회, 아니면 빙고 게임이라도 벌어지고 있는 것 같았다. 여전히 이슬비가 내리고 있었다. 우리는 차를 컨트리클럽 앞에 세우고 질척거리는 길을 자그마치 1킬로미터 정도나 걸어야 했다.

성당 안은 어두컴컴했다. 그러나 들어서고 보니 딴판이었다. 휘황찬란하게 밝힌 촛불이 눈부셔서 다른 것은 아무것도 보이지 않았다. 눈이 촛불에 익숙해지고 난 다음에야 금속제 촛대, 빤질빤질한 대리석 바닥, 화환 같은 게 보였다. 제단 위에는 수많은 전구로 만든 27이라는 숫자가 보였다.

"이상하다. 버니는 스물네 살이었잖아?"

내가 커밀라에게 물었다.

"축구 선수 시절에 받았던 등번호야."

커밀라가 대답했다.

성당에는 사람들이 빽빽하게 들어차 있었다. 나는 헨리를 찾았으나 보이지 않았다. 줄리언 같은 사람이 있어서 다가가 보았으나, 돌아서는 것을 보니 아니었다. 한동안 우리는 뭐가 뭔지 모르는 상태에서 무리에 섞인 채 서 있었다. 사람이 많을 경우를 대비해서 벽 앞에는 접었다 폈다 할 수 있는 철제 의자가 쌓여 있었다. 그러나 마침 자리가 덜 찬 의자가 있어서 나와 프랜시스와 소피와 쌍둥이 남매는 그리로 가서 나란히 앉았다. 커밀라에게 붙어 앉은 찰스는 아침에 피운 대마초 때문에 정신이 가물가물하는 모양이었다. 납골당 같은 성당 안의 칙칙한 분위기는 그런 찰스의 정신을 돌아오게 하는 데는 별로 도움이 되지 못하는 것 같았다. 그는 초점이 잡히지 않은 눈으로 사방을 두리번거렸다. 커밀라는 다른 사람이 눈치챌 것이 두려웠는지 찰스가 두리번거릴 때마다 옆구리를 찌르곤 했다. 우리 옆에 있던 매리언은 언제 어디로 사라졌는지 보이지 않았다. 클로크, 브램, 루니도 없었다. 임시 주차장과 성당 사이의 어디엔가 있기가 쉬웠다.

참으로 길고 지루한 미사였다. 교회 통일주의자인 목사는 《고린도전서》에 나오는 사도 바울의 말을 인용하면서 설교를 반 시간이 넘게 했다(죽음을 비관적으로 바라보고 특별한 의미를 부여하는, 다분히 이교적인 줄리언은 나중에, 인용할 게 따로 있지, 그게 어디 인용할 성경 구절이던가, 하고 말했다). 신부 다음에는 휴 코크런이 나와 간단하게 아우의 추억을 상기시켰고("그런 막냇동생이 있어서 우리는 참으로 행복했습니다") 이어서 버니의 고교 시절 축구 코치가 나왔다. 정력적으로 보이는 전형적인 축구 코치 타입인 그는 버니의 감투 정신을 찬양하면서 '남부' 코네티컷의 어느 난폭한 팀(프랜시스가, 흑인 팀을 말하는 거야, 하고 속삭였다)과의 시합 때 버니가 모교 팀을 구한 일화를 소개했다. 코치는 잠깐 말을 중단하고, 약 10초 동안 성경을 내려다보다가 다음과 같은 말로 추모 연설을 끝마쳤다.

"솔직하게 말씀드려서, 나는 천국에 대해서는 잘 모릅니다. 나의 직업은 아이들로 하여금 경기에서 용감하게 싸우도록 가르치는 일입니다. 우리는 오늘, 더 이상 경기에 참여하지 못하게 된 한 청년을 추모하기 위해 이 자리에 모여 있습니다. 하지만 그렇다고 해서 그가 경기 중에 자신의 모든 것을 쏟아붓지 않았다는 것은 아닙니다. 그가 승리자가 아니었다는 것도 아닙니다."

긴장감 넘치는 침묵이 오래도록 이어졌다.

"버니 코크런."

축구 코치는 거칠게 말을 꺼냈다.

"그는 진정한 승리자였습니다."

회중석 어디에선가 흐느끼는 소리가 들리기 시작했다.

영화〈너트 록킨 올 아메리칸〉에서 본 것을 제외하면, 나는 그렇게 화려하게 연출된 장례식은 본 적이 없다. 코치가 자리에 앉자 회중석은 울음바다가 되었다. 코치까지도 울음을 삼켰다. 마지막 추모 연사인 헨리에게 관심을 기울이는 사람은 많지 않았다. 헨리는 똑바로 강대 앞으로 다가가 일체의 군소리 없이 A. E. 하우스먼의 시를 담담하게 낭송했다.

하우스먼의 〈한숨은 내 영혼의 짐〉이라는 시였다. 헨리가 왜 그 시를 골랐는지는 나도 잘 모르겠다. 우리가 알기로 코크런 씨는 헨리에게 추모에 적당한 시를 하나 골라 읽어달라고 부탁했다. 이때 코크런 씨는 시의 선택도 헨리에게 맡겼던 것으로 보인다. 헨리에게 그런 시편을 고르기는 식은 죽 먹기였을 터였다. 그래서 우리는 헨리가 《리시다스》 혹은 《우파니샤드》 같은 데서, 버니는 잘 모를 터인 시를 하나 고를 것으로 예상했다. 버니는 어린 시절에 배운, 나로서는 들어본 적도 없는 옛 시인들이 지은 고리타분하고 감상적인 시, 가령 〈경보병 여단의 공격〉이라든지, 〈플랑드르의 벌판〉 같은 시들을 좋아했다. 그 방면에 관한 한 약간의 속물근성이 있었던 우리는 버니의 그런 취향을 경멸하기까지 했다. 나는 버니가 하우스먼의 이 시도 자주 읊었던 것으로 기억한다. 그는 취해 있을 때는 심각하게, 말짱할 때는 농담조로 이 시를 읊고는 했다. 그래서 이 시는 버니의 목소리와 함께 내 기억에 남아 있다. 촛불이 깜박거리고, 사람들이 흐느끼는 기묘한 분위기에서 헨리의 단조로운 목소리(헨리는 낭송에는 재주가 없었다)가 나를 고통스럽게 만들었던 것도 바로 이 때문이었을 것이다. 그때 내가 느낀 고통은 짧지만 강렬한 것이었다. 최소한의 시간에 최대한의 효과를 얻어낸다는 일본인들의 사악한 고문이 안긴다는 고통처럼.

〈한숨은 내 영혼의 짐〉은 지극히 짧은 시였다.

사랑하는 벗들과
장밋빛 입술의 아름다운 처녀와
뛰노는 아이들을 위한
한숨은 내 영혼의 짐.
아이들은 건너뛰기에는 너무 넓은
시냇가에 모여 있고,
장밋빛 입술의 아름다운 처녀는

장미가 시든 벌판에 잠들어 있네.

$$\smile\!\frown\!\smile$$

(지겹게 긴) 폐회 기도가 계속될 동안 이상하게도 내 몸이 휘청거리는 것 같았다. 자꾸만 발로 바닥을 버티면서 몸을 가누고 있자니, 새 신발에 닿는 부드러운 피부가 아플 지경이었다. 성당 안의 공기는 답답했고 사람들의 흐느낌은 끝날 줄을 몰랐다. 날것이 윙윙거리는 이상한 소리가 끊임없이 내 귀에 들렸다가 사라지고는 했다. 그러나 정신을 가다듬고 자세히 보니, 그것은 환청이 아니라 실제로 성당으로 날아 들어와 우리 머리 위를 윙윙거리고 돌아다니는 땅벌의 소리였다. 프랜시스가 영결 미사 순서지를 돌돌 말아 쥐고 땅벌을 때렸다. 그러나 땅벌은 울고 있던 소피의 머리 위에 앉았다가 소피가 아무 반응도 보이지 않자 바로 옆자리로 날아갔다. 땅벌을 본 커밀라가 살그머니 신발을 벗었다. 그러나 커밀라가 신발을 다 벗기도 전에 찰스가 《기도서》로 때려 땅벌을 터뜨렸다.

탁 소리에, 기도를 인도하던 목사가 깜짝 놀라면서 눈을 뜨고, 죄 많은 《기도서》를 아직도 휘두르고 있는 찰스를 한 차례 노려보고 나서 목소리를 조금 더 높여 기도를 계속했다.

"희망이 없는 사람처럼 헤어 나올 수 없는 슬픔과 아픔에 머물지 않도록, 눈물을 통해서 주님을 만나게 하소서."

나도 다시 고개를 숙였다. 땅벌은 회중석 등받이에 터진 채로 붙어 있었다. 나는 그 땅벌을 바라보면서, 〈햄든 이그재미너〉를 말아 들고 보이는 대로 파리를 잡던 파리잡이의 명수 버니를 생각했다.

영결 미사가 시작되기까지는 서로 말을 하지 않던 프랜시스와 찰스는 미사가 계속되는 사이에 어느 정도 화해가 되었던 모양이었다. 아멘 소리와 함께 영결 미사가 끝나자 두 사람은 회중석 옆을 지나 복도로 나가고 있었다. 따라가면서 가만히 보고 있으려니, 두 사람은 복도를 따라 남자 화장실 쪽으로 내려갔다. 화장실 문 앞까지 간 프랜시스는 잠깐 주위를 둘러보고는 외투 안주머니에 손을 넣었다. 나는 그의 외투 안주머니에 무엇이 들어 있는지 알고 있었다. 프랜시스는 차에서 내리기 직전 운전석의 사물함에서 1파인트들이의 납작한 위스키병을 꺼내어 안주머니에 넣었던 터였다.

성당 앞길은 질척질척했다. 비는 그쳤지만 하늘은 여전히 어두웠고 바람이 몹시 험했다. 누군가가 종을 치는 모양이나 종소리가 어쩐지 인디언 무당들이 울리는 방울 소리 같았다.

사람들은 한 손으로는 외투 자락을 움켜쥐고 다른 한 손으로는 모자를 누른 채 자동차 쪽으로 내달았다. 내 몇 걸음 앞에서는 커밀라가 우산이 바람에 날려가지 않게 하느라고 거기에 매달리다시피 하고 있었다. 그렇게 용을 쓰는데도 강풍이 부는 바람에 커밀라는 조금씩 바람 부는 쪽으로 미끄러져 가고 있었다. 영락없이 검은 상복을 입은 메리 포핀스였다. 나는 커밀라를 도우려고 냅다 뛰었지만, 내가 도착하기 직전에 이미 우산은 뒤집혔다가, 커밀라가 비명을 지를 사이도 없이 3미터 정도 높이로 날아올랐다가는 느릅나무 가지에 걸리고 말았다.

"빌어먹을, 이런 악마가 물어 갈 놈의……."

커밀라는 나뭇가지에 걸린 우산과 손가락 끝에서 흐르는 피를 번갈아 바라보면서 중얼거렸다.

"괜찮아?"

"괜찮을 까닭이 있어? 우리 할머니 우산인데."

커밀라는 손가락을 입술에 대고 피를 빨면서 원망스러워하는 눈길로 나뭇가지를 올려다보았다.

나는 주머니에서 손수건을 꺼내어 커밀라에게 주었다. 커밀라는 손수건을 폈다가 손가락에다 돌려 감았다. (펄럭이는 하얀 손수건, 바람에 흩날리는 머리, 어둑어둑한 하늘.) 문득 시간이 정지하는 것 같았다. 기억의 한 자락이 비수처럼 내 가슴으로 파고들었다. 그때 그랬듯이 하늘은 금방이라도 빗줄기를 쏟을 듯이 컴컴했다. 나뭇잎도 그때처럼 푸릇푸릇했다. 커밀라의 입가로 흘러내린 몇 올의 갈색 머리카락까지 똑같았다.

(펄럭이는 하얀 손수건.)

(……그 골짜기. 커밀라는 헨리를 따라 골짜기 아래로 내려갔다가 헨리보다 먼저 올라왔다. 우리는 벼랑 위에서 기다리고 있었다. 차가운 바람이 커밀라의 머리카락을 휘젓고 있었다. "죽었어?" 우리가 물었다. 커밀라는 주머니에서 손수건을 꺼내어 손에 묻은 진흙을 닦았다. 커밀라는 우리를 보고 있지 않았다. 머리카락이 바람에 컴컴한 하늘을 배경으로 휘날리고 있었다. 커밀라의 표정은 비어 있었다. 거기에는 어떤 감정의 앙금도 투사되지 않고 있었다.)

"아버지!"

뒤에서 누군가가 소리쳤다.

나는 펄쩍 뛸 듯이 놀랐다. 죄의식이 목을 조이기 시작했다. 휴 코크런이었다. 그는 재빠른 걸음으로 걷다가 앞서가는 코크런 씨를 보고는 불렀던 것이었다.

"아버지!"

휴는 코크런 씨의 축 늘어진 어깨에 손을 올리면서 다시 그를 불렀다. 여전히 코크런 씨는 대답하지 않았다. 휴는 아버지의 어깨를 흔들기 시작했다. 앞에서는 운구 요원들(헨리도 그들 중에 끼어 있을 터였다)이 관을 다시 영구차에 싣고 있었다.

"아버지, 잠깐만 제 말 좀 들어보세요."

휴는 잔뜩 흥분해 있었다.

영구차 뒷문이 닫히는 소리가 났다. 천천히, 천천히 코크런 씨가 고개를 돌렸다. 코크런 씨는 챔프라고 부르던 손자를 안고 있었다. 커다란 얼굴에는 표정이 없었다. 그는 낯선 사람 보듯이 자기 아들을 바라보았다.

휴는 다급했던지 자기 아버지의 가슴을 툭툭 치면서 소리쳤다.

"아버지, 제가 누굴 보았는지 아세요? 여기에 누가 와 있는지 아세요? 밴더펠러 씨가 여기에 와 있어요."

밴더펠러라는 유명인사—코크런 일가가 전능하신 하느님만큼이나 떠받드는—의 이름자 한 음절 한 음절이 코크런 씨에게는 전능한 치료의 힘을 행사하는 것 같았다.

"밴더펠러 씨가 여기 오셨다고? 어디에?"

코크런 일가의 집단 무의식에 지대한 영향을 미치는 이 으리으리한 인사는, 코크런 씨가 관계하고 있는 은행 주식의 과반수를 차지하고 있는 자선재단—그보다 더 으리으리한 그의 할아버지에 의해 설립된—의 총수였다. 이 밴더펠러 씨에 관해서는 주주총회에서의 무시무시한 입김과 이따금씩 괄목할 정도로 드러나는 사회적인 활동 상황만 이야깃거리가 되는 것이 아니었다. 코크런 집안사람들은 폴 밴더펠러에 관한 '유쾌한' 일화를 무궁무진하게 알고 있었다. 그들에 따르면 폴 밴더펠러 씨는 참으로 유럽적이고 더할 나위 없이 '재치 있는 사람'이었다. 그러나 코크런 집안에서 걸핏하면 인용되고는 하는 그의 기지라는 게 내게는 별로 대수롭지 않았다(햄든 대학 수위에게도 그 정도 기지는 있을 것이라는 것이 내 생각이었다). 그러나 코크런 집안사람들에게는 그것이 그렇게 대도시적으로 세련되어 보였고 따라서 그렇게 재미있을 수가 없었다. 버니에게도, 중요한 이야기를 시작할 때는, 어느 날 우리 아버지가 폴 밴더펠러와 식사하시다가 말이야, 이런 식으로 밴더펠러를 인용하는 버릇이 있었다.

그런 그가 그 자리에 몸소 임석하시어 우리 모두에게 친견(親見)의 영광을 베풀고 있다는 것이었다. 휴는 자기 아버지 코크런 씨를 위해 밴더펠러 씨가 있는 곳을 손가락질하고 있었다. 나도 그쪽을 바라보았다. 거기에 서 있는 사람은 으리으리한 소문과는 달리, 세련되어 있기는 해도 겉보기에는 그저 수더분하게 생긴 사십대 후반의 신사일 뿐이었다. 옷차림은 썩 볼만했지만, 유럽적인 것 같지는 않았다. 만일에 괴상하게 생긴 선글라스와 미국인의 평균치보다 작은 키가 유럽적이라면 그는 유럽적이었다.

부드러움이라고 해야 마땅할 표정이 코크런 씨의 얼굴에 번지기 시작했다. 그는 아무 말 없이 아이를 휴의 가슴에 안기고는 잔디밭을 가로질러 밴더펠러 씨가 있는 곳으로 다가갔다.

코크런 집안이 아일랜드계에 속하고, 코크런 씨 자신이 보스턴 출신이었기 때문에 그랬겠지만 그 집은 케네디 집안과 묘하게 일치하는 데가 많았다. 코크런 부인은 머리를 손질하거나 선글라스를 고를 때도 재클린 케네디를 의식하는 것 같았다. 물론 그 집안이 의식적으로 방향 설정을 그쪽으로 하고 있기 때문에 그렇게 보이는 것일 터였다. 그러나 체형은, 그렇게 한다고 닮는 것이 아닐 텐데도 놀랍게도 브래디와 패트릭의 날씬하고 세련된 몸맵시는 로버트 케네디와 흡사했고, 버니를 비롯한 그 나머지 형제들은 체중이 있고 얼굴이 둥글넓적하다는 뜻에서 에드워드 케네디와 비슷했다. 따라서 사람들이 이들을 케네디의 친척, 혹은 사촌 정도로 생각할 법하기도 했다. 프랜시스는 언젠가 나에게, 자기와 버니가 꽤 인기 있는 보스턴의 고급 레스토랑에 갔던 이야기를 들려준 적이 있다. 레스토랑에서는 차례가 오기까지 오래 기다려야 했다. 기다리는 손님의 명단을 만들면서 웨이터가 이름을 물었을 때 버니가 "케네디."라고만 대답했다. 그러자 웨이터가 아무 소리 않고 물러갔는데 조금 있다 보니 레스토랑 직원의 반수 이상이 나와 식탁을 마련하더라는 것이었다.

내 머릿속에서 이상한 연상 작용이 일어난 것은 그날이 바로 장례식 날인 데다, 그 장례식을 바라보면서 텔레비전에서 보던 국장(國葬)의 필름을 떠올렸기 때문일 것이다. 말하자면 밴더펠러 씨의 벤틀리 자동차가 포함된 검은색 고급 승용차들이 뒤따르는 장례 행렬이 국장 때의 자동차 행렬과 겹치면서 그런 연상을 하게 된 것일 터였다. 꽃으로 야단스럽게 장식한 오픈카가 무거운 커튼이 드리워진 영구차를 뒤따랐다. 글라디올러스, 염색한 국화, 종려나무 잎. 바람이 심하게 불어서 꽃에서 떨어진 꽃잎들이 뒤따르는 자동차로 날아가 비에 젖은 앞 유리창 와이퍼에 달라붙었다.

묘지는 고속도로변에 있었다. 우리는 자동차로 고속도로를 달려 길섶에 차를 세웠다. 불과 3미터도 안 떨어진 고속도로 위를 수많은 자동차들이 지나갔다.

꽤 규모가 큰 묘지였다. 묘석이 가지런하게 줄을 짓고 서 있는 묘지는 흡사 잘 정돈되어 있는 트랙트 하우스 같았다. 정장한 링컨 영구차 운전사가 먼저 내려 코크런 부인을 위해 문을 열어주었다. 부인은 조그만 장미꽃 다발을 들고 차 밖으로 고개를 내밀었다(나는 부인이 장미꽃 다발을 들고 있는 까닭을 알 수 없었다). 패트릭이 손을 내밀자 부인은 손목을 구부려 장갑 낀 손으로 아들의 손을 잡고는 짙은 선글라스를 쓴 채 신부처럼 다소곳이 땅 위로 내려섰다.

영구차 뒷문이 열리면서 관이 미끄러져 나왔다. 운구 요원들이 가만히 다가가 그 관을 들어 잔디밭에 내려놓았다. 강의 수면 같은 잔디밭에 내려진 관은 흡사 조그만 배 같았다. 뚜껑에 달린 노란 리본이 바람에 나부꼈다. 하늘은 무섭게 흐려 있었다. 우리는 빛바랜 플라스틱 호박 초롱이 걸린, 아이의 것임에 분명한 무덤을 지나 그쪽으로 다가갔다.

묘지 자리에는 옥외 파티 때 쓰였음 직한 차일이 쳐져 있었다. 텅 빈 하늘을 향해 펄럭거리고 있는 차일이 그렇게 공허할 수 없었다. 우리는 엉기주춤하게 모여 선, 몇 안 되는 사람들 무리로 합류했다. 꽤 많을 줄 알았는데, 묘지까지 따라온 사람들은 얼마 되지 않았다. 잔디깎이에 씹힌 담배꽁초, 껌 종이 같은 것들이 널려 있었다.

세상에, 이럴 리가 없다, 일이 이 지경에 이르게 될 리가 없다⋯⋯. 문득 머리끝이 서는 것 같았다.

고속도로 위로는 자동차들이 바람 소리를 내며 달리고 있었다.

묘지는 더할 나위 없이 을씨년스러웠다. 내가 묘지라는 데 발을 들여놓은 것도 그날이 처음이었다. 그날 내가 본 묘지라는 것은, 가족들이 앉을 철제 의자를 가운데 두고 한쪽에는 뻥 뚫린 진흙구덩이가 있고 다른 한쪽에는 거기에서 파낸 진흙이 쌓여 있는, 참으로 조야한 곳이었다. 그것이 눈에 거슬리고 나니 모든 것들이 다 눈에 거슬렸다. 관은 왜 필요하고 차일은 왜 필요한가? 저 축축한 구덩이에 처넣고, 삽으로 흙을 덮고는 집으로 돌아가면 되는 것이 아닌가? 누추한 장례식, 이것이 전부인가? 버니를 쓰레기처럼 묻어버리는 데 필요한 절차는 이것뿐이란 말인가?

버니, 아, 버니⋯⋯ 미안해⋯⋯.

신부가 서둘러 순서를 이끌어나갔다. 초록색 차일 밑에 서니 그의 얼굴도 초록색이었다. 줄리언이 거기에 있었다. 그는 우리 넷을 바라보고 서 있었다. 처음에는 프랜시스를, 다음에는 찰스와 커밀라를 보았다. 나는, 보든 안 보든 아무래도 좋았다. 내 정신이 가물거리기 시작했다. 코크런 집안사람들은 깍지 낀 손을 아랫배에 올린 채 조용히 서 있었다. 저 무서운 구덩이 옆에서, 할 수 있는 일이 고작 서 있는 일뿐이던가? 수요일이었다. 수요일 오전 10시에는 그리스 산문 작법 시간이 들어 있었다. 학교에 있었더라면 그리스 산문과 씨름하고 있을 터였다. 관은 무덤 자리 옆에 덩그렇게 놓여 있었다. 관 뚜껑은 열리지 않을 모양이었다. 그러나 나는 열렸으면 했다. 그대로 내린다면 영영 버니를 만날 수 없게 될 것이기 때문이었다.

운구 요원들은 그리스 비극에 나오는 코러스들처럼 관 뒤에 우중충하게 서 있었다. 헨리가 그중에서 가장 젊었다. 헨리는 손을 모은 채 가만히 서 있었다. 크고 하얀 손, 책상물림의 손, 잘 가꾸어진, 무엇이든 할 수 있는 손, 우리가 골짜기 위의 벼랑에 가만히 선 채 숨을 죽이고 지켜보고 있을 동안, 버니의 목에서 급소를 찾아내고 그 급소에 박혔던 손, 버니의 목을 앞뒤로 젖혀 기어이 목뼈를 부러뜨려놓고 말던 손. 거리가 좀 떨어져 있었는데도 우리 눈에는 비틀린 버니의 목, 앞뒤가 바뀐 발, 버니의 입과 코에서 흐르는 피가 보였다. 헨리는, 뒤틀린 채 버니의 머리 위로 올라가 버린 안경에는 손을 대지 않도록 조심하면서 가만히 눈꺼풀을 내려주었다. 버니의 다리 하나가 경련하다가 그대로 굳었다. 커밀라의 시계에는 초침이 있었다. 우리는 시간을 재는 헨리와 커밀라를 내려다보고 있었다. 커밀라의 뒤를 따라 올라오면서 헨리는 손으로 무릎에 묻은 흙을 털고, 그 손은 바지에 닦았다. 그때 우리가 물었다. 죽었어? 그는 의사처럼 가만히 고개를 끄덕였다.

오, 주님, 이승의 삶을 마친 당신의 종 에드먼드 그레이든 코크런 형제와의 이별을 애통해하는 저희에게, 저희 역시 머지않아 그의 뒤를 따라간다는 믿음을 확인하게 하소서. 저희에게 영광을 베푸시어 이승에서 보내는 마지막 시간을 맞을 마음의 준비를 가다듬게 하시고, 아무 준비도 없이 찾아오는 죽음으로부터 저희를 보호하소서…….

버니는 죽음이 오는 것도 알지 못했다. 그는 죽음을 이해하지도 못했다. 그에게는 그럴 시간이 없었다. 수영장 가장자리에서 그러는 것처럼 균형을 못 잡고 뒤뚱거리다가, 우스꽝스러운 요들송을 부르는 것처럼 비명을 지르고는 팔을 내저으면서 그는 추락의 악몽을 현실로 맞았다. 죽음이 이 세상에서 그런 모습을 하고 있다는 것도 알지 못했던 버니, 죽음이 그렇게 오리라고는 꿈에도 생각하지 못했던 버니, 제 눈으로 보고도 믿지 못하던 버니는 그렇게 갔다.

날개를 펄럭거리는 까마귀 떼. 지하에서 꼬물거리는 벌레들. 땅 위의 진흙 웅덩이에 반사된, 망막에 구름이 낀 채로 얼어 있던 한 뙈기의 하늘. 야호. 존재와 무.

나는 부활이요 생명이니, 나를 믿는 사람은 죽더라도 살겠고 또 살아서 믿는 사람은 영원히 죽지 않을 것이다…….

운구 요원들이 천천히 구덩이에다 관을 내렸다. 헨리의 근육이 푸르르 떨리고 있었다. 그는 이를 악물고 있었다. 양복 윗도리 위로 땀이 번지고 있었다.

나는 주머니를 두드려 신경안정제가 들어 있는 것을 확인했다. 햄든까지는 먼 길이기 때문이었다.

관을 내리는 데 쓴 끈이 올라왔다. 신부는 무덤에 강복을 내리고 성수(聖水)를 뿌렸다. 코크런 씨는 두 손으로 얼굴을 가리고 단조로운 소리로 흐느끼고 있었다. 차일이 바람에 펄럭거렸다.

첫 삽의 흙, 구덩이로 흙이 떨어져 내리는 소리가 공허한 느낌을 주었다. 양옆으로 패트릭과 테디를 거느린 코크런 부인이 앞으로 나섰다. 장갑 낀 손으로 부인은 무덤에 조그만 장미꽃 다발을 던졌다.

천천히, 천천히, 더할 나위 없이 침착하게 헨리가 허리를 구부리고 흙 한

줌을 집어 들고는 구덩이 위로 손을 들고 손가락 사이로 그 흙을 흘러내리게 했다. 그러고는 징그러울 정도로 침착하게 뒤로 물러서서 손에 묻은 흙을 옷깃에, 타이에, 풀 먹여 다려 입은 하얀 셔츠에 차례로 닦았다.

그를 바라보고 있는 것은 나뿐만이 아니었다. 줄리언도, 프랜시스도, 쌍둥이 남매도 바라보고 있었다. 그들의 표정에는 공포가 어리어 있었다. 그는 자기가 대단한 일을 저질렀다는 것을 깨닫지 못하고 있는 것 같았다. 그는 꼼짝도 하지 않고 서 있었다. 바람이 그의 머리카락을 날렸다. 안경이 빛을 받고는 잠시 반짝거렸다.

8장

묘지에서 돌아오는 길에 신경안정제를 먹은 탓에, 장례식 뒤의 코크런 일가의 동정(動靜)에 관한 내 기억은 아주 모호하다. 그러나 설사 모르핀 주사를 맞았다고 하더라도, 그 분위기에 대한 나름의 느낌이 없을 수는 없다. 줄리언이 거기에 있었다는 것은 코크런 일가에게는 축복이었다. 그는 흡사 천사처럼 사람들 사이를 누비고 다니면서 모든 사람들에게 골고루 필요한 만큼의 말만 건넸다. 그는 코크런 부부(서로 별로 좋아하지 않기는 피장파장인)에게도 지극히 매력적인 사람, 지극히 빈틈없이 외교적인 사람으로 비치고 있음에 분명했다. 그는 코크런 부인에게도 큰 위안이 되었음은 물론이었다. 뿐만 아니었다. 코크런 부부에 관한 한, 줄리언이 그날 연출한 영광의 백미는 역시 그와 폴 밴더펠러가 서로 잘 아는 사이였다는 점이었다. 우연히 목격하게 된 프랜시스의 말에 따르면, 밴더펠러가 줄리언을 알아보고는 달려와 껴안고는 뺨에다 입을 맞출 때, 코크런 씨의 만면에는 뜻밖의 미소까지 번졌다고 한다(코크런 씨는 이웃 사람들에게, 봐요, 저게 바로 '유럽식'이야, 라고 했다던가).

꼬마 코크런들―아침에 할머니로부터 된통 야단을 맞고 풀이 죽어 있던―에게 그 자리는 한판의 놀이마당이었다. 그들은 웃고 떠들어대면서, 이상한 장난감으로 방귀 소리를 내면서 사람들 사이에서 쫓고 쫓기고는 했다. 술은 지천이나 음식이 모자랐다. 그래도 잔치 아닌 잔치 준비는 그런대로 되어 있었던 셈이었다. 테드 코크런 부부는 끊임없이 싸웠다. 브램 건지는 소파 위에다 먹고 마신 것을 토했다. 코크런 부인은 아들을 잃은 상실감과 잔치 마당의 충족감의 극단을 오락가락했다.

손님들 사이를 돌아다니던 코크런 부인이 얼마 뒤에는 2층 침실로 올라갔다가, 보기에 민망한 표정을 하고는 내려왔다. 나지막한 소리로 부인은 남편에게 '도둑'이 들었다고 했다. 이 말은 남의 말을 하기 좋아하는 한 이웃 여자의 입을 통해 중계되면서 굉장히 빠른 속도로 온 집 안에 퍼져 구석구석에서 좋은 화젯거리가 되었다. 언제 도둑이 들었어? 뭘 잃었대? 경찰에 연락은 했대? 사람들은 하던 대화를 팽개치고 부인 주위로 꾸역꾸역 몰려들었다. 부인은 순교자의 얼굴을 하고는 사람들의 질문에 요령 있게 대처했다. 뭐, 경찰을 부를 일은 아니에요. 잃어버린 건 대수롭지도 않은 것, 내게만 필요할 뿐 다른 사람에게는 별로 중요한 것도 아닌, 그런 겁니다.

클로크는 이 일이 있은 직후 절묘하게 기회를 포착하여 그 집을 떠났다. 헨리 역시 떠났다. 장례식 직후 그는 주섬주섬 가방을 챙겨가지고는 코크런 부부에게나 그토록 그와 이야기를 나누고 싶어하던 줄리언에게도 인사 한마디 없이 차를 몰고 떠나버린 것이었다. 헨리가 떠났다는 사실을 알고 줄리언이 나(달마인에 취해 있던 참이라 대답도 제대로 못 하는)와 커밀라에게 이런 말을 했다.

"헨리 얼굴이 못쓰게 되었더라. 햄든에 도착하는 대로 의사에게 보여야 할 거다."

"헨리에게 지난 일주일은 정말 견디기 어려운 한 주였을 거예요."

커밀라의 말이었다.

"그럴 테지. 헨리는 우리가 생각하는 것 이상으로 예민한 친구야. 여러 가지 의미에서, 헨리가 이 고비를 무사히 넘길 것으로는 보이지 않아. 헨리와 버니는 우리가 아는 정도 이상으로 친했거든. 헨리가 낭송한 시, 참 특이하지? 내가 진작에 알았더라면 《파이돈》에 나오는 걸 추천할 걸 그랬어."

줄리언은 이 말끝에 한숨을 쉬었다.

오후 2시부터 일은 이상한 방향으로 꼬이기 시작했다. 술에 취한 코크런 씨는 우리에게 저녁을 먹고 떠나라고 말했다(그러나 이렇게 말하는 코크런 씨 뒤에서 코크런 부인이 싸늘하게 웃고 있는 것으로 보아 그는 취중에 빈 말을 하고 있었던 모양이다). 우리가 자던 지하실 침대도 이미 친지들에게 배당된 뒤였다. 많은 친지, 친척은 온 김에 코크런 집안의 슬픔과 기쁨을 진진하게 누리기로 작정했던 모양이었다. 따라서 집 안의 분위기는 오래 떠나 있던 친지, 친척을 위한 재회의 잔치 마당이 된 셈이었다. 아이를 전문으로 보살필 팀이 구성되고, 음식 장만할 팀이 새로 구성되고 있었다. 코크런 씨는 자랑스러운 듯이 그것을 코크런가의 팀워크라고 소개했다. 화기애애한 가정은 아니었지만―코크런 씨는 부드러운 사람이 못 되었다―그래도 코크런 집안은 개성이라는 측면에서, 그리고 도덕적인 기준이라는 측면에서 믿어지지 않을 정도로 원숙한 조화를 이루어내는 것 같았다.

우리가 마침내 그 집을 떠난 것은 4시였다. 장례식이 계속되고 있을 동안은 찰스와 프랜시스가 서로 말을 하지 않더니 이때부터는 찰스와 커밀라가 서로 말을 하지 않았다. 무슨 문제를 놓고 심하게 다툰 듯한―나는 그들이 코크런 씨 댁 마당에서 다투는 것을 본 적이 있다―그들은 햄든에 이르기까지 자동차 뒷자리에 나란히, 꼿꼿이 앉아 앞을 바라보았을 뿐, 이야기는 한 마디도 나누지 않았다. 똑같이 생긴 쌍둥이 남매가 나란히, 꼿꼿이 앉아있는 품은 두 사람이야 의식하지 못했겠지만 내 눈에는 그렇게 코믹하게 보일 수 없었다.

하룻밤에 되지 않았는데도 꽤 오랫동안 방을 비운 느낌이 들었다. 내 방은 버려진 상태에서 몇 주 동안 비어 있었던 것 같았다. 방으로 들어가자마자 창문을 활짝 열고, 손질도 되어 있지 않은 침대에 드러누웠다. 침대에서 퀴퀴한 냄새가 났다. 바깥은 석양 무렵이었다. 다 끝났는데도 어쩐지 뒤가 개운하지 않았다. 월요일에는 수업이 있었다. 그리스어와 프랑스어. 프랑스어는 거의 3주를 빠진 참이라 다시 시작하려니 불안하기 짝이 없었다. 학기 말 페이퍼. 나는 배를 깔고 엎드렸다. 시험지가 눈앞에 어른거렸다. 한 달 반 뒤면 여름방학. 어디로 가 있어야 할지도 걱정이었다. 롤랜드 박사의 일을 한다? 고향 플래노로 돌아가 남의 자동차에 기름이나 넣는다?

나는 일어나 달마인을 한 알 더 먹고 다시 침대에 누웠다. 밖은 이미 어두워지고 있었다. 창을 통하여 이웃의 누군가가 틀어놓은 음악 소리가 들렸다. 데이비드 보위의 노래였다. "여기는 관제탑, 톰 소령 나와라……."

나는 침대에 누운 채로 천장의 어둠을 응시했다.

비몽사몽간을 헤매다 문득 정신을 차려보니 묘지에 와 있었다. 버니가 묻힌 묘지는 아니었다. 그보다 훨씬 오래되고 훨씬 유명한 묘지, 담장에는 덩굴식물과 상록수가 뒤얽혀 있고, 군데군데 금이 간 대리석 묘석은 질식이라도 할 듯이 덩굴식물에 감겨 있는 그런 묘지였다. 나는 좁은 판석 길을 따라 걸었다. 모퉁이를 돌아서니 뜻밖에도 흐드러지게 핀 수국—어둠 속이라 더욱 창백해 보이는, 구름같이 하얀 꽃—이 내 뺨을 건드렸다.

내 앞에는 유명한 작가의 무덤이 있었다. 마르셀 프루스트의 무덤이었는지 조르주 상드의 무덤이었는지 그것은 잘 모르겠다. 그 무덤이 거기에 있다는 것은 나도 진작부터 알고 있었다. 그러나 덩굴이 웃자라 있어서 묘석의 글씨를 읽을 수 없었다. 게다가 주위도 묘석에 음각된 글씨를 읽기에는 너무 어두웠다.

다시 한 번 정신을 차리고 보니 이번에는 어두컴컴한 소나무 숲 언덕에 서 있었다. 안개에 묻힌 계곡이 눈 아래로 펼쳐져 있었다. 나는 돌아서서 내가 올라온 길을 되돌아보았다. 대리석 첨탑과 거대한 영묘(靈廟)가 시시각각으로 짙어지는 어둠 속으로 사라져가고 있었다. 멀리 묘지 쪽에서 조그만 불빛 하나—랜턴 혹은 플래시라이트—가 묘석 사이로 올라오고 있었다. 나는 그 불빛에 정신이 팔려 있다가 내 뒤 잡목 숲에서 들려온 부스럭거리는 소리에 소스라치게 놀랐다.

잡목 숲에서 나를 놀라게 한 것은 챔프라고 불리던 코크런 씨의 손자였다. 아기는 숲 속에 반듯이 누운 채 발버둥 치고 있었다. 그러나 그렇게 발버둥 치는 것도 잠깐, 아기는 맨발만 파르르 떨 뿐, 저항을 포기했는지 잠잠해졌다. 아기의 배가 규칙적으로 오르락내리락했다. 사타구니에 비닐 기저귀가 채워져 있었을 뿐 아기는 알몸이었다. 다리와 팔에는 긁힌 자국도 있었다. 나는 넋을 놓고 아기를 내려다보았다. 코크런 집안이 경황없이 돌아가고 있는 것이야 나도 알지만 아기를 그렇게 방치하는 것은 참을 수가 없었다. 짐승 같은 것들, 백치 같은 것들. 이런 아기를 이렇게 방치해두다니.

가만히 있던 아기가 보채기 시작했다. 추웠던지 아기의 다리는 푸르뎅뎅했다. 불가사리 같은 아기의 손에 들려 있는 것은 햄버거 가게에서 받았다는 그 플라스틱 비행기였다. 내가 그 장난감 비행기를 보려고 허리를 굽히는데 바로 옆에서 누군가가 마른기침을 하는 소리가 들려왔다.

이때부터는 모든 일이 눈 깜짝할 사이에 일어났기 때문에 나로서는 어떻게 되었는지 잘 모르겠다. 나는 어깨 너머로 마른기침을 한 시커먼 그림자를 돌아다보았던 것 같다. 그러나 바로 그 순간 나는 비명을 질렀다. 그림자를 돌아본 바로 그 순간부터 내 몸이 골짜기 같은 곳으로 떨어지고 있었기 때문이었다. 떨어지고 보니 내 침대였다. 침대가 어둠 속에서 내 몸을 받은 것이었다. 침대가 삐걱거리는 소리에 잠과 꿈에서 깨어났다. 부들부들 떨면서 나는 한동안 침대에 더 누워 있었다. 그러다가 전등 스위치를 더듬었다.

책상, 문, 의자가 손끝에 와 닿았다. 나는 다시 침대로 돌아와 가만히 누워 있었다. 꿈속에서 본 그 시커먼 그림자를, 전등의 불빛 아래서 다시 보게 될까 두려웠기 때문이었다. 나는 꿈속의 그 그림자가 누구인지 잘 알고 있었다. 그 그림자 역시 내가 자기를 알아본다는 사실을 알고 있었다.

버니의 집을 다녀오고 나서부터 우리가 서로에게 조금씩 염증을 느끼기 시작한 것은 별로 이상한 일도 아니었다. 처음 며칠간 우리는 식당 같은 데서 만나게 되는 것을 제외하고는 거의 서로 떨어진 채 지냈다. 버니가 죽어 땅에 묻히고 나니 우리에게는 할 이야기도 별로 없었다. 따라서 새벽 네댓 시까지 마시면서 떠들어대야 할 이유도 없었다.

이상하게도, 따로 떨어진 채 지내게 되면서부터는 마음이 편하고 후련했다. 나는 산책도 혼자 하고, 영화 구경도 혼자 하러 다녔다. 금요일 밤이면 교외의 파티에도 나다녔다. 교수 댁에서건 학우들의 집에서건 무리로부터 떨어져 혼자 포치 같은 데서 맥주를 마시고는 했다. 나를 두고 여학생들은 저희들끼리, "그 애 안색이 요즘 안 좋더라." 이런 말을 나누기도 했다. 풀

벌레 소리가 들리고, 수많은 별이 초롱초롱하게 보이는 밤이었다. 그날 밤에 내가 만난 여학생은 아름다웠다. 내가 그리던 그런 유형의 처녀였다. 그날의 여학생은 나와의 대화를 썩 재미있어하는 것 같았다. 함께 어디로든 갈 수도 있었다. 그러나 나는 영화 같은 데서 본 적이 있는 비극적인 주인공(젊은 여성의 매력에 끌리지만, 결국 자기의 어두운 과거는 순진한 그 젊은 여성과 나눌 수 있는 것이 아니라는 것을 깨닫게 되는 전쟁 귀환병 같은)처럼, 만남 자체로 만족하고 돌아서는 편을 택하고는 했다. 여학생은 나를 도와 무서운 고독에서 나를 건져주려 할 테지만, 내가 한 일을 정확하게 말할 경우 결국은 돌아서기가 십상일 것이기 때문이었다.

함께 어디로든 갈 수 있었지만 그렇게 하지 않았던 또 하나의 이유는, 상대와는 상관없이, 내가 가장 절실하게 필요로 하는 것은 위안도 도움도 아니었기 때문이었다. 내게 소원은 오직 하나, 혼자 있는 것이었다. 파티가 끝나도 나는 내 방으로 가는 대신 롤랜드 박사의 연구실로 갔다. 롤랜드 박사의 방은 어느 누구의 방해도 받지 않을 수 있는 곳이었다. 밤, 특히 주말의 밤이면 연구실은 그렇게 조용할 수 없었다. 코네티컷에서 돌아온 뒤부터 나는 상당히 많은 시간을, 거기에서 읽기도 하고, 박사의 소파에서 잠을 자기도 하고, 공부를 하기도 하면서 보낼 수 있었다. 밤이 늦어지면 관리인도 없었다. 건물 전체가 어둠에 잠기는 것도 나에게는 좋았다. 나는 건물이 어둠에 잠기면 안으로 문을 걸어 잠갔다. 불빛은 롤랜드 박사의 책상 위에 있는 스탠드 하나로 충분했다. 나는 그 불빛 아래서 라디오를 보스턴에서 송출하는 고전음악 채널에 맞추어놓고는 프랑스어 문법을 공부하고는 했다. 그러다가 졸음이 오면 읽을 수 있는 미스터리 소설도 있었고, 목이 마르면 마실 수 있는 차도 있었다. 그 방에서 내가 무슨 나쁜 짓을 했던 것은 아니나, 누군가의 눈을 피해서 나만의 은밀한 삶을 살고 있다는 느낌을 뿌리칠 수 없었다. 그러나 그 은밀한 삶이 조만간에 어느 누군가에 의해 끝날 것이라는 점도 나는 분명하게 예감하고 있었다.

◦◦◦◦◦

쌍둥이 남매의 불화는 끝날 줄을 몰랐다. 점심시간에도 각각 다른 때에 식당에 나타나곤 했다. 내가 보기에 잘못은 찰스에게 있었던 것 같았다. 공부에 쫓기면서도 그의 술은 하루가 다르게 늘어만 가고 있었다. 프랜시스는 찰스가 그렇게 된 까닭을 알 수 없다고 했으나, 나는 프랜시스의 말을 믿지 않았다. 그는 알고 있기가 쉬웠다.

장례식 이후로 헨리와는 이야기를 나누기는 고사하고 만난 적도 없었다. 식사 시간에 식당에 나타나는 일도 없었고, 전화를 걸어도 받지 않았다. 토요일 점심시간에 나는 커밀라를 만난 김에 헨리의 안부를 물어보았다.

"헨리는 잘 있는 것 같아?"

"응, 아주 잘 있어."

커밀라가 포크와 나이프를 부지런히 놀리면서 대답했다.

"어떻게 알아?"

커밀라의 포크가 공중에서 멎었다. 커밀라의 시선은 갑자기 내 얼굴로 비춰지는 불빛 같았다.

"조금 전에 만났거든."

"어디에서?"

"헨리네 집에서. 오늘 아침에."

"그래, 어떻던?"

"좋더라. 약간 수척해지긴 했어도, 괜찮아."

커밀라 옆에서 찰스가 손으로 턱을 괸 채, 손도 대지 않은 자기 음식 접시를 내려다보고 있었다.

그날 밤 저녁식사 때는 찰스도 커밀라도 모습을 나타내지 않았다. 프랜시스는 여느 때처럼, 기분이 좋은 듯이 밑도 끝도 없이 수다를 떨었다. 그는 맨체스터에서, 엄청나게 많은 물건을 사가지고 돌아온 참이었다. 여러 벌의 양복 윗도리, 양말 한 꾸러미, 멜빵, 여남은 개의 무늬나 색깔이 서로 다른 셔츠, 수많은 넥타이. 나에게는 선물로 사 왔다면서, 초록색이 감도는 폴카 무늬 넥타이를 하나 건네주었다(옷에 관한 한 프랜시스는 인심이 좋았다. 나와 찰스는 그로부터 한 아름씩의 옷을 얻은 적도 있다. 그는 찰스보다는 키가 크고 나보다는 날씬했기 때문에 우리 둘은 시내로 그것들을 안고 나가 고쳐 입어야 했다. 나는 아직도 그에게서 얻은 옷을 입고는 한다).

서점도 들렀던 모양이었다. 그의 짐 속에는 투르의 그레고리우스가 번역한 코르테스의 전기, 하버드 대학 출판부가 펴낸 빅토리아 여왕 시대의 살인사건 사례집도 있었다. 헨리 몫으로 그가 사 온 책은 크노소스에서 출토된 뮈케나이 시대의 서판전집이었다.

나는 그 전집을 펼쳐보았다. 어마어마하게 크고 두꺼운 책이었다. 설명은 없고 대부분이 서판의 파편을 사진으로 찍어서 실은 도판집이었다. 사진 중에는 글자가 딱 하나밖에 새겨지지 않은 서판의 조각도 있었다.

"되게 좋아하겠다."

"응, 그럴 것 같아서 사 왔지. 이게 아마 내가 이 세상에서 발견한 가장 재미없는 책일 거다. 오늘 밤에 갖다줄 생각이야."

"그래? 그럼 함께 가자."

프랜시스는 담배를 붙여 물면서 대답했다.

"같이 가고 싶으면 같이 가도 좋아. 하지만 집 안으로는 안 들어가고 포치에다 놓고 올 거야."

"그럼, 갈 필요 없지, 뭐."

∿∾

나는 아침 10시부터 롤랜드 박사의 연구실로 가서 일요일 하루를 거기에서 보냈다. 밤 11시가 되어서야 나는 하루 종일 커피와 크래커밖에는 먹은 것이 없다는 것을 알았다. 나는 중요한 소지품을 챙겨 들고 나와 문을 잠그고는 학교 앞으로 나가보았다. 아무래도 래트의 가게 문이 닫히지 않았을 것 같았기 때문이었다.

열려 있었다. 래트는 형편없는 간식이나 파는, 약간 큰 스낵바에 지나지 않았으나 핀볼머신도 있고 주크박스도 있었다. 비록 제대로 된 음식을 먹을 수 있는 곳은 아니었으나 플라스틱 컵에 따라주는 생맥주 한 잔이 겨우 60센트였다.

일요일이라서 래트는 유난히 붐비고 유난히 시끄러웠다. 문이 닫히지 않아서 반갑기는 했지만 곧 짜증스러워지기 시작한 것도 술값이 싸서 가게가 늘 붐비기 때문이었다. 문이 열리기가 무섭게 와서 둥지를 트는 저드와 프랭크 같은 아이들에게 래트는 우주정거장 같은 곳이었다. 내가 들어갔을 때 이미 저드와 프랭크는 비슷한 건달들과 테이블 하나를 둘러싸고 왁자지껄 무슨 게임인가를 벌이고 있었다. 래트가 문을 닫을 시각이 되면 그 게임에서 생긴 시비로 필경은 한바탕 싸움을 벌일 터였다.

나는 사람들 사이를 지나 프런트 카운터까지 다가가서는 피자 한 조각과 맥주를 주문했다. 피자를 기다리며 앉아 있던 내 눈에 놀랍게도 바 스탠드에 홀로 앉아 있는 찰스가 보였다.

내가 말을 건네자 찰스가 돌아다보았다. 그는 취해 있었다. 그가 앉아 있는 모습 **자체**는 취한 것처럼 보이지 않았지만, 굼뜬 몸놀림, 뚱한 표정은 마치 찰스가 아닌 다른 사람이 앉아 있는 것으로 보였다.

"와, 너였구나. 반갑다."

찰스가 희미하게 웃었다. 내가 알기로 래트는, 찬장에 위스키가 얼마든지 들어 있는 집에 사는 찰스 같은 사람은 올 데가 못 되는 곳이었다.

그는 나에게 뭐라고 말을 하고 있었으나 음악 소리와 사람들이 떠들어대는 소리 때문에 알아들을 수가 없었다.

"뭐라고?"

내가 몸을 기울이면서 물었다.

"돈 좀 꿀 수 있겠느냐고."

"얼마나?"

그는 손가락을 꼽아보고 나서 대답했다.

"한 5달러."

나는 5달러를 세어 그에게 건네주었다. 약간 취해 있기는 하나, 미안하다는 말을 되풀이하지 않고, 언제 갚아주겠다는 말을 되풀이하지 않는 것으로 보아 그렇게 많이 취한 것 같지는 않았다.

"금요일에 은행에 갈 참이었는데 못 갔어."

"아무러면 어때?"

"아니야. 할머니가 이걸 보냈어. 월요일이면 현금으로 바꿀 수 있을 거야."

찰스가 수표를 한 장 꺼내 보여주었다.

"갚는 건 걱정 말고. 그런데 여기에서 뭘 하고 있어?"

"나가려고 하는 참이다."

"커밀라는 어디에 있어?"

"내가 알아?"

많이 취해 있는 것은 아니었으나 금방 일어설 것 같지도 않았다. 래트는 두어 시간 뒤에 문을 닫을 터였다. 그렇다면 찰스는 그때까지 혼자 거기에서 뭉갤 것이 뻔해 보였다. 버니의 장례식 이후 많은 사람들—학생과의 여비서를 포함하여—이 내게 접근하여 이런저런 것들을 캐묻는 것이 그렇게 귀찮을 수가 없었다. 나는 헨리한테서 배운 수법(무표정과 가차 없는 시선을 통하여 상대를 당혹하게 만드는)을 이용하여 그들로 하여금 제풀에 물러가게 만들고는 했다. 실패 확률이 비교적 적은 꽤 교묘한 방법이기는 했다. 그러나 이쪽의 정신이 말짱할 때 이런 방법을 쓰는 것과 이쪽이 취해 있을 때 쓰는 것과는 달랐다. 나는 취해 있지 않았으나, 찰스에게 갈 마음이 생길 때까지 그 복잡하고 시끄러운 래트에 죽치고 있고 싶지는 않았다. 그렇다고 해서 내 쪽에서 끌고 나가려 하는 눈치를 보일 경우 그를 데리고 나가는 일이 그만큼 더 힘들어진다는 것도 나는 알고 있었다. 게다가 그에게는 술에 취할 경우 상대의 뜻과는 정반대되는 행동을 하려 하는 묘한 버릇이 있었다.

"커밀라는 네가 여기에 와 있다는 걸 알고 있어?"

"뭐?"

나는 똑같은 질문을 이번에는 좀 더 큰 소리로 다시 했다.

"이건 걔와 아무 상관도 없는 일이야."

찰스는 이렇게 대답하고는 맥주잔으로 고개를 돌렸다.

내가 시킨 피자와 맥주가 나왔다. 나는 값을 치르고는 찰스에게 "미안해. 금방 돌아올게."라고 말하고는 밖으로 나왔다.

남자 화장실은 바 스탠드와 직각으로 만나는, 축축하고 냄새가 나는 복도 옆에 붙어 있었다. 복도에서 화장실로 꼬부라지고부터는 찰스의 시선이 미치지 못하는 곳이었다. 나는 바로 벽에 붙은 공중전화로 다가갔다. 여학생 하나가 공중전화에 붙어 서서 독일어로 수다를 떨고 있었다. 나는 기다렸다가 여학생의 통화가 끝나는 대로 주머니에서 동전을 꺼내어 넣고 쌍둥이네 집 번호를 돌렸다.

쌍둥이 남매는 헨리와는 달랐다. 따라서 집에 있으면서도 전화를 받지 않는 일은 거의 없었다. 아무도 받지 않았다. 다이얼을 다시 돌리고는 시계를 보았다. 11시 20분. 커밀라가 집을 비우고 있기에는 너무 늦은 시각이었다. 나는 어쩌면 커밀라가 찰스를 찾아다닐지도 모른다는 생각을 했다.

수화기를 내려놓았다. 25센트짜리 동전이 튀어나왔다. 나는 동전을 주머니에 넣고는 찰스가 있던 곳으로 되돌아갔다. 그는 자리에 없었다. 나는 그가 테이블을 사이에 두고 게임에 여념이 없는 무리 속으로 묻어 들었을 것이라고 생각하고 바 스탠드에서 기다렸다. 그러나 찰스는 그 무리 속에도 없었다. 맥주를 비우고 자리를 떴던 것이었다.

햄든은 다시 푸르름을 되찾았다. 일찍 피었던 꽃들은 폭설과 늦추위에 시들고 말았으나 인동덩굴과 라일락같이 늦게 꽃이 피는 식물들은 제때를 맞아 꽃을 흐드러지게 피우고 있었다. 나뭇잎이 무성해지면서 노스 햄든의 길이 갑자기 비좁아진 것 같았다.

월요일 아침, 약속된 시각보다 조금 이르게 줄리언의 연구실로 갔다. 창문이 열려 있기에 들여다보았더니 헨리가 하얀 꽃병에 작약을 꽂고 있었다. 체중이 5킬로 내지 10킬로는 줄어든 것 같았다. 헨리 정도의 체격에 그 정도는 아무것도 아닐 수 있었지만 내가 보기에는 얼굴과 손목까지 눈에 띄게 수척해진 것 같았다. 코네티컷에서 만난 이후로, 헨리에게 우리에게는 말할 수 없는 어떤 변화가 있었던 것 같았다.

헨리와 줄리언은 무슨 이야기인가를 나누고 있었다. 가만히 들어보았더니 현학적이면서도 다소 익살스러운 라틴어였다. 둘의 모습은 흡사 미사를 앞두고 한담하는 두 사제 같았다. 산들바람 결에 차 끓이는 냄새가 진하게 묻어 나왔다.

헨리가 고개를 들고는 역시 라틴어로 내게 말했다.

"여, 잘 지냈어(Salve, amice)?"

늘 안으로 잠겨 있는 듯하고 멀어만 보이던 그의 표정에서 생기가 되살아났다.

"잘 지내지(Valesne)? 별일 없어(Quid est rei)?"

"좋아 보이는걸."

헨리는 실제로 좋아 보였다.

그가 가볍게 고개를 끄덕였다. 코네티컷에서 두통을 앓고 있을 동안은 어둠에 잠겨 있던 그의 눈이 파랗게 빛나고 있었다.

"그렇게 말해주니 고맙다(Benigne dicis). 한결 낫다."

줄리언은 하나 남아 있던 케이크에 잼을 발라 먹고 있었다. 그와 헨리는 자주 아침식사를 함께했다. 그날은 간단하게 차린 아침식사가 아닌 것 같았다. 줄리언이 웃으면서 라틴어로 말했지만, 나로서는 다 알아들을 수가 없었다. '슬픔에 잠겨 있을 때 고기는 좋은 약이다.'라는 의미를 지닌 호라티우스적 경구 같았다. 줄리언 역시 예전의 그 명민하고 늘 유쾌해하는 분위기를 되찾은 것 같았다. 그 역시 나름의 방법으로 버니를 좋아하기는 했지만, 그는 죽음에 대한 강한 감정 표현을 좋아하지 않았다. 그런데도 꽤 구체적인 방법으로 자기감정을 표현하고 있는 것이 나에게는 놀라웠다. 나는 버니의 죽음이 그가 드러내고자 하는 이상의 어떤 의미를 지니는 것이라고 확신했다. 줄리언은 평소에 삶과 죽음의 문제에 대해 늘 강한 감정 표현을 자제하는 한편 우스갯거리로 삼음으로써 그런 문제에 대한 자신의 소크라테스적 무관심을 보이곤 했다. 말하자면 지나치게 오래 생각하거나 지나치게 슬퍼하는 일이 없었다. 그러나 나는 줄리언이 보이던 그런 평소의 태도는 그의 본심이 아님을 확신했다.

곧 프랜시스가 오고 커밀라가 왔다. 그 시각까지 오지 않은 것으로 보아 찰스는 숙취에 시달리면서 침대에서 미적거리고 있기가 쉬웠다. 우리는 모두 원탁 앞에 둘러앉았다.

분위기가 가라앉자 줄리언이 말했다.

"이제 바야흐로, 이 속된 현상계를 떠나 우리의 숭고한 세계로 들어갈 준비가 되어 있기를 바라네."

그즈음이 되어서야 겨우 버니의 죽음과 관련된 불안감에서 놓여난 느낌이 들었다. 내 마음에 드리워져 있던 어둠이 물러간 기분이었다. 세상은 다시 우리가 살기에 아름다운 곳, 우리가 누려도 좋은 초록의 새 세계인 것 같았다. 나는 혼자 배튼킬 강까지 산책을 하기도 했다. 나는 특히 노스 햄든의 조그만 시골 식료품 가게(이 가게의 전 소유주 모자(母子)는, 1950년대의 유명한 미스터리 소설가들에게 영감을 준 것으로 알려져 있었다)로 술을 사러 가는 것을 좋아했다. 나는 강을 따라 내려가면서 그 술을 마시고는, 황혼 녘에는 취한 채로 걸어서 학교까지 오고는 했다. 물론 시간 낭비였다. 그러나 살아 있다는 느낌의 확인도 나에게는 중요했다. 공부는 상당히 뒤처져 있었다. 써야 할 페이퍼가 있었고 준비해야 하는 시험이 있었다. 그러나 나는 젊었다. 풀은 푸르렀고, 벌이 날갯짓하는 소리가 묻어 있는 바람은 향기로웠다. 게다가 나는 죽음의 문턱에서, 태양이 내리쬐고 신선한 바람이 부는 곳으로 돌아온 직후였다. 자유롭다는 느낌이 살아나기 시작했다. 비참하게 느껴지던 삶이 내 앞으로 찬연하게 열리는 것 같았다.

어느 날 오후, 술에 취한 채 강을 따라 올라오다 보니 헨리의 집 옆이었다. 마침 헨리는 뒤뜰에서 꽃밭을 일구고 있었다. 일복 차림—낡은 바지를 입고, 셔츠는 팔꿈치까지 걷어 올린—인 그의 옆에는 토마토, 오이, 딸기, 해바라기, 스칼렛 제라늄 따위의 모종이 실린 조그만 손수레도 서 있었다. 울타리 곁에는 거친 아마포에 뿌리가 단단하게 포장된 덩굴장미도 몇 그루 놓여 있었다.

나는 옆문으로 들어가면서 소리쳤다. 나는 꽤 취해 있었다.

"안녕, 안녕, 안녕, 안녕."

헨리가 일손을 멈추고 삽자루에 몸을 기댔다. 콧마루가 햇볕에 살짝 그을려 있었다.

"뭘 하고 있어?"

"상추 좀 파내고 덩굴장미를 심으려고."

그다음에는 그에게나 나에게나 이을 말이 없었다. 문득, 버니를 죽인 날 그가 산에서 캐온 고사리가 보였다. 차꼬리고사리, 나는 그 이름을 기억하고 있었다. 커밀라가 옛날에는 우울증에 특효약이었다면서 그 이름을 나에게 들려줬던 것이다. 헨리는 그때 캐 온 차꼬리고사리를 제 방 바로 밑의 그늘에다 심어놓았던 모양이다. 고사리는 시원한 그늘에서 꽤 자라 있었다.

나는 섬뜩한 생각이 들어 뒤로 물러섰다. 울타리가 등에 걸렸다.

"올여름을 여기에서 지낼 모양이구나?"

내가 물었다.

헨리는 내 얼굴을 빤히 바라보다가 손에 묻은 흙을 바지에 닦으면서 대답했다.

"그럴 생각인데, 너는?"

"모르겠어."

모르는 것이 아니었다. 친구들에게 말은 하지 않았지만 나는 전날 학생과 사무실에 아파트 지켜주는 일을 신청해둔 참이었다. 어느 역사학 교수가 여름 동안 런던으로 연수를 떠나면서 브루클린에 있는 자기 아파트를 지켜줄 학생을 찾아달라고 학교에 부탁했던 것이었다. 내게는 절호의 기회였다. 뉴욕의 한복판인 브루클린의 아파트. 물론 집세를 낼 필요도 없었다. 내가 해야 하는 일은 관상식물에 물을 주는 일, 그리고 두 마리의 보스턴 테리어를 돌보는 일뿐이었다. 개를 기르면서 속을 썩어본 경험이 있는 내가 망설이자, 학생과 직원은 나에게 그런 개가 아니라면서, 그전에 그 아파트에서 방학 동안 살아본 학생이 보낸, 그곳에서의 생활이 만족스럽다는 내용의 편지를 보여주었다. 나는 브루클린에 가본 적이 없어서 브루클린이 어떤 곳인지 알지 못했다. 그러나 얼마간이나마 대도시에서 살 수 있다. 내게는 절호의 기회였다. 낯선 도시, 붐비는 자동차와 사람들, 서점에서 일하는 재미, 카페에서 시중을 드는 경험, 언제 어디에서 나를 기다리고 있을지도 모르는 뜻밖의 모험, 혼자서 하는 식사, 개를 데리고 저녁 무렵에 하는 산책도 좋을 것이다. 게다가 내가 누군지 아무도 모르는 도시. 요컨대 브루클린으로 가게 될 날이 기다려졌다.

헨리가 내 얼굴을 유심히 바라보다가 안경을 코 위로 올리면서 한마디 했다.

"이렇게 이른 시각인데, 괜찮아?"

나는 웃었다. 헨리는, 찰스가 고주망태가 되어 돌아다니더니 이번에는 너야, 이런 생각을 하고 있는 모양이었다.

"괜찮지 않고?"

"정말?"

"물론 아무렇지도 않아."

그는 일을 계속했다. 그는 흙에다 삽을 박고 삽 가장자리를, 진흙이 묻은 발로 힘껏 밟았다. 멜빵이 그의 등에서 정확하게 X자를 그리고 있었다.

"아무렇지도 않으면 나 좀 도와줄래? 연장통 안에 삽이 한 자루 더 있을 거야."

그가 일을 하면서 중얼거렸다.

그날 밤 늦게—실제로는 새벽 2시 전후에—기숙사 학생장이 내 문을 두 드리며 아래층에 전화가 와 있다고 소리쳤다. 나는 자다 말고 일어나 가운 차림으로 아래층으로 뛰어 내려갔다. 프랜시스였다.

"무슨 일이야?"

"리처드, 심장마비인 것 같아."

언제 따라 내려왔는지 팔짱을 끼고 내 옆에 서 있는 학생장—이름이 베 로니카든가, 발레리든가—을 보았다. 학생장이 고개를 한쪽으로 살짝 꺾고 있다는 것은 통화 내용에 관심이 있다는 뜻이었다. 나는 고개를 돌렸다.

"아무 일도 없을 테니까 잠이나 자."

나는 프랜시스에게 말했다.

"내 말 좀 들어. 심장마비라니까. 아무래도 죽을 것 같아."

그의 목소리는 공포에 질려 있었다.

"안 죽어."

"증상이 심상치 않아. 왼쪽 팔이 저리고, 가슴이 답답해. 숨을 쉴 수가 없어."

"나더러 어쩌라는 거야?"

"와서 자동차로 병원까지 좀 데려다줘."

"앰뷸런스를 부르면 되잖아?"

어찌나 졸린지 자꾸만 눈이 감겼다.

"나 앰뷸런스 무서워하는 거 알잖아."

그 뒷말은 들리지 않았다. 앰뷸런스라는 말에 학생장이 끼어들어 지껄여 댔기 때문이었다.

"앰뷸런스라니? 보조의료원이 필요한 거야? 경비실에 있는 친구들이 전화번호를 알 거다. 자정부터 새벽 6시까지 전화를 받아. 병원까지 후송하는 밴 서비스도 가능하대. 원한다면 내가 전화를 걸어……."

"보조의료원은 필요 없어."

내가 학생장에게 소리쳤다. 저쪽에서는 프랜시스가 금방이라도 숨이 넘어가는 사람처럼 연거푸 내 이름을 불러대고 있었다.

"나 여기 있으니까 말해."

"리처드? 조금 전에 누구에게 말하고 있었어? 어떻게 된 거야?"

"아무것도 아니야. 내 말 잘 들어."

"보조의료원 어쩌고 한 건 누구야?"

"누구긴 누구야? 자, 내 말을 잘 들어. 우선 침착하게. 증상이 어떤지 말해봐."

"빨리 와줬으면 좋겠어. 상태가 정말 안 좋아. 심장이 자꾸만 멈추려고 하는 것 같아. 그래서……."

"마약 때문이야?"

베로니카인지 발레리인지, 하여튼 그 학생장이 또 끼어들었다.

"이것 보라고. 제발 좀 닥쳐. 닥쳐야 이 친구의 말을 들을 수 있을 거 아냐?"

나는 참다못해 학생장에게 소리를 질러주었다.

"리처드, 빨리 좀 와줘. 제발 부탁이다."

나는 바로 그러마고 대답하지 않았다. 짧은 침묵의 순간이 프랜시스에게는 훨씬 길게 느껴졌을 터였다.

"알았다. 몇 분만 시간을 다오."

아파트로 달려가 보니, 프랜시스는 옷을 다 입은 채로 침대에 걸터앉아 있었다. 구두만 신으면 언제든지 나갈 수 있는 차림이었다.

"내 맥 한번 짚어봐."

그가 팔을 내밀었다.

나는 프랜시스를 안정시키기 위해 시키는 대로 했다. 맥박은 빠르고 힘 찼다. 프랜시스는 내가 맥을 짚을 동안 침대에 누워 죽는시늉을 했다. 그의 눈꺼풀이 파르르 떨리고 있었다.

"어디가 어떻게 된 것 같지 않아?"

"가만있어봐."

얼굴이 약간 붉어 보이기는 했지만 대수롭지 않은 것 같았다. 식중독이나 맹장염일 수도 있었다.

"어때? 병원에 가야 할 것 같아?"

"그걸 네가 알지, 내가 알아?"

"나는 모르겠어. 가봐야 할 것 같기도 하고."

"그럼 가보자. 병원에 가보는 게 좋을 것 같으면…… 자, 일어나."

병원으로 가면서 차 안에서 담배를 피우는 것을 보니 견딜 수 없을 정도는 아닌 모양이었다. 우리는 병원 정문으로 들어가 응급실 앞에 차를 세웠다. 우리는 차를 세우고도 한동안 자리에서 일어나지 않고 꾸물댔다.

"다시 한 번 말해봐. 정말 이래야겠어?"

내가 따졌다.

프랜시스의 얼굴에는 당혹감과 원망이 어려 있었다.

"그럼 내가 꾀병 부리는 거란 말이야?"

"아니야. 그저 물어본 거야."

솔직하게 말해서, 프랜시스가 꾀병을 부린다고 생각했던 것은 아니었다.

프랜시스는 자동차에서 내려 문을 쾅 소리가 나게 닫았다.

반 시간쯤 기다려야 했다. 프랜시스는 진료 신청서의 빈칸을 대강 메우고는 자연사 박물관이 펴낸 잡지 〈스미스소니언〉의 지난 호를 집어 들었다. 그러나 간호사가 나와 이름을 불렀을 때도 그는 대답하지 않았다.

"너를 부르잖아?"

내가 이렇게 말했는데도 그는 꼼짝도 하지 않았다.

"좋을 대로 해라."

그래도 그는 대답하지 않았다. 그는 한동안 그대로 앉아 있더니, 화가 난 표정으로 불쑥 내뱉었다.

"마음이 변했어."

"뭐라고?"

"마음이 변했다고. 집으로 돌아가고 싶어."

간호사는 문 앞에 서서, 우리를 유심히 바라보면서 우리 이야기에 귀를 기울이고 있었다.

"말도 안 되는 소리 하지도 마. 이렇게 오래 기다리고는, 뭐, 집으로 돌아가?"

"마음이 변했다니까."

"병원으로 가자고 한 건 바로 너였어."

예상했던 대로 그는 이 말에는 꼼짝도 하지 못했다. 내 시선을 피하고는 그는 읽던 잡지를 팽개치듯이 내려놓고는 뒤도 돌아보지 않고 응급 진료실로 들어갔다. 뒤에서 문이 쾅 소리를 내며 닫혔다.

10분쯤 지났을까? 지쳐 보이는 의사가 대기실로 머리를 내밀었다. 대기실에 있는 사람은 나뿐이었다.

"안녕하세요? 애버나디 씨와 함께 오신 분인가요?"

그가 물었다.

"네."

"잠깐 들어와 주겠어요?"

나는 일어나서 응급 진료실로 들어갔다. 프랜시스는 검사대 모서리에 앉아 있었다. 어찌나 허리를 많이 구부리고 앉아 있는지, 아예 가운데를 접어놓은 담요 같았다.

"애버나디 씨는 가운으로 갈아입으라고 하는데도 거절하고 있어요. 간호사가 검사용 피를 뽑으려고 하는데도 그것도 거절하고 있어요. 이렇게 협조를 안 해주어서야 우리가 어떻게 진찰을 하고 어떻게 검사를 하지요?"

의사가 불평했다. 검사대 위의 불빛이 어찌나 밝은지 눈을 제대로 뜰 수가 없었다. 당혹스러워 얼굴이 화끈거리는 것 같았다.

의사는 싱크대로 다가가 손을 씻으면서 다시 물었다.

"두 분이서 마약 했어요?"

다시 얼굴이 달아오르는 기분이었다.

"아뇨."

내가 대답했다.

"코카인이나 스피드 같은 거……."

"안 했다니까요."

"그럼 여기에 있는 친구는요? 마약을 했다면, 그게 무엇인지 말해주면 진찰에 큰 도움이 됩니다."

나는 프랜시스 쪽으로 돌아섰다.

"프랜시스."

나는 이렇게 부르고 나서는 더 아무 말도 하지 않았다. 증오 어린 내 시선이 말을 대신했을 터였다. 브루투스, 너마저(Et tu, Brute).

"어떻게 그런 얼굴로 나를 볼 수 있어? 아무것도 하지 않았어. 하지 않았다는 건 네가 더 잘 알 거야."

"진정하세요, 진정하세요. 당신을 비난하는 게 아닙니다. 나는 의사이지 경찰이 아닙니다. 마약을 했건 안 했건, 당신의 행동이 오늘 밤 약간 이상하다는 건 인정하겠지요?"

의사가 물었다.

"이상한 거 없어요."

프랜시스가 퉁명스럽게 대답했다.

의사는 손을 헹구고 나서 수건으로 정성스럽게 닦았다.

"이상하지 않다? 내가 한번 말해볼까요? 당신은 한밤중에 심장에 이상이 있다면서 병원으로 와서는 근처에 사람이 얼쩡거리지도 못하게 하고 있어요. 이래서야 어디가 어떻게 나쁜지 알아낼 도리가 없지 않겠어요?"

프랜시스는 아무 대꾸도 하지 않았다. 눈을 아래로 내리깐 그는 거친 숨을 몰아쉬고 있었다. 얼굴도 여느 때보다 붉었다.

"나는 의사이지 초능력자가 아닙니다. 하지만 내 임상 경험으로 미루어 당신 같은 나이에 심장에 이상이 생길 경우 그 원인을 두 가지에서 찾을 수 있어요."

"그게 뭡니까?"

내가 물었다.

"첫째, 암페타민 중독."

"그건 절대 아닙니다."

프랜시스가 화가 난 얼굴로 의사를 쳐다보면서 대답했다.

"좋아요. 하지만 그게 아니라면 공황장애가 원인이 되는 수도 있기는 하지요."

"그게 뭡니까?"

나는 프랜시스 쪽으로는 시선을 돌리지 않으려고 애쓰면서 물었다.

"정신적인 불안, 갑자기 엄습한 공포, 이런 게 심계항진을 유발하는 수가 있지요. 그러면 떨면서 식은땀을 흘립니다. 이 증세는 굉장히 험악할 때가 있어서, 심계항진이 있을 경우 환자는 금방이라도 숨이 넘어가는 줄 알지요."

프랜시스는 역시 아무 말도 하지 않았다.

"어때요? 내 말에 일리가 있는 것 같아요?"

의사가 물었다.

"모르겠어요."

프랜시스가 한참 후에야 대답했다.

의사는 싱크대에 기대면서 말했다.

"어떤 일에 두려움을 느끼고 있지요? 아마 당신은 이런저런 이유에서 그 일 혹은 그 생각을 피하고 싶어할 거예요."

우리가 병원을 나선 시각은 3시 15분이었다. 프랜시스는 주차장에 이르자 담배를 붙여 물었다. 그의 왼 손아귀에서는, 의사가 건네준 종이쪽지가 구겨지고 있었다. 의사는 시내에 있는 정신분석의의 주소와 이름을 메모지에 적어주었던 것이다.

"화났지?"

자동차에 오르자 그가 물었다.

그가 그런 질문을 한 것은 두 번째였다.

"아니."

"나는 알고 있어. 너는 지금 화가 나 있어."

거리는 꿈속처럼 황량했다. 자동차의 덮개는 내려져 있었다. 나는 자동차를 몰아 불 꺼진 집들 사이를 지나 다리 쪽으로 꺾어 들었다. 다리 위의 판자 매듭을 지나면서 타이어가 덜컹거렸다.

"날 너무 원망하지 마."

프랜시스가 속삭였다.

나는 그의 말을 무시했다.

"정신분석의에게 갈 거야?"

"가본들 뾰족한 수가 있겠어? 내 마음의 병은 내가 잘 알아."

나는 그 말에 대꾸하지 않았다. 정신분석의라는 말 자체가 내게는 일종의 경종 같은 것이었다. 나는 정신분석 같은 것을 별로 믿지 않았다. 그러나 숙달된 전문가가 성격 검사, 꿈, 심지어 말실수에서 어떤 사실을 발견할지 모르는 일이었다.

"어릴 때 정신분석이라는 걸 받아봤어."

프랜시스가 금방이라도 울음을 터뜨릴 것 같은 얼굴을 하고는 덧붙였다.

"열한두 살 때였을 거야. 어머니는 요가 같은 데 빠져 있다가, 당시 보스턴에서 학교에 다니던 나를 끌어내어 스위스에 있는 연구소에다 넣더라. 무슨무슨 연구소…… 뭐 이런 데 말이야. 모두 긴 양말과 샌들을 신게 되어 있었어. 명상 춤 시간이 있고, 밀교(密敎)의 교리 시간이 있었어. 그곳에서는 수준별 분반을 진행했는데, 내가 속해 있는 화이트 클래스에서는 매일 아침 중국의 기공(氣功)이라는 걸로 일과를 시작했어. 일주일에 네 시간씩 정신분석을 받고는 했어. 나는 여섯 시간씩이나 받았지."

"열두 살배기의 정신을 어떻게 분석해?"

"단어 연상 같은 걸 통해서. 때로는 연구소가 자체 개발한 분해된 인형 짜 맞추기 놀이 같은 걸 통해서도 분석을 받았어. 어느 날 나와 프랑스 여자애 둘이 연구소를 빠져나가려다가 붙잡혔어. 만날 자연식품만 먹이는데 배가 고파 견딜 수가 있어야지. 그래서 초콜릿을 좀 사 먹으려고 군것질거리도 함께 파는 담배 가게(bureau de tabac)에 갈 계획이었는데, 연구소에서는 이걸 성적 도피행각 어쩌고 하더라. 연구소 직원들 말로는 괜찮으니까 솔직하게 내 생각을 말해달라는 거야. 어떻게 할 생각이었느냐고. 열두 살배기가 뭘 알고 고백을 해? 프랑스 여자애들은 꽤 많이 알고 있는 모양이더라. 그래서 단지 그들의 비위를 맞추기 위해 삼각관계(ménage à trois)였다, 건초 더미 있는 데로 갈 생각이었다, 이런 말을 하더라. 어찌나 역겹던지. 나는 계속해서 말썽을 부리면 집으로 보내줄 것 같아서 끝내 말 안 했지. 연구소장이라는 자의 질문이 아직도 잊히지 않아. 연구소장은 나에게, 너는 어떤 소설의 주인공이 너와 비슷하다고 생각하느냐, 하고 묻더군. 그래서 대답해줬지. 《납치된 아이들》에 나오는 소년 데이비 벨포어가 나와 가장 비슷할 거라고."

모퉁이를 도는데 난데없이 거대한 그림자 하나가 전조등 앞으로 달려들었다. 나는 있는 힘을 다해 브레이크를 밟았다. 한순간 유리창으로 번쩍거리는 눈 한 쌍이 지나갔다. 검은 그림자는 순식간에 어둠 속으로 사라졌다.

나는 차를 세운 채 이마에 밴 식은땀을 닦았다.

"무엇이었어?"

프랜시스가 물었다.

"모르겠어. 사슴이었을까?"

"사슴이 아니었어."

"그럼 개였겠지."

"고양이 종류 같았어. 하지만 고양이라고 하기에는 너무 컸어."

"그럼 표범의 일종인 쿠거 같은 것이었겠지."

"이 지역에 그런 게 있을 턱이 있나?"

"이따금씩 나온대. 이 지역 사람들은 캐터마운트라고 하지. 캣 오브 더 마운틴(산고양이 – 옮긴이)이라는 거야. 햄든 시내에는 캐터마운트라는 거리도 있어."

밤바람이 추웠다. 어디에선가 개가 짖고 있었다. 지나가는 차는 거의 없었다.

나는 클러치를 밟고 기어를 넣었다.

프랜시스는 병원에 갔던 이야기는 아무에게도 하지 말아주기를 바랐다. 그러나 일요일 밤 쌍둥이네 집에서 저녁을 먹고 주방에서 찰스와 이런저런 이야기를 나누는 중에 무심결에 그 이야기가 나오고 말았다. 찰스는 프랜시스의 입장을 이해했다. 찰스 역시 술을 마시기는 했지만 나만큼 마신 것은 아니었다. 그날따라 그가 입고 있는 무명 바지가 그렇게 후줄근할 수 없었다. 그 역시 체중이 준 모양이었다.

"가엾은 프랑수아. 그 친구 허우대만 컸지 물렁이라고. 그래서 정신분석의를 찾아간대?"

"모르겠어."

그는 헨리가 주방 식탁 위에 놓고 간 럭키 스트라이크 갑에서 담배 한 개비를 꺼내어 세운 채로 식탁을 툭툭 두드리면서, 누가 있는지 확인하려고 목을 뽑아 거실을 둘러보고는 목소리를 죽이고 속삭였다.

"내가 너였다면, 내가 너였다면 말이야, 프랜시스에게 헨리한테는 이런 이야기 하지 말라고 단단히 다짐을 주었겠다."

나는 그의 말이 계속되기를 기다렸다. 그는 담배를 붙여 물고는 구름 같은 연기를 뿜어내고 말을 이었다.

"나는 내 주량 이상으로 술을 마셔왔어. 어느 누구보다 이건 내가 가장 잘 알고 또 먼저 인정해. 하지만 너희가 인정해주어야 하는 것은 경찰과의 문제를 해결해야 했던 건 헨리가 아니라 바로 나였다는 것이야. 뿐인가? 매리언과의 문제도 내가 해결해야 했어. 빌어먹을…… 매리언은 밤마다 내게 전화를 걸어. 헨리더러 매리언의 전화를 받아보라지. 기분이 어떨지. 내가 하루에 위스키 한 병을 마신다 해도 헨리는 왈가왈부할 자격이 없어. 나는 헨리에게 이건 어디까지나 내 일이라고 했어. 네가 이상하게 된 것도 네 일이지 헨리의 일은 아니라고 말해주었어."

"내가 이상하게 되다니?"

그는 어린아이같이 순진한 얼굴을 하고 나를 바라보다가 웃음을 터뜨렸다.

"못 들었어? 헨리의 생각에 따르면 나만 병든 게 아니고 너도 병이 든 것으로 되어 있어. 요컨대 술을 퍼마시게 되었다는 거지. 벌건 대낮에 취해서 어슬렁거리고 나돌아 다닌다는 거지. 아무 데나 앉고 아무 데나 드러눕게 되었다는 거지."

나는 적지 않게 놀랐다. 찰스는 놀라는 내 얼굴을 보고는 계속해서 웃어 댔다. 바로 그 순간 발소리와, 컵 안에서 얼음이 딸랑거리는 소리가 들려왔다. 프랜시스였다. 프랜시스는 거실에서 주방으로 머리만 집어넣고 한동안 기웃거리다가는 물러섰다. 우리도 마시던 술잔을 챙겨 들고 거실로 나갔다.

호젓한 밤, 느긋한 밤이었다. 전등은 적당히 밝았고, 유리잔에 반사되는 빛은 적당히 부드러웠으며, 지붕을 때리는 빗소리도 적당히 시끄러웠다. 밖에서 바람에 휘날리는 나무의 우듬지는 음료수 잔에 이는 거품 같았다. 창문이 열려 있어서 축축하고도 시원한 바람이 커튼 사이로 불어 들어오고 있었다.

헨리의 기분도 썩 좋아 보였다. 팔걸이의자에 앉은 채 다리를 앞으로 내뻗고 있는 그는 충분한 휴식으로 완전히 정상을 회복한 것 같았다. 웃기도 했고, 질문을 받으면 바로 대답하기도 했다. 커밀라도 어느 때보다도 밝아 보였다. 커밀라는 연어 살빛이 도는, 민소매 드레스를 입고 있었다. 한 쌍의 가녀린 쇄골과 뒷목의 여성스러운 등뼈—매력적인 무릎뼈, 발목, 근육이 발달한 맨다리—가 드러나 있었다. 그렇지 않아도 날씬한 커밀라의 몸은 드레스 때문에 더욱 날씬해 보였다. 커밀라는 모르고 있겠지만, 남자들 가까이 살아서 그런지 커밀라의 몸짓이나 자세는 다소 남성적이었다. 나는 커밀라가 좋았다. 이야기를 할 때면 연신 눈을 깜박거리는 감미로운 표정이 좋았고, 손등이 보이게 담배를 피우는 모습(찰스의 모습을 연상시키는)도 좋았다.

커밀라와 찰스는 화해한 것 같았다. 서로 많은 말을 하는 것은 아니었지만 예전의 그 쌍둥이 특유의 상호묵시적인 평화의 관계는 회복된 것 같았다. 그들은 의자에 앉는 대신 의자 팔걸이에 앉았다가 필요할 때면 너 나 할 것 없이 쪼르르 달려가 마실 것을 만들어다 주고는 했다. 나는, 자세히는 알 수 없어도 그런 태도들이 화해가 성립되었다는 상징적인 몸짓이라는 것 정도는 알아볼 수 있었다. 커밀라 쪽이 화해에 더 적극적이었던 것 같았다. 그렇다면 잘못이 찰스에게 있었을 것이라는 우리의 추측은 빗나간 셈이었다.

우리의 관심은 벽난로 위에 걸려 있던 커다란 거울에 집중되고 있었다. 쌍둥이 남매가 이사 가는 사람으로부터 사들인 그 거울은 썩 좋은 것은 아니었으나 마침 걸린 장소가 벽난로 위여서, 그 집을 드나드는 우리의 눈에 가장 먼저 띄던 물건이었다. 그런데 그 거울이 깨져 있었다. 더 정확하게 말하면, 중심에서 깨지면서 사방으로 금이 가 있어서 흡사 거미가 줄을 쳐놓은 것 같았다. 찰스는 우리에게 그 거울이 깨진 경위를 두 번이나 설명해주었지만 아무래도 만들어낸 이야기 같아서 믿어지지 않았다. 찰스의 말로는, 봄철 대청소를 하는데 먼지가 어찌나 많은지 재채기를 하는 바람에 자기가 서 있던 접이사다리가 쓰러지면서 거울을 쳤다는 것이었다.

"이해가 안 가는 것은, 왜 저걸 저렇게 걸어놓았느냐는 거야."

헨리가 덧붙였다.

"기적 아냐? 저렇게 깨졌는데도 테에서 와르르 쏟아져 내리지 않는다는 건?"

아닌 게 아니라 그럴 법하기도 했다. 거울 면이 만화경에 비치는 형상으로 깨졌다면 당연히 수백 개의 유리 파편이 바닥으로 떨어졌을 터이기 때문이었다. 그러나 우연히 그 거울이 깨진 경위를 증언하는 물건이 발견됨으로써 찰스의 말은 꾸민 말인 것으로 드러났다. 나는 벽난로 선반에 손을 짚고 난로 부근에 서 있다가 무심코 벽난로 안을 들여다보았다. 벽난로는 오래된 것이라서 사용할 수 없었다. 그런데도 철망으로 된 커튼도 있었고, 화목대(火木臺)도 있었다. 화목대 위에 놓인 화목 토막에는 먼지가 켜켜이 앉아 있었다. 그러나 화목 밑에는 유리 조각이 있었다. 내가 들고 있던 것과 똑같은 칵테일 잔의 부서진 잔해였다. 내가 들고 있던 술잔은 꽤 오래된 것으로 바닥 두께가 1인치나 되었을 정도로 두껍고, 따라서 무거운 컵이었다. 그러니까 누군가가 주방에서 혹은 거실에서 있는 힘을 다해 거울을 향해 던졌다는 이야기가 되는 셈인데, 그렇게 던지자면 팔 힘이 웬만큼 좋은 사람이 아니고는 어려울 것 같았다.

이틀 뒤였다. 나는 노크 소리에 놀라 단잠을 깼다. 나는 겨우 정신을 차리고 전등 스위치를 올리고는 부신 눈으로 시계를 보았다. 새벽 3시였다.

"누구야?"

"헨리야."

뜻밖에도 헨리였다.

나는 망설이다가 문을 열고 그를 맞아들였다. 그는 선 채로 말했다.

"잘 들어줘. 잠을 깨워서 대단히 미안하다. 그러나 이건 대단히 중요해. 네게 부탁할 게 있어."

그의 말이 빠르고도 사무적이라는 점이 마음에 걸렸다. 나는 침대 모서리에 앉았다.

"내 말 듣고 있어?"

"듣고 있으니까 말해."

"15분 전에 경찰에서 전화가 왔었어. 찰스가 유치장에 있대. 음주운전을 하다가 체포되었다는 거야. 네가 가서 찰스를 좀 빼내주었으면 하는데?"

경찰, 체포 같은 단어를 듣고 있으려니 등골이 서늘했다.

"뭐라고?"

"찰스는 내 차를 몰고 있었어. 그래서 경찰은 스티커를 내 차에다 떼었어. 찰스가 지금 어떤 상태에 있는지는 나도 전혀 알 수 없어."

헨리는 봉하지 않은 봉투를 하나 주면서 덧붙였다.

"찰스를 빼내려면 약간의 돈이 필요할 거야. 얼마나 들지는 알 수 없지만."

봉투를 열어보았다. 안에는 헨리의 서명이 되어 있는 백지수표 한 장과 20달러짜리 지폐가 한 장 들어 있었다.

"경찰에는 벌써 찰스가 내 차를 빌려 갔다고 말해뒀어. 그 문제에 관해 질문이 있다면 내게 전화하라고 해줘."

그는 창가에서 밖을 내다보았다.

"날이 새면 변호사와 상의하겠어. 지금 내가 자네에게 부탁하고 싶은 건, 한시바삐 찰스를 만나봐 주었으면 하는 거야."

"돈은 왜 주는지 모르겠군."

"그쪽에서 요구하는 대로 지불하라는 거야."

"수표 말고, 현금 20달러 말이야."

"택시를 타고 가야 할 것 아냐? 내가 한 대 불러 타고 왔다. 밑에 대기하고 있을 거야."

긴 침묵이 우리 사이에서 흘렀다. 나는 잠도 덜 깬 상태였다. 나는 내의 바람으로 침대 모서리에 한동안 앉아 있었다. 내가 일어나 옷을 주워 입는 동안 그는 내내 뒷짐을 진 채 창밖의 어두운 잔디밭만 내려다보고 있었다. 그는 내가 잠결에 옷걸이를 돌려 입을 옷을 찾고 졸린 눈으로 서랍을 뒤지는 것에는 아는 척도 안 했다. 모르기는 하지만 헨리는 자기 생각의 미로에 빠져 있는 것 같았다.

나는 헨리를 먼저 내려주고 그 택시를 탄 채 어둠에 잠긴 시내 중심부로 들어갔다. 어둠에 잠긴 시내 중심부에 이르러서야 나는 내가 얼마나 상황에 무지한가를 깨달았다. 헨리는 사고 이야기는 하나도 하지 않았던 것이다. 찰스가 사고를 낸 것인지, 아니면 과속으로 달리다 음주운전으로 붙잡혔는지, 만일에 찰스가 사고를 냈다면 다친 사람이 있는지 없는지 나는 그것도 알지 못했다. 또 하나, 내가 시내로 진입하고 나서야 비로소 이상하게 생각한 것 중의 하나는, 그 차가 헨리의 차였다면, 그리고 그것이 그렇게 중요한 일이었다면 왜 헨리가 직접 가지 않고 나에게 부탁했을까 하는 것이었다.

텅 빈 교차로 위에 걸린 신호등이 외롭게 깜박거렸다.

햄든의 경찰 유치장은 군청 건물에 면해 있었다. 경찰 유치장은 그 시각에 불이 켜져 있는 유일한 건물이기도 했다. 나는 택시 운전사에게 기다려달라고 부탁하고는 안으로 들어갔다.

전등이 눈부시게 밝은 방 안에는 두 경찰관이 마주 앉아 있었다. 칸막이 뒤로는 서류 캐비닛, 철제 책상들이 줄지어 있었다. 구형 식수 냉각기, 키비탄 클럽의 구호('당신에게서 일어나는 변화가 모든 것을 변화시킨다')가 붙은 껌 자판기도 있었다. 두 경찰관 중 하나는 수색작전 중에 본 적이 있는 사람이었다. 두 경찰관은 소형 흑백텔레비전 앞에서 〈셀리 제시 라파엘〉을 보면서, 편의점에서 산 닭튀김을 뜯고 있었다.

"안녕하세요?"

내가 붙임성 있게 인사를 던졌다.

두 사람은 나를 올려다보았다.

"제 친구를 데리러 왔는데요."

붉은 수염을 기른 경찰관이 냅킨으로 입을 닦으면서 몸을 움직였다. 몸집이 크고, 사람이 좋아 보이는 삼십대 경찰관이었다.

"찰스 매컬리, 맞지?"

그는 찰스가 자기의 친구라도 되는 듯이 말했다. 어쩌면 친구가 되었을지도 몰랐다. 버니의 수색작전이 한창일 당시 찰스는 상당 기간 거기에서 지냈기 때문이었다. 찰스의 말에 따르면, 샌드위치를 시키고 자판기에서 콜라를 사다 준 친구가 바로 그 삼십대의 경찰관이었다.

"당신은 아까 나와 통화한 친구가 아닌데그래? 문제의 자동차는 당신 것이 아니지?"

잿빛 수염을 기른, 사십대로 보이는 또 한 명의 경찰관이 물었다. 그의 입은 흡사 개구리 입 같았다.

나는 상황을 설명했다. 두 사람은 연신 닭다리를 뜯으면서 내 말을 들었다. 38구경 권총을 차고 있기는 해도 꽤 부드러운 경찰관들이었다. 경찰 유치장의 벽마다에는 포스터가 덕지덕지 붙어 있었다. '선천적 기형과 싸우자' '참전 용사를 고용하라' '우편 사기를 고발하자'. 내 설명을 듣고 삼십대 경찰관이 말했다.

"자동차를 당신에게 내줄 수는 없어. 차 임자인 헨리 윈터 씨가 직접 와서 자동차를 인수해야 해."

"자동차는 아무래도 좋습니다. 저는 제 친구를 데리러 왔으니까요."

사십대 경찰관이 시계를 보고는 말했다.

"그러면 여섯 시간 뒤에 와야겠군."

"돈을 가지고 왔는데요?"

"우리는 보석할 수가 없어. 판사의 죄상인부(罪狀認否)가 끝나야 보석이 가능해지는데, 판사는 정확하게 9시에 출근하셔."

죄상인부라니, 이건 또 뭐야? 내 가슴이 쿵쾅거리기 시작했다.

경찰관은 궁금한 게 또 있어? 하는 얼굴로 나를 멀거니 바라보았다.

"제 친구가 붙잡힌 경위를 좀 들려주실 수 있습니까?"

"뭐?"

내 목소리는 내가 들어도 이상하리만치 사무적이었다.

"제 친구가 뭘 잘못했는지 궁금합니다."

잿빛 수염을 기른 사십대 경찰관이 조서라도 읽는 듯이 설명했다.

"주 경찰 순찰대가 딥 킬 로드에서 검거했어. 명백한 음주운전. 혈중 알코올 농도 측정 결과는 양성. 주 경찰 순찰대는 우리에게 넘겼고 우리가 그의 신병을 확보한 시각이 오전 2시 25분."

　그것만으로는 궁금증이 가시지 않았다. 그러나 무슨 질문을 어떻게 해야 좋을지 몰라 나는 결국 질문다운 질문은 포기했다.

　"잠깐 만나볼 수 있을까요?"

　"친구는 잘 있어. 아침에 만나지그래?"

　빨간 수염의 말이었다.

　경찰관들은 시종 미소를 보이며 나에게 친절했다. 더 할 말은 없었다. 나는 고맙다는 인사를 남기고는 유치장을 나왔다.

　나와서 보니 택시는 가고 없었다. 내 수중에는 헨리로부터 받은 20달러 중 15달러가 남아 있었다. 그러나 택시를 부르자면 유치장 건물로 들어가야 하는데, 그러기가 죽어도 싫었다. 그래서 나는 중심가에서 남쪽으로 걸었다. 간이식당 앞에 공중전화가 있다는 것을 알고 있었기 때문이었다. 그러나 공중전화는 작동이 되지 않았다.

　어찌나 피곤한지 움직임이 현실로 느껴지지 않고 흡사 꿈이라도 꾸고 있는 것 같았다. 나는 시내 중심가에 있는 광장으로 되돌아갔다가 우체국을 지나고, 기계 부속품 가게를 지나고, 불 꺼진 극장을 지났다. 내 눈에 보이는 것은 판유리, 부서진 보도의 블록, 그리고 별뿐인 것 같았다. 도서관 입구에 붙어 있는 산고양이 부조(浮彫) 앞을 지나면서부터는 가게가 뜸해지면서 거리도 어두워졌다. 나는 깊은 적막에 싸여 있는 고속도로변을 걸어, 달빛 속에 잠들어 있는 그레이하운드 버스 정거장에 이르렀다. 나와 햄든과의 첫 만남이 이루진 곳이었다. 터미널은 닫혀 있었다. 나는 터미널 바깥 나무 벤치에서 매점이 열릴 때까지 기다렸다. 매점이 열리면 들어가 전화도 걸고 커피를 마실 수 있을 터였다.

6시가 되어서야 매점 주인이 나와 문을 열었다. 터미널 근처에 있는 사람이라고는 그와 나, 둘뿐이었다. 나는 화장실로 들어가 얼굴을 닦고 밖으로 나와 매점 주인이 갓 끓여낸 커피를 마셨다.

해가 떴을 터이나, 희미한 터미널 유리창으로는 해를 볼 수 없었다. 벽에 붙은, 너무 오래되어 맞지도 않는 버스 시간표, 사방에 널린 담배꽁초와 리놀륨 바닥에 달라붙은 껌 자국. 공중전화 박스의 유리문에는 수많은 사람들의 지문이 남아 있었다. 나는 헨리의 집 번호를 눌렀다. 받지 않을 줄 알았는데 뜻밖에도 두 번째 신호에서 헨리가 받았다.

"지금 어디에 있어? 어떻게 되었어?"

그가 물었다.

나는 상황을 설명했다. 헨리는 불만스러운지 대꾸도 제대로 하지 않았다.

"유치장에는 찰스 혼자 있어? 찰스가 헛소리를 할 수도 있지 않겠나, 그 말이야."

"모르겠어."

"술이 좀 깬 것 같아? 이야기를 제대로 하더냐고?"

"모르겠어."

침묵. 나는 침묵이 견딜 수 없어서 그에게 오래 참고 있던 말을 했다.

"9시에 즉결재판을 받게 되어 있어. 나랑 그때 만나자."

헨리는 바로 대답하지 않고 잠깐 뜸을 들이고는 대답했다.

"네가 처리하는 게 최선의 방법이야. 내 나름으로는 여러 가지를 고려하고 내린 결론이야."

"여러 가지를 고려했다고? 내가 좀 알면 안 되는 고려 사항인가?"

"화내지 마. 경찰과 나 사이의 거리를 감안한 고려 사항이라는 말이다. 경찰은 찰스가 누군지는 너무도 잘 알고 있고, 내가 누구인지도 알고 있어, 게

다가…… 문제는, 찰스가 날 만나는 걸 달갑게 여기지 않는다는 거야."

"그건 또 왜?"

"어제 찰스와 대판거리를 했어. 이야기를 하자면 길어. 헤어질 때 보니까 그렇게 화가 난 것 같지는 않더라만 지금으로서는 찰스와 접촉하기에는 네가 최적임자 같아."

듣고 보니 기분이 나빠지는 않았다.

"게다가 찰스는 널 좋아하고 있어. 너도 잘 알고 있을 거야. 그리고 또, 경찰은 네가 누군지 잘 몰라. 따라서 경찰은, 너를 여러 가지 복잡한 문제에 관련해서 생각하지는 않을 거야."

"지금 왜 그런 걱정을 해야 하는지 모르겠군."

"유감스럽게도 지금 그런 걱정을 해야 해. 네가 생각하는 것 이상으로 심각하게."

침묵이 잠깐 이어질 동안, 나는 헨리의 뱃속을 들여다보는 일이 얼마나 어려운 일인가를 절감했다. 그는 음모의 전문가가 그렇듯이, 정보를 독차지하고 있다가 필요할 경우에는 자기의 목적에 맞추어 하나씩 흘리는 것 같았다.

"결국 나에게 뭘 말하고 싶은 거야?"

내가 물었다. 퉁명스럽게 들리는 것도 두렵지 않았다.

"지금은 그 문제를 왈가왈부할 때가 아니야."

"나를 보내고 싶으면, 문제가 뭔지 좀 명백하게 말해주어야 할 게 아니야?"

"좋아. 당분간 우리는, 네가 상상하는 것 이상으로 처신에 조심해야 하는 상황이야. 대답이 되었어? 찰스는 지금 굉장한 갈등에 빠져 있어. 찰스를 원망하는 건 아니야. 단지 지금 찰스의 어깨에는, 찰스가 감당하기 어려우리만치 무거운 짐이 올려져 있다고 보아도 좋아."

또 침묵.

"네게는 그렇게 무거운 짐을 지우고 싶지 않아."

헨리의 말을 듣는 순간, 암, 나야 네가 시키는 대로만 하면 되는 사람일 테지, 하고 싶었다. 그러나 나는 그 말은 참고 전화를 끊었다.

즉결재판소는 유치장과 같은 복도를 사이에 두고 마주 보고 있었다. 바닥에 리놀륨 타일이 깔려 있고 벽이 누런 합판으로 되어 있는 즉결재판소의 분위기는 영화 같은 데서 더러 보던, 1950년대의 즉결재판소 분위기와 별로 다르지 않았다.

뜻밖에도 방청인이 많았다. 판사 앞에는 탁자가 두 개 있었다. 하나는 주경찰 정리(廷吏)가 차지하고 있었고, 또 하나는 우스꽝스러운 타자기를 앞에 놓고 있는 법원 서기의 차지가 되어 있었다. 방청인은 통로 양옆으로 정확하게 갈라진 채 앉아 있었다.

재판소에 온 사람들은 일제히 기립하고 판사를 맞았다. 찰스가 맨 먼저 출정했다.

찰스는 몽유병 환자 같은 걸음걸이로 걸어 나왔다. 그의 뒤에는 주 경찰 정리가 붙어 있었다. 찰스는 양복 차림이었으나, 유치장에서 허리띠, 넥타이, 구두를 압수당했기 때문에 흡사 잠옷을 입고 있는 것 같았다.

입술은 얇은데도 턱이 사냥개처럼 튼튼한 육십대의 판사가 그를 내려다보면서 물었다.

"변호사는 있는가?"

강한 버몬트 억양이었다.

"없습니다."

"아내나 부모가 방청하고 있는가?"

"아닙니다."

"보석금은 낼 수 있는가?"

"없습니다."

정신 집중이 잘 안 되는지 찰스는 식은땀을 흘리고 있었다.

내가 일어섰다. 찰스에게는 보이지 않았을 테지만 판사가 나를 보고는 물었다.

"당신이 매컬리 씨의 보석금을 가지고 온 사람이오?"

"그렇습니다."

그제야 찰스가 고개를 돌리고 나를 바라보았다. 약간 놀란 그의 표정은 흡사 열두 살배기 소년의 표정 같았다.

"나가면서 복도 앞 창구에 500달러를 납부하시오. 그리고 매컬리 씨, 당신은 2주 뒤, 변호사와 함께 이 자리에 나와야 합니다. 그리고 자동차는 당신의 업무에 긴요하게 필요한 것입니까?"

앞자리에 앉아 있던 중년의 주 경찰관이 판사에게 설명했다.

"판사님, 문제의 차량은 매컬리 씨 소유가 아닙니다."

그러자 판사가 찰스를 노려보면서 물었다.

"맞는가?"

중년의 주 경찰관이 다시 설명했다.

"저희는 자동차 소유주와 통화했습니다. 헨리 윈터 씨가 소유주인데 햄든 대학생입니다. 저희는 헨리 윈터 씨가 어제저녁에 찰스 매컬리 씨에게 자동차를 빌려주었다는 사실을 확인했습니다."

판사가 무뚝뚝하게 말했다.

"당신의 운전면허는 판결이 날 때까지 취소됩니다. 그리고 윈터 씨는 28일에 이곳에 출두해야 합니다. 이상."

재판은 일사천리로 진행되었다. 9시에 시작했는데 9시 10분에는 재판소를 나설 수 있었다.

바깥은 5월의 아침치고는 추운 편이었다. 나무 위에서 새들이 노래하고 있었다. 나는 어찌나 피곤한지 금방이라도 쓰러질 것 같았다.

"되게 춥네."

찰스는 두 팔로 제 몸을 끌어안듯이 하고 걸었다.

텅 빈 길 건너, 광장 건너편에서 은행의 블라인드가 올라가고 있었다.

"여기에서 기다려. 가서 택시를 부를 테니까."

내가 이렇게 말하자 찰스가 내 팔을 잡았다. 술은 깬 것 같지 않았다. 그러나 유치장에서 지낸 몇 시간 동안 볼품없게 된 것은 그의 옷뿐인 것 같다. 이상하게도 그의 얼굴은 싱싱했다.

"리처드."

"응?"

"너 내 친구 맞지?"

재판소 앞 계단에서 그런 이야기를 나누고 싶지는 않았다. 나는 그의 손아귀에서 팔을 뽑아냈다.

"맞지."

"리처드, 네가 내 친구라는 건 나도 잘 알고 있어. 와줘서 정말 고마워. 그러니까 봐주는 김에 하나만 더 봐다오."

"그게 뭔데?"

"날 집으로 데려갈 생각은 말아줘."

"그게 무슨 말이야?"

"시골로 데려다줘. 프랜시스의 시골집으로. 열쇠는 없지만 해치 부인에게 사정 이야기 하면 문을 열어줄 테지. 안 열어주면 유리창 한 장 깨트리고 들어가지, 뭐. ……아냐, 잠자코 들어보라고. 그 집 지하에서 당분간 지내면 돼. 그런 것이라면 나도 어지간히 해봤으니까 문제없어. 내 말 더 들어보라니까. 너는 우리 집에 들러서 내 옷가지 좀 가져와 줬으면 좋겠어."

"잠깐, 내가 어떻게 널 데려다줘? 자동차도 없는데?"

"잘됐어. 고맙군."

"내 말 좀 들어봐. 데려다줄 수 없다고. 차가 없다니까. 나도 택시 타고 왔어."

"그럼 헨리 차를 타고 가면 되겠군."

"경찰이 열쇠를 가지고 있는데?"

그는 떨리는 손으로 머리카락을 쓰다듬었다.

"그럼 같이 우리 집으로 가자. 나 혼자서는 못 들어가겠어."

"좋아. 그러면 잠깐만 기다려. 택시 부를 테니까."

"아냐, 택시는 싫어. 지금 그럴 기분이 아니야. 걸어갔으면 좋겠어."

재판소 앞 계단에서 찰스의 집까지는 걸을 수 있는 거리가 아니었다. 자그마치 5킬로미터 거리였다. 그것도 대부분은 고속도로변을 걸어야 하는 상당히 지루하고도 먼 길이었다.

자동차들이 배기가스를 내뿜으며 지나갔다. 견딜 수 없을 정도로 피곤했다. 머리는 터질 듯하고 발은 납덩어리처럼 무거웠다. 맑고 싸늘한 아침 공기가 찰스의 술을 어느 정도 깨게 한 것 같았다. 반쯤 걸은 우리는 재향군인 병원 맞은편에 있는, 먼지 자욱하게 앉은 테이스티 아이스크림 가게에 들러 아이스크림소다를 샀다.

발밑에서 자갈이 바스락거렸다. 찰스는 담배를 피우면서 빨간 줄이 들어가 있는 하얀 빨대로 아이스크림소다를 마시고 있었다. 검은 파리들이 우리 귓가에서 윙윙거렸다.

"헨리하고 언쟁을 했다면서?"

마땅한 말은 아니었지만 무슨 말이든 해야 할 것 같아서 내가 물어보았다.

"누가 그러대? 헨리가 그래?"

"응."

"기억이 안 나. 하지만 기억이 나든 안 나든 상관없어. 그 자식으로부터 이래라저래라 하는 소리 듣는 것도 이젠 신물이 나."

"궁금한 게 있는데 말이야."

"뭔데?"

"왜 헨리는 우리에게 이래라저래라 하는 거지? 왜 우리는 헨리가 시키는 대로 하는 거지?"

"정곡을 찌르는군. 그래가지고 좋은 꼴도 못 봤는데 말이야."

"글쎄, 좋은 꼴을 봤는지 못 봤는지는 모르겠지만."

"농담하냐? 좋은 꼴 본 게 있으면 말해봐. 빌어먹을 놈의 그 바쿠스 제의인지 디오뉘소스 제의인지…… 그게 누구 아이디어였어? 버니를 이탈리아로 끌고 간 건 또 누구의 아이디어였어? 일기장 관리를 허술하게 해가지고 버니에게 들킨 건 또 누구야? 다 그 개자식이야. 나는 이 모든 허물이 헨리에게 있다고 확신해. 그 개자식이 책임을 져야 해. 그들이 우리를 찾아내는 것도 시간문제라는 걸 알아?"

"그들이라니? 경찰?"

"연방수사국에서 나온 친구들 말이야. 우리가 네게 다 말은 안 했지만, 그 친구들은 우리 일을 꽤 자세하게 알고 있어."

"그게 뭔데? 무슨 일이 있었는데?"

"연방수사국에서 약간 혼란을 일으키고 있는 것뿐이야. 그들은 클로크가 이 일과 관계가 있다고 생각하고 있어. 그래서 조사를 꽤 한 모양이야. 웃기는 일이지. 우리는 헨리를 자주 봐서 그렇거니 하지? 그래서 다른 사람들에게 헨리가 얼마나 이상하게 비치고 있는지 잘 모르고 있지?"

"그게 무슨 뜻이야?"

"예를 들자면 한이 없어. 지난여름 일인데…… 헨리는 농가 하나를 빌리는 일에 아주 미쳐 있었어. 이 때문에 거의 매일같이 북부의 부동산 업자들을 찾아다녔어. 실제로 헨리는 자기가 빌릴 집을 구체적으로 정해두고 있었어. 1800년대에 지어진 저택, 비포장도로를 통해 들어가게 되어 있을 것, 대지가 넓어야 할 것, 행랑채가 따로 있어야 할 것. ……헨리의 수중에는 발견되는 즉시 집세로 지불할 현금까지 확보되어 있었어. 어느 부동산 업자와는 근 두어 시간 동안이나 구체적인 계약조건 같은 걸 의논하더라. 그러더니 부동산 업자는 자기 지배인에게 전화를 걸어, 자기 사무실로 좀 와달라고 하더군. 지배인이 오더니 헨리에게 온갖 것을 다 묻고, 헨리가 안다는 사람들에게도 일일이 전화를 걸어보더군. 그런데 일이 다 끝난 줄 알았는데 막판에 가서 지배인이 안 되겠대. 헨리에게 빌려줄 수 없다는 거야."

"왜?"

"헨리는 너무 완벽해서 오히려 의심스러운 그런 측면이 있잖아? 부동산 업자들이, 헨리의 나이에, 대학생인 주제에 그렇게 큰돈을 써가면서 그렇게 외진 데 있는, 그렇게 큰 집에서 살겠다는 게, 그게 믿어졌겠어? 호젓한 데서 세계의 문화현상이나 공부하겠다는 헨리의 말이 현실성이 있는 것으로 받아들여졌겠느냐고?"

"헨리를 수상하게 봤겠군?"

"요컨대 명명백백하지는 못한 것으로 보았겠지. 그런데 문제는 연방수사국 친구들도 헨리를 그렇게 보는 데 있어. 연방수사국 친구들이, 헨리가 버니를 죽였다고 생각하는 건 아니야. 하지만 헨리가 자기네들에게 말하는 것 이상의 무엇인가를 알고 있다고 믿는 건 분명해. 게다가 이탈리아에 갔을 당시 헨리와 버니 사이에는 불화가 있지 않았어? 이건 매리언도 알고 있고, 클로크도 알고. 심지어는 줄리언도 알고 있어. 헨리에게 말은 안 했지만, 연방수사국 요원들도 내게 자꾸 이걸 묻더라고. 연방수사국 요원들의 눈치를 보니까, 이 친구들은 헨리와 버니가 이탈리아에서 쓴 돈이 클로크의 마약과 관련된 돈이 아닐까, 이런 의심을 하는 것 같더라고. 이탈리아 여행은 물론 대 실패작이었어. 여행을 했어도 그래. 학생들답게 쓰고 다녔으면 좀 좋아? 돈을 펑펑 뿌리고 다녔으니…… 궁전(palazzo)에서 지냈다니까, 이런, 제길. 그랬으니 사람들 눈에 안 띄었을 리 있어? 헨리는 말이야, 만날 자기 입장에서만 생각할 게 아니라 남의 입장에서 자기를 좀 바라볼 줄 알아야 해. 헨리가 이탈리아에서 심하게 앓은 것도 다른 사람들에게는 이상하게 비쳤을 수 있어. 게다가 헨리는 미국으로 전화를 걸어 데메롤을 보내달라고 했다며? 맙소사. 그리고 남아메리카행 비행기 표는? 그걸 신용카드로 결제한 것, 헨리가 저지른 가장 멍청한 일이 바로 이것이었다고."

"연방수사국에서 그것도 추적했어?"

"물론이지. 어떤 사람에게 마약 관련 혐의를 둔 연방수사국 요원들이 맨 먼저 하는 게 그 사람의 재정관계 기록 조사라고. 남아메리카? 연방수사국 요원들의 눈을 번쩍 뜨이게 하는 호재 아니겠어? 물론 헨리 아버지의 사업체가 거기에 있기는 해. 따라서 어느 선까지 변명하는 것은 가능하겠지. 하지만 그들이 그걸 믿으려고 할까? 문제는 믿으려 해도 상황이 믿어지게 되어 있지 않다는 거라고."

"이해가 안 가는데? 이들이 뭘 보고 버니 일과 마약 일을 묶어서 생각하게 된 걸까?"

"간단하지. 그쪽으로만 유난히 눈이 발달한 그들에게 버니가 어떻게 보였겠어? 버니의 한쪽에 마약 혐의가 짙은 클로크가 붙어 있는데? 경찰은 벌써 클로크가 상당한 규모의 마약을 거래한다는 심증을 가지고 있었어. 실제로 경찰은 클로크가 어떤 거물의 중개인 노릇을 하고 있다고 주장하고 있어. 그 자체가 버니와는 상관이 없어. 하지만 버니는 클로크의 친한 친구야. 게다가 버니에게는 돈이 많았어. 자, 경찰이나 연방수사국에서는 이 돈이 어디에서 나왔을 거라고 생각하겠어? 게다가 죽기 한 달 전까지 버니는 돈을 물 쓰듯이 쓰고 다녔어. 물론 헨리가 줬다는 걸 우리는 알지. 하지만 경찰이나 연방수사국에서는 알 턱이 없지. 고급 레스토랑, 이탈리아제 양복. ……어디 그뿐인가? 그들의 눈에는 헨리도 수상하게 안 보일 수가 없어. 헨리의 행동, 헨리의 옷차림. 그들의 눈에 갱 영화 같은 데 나오는, 뿔테 안경 쓰고, 완장 차고 알 카포네 앞잡이 하는 사람 같아 보이지 않았겠어? 버니의 시체가 발견되기 전날 밤의 일 기억나? '파머스 인'인가 하는 이상한 바에 갔던 날? 텔레비전에 나오는 이상한 영감 보던 날, 내가 고주망태가 되도록 취하던 날 밤?"

"기억나는군."

"내 생애 최악의 밤이었어. 우리는 끝장난 것 같더군. 헨리 역시 그다음 날 붙잡힐 것 같다고 생각하는 모양이더라."

"아니, 왜?"

"그날 오후에 연방수사국 요원들이 헨리네 집에 들이닥쳤다는 거야. 클로크의 신병을 확보한 직후의 일이야, 연방수사국 요원들은 헨리에게 헨리를 포함해서 대여섯 명쯤 언제든 체포할 수 있다고 했다는 거야. 말하자면 증거 자료까지 확보되어 있었던 것이지."

"세상에…… 대여섯 명이라니? 누구누구야?"

"나도 정확하게는 몰라. 공갈을 쳤는지도 모르지만 헨리는 가슴이 철렁 내려앉는 것 같더라는 거야. 헨리는 나한테도 찾아올 거라고 하더군. 그래

서 너와 그 바로 갔던 거야. 앉아서 기다릴 수는 없는 노릇 아닌가? 헨리는,
네게는 절대로 말하지 말라고 하더라. 커밀라도 모르고 있어."

"하지만 구속되지는 않았잖아?"

찰스는 웃었다. 그의 손은 여전히 떨리고 있었다.

"사랑하는 햄든 대학 당국에 감사해야겠지. 게다가 수사국 요원들이 아
직 완전하게 파악한 것도 아니야. 그런데 이들은 클로크를 수사하면서 중
요한 걸 알아냈지. 그러나 아직은 전모가 파악된 상태도 아니지만, 대학 당
국이 조금만 더 협조해준다면 전모를 파악할 때까지 수사를 계속하지도 않
을 것 같아. 버니의 시체가 발견되자 대학 당국은 이게 크게 발표되는 걸 굉
장히 꺼렸어. 이게 발표될 경우 대학 이미지가 엉망이 되거든. 벌써 내년의
신입생 지원율은 20퍼센트쯤 떨어질 걸로 예상되고 있어. 게다가 지방 경
찰도 업무의 성격상 이런 일에는 굉장히 협조적이지. 클로크가 받고 있는
혐의는 간단한 게 아니야. 벌써 확보된 증거 자료도 상당하다지, 아마. 하지
만 클로크를 감옥에 보낼 수는 없어. 클로크가 받은 근신과 50시간 지역사
회 봉사 처분? 그건 학적부에 올라가지도 않아."

찰스가 잠깐 딴청을 부릴 동안 나는 그로부터 들은 이야기를 나름대로
요약해보았다. 자동차들이 찬바람을 일으키며 고속도로를 지나갔다.

얼마 후 찰스가 기침을 하면서 이야기를 계속했다.

"웃기지 않아? 우리는 우리의 에이스를 앞에다 세워놓은 줄 알았지? 천
만에. 헨리가 아닌, 우리 중의 누군가가 이 일을 처리했더라면 몇 배 더 매
끄럽게 되었을 거야. 너나 프랜시스나 커밀라가 했더라도 이보다는 훨씬
나았을 거야. 우리가 고생을 몇 갑절이나 하고 있는지 알기나 해?"

"지금 와서 그래봐야 무슨 소용이 있어? 일은 이미 이 지경에 이르러 있
는데?"

"이게 다 헨리 덕분이야. 일을 꼬이게 만들어놓은 건 헨리, 경찰과의 문제

를 해결해야 하는 건 나였어. 헨리가 지휘를 한다고? 경찰 조사실에 몇 시간이고 앉아, 커피 얻어 마시면서 경찰관들에게 아양이나 떨고, 친구들 의심받게 하지 않으려고 별별 수작을 다 부려야 했던 건 바로 나였다고. 연방수사국 요원들과의 문제도 마찬가지였어. 수사국 요원들 앞에서 내가 어떻게 처신했는지 알기나 해? 잠시도 긴장을 풀어서는 안 되는 상황에서, 꼭 필요한 말, 꼭 필요한 행동만 해야 했어. 얼마나 괴로운 일이었는지 알아? 나는 나 자신의 입장에서 움직이는 동시에 이들의 입장에서 움직여야 했지. 이들이 얼마나 정확하게 내 증언을 기록으로 보존하는지 알아? 다음에 물을 때도 한 치도 틀림없이 대답해야 해. 이들의 질문에 정확하게 대답하되, 필요 없는 일에 필요 이상으로 관심을 가져서도 안 돼. 물론 짜증을 부려서도 안 되지. 이런 긴장의 연속이니, 물 한 잔을 마실 때도 엎지를까 봐 늘 신경이 쓰여서 편하게 마셔지지 않더라. 이러다가 정신이 이상해지는 것이나 아닐까, 이런 생각을 한 게 한두 번이 아니야. 그게 얼마나 어려운 일인지 알아? 헨리도 나 같은 지경에 처할 수 있겠어? 그렇게 자신을 낮추어 동아리 걱정을 해줄 수 있겠느냐고? 나는 할 수 있었고, 그래서 했어. 그러나 헨리는? 헨리는 하려고 하지 않을 거야. 수사국이든 경찰이든, 살아오면서 헨리 같은 놈은 본 적이 없을 거야. 그런데 헨리는 무엇에 신경을 쓰고 지냈지? 호메로스의 책을 들고 다니면 좋을까, 토마스 아퀴나스의 책을 들고 다니면 좋을까, 이런 거나 생각하면서 지냈을 테지. 요컨대 헨리는 다른 행성에서 온 사람 행세를 해. 연방수사국과 경찰의 문제를 헨리에게만 맡겨줬더라면 헨리는 지금쯤 우리 모두를 가스실로 보냈을 거야."

우리 옆으로 목재를 실은 트럭이 굉음을 내면서 지나갔다.

"후유, 모르고 있었던 나는 운이 좋은 사람이었나……."

"그럴지도 모르지. 어쨌든 그런대로 진행되어온 셈이니까. 하지만 싫은 건 싫은 거야. 나는 아직도 헨리가 우리에게 짐을 지우려고 하는 게 견딜 수가 없어."

우리는 꽤 먼 길을 아무 말 없이 걸었다. 앞서 걷고 있던 찰스가 돌아서면서 물었다.

"이번 여름은 어디에서 어떻게 보낼 참이야?"

"별로 생각 안 해봤어."

브루클린 아파트 임자인 역사학 교수로부터는 소식이 없었다. 내게는 소식이 없으면 틀린 것이라고 생각하는 버릇이 있었다.

"나는 보스턴으로 갈까 해. 프랜시스의 큰고모가 말보로 거리에 아파트를 가지고 있나 봐. 퍼블릭 가든에서 얼마 안 떨어져 있대. 큰고모는 여름철에는 시골에 간다나? 그래서 프랜시스가 나더러 거기에 가서 여름을 나라는 거야."

"근사하겠다."

"굉장히 넓대. 너도 괜찮으면 함께 가지그래?"

"좋지."

"네 마음에 들 거다. 프랜시스는 실제로는 뉴욕에 있게 되겠지만, 이따금씩 들를 수는 있을 거야. 너, 보스턴에 가본 적 있어?"

"없어."

"함께 가드너 박물관에 가면 근사하겠다. 리츠에는 유명한 피아노 바도 있다더라."

찰스는 하버드의 박물관 이야기, 그 근처 어딘가에 있다는, 채색 유리로 만든 수만 가지의 꽃 이야기를 들려주었다. 찰스의 이야기를 듣고 있는데 노란 폭스바겐 한 대가 다가와 우리 옆에 섰다.

주디 푸비의 친구 트레이시였다. 트레이시는 창문을 내리고 웃었다.

"어디 가? 태워줄까?"

트레이시는 우리를 찰스의 집 앞에 내려주었다. 10시였다. 커밀라는 집에 없었다.

찰스는 윗도리를 벗어서는 아무렇게나 거실 바닥에 던졌다.

"기분이 어때?"

내가 물었다.

"아직도 술이 덜 깼어."

"커피 좀 끓여줄까?"

"찾아보면 주방 어디엔가 있을 거야. 나 뜨거운 물로 목욕 좀 하고 싶은데, 괜찮을까?"

"괜찮으니까 해."

"몇 분이면 돼. 유치장이 어찌나 지저분한지, 벼룩이라도 묻어 오지 않았나 몰라."

그러나 찰스의 목욕은 간단히 끝나지 않았다. 재채기 소리, 물소리, 콧노래 소리가 바깥까지 들렸다. 나는 주방으로 들어가 오렌지주스 한 잔을 따르고 건포도 빵 몇 조각을 토스터에 넣었다.

커피를 찾느라고 찬장을 뒤지다 보니 몰트 우유가 있었다. 제조일자가 찍힌 라벨이 원망하는 눈초리로 나를 노려보는 것 같았다. 우리 중에서 몰트 우유를 마시는 버릇이 있는 사람은 버니뿐이었다. 나는 몰트 우유를 메이플 시럽 통 뒤로 밀어놓았다.

커피를 마시면서 빵을 먹는데 자물쇠가 돌아가면서 앞문이 열렸다. 곧 커밀라가 주방에 나타났다.

"너였구나. 안녕?"

머리카락은 헝클어져 있었다. 얼굴색도 좋지 않았다. 내 눈치를 살금살금

보는 품이 별로 좋지 않은 짓을 저지른 소년 같았다.

"아침 안 먹은 것 같은데?"

내가 묻자 커밀라는 내 옆에 앉으며 물었다.

"어떻게 되었어?"

나는 즉결재판소에 다녀온 경위를 대충 이야기했다. 커밀라는 내 접시에서 세모꼴 건포도 빵을 집어먹으면서 내 이야기에 귀를 기울였다.

"상태는 괜찮아? 찰스 오빠 말이야."

"괜찮은 것 같아."

나는 커밀라가 정확하게 무슨 뜻으로 물었는지 모르면서도 괜찮다고 대답했다.

그러고 나니 할 말이 별로 없었다. 아래층 어딘가에서 암소의 울음소리를 배경으로 한 요구르트 시엠송이 들려왔다.

빵 한 조각을 다 먹은 커밀라가 제 손으로 커피를 따랐다. 냉장고가 웅웅거렸다. 나는 컵을 찾으려고 찬장을 뒤지는 커밀라의 모습을 가만히 바라보다가 우유 이야기를 해주었다.

"거기에 날짜가 지난 몰트 우유가 있더라. 버려야 할 거다."

"응, 알아. 옷장에는 버니가 두고 간 스카프도 있어. 만날 보는데, 버니 냄새가 나는 것 같아."

"왜 없애지 않고?"

"없앨 필요가 없었으면 좋겠어. 사실은 저절로 없어졌으면 하고 기다리는 중이야."

"너 왔구나."

주방 문 앞에 찰스가 서 있었다. 나는 찰스가 언제부터 거기에 있었는지 알 수 없었다. 머리카락은 젖어 있었다. 그에게서는 여전히 술 냄새가 났다.

"수업 들어갔었어?"

찰스가 물었다.

"공부할 사람이 있어야 말이지. 그래서 줄리언이 일찌감치 보내주더군. 기분이 어때?"

"요상하다."

찰스가 이렇게 대답하면서 주방으로 들어섰다. 그의 축축한 발자국이 리놀륨 바닥에 찍히는가 싶더니 금방 말라버렸다. 그는 커밀라 뒤로 다가서서 어깨에 손을 얹고는 허리를 구부려 커밀라의 목 뒤로 입술을 가져가면서 붙임성 있게 말했다.

"감옥 갔다 온 오라비에게 키스 한번 안 해줄래?"

커밀라가 돌아서면서 찰스에게 입을 맞추었다. 나는 눈을 의심했다. 남매가 나눌 수 있는 그런 키스가 아니라, 길고 약간은 관능적인 키스였다. 믿어지지 않았다. 커밀라는 찰스의 손가락이 셔츠 사이로 들어가는데도 몸을 움츠리지도, 물러서지도 않았다. 그에게서 떨어졌을 때도 커밀라는 아무 일 없었다는 듯이 설탕 통을 집어 갔다. 숟가락이 커피 잔에 부딪치면서 맑은 소리를 냈다. 찰스의 냄새―술 냄새, 면도한 뒤에 바르는 스킨 냄새―가 주방 안을 떠돌았다. 커피를 마시는 커밀라를 보고 있자니 문득, 커피에 설탕을 넣지 않고 마시는 커밀라의 습관이 생각났다.

놀라움의 연속이었다. 무슨 말인가를 내 쪽에서 해야 할 것 같았다. 그러나 도무지 적당한 말이 생각나지 않았다.

주방 안의 이상한 침묵을 깨뜨린 것은 찰스였다.

"배고파 죽을 지경이다."

그가 가운 앞을 여미고는 냉장고를 열었다. 얼음에 반사된 불빛에 얼굴이 유난히 환하게 빛났다.

"스크램블드에그 만들까 봐, 먹을 사람?"

찰스의 말이었다.

그날 오후, 집으로 돌아가 목욕하고 한숨 눈을 붙인 뒤 프랜시스의 집으로 갔다.

프랜시스가 손까지 흔들면서 반갑게 맞아주었다. 책상 위에는 그리스어 책이 펼쳐져 있었다.

"어서 와, 어서 와. 새벽에는 어떻게 되었어? 찰스는 **체포되었던 거야**? 헨리는 도무지 입을 열지 않아. 커밀라한테서 대강 듣기는 했는데, 커밀라도 자세한 건 모르더군. 앉아. 뭘 마시겠어? 뭘 갖다줬으면 좋겠어?"

프랜시스를 상대로 하면 이야기를 해도 재미가 있었다. 그는 고개를 앞으로 숙이고, 한마디 한마디를 주의 깊게 들으면서 적당한 간격을 두고 놀라움, 연민, 당혹감 같은 종류의 반응을 적절하게 보였다. 내 이야기가 끝나자 그는 연달아 질문을 퍼부었다. 그의 질문을 받고 있노라면 내 이야기가 길어지기가 보통이었다. 나는 웬만큼 대답하다가 기회를 보아 그에게 내가 가장 궁금하게 여기던 것을 물어보기로 했다.

"내가 물어보고 싶은 게 한 가지 있는데?"

프랜시스가 담배에 불을 붙이고는 라이터를 소리 나게 닫으면서 눈을 내리깔았다.

"뭔데?"

나는 어떤 단어를 써서 질문할 것인가 하는 문제를 두고 꽤 고민하고 있었으나, 역시 핵심을 직접 치고 들어가는 명백한 표현이 좋을 것 같아서 다소 거칠게 물었다.

"커밀라와 찰스가 잠도 같이 잔다고 생각해?"

"네 생각은 어때? 왜 이런 질문을 하게 되었어?"

나는 아침에 본 광경을 그에게 자세히 얘기해주었다. 그는 가만히 듣고 있다가 고개를 가로저으면서 대답했다.

"별거 아닐 거야. 찰스는 술이 덜 깼던 거야."

"그건 내 질문에 대한 대답이 못 되잖아?"

"꼭 내 의견을 듣고 싶다면 말해주지. 나는 이따금씩 그럴 것이라고 생각해."

그러고는 프랜시스나 나나 입을 열지 못했다. 프랜시스는 한동안 손가락으로 눈을 문지르다가 이렇게 덧붙였다.

"그런 일이 자주 일어나는 건 아닐 거야. 하지만 모르는 일이지. 버니는 목격했다고 주장했다지만."

나는 기가 막혀 프랜시스를 가만히 바라보는 수밖에 없었다.

"내게 말한 게 아니고 헨리에게 말했던 모양이야. 자세한 건 몰라. 너도 알겠지만, 버니에게는 그 집 열쇠가 있었잖아. 그래서 언제든 예고도 없이 쳐들어갈 수도 있었지. 네게도 생각이 있었을 텐데, 그걸 좀 들어보자고."

"내게는 없어."

그러나 내게도 생각이 없었던 것은 아니었다. 쌍둥이 남매를 처음 만났을 때부터 나는 그런 문제를 궁금하게 여겨왔다. 그러나 나는 그런 문제를 궁금하게 여기는 것 자체가, 나의 정신이 지니는 약간의 도착적인 경향, 내 사유의 종작 없는 역마살, 혹은 커밀라에 대한 내 욕망의 왜곡된 투사 현상 때문이거니 여겼다. 그럴 수밖에 없는 것이, 찰스와 커밀라는 남매인 데다 얼굴이 놀라우리만치 비슷했다. 따라서 그 둘의 관계를 의심해볼 때마다 선망과 주저와 경악 등의 짜릿하고도 착잡한 흥분이 일었던 것도 사실이었다.

프랜시스는 송곳 끝 같은 눈으로 나를 노려보고 있었다. 문득 나는 프랜시스가 내 속을 정확하게 꿰뚫어 보고 있을 것이라고 확신했다.

"둘은 질투심이 굉장히 강해. 모르기는 하지만 찰스 쪽이 커밀라보다 심할 거야. 남매가 서로를 질투한다. ……이게 내게는 참 재미있게 보였어. 말로 굳이 해버리면 재미가 덜해지는, 이상하게 끌리는…… 그런 것 있지 않겠어? 줄리언도 이런 걸 가지고 더러 쌍둥이 남매를 놀린 적이 있지. 너도 알다시피 나도 외동아들, 헨리도 외동아들이잖아? 우리가 그런 감정에 대해서 알면 얼마나 알 거야? 나와 헨리는, 누이 하나 있으면 그거 굉장하겠다는 이야기를 더러 했어. 아니야, 우리가 상상할 수 있는 그런 것보다 훨씬 굉장할 거야. 쌍둥이 남매가 서로를 질투하는 거…… 나 그거 나쁘게 안 봐. 물론 도덕적인 입장에서 보면 나쁠 수밖에 없겠지. 하지만 그런 관계는 흔히 있을 수 있는 관계, 사람이면 누구나 주고 싶어하고 받고 싶어하는 관심 같은 거 아니겠어? 그런데 이게 우리가 생각한 것 이상으로 깊고, 따라서 덜 아름다웠던 모양이야. 작년 가을, 농부를……."

그는 말끝을 흐리고 담배만 피웠다. 당혹감과 짜증이 그의 표정 위를 스쳐 지나갔다.

"그때 이야기가 궁금해. 어떻게 되었는데?"

"자세하게는 말할 수가 없어. 그날 밤에 있었던 일은 거의 기억할 수가 없거든. 그러나 대충의 줄거리까지도 캄캄한 건 아니야……."

프랜시스는 말을 끊었다. 말을 하려다가 하지 않는 편이 낫겠다고 생각한 모양이었다. 그는 고개를 가로젓고는 말머리를 살짝 틀었다.

"그날 밤 이후로, 명백하게 보이기 시작하더군. 그전에도 전혀 모르고 있었던 것은 아니야. 가만히 보았더니 찰스는 우리가 생각했던 것 이상으로 상태가 심각하더라고. 나는……."

그는 허공을 잠깐 바라보다가 고개를 가로젓고는 담배 한 개비를 다시 꺼냈다.

"아무래도 설명이 불가능할 것 같아. 하지만 지극히 간단한 수준 정도는 내 눈에도 보였어. 다른 친구들 눈에도 마찬가지로 보였을 거야. 둘은 늘 곰살갑게 붙어 다니잖아? 질투의 감정 정도는 어느 정도 이해하는 내 눈에도 이 둘의 질투는 거의 충격적이더라고. 찰스에 대해서는 자신 없고, 커밀라에 대해서 한마디 한다면, 어떤 일에 관해서는 상당히 이성적인 아이야. 모르기는 하지만 어쩔 수 없이 그렇게 이성적인 아이가 되었던 것 같아."

"어떤 일에 관해서라니?"

"가령 찰스의 잠자리 상대에 관해서."

"그게 누구였는데?"

프랜시스는 술잔을 집어 꿀꺽 소리가 나게 한 모금 마셨다.

"나도 그중의 하나라고 할 수 있지. 별로 놀라지 않았으면 좋겠어. 내가 감히 말하지만, 찰스처럼 고주망태가 되도록 마신다면 너도 내 상대가 되었을 거야."

프랜시스의 말투가 상당히 능글맞았는데도—보통 때 같았으면 나는 짜증을 내었을 것이다—그의 목소리에는 슬픈 경험의 흔적 같은 것이 묻어 있었다. 그는 술잔에 남아 있던 위스키를 단숨에 비우고는 술잔을 소리 나게 테이블 위에다 놓았다.

"나와 찰스…… 자주 있었던 건 아니야. 서너 번 정도? 시작은, 나는 2학년, 찰스는 1학년 때……. 우리는 밤늦게까지 내 방에서 마시기도 하고 담배도 피우면서 노닥거렸어. 저 비 오는 날 밤에도 그렇고 그런 춘사(春事)가 있었어. 그 이튿날 아침 나와 찰스가 마주 앉아 아침식사를 하고 있는 걸 네가 봤어야 하는데."

그는 음침하게 웃었다.

"비니가 죽은 그날 밤 기억나? 내가 네 방에 있었잖아? 불행한 순간에 찰스가 쳐들어오지 않았어?"

나는 그가 무슨 말을 하는지 알고 있었다.

"너는 찰스와 함께 내 방을 나갔지."

"응. 찰스는 어마어마하게 취해 있더군. 너무 취해 있었다고 하는 편이 옳을 거야. 찰스가 왜 이렇게 취하는지 알아? 편리하니까. 전날 밤의 일은 아무것도 기억 못 하는 척하려면 이게 얼마나 편리하겠어? 찰스에게는 우리집에서 자고 간 날이면 어김없이 기억상실증에 걸리는 경향이 있어. 물론본인은 부인하지. 하지만 나는 알지. 찰스는 나 역시 전날 밤 일을 전혀 기억하지 못하는 척했으면 하는 거야. 죄의식 때문에 그러는 건 아닐 거야. 솔직하게 말하면, 무슨 장난처럼 생각하고 그러는 것 같은데, 이게 사람을 여간 화나게 하는 게 아니라고."

"찰스를 좋아하는군, 그런가?"

왜 이런 질문을 했는지 모르겠다. 그러나 프랜시스는 태연했다. 프랜시스는 니코틴 때문에 끝이 노랗게 된 손가락으로 또 담배를 집으면서 냉담하게 말했다.

"모르겠어. 좋아하기야 좋아하지. 오랜 친구니까. 그 이상은 아닌 것 같아. 그러나 찰스와 함께 있으면 그렇게 좋을 수가 없어. 너는 커밀라와 함께 있으면 좋겠지만, 내 기분과 비교가 안 될 거야."

버니가 경고한 바 그대로였다. 어찌나 놀랐던지 말이 나오지 않았다.

프랜시스는 자기가 어떤 상대에 만족하는지는 밝히면서도 자기가 처한상황을 포괄적으로는 인정하려 하지 않았다. 그는 창가에 놓인 의자 등받이에 기댔다. 그의 빨강 머리 가장자리가 햇볕에 타는 듯이 붉었다.

"불행한 일이지만, 사실인 것은 어쩔 수 없어. 그런 게 있다는 것도 확실한 것은 어쩔 수 없고. 쌍둥이 남매에게 역시 가장 중요한 것은 남이 아니라 바로 저희 둘 아니겠어? 얘들은 종종 공동전선 같은 걸 펴기를 좋아하더라만, 글쎄, 서로를 얼마나 아끼고 사랑하는지는 나도 몰라. 쌍둥이 남매가저희끼리 불륜한 짓을 하는지도 모르지. 하기야 커밀라는 너를 유혹하기도하지."

내가 토를 달려고 하자 그는 손을 가로저으면서 재빨리 말을 이었다.

"내가 본 적이 있어. 아마 헨리에게도 마찬가지일 거다. 헨리는 커밀라에게 미쳐 있었어. 그건 너도 알 거야. 내가 아는 한 헨리는 여전히 커밀라를 사랑해. 찰스는 기본적으로는 여자를 좋아해. 찰스가 지나치게 술에 취해 있을 경우에는 나와 잠자리를 함께하지만. 그런데 말이야, 이상하게도 내가 화를 내고 돌아서면 찰스는 내게 아첨 비슷한 걸 하게 돼. 나는 늘 거기에 빠지고는 하지. 이유는 나도 모르겠어. 우리 집안 남자들은 외모는 별로 볼 것이 없어. 하나같이 광대뼈 아니면 매부리코지. 내가 사람들의 외모와 질적인 수준을 같이 놓고 보는 까닭이 아마 여기에 있을 거야. 나는 말이지, 예쁜 입술, 분위기 있는 눈을 보면 그 사람이 나와 아주 가까운 사람이라는 느낌을 경험하고는 해. 눈만 아름다우면, 다른 데가 아무리 못생겼어도 그게 내 눈에는 보이지 않아. ……커밀라? 찰스가 내버려 뒀다면 찰스와 다를 게 없었을 거야. 하지만 찰스는 독점욕이 강해. 그래서 늘 커밀라의 치마꼬리에 묻어 다니지. 끔찍하지? 찰스는 매처럼 공중에서 커밀라를 감시한다고. 게다가 찰스는 돈도 별로 없어."

프랜시스는 나를 의식했는지 서둘러 덧붙였다.

"그건 뭐, 그렇게 중요한 것은 아니야. 하지만 찰스에겐 중요하지. 집안에 대한 긍지가 대단하지만 자기가 주정뱅이라는 것도 잘 알고 있어. 어떻게 보면 아주 로마식이야. 누이의 '카리타스(애정 – 옮긴이)'를 굉장히 중요하게 여기지. 너도 알겠지만, 버니는 커밀라 근처에도 안 가려 했지? 쳐다보지도 않으려고 했지? 버니는 이따금씩 나에게, 커밀라는 자기가 원하는 타입이 아니라는 말을 하고는 했지만, 아니야. 버니는 핏줄 속을 흐르는 어떤 기질을 통해서 커밀라가 몸에 이롭지 못한 약이라는 걸 눈치챈 것 같아. 그러고 보니 기억이 난다. ……꽤 오래됐구나. 우리 모두가 어울려서 베닝턴에 있는 요상하게 생긴 중국집으로 저녁을 먹으러 갔던 적이 있어. 지금은 없어진 로브스터 파고다라는 음식점이었어. 빨간 주렴이 드리워져 있고, 인공

폭포 사이에 불단(佛壇)을 만들어놓은 그런 분위기 있잖아, 왜? 우리는 잔에다 조그만 우산을 꽂아서 주는 칵테일을 꽤 많이 마셨어. 찰스는 완전히 꼭지가 돌아버리더라. 찰스의 결점이라는 것은 아니야, 우리 모두 취했으니까. 중국집 칵테일이 좀 독해? 게다가 우리는 뭘로 만들었는지도 모르고 마셨어. 바깥 주차장으로 나가는 길에는 연못이 있었고, 연못 위로는 다리가 있었어. 아래에 물오리가 놀고, 비단잉어가 있는 그런 중국식 연못 있잖아? 커밀라와 나는 조금 일찍 나오는 바람에 그 다리 위에서 일행을 기다리고 있었어. 기다리면서 중국집에서 가지고 나온, 운세가 적힌 쪽지를 서로 비교해보았을 거야. 커밀라의 쪽지는 꿈속에서 만난 남자의 키스를 받을 운세, 뭐 이런 것이었던 것 같아. 그냥 구겨버리기에는 아까운 운세 아냐? 그래서 잔뜩 취한 김에 내가 커밀라에게 키스 비슷한 걸 했어. 그런데 말이야, 어디에서 나타났는지 찰스가 나타나 내 목을 잡는데, 이건 숫제 금방이라도 연못에다 처넣을 기색이더라. 버니가 옆에 있다가 말리니까 찰스는 장난이라고 하더라만, 아니야, 장난이 아니었어. 나를 해치려 했어. 내 팔을 잡아 꺾는데, 팔이 빠질 것 같더라고. 헨리는 어디에 있었는지 모르겠어. 아마 우리에게서 좀 떨어진 데서 달을 보면서 당시(唐詩) 구절이나 읊조리고 있었을 거야."

프랜시스가 들려준 일련의 복잡한 이야기에 정신이 팔려 있던 내 귀에 그 에피소드 자체는 그렇게 의미심장하게 들리지 않았다. 그러나 헨리에 대한 이야기를 듣고 보니 문득 찰스가 그날 아침에 내게 하던 말—헨리도 연방수사국 요원들의 심문을 받았으리라는—이 생각났다. 연방수사국 요원들 및 찰스와 헨리 생각을 하는데, 프랜시스가 불쑥 이런 말을 했다.

"나 오늘도 병원 다녀왔어."

나는 그의 다음 말을 기다렸다. 그러나 그의 말은 계속되지 않았다.

"왜?"

"같은 증상 때문에. 어지럽고 가슴이 아팠어. 자다가 깨어났는데, 숨을 쉴 수가 없는 거야. 지난주에도 병원으로 가서 검사를 받아봤는데 아무것도 안 나와. 병원 의사는 신경과 의사를 찾아가 보라고 하더군."

"그래서?"

"신경과에 가봤지만 역시 아무것도 안 나와. 돌팔이라서 그런지……. 결국 줄리언이 뉴욕에 있다는 의사 한 사람을 소개하더라. 이스라미의 샤(국왕―옮긴이)를 치료한 유명한 의사래. 당시 그 이야기는 신문에 소개되었잖아? 줄리언의 말로는 미국 내 혹은 세계 최고의 권위자라는군. 2년 전에 예약해야 할 정도로 유명하지만 자기가 전화를 하면 나를 만나줄 수 있을 거라더라."

프랜시스는 이렇게 말하면서, 한두 번 빨고 버린 담배가 재떨이에서 타고 있는데도 불구하고 또 담배를 한 개비 꺼냈다.

"너 담배 피우는 걸 보면 호흡에 장애가 생기는 것도 무리는 아닌 것 같군."

"이건 담배와 아무 관계도 없어. 담배 끊어라, 술 끊어라, 커피 끊어라. 멍청한 버몬트 친구들 말 다 곧이들으면 안 된다고. 이십 평생의 반은 담배를 피워왔는걸. 담배가 나에게 어떤 영향을 미치는지, 난들 모르겠어? 담배나 술 때문에 흉통이 오는 건 아니야. 증상은 심장에서 오는 것만도 아니야. 이명도 있어."

"담배가 무시무시한 영향을 미치고 있는 건 분명하다고."

"무시무시해? 정말?"

프랜시스는 내가 캘리포니아 사투리를 쓸 때마다 억양을 흉내 내고는 했다. 나는 구부정한 자세로 앉은 프랜시스를 쳐다보았다. 물방울무늬 넥타이, 발볼이 좁은 발리 구두, 음흉해 보이는 얼굴. 그의 웃음 역시 음흉해 보였고, 엄청나게 많은 이가 드러나 보였다. 보고 있으려니 공연히 싫은 마음이 생겼다. 나는 일어섰다. 연기 때문에 눈이 매웠다.

"아무래도 가봐야겠다."

장난기 어린 표정이 프랜시스의 얼굴에서 사라졌다.

"내게 화가 난 거야?"

"아니야."

"화가 났는데도?"

"아니라니까."

나와 화해하려는 그의 필사적인 노력 또한 모욕만큼이나 싫었다.

"미안하다. 내 말 안 들어도 좋아. 나 지금 취해 있어. 내 말에 신경 쓰지 말아줬으면 좋겠어."

문득 프랜시스의 미래상—휠체어에 앉은 오십대 사내의 모습—이 내 눈에 보이는 것 같았다. 연기 자욱한 방에 앉아 있는 그의 앞에는 내가 쪼그리고 앉아 있는. 한동안 내게, 우리가 예사 친구 사이가 아니라 죽음이 우리를 갈라놓을 때까지 함께 살아갈 친구라는 것만 생각해도 기분이 좋던 때가 있었던 것은 사실이다. 버니가 죽은 직후에도 나를 위로해준 것은 오로지 이런 친구들의 존재였다. 그런데 그것이 역겨웠다. 출구 없는 방에 들어앉은 기분이었다. 나는 그들과 너무 깊이 밀착해 있었다.

프랜시스의 아파트에서 걸어서 집으로 왔다. 나는 걱정과 근심에 휩싸여 고개를 땅에 숙인 채 천천히 걸었다. 그때 줄리언이 내 이름을 불렀다.

뒤를 돌아다보니 줄리언이 뤼케이온을 빠져나오고 있었다. 너무나 다정스럽고 기쁘고 반갑게 내 이름을 부르는 줄리언의 얼굴을 보자 갑자기 가슴이 저려왔다.

"리처드."

그가 다시 불렀다. 이 세상에 나 말고는 아무도 없었더라도 나를 그렇게 반기지는 않았을 것이다.

"잘 있었나?"

"네."

"나는 노스 햄든에 가는 길인데, 함께 가지 않겠나?"

나는 그의 순진하고 행복한 얼굴을 바라보며 생각했다. 그가 이 사실을 안다면, 까무러치겠지.

"줄리언 교수님, 뜻은 고맙지만, 집에 가봐야 합니다."

그는 나를 물끄러미 쳐다보았다. 그의 다정한 눈빛에 나는 숨이 막힐 것만 같았다.

"리처드, 요사이 통 보지 못했는데, 혹시 무슨 언짢은 일이라도 있나?"

그의 후의와 평온함에 이끌려 잠시나마 나는 어두움이 내 마음에서 떨어져 나간 듯이 느꼈다. 나는 울음이 터질 것만 같았다. 그를 다시 바라보자 나는 무엇인가 뚜렷하게 말할 수 없는 사악한 무게가 나를 짓누르는 듯이 느껴졌다.

"자네, 괜찮나?"

줄리언 교수가 걱정스럽게 물었다.

그는 알 턱이 없어. 우리가 말하지 않을 테니까.

"괜찮아요. 정말."

나는 짧게 대꾸했다.

버니로 인한 소동은 대부분 가라앉았지만 대학이 완전히 정상을 되찾은 것은 아니었다. 캠퍼스에 쫙 깔린 마약 강력반의 일제 '검거' 선풍도 끝난 것은 아니었다. 래트에서 술을 마시고 돌아오다 보면 더빈스톨 지하의 알전구 아래에는 교수들―1969년에 버클리에서 학위를 받은 마르크스주의 경제학자 아니 웨인스타인 교수 혹은 로런스 스턴과 대니얼 디포를 가르치던 더벅머리 영국인 교수―이 서 있고는 했다.

그러나 그것도 다 지나갔다. 표정이 험악한 학교 직원이 더빈스톨 지하 실험실을 뒤져 비커나 동관(銅管) 상자를 끌어냈고, 더빈스톨의 화학 실험실의 수석 연구원―키가 자그맣던 여드름투성이의, 애크런 출신의 캘 클라컨―이 등록상표나 마찬가지던 실험 가운 차림에 목이 긴 농구화를 신은 채 옆에 서서 훌쩍거리던 광경도 더 이상은 볼 수 없었다. 20년 동안이나 '음성과 환상: 카를로스 카스타네다의 사상'을 가르치던 문화인류학 교수(학과가 끝나면, 대마초가 등장하는 캠프파이어에 의무적으로 참가하게 하던)도 갑자기 안식년을 맞았다면서 멕시코로 떠났다. 아니 웨인스타인 교수의 시내 술집 출입도 잦아졌다. 호전적인 한 술집의 지배인이 마르크스 이론에 관한 토론의 좋은 적수가 되었기 때문이었다. 더벅머리 영국인 교수도 더 이상 마약 사범 일제 검거에 동원되지 않게 되자 자기보다 스무 살 연하인 여자들 꽁무니나 뒤쫓는, 원래의 취미 생활로 돌아갔다.

'마약에 대한 관심'을 일깨우자는 방침을 세운 햄든 대학은 새로운 대학 간 경연대회 하나를 개발했으니 이 경연대회가 바로 마약과 알코올에 대한 학생들의 지식을 겨루는 퀴즈 중심의 일종의 게임쇼였다. 이 게임쇼의 문제 개발을 담당한 것은 국립 마약남용문제 연구소였다. 이 게임쇼는 리즈 오카벨로의 사회로 녹화되어 채널 12에서 방영되었다.

스폰서의 희망과는 달리 이 게임쇼는 대단한 인기리에 방영되었다. 햄든 대학 마약 퀴즈 팀은 뜻밖에도 막강했다. 이 팀의 구성원들은 특공대 영화에서 자주 볼 수 있는, 이기면 자유를 얻되 져봐야 밑질 것이 없는 탈주병들로 구성된 특공대원들 같았다. 전설적인 마약 사범 캘 클라컨이 주장이 되어 이끄는 이 화려한 올스타 팀에는 클로크 레이번, 브램 건지, 잭 타이텔바움, 로라 스토라를 비롯한 기라성 같은 스타들이 포진하고 있었다. 캘 클라컨이 주장을 맡은 것은, 학교가 다음 학기의 복직을 약속했기 때문이었다. 클로크와 브램과 로라는, 게임쇼에 참가하는 시간을 지역사회 봉사 시간에서 제외해준다는 밀약을 받은 것으로, 잭 타이텔바움은 이 팀의 운전사로 채택된 것으로 알려지고 있었다. 이 전문가들의 활약상은 가공할 만했다. 이들은 '소라진 계열 마약을 다섯 가지만 대시오.' 'PCP는 인체에서 어떤 효과를 낼까요?' 같은 문제에 엄청나게 재빨리, 그리고 놀랍도록 정확하게 대답함으로써 윌리엄스 대학, 바사 대학, 세라 로런스 대학 팀을 파죽지세로 물리치고 햄든 대학에 승리를 안겨주었다.

그러나 마약 거래선이 일망타진이 된 뒤에도 클로크는 여전히 거래를 계속하고 있었다. 클로크의 경력을 아는 우리에게 그것은 별로 놀라운 일도 아니었다. 그의 거래는 전보다 조금 더 신중해졌을 뿐이었다. 어느 목요일 밤 나는 파티 직전에 혹 아스피린을 몇 알 얻을 수 있을까 해서 주디의 방문을 두드렸다. 그런데 문이 빠끔히 열리면서 밖을 내다본 것은 주디가 아니라 클로크였다. 클로크는 주디의 거울에다 코카인을 쏟아놓고는 면도칼로 몫을 나누고 있었다.

"오늘 저녁에는 뭘 도와드릴까?"

그가 재빨리 나를 방 안으로 끌어들인 뒤 문을 걸어 잠그면서 물었다.

"고맙지만, 아니야. 주디를 좀 만나려고. 주디는 어디 있어?"

클로크가 자기 일자리로 되돌아가면서 대답했다.

"응, 옷 가게에 갔을 거야. 주디가 이 방에 있었어도 너는 환영을 못 받았을걸. 나도 주디를 좋아하지만, 별것도 아닌 일에 너무 잘 나서서 탈이란 말이야. 별것도 아닌 일에……."

클로크는 이러면서 거울 면 위에서 면도칼로 몫을 나눈 코카인을, 책장을 뜯어낸 것임에 분명한 종이봉투에 쌌다. 그의 손은 떨리고 있었다. 내다 팔 것을 지나치게 애용했다는 증거였다.

"젠장, 학교 분위기가 이 모양이니 내 손으로 직접 계량할 수밖에. 어떻게 하느냐고? 약방에 가서 계량을 부탁할 수도 없는 노릇 아니겠어? 주디는 하루 종일 쏘다녀. 점심이다 뭐다 하고. ……여기에서도 부르고 저기에서도 불러서 미치겠다나."

그는 이러면서 자기 옆에 놓인 잰슨의 《예술의 역사》를 턱으로 가리켰다. 그는 그 책장을 뜯어 코카인을 싸고 있었던 것이었다.

"내가 손수 싼 걸 봐. 예쁘지? 주디의 아이디어야. 종이봉투를 펴면 틴토레토의 그림이 쫙 펼쳐진다고. 큐피드의 엉덩이를 중심으로 싸면 좋겠지만 이게 보통 까다롭지가 않네? 커밀라는 요즘 어떻게 지내?"

"잘 지낸대."

커밀라 생각은 하고 싶지 않았다. 그리스어, 고전어과와 관련된 것은 아무것도 생각하고 싶지 않았다.

"새집이 마음에 든대?"

"새집이라니?"

"모르고 있었어? 커밀라가 이사했다는 걸?"

"이사했어? 어디로?"

"나도 몰라. 학교 앞 길 건너편 어디겠지. 지나는 길에 쌍둥이네 집에 잠깐 들렀더니―거기에 있는 면도칼 좀 건네줘―지나는 길에 쌍둥이네 집에 들렀더니, 헨리가 커밀라를 거들어 물건을 상자에 집어넣고 있더라. 찰스가 이번 여름에 보스턴에 간대. 커밀라는 여기 이 햄든에 있어야 할 입장이고. 하지만 혼자서 그 집에 살 수도 없고, 다른 사람에게 다시 세를 놓자니 수속이 복잡해지고. 모르기는 하지만 이번 여름에는 상당수가 학교 근방에서 복작거릴 모양이야. 브램과 나도 있을 만한 곳을 찾고 있거든."

이러면서 클로크가 거울과 20달러짜리 지폐를 동그랗게 말아서 만든 빨대를 내게 건네주었다.

"햐, 이거 굉장하네."

코로 들이마신 지 몇 초가 채 못 되어 내 눈앞에서는 벌써 불빛이 번쩍거리기 시작했다.

"굉장한 거라고. 특히나 로라가 돌리던 그 후진 걸 해보고 난 다음엔 말야. 연방수사국 요원들이 로라의 약을 분석해보고는 하는 말이 80퍼센트는 탤컴 파우더가 섞여 있다고 하더라고. 너도 연방수사국 요원들의 조사를 받았어?"

"아니."

"놀랐는걸. 난리 통에 안 불려 간 녀석이 없는데?"

"무슨 소릴 하는 거야?"

"별놈의 소리가 다 나오더라고. 마약과 관련된 굉장한 음모가 우리 학교에서 진행되고 있다는 거야. 자기네들 말로는 헨리와 버니와 내가 이 음모와 관련이 있다는 걸 알고 있대. 우리는 모두 난파선을 타고 있는데, 구명정은 1인용 하나밖에 없다는 거야. 먼저 부는 놈에게 구명정을 주겠다는 거지. 그런데 우리 아버지가 변호사를 보내주고 나서 일이 더 어렵게 꼬이고 말았어. 우리 아버지 말씀은 내가 결백한데 무슨 변호사가 필요하냐는 거지. 그런데 이 **변호사**라는 녀석은 연방수사국 요원들이 나에게 뭘 불라고 하는지 그것도 파악 못해. 연방수사국 요원들은 헨리, 찰스 같은 친구들이 나를 밀고했고, 죄가 있는 건 그 녀석들이지만 만약 내가 입 다물고 있으면 내가 하지도 않은 일을 뒤집어쓰게 되어 있다는 거야."

가슴이 쿵쾅거리기 시작했다. 코카인이 아니라 분다는 말 때문이었다.

"불다니 뭘? 도대체 헨리와 찰스가 뭘 불었다는 거야?"

"내 변호사는 걱정할 것 없다고 했어. 녀석들이 꾸며낸 거니까. 찰스를 만나봤더니, 녀석들이 찰스에게도 같은 말을 했대. 네가 헨리를 좋아하는 건 나도 잘 알지만, 헨리는 미꾸라지처럼 빠져나가 버렸다더군."

"어디에서 빠져나가?"

"그 자식 좀 고지식하잖아? 도서관 책 반납 기일 한번 어겨본 적이 없는 자식이니까. 그런데 연방수사국 요원이 덮쳤잖아? 연방수사국 요원들에게 헨리가 뭐라고 말했는지는 모르지만, 자기가 빠져나가려고 연방수사국 요원들의 관심을 사방으로 흩어놨다고."

"가령 어떤 방향으로?"

"가령, 나라고 할까."

그는 담배로 손을 뻗었다.

"그리고 말하고 싶지는 않지만 너……."

"나?"

"나는 네 이름을 댄 적이 없어. 나는 너를 잘 모르니까. 하지만 연방수사국 요원들은 어느 선을 통해서인지 네 이름을 알게 되었지. 분명하게 말해두는데, 내가 말한 건 아니라고."

"그러니까 연방수사국 요원들이 내 **이름을 언급했던** 말이지?"

"모르기는 하지만 매리언이 흘린 게 아닐까 몰라. 브램, 로라, 심지어는 저드 매케나의 이름도 가지고 있다고. 네 이름은 한 번인가 두 번인가, 그것도 끝에서만 나오더라. 이유는 묻지 마. 네 이름이 나오기에 나는 연방수사국이 너까지 부른 줄 알았지. 관계가 예상되는 녀석들을 쫙 부른 게 아마 버니의 시체가 발견되기 전날일 거다. 찰스는 두 번 불려 갔을걸. 하지만 헨리가 그전에 이미 찰스를 불러 뭔가를 지시했던 모양이더라. 내가 쌍둥이네 아파트에 있을 때였지. 어쨌든 나는 연방수사국 요원 녀석들 꼴 보기가 싫어서 브램의 집으로 갔지. 그날 밤 찰스는 누군가를 불러내어 시내로 나가 고주망태가 되도록 마셨고."

심장이 어찌나 거칠게 뛰는지, 금방이라도 빨간 풍선처럼 터질 것만 같

있다. 헨리는 겁이 난 나머지 연방수사국의 관심을 내게로 돌려버렸던 것일까? 그럴 리는 없었다. 나로서는 알 수 없는 노릇이었지만, 헨리가 자기만 빠져나오려고 나를 밀어넣는 일을 능히 할 수 있을 것이라는 생각은 안 들었다. 그렇다면(편집증적인 생각, 나는 이 망상을 그쳐야만 한다고 생각했다) 그날 밤에 찰스가 내 방에 들러 나를 데리고 파머스 인으로 간 것은 우연이 아닐 수도 있었다. 그러니까 찰스는 헨리의 눈치를 알고─헨리 모르게─나를 빼돌림으로써 나를 위기에서 구했을 수도 있었다.

"표정을 보니 한잔 걸칠 수도 있는 게로군."

가만히 앉아 생각을 정리하는 나를 보고 클로크가 웃었다.

"응, 그럴 것 같아."

"오늘 밤 빌리저에 가지 않을래? '목마른 목요일'이잖아. 한 잔 값에 두 잔이야."

"너도 갈 거야?"

"모두가 가는걸. 맙소사, 한 번도 '목마른 목요일'을 즐긴 적이 없다고 하려는 거야, 지금?"

그래서 나는 클로크를 비롯해서 주디, 브램, 소피 디어볼드, 그리고 소피의 친구들 및 몇몇 처음 만나는 아이들과 함께 '목마른 목요일'을 즐겼다. 간 것은 알겠는데 몇 시에 어떻게 내 방으로 돌아왔는지는 모르겠다. 나는 다음 날 아침 6시에 소피가 문을 두드리는 소리를 듣고는 잠을 깨었다. 속이 쓰리고 머리가 쪼개지는 듯이 아팠다. 가운을 걸치고는 문을 열었다. 소피는 도예 수업에서 돌아오는 참인지 티셔츠와 색깔이 바랜 청바지 차림이었다. 스낵바에서 베이컨 샌드위치를 사 들고 온 참이었다.

"괜찮아?"

"글쎄, 이게 괜찮은 건지."

"어젯밤에는 정말 취했더라."

"알아."

침대에서 빠져나오고 나니 훨씬 더 죽을 지경이었다. 내 눈앞에서 붉은 불빛이 쉴 새 없이 번쩍거렸다.

"걱정되더라고. 그래서 와서 직접 보고 가는 게 좋을 것 같아서. 어제도 하루 종일 애들과는 안 만났다면서? 오늘 새벽 대학 본부에 반기(半旗)가 걸려 있더라는 소리를 듣고 네가 죽은 게 아닐까 걱정스러워서 견딜 수가 있어야지."

나는 침대 모서리에 앉아 거친 숨을 몰아쉬면서 소피를 바라보았다. 소피의 얼굴은 꿈속에서 본 얼굴 같았다. 바에서도 소피를 보았던가? 바에서 본 것은 내 기억에도 선명하게 남아 있었다. 아이리시 위스키와, 브램과 벌였던 핀볼 게임, 네온 불빛을 받던 소피의 얼굴. 시디 케이스 위에 놓고 학생증으로 몫을 나누어 들이켰던 코카인. 누군가의 차를 타고 돌아오던 일…… 고속도로의 걸프 입간판, 누군가의 아파트. 그 나머지는 캄캄했다. 아니, 조금씩 되살아나는 대목도 있었다. 얼음을 채워넣은 누군가의 집 주방(마이스터브라우 맥주와 기네스 맥주가 있고, 뉴욕현대미술관 달력이 걸린)의 싱크대 옆에 서서 소피와 꽤 오래, 진지하게 대화를 나누었던 것 같기도 했다. 문득 가슴을 저리게 하리만치 무서운 생각 하나. ……그러나 버니 이야기를 한 것은 아닌 것 같았다. 버니 이야기를 한 것은 분명히 아니었다. 나는 기억의 조각들을 주워 모으려고 노력했다. 내가 만일 버니 이야기를 했다면 소피는 종이접시에 담긴 베이글 토스트를 들고 내 방에 나타나지 않았을 터였다. 양파 베이글 냄새에 속이 뒤틀렸다.

"나 어떻게 여기까지 왔지?"

내가 소피를 올려다보면서 물었다.

"기억 안 나?"

"안 나."

피가 머리로 몰려 올라와 내 관자놀이를 때리고 있는 것 같았다.

"정말 취했던 거군. 나와 둘이서 잭 타이텔바움의 집에서 택시를 불러 탔잖아."

"택시 타고 어딜 갔는데?"

"어딜 가긴, 이곳으로 왔지."

그렇다면 소피와 함께 왔던 것일까? 소피의 표정이 어찌나 천연덕스러운지 도무지 종잡을 수가 없었다. 함께 탔다고 하더라도 대수로울 것은 없었다. 소피를 좋아하고 있었으니까. 게다가 소피는 햄튼에서도 이름난 미인이었다. 그러나 그럴수록 정확하게 알아놓을 필요가 있었다. 유도신문으로 그것을 확인할 궁리를 하는데 또 누군가가 문을 두드렸다. 문 두드리는 소리가 흡사 기관총 소리 같았다. 머릿속을 칼로 도려내는 듯한 통증이 다시 엄습했다.

"들어오세요."

소피가 대신 대답했다.

프랜시스가 문을 빠끔히 열고 머리를 들이밀었다.

"어렵쇼. 코네티컷 동승객의 파티인 모양인데, 그렇다면 왜 날 안 불렀어?"

프랜시스도 소피를 좋아했다. 소피가 일어서면서 손을 내밀었다.

"안녕, 프랜시스? 잘 지냈어?"

"잘 지냈어. 장례식 이후로는 말도 못 붙여봤네?"

"그렇네. 며칠 전에도 네 생각을 했어. 어떻게 지냈어?"

나는 드러누운 채로 가만히 있었다. 속이 부글부글 끓어오르는 것 같았다. 소피와 프랜시스의 대화는 꽤 다정하게 들렸다. 나는 소피를 좋아하는

데도 불구하고 프랜시스와 함께 내 방에서 나가주었으면 했다.

소피와 한동안 이런저런 이야기를 나누던 프랜시스가 소피의 어깨 너머로 나를 보면서 그제야 관심을 보였다.

"이건 또 웬 환자야?"

"너무 마신 환자."

프랜시스가 내 침대 옆으로 다가왔다. 약간 흥분하고 있는 것 같았다.

"그래서 수업까지 빼먹었구나. 그런데 긴급 뉴스다."

프랜시스는, 긴급 뉴스다, 라는 말을 그리스어로 했다. 따라서 소피는 알아들었을 턱이 없었다. 가슴이 철렁 내려앉는 것 같았다. 내가 취중에 말실수를 했던 것은 아닐까? 부주의하게 떠들어대는 중에 긴급 뉴스가 될 정보를 흘린 것을 아닐까. 이런 생각을 하니 견딜 수가 없었다.

"나 때문이냐?"

나는 영어로 물었다. 당황했던 모양인지 프랜시스가 얼버무렸다.

"내가 알아? 뭘 좀 마시겠어? 차를 끓일까, 아니면 뭘 좀 사 올까?"

나는 프랜시스가 하려고 했던 말이 무엇이었는지 곰곰 생각해보았다. 가슴이 어찌나 쿵쾅거리는지 도무지 정신을 한곳에 집중할 수가 없었다. 구역질이 가슴까지 올라오다가 한바탕 정신만 뒤집어놓고는 다시 가라앉곤 했다. 절망의 포화 상태. 몇 분만 더 조용히 누워 있으면 좋을 것 같았다.

"마시고 싶지 않아. 제발."

"제발이라니, 뭘?"

구역질이 다시 목구멍을 뒤틀었다. 나는 엎드린 채 끙끙 앓는 소리를 내는 도리밖에 없었다. 소피가 눈치를 채고는 프랜시스를 재촉했다.

"아무래도 가는 게 좋겠다. 몇 시간 더 자게 해주는 게 좋을 것 같아."

몇 시간 동안 비몽사몽간을 헤매다가 또 누군가가 문을 두드리는 소리에 잠을 깼다. 이번의 노크는 아주 조심스러웠다. 방 안은 이미 어두워져 있었다. 문이 열리면서 복도의 불빛이 흘러 들어왔다. 프랜시스가 살그머니 들어서면서 손을 뒤로 하여 문을 닫았다.

그는 내 머리맡의 독서등을 켜고는 의자를 침대 가까이 끌어와 앉았다.

"미안해. 하지만 이것만은 얘기해줘야 할 깃 같아서. 요상한 일이 생겼어."

좀 가라앉은 것 같던 속이 다시 울렁거리기 시작했다.

"뭔데?"

"커밀라가 이사했어. 아파트에서 이사했단 말이야. 아파트에는 이제 커밀라의 소지품이 하나도 없어. 지금 아파트에는 찰스 혼자 있어. 정신없이 취해가지고. 찰스의 얘길 들으니까, 커밀라는 앨버말 인 호텔로 들어간다고 했다더라. 상상이나 할 수 있겠어? 앨버말 인 호텔이라니?"

나는 두 손으로 눈을 문지르면서 생각을 한곳에 집중하려고 애썼다.

"그건 나도 알고 있었어."

"알고 있었다니? 누구한테서 들었어?"

"클로크한테서 들은 것 같은데?"

"클로크? 언제?"

나는 기억나는 대로 프랜시스에게 들려주었다.

"자세한 건 모르겠어. 기억이 안 나. 잊어버렸나 봐."

"잊어버렸나 봐? 잊을 게 따로 있지, 이런 걸 어떻게 잊어?"

나는 몸을 반쯤 일으켰다. 약간 가신 줄 알았더니 두통이 다시 내 관자놀이를 때렸다. 공연히 화가 났다.

"안 잊으면? 그러면 뭐가 달라져? 떠나고 싶은 사람은 떠나야지? 내게는 떠나는 사람을 비난할 생각 없어. 찰스도 나름의 방도를 찾겠지. 우리가 이런다고 문제가 해결되냐?"

"문제는 그게 아니야. 커밀라는 앨버말 인 호텔로 들어간 거라고. 얼마나 비싼 덴지 알기나 해?"

"알지. 알고말고. 그래서 어쨌다는 거야?"

앨버말 인 호텔은 햄든 최고의 호텔이었다. 대통령들, 유명한 영화배우들도 햄든 인근 지역에 들를 경우 묵는 곳이 바로 그 호텔이었다. 내 반응이 답답하게 느껴졌던지 프랜시스가 얼굴을 손바닥 안에 파묻고 있다가 내뱉듯이 말했다.

"리처드, 너 어디가 어떻게 된 모양이야. 술을 너무 마셔서 골을 다친 거 아니야?"

"무슨 소리인지 짐작도 안 가는 걸 보면 그럴지도 모르겠군."

"하룻밤 숙박비가 200달러…… 그래도 모르겠어? 쌍둥이 남매에게 그만한 돈이 있을 거라고 보나? 쌍둥이 남매에게 그런 돈이 없으면 그럼 누가 그 돈을 댈까?"

"……."

"헨리가 대겠지. 찰스가 없을 동안에 와가지고 커밀라가 짐 챙기는 걸 도와준 게 바로 헨리라고. 찰스가 돌아와 보니 가고 없더래. 상상이나 할 수 있겠어? 찰스가 호텔에 가봤지만 가명으로 투숙하고 있어서 찾을 수가 없더래. 헨리도 찰스에게 가르쳐주지 않는다는 거야. 찰스는 지금 제정신이 아니야. 나더러 헨리에게 전화를 걸어보래. 접촉할 수 있으면 한번 접촉해보래. 그래봤지. 헨리? 그 자식 완전히 벽돌담이더라고."

"무슨 큰 비밀이라고? 헨리와 커밀라가 왜 그렇게 담을 쌓는대?"

"그거야 모르지, 커밀라의 말을 들어보지 못했으니까. 헨리 그 자식 아주 엉뚱한 일을 벌이고 있는 거라고."

"커밀라에게는 나름의 이유가 있겠지."

"내가 보기에 커밀라는 이성적으로 행동하고 있는 것 같지가 않아. 나는 헨리라는 자식을 잘 알아. 찰스로부터 커밀라를 떼어놓은 것, 이거야말로 전형적인 헨리의 짓거리, 앞으로도 수없이 저지를 헨리 특유의 전격적인 수법이라고. 설사 커밀라에게 나름의 이유가 있었다고 하더라도 이건 미친 짓이야. 특히 지금 시점에서는…… 찰스가 저런 상태에 있는 지금으로서는…… 헨리는 자기가 찰스를 얼마나 궁지로 몰아넣었는지 알아야 해."

"그 말 잘했다."

나는 즉결재판소에서 걸어오면서 찰스가 하던 말을 떠올리고는, 헨리에 대한 찰스의 울분을 들은 대로 간략하게 얘기해주었다.

"역시 찰스가 헨리에게 감정이 있다는 게 명백하군. 찰스는 내게도 비슷한 얘기를 하더라. 헨리가 자기를 자꾸 벼랑으로 몬다고. 헨리는 그렇다면 무엇 때문에 찰스를 그렇게 만들고 있을까? 나는 헨리가 찰스에게 지나친 요구는 하지 않았다고 봐. 찰스가 화가 나 있는 이유는 그게 아닐 거야. 커밀라 문제 때문에 화가 나 있는 게 아닐까? 내 추리를 한번 들어볼래?"

"뭔데?"

"커밀라와 헨리는 우리 눈을 피해 이따금씩 은밀하게 만났을 가능성이 있어. 찰스는 의심은 했겠지만 확증을 잡지 못했지. 그러다가 최근에 이르러 결정적인 꼬리를 잡았어. 그게 뭔지는 모르겠지만, 좌우지간 찰스는 커밀라와 헨리의 은밀한 관계의 전모를 파악했어. 가만히 내 말이나 들어보라고. 있을 수 없는 일인지는 모르지만, 가능성이 전혀 없는 건 아니야. 어쩌면 찰스는 결정적인 증거를 코크런 씨 댁에서 찾아냈는지도 몰라. 눈으로 보았건, 귀로 들었건. 어쨌든 우리가 햄든으로 돌아오기 전에 있었던 일인 것 같아. 쌍둥이 남매가 클로크와 함께 코네티컷으로 갈 때만 하더라도 모든 건 순조로웠어. 그런데 거기에서 찰스 놀던 꼴을 한번 생각해봐. 햄든으로 돌아올 즈음엔 커밀라와 말도 하지 않으려고 하더라."

나는 프랜시스에게 클로크로부터 들었던, 쌍둥이 남매와 관련된 이야기를 그대로 들려주었다.

"거기에서 무슨 일이 있었던 게 분명해. 클로크가 머리가 웬만큼만 돌아가는 녀석이었대도 뭔가 얻은 게 있었을 텐데. 코네티컷에 있을 때 헨리는 두통에 시달리고 있었어. 따라서 생각을 제대로 할 수 없었기가 쉬워. 우리가 돌아왔을 때 일을 생각해봐. 커밀라가 헨리네 집을 뻔질나게 드나들지 않았나? 뮈케나이 서판전집 갖다주러 갔을 때도 커밀라는 거기에 있었다고. 며칠 밤을 거기에서 보냈다고 봐도 무리가 없어. 헨리가 회복되고, 커밀라는 자기 집으로 돌아갔지? 그러고는 아무 일 없었어. 네가 나를 병원에 데리고 가던 날 전후에 있었던 일을 한번 생각해봐."

"글쎄, 내게는 짚이는 게 없는데?"

나는 이러면서 쌍둥이네 집 벽난로에서 보았던, 깨진 유리잔 얘기를 들려주었다.

"무슨 일이 있긴 있었던 게 분명해. 그리고 나서는 한동안 아무렇지도 않아 보였지? 헨리도 건강을 되찾았고. 그런데 헨리와 찰스 사이가 폭발했어. 찰스가 유치장에 들어간 게 바로 그날 밤의 일 아닌가? 이 폭발의 도화선이 무엇인지는 아무도 모르지만, 나는 그게 커밀라 때문이었다고 확신해. 커밀라 문제가 아니면 찰스가 그렇게 날뛸 리가 없어."

"그럼 커밀라가 헨리와 잤을 거라고 생각해?"

"안 잤다고 하더라도, 헨리는 찰스에게는 잔 것으로 보이게 했을 거야. 여기에 오기 전에 헨리에게 여러 번 전화를 걸었어. 안 받더군. 집에 없는 모양이더라. 앨버말 인에 있는지도 모르지. 가는 길에 호텔 주차장에 헨리의 차가 있는지 확인해봐야겠어."

프랜시스가 일어섰다.

"커밀라가 몇 호실에 있는지 알아낼 방법이 정말 없어?"

"나도 여러 가지로 생각해봤어. 프런트에서 알아낼 수 없다는 건 분명해. 청소부를 하나 꾀면 좋을 텐데. 나는 그 방면에 재주가 없단 말이야. 어떻든 커밀라를 만나보고 싶다. 단 5분간이라도 좋으니."

"만나면? 집으로 돌아가라고 할 셈이냐?"

"모르겠어. 하지만 전같이 찰스와 함께 살려고 할지. 그러나 헨리만 손을 떼면 만사가 다시 전처럼 순조로울 거야. 이것 하나만은 장담할 수 있어."

프랜시스가 돌아가고 나서 다시 잠이 들었다. 깨어보니 새벽 4시였다. 근 24시간을 잔 셈이었다.

봄이 왔는데도 그해의 봄밤은 유난히 추웠다. 그래서 철이 아닌데도 기숙사의 각 방으로는 난방이 들어왔다. 난방이 들어오고 보니 이번에는 방이 텁텁해서 견딜 수 없었다. 창문을 활짝 열어놓았는데도 공기는 쉬이 바뀌지 않았다. 침대 시트는 땀으로 축축하게 젖어 있었다. 나는 창밖으로 고개를 내밀고 맑은 공기를 마셨다. 차고 맑은 공기를 마시고 나니 정신이 좀 들었다. 나는 옷을 입고 산책을 하기로 마음먹었다.

보름달이 밝았다. 적막 속에서 쌀쌀한 바람이 나뭇가지 사이를 지나는 소리, 쌀쌀한 바람이 부는데도 불구하고 어디에선가 우는 귀뚜라미 소리가 들려왔다. 매리언이 일하던 유아교육센터 앞마당에서는 빈 그네가 삐걱거리고 있었다. 미끄럼틀이 달빛에 은빛으로 빛났다.

운동장에 있는 구조물 중에 가장 눈길을 끄는 것은 역시 자이언트 달팽이였다. 자이언트 달팽이는 조각과 학생이 영화 〈닥터 두리틀〉에 나오는 자이언트 달팽이를 본떠 유리섬유로 제작한 놀이기구였다. 높이가 2.5미터 정도인 이 자이언트 달팽이의 속은 비어 있어서 아이들이 들어가서 놀기가 좋았다. 가만히 달빛을 받고 있는 자이언트 달팽이는 산에서 기어 내려온 태곳적의 생물 같았다. 자이언트 달팽이는 주위의 수많은 놀이기구에 둘러싸인 채 묵묵히 그리고 외로이 서 있었다.

자이언트 달팽이의 내부에는 0.6미터 정도 높이의 터널이 나선형으로 뚫려 있었다. 아이들은 이 터널로 들어가 오르내리면서 놀고는 했다. 나는 무심코 터널 안을 들여다보고는 기겁을 했다. 어른의 발 한 쌍이 보였기 때문이었다. 어디에서 보았는지 낯익은 구두였다.

나는 터널 속으로 머리를 들이밀어 보았다. 위스키 냄새가 코를 찔렀다. 어두컴컴한 터널 벽에서, 코 고는 소리가 기괴한 울림을 지어내고 있었다.

나는 발목을 잡아 흔들었다.

"찰스, 이것 봐, 찰스!"

내 목소리 역시 어두운 터널 안에서 기괴하게 울렸다.

찰스가 고개를 쑥 뽑았다. 3미터 깊이의 물 밑에서 잠을 깨는 괴물 같았다. 찰스는 자기 이름을 부른 사람이 나라는 것을 확인하고는 다시 드러누웠다. 그의 숨소리가 유난히 컸다.

"리처드. 고맙구나. 너 혹시 우주에서 온 외계인 아냐? 이렇게 귀신같이 찾아내는 걸 보면?"

처음에는 캄캄하던 터널 내부가 눈에 익으면서 어렴풋이 모습을 드러내기 시작했다. 달빛이 달팽이 속의 터널로도 비쳐 들고 있었다.

"대체 여기에서 뭘 하고 있어?"

그는 재채기를 했다.

"울적해서…… 여기에 들어와서 한잠 자면 좀 나아질 것 같더라."

"그래, 나아졌어?"

"아니."

이 말끝에 찰스는 재채기를 연달아 대여섯 번을 계속하고는 다시 드러누
웠다.

　나는 아침이 되면 찰스를 둘러쌀 아이들을 생각해보았다. 아이들은 잠든
걸리버를 둘러싼 소인국 릴리풋 사람들처럼 찰스를 둘러쌀 터였다. 유아
교육센터의 소장—롤랜드 박사의 연구실 옆방을 연구실로 쓰는 정신분석
의—은 인자한 할머니 같아 보이는 여자였다. 그러나 자기 아이들의 놀이
기구 안에 술주정뱅이가 자고 있는 것을 발견했을 때도 그렇게 인자할 것
같지는 않았다.

　"일어나, 찰스."

　"혼자 있고 싶은데."

　"여기에서 잘 수는 없어."

　"내 맘이지, 뭐."

　"나랑 내 방으로 가자, 가서 한잔 더 하자."

　"여기가 좋아."

　"가자니까."

　"좋다, 그럼 딱 한 잔."

　찰스는 터널 천장에 머리를 쿵쿵 부딪치면서 기어 나왔다. 몇 시간 뒤에
아이들이 와도 그 터널 안의 조니 워커 냄새는 싫어하지 않을 것 같았다.

　먼머스 하우스로 통하는 언덕을 오를 때는 숫제 찰스를 떠메어야 했다.

　"딱 한 잔이다."

　찰스가 잠꼬대하듯이 중얼거렸다.

　찰스를 떠메고 계단을 오르기는 쉬운 일이 아니었다. 진땀을 빼고 보니

그렇지 않아도 엉망이던 내 몰골이 말이 아니었다. 방문을 열고 들어가는 대로 찰스를 내 침대에 눕혔다. 눕지 않겠다고 불평하면서 몸을 뒤트는 찰스를 남겨두고 나는 아래층 주방으로 내려갔다.

한잔 더 하자는 말은 구실에 지나지 않았다. 내 방에는 술이 없었다. 나는 재빨리 공용 냉장고를 뒤져보았다. 냉장고 안에 있는 것은, 딸기 맛이 나는, 끈적끈적한 유대식 과일주뿐이었다. 하누카 절(節)부터 거기에 들어 있었으니까 자그마치 한 달 이상 거기에 있었던 셈이었다. 나는 그전에 한번 소유주 불명인 이 술을 맛보고는 황급히 싱크대에다 뱉어버리고 병을 도로 냉장고 안에 넣어둔 적이 있었다. 나는 그 병을 셔츠 속에 숨겨가지고 내 방으로 올라갔다. 찰스는 벌써 코를 골고 있었다.

나는 가만히 술병을 책상 위에 놓고는 책을 가지고 나와서 롤랜드 박사의 연구실로 갔다. 나는 거기에서 윗도리로 어깨를 덮은 채 해 뜰 녘까지 책을 읽다가 불을 끄고 눈을 감았다. 오지 않을 줄 알았는데 또 잠이 왔기 때문이었다.

일어나 보니 10시였다. 달력을 보니 놀랍게도 토요일이었다. 나는 며칠 동안 날짜 가는 줄도 모르고 있었던 셈이었다. 나는 식당으로 달려가 늦은 아침을 먹었다. 목요일 이후로 내가 먹은 유일한 음식이었다. 정오경에 옷을 갈아입으러 내 방으로 올라와 보니, 찰스는 여전히 내 침대에서 자고 있었다. 나는 면도를 한 뒤, 새 셔츠로 갈아입고는, 그리스어책을 몇 권 들고 다시 롤랜드 박사의 연구실로 내려왔다.

수업을 여러 번 빼먹은 줄 알고 있었는데, 늘상 그렇듯이 그렇게 심각한 정도는 아니었다. 나는 시간 가는 줄 모르고 책을 읽었는데 6시가 되자 시장기가 느껴졌다. 사회과학과 연구실의 냉장고를 뒤져보았다. 마침 누군가 가 먹다 남긴 오르되브르와 생일 케이크 조각이 들어 있었다. 나는 그것을 훔쳐내어 롤랜드 박사의 책상 위에서 손가락으로 집어 먹었다.

아무래도 목욕을 해야 할 것 같아서 11시경에 다시 내 방으로 올라갔다. 문을 열고 불을 켜니 놀랍게도 찰스는 그때까지도 내 침대에서 자고 있었 다. 찰스가 자고 있는데도 책상 위의 술병은 반쯤 비어 있었다. 찰스의 얼굴 은 분홍빛에 가까울 정도로 상기되어 있었다. 흔들어 깨우려고 뺨에 손을 대보니 열이 있었다.

"버니, 버니 어디 갔어?"

눈을 뜨자마자 그가 한 말이었다.

"꿈을 꾼 모양이군."

"여기에 있었어. 꽤 오랫동안. 분명히 봤어."

"찰스, 꿈을 꾼 거야."

"봤어. 분명히 여기에 있었어. 내 발치에 앉아 있었다고."

나는 옆방으로 달려가 체온계를 빌려 왔다. 체온은 39도였다. 나는 찰스 에게 타이레놀과 냉수 한 컵을 갖다주고는, 여전히 눈을 비비면서 헛소리 를 하는 그를 남겨두고 아래층으로 내려가 프랜시스에게 전화를 걸었다.

프랜시스는 집에 없었다. 나는 헨리에게 전화를 걸기로 마음먹고 헨리네 집 번호를 돌렸다. 놀랍게도 헨리가 아닌 프랜시스가 전화를 받았다.

"프랜시스, 거기에서 뭘 하고 있어?"

"리처드로구나. 어쩐 일이냐?"

이상하게도 프랜시스의 말투 역시 헨리처럼 연극적이었다.

"나와 편하게 이야기를 나눌 형편은 아닌 것 같군."

"응, 아니야."

나는 찰스가 유아교육센터 운동장에서 자고 있더라는 이야기에서부터 열이 난다는 이야기까지 그간의 사정을 대충 설명하고는 덧붙였다.

"많이 아픈 것 같아. 어떻게 하면 좋겠어?"

"자이언트 달팽이? 그 속에서 자고 있더란 말이지?"

"그래, 유아교육센터 운동장에 있는 거 있잖아? 하지만 문제는 그게 아냐. 어떻게 했으면 좋겠느냐고. 걱정스러워 죽겠다."

프랜시스는 수화기를 손바닥으로 막고 헨리와 무슨 이야기를 나누는 것 같았다. 잠시 후 헨리가 물었다.

"리처드, 문제가 뭐야?"

나는 처음부터 다시 한 번 설명했다.

"열이 몇 도나 된다고? 39도?"

"응."

"꽤 높은 편이지?"

나는 그런 것 같다고 대답했다.

"아스피린을 먹였어?"

"몇 분 전에."

"그럼 기다려봐. 괜찮아질 거야."

듣던 중 반가운 소리였다.

"바깥에서 자다가 감기 걸린 모양이야. 내일 아침이면 거뜬하게 일어날 테니까 너무 걱정 마."

나는 그날 밤 롤랜드 박사의 간이침대에서 자고 식당에서 아침을 먹었다. 아침을 먹고, 힘겹게 뷔페 테이블에서 훔친 블루베리 머핀과 반 갤런들이 오렌지주스를 들고 내 방으로 올라갔다.

찰스는 깨어 있었다. 열은 여전하고 눈동자에는 힘이 없었다. 침대보가 형편없이 구겨져 있고, 담요의 반이 바닥에 끌리고 있는 것으로 보아 몸부림을 몹시 치면서 잔 것 같았다. 그는 배는 고프지 않다면서 오렌지주스만 한 모금 마셨다. 술병은 깨끗이 비어 있었다.

"기분이 어때?"

내가 묻자 찰스는 쭈그러진 베개로 얼굴을 가리면서 중얼거렸다.

"머리가 아파. 꿈속에서 단테를 만났어."

"알리기에리 단테?"

"응."

"어떻게 만났는데?"

"우리 모두 코크런 씨 댁으로 몰려가 보니 단테가 거기에 와 있더라고. 단테는 후줄근한 셔츠 차림의 뚱뚱한 친구를 하나 데리고 왔는데, 이 친구가 우리에게 고함을 질러대더라."

체온을 다시 재보았다. 38도였다. 조금 내리기는 해도, 아침의 체온으로는 여전히 높은 편이었다. 그에게 아스피린을 몇 알 더 주고, 롤랜드 박사의 연구실 전화번호를 가르쳐주면서 필요하면 전화하라고 하고는 돌아섰다. 그러나 다시 돌아서서 주말에는 본부 교환을 거쳐야 한다는 설명을 하면서 가만히 보니, 그는 나에게 절망적으로 호소하는 듯한 시선을 던지고 있었다. 나는 주말에 전화 거는 법을 끝까지 그에게 설명할 수 없었다.

"내가 있는 게 방해가 안 된다면, 여기에 있을 수도 있어."

찰스의 핏발 선 눈은 유난히 번쩍거렸다.

"가지 마. 무서워 죽겠어. 얼마간이라도 여기에 있어줘."

찰스는 나에게 책을 읽어달라고 했다. 그러나 내게는 그리스어책밖에 없었다. 도서관에 다녀오겠다고 해도 찰스는 나를 놓아주지 않았다. 우리는 사전을 무릎 위에 올려놓고 그 위에서 유커 카드놀이를 했다. 유커를 하다가 우연히 스치고 보니 그의 팔이 믿어지지 않으리만치 뜨겁고 메말랐다. 게다가 방이 더운데도 불구하고 그는 시종 부들부들 떨고 있었다. 열은 다시 39도로 올라가 있었다.

아래층으로 달려 내려와 헨리의 집으로 전화를 걸었다. 프랜시스도 헨리도 없었다. 다시 내 방으로 올라갔다. 의심할 여지 없이 찰스는 중증이었다. 나는 한동안 창밖을 내다보고 서 있다가, 찰스에게 잠깐만 기다리라고 하고는 주디의 방으로 내려갔다.

주디는 침대에 누운 채로 비디오 가게에서 빌려 온, 멜 깁슨이 주연한 영화를 보고 있었다. 놀랍게도 VCR 화면을 보면서, 손톱에 매니큐어를 칠하고, 담배를 피우고, 콜라를 마시는 일을 동시에 하고 있었다.

"멜 깁슨 좀 봐. 멋지지 않아? 이런 멋쟁이가 나에게 전화를 걸어 결혼하자고 한다면 금방이라도 하자고 하겠다."

"주디, 멜 깁슨이 아니고, 열이 39도까지 오른 사람이 그런다면?"

"돌팔이에게 가서 알아보라고 해야겠지."

주디는 화면에서 눈도 떼지 않은 채 대답했다.

나는 찰스가 처해 있는 상황을 설명했다.

"많이 아픈 모양이야. 이럴 경우 내가 어떻게 했으면 좋겠어?"

주디는 여전히 시선은 화면에 박은 채, 매니큐어를 말리느라고 손을 연신 내저으면서 대답했다.

"그럼 응급실로 데리고 가야겠군."

"그래야겠지?"

"일요일 오후에는 여느 병원을 찾아가 봐야 헛일이야. 내 차 쓸래?"

"정말 고맙다."

"열쇠는 책상 위에 있어. 잘 갔다 와."

찰스를 빨간 코르벳에 싣고 병원 응급실로 갔다. 찰스는 싸늘한 창유리에 뺨을 댄 채 벌겋게 상기된 눈으로 앞을 응시했다. 대기실에서도, 내가 철지난 잡지를 뒤적거리고 있을 동안 그는 맞은편 벽에 걸린, 1960년대의 것으로 보이는 빛바랜 컬러사진을 멀거니 바라보고 있었다. 허옇게 바랜 사진에는 포르노 배우처럼 오므린 허연 입술에 허연 손톱의 손가락을 갖다 댄 채, 섹시한 포스로 병원을 조용히 시키려는 듯한 한 간호사의 모습이 담겨 있었다.

당직 의사는 여자였다. 여의사는 찰스가 들어간 지 10분이 채 못 되어 차트를 들고 밖으로 나와 접수처에 있는 간호사에게 뭔가를 물었다.

간호사가 나를 가리키자 여의사는 내게로 다가와 내 옆에 앉았다. 주말이라서 하와이언 셔츠에 테니스화를 신고 근무하는, 꽤 활달해 보이는 여의사였다.

"안녕하세요? 친구분을 진찰해봤는데, 적어도 이틀쯤은 여기에 두고 봐야겠네요?"

나는 잡지를 내려놓았다. 뜻밖이었다.

"어디가 나쁩니까?"

"기관지염 같아요. 게다가 탈수현상이 아주 심해요. 우선 IV로 탈수를 막으면서 열을 내려야겠어요. 심각한 건 아니지만 우선 안정과 항생제 투여가 필요해요. 항생제를 계속해서 투여하자면, 적어도 48시간은 계속해서 IV를 꽂은 채로 관찰해야 한답니다. 두 분은 대학생?"

"네."

"친구분이 스트레스를 많이 받고 있었나요? 논문 같은 걸로?"

"공부는 열심히 하는 친굽니다만, 그런 건 왜 물으세요?"

"아무것도 아니에요. 제대로 먹지 않은 것 같아서요. 팔다리에 버짐 같은 게 있는 걸 보니까 비타민 C 결핍인 것 같아요. 비타민 B도 마찬가지고. 친구분, 담배 피우나요?"

다 죽어가는 사람 붙잡고 담배 좋아하네. 우스웠지만 참았다. 어쨌든 여의사는 찰스를 만나게 해줄 것 같지 않았다. 여의사는 기사(技師)들이 퇴근하기 전에 혈액 검사 등 몇 가지 검사를 끝마쳐야 한다면서, 나에게 환자의 소지품을 좀 챙겨 오라고 말했다. 나는 차를 몰고 찰스의 아파트로 갔다. 아파트는 휑했다. 나는 그의 잠옷, 칫솔, 면도기, 그리고 몇 권의 문고판 책(특히 찰스의 원기를 북돋울 수 있는 P. G. 우드하우스의 소설)을 챙겨가지고 가서는 응급실 접수처에 맡기고 찰스에게 전해줄 것을 부탁했다.

다음 날 아침 그리스어 수업 준비를 하는데 주디가 와서 아래층에 전화가 와 있다고 말했다. 나는 프랜시스 아니면 헨리—둘 다 내가 전날 밤 통화하려고 그렇게 애쓰던 상대였다—혹은 커밀라일 줄 알았는데 뜻밖에도 찰스였다.

"그래, 어떠냐? 기분이?"

내가 물었다.

"좋아. 이곳, 아주 있을 만한데그래? 이것저것 챙겨다 줘서 고맙다."

찰스는 나 듣기에 좋도록 일부러 목소리를 쾌활하게 꾸민 것 같았다.

"고마울 건 없고. 거기에 있는 침대, 네 손으로 올리고 내리고 할 수 있어?"

"있고말고. 몇 가지 부탁할 게 있는데, 들어줄래?"

"물론이지."

"몇 가지 더 좀 챙겨다 주었으면 좋겠어. 책, 편지지, 목욕 가운. ……가운은 내 옷장 열면 있을 거야. 그리고 내 침대 머리 서랍을 열어보면 스카치가 있을 거야. 오늘 아침에 좀 챙겨다 줄 수 있을까?"

"아침엔 그리스어 수업이 있는데?"

"그럼 수업 끝나고 나서. 몇 시쯤이면 여기에 닿을 수 있을까?"

"글쎄, 자동차도 빌려야 하고. 어쨌든 시간이 좀 걸리겠다."

"자동차 빌릴 필요 없어. 택시를 불러. 요금은 물론 내가 지불할게. 정말 미안하고 고맙고 그렇다. 몇 시쯤이면 올 수 있을까? 10시 반? 11시?"

"11시 반이 넘어야 될 것 같은데?"

"좋아. 나 지금 환자 휴게실에 있어서 긴 이야기는 못 하겠어. 눈치채기 전에 돌아가야 해. 꼭 와주겠지?"

"암, 가고말고."

"목욕 가운과 편지지."

"알았어."

"그리고 스카치."

"물론이지."

커밀라는 아침 수업에 결석했다. 프랜시스와 헨리만 나와 있었다. 나는 줄리언에게 찰스가 입원해 있다는 사실을 전했다.

줄리언은 모든 종류의 어려운 상황에 필요한 적절한 반응을 보일 줄 아는 사람이었다. 그러나 나는 늘 그에게서, 진심으로 반응하기보다는 자기의 반응을 우아해 보이게 하는 데 더 신경을 쓴다는 인상을 받고는 했다. 그러나 찰스의 경우는 그것이 아니었다. 그는 찰스의 입원을 진심으로 상심하는 것 같았다.

"엎친 데 덮친 격이로군. 그래, 위독한가?"

"그런 것 같지는 않습니다."

"문병은 가능해? 오늘 오후에는 열 일 제쳐놓고 전화라도 해야겠구나. 찰스에게 뭘 좀 가져다주면 좋을까? 병원 음식, 그거 지독한데. 몇 년 전 뉴욕에 있을 때, 학교의 여교수 하나가 컬럼비아 프레스비테리언 병원에 입원하니까 학교 식당의 요리사가 매일같이 저녁을 지어다 갖다주더라고……."

헨리는 내 맞은편에 있었다. 표정으로 그의 마음을 헤아리기는 전혀 불가능했다. 나는 프랜시스의 시선을 붙잡으려고 했다. 그러나 프랜시스도 잠깐 내 시선을 만났다가는 입술을 깨물면서 눈길을 돌려버렸다.

"……꽃만 해도 그렇지. 그 여교수 입원했을 때 보니까, 꽃이 어찌나 많은지, 나는 그 많은 꽃 중에는 여교수가 자기 손으로 전화를 걸어 주문한 꽃도 들어 있는 게 아닐까 의심스럽더라고. 그건 그렇고, 커밀라가 어디에 있는지는 물을 필요도 없는 건가?"

나는 프랜시스의 눈이 잠깐 동안이나마 휘둥그레지는 것을 보았다. 놀랍게도 나는 프랜시스의 표정을 보면서, 그 시각에 커밀라가 찰스를 문병하고 있을 것이라는 느낌을 받았다.

줄리언이 우리 셋을 둘러보면서 물었다.

"어떻게 된 거야? 왜 말들이 없어?"

그의 질문이 빚어낸 침묵이 내게는 우스꽝스럽게 느껴졌다.

한동안 가만히 우리들을 둘러보던 줄리언은 그간의 어려운 사정을 자기 나름대로 해석하기 시작했다.

"너무들 그렇게 신경이 날카로워져 있을 필요는 없어. 에드먼드가 자네들의 좋은 친구였다는 건 나도 알아. 그의 죽음은 나도 애석하게 생각하고 있어. 그러나 지나치게 신경들이 곤두서 있는 게 아닌가? 그건 에드먼드에게도 예가 아니고, 자네들에게도 득이 될 것이 없어. 요컨대 지나친 애도는 몸을 다치게 하고 말지. 그런데 죽음이라는 게 그렇게 어마어마한 것인가? 자네들에게는 어마어마하게 보이는 것도 무리는 아니지. 자네들은 젊으니까. 하지만 죽은 에드먼드가 불쌍하기만 할까? 죽음이라는 것은 한 곳에서 다른 곳으로의 여행에 지나지 않아. 다시 만나지 못하게 되었다고 그렇게 상심할 필요가 있는 것일까?"

그는 그리스어 사전을 펴고는 자기 사리로 향했다.

"자네들이 죽음을 그렇게 어마어마하게 여기는 건 죽음에 대해 무지하기 때문이야. 자네들은 어린아이와 같아. 어둠을 두려워하는 어린아이들……."

프랜시스가 차를 가지고 오지 않았기 때문에 우리는 부득이 헨리의 차를 얻어 타고 찰스네 집으로 가야 했다. 내가 찰스에게 필요한 물건을 챙기고 있을 동안 헨리는 무표정한 얼굴로 가만히 보고 있었고, 프랜시스는 우리에 갇힌 짐승처럼 서성거리면서 줄담배를 피워댔다. 전혀 표정이 없는, 따라서 섬뜩할 만큼 조용한 헨리의 시선에서 나는 그가 나의 질문을 기다리고 있다는 인상을 받았다. 그는 커밀라의 안부에 관한 나의 질문이 날아갈 시점을 계산하고 있는 것 같았다. 그렇다면 그의 계산은 빗나가고 있는 셈이었다. 나는 우리 둘만 있게 될 때를 기다렸다.

나는 책과 편지와 목욕 가운을 챙겼다. 스카치위스키는 망설여졌다. 서랍을 열다 말고 멈칫거리는 나를 보고 헨리가 물었다.

"왜 그러고 있어?"

"아무것도 아니야."

나는 위스키병에 손만 댔다가는 서랍을 닫았다. 찰스가 알면 길길이 뛸 테지만 나는 따로 변명을 마련하기로 했다.

헨리가 턱 끝으로 서랍을 가리키면서 물었다.

"찰스가 그 위스키 가지고 오라고 했을 테지? 담배도 가지고 오라고 했을 테지? 하지만 담배는 안 될 텐데?"

나는 찰스 개인의 문제를 헨리와 상의하고 싶지는 않았다. 프랜시스는 발정 난 암고양이처럼 방 안을 서성거리다가 창가에서 걸음을 멈추고는 헨리에게 뾰족한 시선을 던졌다. 그가 미적거리다가 한마디 했다.

"그걸 네가 어떻게 알고……."

그러나 헨리는 프랜시스의 말을 무시하고 나에게 명령하듯이 말했다.

"찰스가 가지고 오라고 했다면, 가지고 가는 게 좋겠다."

그의 말투가 내 마음의 평정을 무너뜨렸다.

"찰스는 입원해 있어. 넌 찰스가 어떤 상황인지도 모르지? 정말 네가 찰스를 생각한다면……."

프랜시스가 신경질적으로 손바닥에 재를 털다가 거들었다.

"리처드, 헨리의 말이 옳아. 이런 거라면 나도 조금은 알아. 술을 계속해서 마시던 사람에게, 갑자기 끊는 것도 좋을 것이 없다고. 상태가 악화될 수도 있거든. 술 끊어서 죽는 사람도 있어."

프랜시스의 말이 나에게는 충격적이었다. 찰스의 음주벽이 거기에까지 이른 것은 아니라고 여겼기 때문이었다.

"그래, 찰스의 음주벽이 최악의 상황이라고 치자. 그럼 병원에서라도 좀 삼가고 건강을 되찾게 하면 안 되냐?"

내 말의 진의를 알아듣지 못하고 프랜시스는 엉뚱한 반응을 보였다.

"무슨 뜻으로 하는 소리야? 찰스를 알코올중독자 치료센터에라도 넣고 싶은 거야? 거기가 어떤 곳인지 알고 하는 소리야? 우리 어머니 이야긴데,

알코올중독자 치료센터에 들어간 첫날 미칠 것 같더란다. 공연히 간호사들 먹살을 잡고, 욕이라도 하고 싶더란다."

"찰스를 캐터마운트 알코올중독자 치료센터로 보내는 건 나도 싫어."

헨리가 이러면서 서랍을 열고 술병을 꺼냈다. 병에 남은 위스키는 반이 채 되지 않았다. 헨리는 술병의 목을 잡고는 들여다보면서 중얼거렸다.

"이건 병이 너무 커서, 숨겨놓고 마시기는 불편하겠어."

"다른 데 부어다 주면 어떨까?"

프랜시스가 물었다.

"납작한 걸로 한 병 새로 사면 되지 않나? 납작한 병이면 베개 밑에 숨기기도 좋을 거야."

밖에는 이슬비가 내리고 있었다. 헨리는 몇 가지 그럴싸한 핑계를 대고 우리와 함께 병원에 갈 수 없다고 하면서, 자기를 집까지 데려다주고 자기 차로 가라고 했다. 자기 집 앞에 이르자 차에서 내린 헨리는 나에게 100달러짜리 지폐를 내밀었다.

"찰스에게 내 안부나 전해줘. 꽃 같은 거라도 사다 주면 좋지 않을까?"

나는 어안이 벙벙해진 채 그 고액권을 내려다보았다. 프랜시스가 지폐를 빼앗아 헨리에게 돌려주면서 소리쳤다. 놀랍게도 프랜시스의 목소리에는 노기가 서려 있었다.

"헨리, 왜 이래? 당장 집어넣지 못해?"

"가지고 가."

"그래, 가지고 가서 꽃을 100달러어치나 사 들고 들어가랴?"

"주류 매점에 들르는 거 잊지 말고. 돈이 남거든 뭐든 필요한 걸 사가지고

가. 그래도 남거든 찰스에게 주든지 말든지 마음대로 해."

헨리는 지폐를 나에게 던지듯이 하고는 차 문을 살짝 닫았다. 쾅 소리가 나게 닫는 것보다 더 모욕감이 느껴졌다. 나는 계단을 오르는 그의 뒷모습을 바라보았다.

우리는 납작한 병으로 커티삭 위스키 한 병, 과일 한 바구니, 프티푸르 비스킷 한 상자, 다이아몬드 게임, 그리고 그날 재고가 남지 않은 카네이션 대신 붉은 토분(土盆)에 꽂힌 호랑이 무늬의 황갈색 온시디움 난초를 샀다.

병원으로 가면서 나는 프랜시스에게 주말에 무슨 일이 있었느냐고 물었다.

"기분 상하는 일. 지금 여기에서는 말하고 싶지 않아. 커밀라를 만나기는 했어. 헨리네 집에서."

"어떻던?"

"좋더군. 표정이 복잡하기는 하지만 대체로 괜찮았어. 커밀라 말로는 찰스에게 자기 있는 곳을 알리고 싶지 않다더군. 커밀라와 둘이서만 좀 얘기를 하고 싶은데, 헨리 이 자식이 영 짬을 내줘야 말이지. 잠시도 방을 떠나지 않아. 역시 커밀라에게 무슨 일이 있었던 것 같아."

대꾸하지 않았지만 내 생각도 마찬가지였다.

"하기야 헨리가 커밀라를 죽이기야 하겠어? 그러나 너도 알다시피, 어째 기분이 이상하더라고. 커밀라의 실종…… 한마디 말도 없이. ……이런 말 해서 어떨지 모르지만 헨리가 지닌 분위기, 그거 꽤 불길한 거 같아서……. 내가 무슨 말을 하고 있는지는 너도 잘 알 거야."

나는 대답은 하지 않았지만 프랜시스가 무슨 말을 하는지 너무나 잘 알고 있었다. 그러나 드러내놓고 말하기에는 너무나 끔찍했다.

◦◡◦

찰스는 2인실에 입원해 있었다. 찰스의 침대는 오른쪽이었다. 방 한가운
데에는 커튼이 드리워져 있었다. 나중에 알았지만, 찰스와 같은 방에 입원
해 있는 환자는 전립선 수술을 받은 햄든 우체국장이었다. 우체국장 쪽 벽
앞에는 꽃꽂이를 한 수반, 쾌유를 비는 카드 같은 것이 수북이 쌓여 있었다.
가족들도 꽤 많이 와 있었다. 음식 냄새, 웃음소리, 모든 것이 쾌활하고 아
늑했다. 우리가 들어가자 우체국장의 가족들은 무엇이 그렇게 궁금했던지
우리 모습을 흘끔흘끔 곁눈질했다. 찰스는 출입문을 등지고, IV를 꽂은 채,
텔레비전의 만화영화를 보고 있었다. 얼굴은 푸석푸석했고, 어찌나 지저분
한지 금발이던 머리카락이 갈색으로 보였다.

우리가 칸막이 커튼을 열고 들어가자 찰스는 힘겹게 돌아앉았다. 프랜시
스가 손을 뒤로 해서 커튼을 다시 닫는데도 우체국장의 가족일 터인 두
중년 부인이 커튼 사이로 찰스를 들여다보면서, "안녕하세요?" 하고 인사를
건넸다.

"도로시, 루이스, 이쪽으로 와요, 남의 일에 참견 말고."

뒤에서 우체국장의 목소리가 들려왔다.

이어서 리놀륨 바닥을 때리는 빠른 발소리, 반갑게 인사를 나누는 소리
가 들려왔다.

찰스가 내뱉듯이 말했다. 목이 잠겨 있어서, 딴에는 소리를 낸다고 내는
데도 우리 귀에는 속삭임 정도로밖에는 들리지 않았다.

"빌어먹을, 무슨 손님이 저렇게 많은지. 내가 어떻게 생겼는지 궁금해서
죽겠나 봐."

나는 분위기를 바꾸어주려고 찰스에게 난초꽃을 건네주었다.

"정말, 나 주려고 산 거야?"

찰스는 난초가 마음에 드는 모양이었다. 헨리의 돈으로 샀다는 말 대신, 우리 모두의 정성이라고 말하려는데, 프랜시스가 도끼눈을 했다. 나는 입을 다물어버렸다.

셋이서 함께 꾸러미를 풀었다. 커티삭을 보고 환호할 줄 알았는데 찰스는 아무 표정도 떠올리지 않고 가만히 집어 회색 플라스틱 쟁반 밑에 넣었다.

"내 동생 만나봤어?"

찰스가 프랜시스에게 물었다. 냉담한 목소리여서, 흡사 내 변호사 만나봤어, 하고 묻는 것 같았다.

"만나봤어."

"잘 있어?"

"그런 것 같더라."

"뭐라고 안 해?"

"무슨 뜻으로 하는 말이야?"

"내 말 좀 전해줘. 지옥에나 가라더라고."

프랜시스는 대꾸하지 않았다. 찰스는 내가 가져간 책 중에서 한 권을 골라 건성으로 책장을 넘겼다.

"와줘서 고마워. 하지만 지금은 좀 피곤해."

찰스가 중얼거렸다.

자동차로 돌아온 프랜시스가 고개를 가로저으면서 속삭였다.

"꼴이 말이 아니더라."

"수습할 방법이 아주 없는 것은 아니야. 헨리를 설득해서, 사과 전화라도 하게 하자."

"그래봐야 소용없어. 커밀라가 앨버맡에 머물고 있는 한."

"커밀라는 찰스가 입원한 거 모르지? 찰스가 저 지경인데 이건 좀 지나친 것 같지 않아?"

"나도 모르겠다."

와이퍼가 분주하게 앞 유리 위를 오고 갔다. 교차로에서는 비옷을 입은 경찰관이 교통정리를 하고 있었다. 유치장 앞에서 만났던 바로 그 빨간 수염이었다. 헨리의 자동차를 알아보았던지 그는 우리에게 미소와 함께 통과 신호를 보냈다. 우리도 웃으면서 손을 흔들어주었다.

"우리가 할 수 있는 일은 없을까?"

내 물음에 프랜시스는 고개를 가로저었다.

"굿이나 보고 있자고."

"커밀라가 제 오라비 입원한 사실을 알면 한걸음에 달려가지 않겠어?"

"농담해? 아무래도 우리는 멀찍이 떨어져서 구경이나 하고 있는 게 좋을 것 같다."

"왜?"

프랜시스는 담배만 빨아댈 뿐, 내가 아무리 꼬드겨도 대답하지 않았다.

방문을 열고 들어가니 놀랍게도 커밀라가 내 책상 앞에 앉아 책을 읽고 있었다.

"안녕? 문이 열려 있어서. 괜찮지?"

커밀라가 책상 앞에서 일어섰다.

커밀라의 모습은 나에게 감전에 맞먹는 충격을 주었다. 그런데도 묘하게 화가 났다. 열린 창을 통해 빗방울이 방 안으로 튀어 들고 있었다. 나는 방을 가로질러 가 먼저 창부터 닫았다.

"여기에서 뭘 하고 있어?"

"만나서 얘기나 좀 나눌까 해서 왔어."

"무슨 이야기?"

"오빠는 좀 어때?"

"왜 직접 가보지 않니?"

커밀라는 읽던 책을 놓았다. 얼마나 보고 싶던 모습이던가? 내가 얼마나 사랑하던 모습이던가? 커밀라는 잿빛이 도는 연두색 캐시미어 스웨터를 입고 있었다. 눈은 목가적인 전원시에 나오는 처녀의 눈처럼 맑았다.

"편을 들고 싶은 모양인데, 그러면 안 돼."

커밀라가 말했다.

"편드는 거 아니야. 너 하고 싶은 대로 해도 좋지만 지금은 때가 좋지 않다는 걸 말해두고 싶을 뿐이야."

"그럼 어떤 때가 좋은 때일까? 이걸 좀 볼래?"

이러면서 커밀라는 관자놀이의 머리카락을 집어 위로 들어 보였다. 머리카락이 뿌리째 뽑힌 자국이 동전 크기만큼 나 있었다. 말이 나오지 않았다.

"놀라는군. 그럼 이것도 좀 볼래?"

커밀라는 스웨터 소매를 걷어 올렸다. 팔이 부어오른 데다 군데군데 멍 자국이 있었다. 그러나 정작 놀라운 것은 불에 덴 자국이었다. 담뱃불로 지진 자국이 분명했다. 상아색 피부가 깊고도 흉측하게 패어 있었다.

"세상에, 커밀라! 찰스가 이랬어?"

내 목소리는 걷잡을 수 없이 떨렸다.

"이제 내 말뜻을 알아듣겠어?"

커밀라는 조용히 소매를 내렸다. 목소리는 아무 감정의 앙금도 느껴지지 않을 정도로 메말랐다. 커밀라는 가만히 내 반응을 살피고 있었다.

"언제부터 이런 상태였어?"

그러나 커밀라는 내 질문을 무시하고 말했다.

"나는 찰스를 잘 알아. 어느 누구보다도. 갈라져 사는 게, 지금으로서는 가장 현명한 방법이야."

"앨버말에 묵는다는 아이디어는 어디에서 나왔어?"

"헨리에게서."

"헨리가 돈을 감당할 수 있대?"

커밀라는 대답하지 않았다.

문득 끔찍한 생각이 내 머리를 스쳐 지나갔다.

"헨리는 너를 위해서 이런 일을 하고 있는 게 아니야. 그렇지?"

"아니겠지만, 왜 하필이면 그런 생각을 해?"

"그럼 내가 어떻게 생각했으면 좋겠어?"

해가 문득 비구름 속에서 나오면서 방 안으로 한 아름의 빛줄기를 쏟아부었다. 빛줄기는 벽면에서 물처럼 출렁거렸다. 커밀라의 얼굴이 꽃처럼 피어난 것 같았다. 감미로운 느낌이 내 속에서 끓고 있었다. 한순간 방 안의 모든 물건—거울, 천장, 바닥—이 일렁거리면서 빛나 보이기 시작했다. 흡사 꿈을 꾸고 있는 느낌이었다.

나는 커밀라를 끌어안고 싶은 충동을 견딜 수 없었다. 비명을 지를 때까지 그 팔을 뒤로 힘껏 꺾었다가 커밀라를 침대 위로 집어 던지고, 목을 조르면서 온몸을 더듬고 싶었다. 그러나 해가 다시 비구름 속으로 들어가면서부터는 방 안의 모든 것들이 그 생명력을 잃어버리는 것 같았다.

"여긴 왜 왔어?"

내가 퉁명스럽게 물었다.

"보고 싶어서."

"내 생각이 너에게 어떤 무게를 지니는지 모르겠지만…… 너는 지금 앨버말로 들어가면서 사태를 악화시키고 있는 것 같아."

나는 말을 하면서도 격정을 가누지 못하는 내 목소리가 싫었다. 내 목소리는 꼬인 감정, 상한 감정을 감추어내지 못했다.

"그럼 너는 나더러 어떻게 하란 말이야?"

"프랜시스네 집에 잠시 머물면 어때?"

"찰스가 프랜시스를 못살게 할 텐데? 프랜시스, 좋아. 프랜시스가 좋은 사람이라는 건 나도 알아. 하지만 프랜시스는 찰스의 위협을 5분도 못 견딜걸? 그런데도?"

"프랜시스에게 부탁하면, 어디 잠깐 숨어 있을 만한 돈은 마련해줄 수도 있을 거야."

"그럴 테지. 실제로 그러겠다고 한 적도 있어."

커밀라는 이렇게 말하면서 주머니를 뒤져 담배를 꺼냈다. 놀랍게도 헨리가 즐겨 피우는 럭키 스트라이크였다.

"그럼 그 돈을 좀 빌려 어디든 잠깐 가 있을 수 있잖아? 프랜시스에게 어디에 가 있다는 걸 반드시 알릴 필요는 없을 테지."

"프랜시스와 나도 검토해봤다니까. 하지만 나는 찰스가 무서워. 그런데 찰스는 헨리를 두려워해. 내가 왜 헨리의 신세를 지고 있는지 알겠지?"

나는 이런 말을 하는 커밀라의 냉담한 말투에 놀랐다.

"결국 그거였구나."

"결국 그거라니…… 무슨 뜻이야?"

"너에게는 네 속셈이 따로 있었던 거구나."

"찰스는 날 죽이려고 해."

"헨리는 찰스를 두려워하지 않아?"

"두려워할 이유가 없잖아?"

"있다는 걸 너도 알 텐데?"

커밀라가 내 말뜻을 모를 리 없었다. 이렇게 되자 커밀라는 찰스를 방어하고 나섰다.

"내게 잘못한다고 해서 찰스가 그런 짓을 할 위인까지는 아니야."

"했다고 가정하자. 경찰에 밀고했다고 가정하자."

"그럴 리가 없어."

"그걸 어떻게 알아?"

"우리 모두가 한통속이니까, 찰스까지도."

"그러나 일이 이 지경에 이르렀잖아? 내 보기에는 못 할 것도 없을 것 같던데?"

이것은 내가 커밀라에게 상처를 주려고 의도적으로 한 말이었다. 과연 커밀라는 이 말에 크게 당황하는 것 같았다. 커밀라의 당혹한 시선이 내 시선을 만났다.

"그럴지도 모르지. 하지만 한 가지 유념해둘 게 있어. 찰스는 지금 아파. 엄밀하게 말하면 제정신이 아니야. 그리고 찰스도 그걸 잘 알고 있어. 그리고 나는 찰스를 사랑해. 사랑할 뿐만 아니라, 이 세상의 어떤 사람보다도 찰스를 잘 알아. 하지만 마음속에 갈등이 생기고부터는 저렇게 정신없이 마셔. 그리고 마시면 전혀 다른 사람이 돼. 어떤 사람의 말에도 귀를 기울이려고 하지 않아. 자기가 한 짓을 절반도 기억하지 못하는 것 같아. 내가 찰스의 입원을 천만다행이라고 생각하는 건 바로 이 때문이야. 며칠 술을 마시지 않으면 아마 정신이 좀 들 거야."

헨리가 술을 보냈다는 걸 알면, 커밀라는 어떤 반응을 보일까. 나는 이런 생각을 하다가 말을 바꾸어서 물어보았다.

"헨리가 진심으로 찰스의 일을 걱정한다고 생각해?"

"물론이지."

"네 일도?"

"물론. 진심으로 걱정하지 않을 턱이 없잖아?"

"헨리를 아주 믿는구나?"

"헨리는 나를 배신하지 않을 거야."

내 속이 분노로 끓어오르기 시작했다.

"그럼 헨리는 찰스도 배신하지 않을까?"

"그건 모르겠어."

"찰스는 곧 퇴원하게 될 거야. 퇴원하면 좋든 싫든 찰스를 만나야 해. 그때는 어떻게 할 거야?"

"리처드, 왜 나에게 화를 내는 거야? 이유를 모르겠어."

나는 내 손을 내려다보았다. 걷잡을 수 없이 떨리고 있었다. 나는 잘 모르고 있었는데, 가만히 정신을 차리고 보니 온몸이 분노로 후들후들 떨리고 있었다.

"가다오. 내 방에서 나가줬으면 좋겠어."

"도대체 왜 그러는 거야?"

"제발 가줘. 부탁이다."

커밀라가 일어서서 내 앞으로 한 발 다가섰다. 내가 한 발 뒤로 물러섰다.

"이럴 생각이 아니었는데…… 좋아, 갈게."

커밀라는 내 방을 떠났다.

그날 밤 내내 비가 내렸다. 수면제를 몇 알 먹고 혼자 극장에 갔다. 일본 영화였다. 그러나 영화의 스토리를 따라잡을 수 없었다. 영화의 등장인물은 넓고 황량한 방 안을 서성거렸다. 한동안은 대사가 한 마디도 나오지 않아서 영사기 돌아가는 소리, 지붕을 때리는 빗소리만 들렸다. 뒷자리에 우중충한 사람만 몇 명 앉아 있었을 뿐 극장 안은 썰렁했다. 좀나방 몇 마리가 영사기에서 흘러나오는 투사광 줄기를 넘나들었다. 밖으로 나왔다. 여전히 비가 내리고 있었다. 별도 없었다. 하늘은 극장의 천장처럼 검었다. 극장의 외등은 젖은 포도(鋪道) 위로 녹아들면서 허연 빛줄기가 되었다. 나는 택시가 올 때까지 기다리기 위해 극장의 로비로 다시 들어갔다. 카펫이 깔린 로비 바닥에서는 팝콘 냄새가 났다. 칠스에게 전화를 걸어보았다. 통회 기능시간이 지났기 때문에 병실로 연결할 수 없다고 교환수가 말했다. 교환수와 실랑이를 하고 있는데 내가 부른 택시가 왔다. 택시는 긴 헤드라이트 불빛을 앞세우고 길모퉁이를 돌아오면서 타이어로 물보라를 일으켰다.

그날 밤에 예의 그 계단 꿈을 다시 꾸었다. 겨울철에는 자주 꾸었지만 봄을 나고부터는 별로 꾸지 않던 꿈이었다. 나는 철제 계단 위에 있었다. 녹이 슨 계단. 손잡이도 없었다. 계단은 어둠 속으로 한없이 내려가고 있었다. 그런데 발판의 크기나 높이가 각각 달랐다. 발판의 높이가 높은 것도 있고, 낮은 것도 있고, 넓은 것도 있고, 내 발보다 좁은 것도 있었다. 계단은 점점 가팔라지다가 마지막에 가서는 아예 깎아지른 낭떠러지였다. 무서운 것은, 왜 그랬는지 이유는 모르겠지만, 누군가가 나를 앞서가고 있다는 점이었다.

4시경에 깨어났다. 다시 잠을 이룰 수 없었다. 코크런 부인의 수면제를 과하게 먹은 탓이었다. 수면제가 내 신경계에서 역작용을 일으켰다. 그렇게 잘 듣던 수면제도, 이따금씩은 낮에도 먹기 시작하면서부터는 더 이상 나를 재워주지 못했다. 나는 침대에서 일어나 창밖을 내다보았다. 손가락 끝에서 내 심장이 걷잡을 수 없이 뛰고 있었다. 검은 유리창 밖에서, 혹은 유리창에 비친 유령 같은 내 모습(왜 그리도 창백한가, 다정한 그대여!) 저쪽에서 나뭇가지 사이를 지나는 바람 소리가 들려왔다. 내 주위의 모든 풍경이 어둠 속에서 수많은 구릉이 되어 출렁거리는 것 같았다.

생각을 끊을 수 있으면 좋을 테지만 그렇게 되지 않았다. 끊으려고 애를 쓰면 쓸수록 오만 가지 생각이 꼬리를 물고 일어났다. 예를 들면 이러하다. 왜 헨리는 불과 두 달(몇 년 세월이 흐른 것 같다) 전에 나를 끌어들였을까? 나에게 자기네들이 처한 입장을 슬며시 흘린 것이 치밀하게 계산된 행위인 것도 의심할 나위가 없다. 헨리는 나의 허영심을 자극함으로써 내가 스스로 사건을 파헤치도록 했다(역시 너답군, 의자 등받이에 기대앉은 채 이렇게 말했었다. 나는 여전히 그 말을 할 때의 그의 얼굴을 기억할 수 있다. 내가 예상했던 대로 넌 역시 날카로워). 사실—당시에는 허영에 눈이 멀어 알지 못했다—그가 온 힘을 다해 나를 구슬리고 꼬드길 때, 나는 그의 칭찬에 은밀하게 자축까지 했다. 어쩌면—생각이 여기에 이르고 보니 식은땀이 났다—내가 헨리의 집으로 다시 들어간 것부터가 우연이 아닌지도 모른다. 내가 헨리의 집 안에서 발견한 것들 역시 헨리가 교묘하게 안배해놓은 무대장치였는지도 모른다. 가령 내가 책을 잊고 나온 것만 해도 그렇다. 헨리는 내가 책을 찾으러 자기 집으로 다시 오도록 그 책을 슬쩍 뽑아서 감추어두었는지도 모른다. 내가 책을 찾으러 올 때를 대비해서 집 안을 그런 난장판으로 만들어놓았는지도 모른다. 그러고는 비행기 좌석표 예매 번호가 메모된 쪽지를 전화기 옆에 두었는지도 모른다. 헨리로서는 충분히 할 만한 짓이다. 그렇다. 헨리는 내가 그 모든 것들을 알 수 있도록 교묘히 무대를 만들어놓았던 것이다. 그러고는 겁이 많고 호기심이 많은 나의 본능을 이용해서 교묘하게 그 일에 말려들게 만든 것임에 분명하다.

유리창에 비치는 내 그림자를 바라보고 있자니 구역질이 났다. 생각이 꼬리를 물었다. 내 입을 막는 것은 문제가 아니었다. 왜냐? 나도 결국은 엮여 들 것이므로. 나 없이는 할 수 없었을 것이므로. 그래. 버니는 나를 찾아왔다. 나는 나를 찾아온 버니를 헨리의 손으로 넘긴 꼴이다. 어째서 헨리의 눈치를 그렇게 까맣게 몰랐을까.

"리처드, 너는 경보장치와 같아. 버니가 다른 사람에게 그 이야기를 할 생각이었다면 먼저 네게 할 거야. 일단 이렇게 된 이상 사태는 걷잡을 수 없이 내리막길을 내달릴 거야."

걷잡을 수 없는 내리막길. 헨리의 이 지극히 냉소적이고 암시적인 말 한마디를 생각하고 있으려니 온몸이 스멀거리는 것 같았다. 아, 헨리는 어떻게 그런 말을 할 수 있었고, 나는 어떻게 그런 말을 태연하게 들을 수 있었을까? 그래. 그의 말이 옳기는 했다. 급격한 내리막길이었다. 이 말이 나오고 나서 24시간 뒤에 버니가 죽었으니까. 물론 내가 버니를 죽인 것은 아니다. 내가 버니를 죽인 것과 죽이지 않은 것의 차이가 당시에는 그렇게 중요하더니…… 이제 문제는, 누구 손으로 죽였느냐, 하는 것이 아니다.

헨리는 자기 계획이 실패로 돌아가면 나를 속여 넘길 생각이었을까? 속여 넘길 생각이었다면 어떻게? 그래, 헨리는 그럴 생각만 있으면 얼마든지 그럴 수 있는 위인이다. 그렇다. 당시에 내가 알고 있던 모든 사실은 모두 그의 입을 통해 안 것일 뿐이다. 만일에 헨리가 말을 하지 않았더라면 나는 아무것도 몰랐을 것이 분명하다. 일단 우리가 한 짓이 백일하에 드러날 고비를 넘긴 것은 분명하다. 그러나 1년 뒤, 20년 뒤, 50년 뒤까지 그렇게 비밀의 장막에 가려져 있으리라는 보장은 아무도 하지 못한다. 살인죄에는 공소시효가 없다. 새로운 증거만 발견되면 사건 수사는 재개된다.

밖은 어두웠다. 새들은 처마 밑에서 우짖고 있었다. 나는 서랍을 열고 그 안에 든 수면제를 세어보았다. 타이프 용지에 싸인 색색의 알약. 꽤 많이 남아 있었다. 내가 하려는 일에는 그 정도 분량이면 충분했다(코크런 부인은,

도둑맞은 수면제가 자기 아들을 죽인 자 중의 하나를 죽였다는 이 역설 앞에서 어떤 느낌을 갖게 될까). 방법은 쉬웠다. 한 줌 집어삼키면 되는 일이었다. 그러나 독서등 불빛 아래서 그 약을 들여다보고 있으려니, 속이 울렁거리면서 구역질이 났다. 죽은 버니의 얼굴이 생각났다. 거꾸로 보이던 세계가 이윽고 암흑으로 변전하는 것을 목격했을 터인, 공포에 질려 있는 버니의 그 멍청한 얼굴이…… 버니의 숨이 끊어진 것은 까마귀 떼가 날아오르는 그 순간, 유난히 솟은 배 위로 어두운 하늘이 바다처럼 펼쳐지는 바로 그 순간이었을 터였다. 그러고는 무(無). 썩은 나무등걸. 낙엽 사이를 지나는 벌레. 진흙과 어둠.

나는 침대에 누웠다. 절뚝거리는 심장의 박동이 느껴졌다. 하잘것없는, 피투성이의 병든 근육이 갈비뼈를 울리는 상상에 역겨워졌다. 빗줄기가 창을 후려치고 있었다. 비가 온 뒤라서 잔디밭이 질척했다. 해가 뜰 무렵 나는 판석길에 무수히 나와 꿈틀거리는 지렁이를 보았다. 섬세하면서도 구역질이 나는 수백 마리의 지렁이, 맹목적으로, 그리고 비에 씻긴 판석 위에서 절망적으로 뒤엉켜 있는 수백 마리의 지렁이를.

화요일 강의 시간에 줄리언은 찰스에게 전화를 걸었노라고 했다.

"리처드, 자네 말이 맞았어. 목소리를 들어보니 상태가 좋지 않은 것 같더군. 몸도 가누기 힘들어하고 혼란스러워하는 것 같지 않나? 진정제를 맞은 게 아닌가 하고 생각했네."

그는 수업 자료를 추리면서 미소를 띠고 말했다.

"가엾은 찰스. 커밀라는 어디 있냐고 했더니—그가 하려는 말이 뭔지 도무지 이해가 가지 않아서 그녀와 통화를 하고 싶었네—그가 그러더군."

(여기서 그는 목소리를 살짝 바꿔 찰스 흉내를 냈다. 모르는 사람은 몰라도, 그건 줄리언의 목소리였다. 여전히 교양 있고 부드러우나 톤만 살짝 높아졌을 뿐이었다. 마치 누굴 흉내 낼 때조차 감미로운 목소리를 버릴 수는 없다는 것처럼.)

"그러니까 아주 구슬픈 목소리로 '그녀가 숨어버렸어요.'라고. 꿈을 꾸고 있는 것 같았지. 오히려 감동적이었어. 그래서 난 그를 달래려 '돌아서서 눈을 가리고 하나부터 열까지 세고 있으면 커밀라가 돌아올 거야.'라고. 그랬더니 이 친구, 화를 내는 거야. 화를 내니까 찰스답더군. '그런다고 돌아올 애면 나가지도 않았을 겁니다.', 그러더라고. 그래서 내가 '이 사람아, 자네는 지금 **꿈을 꾸고** 있어.' 그랬더니 뭐라고 하더라? 그래, 이랬어. '꿈을 꾸는 게 아닙니다. 이건 꿈이 아닙니다. 엄연한 현실입니다.'"

의사는 찰스가 어떤 병을 앓고 있는지 정확하게 알아내지 못한 것 같았다. 병원에서는 일주일 동안이나 두 가지 항생제를 투여한 모양이었으나 병세는 호전되지 않았다. 그런데 세 번째로 투약한 항생제가 약간의 치료 효과를 발휘하는 모양이었다. 수요일과 목요일, 두 차례 찰스를 문병하고 돌아온 프랜시스는, 호조가 계속되면 주말쯤에는 집으로 돌아올 수 있을 것 같더라고 했다.

역시 뜬눈으로 밤을 새우고 맞은 금요일 아침 10시, 나는 걸어서 프랜시스네 집으로 갔다. 늦은 아침이라서 벌써 날씨가 더웠다. 다리가 휘청거리고 어지러웠다. 벌이 윙윙거리는 소리, 잔디깎이가 윙윙거리는 소리가 섞여서 들려왔다.

머리가 아팠다. 선글라스라도 하나 있었으면 싶었다. 프랜시스와는 11시

반 이후에나 만나게 되어 있었다. 그동안 있을 곳이 마땅치 않았다. 내 방은 일주일이나 청소를 못 한 탓에 엉망진창이었다. 공부를 하기에는 날씨가 너무 더웠다. 나는 난장판으로 어질러진 침대에 땀을 질질 흘리면서 누워 있는 도리밖에 없었다. 누군가가 틀어놓은 스테레오의 저음이 벽을 울리면서 내 방으로 쳐들어왔다. 나는 그 소리를 무시하려고 애썼다. 저드와 프랭크는 커먼스 홀 앞 잔디밭에다 엉성하기 짝이 없는, 거대한 현대식 구조물을 올리고 있었다. 이 때문에 우리는 아침부터 망치 소리와 전기드릴 소리에 시달려야 했다. 소문에 따르면 그들이 잔디밭에 세우고 있는 것은 '영광스러운 죽음'을 기념하는 스톤헨지 유형의 조형물, 말하자면 조각 작품이었다. 나는 그들이 무엇을 하고 있는지 모르는 상태에서 무심코 창밖을 내다보다가 그 구조물을 발견했다. 처음 보았을 때, 그것은 그냥 잔디밭에 우뚝 솟은 거대한 기둥이었을 뿐이었다. 그 기둥을 처음 보는 순간, 나는 까닭 모를 공포로 전율했다. 나는 이런 생각을 했다. 아, 놈들은 교수대를 세우고 있다. 커먼스 홀 잔디밭에다 교수대를 세우고 있다…… 이 끔찍한 환각은 곧 사라졌다. 그러나 환각에서 비롯된 연상 작용은 이상한 방향으로 계속되었다. 내 눈에 슈퍼마켓에서 파는 공포소설의 표지 같은 영상이 자꾸만 어른거렸다. 실제로 구조물 자체는 평범하고도 무해무익한 것일 수도 있었다. 그러나 새벽이나 석양 무렵에 가만히 보고 있으면, 그것은 영락없는 중세의 우중충한 교수대였다. 게다가 밤이면 그 구조물은 이따금씩 내가 천신만고 끝에 이르는 꿈나라에 길고 어두운 그림자를 드리우곤 했다.

문제는 내가 수면제를 과용한다는 데 있었다. 수면제를 먹어도 잠이 오지 않았으니 밤은 밤대로 괴로웠고, 밤에 잠을 자지 못했으니 낮은 낮대로 괴로웠다. 나에게는 밤과 낮, 새벽과 해 질 무렵이 따로 없었다. 수면제 없이 잠든다는 것은 불가능했다. 나에게 자연 수면이라는 것은 동화 속에나 나오는 내 어린 시절 이야기에 지나지 않았다. 그러나 그것마저도 떨어질 때가 많았다. 그럴 때마다 클로크나 브램 같은 친구들의 신세를 지지 않을 수 없었다. 며칠 동안 수면제 없는 수면을 시도한 일도 물론 있었다. 발상이야 좋았지만 결국 그것은 불가능했다. 수면제를 사용할 때의 내 일상이 기괴한 물속에 잠긴 채로 사는 삶이라면, 수면제를 끊었을 때의 내 일상은 빛과 소리의 난장판 속에서 사는 삶이었다. 요컨대 세상은 귀에 거슬리는 소리, 뾰족한 소리로 가득 차 있는 것 같았다. 세상은 초록의 천지, 땀과 수액의 천지였다. 대리석 보도의 갈라진 틈 사이로 잡초가 무성히 솟아오르고 있었다. 보도에 깔린, 혹한에도 갈라지지 않는다는 대리석 판석의 결이 볼만했다. 대리석 판석은, 노스 햄든에서 여름을 나고는 하던 어느 백만장자(1920년 전후의 경제공황 때 뉴욕 파크 애비뉴에 있는 어느 고층 건물에서 투신자살한)가 기증한 것으로 알려져 있었다. 산 뒤로 보이는 하늘이 대리석 판석처럼 우중충했다. 무더웠다. 비가 올 징조였다. 주택의 하얀 벽을 배경으로 놓인 빨간 제라늄이 그렇게 강렬할 수 없었다.

워터 거리로 꺾어 들었다. 워터 거리는 헨리의 집 앞을 남북으로 지나는 길이었다. 무심코 헨리의 집 앞을 지나다 보니 뜰 옆에 사람의 그림자가 보였다. 헨리일 리가 없어.

그러나 헨리였다. 그는 물뿌리개를 든 채 무릎을 꿇고 있었다. 처음에는 물로 판석을 씻고 있는 줄 알았는데 가까이 다가가 보니 아니었다. 그는 덩굴장미를 물로 닦고 있었다. 물을 뿌리면서 정성스럽게 덩굴장미 잎을 닦고 있는 그의 모습은 흡사 《이상한 나라의 앨리스》에 나오는, 맛이 살짝 간 정원사 같았다.

나는 인기척이 있으면 손길을 멈추겠거니 하고 기다렸다. 그러나 그는 내 쪽으로는 고개도 돌리지 않았다. 할 수 없어서 내가 뒷문을 열고 들어갔다.

"헨리, 뭘 하고 있어?"

헨리가 조용히 고개를 들었다. 그는 나를 보고도 놀라지 않았다.

"응, 진드기를 씻어내고 있어. 올봄이 좀 습했지? 두어 차례 약을 뿌리기는 했지만, 알은 죽지 않아. 알은 이렇게 손으로 씻어내는 수밖에 없대."

헨리는 이렇게 대답하면서 물수건을 물뿌리개 안에 넣고 헹궈내었다. 늘 느끼는 것이지만, 헨리의 모습은 보기에 좋았다. 약간은 뻣뻣하고 약간은 슬퍼 보이는 그의 모습은 그런 일과 참으로 잘 어울려 보였다. 나는 헨리를 미남자라고는 생각해본 적이 없다. 실제로 나는 여러 번, 헨리가 차림이나 몸가짐에서 격식을 찾지 않는다면 평범한 학생이나 다를 바 없을 것이라고 생각하곤 했다. 그러나 그날 만난 헨리는 달랐다. 그의 움직임은 딱딱하지도 않았다. 나는, 그의 움직임이 우아하고 편해 보이면서도 확신에 가득 차 있는 데 놀랐다. 그의 이마에는 머리카락이 흘러 내려와 부드럽게 바람에 날리고 있었다.

"이건 렌 드 비올레트, 굉장히 유서 깊은 덩굴장미야. 1860년에 미국으로 건너왔지, 아마. 그리고 이건 마담 이자크 페레르. 꽃에서 산딸기 향이 나."

헨리가 각기 달라 보이는 덩굴장미를 가리키면서 중얼거렸다.

그러나 나의 관심은 덩굴장미에 있지 않았다.

"커밀라 여기에 있어?"

내가 불쑥 물었다.

헨리의 얼굴로 보아 전혀 감정이 동요되는 것 같지 않았다. 물론 숨기려고 하는 것 같지도 않았다. 그는 하던 일을 계속하면서 대답했다.

"여기에 없어. 나올 때 보니까 자더군. 깨우기 뭣해서 그냥 나왔어."

놀랍게도 헨리는 커밀라가 자기 아내나 되는 것처럼 말하고 있었다. 하데스와 페르세포네처럼. 나는 교구 목사의 등처럼 단정한 그의 등을 바라보면서, 그가 커밀라와 함께 있는 모습을 상상해보았다. 네모 반듯한 손톱의 흰 손에 가녀린 커밀라의 손이 잡혀 있는 모습도 상상해보았다.

"찰스는 어때?"

헨리에게서 뜻밖의 질문이 날아왔다.

"잘 있어."

"곧 퇴원한다는 것 같던데?"

지붕에서 방수 합판이 바람에 펄럭거렸다. 그는 일손을 멈추지 않았다. 하얀 셔츠 등에서 X자로 만나고 있는 멜빵과 검은 바지를 보면서 나는 막연하게 아미시교도(메노나이트교회에 속하는 한 분파로, 문명사회를 거부하고 공동체를 이루어 살아간다. 특별히 간소화한 의복이 특징이다 – 옮긴이)를 떠올렸다.

"헨리."

그는 고개를 들지 않았다.

"헨리, 내가 참견할 일이 아니라는 건 알아. 그러나 너도 이제 일이 어떻게 되어가는지 모양새쯤은 알 때가 되었다고 생각해."

반응이 있겠거니 했는데 없었다.

"넌 아직 찰스를 만나보지 못했지? 나는 만나봤어. 넌 찰스의 꼴이 얼마나 형편없게 되어 있는지 모를 거야. 내 말이 미심쩍거든 프랜시스에게 물어봐. 줄리언도 찰스 일을 걱정하고 있는 정도야. 이런 말 하는 거, 나도 이제 지겹지만, 아무래도 네가 사태의 심각성을 이해하지 못하고 있는 것 같아서 그만둘 수가 없어. 찰스는 지금 제정신이 아니야. 커밀라에게는 무슨 방안이 있는 것 같지 않아. 찰스가 퇴원할 경우, 우리가 어떻게 해야 할지 나는 모르겠어. 과연 혼자 살려고 할지, 그것도 모르는 형편이야. 게다가 만일에 찰스가……."

헨리가 엉뚱한 소리를 하는 바람에 내 말은 여기에서 끊길 수밖에 없었다.

"미안하지만, 거기 있는 가위 좀 집어줄래?"

나는 가만히 있었다. 침묵이 오래 흘렀다. 결국 헨리는 제 손으로 가위를 집으면서 중얼거렸다.

"응, 이렇게 집으면 되는 걸 가지고. 됐어."

그는 정성스럽게 가지를 헤치고는 다른 가지를 건드리지 않도록 조심하면서 가운데 있는 마른 가지를 잘라냈다.

"너, 도대체 어떻게 된 사람이야?"

목소리를 낮추려고 무진 노력을 기울였는데도 뜻대로 되지 않았다. 뒤쪽에 있는 아파트 2층의 창문들이 활짝 열려 있었다. 사람들의 말소리, 라디오 소리, 발소리가 들렸다.

"왜 형편을 이렇듯이 껄끄럽게 만들고 있어? 내 말에 대답 안 할 거야?"

그런데도 그는 나를 돌아보지 않았다. 나는 그의 손에서 가위를 빼앗아 벽돌담에다 힘껏 던져버렸다.

우리는 서로 마주 보면서 한동안 서 있었다. 안경 뒤로 보이는 그의 눈은 차분했다.

"말해봐, 리처드."

이윽고 헨리가 중얼거렸다.

"뭘 말해?"

그의 강렬한 시선이 섬뜩했다.

"리처드, 너는 남의 감정 따위는 아랑곳하지 않는군?"

"무슨 소리야? 난 그렇지 않아."

"남의 감정을 존중한다고? 글쎄, 그런 것 같지 않던데? 좋아, 중요한 건 그게 아냐. 중요한 건, 나도 남의 감정을 별로 존중하지 않는다는 거야."

"도대체 무슨 소리를 하고 싶은 거야?"

"별것도 아니야. 내가 살아온 대부분의 인생은 말이지, 색깔도 없었고 싱싱하지도 못했어. 말하자면 죽은 인생이었던 거지. 내게 이 세상은 늘 텅 빈 무대였어. 그래서 나는 아주 단순한 것, 소박한 것도 즐기면서 살 수가 없었어. 내가 하는 일, 내가 사는 삶은 모두 죽은 일, 죽은 삶이었어. 그런데 그게 바뀌었어. 농부를 죽인 바로 그날 밤부터."

나는 이 당돌한 말에 놀라고 말았다. 소름이 끼치는 일이었다. 그는 나의 동의를 얻은 것처럼 배타적인 일체의 암호, 일체의 은어, 일체의 미사여구를 쓰지 않은 채 자기 감정을 물리적으로 말했다.

"그날 밤은 내 인생에서 가장 중요한 순간이었어. 바로 그 순간부터 나는 평소에 내가 하고 싶어하던 것들을 할 수 있게 됐어."

"그게 뭔데?"

"일체 생각하지 않고 삶을 살아가는 것."

인동덩굴 사이에서 벌이 윙윙거리고 있었다. 그는 다시 덩굴장미에 손을 댔다.

"그 이전의 나는 모르고 있었을 뿐, 마비 상태로 살고 있었어. 너무 생각하면서 살아가고 있었기 때문이지. 너무 마음으로만 살았기 때문이지. 그래서 나는 아무것도 결정할 수 없는 삶을 살고 있었어. 내 마음으로는 내 몸을 움직일 수 없는 삶, 나는 그런 삶을 살고 있었어."

"그런데 지금은?"

"그런데 이제는, 뭐든 내 마음 내키는 대로 하면서 살 수 있어. 내 짐작이 틀리지 않는다면, 너도 비슷한 걸 경험했을 거야."

"나는 네가 무슨 소리를 하는지 모르겠어."

"아니, 알 거야. 너는 저 힘과 쾌락의 분류(奔流)를 알고 있어. 비밀을 가진다는 것, 자기 손으로 세상을 다스리면서 산다는 것의 즐거움을 너도 알고 있어. 세상이 문득 넉넉해 보이던 순간을, 모든 것이 가능해 보이던 순간을 알고 있어."

그는 저 골짜기 이야기를 하고 있었다. 무섭게도, 그의 말이 옳았다. 끔찍한 일이었지만, 버니의 죽음을 통하여 심드렁하던 세상만사가 갑자기 총천연색 영화 같아 보였다는 것을 나는 부정할 수 없었다. 이 현란한 영상이 종종 신경과민의 원인이 되기는 했어도, 그게 불쾌한 것이 아니었음을 나는 부정할 수 없었다.

"이것과 내가 말하던 너와 찰스와의 문제 사이에 무슨 관계가 있는지 모르겠군."

"그래, 그건 나도 모르겠어."

그는 덩굴장미를 똑바로 세우고, 가운데에 지주를 세우면서 말을 이었다.

"그러나 내가 아는 게 하나 있어. 그것은, 네가 생각하는 그 문제라는 것이 사실은 별로 중요한 문제가 아니라는 거야. 지난 6개월 동안의 일이 그걸 증명하고 있어. 최근에 이르러 나는 무엇이 중요한 것인지를 깨달았지. 그것뿐이야."

헨리는 조금 물러선 뒤 다시 덩굴장미를 보면서 중얼거렸다.

"똑바로 선 건가, 가운데로 더 몰아야겠나?"

"헨리, 내 말 좀 들어봐."

"아무래도 가지를 너무 자르면 안 되겠어. 한 달 전에 했어야 하는 건데, 이렇게 늦게 가지를 자르면 수액이 너무 빠지거든. 하지만 그래도 않는 것보다는 낫지."

"헨리, 제발. 너 어떻게 된 거 아냐? 지금 사태가 어떻게 돌아가고 있는지 몰라?"

"이만 들어가 봐야겠군."

헨리는 일어서서 바지에 손을 닦았다. 그러고는 가위를 연장걸이에 걸고 돌아섰다.

나는 그가 집 안으로 들어가다가 돌아서서 잘 가라는 말 한마디 정도는 할 줄 알고 서 있었다. 그러나 그는 그냥 들어갔다. 뒤에서 문이 쾅 소리를 내며 닫혔다.

프랜시스의 방은, 내려진 블라인드 사이로 면도날 같은 빛줄기가 들어오고 있는데도 어두웠다. 프랜시스는 잠들어 있었다. 쾨쾨한 냄새가 났다. 술잔에 남은 술 위에 담배꽁초가 떠 있었다. 그의 침대 옆 탁자에는 군데군데 담뱃불 자국이 거뭇거뭇하게 남아 있었다.

우선 블라인드를 걷어 햇빛이 쏟아져 들어오게 했다. 프랜시스가 눈을 비비면서 내 이름이 아닌 다른 이름을 부르다가는 나를 알아보고 얼굴을 찡그렸다.

"어, 너로군. 아니, 뭘 하는 거야?"

그의 얼굴은 백피종(白皮種)처럼 창백했다.

"뭘 하긴? 함께 찰스를 문병 가기로 되어 있잖아?"

"오늘이 무슨 요일이야?"

"금요일."

"금요일? 나는 금요일이 싫어. 수요일도 싫고. 뒤로 자빠져도 코가 깨지는 재수 없는 날이거든."

그는 다시 침대에 벌렁 드러누워 천장을 바라보다가 엉뚱한 소리를 했다.

"뭔가 이상한 일이 일어날 것 같은 불길한 예감, 안 느껴져?"

"아니. 무슨 일이 일어날 것 같다는 거야?"

나는 이렇게 말했지만 사실은 가슴이 철렁 내려앉는 기분이었다. 나도 같은 느낌에 시달리고 있었기 때문이었다.

"모르겠어. 내 예감이 잘못된 건지도 모르지."

"창문 좀 열자. 냄새가 얼마나 나는지 알아?"

"상관 안 해. 축농증을 앓고 있어서 냄새를 못 맡아. 나 지금 굉장한 슬럼 프야. 지금은 찰스 만나러 갈 수 있을 것 같지 않아."

"가야 해."

"지금이 몇 시야?"

"11시쯤."

"기찬 아이디어가 있어. 우선 점심 먹고, 가든지 말든지 하자."

"이런 기분으로 어디 점심인들 맛있겠어?"

"그럼, 줄리언에게 연락해보자. 틀림없이 같이 갈 거야."

"줄리언에게는 왜?"

"이렇게 슬럼프에 빠질 때는 늘 줄리언이 보고 싶어지거든. 아니야. 모르겠어."

프랜시스는 이러면서 몸을 굴려 침대에 엎드렸다.

연구실 문을 두드리자 줄리언이 문을 빠끔히 열고 밖을 내다보고는—내가 처음 찾아갔을 때처럼—방문객이 우리라는 것을 확인하고는 활짝 열었다. 들어가자마자 프랜시스가 점심을 함께하러 가지 않겠느냐고 물었다.

줄리언이 푸짐하게 웃었다.

"좋지, 좋고말고. 암, 가고말고. 오늘은 참 이상한 날일세. 정말 희한한 날이야. 가면서 설명해주지."

줄리언의 정의에 따르면 세상은 참 재미있는 것이어서 대단한 일인 것 같아도 그 내막을 들여다보면 아무것도 아닐 수도 있고, 아무것도 아닌 것 같은데도 자세히 관찰하면 그렇게 희한할 수가 없다. 스스로 바깥세상과는 인연이 없는 사람으로 믿고 세상과 별로 접촉하지 않는 그는 종종 아무것도 아닌 것, 가령 현금자동지급기 혹은 슈퍼마켓에서 흔히 볼 수 있는 흡혈귀 모양의 시리얼, 통조림으로 되어 있는 요구르트 같은 것을 아주 희한한 것인 양 관찰하고는 했다. 우리에게는 이런 물건들을 20세기의 침입자쯤으로 치부하는 그의 독특한 견해가 재미있었다. 그래서 프랜시스는 가면서 할 것이 아니라 그 자리에서 그날이 왜 희한한 날인지 설명해달라고 졸랐다. 그러자 그가 설명을 시작했다.

"조금 전에 어문학과 교수실 비서가 내 방을 다녀갔네. 편지를 한 장 갖다 주더군. 어문학과 교수실에는, 왜, 송달 우편함이 있지 않나? 교수들은 어디에 보낼 편지가 있으면 여기에 넣어두기도 하고, 온 우편물이 있으면 여기에서 찾아가기도 하지. 하지만 나는 이걸 이용하지 않아. 나를 조금이라도 아는 사람은, 내가 교수실에 있지 않고 늘 이 연구실에 있다는 걸 알거든. 그런데 이 편지는 이상하단 말이야."

그는 돋보기 옆에 펼쳐져 있는 편지를 가리키면서 말을 이었다.

"나한테 오는 편지가 묘하게 모스 교수의 우편함에 들어 있었단 말이야. 모스 교수는 자네들이 알다시피 안식년을 보내고 있는 중이 아닌가. 그런데 모스 교수의 아들이 정기적으로 와서, 자기 아버지가 안식년 여행 중인 것을 모르는 사람들이 보낸 우편물을 찾아가고는 하는데, 마침 오늘 아침에 왔다가 자기 우편함에 누가 잘못 넣은 것이 분명한 이 편지를 보고는 교수실 비서에게 맡긴 거야."

프랜시스가 목을 쑥 빼고 편지를 보면서 물었다.

"무슨 편진데요? 누구에게서 온 편진데요?"

"버니에게서 온 거라네."

줄리언이 느릿느릿하게 대답했다.

칼끝 같은 공포의 서슬이 내 가슴을 찌르고 들어오는 것 같았다. 우리는 날벼락 맞은 사람의 얼굴을 하고는 줄리언을 쳐다보았다. 그는 우리를 보면서 푸짐하게 웃었다. 우리가 놀라는 것을 즐기는 눈치였다.

"진짜 에드먼드의 편지일 리야 있나? 이건 가짜야. 그것도 대단히 허술하게 만든 가짜. 타이핑된 이 편지에는 서명도 없고 날짜도 없어. 말하자면 가짜의 조건을 두루 갖춘 편지라고 할 수 있지."

"타이핑이 된 편지라고 하셨습니까?"

프랜시스가 물었다.

"응."

"하지만 버니에게는 타자기가 없었습니다."

"암, 에드먼드는 4년간이나 내 방을 들락거렸지만, 내게 타이핑된 과제물을 제출한 적은 한 번도 없네. 내가 아는 한, 에드먼드는 타자를 칠 줄도 몰라. 내 말이 맞아?"

"맞습니다. 못 칩니다."

프랜시스가 머뭇머뭇하면서 대답했다. 나도 고개를 끄덕였다. 그러나 내가 아는 한, 프랜시스가 아는 한, 버니는 타자를 칠 줄 알았다. 물론 타자기가 없다는 것은 확실했다. 그러나 그는 프랜시스의 것을 빌려서 치거나, 도서관에 있는 구식 타자기를 더러 치고는 했다. 줄리언은 버니가 타이핑된 과제물을 낸 적이 한 번도 없다고 했다. 이것은 사실이었다. 우리가 말을 하지 않아서 그렇지, 사실은 우리 중에 과제물을 타이핑해 제출한 사람은 하나도 없었다. 여기에는 이유가 있다. 영어 자판이 붙은 타자기로 그리스어 알파벳를 치는 것은 불가능하다. 헨리에게는 뮈코노스에서 산 휴대용 그리스어 타자기가 있었다. 그러나 헨리도 그 타자기는 이용하지 않았다. 그의 설명에 따르면, 자판의 배열이 영어와는 달라서 자기 이름을 찍으려고 해도 자그마치 5분이나 걸리기 때문이었다.

"이따위 장난을 하는 작자가 아직도 있다는 건 참으로 슬픈 일이 아닌가. 누가 이런 짓을 했을까, 나는 도무지 짐작이 안 가."

줄리언이 중얼거렸다.

"이 우편물은 얼마나 오래 모스 교수님의 우편함에 있었답니까?"

프랜시스가 물었다.

"글쎄, 언제 그 우편함에 들어갔는지는 아무도 모르지. 어제 들어갔을 수도 있는 일이니까. 그런데 어문학 교수실 비서의 말에 따르면 모스 박사의 아들은 지난 3월 이래 자기 아버지 우편함을 처음 털었다는 거야. 말하자면 3월에 들어갔을 수도 있고, 어제 들어갔을 수도 있다는 뜻 아니겠나? 이 봉투를 보면 알겠지만 여기에는 타이핑된 이름밖에는 없어. 주소도, 날짜도, 우체국 소인도 없어. 그러니까 내가 가짜라는 것이야. 그런데 문제는 누가 이따위 잔인한 장난을 하느냐는 거야. 이걸 학장에게 보이려다가 가만히 생각해보니 에드먼드 때문에 학교가 한바탕 떠들썩했는데 이런 일로 또 그래서야 되겠나 싶어서 망설이고 있네."

처음의 경악과 공포가 불러일으킨 충격이 어느 정도 가시고 나니 숨쉬기가 조금 쉬웠다. 그래서 내가 물어보았다.

"도대체 어떤 편집니까?"

"보고 싶으면 보게. 앞에 있으니까."

줄리언이 어깨를 으쓱해 보였다. 나는 문제의 편지를 집어 들었다. 줄리언이 내 어깨 너머로 눈길을 던지고 있었다. 대여섯 장의 종이에 행간을 넓게 잡고 쓴 편지였다. 종이를 보니 버니가 쓰던 종이가 아니었다. 그러나 대여섯 장의 종이는 크기가 엇비슷한 것일 뿐 같은 종이도 아니었다. 이따금씩 반은 까맣고 반은 빨갛게 글씨가 찍힌 것으로 보아, 타자기는 도서관의 철야 독서실에 있는 타자기임에 분명했다.

편지의 문장은 조리가 닿지 않고, 일관성이 없는 것으로 보아, 놀랍게도 버니가 쓴 편지인 것 같았다. 나는 편지를 주르륵 훑어보았을 뿐이어서 여기에 자세하게 그 내용을 소개할 수가 없다. 나는 그 편지를 훑어보면서 만일에 그것이 버니가 쓴 편지임에 분명하다면, 최후를 맞기 직전에, 말하자면 정신적인 균형을 잃고 있을 동안에 쓴 것이기 쉽다고 생각했다. 진짜 버니가 줄리언에게 보내는 편지에 썼을 것이라고 믿기에는 좀 어울리지 않는 대단히 어려운 표현, 상당히 섬세한 상황 묘사도 들어 있었다. 물론 서명은 되어 있지 않았다. 그러나 버니 코크런이 썼을 것이라는 증거는 도처에 있었다. 먼저 철자가 자주 틀리고 있는 점이 그랬다. 그것도 버니의 특징적인 오철(誤綴)이 자주 발견된다는 점에서 그랬다. 그러나 다행히도 줄리언이 그것을 눈치챈 것 같지는 않았다. 버니는 글솜씨가 없어서 줄리언에게 제출되는 과제물은 다른 사람의 교열을 거치는 경우가 대부분이기 때문이었다. 물론 버니가 쓴 것이 아니라고 주장할 수도 있었다. 그러나 배튼킬 살인 사건에 관한 정황 묘사가 너무나 정확했다.

"그(헨리를 지칭하는 것임에 분명했다)는 괴물입니다. 그는 사람을 죽이고 이제 저마저 죽이려 합니다. 모두가 한통속으로 저를 노립니다. 그가 지난 10월 배튼킬 군에서 죽인 사람의 이름은 맥리입니다. 자세히는 모르겠지만 때려죽였을 것으로 저는 봅니다."

버니가 아니고서는 알 수 없을 정확한 묘사(가령 쌍둥이 남매의 수상한 관계 같은)도 있었고, 거짓에 가까운 지나친 묘사도 있었다. 바로 이 거짓에 가까운 묘사 때문에 줄리언은 가짜로 보는 모양이었다. 말하자면 지나친 묘사가 진실에 가까운 묘사를 죽이고 있는 셈이었다. 나에 대한 언급은 없었다. 술에 취한 나머지 절망적으로 내뱉고 있는 듯한 글투는 나에게 조금도 생소하지 않았다. 따라서 진짜 버니의 편지일 가능성이 높았다. 물론 당시에는 몰랐지만, 지금 생각해보면 버니는 술에 취한 채 내 방에 와서 푸념을 한 직후 혹은 직전에 철야 독서실에서 편지를 타이핑했던 것임에 분명하다. 만일에 내 방에서 헨리 패거리의 비밀을 나에게 털어놓은 직후라면, 내가 과학관 공중전화로 헨리에게 전화를 걸던 때에 해당한다. 마지막 구절은 지금도 내 기억에 생생하게 남아 있다. 그것은 독니처럼 내 살 속에 박히는 문장이었다.

"제발 저를 좀 살려주십시오. 교수님은 저를 살려주실 수 있는 유일한 분이시기 때문에 이 편지를 쓴 것입니다."

프랜시스가 심드렁하게, 지극히 태연한 어조로 중얼거렸다.

"누가 썼는지는 모르겠지만, 그 자식 철자 한번 개판이다."

줄리언이 그 말을 엿듣고 웃었다. 줄리언은 꿈에라도 그 편지를 진짜로 여겨보지 않는 모양이었다. 프랜시스는 편지를 추리다가 맨 뒷장에서 두 번째 장을 보고는 문득 손길을 멈추었다. 종이가 다른 종이와는 현저하게 달랐다. 프랜시스는 그 종이를 들여다보다가 중얼거렸다.

"이건……."

프랜시스는 이렇게 말하려다 말고 입을 다물어버렸다.

"뭔가?"

줄리언이 물었다.

프랜시스는 잠깐 머뭇거리다가 대답했다.

"이건, 리본이 다 닳은 타자기로 찍은 겁니다. 누가 쳤는지 모르겠지만 타자기 리본부터 갈아야겠는데요?"

그러나 이건 프랜시스가 하려던 말이 아니었다. 나는 프랜시스가 하려던 말이 무엇인지 알았다. 프랜시스가 하려던 말은 정확하게 내 생각과 일치하고 있었다. 종이를 추리다가 우리가 심장이 멎을 만큼 놀랐던 것은 그 뒤에 있던 마지막 장의 종이가 우리 눈에 익은 것이었기 때문이었다. 그 종이는 윗부분에 주소와 함께 엑셀시오르 호텔의 이름이 찍힌 그 호텔 전용 편지지였다. 엑셀시오르는 물론 버니와 헨리가 로마에서 묵었던 호텔 이름이었다.

우리가 헨리로부터 들은 바에 따르면 편지지와 관련된 이야기는 이렇게 된다. 버니는 죽기 전날 그에게 편지지를 한 상자 사달라고 했다. 버니가 요구하는 편지지는 영국에서 수입된 것으로 값이 엄청나게 비쌌다. 물론 햄든 문방구에서는 최고품이었다. 버니는 이 편지지를 사달라고 헨리를 여러 차례 졸랐지만 헨리는 편지지를 한 상자나 산다는 것이 우스꽝스러워 이를 거절했다. 헨리는 버니가 엑셀시오르 호텔에서 가지고 온 편지지가 바닥나서 그런다는 것을 알고, 자기 책상을 뒤져 크기가 비슷비슷한 종이와 함께 남아 있던 엑셀시오르 편지지를 주었다.

나는 그 편지지를 보지 않으려 했지만 그것이 자꾸만 내 시야로 들어왔다. 푸른색으로 찍힌 궁전 그림. 이탈리아 식당 메뉴에 나오는 듯한, 필기체로 쓰인 엑셀시오르. 편지지 가장자리의 푸른 테. 틀림없는 그 편지지였다.

"사실 말이지, 나는 아직 이걸 다 읽지 못했어. 이 가짜 편지를 쓴 사람에게는 대단히 미안하지만. 다른 사람들은 뭐라고 할지 몰라도 이건 학생들의 장난이 분명해."

"교수님 중 한 분이 쓰셨을 수도 있지 않습니까?"

프랜시스가 엑셀시오르 편지지를 덮으면서 응수했다. 우리는 시선을 맞추지 않았다. 그러나 나는 프랜시스가 나에게 무슨 메시지를 보내고 있는지 알 수 있었다. 이 편지지만 훔쳐내면 된다. 자, 이걸 어떻게 빼돌릴 것인가? 그는 이렇게 말하고 있었다.

나는 줄리언의 주의를 흐트러뜨리기 위해 창가로 다가가, 줄리언과 프랜시스에게는 등을 돌린 채로 중얼거렸다.

"와, 날씨 좋다. 이렇게 아름다운 초록의 천지가 한 달 전까지만 해도 눈에 덮여 있었다니 믿어지지 않네……."

그러나 너스레를 떨고 나니 너무 공허했다. 그렇다고 해서 뒤를 돌아볼 수도 없었다.

"그래. 정말 아름답다."

줄리언의 목소리가 나의 예상과는 달리 엉뚱한 곳, 책상에서 좀 떨어진 서가 쪽에서 들려왔다. 나는 그제야 고개를 돌렸다. 그는 양복 윗도리를 입고 있었다. 프랜시스는 표정으로 보아 그 편지지를 빼돌리는 데 실패한 것 같았다. 그는 눈초리로 줄리언을 주시하면서 몸을 옆으로 가볍게 돌렸다. 줄리언도 기침을 하느라고 고개를 옆쪽으로 돌렸다. 절호의 기회였다. 그러나 프랜시스가 그 편지지에 손을 댄 순간 줄리언이 다시 고개를 그쪽으로 돌렸다. 프랜시스는 황급히 그 편지지에서 손을 떼고는 하릴없이 편지지 전부를 들고 간추렸다.

"나갈 준비들 되었나?"

줄리언이 문 쪽으로 다가서면서 물었다.

"네, 다 됐습니다."

프랜시스가 이렇게 대답하면서 간추린 편지를 다시 책상 위에 놓았다. 우리는 줄리언의 뒤를 따라 웃고 떠들어대면서 연구실을 나섰다. 프랜시스 의 어깨에서 긴장이 느껴졌다. 나 역시 긴장을 견디느라고 아랫입술을 꽉 깨물었다.

한마디로 비참한 점심이었다. 눈부시게 맑은 날이었다는 것, 우리 자리가 창에 바짝 붙어 있었다는 것, 바로 이 때문에 눈이 부셔 가뜩이나 당혹스럽 고 불편한 자리가 더 당혹스럽고 불편했다는 것이 가장 먼저 기억에 떠오 른다. 그런데 일이 잘못되느라고 그랬겠지만 시종 화제는 편지, 편지, 편지 만 맴돌았다. 누가 줄리언 모로 교수님을 모함하려고 쓴 편지 아닐까요? 아 니면 저희들을 골탕 먹이려고 어떤 녀석이? 프랜시스는 나보다 훨씬 침착 했다. 그러나 포도주를 두 잔이나 엎지른 것을 보면 그 역시 정상은 아니었 던 모양이다. 게다가 그의 이마에는 땀이 솟아 있었다.

줄리언은 그 편지가 가짜라고 확신하는 것 같았다. 그러나 엑셀시오르 호텔의 로고타이프가 찍힌 편지지 윗부분을 볼 경우 문제는 달라질 수밖에 없었다. 헨리와 버니가 엑셀시오르 호텔에 2주가량 묵었다는 사실은 우리만 아는 것이 아니었다. 줄리언은 우리보다 더 확실하게 알고 있었다. 우리의 희망은, 줄리언 교수가 그 편지를 다른 사람에게 보이거나 다시 처음부터 끝까지 읽어보거나 하지 않고 문제의 편지지를 없애버리는 것이었다. 그러나 줄리언은 비밀스러운 것을 좋아했기 때문에 그것을 다시 읽을 가능성이 더 많았다. 그것은 줄리언에게는 지적인 탐정놀이였고 그는 편지를 앞에 놓고 며칠 동안 연구라도 족히 할 사람이었다(아니지, 교수가 썼을 거라고? 그럴 리가 없어). 나는 그가 학장에게 그 편지를 보일지도 모른다고 생각했다. 그렇다면 그전에 어떻게 하든지 손을 대야 했다. 그러자면 그의 연구실로 잠입하는 수밖에 없었다. 편지가 프랜시스가 놓고 나온 바로 그 자리에 계속 있을 가능성은 예닐곱 시간뿐이었다. 저녁이 되어 집으로 돌아갈 때 줄리언이 그 편지를 가져갈 가능성도 있기 때문이었다.

나는 식사 중에도 마셨고 디저트를 주문할 때도 뒤숭숭한 심사를 달래기 위해 커피 대신 브랜디를 시켜 마셨다. 프랜시스는 두 차례나 전화를 건다면서 자리를 떠났다. 프랜시스는 헨리에게 전화를 걸어 우리가 줄리언을 브래서리에 잡고 있을 테니까 연구실로 들어가 그 편지를 확보하라고 할 모양이었다. 그러나 잔뜩 굳어진 얼굴로 돌아오곤 하는 것을 보면 프랜시스가 헨리와 접촉했을 가능성은 희박했다. 돌 씹은 얼굴을 하고 자리에 앉는 프랜시스를 바라보면서 나는 이런 생각을 했다. 전화를 걸러 갈 수 있을 바엔, 왜 자동차로 줄리언의 연구실로 달려가지 못하는 것일까? 자동차 열쇠만 있으면 나라도 달려가고 싶었다. 그러나 이런 생각을 한 것은 이미 때가 늦은 다음이었다. 자동차에 잊은 물건이 있으니까 열쇠를 달라고 하려는 즈음 프랜시스가 셈을 치르기 위해 일어섰기 때문이었다.

학교로 돌아오는 자동차 안에는 기이한 침묵이 흘렀다. 문득, 마음만 먹으면 아무리 은밀한 대화라도 쉽게 나눌 수 있던 우리들의 지난날이 생각 났다. 우리는 다른 친구들이 아무리 많아도 그리스어 아포리즘이나 인용구를 통하여 언제든 은밀한 이야기를 나눌 수 있었다. 그러나 줄리언 앞에서 그것은 불가능했다.

줄리언은 우리에게 연구실로 함께 들어가 차라도 한잔 마시자고 했으면 좋았을 텐데 그러지도 않았다. 우리는 멀거니 보도를 따라 뤼케이온으로 올라가는 그의 뒷모습만 바라보고 있는 수밖에 없었다. 오후 1시 반이었나.

우리는 줄리언이 사라진 뒤에도 한동안 꼼짝도 않고 자동차 안에 앉아 있었다. 프랜시스의 얼굴에서, 줄리언에게 인사할 때 떠올렸던 미소가 사라졌다. 갑자기 프랜시스가 이마로 핸들을 들이받으면서 섬뜩하리만치 큰 소리로 외쳤다.

"이런 제길, 이런 빌어먹을, 이런 네미랄."

"이거 왜 이래?"

나는 그의 팔을 잡아당겼다.

"이런 제길, 이런 빌어먹을."

프랜시스가 이번에는 머리를 뒤로 젖히고 주먹으로 관자놀이를 치면서 같은 소리를 했다.

"진정해."

"리처드, 끝났어. 이제 끝났어. 감옥행이야."

"닥치고, 머리나 좀 굴려보자."

"이것 봐. 튀자고. 지금 출발하면 해거름에는 몬트리올에 도착할 수 있을 거야. 거기에 가면 우리를 알아볼 사람이 없어."

"정신 나간 소리 하고 있을 때가 아니야, 프랜시스."

"몬트리올에 한 이틀 있다가 자동차를 팔고, 이번에는 버스를 타고 가는 거야. 어디가 좋을까? 서스캐처원이 어떨까? 되도록이면 먼 곳, 되도록이면 괴상한 곳으로 가는 거야."

"프랜시스, 좀 진정하라니까. 방법이 있을 것도 같아."

"무슨 방법이 있어?"

"먼저, 헨리를 찾아야 해."

"헨리? 헨리가 있은들? 헨리가 무슨 일을 어떻게 할 수 있겠어? 그 자식 정신 딴 데 가 있어."

"정신은 딴 데 가 있어도 주머니에 줄리언의 연구실 열쇠는 있잖아?"

"그래, 헨리에게 있을 거야. 전에 종종 가지고 다녔거든."

"가자. 헨리를 찾아내서 이곳으로 싣고 오자. 헨리라면 구실을 만들어 줄리언을 연구실에서 끌어내는 것도 문제가 아니야. 그러면 우리 둘 중의 하나가 헨리에게서 받은 열쇠로 연구실 문을 열고 들어가……."

썩 괜찮은 계획이었다. 문제는 헨리를 찾는 것이 우리 생각같이 쉽지 않았다는 데 있었다. 집에도 없었다. 앨버말 주차장에도 헨리의 차는 보이지 않았다.

우리는 학교로 돌아와 도서관을 뒤져보고는 다시 앨버말로 갔다. 차에서 내려 앨버말 주위를 돌아다니면서 찾아보았다.

앨버말 인 호텔은 19세기에 부호들의 휴양소로 지은 호텔이었다. 러디어드 키플링, F. D. 루스벨트도 묵은 것으로 되어 있는 호텔은 당시에야 얼마나 호화스러웠는지는 몰라도 우리에게는 웬만큼 큰 개인 주택과 별로 다를 것이 없어 보였다.

"프런트에 가서 알아봤지?"

내가 프랜시스에게 물었다.

"프런트 뒤지는 걸로는 소용이 없어. 그 애들은 가명으로 들어가 있다고. 헨리는 프런트에 공갈을 쳐두었거나, 아니면 이상한 이야기를 만들어가지고 꾀어둔 게 분명해. 지난번에 와서 물어보려고 했는데 말도 못 붙이게 하더라고."

"로비를 지나는 방법이 없어?"

"모르겠어. 우리 어머니와 크리스가 이 호텔에 묵은 적이 있어. 별로 크지는 않아. 내가 아는 한 계단은 한 군데밖에 없어. 그런데 그 계단으로 오르자면 프런트 로비를 지나야 한단 말이야."

"아래층 창은?"

"커밀라는 2층 혹은 그 위에 묵고 있을 가능성이 커. 지난번에 만났을 때 커밀라는 가방을 위로 운반했다, 뭐 이런 이야기를 한 것 같아. 비상계단이 있기는 하겠지만, 올라간들 무슨 수로 방을 찾아내지?"

우리는 포치로 접근했다. 스크린도어 안쪽은 컴컴한 로비였다. 프런트 뒤에는 육십대 남자 하나가 반달형 안경을 코에 걸고 〈베닝턴 배너〉를 읽고 있었다.

"네가 지난번에 만난 게 저 양반인가?"

"아냐. 저 양반의 마누라를 만났어."

"그럼 저 양반은 만난 적이 없네?"

"없어."

나는 문을 밀고 살그머니 안으로 들어갔다. 호텔 주인은 신문을 보다 말고 눈을 들어 나를 아래위로 훑어보았다. 뉴잉글랜드 특유의, 은퇴하고 호텔이나 경영하는 시골 부자 같았다.

나는 푸짐하게 웃으면서 그에게 접근했다. 그의 머리 위에 열쇠 보드가 있었다. 보드는 층에 따라 정리되어 있었다. 2층에는 세 군데, 즉 2-B, C, E 방의 열쇠가 없었고 그리고 3층에는 3-A 한 군데만 열쇠가 없었다.

"뭘 도와드릴까요?"

주인이 냉랭한 목소리로 물었다.

"미안합니다. 우리 부모님이 캘리포니아에서 이 호텔로 오시게 되어 있는데, 확인 좀 하려고요."

그가 숙박인 명부를 펴 들고 물었다.

"성함이 어떻게 되시죠?"

"레이번. 클로크 레이번 부부입니다."

"예약이 안 되어 있는데요?"

"우리 부모님은 예약을 잘 안 합니다."

"우리는 48시간 전에 예약은 물론 보증금까지 받는 걸 원칙으로 하고 있어요."

"비수기에는 예약이 필요 없을 거라고 생각하셨는지도 모르죠."

"예약을 하지 않으실 경우에는, 이곳에 오셔도 방 차지가 된다는 보장이 없답니다."

나는 주차장에 자동차도 몇 대 없는데 예약은 무슨 예약이냐고 하고 싶었지만 꾹 참고 계속해서 웃으면서 물었다.

"그럼 큰일이군요. 부모님이 탄 비행기는 오늘 정오 올버니에 도착했습니다. 조만간 이리로 오실 것입니다."

"오늘 같으면 예약이 없어도 괜찮지만."

"여기서 잠깐 기다려도 괜찮겠죠?"

별로 달가워하는 눈치는 아니었으나 싫다고도 하지 않았다. 그는 입을 삐죽 내밀고는 신문으로 다시 눈을 돌렸다. 틀림없이 내 부모님이 오면 예약에 관한 자기 호텔의 방침을 설교할 태세였다.

우리는 고색창연한 소파에, 되도록이면 프런트에서 멀찍이 떨어져 앉았다.

프랜시스는 초조한지 주위를 두리번거렸다.

"여기 별로 앉아 있고 싶지 않다. 저 영감의 마누라가 나를 알아보면 문제가 골치 아프게 되거든."

"저 영감 되게 딱딱하게 군다, 그렇지?"

"마누라는 한술 더 떠."

호텔 주인 영감이 돌아앉았다. 나는 프랜시스의 어깨에 손을 올리고 속삭였다.

"곧 돌아올게. 저 영감이 나 어디 갔느냐 묻거든 화장실 갔다고 그래, 알았지?"

계단에도 카펫이 깔려 있어서 걸어 올라가는데도 소리가 나지 않았다. 복도를 따라가다 보니 곧 2-B와 2-C가 보였다. 문이 육중했지만 머뭇거릴 시간이 없었다. 나는 2-C를 먼저 두드렸다. 대답이 없었다. 나는 더 세게 두드리면서 커밀라의 이름을 불렀다.

2-E 쪽에서 조그만 강아지 한 마리가 꼬리를 살랑거리며 다가왔다. 2-C 바로 옆방 문도 두드려보려는데, 갑자기 문이 열리면서 골프복 차림의 중년 여성이 문을 열고 나왔다.

"누굴 찾으시나요?"

나는 3층으로 통하는 계단을 올랐다. 이상한 일이지만 커밀라가 어쩐지 3층에 있을 것 같다는 생각이 들었기 때문이었다. 계단을 올라 막 복도로 접어드는 참인데 타월 바구니를 든 육십대 아주머니가 불쑥 나타나 나에게 소리쳤다.

"잠깐만, 여기에서 뭘 하고 있어요?"

그러나 나는 호텔 안주인을 무시하고 3-A의 문을 두드렸다.

"커밀라, 리처드야. 문 열어줘!"

그런데 커밀라가 기적처럼 나타났다. 판유리로 들어온 햇살을 등지고 맨발로 나온 커밀라의 얼굴에는 놀라워하는 기색이 역력했다.

"아니, 여기에서 뭘 하고 있어?"

커밀라가 물었다. 내 뒤까지 따라붙은 호텔 안주인도 같은 질문을 했다.

"당신 여기에서 뭘 하고 있어요? 당신 누구예요?"

"아, 괜찮아요, 내 친구예요."

커밀라가 대신 대답했다.

"빨리 들어가게 해줘."

나는 숨이 넘어가는 것 같았다.

커밀라는 내가 들어가자 문을 닫았다. 참으로 아름다운 방이었다. 참나무 벽판, 벽난로, 맵시 있게 놓인 침대 하나…….

"헨리 여기 있어?"

"무슨 소리야? 찰스에게 무슨 일이 생긴 거야? 무슨 일이야?"

찰스. 나는 찰스의 존재를 까맣게 잊고 있었다. 나는 애써 숨을 고르면서 방 안을 둘러보았다.

"찰스 문제 아냐. 설명할 시간이 없어. 지금 헨리를 찾아야 해. 헨리 어디 있어?"

커밀라가 시계를 보았다.

"줄리언의 연구실에 있을 시각이야."

"줄리언?"

"응. 그런데 어떻게 된 거야? 헨리는 이 시각에 줄리언을 만나기로 약속이 되어 있었던 모양이야."

사색이 된 내 얼굴을 보면서 커밀라가 대답했다.

나는 호텔 주인과 안주인이 정보를 교환하기 전에 서둘러 프런트 로비로 내려갔다.

"이제부터는 어쩐다? 밖에서 기다리면서 굿이나 보고 떡이나 먹어?"

학교로 달리는 차 안에서 프랜시스가 물었다.

"헨리를 놓치면 안 돼. 둘 중 하나가 연구실로 올리기는 수밖에 없어."

프랜시스가 담배를 물고 라이터를 켰다. 라이터 불이 심하게 떨렸다.

"헨리가 거기 있기만 하면 일은 잘 풀릴 거야."

"글쎄다."

말은 그렇게 했지만 헨리가 거기에 있는 것만 확실하다면 한시름은 덜게 되는 셈이었다. 편지지 위에 찍힌 엑셀시오르의 로고타이프만 보게 된다면 헨리는 틀림없이 그것을 어떻게든 처리할 터였고, 처리하기로 들면 헨리는 나나 프랜시스보다 훨씬 효과적으로 처리할 터였다. 게다가 썩 기분이 좋지는 않지만 헨리는 줄리언의 애제자였다. 그 같으면 마음만 먹으면, 경찰에 갖다준다거나, 가지고 가서 분석해보아야 한다는 등의 구실을 달아 편지 전부를 빼돌리는 것도 가능할 터였다. 그러나 문제는 헨리가 엑셀시오르의 편지지를 줄리언보다 먼저 발견해야 한다는 것이었다.

프랜시스가 나를 곁눈질하면서 물었다.

"줄리언이 먼저 그 편지지를 발견하면, 우리는 어떻게 하지?"

"모르겠어."

사실이 그랬다. 나는 그렇게 될 경우 줄리언이 보일 반응을 상상해보았다. 내가 상상해낸 줄리언의 모습은 실로 멜로드라마적이었다. 심장마비로 쓰러지는 줄리언, 팔자를 한탄하면서 통곡하는 줄리언.

"줄리언이 우리를 경찰에 넘길 것 같지는 않아."

프랜시스가 중얼거렸다.

"그야 모르는 일이지."

"넘기지 못할 거야. 줄리언은 우리를 **사랑하니까**."

나는 아무 대꾸도 하지 않았다. 줄리언이 나를 어떻게 생각하든, 나는 그에게 진정한 애정과 신뢰를 기울이고 있었다. 부모님이 내게서 점점 멀어져가면서, 내 삶에서 자비로운 부성적 존재로 자리 잡아가는 사람은 줄리언이었다. 나에게 줄리언은 이 세상에서 하나뿐인 나의 보호자 같았다.

"먼저 줄리언에게 설명하지 않은 것은 우리의 실수였던 것 같아."

프랜시스의 말이었다.

"그럴지도 모르지."

줄리언이 결국에는 우리가 한 일을 낱낱이 알아내게 될지, 아니면 역시 그럭저럭 넘어가게 될지 그것은 알 수 없는 일이었다. 그러나 이 일련의 사태를 다른 사람에게 설명하는 것보다는 줄리언에게 설명하기가 훨씬 쉬울 것임은 분명했다. 그의 반응은 헨리로부터 배튼킬 사건에 관한 이야기를 들으면서 내가 보였던 반응과 대체로 비슷할 것 같았다. 모르기는 하지만 줄리언은 살인자라는 것을, 사악하고 자기중심적인 인간이라고 보기보다는 편견에 쫓기는 비극적인 존재("나는 모든 것을 다 해보았다." 톨스토이는 이렇게 자랑하곤 했다. "나는 심지어 사람도 죽였다")로 파악할 것 같았다.

"줄리언이 자주 인용하는 말에 따르면……."

프랜시스가 말끝을 흐렸다.

"뭔데?"

"힌두 성자 이야기야. 전장에서 수천 명을 죽였어도 후회하는 순간에 이르러서야 비로소 죄악이 된다고 한."

"하지만 우리는 힌두교도가 아니야."

나도 줄리언이 그런 이야기를 하는 것을 본 적이 있었다. 그러나 그 진정한 의미를 안 것은 프랜시스로부터 다시 들은 바로 그 순간이었다.

나는 줄리언의 연구실로 올라갔다.

"리처드 아닌가?"

그의 말투에는 찾아와 줘서 반갑다, 그러나 찾아온 시간은 적당하지 못하다, 이 두 가지의 의미가 동시에 실려 있었다.

"헨리 여기에 있습니까? 헨리에게 긴히 할 얘기가 있어서요."

"물론 와 있지."

줄리언은 약간 놀란 표정을 지으면서 문을 활짝 열었다.

헨리는 우리가 함께 그리스어를 공부하던 바로 그 책상 앞에 앉아 있었다. 줄리언의 의자는 헨리 옆으로 끌려와 있었다. 책상 위에는 몇 가지 인쇄물이 놓여 있었다. 문제의 편지는 바로 그 인쇄물 위에 얹혀 있었다.

"헨리, 잠깐만 얘길 좀 나눌 수 있을까?"

"좋지."

헨리의 어조는 냉담했다.

나는 돌아서서 복도 쪽으로 몇 걸음 걸었다. 그러나 헨리는 밖으로 나오지 않았다. 그는 내 눈길을 피하고 있었다. 이런 빌어먹을, 그는 내가 자기 집 뜰에서 하던 이야기를 계속하려는 것으로 오해하고 있었던 모양이다.

"잠깐만 밖으로 나와줄 수 있어?"

"뭔데?"

"잠깐 할 이야기가 있어."

"그러니까 나와 둘이서만 은밀하게 해야 하는 이야기라는 건가?"

죽이고 싶었다. 줄리언은 우리의 대화를 듣지 않는 척했다. 그러나 호기심이 동하는 것은 어쩔 수 없는 모양이었다. 그는 자기 의자 뒤에 선 채 우리에게 물었다.

"중요한 이야기면, 내가 자리를 피해줄까?"

"아닙니다. 그러실 것 없습니다."

헨리가 줄리언 대신 나를 바라보면서 고개를 가로저었다.

"이대로 괜찮다는 건가?"

줄리언이 나에게 물었다.

"괜찮기는 합니다만, 헨리와 둘이서 잠깐만 얘기를 나누었으면 합니다. 약간 중요한 이야기가 있어서요."

"그렇게 급해?"

헨리가 말했다.

편지는 책상 위에 펼쳐져 있었다. 숨이 멎는 것 같았다. 헨리는 책장을 넘기듯이 그 편지를 건성으로 한 장씩 넘겨보고 있었다. 그러나 엑셀시오르의 편지지는 보지 못한 것 같았다. 그것이 그 속에 있는 줄을 모르고 있으니 당연했다.

"헨리, 이건 분초를 다투는 문제야. 지금 당장 너와 얘기를 좀 해야 해."

헨리는 내 목소리가 다급하다는 것을 그제야 알았는지, 천천히 내 쪽으로 돌아앉았다. 편지를 건성으로 넘겨보는 그의 동작은 여전히 계속되고 있었다. 숨이 멎는 것 같았고, 가슴이 터지는 것 같았다. 문제의 편지지가 헨리의 눈앞에 펼쳐지고 있었다.

"좋아. 선생님, 죄송합니다. 금방 끝내고 돌아오겠습니다."

"좋아. 별일이 아니었으면 좋겠네만."

나는 소리라도 지르고 싶었다. 헨리의 주의를 끄는 데는 성공했지만 그것은 이미 때늦은 다음이었다. 문제의 편지지, 문제의 엑셀시오르 호텔 로

고타이프는 이미 책상 위에 펼쳐진 다음이었기 때문이었다.

"도대체 무슨 일이야?"

내 눈과 마주치자 헨리가 나무라는 투로 물었다.

조심스럽게, 그러나 태연한 얼굴로 내게 다가오는 헨리의 모습은 흡사 검은 고양이 같았다. 줄리언도 내 쪽으로 눈길을 던지고 있었다. 편지지는 나와 줄리언 사이에 있는 책상 위에 펼쳐져 있었다. 줄리언은 시선을 낮추기만 하면 그 편지지를 볼 수 있을 터였다.

나는 편지지와 헨리를 번갈아 바라보았다. 헨리는 그제야 내 눈치를 알았는지 돌아서서 편지지 쪽으로 다가갔다. 부드러우면서 재빠른 몸짓이었다. 그러나 그의 몸짓이 빨랐어도 줄리언의 눈길만큼은 빠르지 못했다. 줄리언의 눈길이 간발의 차로 먼저 편지지로 떨어졌다.

그 순간의 적막은 다시는 생각도 하고 싶지 않다. 줄리언은 허리를 구부리고 엑셀시오르 호텔의 편지지를 가만히 내려다보았다. 그러다가 이번에는 두 손으로 집어 들고 찬찬히 들여다보았다. 엑셀시오르, 비아 베네토. 푸른색으로 찍힌 성벽 그림. 내 마음은 이상하게도 텅 비는 듯하면서 홀가분했다.

줄리언은 안경을 쓰고는 자리에 앉았다. 그러고는 편지 전문을 주의 깊게 읽었다. 다 읽고도 미진한 곳은 다시 읽었다. 바깥 어디에선가 아이들의 웃음소리가 들려왔다. 다 읽은 그는 편지를 접어 윗도리 안주머니에 넣으면서 중얼거렸다.

"그랬구나, 그랬구나, 그래서 그랬던 것이구나."

살아오면서 그때만큼 곤혹스러웠던 적은 없다. 나에게 그런 순간을 만날 준비는 전혀 되어 있지 않았다. 내가 그 자리에 서서 느낀 것은 공포나 회한 같은 것이 아니었다. 어린 시절부터 한 번도 느껴본 적이 없는, 내 몸을 찌그러뜨리는 듯한 참담한 굴욕, 얼굴에 불이 붙는 듯한 부끄러움이었다. 그

보다 더욱 견딜 수 없는 것은 헨리가 나에게 안기는 느낌이었다. 나는 그제
야 헨리도 나와 같은 느낌, 나보다 통렬한 느낌에 시달리고 있다는 사실을
알았다. 순간, 그가 저주스러웠다. 죽이고 싶었다. 그러나 나에게는 그런 그
를 볼 준비도 되어 있지 않았다.

아무도 입을 열지 않았다. 창에서 비쳐 드는 빛살 속으로 좀나방이 날았
다. 나는 앨버말에 있는 커밀라, 병원에 있는 찰스, 자동차 안에서 기다리는
프랜시스를 생각했다.

"선생님, 제가 설명하겠습니다."

헨리가 그 무시무시한 침묵을 깨뜨렸다.

"제발 그래주게."

줄리언이 속삭였다.

줄리언의 목소리는 뼛속까지 얼어붙게 할 만큼 싸늘했다. 냉담하다는 의
미에서 줄리언이나 헨리는 비슷한 데가 있었다. 그들 사이에서 분위기가
갑자기 싸늘하게 식는 경우를 경험한 것은 한두 번이 아니었다. 그러나 이
둘의 냉담함에는 각각 특징이 있었다. 헨리의 냉담함은 냉담함 그 자체를
위한 냉담함이었다. 그러나 줄리언의 냉담함은 인간성의 바닥을 흐르는 따
뜻하고 다정한 본성을 가리기 위한 그런 냉담함이었다. 그러나 바로 그 순
간에 내가 줄리언의 번쩍거리는 시선에서 읽은 것은 지극히 기계적인 냉담
함, 쉽게는 풀릴 것 같지 않은 냉담함이었다. 흡사 막이 걷히면서 그의 진정
한 모습을 처음 보는 듯한 느낌이었다. 그는 더 이상 인자한 노현자(老賢者)
가 아니었다. 내가 꿈꾸던, 자비로운 보호자가 아니었다.

헨리가 이야기를 시작했다. 헨리의 더듬거리는 말투는 듣고 있기가 고통
스러웠다. 헨리는 그 특유의, 자기를 합리화하는 방향으로 이야기를 시작했
다. 그러나 그의 그러한 태도는 침묵하고 있는 줄리언의 섬뜩한 시선을 만
나는 순간에 참담하게 무너졌다. 그의 음성은 절망에 사로잡힌 사람의 애

소하는 음성 —지금도 생각하면 소름이 끼친다—으로 바뀌었다.

"제가 거짓말하는 걸 싫어하는 것은 물론입니다."

싫어한다! 그는 싫어하는 객체가 색깔이 조잡한 넥타이 혹은 마음에 들지 않는 만찬인 것처럼 말했다.

"저희가 선생님께 거짓말을 하려고 해서 했던 게 아닙니다. 그러나 어쩔 수가 없었습니다. 아니, 엄밀하게 말씀드리면, 어쩔 수가 없는 상황이라고 판단했습니다. 첫 번째 일은 사고였습니다. 첫 번째 일 같은 것으로는 선생님께 걱정을 끼쳐드리고 싶지 않았습니다. 그다음이 버니 사건입니다. …… 버니는 지난 몇 달간, 참으로 불행한 인간이었습니다. 선생님께서도 그걸 아실 것입니다. 그는 개인적으로 많은 문제를 일으킨 장본인이었고 가족과도 많은 문제를 안고 있는 인간이었습니다……."

헨리는 이야기를 계속했다. 줄리언의 침묵은 참으로 무시무시한 것이었다. 내 귀에서 윙윙거리는 소리가 났다. 여기 있을 수가 없다, 어서 이 자리를 떠나야 한다, 나는 이런 생각을 했다. 그러나 헨리의 이야기는 계속되고 있었다. 여전히 그 자리에 선 채 헨리의 목소리를 들으면서, 줄리언의 얼어붙은 얼굴을 보고 있자니 바닥 모를 나락으로 떨어져 내리는 기분이었다.

도저히 견딜 수 없어서 나는 돌아섰다. 줄리언은 내 쪽으로 시선을 던지고 있는 것 같았다.

"그만해."

줄리언이 불쑥 헨리의 말을 막았다.

무서운 침묵의 순간이 다시 방 안으로 찾아들었다. 나는 고개를 돌려 줄리언을 바라보았다. 그렇다. 줄리언은 더 이상 듣지 않으려고 한다. 그는 그 무서운 짐을 자기 어깨로 감당할 수 없다고 생각하는 것이 분명하다.

줄리언이 안주머니에 손을 넣었다. 그의 얼굴에 떠오른 표정은 해독 불가능이었다. 그는 주머니에서 편지를 꺼내 헨리에게 건네주면서 중얼거렸다.

"이 편지를 가지고 있어야 할 사람은 자네 같군."

그는 의자에서 일어나지 않았다. 헨리와 나는 아무 말 없이 그의 방을 나왔다. 지금 생각하면 우스꽝스럽다. 줄리언 모로 교수의 얼굴을 본 것은 그때가 마지막이었다.

복도를 지나면서도 헨리와 나는 말을 하지 않았다. 천천히 우리는 모르는 사람들처럼 서로를 외면하고 걸었다. 나는 계단을 내려왔고, 헨리는 계단에 선 채 멍한 시선을 창밖으로 던지고 있었다.

내 표정을 읽은 프랜시스는 금방이라도 숨이 넘어갈 사람처럼 굴었다.

"하느님 맙소사, 하느님 맙소사. 틀어졌구나."

나는 한동안 아무 말도 할 수 없었다. 내가 입을 연 것은 프랜시스가 거의 미쳐가고 있을 즈음이었다.

"줄리언이 그걸 봤어."

"뭐라고?"

"줄리언이 편지지에 찍힌 호텔의 로고타이프를 봤다고. 편지는 지금 헨리가 가지고 있어."

"그게 어떻게 헨리 손에……."

"줄리언이 주더군."

"줄리언이 헨리에게 줬다고? 그럼 잘된 거 아니야?"

"잘됐지."

"줄리언은 다른 사람에게 말하지 않을 거고."

"말 않겠지."

내 목소리는 내가 들어도 참담할 정도로 무거웠다.

"리처드, 그럼 걱정될 게 뭐 있어? 그게 우리 손으로 들어왔으면 된 거잖아? 이제 걱정할 필요 없는 거 아니야?"

"그런 것 같지 않아. 나는 그렇게 생각 안 해."

나는 고개를 가로저으면서 차창을 통해 줄리언의 연구실 창문을 올려다보았다.

내 노트에는 몇 년 전에 작성된 이런 메모가 있다.

"줄리언이 지닌 가장 매력적인 덕목의 하나는 어떤 인간 혹은 어떤 사물의 진정한 모습을 보지 못하는 데 있다."

그 아래에는 잉크의 색깔이 다른, 다음과 같은 메모가 덧붙여져 있다.

"나의 가장 매력적인 덕목(?) 역시……."

줄리언을 이야기할 때마다 나는 어쩔 수 없이 낭만적인 측면에서 과장하게 된다. 여러 가지 의미에서 나는 이 세상의 어떤 사람보다도 그를 사랑했다. 내가 세상만사를 아름답게 윤색하고 싶다는 유혹, 세상만사를 다시 빚고 싶다는 유혹, 세상만사를 용서하고 싶다는 유혹을 느낀 것은 바로 그와 함께 있을 때였다. 내가 그런 유혹을 느꼈던 까닭은 줄리언 자신이 정감과 지혜와 용기와 매력을 부여함으로써 끊임없이 주위에 있는 사람들과 자기 주위의 일상사를 다시 빚는 과정에 있었기 때문이다. 내가 그를 사랑한 까닭이 여기에 있다.

지금은 물론, 내가 그 정반대의 극단으로 방향을 틀어 생각해보는 것도 쉬운 일이다. 이제 나는 줄리언이 지닌 매력의 비밀은, 자신을 다른 사람보다 더 나은 존재로 느끼고자 하는 젊은이들에게 접근해 있었다는 데 있다고 생각한다. 그에게는 열등감을 우월감과 오만으로 바꾸어놓는 묘한 재능이 있었다. 그러나 그는 이타적인 동기에서가 아니라, 이기적인 동기에서 그런 교육을 했다. 그는 자기 자신의 이기적인 충동을 성취하기 위해 그런 교육을 하고 있었던 것이다. 그의 이런 측면에 관한 한, 나는 어느 범위까지는 어느 정도 정확하게 체계를 세워 쓸 수 있다. 그러나 이렇게 한다고 해서 그의 개성이 지니는 근본적인 마력이 설명되는 것은 아니다. 나는 아직도 그를 처음 만날 때의 그 모습 그대로 기억하고자 하는데, 이 까닭 역시 이로써는 설명이 되지 않는다. 나에게 그는 처음에 그랬듯이 지금도 골목 어귀 같은 데서 불쑥 나타나 꿈을 이루고 싶으냐고 묻는 노현자와 같은 존재이다.

그러나 현실에서는 말할 것도 없고 동화에서조차 귀에 솔깃한 질문을 던지는 친절한 노신사는, 항상 우리의 꿈을 성취시켜주는 것만은 아니다. 지금 이 시점에서 이것은 내가 쉽게 용인할 수 있는 진실이 아니다. 그러나 몇 가지 이유에서 이것은 나에게 진실이다. 이 대목에서 내가 독자에게 꼭 전하고 싶은 것은, 우리가 한 짓을 낱낱이 고했을 때 줄리언의 얼굴이 일그러지더라는 점이다. 이 대목에 나는 그가 이마를 책상에 대고, 버니를 위하여 울었고, 우리를 위하여 울었고, 기구한 운명, 낭비된 우리 모두의 인생을 저주하며 울었다는 것을 밝혀두고 싶다. 장님이나 다름없었던 자기 자신, 보지 않으려고 자꾸만 눈을 가리던 자기 자신을 위해 울었다고 쓰고 싶다.

사실은 아니지만, 나는 그가 그랬다고 쓰고 싶은 유혹은 버릴 수가 없다.

조지 오웰—겉이 번지르르한 구조물의 배후를 날카롭게 꿰뚫어 보는 것으로 유명한—은 줄리언과 여러 차례 만나고 교우했지만 끝내 줄리언이 좋아 보이지 않았던 모양이다. 어느 친구에게 보내는 편지에서 그는 줄리언에 대해서 이렇게 쓰고 있다.

"줄리언 모로를 만나면, 남달리 따뜻하고 남달리 붙임성이 있다는 인상을 받는다. 그러나 자네가 '아시아적 명징성'이라고 부르는 것은, 내가 보기에는 가면 같다. 그 가면 뒤에는 냉담함이 도사리고 있다. 어떤 사람이 자기 얼굴을 보여주면 줄리언 모로는 다양한 자기 나름의 반영을 상대에게 투사한다. 그는 이로써 깊고도 따뜻한 환상을 지어낸다. 그러니 그는 부서지기 쉬운 얄팍한 거울에 지나지 않는다. 액턴은—당시 파리에 살면서 조지 오웰 및 줄리언 모로와 교우한 해럴드 액턴을 지칭하는 것 같다—내 의견에 동의하지 않는다. 그러나 나는 줄리언을 믿어서는 안 되는 사람이라고 생각한다."

나는 조지 오웰의 이 말과, 나름대로 매서운 데가 있는 버니의 말을 오래 되새겼던 기억이 난다. 버니는 언젠가 나에게 이런 말을 한 적이 있다.

"줄리언은 말이야, 자기가 좋아하는 초콜릿은 다 골라 먹고 자기가 좋아하지 않는 것만 상자에 남겨두는, 바로 그런 사람이라고."

수수께끼 같은 말로 들리기는 하나, 나는 줄리언의 개성을 이렇게 정확하게 지적한 은유를 알지 못한다. 내가 줄리언과 함께 하늘을 훨훨 날아다니는 기분에 사로잡혀 있을 당시 조르주 라포르그 교수는 다소 퉁명스럽게 이런 말을 한 적이 있다.

"줄리언은 영원히 일급 학자는 되지 못할 거야. 왜냐? 사물을 보되 자기가 선택하는 측면에서만 보거든."

내가 이 말에 동의하지 않고, 가령 두 가지 측면, 예술이나 미학 같은 데만 자기 관심의 초점을 집중하는 것이 무엇이 나쁘냐고 묻자, 라포르그 교수는 이렇게 덧붙였다.

"아름다운 것에 사랑을 쏟는 게 잘못되었다는 것이 아니야. 그러나 의미

있는 것과 맺어지지 않으면, 아름다움이라는 것은 참으로 피상적인 것이라 네. 나는 특정 측면, 자기가 좋아하는 측면에만 선택적으로 관심을 쏟는다고 해서 줄리언을 비난하는 것이 아니야. 그에 못지않게 중요한 다른 측면을 무시한다고 줄리언을 안타깝게 여기는 것이지.”

재미있는 지적 같다. 이 글의 모두(冒頭)에서부터 나는 줄리언을 감상적인 추억의 대상으로 진술하고 싶다는 유혹, 그를 성인화(聖人化)하고 싶다는 유혹과 꽤 힘겨운 싸움을 벌였다. 그를 성인화하고자 했던 것은, 그래야 그를 존경한 우리 자신의 행동이 자연스럽게 설명될 수 있기 때문이었다. 그러나 나는 그런 유혹을 이겨냈다. 그것은 결국 그의 진면목을 그르치는 것이기 때문이었다. 나는 또 나 자신의 생래적 기질을, 사람들에게 실제 이상으로 흥미롭게 그려 보이고자 하는 유혹과도 싸워야 했다. 그러나 나는 이 유혹도 이겨냈다. 나는 앞에서 줄리언을 완벽한 인간이라고 썼다. 그러나 그는 완벽한 인간이 아니었다. 그는 완벽과는 거리가 먼 인간, 어리석을 수도 있고, 공허할 수도 있고, 때로는 잔혹할 수도 있는 인간이었다. 그러나 그럼에도, 그랬기 때문에 우리는 그를 사랑했다.

찰스는 그다음 날 병원을 나왔다. 프랜시스가 한동안 자기 집에서 함께 머물자고 했지만 찰스는 부득부득 자기 집으로 돌아갔다. 찰스의 턱은 움푹하게 꺼져 있었다. 체중도 적지 않게 준 것 같았다. 머리카락도 텁수룩하게 자라 있었다. 그의 분위기는 음산했다. 그래서 그동안 있었던 일을 그에게는 이야기하지 않았다.

찰스에게 거절만 당하는 프랜시스가 보기에 딱했다. 내가 보기에 프랜시스는 찰스 걱정을 그렇게 많이 하고도, 찰스의 적대적이고 속을 보이지 않는 태도에 속도 적잖이 끓여야 했다.

"점심 먹을래?"

프랜시스가 찰스에게 물었다.

"싫어."

찰스가 대답했다.

"그러지 말고, 브래서리에 가자."

"나 배고프지 않아."

"그럼 배부르지 않는 걸로 하자. 네가 후식으로 즐겨 먹던 룰레이지를 사줄게."

우리는 브래서리로 갔다. 오전 11시경이었다. 공교롭게도 웨이터가 우리를 창가의 자리, 24시간 전에 프랜시스, 나, 줄리언 이렇게 셋이서 점심을 먹던 자리를 주었다. 찰스는 메뉴는 본 척도 않고 블러드 메리를 두 잔이나 시켜서 단숨에 비웠다. 그러고는 바로 블러드 메리를 석 잔째 주문했다.

프랜시스와 나는 포크를 놓고 불안한 시선을 나누었다.

"찰스, 오믈렛 같은 거라도 좀 시켜 먹으면 좋지 않겠어?"

프랜시스가 다정하게 물었다.

"배 안 고프다고 하지 않았어?"

프랜시스가 메뉴를 집어 살펴보고는, 손짓으로 웨이터를 불렀다.

"배고프지 않다고 했다."

찰스는 고개도 들지 않고 중얼거렸다. 그는 손가락 사이에 담배를 끼운 채 시종 눈살을 찌푸리고 있었다.

분위기가 이 모양이었으니 얘기가 될 리 없었다. 우리는 찰스가 석 잔째의 블러드 메리를 마시고 넉 잔째 주문하는 것을 보고는 일어서서 셈을 치렀다. 우리는 찰스를 떠메다시피 하고 자동차에 태워야 했다.

수업 시간이 별로 기다려지지 않았다. 그러나 월요일이 되자 나는 미적 미적 잠자리에서 일어나 자리 메우기라도 하러 가는 심정으로 내 방을 떠났다. 헨리와 커밀라는 찰스가 와 있을 때를 대비해서 그랬겠지만 서로 다른 시간에 도착했다. 그러나 다행히 정시까지도 찰스는 나타나지 않았다. 헨리는 얼굴이 푸석푸석하고 몹시 창백했다. 그는 나와 프랜시스의 시선은 깡그리 무시하고 창밖만 내다보고 있었다.

커밀라는 초조해 보였다. 헨리의 행동이 당혹스럽게 여겨졌기 때문인 듯하다. 커밀라는 찰스의 안부가 궁금했는지 몇 차례나 같은 질문을 우리에게 던졌다. 그러나 커밀라가 우리에게 얻어낸 대답은 만족할 만한 수준이 못 되었다. 정시에서 10분이 지나고 15분이 지났다.

"줄리언이 이렇게 늦는 건 처음인데."

커밀라가 시계를 보면서 중얼거렸다.

그때 헨리가 마른기침으로 목청을 가다듬었다. 그의 목소리는 오랫동안 쓰지 않은 사람의 목소리처럼 쉬어 있었다.

"줄리언은 오지 않아."

그가 말했다.

우리는 모두 헨리 쪽을 주시했다.

"무슨 소리야?"

프랜시스가 물었다.

"줄리언은 오늘 이 자리에 나타나지 않아."

헨리의 말이 끝나기가 무섭게 발걸음 소리가 들리더니 이어서 노크 소리가 났다. 들어온 사람은 줄리언이 아니라 학장이었다. 그는 살그머니 문을 열고는 안을 들여다보았다.

한때 머리 좋다는 소리를 싫도록 들었을 법한, 오십대 초반의 대머리 신사였다.

"오호라, 이게 바로 '지성소(至聖所)'라는 것이구나. '성역 중의 성역'. 올라와 보고 싶었지만 줄리언이 허락해주지 않더라고."

우리는 모두 그의 입을 주시했다.

그는 기억을 떠올리는 얼굴을 하고 말을 이었다.

"나쁘지 않군요. 여기에 와보니 문득 15년 전 일이 생각나네요. 과학관을 짓기 전의 일인데 당시 학교에서는 저 건너, 지금의 과학관 자리에다 학사(學事) 상담역을 상주시키고 있었어요. 그런데 상담역의 한 사람이던 심리학자 여교수는 창문을 활짝 열어놓고 있기를 좋아했어요. 그래야 학교 분위기 파악이 빠르고, 느낌의 교환이 쉽다나요. 그런데 이 여교수는, 줄리언이 지나갈 때마다 창문 밖으로 고개를 내밀고는, '안녕하세요, 멋진 하루가 되기를 빕니다.' 이랬단 말이에요. 줄리언이 어떻게 했는지 알아요? 나의 전임자인 매닝 윌리엄스 학장에게 전화를 걸어, 그 여교수를 다른 방으로 옮겨놓지 않으면 학교를 그만두겠다고 했어요. 허허, 줄리언은 그 여교수를 '지긋지긋한 여자'라고 부르면서 내게 그러더군요. 지긋지긋한 여자가 지나갈 때마다 인사하는 통에 영 죽겠다고 말이지요."

이건 햄든 대학에서도 유명한 이야기였다. 그러나 학장은 이야기를 영 재미없게 하고 있었다. 학교에 떠도는 이야기에 따르면 그 심리학자 여교수는 자기만 창문을 열어놓고 지나가는 사람에게 인사한 것이 아니고 줄리언에게도 똑같이 해보라고 권했다는 것이었다.

"솔직하게 말해서, 이보다는 더 고전적인 방일 줄 알았어요. 밀랍 등잔이 있고, 학생들이 원반을 던지거나 바닥에 뒤엉켜 고전적인 레슬링을 하거나 하는 그런 분위기."

"어떻게 오신 거죠?"

커밀라가 정중하지 못한 어조로 물었다.

학장은 커밀라에게 매끄러운 미소를 보내면서 말을 이었다.

"사실은 여러분과 조금 얘기할 게 있어요. 우리 학장실에서는 조금 전에 줄리언이 갑자기 학교를 떠나게 되었다는 사실을 알게 되었어요. 기간이 정해진 것이 아니라서 학교로서는 그분이 언제 돌아올지 알 수 없어요."

그는 이 대목에서부터 단어를 골라가면서 정확하게 말하려고 했다. 그러나 너무 정확하고 정중해서 그런지 비아냥거리고 있는 것처럼 들렸다.

"이렇게 되니까 학사일정과 관련된 여러분의 입장에 우리가 관심을 기울이지 않을 수 없게 되었어요. 더구나 3주만 있으면 학기가 끝나는 아주 중요한 시점이잖아요? 줄리언에게는 학생들에게 필기시험을 치르지 않게 하는 버릇이 있지요, 아마?"

아무도 대답하지 않았다.

"페이퍼를 썼어요? 아니면 **작품**을 썼어요? 줄리언은 여러분의 성적사정(成績査定)을 어떻게 했지요?"

커밀라가 대답했다. 우리 중에 충격을 가장 덜 받은 사람 혹은 그 순간에 말을 할 수 있을 만큼 충격을 수습한 사람은 커밀라뿐이었다.

"줄리언 모로 교수님의 개인 지도는 구술시험, 문명론은 학기 말 페이퍼, 작문은 교수님께서 선택하신 영문책의 한 구절을 그리스어로 번역하는 것으로 시험을 대신했어요."

학장은 곰곰 생각하는 척하다가 한숨을 내쉬고는 말을 이었다.

"여러분도 짐작하겠지만, 지금 여러분이 당면하고 있는 문제점은 지금 학교에 이 학과를 이끌어갈 교수가 없다는 것이에요. 델가도 씨가 그리스어를 독해하는 분이고 또 기꺼이 여러분의 필기시험을 채점해주겠다고 합니다만, 그 양반은 이번 학기에 맡은 것만 해도 어깨가 휠 지경이에요. 줄리언은 이런 점에서 학교 행정에 굉장히 비협조적인 사람이었던 셈이죠. 나는 휴직할 요량이면 사람을 좀 소개해달라고 했더니, 자기가 아는 사람 중에는 그럴 만한 사람이 없대요."

그는 주머니에서 종이 한 장을 꺼내 들었다.

"문득 여러분에게 선택이 가능한 세 가지 방법이 생각나더군요. 첫째, 일단 여러분의 학점 이수가 불완전한 것으로 보고 가을 학기에 필요한 과정을 마치는 방법이에요. 그러나 사실은 어문학부가 가을 학기에 고전어 교수를 확보할 수 있을지, 그건 나도 장담할 수 없어요. 게다가 이 학과에 대한 관심이 점점 줄어가고 있는 것도 사실이에요. 말하자면 학내의 여론은 폐과 쪽으로 기울고 있는 거지요. 그래서 우리는 고전어과 대신 새로운 관심의 대상이 되고 있는 기호학 강좌를 개설할 계획을 세우고 있어요."

그는 숨을 길게 들이마셨다가 토해냈다.

"두 번째 방법은 일단 여러분의 학점 이수가 불완전한 것으로 보고 서머스쿨을 이용해서 필요한 과정을 이수하는 것, 그리고 세 번째 방법은 학교에서 임시로 강사를 채용하는 겁니다. 그러나 여러분이 이해해주어야 하는 것은, 지금 이 시점부터 우리 햄든 대학의 고전어과 학위 수여가 지극히 의문시된다는 점이에요. 우리 학교에 남고자 하는 학생들을 위해서 나는 여러분이 학점을 되도록이면 그대로 가지고 영문학과에 흡수되는 방법을 고려하고 있어요. 그러나 그렇다고 하더라도 영문학과의 필수과목은 두 학기에 걸쳐 이수해야 졸업이 가능하겠어요. 여러분은 남학생 전문인 해킷 예비학교 이야기를 들어보았겠지요? 해킷은 고전어학 분야에 꽤 이름이 있어요. 오늘 아침에 나는 해킷의 학장을 만났는데, 학장 말로는 일주일에 두 번 정도 교수를 보내 여러분을 지도해주겠다고 하더군요. 이상적인 것은 못 되지만, 여러분이 처한 상황을 보면 꽤 괜찮은 방법인 것 같고 또 분위기를 보아하니……."

찰스가 문을 걸어차고 들어온 것은 바로 이때였다.

줄리언의 연구실로 쳐들어온 그는 주위를 두리번거렸다. 물론 물리적인 입장에서 본다면 찰스는 술에 취해 있지 않을 수도 있었다. 그러나 학교의 입장에서 보면 그는 술에 취해 있는 것이나 마찬가지였다. 그의 셔츠 꼬리는 바지 위로 나와 있었고 지저분한 머리카락이 눈을 덮고 있었다.

"줄리언 모로 교수는 어디에 있어?"

찰스가 두리번거리며 물었다.

"자네는 노크하는 법도 모르나?"

학장이 나무랐다.

찰스가 고개를 돌려 학장을 쳐다보면서 물었다.

"이건 또 뭐야? 당신 누구요?"

"나? 학장이다, 왜."

학장이 장난스럽게 대답했다.

"줄리언을 어떻게 했소?"

"자네를 떠났어. 그것도 대단히 황급히. 오케이. 줄리언은 갑자기 국가의 부름을 받았어요. 자기 자신도 언제 올지 아는 것은 고사하고 생각할 겨를도 없다고 합디다. 나에게 우리 국무부, 이스라미 정부와 관련된 문제라는 암시는 주더군요. 이스라미의 공주가 떠난 지금, 우리 학교가 이런 종류의 문제에 말려들지 않게 된 것만은 불행 중 다행이라고 해야겠지요. 혹자는 학교에 미칠 영향을 고려하지 않고 그런 학생을 받은 것은 우리 학교의 명예라고 하지만, 글쎄요, 이스라미 과격파들이 우리 햄든의 살만 루슈디 줄리언에게 무슨 일이나 저지르지 않을는지."

그는 자기 농담에 한차례 웃고는 다시 종이쪽지를 들여다보았다.

"어쨌든 나는 해킷에서 파견한 선생님과 여러분이 내일 오후 3시 바로 이 자리에서 만날 수 있도록 해두었어요. 학사일정에 착오가 없기를 바라요. 만일의 경우 문제가 생기면 기왕에 여러분에게 부여된 기득권이 재평가 대상이 될지도 모르니까요. 해킷에서 파견하는 선생님은 여러분의 질문을 중심으로 수업을 이끌어나갈 텐데, 이 기회는 여러분에게 마지막으로 주어지는……."

커밀라는 근 일주일이나 찰스를 보지 못했을 터였다. 내가 알기로 커밀라에게는 그 꼴이 된 찰스를 만날 마음의 준비까지는 되어 있지 않았을 터였다. 찰스를 바라보는 커밀라의 표정은 놀라워한다기보다는 경악하는 편에 가까웠다. 헨리조차도 전혀 예상하지 못하던 반응을 부였다.

"……그리고 이것은 여러분과의 양해 아래 학교에서 시행하는……."

"뭐요? 뭐라고 했어요? 줄리언이 간다고 했나요?"

찰스가 그의 말을 가로막고 나섰다.

"여보게, 젊은이, 자네의 영어 청취력에는 문제가 있군그래?"

"어떻게 된 거예요? 줄리언은 보따리를 싸가지고 가버렸나요?"

"요점만 말하면, 그렇다네."

방 안에 침묵이 감돌았다. 그 침묵을 깨뜨리고 찰스가 헨리에게 소리를 질렀다.

"헨리, 이게 모두 너 때문이야!"

찰스는 휙 몸을 돌리고는 밖으로 뛰쳐나갔다. 문이 그의 뒤에서 쾅 소리가 나게 닫혔다. 학장이 목청을 가다듬고는 하던 말을 계속했다.

"조금 전에 말했다시피……."

어떻게든 햄든에서 대학을 졸업하겠다던 나의 희망은 도랑에 처박힌 셈이었다. 지금도 이때 일을 생각하면 눈앞이 캄캄해진다. 이상하게 들리겠지만 이것은 사실이다. 학장으로부터 '두 학기'라는 말을 들었을 때 나는 피가 얼어붙는 것 같았다. 그것은 내가 부모님으로부터 인색한, 그러나 내게는 없어서는 안 되는 지원을 1년 동안이나 더 받아야 한다는 것을 의미했다. 내게는 그렇지 않아도, 전공을 세 번이나 바꾸고, 캘리포니아에서 햄든으로 가느라고 적잖게 허송세월한 이력이 있었다. 물론 다른 학교로 갈 수도 있는 일이었다. 그러나 이로써 또 허송세월을 할 여력이 나에게는 없었다. 게다가 햄든의 학점이나 학사 기록도 시원치 않았다. 후회스러웠다. 왜 그렇게 어리석게 굴었던지, 왜 죽자고 햄든으로 가려고 했던지, 해봐야 나을 것도 없는데 왜 3년의 대학 생활로 만족하지 않았던지 후회스러웠다.

더욱 부아가 치미는 것은, 내 친구들은 이것을 대수롭지 않게 여기고 있다는 점이었다. 내가 아는 한 그들에게는 대학 당국이 어떤 결정을 내리든 달라질 것이 별로 없었다. 몇 학기를 더 하든, 졸업에 실패하고 집으로 돌아가든 그들에게는 달라질 것이 아무것도 없었다. 그들에게는 돌아갈 곳이 있었다. 그들에게는 신탁 예치금이 있었고, 집으로부터 날아오는 일정액의 송금이 있었고, 수표 발행이 가능한 공동 예금계좌가 있었고, 여유 있는 할머니가 있었고, 줄이 좋은 삼촌이 있었고, 사랑하는 가족이 있었다. 그들에게 대학은 잠시 머무는 정거장, 젊은 시절의 기분풀이에 알맞은 놀이터였다. 그러나 나에게 대학은 마지막 기회였다. 그런데 그것이 도랑으로 내려박힌 것이었다.

나는 비참해진 채로 몇 시간이고 내 방을 서성거렸다. 말이 '내 방'이지 사실 그것은 내 방도 아니었다. 3주 후면 나는 쫓겨나야 하는 판이었다. 이미 방은 나에게 그런 냄새를 풍기고 있었다. 졸업하는 유일한 방법은 대학 당국으로 하여금 두 학기, 즉 1년 동안 소요되는 자금을 부담하게 하는 방법뿐이었다. 나는 줄리언이 학교를 떠난 것은 내 잘못 때문이 아니라는 다소 공격적인 논점을 세우고는 8학년 이후에 내가 받은, 얼마 안 되는 추천장과 상장을 모두 모았다. 마지막으로 나는 학교를 상대로, 그동안 해왔던 1년간의 고전어 공부는 지극히 바람직하며 영문학 공부에 더없이 유용할 것이고, 영문학 공부를 풍부하게 할 터인 만큼 학교는 마땅히 나를 지원해야 할 것이라는 논리를 폈다.

나는 청원서를 완성하기가 바쁘게 침대에 쓰러진 채 잠이 들었다. 밤 11시에 일어난 나는 고칠 곳을 몇 군데 손본 뒤 이것을 타이핑하러 철야 독서실로 갔다. 가는 길에 우체국에 들렀는데, 놀랍게도 내 우편함에는 브루클린의 역사학 교수로부터 온, 내가 자기 아파트지기로 선정되었다는 내용의 편지가 들어 있었다. 그는 직접 만나 자세한 일정을 의논하자고 했다.

이로써 여름살이 문제는 해결된 셈이었다.

그날 밤에는 유난히 아름다운 보름달이 떠 있었다. 풀밭은 은빛이었고 처마가 던지는 그림자는 칼로 자른 듯이 반듯했다. 모두들 일찍 잠자리에 들었는지 대부분의 창에는 불빛이 없었다. 나는 잔디밭을 가로질러 도서관의 철야 독서실로 갔다. 불이 있는 곳은 그곳뿐이었다. 버니가 생전에 '영원한 배움의 전당'이라고 부르던, 도서관 맨 위층의 철야 독서실의 불빛이 나뭇가지 사이에서 불붙은 듯이 환했다. 나는 외벽 계단―화재 비상계단으로 쓰이는, 내 꿈에 자주 등장하는 것과 비슷한 철 계단―을 통해 위층으로 올라갔다.

철야 독서실에는 검은 양복 차림의 검은 그림자 하나만 동그마니 앉아 있었다. 헨리였다. 앞에는 책이 쌓여 있었으나 그는 공부하고 있는 것이 아니었다. 그의 시선은 막연하게 앞을 향하고 있었다.

나는 안으로 들어서면서 문을 닫았다.

"헨리, 나야."

헨리는 꼼짝도 하지 않았다. 그의 단조로운 음성이 들린 것은 잠시 후의 일이었다.

"줄리언의 집을 다녀오는 길이야."

"그랬더니?"

나는 그의 옆에 앉았다.

"문이 닫혀 있었어. 줄리언은 떠나버린 거야."

오랜 침묵이 흘렀다.

"줄리언이 이런 짓을 하다니, 믿어지지 않아. 이건 겁쟁이들이나 하는 것이 아닌가…… 그래, 겁쟁이. 줄리언이 떠난 것은 그가 겁쟁이이기 때문이야. 겁이 났던 거라고."

방충망 문은 열려 있었다. 축축한 바람이 나뭇가지 사이로 불어 들어오고 있었다. 나무 뒤로 구름이 아주 빠른 속도로 이동하고 있었다.

헨리는 안경을 벗었다. 안경을 벗은 헨리의 얼굴은 아무리 보아도 익숙해질 수 없을 것 같았다.

"줄리언은 겁쟁이야. 줄리언도 우리와 같은 입장에 처했더라면 우리가 한 것과 똑같은 행동을 했을 거야. 이것을 인정할 수 없었던 것은 줄리언이 위선적인 사람이었기 때문이야."

나는 아무 말도 할 수 없었다.

"줄리언은, 심지어는 버니의 죽음에 대해서도 스승으로서의 의무를 다한 것 같지 않아. 만일에 스승으로서의 의무를 다하려고 했다면, 그래서 우리를 증오하고 우리를 경찰에 넘겼다면 나는 줄리언을 용서할 수 있어. 그러나 그는 그러지 않았어. 줄리언은, 우리가 더 많은 사람을 죽였어도 눈 하나 까딱하지 않았을 거야. 줄리언에게 가장 중요한 것은 이 살인사건에서 어떻게 하든지 자기 이름을 지우는 것이었어. 어젯밤에 만났을 때 줄리언이 나에게 한 말도 그것이었어."

"어젯밤에 만났어?"

"만났어. 나는 이 일이 줄리언에게는 자기의 정신적 평화를 해치는 사건에서 더도 덜도 아니라는 인상을 받았어. 그렇다고 해서 경찰에 넘겨지기를 바란다는 것은 아니지만, 줄리언은 우리를 경찰에 넘기는 문제를 놓고 적어도 갈등 정도는 했어야 했어. 그래야 자기 몫의 사명에 충실하는 것 아니겠어? 그러나 겁쟁이에게는 그런 갈등이 없어. 겁쟁이는 이렇게 도망쳐 버리면 끝나는 것이니까."

나는 헨리의 논리가 마음에 들지 않았다. 그런 짓을 해놓고 어떻게 줄리언을 그런 식으로 비난할 수 있단 말인가. 그의 분노와 실망이 내게는 이해되지 않았다.

"헨리."

나는 그에게 줄리언 역시 인간일 뿐이다, 그 역시 살과 피로 이루어진 한 허약한 인간일 뿐이다, 인간이란 어차피 스승의 경지를 초월하는 어떤 순간을 맞는 것이 아니겠느냐, 이런 말을 하고 싶었다. 그러나 나는 그런 말을 할 수 없었다.

헨리는 안경을 벗어 장님이나 다름없는 눈으로 나를 보면서 말했다.

"나는 줄리언을 우리 아버지보다 더 사랑했어. 나는 이 세상의 어떤 사람 이상으로 줄리언을 사랑했어. 그런데 남은 것은 이거야."

바람이 거세었다. 빗발이 지붕을 지나는 소리가 들렸다. 우리는 서로 아무 말 없이 오래오래 거기에 앉아 있었다.

그날 오후 3시, 나는 새로 온다는 강사를 만나러 갔다.

줄리언의 연구실로 들어간 나는 놀라고 말았다. 빈방이었다. 책, 책상, 심지어는 카펫도 어디론가 사라지고 없었다. 남아 있는 것이라고는 바람에 날리는 커튼과 버니가 그에게 선사한, 복제된 일본 그림뿐이었다. 커밀라도 와 있었다. 프랜시스는 건강 상태가 좋지 않은지 거북살스러워 보였다. 헨리도 마찬가지였다. 헨리는 창밖을 내다봄으로써 친구들을 무시하려고 무진 애를 쓰는 것 같았다.

새 그리스어 강사가 식당에서 의자를 몇 개 끌어다 놓은 모양이었다. 그는 터틀넥과 블루진 차림의, 얼굴이 둥글둥글한 삼십대 중반이었다. 손가락에서는 결혼반지가 반짝거리고 있었다. 면도하고 바른 스킨로션 냄새가 그의 주위를 감돌았다.

"만나게 되어서 반갑군요. 나는 딕 스펜스라고 하는데, 당신은?"

그가 손을 내밀면서 말했다. 그는 열의가 있고 겸손해 보였다. 비교적 나이가 어린 예비학교의 학생들을 다루면서 익힌 태도인 것 같았다.

그러나 그가 맡은 그리스어 시간은 차라리 악몽이었다. 나는 그와 더불어 그리스어 수업을 할 수 있을 것 같지 않았다. 굉장한 고전학자나 되는 것 같은 태도(그는 《신약성서》 일부를 복사한 교재를 나누어주고는 이렇게 말했다. "정확하게 이해하는 것까지는 바라지 않아요. 대충 의미만 이해하고 따라온다면 그걸로 충분해요")부터가 눈에 거슬리고 귀에 거슬렸다. 그는 우리를 무시하고 있었던 모양이었다. 그러나 우리는 그 정도 수준의 그리스어 실력에 무시당할 만큼 엉성한 상대는 아니었다.("야, 학부 학생들로서는 굉장한 수준이군요.") 우리의 그리스어에 약간 놀라면서 그는 바로 자기 방어적인 태도를 취하기 시작했다.("여러분 수준의 학생들을 만난 게 하도 오래되어서 말이지요.") 해킷 예비학교의 교목(校牧)인 그의 그리스어는 신학대학 수준에서 더 나아간 것 같지 않았다. 솔직하게 말하면 그의 그리스어 수준은 내 수준에서 보아도 열악한 것이었다. 그는 기억술에 의존해서 언어를 가르치는 그런 부류의 선생이었던 것이다.("너희는 내가 아가톤이란 말을 어떻게 기억하는지 아니? 아가사 크리스티는 좋은 추리소설을 썼다.") 헨리는 아예 거들떠보려고도 하지 않았다. 프랜시스, 커밀라, 그리고 나는 그저 가만히 듣고 있기만 했다. 수업이 시작되고 20분쯤 지났을 때 찰스— 취해 있었음에 분명하다—가 들어왔다. 수업은 그때까지도 호전되지 못하고 있는 상황이었다. 찰스가 들어오자 목사는 다시 자기소개를 하고("반갑군요. 나는 딕 스펜스라고 하는데, 당신은?") 예의 그 아가톤 이야기를 했다.

수업이 끝나자(선생은 시계를 훔쳐보면서 "이런, 벌써 시간이 다 된 것 같군요."라고 말했다), 덩그러니 남은 우리 다섯 사이로 암울한 적막이 감돌았다.

"견디자, 2주밖에 안 남았는데, 뭐."

함께 밖으로 나가며 프랜시스가 말했다.

"나는 저런 수업에 다시는 안 들어가."

헨리가 담배에 불을 붙이면서 중얼거렸다.

"암. 그래야지, 본때를 보이셔야지."

찰스가 비아냥거리는 어조로 말을 보탰다.

"하지만 헨리, 그래도 어떻게 해, 들어가야지."

이렇게 말한 것은 프랜시스였다.

"아니야. 안 들어가. 들어갈 필요가 없어."

"2주야. 2주만 하면 땡이라고."

"불쌍한 것, 딴에 최선을 다하기는 하더라."

커밀라가 거들었다.

"최선만 다하면 되는 거야? 어떤 씨발놈이 저걸 불렀어? 리치먼드 래티 무어 그 씨발놈이 부른 거야?"

찰스가 고함을 질렀다.

"헨리, 그래도 들어가야지. 안 들어가면 그나마 학점이 안 돼."

프랜시스는 찰스의 태도가 심상치 않다는 것을 알았는지 화제를 학점에 다 붙잡아 두려고 했다.

"학점 같은 건 아무래도 좋아."

헨리의 말에 찰스가 비아냥거렸다.

"그래, 헨리에게 학점 같은 건 필요 없어. 씨발놈이란, 뭐든 저 좋을 대로 하는 놈을 말한다. 씨발놈에게 성적 같은 게 무슨 대수야? 제 아버지가 달마다 기름진 수표를 척척 보내주는데?"

"찰스, 너 '씨발씨발' 하지 마라."

헨리가 나직하면서도 섬뜩한 목소리로 말했다.

"인마, 그게 어때서? 처음 듣냐? 너는 매일 내 누이 데리고 그 짓을 하면서 뭘 그래, 인마?"

어릴 때, 별 이유도 없이 아버지가 어머니를 때리던 일이 생각난다. 아버지는 내게도 비슷한 짓을 했지만 나는 그것이 성질머리가 나빠서 그러는 줄을 알지 못하고 그저 나에게 무슨 잘못이 있어서 그러는 것이거니 했다. 말하자면 그가 날조해내는 매질의 이유("너는 말이 너무 많아."라든지, "애비를 그따위 눈으로 보는 놈이 어디에 있어?")가 나름의 정당성을 지니는 줄 알았던 것이다. 그러나 그가 어머니를 매질하는 것(어머니는 아버지에게 동네 이웃들이 집을 증축하고 있다고 천진난만하게 말했다. 후에 아버지는 어머니가 자신을 돈을 못 버는 사람이라고 무시해서 화가 났다고 얘기했고, 어머니는 눈물을 흘리며 고개를 끄덕였다)을 본 어느 순간, 나는 아버지를 정의로운 법률의 제정자라고 보던 유치한 나의 생각이 전혀 틀린 것임을 깨달았다. 어머니와 나는 그 지극히 편집증적이고 무식하고 매사에 무능한 사내에게 너무 목숨을 걸고 있었던 것이었다. 그런데 더욱 한심한 것은 우리 어머니에게는 그런 아버지와 정면으로 맞붙을 힘도 용기도 없다는 점이었다. 그때의 내 심정은 조종사와 부조종사가 술에 취해 조종실에 곯아떨어져 있는 비행기를 탄 기분이었다. 그날 그리스어 수업이 끝나고 친구들과 함께 뤼케이온 앞에 서서 내가 했던 생각은, 열두 살 때 플래노에 있는 우리 집 부엌에서 절망과 공포를 느끼면서 내가 하던 생각과 조금도 다르지 않았다. 이 비행기는 누가 조종하고 있는 거지? 이 비행기는 누가 몰고 있는 거지?

헨리의 자동차 문제로, 찰스와 헨리가 법정에 출두하게 되어 있는 날에도 상황은 마찬가지였다.

이 문제 때문에 가장 걱정을 많이 한 사람은 역시 커밀라였다. 두려움을 모르던 커밀라가 이 사태의 진전에 대해서만은 심한 두려움을 느끼고 있었다. 야릇한 일이지만, 나에게는 그런 커밀라를 보는 일이 그렇게 싫지 않았다. 커밀라가 걱정하는 것은, 헨리와 찰스―만날 때마다 서로 으르렁거리는―는 어떻게든 법정에서 만나기는 하겠지만 결국 이 둘의 화해는 법정에서도 이루어지기 어렵다는 점이었다.

헨리는 변호사를 고용한 것으로 알려져 있었다. 커밀라는 이 제3자에게 기대를 거는 눈치였다. 그들이 서로 만나기로 한 날 오후, 나는 커밀라로부터 전화를 받았다.

"리처드, 지금 프랜시스네 집에 있어. 셋이서 얘기를 좀 나누었으면 좋겠어."

커밀라의 어조가 나를 몹시 불안하게 했다. 나는 서둘러 프랜시스의 집으로 갔다. 프랜시스는 허탈한 얼굴을 하고 있었고 커밀라는 울고 있었다.

　내가 커밀라의 눈물을 본 것은 그때가 두 번째였다. 절망에 사로잡힌 커밀라의 눈은 울어서 통통 부어 있었다.

　"커밀라, 뭐가 잘못됐어?"

　내가 물었다.

　커밀라는 대답하지 않고 연거푸 담배만 두 대나 피웠다. 그런 다음에야 우리에게 상황을 전해주었다. 커밀라의 이야기는 이렇다. 찰스는 헨리의 변호사를 만나러 가는 데 동의했고, 커밀라는 둘 사이의 중재자로 동행하기로 했다. 처음에는 별 무리 없이 일이 진행되는 것 같았다. 헨리가 변호사를 고용한 것은 찰스를 위해서가 아니었다. 찰스를 심리하기로 되어 있는 판사는 음주운전에 엄격하기로 정평이 나 있는 사람이었다. 게다가 헨리는 술에 취한 찰스에게 자동차를 건네준 것으로 되어 있었다. 이것은 헨리의 자동차 보험금에 막대한 악영향을 미칠 가능성이 있었다. 뿐만 아니었다. 헨리는 당국으로부터 면허를 취소당하거나 보험회사로부터 자동차를 빼앗길 가능성도 있었고, 이 둘을 한꺼번에 빼앗길 가능성 또한 없지 않았다. 찰스는 일종의 순교자가 된 기분에서 그랬겠지만 처음에는 헨리와 함께 변호사에게 가는 데 동의했다. 그러나 그는 사람들에게, 헨리에게 애정이 있어서 함께 가는 것이 아니라 자기 몫이 아닌 비난까지는 듣고 싶지 않기 때문에 간다는 것을 분명히 했다. 찰스는 헨리가 면허를 취소당하든 자동차를 빼앗기든 거기에는 자기로서는 아무 관심도 없다고 말했다.

　그러나 헨리, 찰스, 커밀라 그리고 변호사가 만나는 자리는 대실패였다. 찰스는 시종 뚱한 표정을 하고 변호사나 헨리에 대한 어떤 협조도 거부했다. 그러나 이 정도는 그래도 예상하던 일이었다. 그러나 문제는 변호사의 다소 지나친 추궁에 찰스의 꼭지가 돌아버린 데 있었다. 커밀라는 이때의 일을 이렇게 이야기했다.

"찰스가 뭐라고 하는지 알아? 기가 막혀서, 찰스는 헨리에게, 자동차를 잃든 면허를 취소당하든 그건 자기가 걱정해야 하는 일이 아니라는 거야. 판사가 자기와 헨리에게 한 50년씩 징역을 때리든 말든 그건 자기가 걱정해야 하는 일이 아니라는 거야. 헨리가 어떻게 반응했는지 알아? 헨리도 꼭지가 돌아버리고 말았어. 변호사는 둘 다 미쳤다고 생각했을 테지. 변호사가 자꾸 달래니까 찰스가 이러더군. '이 친구가 어떻게 되든 그건 내가 알 바 아니오. 이 친구가 죽든 살든 그것도 나와 상관없는 일이오. 사실을 말하자면, 나는 이 친구가 죽었으면 싶소.'

그러니까 변호사는 이 둘을 자기 사무실에서 쫓아내 버리더라고. 사무실 문이 열렸다 닫혔다 하면서 복도에 서 있던 보험회사 직원, 세금 사정관, 치과의사, 이런 사람들이 자꾸 들락거리면서 변호사에게 자기네 일을 처리해달라고 조르더군. 찰스는 그길로 택시를 잡아타고 집으로 돌아가 버리고 말았어."

"헨리는?"

"시뻘겋게 화가 나가지고 자동차 안에서 식식거리고 있더라고. 내가 헨리의 자동차로 가니까 변호사가 나를 한쪽으로 불러서 이러더라고. '이것 보세요. 상황이 어떻게 돌아가고 있는지 나는 모르겠지만, 당신 오빠가 저러면 문제는 골치 아파져요. 제발 좀 달래봐요. 어떻게 하든 침착하게 이 일에 임하지 않으면 굉장히 골치 아프게 될 수 있다는 걸 가르쳐줘야 해요. 이두 사람이 순한 양처럼 법정으로 들어가지 않는 한, 판사가 개전의 정을 참작할 가능성은 거의 없어요. 당신 오빠는 어쩌면 알코올중독자 치료를 전문으로 하는 재활병원에 수용될지도 몰라요. 오늘 하는 걸 보니까, 미안하지만 꽤 중증입니다. 물론 판사가 보호관찰 정도를 때리면 좋겠지만 내가보건대 이런 행운은 찾아올 것 같지 않아요. 내 생각을 말하면, 둘 다 실형을 받을 수도 있고, 당신 오빠는 맨체스터에 있는 약물중독자 치료센터에 감금된 상태에서 보호관찰을 당할 가능성도 없지 않아요.'"

커밀라의 얼굴은 말이 아니었다. 프랜시스의 얼굴에도 핏기가 없었다.

"헨리는 뭐래?"

내가 물었다.

"헨리도 자동차 같은 건 어떻게 되든 상관하지 않는대. 찰스에게 실형이 선고되든 말든 그것도 자기는 모르는 일이래."

"리처드, 넌 판사를 만나봤지?"

"응, 지난번 즉결재판소에서 봤어."

"어떻게 생긴 사람이야?"

"솔직하게 말해서, 잘못 걸린 것 같더라."

"그럼 어떻게 되는 거야? 찰스가 출두하지 않으면?"

"네게 무슨 아이디어라도 있어?"

"찰스를 어디로 좀 빼돌려 놓으면 어떨까? 학교는 거의 끝나가니까. 찰스를 여기 두었다가는 무슨 일을 저지를지 모르잖아? 이삼 주, 뉴욕에 있는 우리 집으로 보내면 어떨까 해. 우리 집에는 어머니와 크리스뿐이거든."

프랜시스가 긴장된 얼굴로 말했다.

"저런 상태에 있는 친구를?"

"주정뱅이? 왜? 우리 어머니가 주정뱅이를 어떻게 생각할지 걱정스러워서? 우리 어머니는, 저 정도는 주정뱅이로도 치지 않는다. 아기 보살피듯이 보살펴 주실 거야."

"어디로 보내자는 생각은 썩 좋은 것 같지 않아."

커밀라의 말이었다.

"내가 데리고 있을 수도 있기는 한데."

프랜시스가 찰스로부터 거절당했으면서도 이렇게 말했다.

"데리고 있을 수도 있기는 하겠지만, 뛰쳐나가면? 찰스가 뛰쳐나가서 떠들어낼 경우 위험해지기는 버몬트나 뉴욕이나 마찬가지라고."

"리처드, 아이디어가 하나 있다! 시골에다 데려다 놓으면 돼."

"시골에 있는 네 집으로?"

"그래."

"그래서 좋은 점은?"

"우선 가까워서 우리가 접촉하기 쉽잖아. 시내로 나오려고 해도 차가 없어. 몇 킬로미터 길이 족히 되니 걸어 나올 수도 없고. 택시를 부른다? 거기에서 햄든까지의 택시비가 얼만데?"

커밀라의 얼굴이 조금 밝아졌다.

"그래, 찰스 오빠는 그 시골집을 좋아해."

"그렇다니까. 어떻게 데리고 가느냐? 리처드와 내가 한동안 샴페인이라도 한 상자 사 들고 들어가서 굉장한 파티라도 벌이는 척하면 되지."

찰스를 문 앞까지 불러내기는 쉬운 일이 아니었다. 우리는 근 반 시간 동안이나 문을 두드렸다. 우리에게는 커밀라로부터 받은 열쇠가 있었다. 그러나 우리는 꼭 필요한 경우가 아니면 되도록이면 그 열쇠는 쓰고 싶지 않았다. 반 시간 가까이 두드렸을까? 그제야 찰스가 나와 문틈으로 우리를 내다보면서 퉁명스럽게 물었다.

"뭐야?"

찰스의 모습은 더할 나위 없이 헝클어져 있었다.

"아무것도 아니다. 좀 들어가게 해주겠어?"

프랜시스가 다소 놀랐다는 얼굴을 하고 조심스럽게 말했다. 찰스는 우리 양옆을 기웃거리면서 물었다.

"달고 온 사람 없어?"

"없어."

프랜시스가 대답하자 찰스가 문을 열고 우리를 안으로 들게 했다. 블라인드가 내려진 방에서는, 지하 차고에서나 맡을 수 있는 쾨쾨한 냄새가 났다. 눈이 어둠에 익숙해지면서 바닥을 구르는 닦지 않은 접시, 먹다 버린 사과, 빈 수프 깡통 같은 것들이 보였다. 냉장고 옆으로는 빈 스카치위스키병이 심술궂을 정도로 가지런히 놓여 있었다.

주방 조리대 밑에서 조그만 것이 하나 튀어나와 지저분한 냄비, 빈 우유통 사이를 쏜살같이 누비고 다녔다. 쥐 아냐? 나는 이렇게 생각했다. 그러나 꼬리를 말고 거실 바닥으로 튀어나오는 것을 보니 쥐가 아니라 고양이였다. 고양이의 눈이 어둠 속에서 우리를 노려보고 있었다.

"텅 빈 주차장에서 주워 왔어. 길이 안 든 거니까 조심해야 해."

찰스가 설명했다. 그의 숨결에서는 술 냄새 대신에 박하 냄새가 났다. 찰스는 가운 소매를 걷고, 곪아 있는 듯한 팔뚝의 상처를 보여주었다. 프랜시스가 자동차 열쇠를 손가락에 걸고 짤랑짤랑 소리가 나게 돌리면서 말했다.

"찰스, 우리 시골집에 가는 길에 잠깐 들렀어. 잠깐 거기에 가 있는 것도 좋지 않을까? 함께 가지 않을래?"

찰스의 눈초리가 가늘어졌다. 그는 가운 소매를 내리면서 물었다.

"헨리가 너희를 보낸 거로구나."

"무슨 소리야? 아니야."

"정말이야?"

"요 며칠 동안 헨리는 보지도 못했어."

찰스는 여전히 반신반의하는 눈치였다.

"우리가 간다는 걸 헨리는 알지도 못해."

내가 프랜시스 뒤에 있다가 거들었다. 찰스는 내가 거기에 와 있는 것을 보고도 잠깐 잊고 있었던 모양이었다.

"참, 리처드가 와 있었지. 잘 있었어?"

"덕분에."

"너도 알지? 내가 널 좋아한다는 걸?"

"나도 그래, 찰스."

"너는 나를 배신하지 않겠지?

"물론 않지."

"내가 왜 이런 말을 하는지 알겠지? 나는 프랜시스 이 녀석을 잘 알아. 이 녀석은 능히 그럴 놈이야."

프랜시스가 무슨 말을 하려다 말고 입을 다물어버렸다. 프랜시스의 얼굴은 흡사 따귀를 얻어맞은 사람의 얼굴 같았다.

"넌 프랜시스를 과소평가하고 있는 것 같군. 프랜시스가 너를 얼마나 좋아하는데? 프랜시스는 네 친구야. 내가 네 친구이듯이."

내가 조용하고 침착한 목소리로 찰스를 타일렀다. 나는 사람들이 종종 어린아이같이 위로받기를 바라는 찰스를 상대로 공격적인 논리를 휘두르는 것을 안타깝게 여긴 적이 한두 번이 아니었다.

"프랜시스, 정말 그래?"

"물론이지."

찰스는 주방 의자를 끌어다 놓고 앉았다. 고양이가 다가와 그의 발목을 핥았다.

"무서워. 헨리가 나를 죽이려는 것 같아서 무서워."

프랜시스와 나는 서로의 얼굴을 마주 바라보았다.

"왜? 헨리가 무엇 때문에 너를 죽이려고 하겠어?"

프랜시스가 물었다.

"왜? 내가 헨리를 죽일 참이거든. 그러니까 헨리도 나를 죽이려고 할 거아냐."

찰스는 주방 찬장에서 조그만 약병을 꺼내 들고는 물었다.

"이게 뭔지 알아? 헨리가 내게 준 거야. 며칠 전에."

나는 그 약병을 받아 들고 살펴보았다. 놀랍게도 내가 헨리를 위해 코크런 부인의 침실에서 훔친 바로 그 넴뷰탈 병이었다.

찰스가 지저분한 머리카락을 쓸어 올리면서 중얼거렸다.

"그게 뭔지는 나도 몰라. 헨리 말로는 먹으면 잠을 자는 데 도움이 된다더군. 잠을 자는 데 필요한 거라면 뭐든 먹겠지만, 이것만은 먹을 수가 없어."

나는 약을 프랜시스에게 넘겨주었다. 프랜시스는 믿어지지 않는다는 얼굴로 나를 바라보았다.

"캡슐도 들어 있잖아? 캡슐에다 놈이 뭘 채워 넣었는지 그걸 누가 알아?"

알 필요도 없었다. 넴뷰탈은 과용하면 치명적일 수 있는 약이었다. 내가 헨리에게 위스키와 같이 먹을 경우에는 위험하다고 경고했던 일이 떠올랐다.

생각이 거기에 미치고 보니 기분이 좋지 않았다.

찰스가 손가락으로 눈자위를 만지면서 중얼거렸다.

"놈이 한밤중에 이 근처를 어슬렁거리더라고. 무슨 짓을 하고 있었는지는 모르지만."

"누가, 헨리가?"

"응. 하지만 놈이 만일에 나를 어쩔 수 있다고 생각하고 있다면, 그게 아마 놈에게는 일생일대의 오해가 될 거야."

예상 외로 찰스를 꾀어 자동차에 태우기는 그리 어렵지 않았다. 찰스는 일종의 편집증 같은 데 시달리고 있던 참에, 뜻밖에 찾아든 우리가 고마웠던 모양이었다. 그는 되풀이해서 우리가 프랜시스의 시골집으로 가는 것을 헨리가 알고 있느냐고 물었다.

"정말 헨리에게는 말하지 않은 거지?"

"말하지 않았다니까."

나와 프랜시스가 이구동성으로 말했다.

찰스는 고양이를 데리고 가야 한다고 우겼다. 그래서 우리는 고양이를 잡느라고 한바탕 고역을 치러야 했다. 찰스가 거실에서 고양이를 부르자 고양이는 부엌으로 들어왔다. 나와 프랜시스는 부엌으로 들이온 고양이를 온수기 뒤로 몰았다. 내가 재빨리 손을 내밀어 고양이의 허리를 잡았다. 그러나 고양이는 내게 허리를 잡힌 채 잽싸게 몸을 뒤틀면서 내 팔에다 이를 박았다. 우리는 천신만고 끝에 머리만 남기고 행주로 고양이를 싸고는 꼭 미라 꼴이 된 놈을 찰스에게 넘겨주었다.

"잘 잡고 있어. 도망 못 치게."

자동차 안에서 프랜시스는 마음이 놓이지 않는지 몇 번이고 찰스에게 말했다.

그러나 찰스는 프랜시스의 말을 귀담아듣지 않았던지, 고양이가 튀어나와 앞자리로 넘어갔다. 프랜시스가 기겁을 하는 바람에 자동차가 기우뚱거리다가 아슬아슬하게 갓길에서 중심을 되찾았다. 브레이크와 액셀러레이터를 번갈아 밟아가면서 자동차의 중심을 잡던 프랜시스가 한 발을 들어 고양이를 걷어찼다. 고양이는 내 발밑으로 꼬꾸라지면서 설사를 갈기고는 죽은 듯이 가만히 있었다.

프랜시스의 시골집은 버니가 죽기 일주일 전에 가보고는 처음이었다. 집 앞 도로변의 나무는 울창했다. 마당의 풀도 웃자라 있었다. 라일락 속에서는 벌이 윙윙거렸다. 마당 저쪽에서 잔디를 깎고 있던 해치 씨가 손을 번쩍 쳐들어 우리를 맞았다.

바깥은 더운데도 집 안은 서늘했다. 우리가 고양이를 2층 욕실에 가두고 있을 동안 찰스는 아래층 주방으로 내려가 땅콩버터 항아리와 마티니병을 찾아가지고 올라와서는 자기에게 배당된 방으로 들어가 문을 잠가버렸다.

우리는 그로부터 36시간 동안이나 찰스의 모습을 볼 수 없었다. 자기 방에서 땅콩버터를 먹으면서, 마티니를 마시면서 《보물섬》에 나오는 늙은 해적처럼 하루 종일 창밖만 내다보고 있었던 모양이었다. 우리가 아래층 서재에서 카드놀이를 하고 있을 때 찰스가 잠깐 내려오기는 했지만, 그는 카드를 함께하자는 우리의 말은 들은 척도 않고 서가만 둘러보았다. 그러나 그것도 잠깐이었다. 그는 책에는 손도 대지 않고 2층으로 올라가 버렸다. 다음 날 아침, 그는 프랜시스의 낡은 목욕 가운 차림으로 내려와 커피를 마시고는, 누구를 기다리는 사람처럼 잔디밭만 내려다보며 앉아 있다가 사라졌다.

"저 친구, 목욕한 지 얼마나 되었을까."

프랜시스가 나에게 속삭였다.

찰스는 고양이에게도 더 이상 관심을 기울이지 않았다. 프랜시스는 해치 씨를 보내어 고양이 먹이를 사 오게 하고는 손수 아침저녁으로 욕실로 가지고 들어갔다("저리 가! 뚝 떨어져, 이런 악마 같으니!" 욕실에서는 종종 이런 소리가 흘러나왔다). 프랜시스는 욕실을 나올 때마다 고양이의 배설물이 묻은 신문지를 한 아름씩 안고 나오고는 했다.

사흘째 되는 날 오후 6시쯤, 프랜시스는 다락방을 뒤지러 올라갔다. 자기 고모가 찾아보고 있거든 쓰라고 했다면서, 동전이 가득 든 항아리를 찾으러 올라간 것이었다. 나는 혼자서 아래층 소파에 누워 프랑스어의 불규칙 동사를 외고 있었다(기말시험까지는 일주일도 남지 않았다). 주방의 전화 벨이 울린 것은 그때였다. 나는 일어나 전화를 받았다.

뜻밖에도 헨리였다.

"역시 거기에 있었군."

헨리가 나직하게 중얼거렸다.

"그래."

"프랜시스와 통화 좀 할 수 있겠어?"

"지금 전화를 받을 수 없는데? 왜?"

"거기에 찰스를 데리고 있는 것 같아서."

"헨리, 그전에 물어볼 게 있어. 무슨 생각으로 찰스에게 수면제를 주었어?"

"리처드, 지금 무슨 말을 하고 있는지 모르겠구나."

"잘 알걸. 그 수면제를 내 눈으로 봤어."

"네가 코크런 씨 댁에서 내게 준 그 수면제 말이야?"

"그래."

"그게 찰스에게 있어? 내 약장에서 가져갔던 모양이지?"

"찰스는 네가 주더라고 했어. 찰스는 네가 자기를 독살하려 했다고 생각해."

"헛소리."

"정말이야?"

"찰스 거기에 있지?"

"있어. 사흘 전에 이리로 데려왔어……."

나는 이렇게 말하고는 입을 다물었다. 사흘 전이라고 말하는 순간, 전화기에서 이상한 소리가 들렸기 때문이었다. 누군가가 다른 방에서 전화코드에 다른 전화기를 연결하고 있는 것 같았기 때문이었다. 그러니까 누군가가 전화코드를 연결하고 우리 통화를 엿들었다면, 사흘 전에 이리로 데려왔어, 하는 대목부터 들었을 터였다.

내가 말을 끊자 헨리가 말했다.

"잘 들어. 가능하면 찰스를 이삼일 더 거기에 데리고 있었으면 좋겠어. 모두들 우리 일에 엄청난 비밀이라도 있는 줄 알고 있기 때문에 하는 말이야. 당분간 거기에 더 데리고 있어줬으면 고맙겠어. 찰스는 지금 한발만 더 들여놓으면 영락없는 몽유병자 맥베스 부인 꼴이야. 찰스가 법정에 출두하지 않으면 출두 거부로 유죄가 되겠지만, 경찰에서 찰스를 당분간 어떻게 할 것 같지는 않아."

나는 누군가의 숨소리가 통화에 섞여 든다는 느낌을 받았다.

"이게 무슨 소리야?"

헨리가 소리쳤다.

한동안 헨리와 나는 아무 말 않고 가만히 있었다.

"찰스? 찰스, 네가 전화를 엿듣고 있는 거지?"

내가 소리쳤다.

2층에서 수화기를 냅다 팽개치는 소리가 들려왔다.

나는 2층으로 뛰어 올라가 찰스의 방문을 두드려보았다. 대답이 없었다. 손잡이를 돌려보았다. 안으로 잠겨 있었다.

"찰스, 나 좀 들어가게 해줘."

그러나 대꾸가 없었다.

"찰스, 뭘 오해하게 생겼어. 헨리가 전화한 거야. 나는 전화를 받은 것뿐이야."

그래도 대답이 없었다. 나는 망연자실, 한동안 복도에 서 있었다. 오후의 햇빛이 잘 닦인 참나무 바닥에서 황금빛으로 부서지고 있었다.

"찰스, 너는 지금 엉뚱한 생각을 하고 있어. 헨리는 너를 해치지 않아. 네가 있는 이곳이 얼마나 안전한 곳이냐고?"

"꺼져."

안에서 볼멘소리가 흘러나왔다.

더 이상 할 말은 없었다. 나는 다시 아래층으로 내려와 프랑스어 불규칙 동사에 매달렸다.

아래층 소파에서 잠이 들었던 모양이었다. 얼마나 잤는지는 모르겠지만, 밖이 여전히 훤한 것으로 보아 오래 잔 것은 아닐 터였다. 나는 프랜시스가 흔드는 바람에 깨어났다. 프랜시스의 손길은 거칠었다.

"리처드, 리처드. 빨리 일어나. 찰스가 사라졌어."

"사라지다니? 사라지기는 어디로 사라져?"

내가 눈을 비비면서 물었다.

"모르겠지만, 이 집 안에 없는 것은 확실해."

"정말이야?"

"다 찾아봤어."

"산책 중이겠지. 숲 속 어디에 있을 거야."

"없다니까."

"아니면 어디에 숨어 있는지도 모르지."

"일어나서 함께 찾아보자."

나는 2층으로 올라갔고 프랜시스는 밖으로 나갔다.

찰스의 방은 엉망으로 어질러져 있었다. 탁자 위에는 서재 찬장에서 들고 올라간 것으로 보이는 봄베이 진 술병이 반 남짓 비어 있었다. 찰스의 소지품은 하나도 없었다.

2층 모두, 심지어는 다락방까지 찾아보았지만 찰스의 모습은 눈에 띄지 않았다.

아래로 내려와서 보니 프랜시스와 해치 씨가 진입로에 서서 이야기를 나누고 있었다. 해치 씨가 프랜시스에게 무슨 말을 하는지는 들리지 않아서 모르겠지만, 해치 씨가 자꾸만 머리를 긁는 것으로 보아 프랜시스에게 사죄하는 것 같았다.

나와 프랜시스는 중간에서 만났다.

"젠장, 해치 씨 말로는 한 시간 반 전에 찰스에게 트럭 열쇠를 주었다는 거야."

"뭐라고?"

"찰스가 해치 씨에게 와서는 내 심부름을 가야 한다면서 트럭을 15분만 빌리겠다고 했다는 거야."

우리는 서로 쳐다보았다.

"프랜시스, 찰스가 어디로 갔을 것 같아?"

"내가 어떻게 알아?"

"무작정 떠난 것 같아?"

"그런 것 같잖아?"

우리는 안으로 들어갔다. 주위가 어둑어둑해지기 시작한 즈음이었다. 우리는 한동안 창가에 앉아 있었다. 멀리서 해치 씨가 잔디깎이의 시동을 다시 걸고 있었다.

프랜시스는 팔짱을 낀 채 개폐식 책상에 기댔다.

"리처드, 어떻게 해야 좋을지를 모르겠구나. 찰스 이 자식은 해치 씨의 트럭을 훔쳐 간 거라고. 15분은 구실이었어."

"곧 돌아오겠지."

"사고라도 낼까 봐 걱정이야. 경찰에 걸리면 끝장이야. 음주운전으로 한 번 더 붙들리면."

"찾으러 나가야 할까?"

"어디에서부터 시작해야 좋을지 모르겠다. 보스턴 쪽으로 갔다면 벌써 반은 갔을 거야."

"그렇다고 이렇게 앉아 전화나 기다릴 수는 없잖아?"

우리는 바(bar)부터 뒤졌다. 파머스 인, 빌리저, 볼더 탭, 노티파인, 노치, 포 스카이어, 맨 오브 켄트. 퇴근 무렵이라 주차장에는 트럭이 많았다. 그러나 해치 씨의 트럭은 없었다.

주류 매점으로 들어가 보았다. 수많은 술병들이 조명이 좋은 복도 양옆에서 키재기를 하고 있었다. 천장에서는 와인쿨러 광고판이 돌아가고 있었다. 손님은 없고, 팔뚝에 나체 여자 문신을 넣은 뚱뚱한 주인만 카운터 앞에서 이웃 가게에서 온 듯한 아이와 잡담을 나누고 있었다.

옆을 지나가는데 주인의 말소리가 들렸다.

"바로 그 순간에 녀석이 품 안에서 총신을 짧게 자른 산탄총을 꺼내더라고. 에멧은 내 바로 옆에, 그러니까 지금 내가 선 바로 이 자리에 서 있었어. 에멧이 '우리에게는 금고 열쇠가 없소.' 이러는 순간 녀석이 방아쇠를 당겼어. 나는 에멧의 골수가 저 벽 쪽으로 튀는 걸 분명히 보았어."

우리는 캠퍼스 안을 다 뒤지고, 도서관("찰스가 여기 없다는 데 100만 달러 건다."라고 프랜시스는 말했다)을 뒤진 뒤에는 다시 바를 기웃거리고 다녔다.

"리처드, 찰스는 햄튼을 떠난 거야. 틀림없어."

"해치 씨가 경찰에 신고할 것 같아?"

"그럼 어떻게 하겠어? 너 같으면 어떻게 하겠어? 물론 내 허락 없이 신고하지는 않겠지만 찰스가 트럭을 제자리에 갖다 놓지 않으면 내일 오후쯤은 연락하겠지. 그거야 나도 말릴 수 없는 것 아냐?"

우리는 앨버말로 차를 몰았다. 주차장에는 헨리의 차가 있었다. 프랜시스와 나는 호텔 주인 앞을 어떻게 지날 것인지도 정하지 않은 채 무작정 로비로 들어갔다. 기적이었다. 프런트에는 아무도 없었다.

우리는 바로 3-A로 올라갔다. 커밀라가 문을 열어주었다. 커밀라와 헨리는 저녁을 먹고 있었다. 양고기와 포도주. 꽃병에는 노란 장미도 한 송이 꽂혀 있었다.

헨리는 우리를 반기는 눈치가 아니었다.

"이번에는 뭘 도와드릴까?"

헨리가 포크를 놓으면서 물었다.

"찰스 문제야. 행방불명."

프랜시스가 대답했다.

프랜시스는 트럭 이야기를 했다. 나는 커밀라 옆에 앉았다. 몹시 배가 고팠던 참이어서 양고기가 그렇게 먹음직스럽게 보일 수 없었다. 커밀라가 눈치를 채고는 접시를 내 쪽으로 밀어주었다.

"좀 들어."

나는 포도주 한 잔까지 곁들여 양고기를 먹었다. 헨리는 프랜시스의 말을 들으면서 천천히, 침착하게 식사를 계속했다. 프랜시스의 말이 끝나자 헨리가 물었다.

"프랜시스, 찰스가 어디에 갔을 거라고 생각해?"

"그걸 내가 어떻게 알아?"

"해치 씨가 신고를 못 하게 막을 수는 있겠지?"

"찰스가 트럭을 되돌려주지 않을 경우, 아니면 트럭을 어디에다 갖다 박았을 경우에는 나도 어쩔 수 없지 않겠어?"

"그까짓 트럭이 몇 푼이나 해? 네 고모가 해치 씨에게 사준 게 아니라고 생각하면 되잖아."

"그 이야기가 지금 왜 나오냐?"

헨리가 냅킨으로 입술을 닦고는 담배를 뒤져내면서 말했다.

"찰스는 문제를 일으켜도 크게 일으킬 모양이다. 내 생각을 말해볼까? 개인 간호사를 고용하는 데 얼마나 들까?"

"강제로 술을 끊게 할 생각이야?"

"물론이야. 그렇다고 해서 병원으로 보낼 수는 없는 노릇이지. 호텔 방 같은 데다, 물론 이 호텔은 아니고, 외곽에 있는 호텔에다 데려다 놓고, 믿을 만한 개인 간호사를 하나 붙이면 어떨까? 물론 영어를 잘 못 하는 개인 간호사여야겠지?"

커밀라의 표정이 일그러졌다.

"헨리, 설마 찰스 오빠를 납치해서 감금하자는 건 아니겠지?"

"커밀라, 내가 쓰고 싶은 단어는 납치, 감금 같은 단어가 아니야."

"찰스 오빠에게 사고라도 생기면 어쩌지? 아무래도 우리 모두 나가서 찾아봐야겠다."

"나와 리처드가 시내를 다 뒤졌어. 아무래도 햄든에 있는 것 같지가 않아."

"병원에는 전화를 해봤어?

"아니. 병원에는 왜, 헨리?"

"경찰에 전화를 걸어 교통사고 접수된 게 없느냐고 물어볼 필요가 있는 것 같군. 프랜시스, 해치 씨는 자기가 찰스에게 자동차를 빌려주었다는 데 동의할 것 같아?"

"실제로 15분간은 빌려줬는걸."

"그렇다면 그건 별문제가 안 되겠고, 음주운전으로 붙들리지만 않으면……."

"그 안에 우리가 찾아내도 문제는 안 될 테지."

"프랜시스, 내 생각인데, 지금 찰스가 우리에게 해줄 수 있는 일 중에서 가장 좋은 일은 이 지구 표면에서 사라져주는 일일 것 같다."

헨리의 이 말이 끝나기가 무섭게 거칠게 문을 두드리는 소리가 났다. 우리는 서로의 얼굴을 번갈아 바라보았다.

커밀라의 얼굴이 밝아졌다.

"찰스, 찰스 오빠야."

커밀라가 자리에서 일어나 문 쪽으로 다가갔다. 커밀라는 우리가 들어가고 난 뒤에도 문을 잠그지 않은 터였다. 그러나 커밀라가 문 앞에 이르기도 전에 문이 활짝 열렸다.

찰스였다. 찰스는 문 앞에 서서, 술에 취한 눈길로 방 안을 둘러보고 있었다. 반가웠다. 나는 그에게 반갑다고 하려다가 뒤로 물러섰다. 찰스는 권총을 들고 있었다.

찰스는 안으로 들어서면서 뒷발길질로 문을 닫았다. 찰스가 들고 있는 권총은 프랜시스의 고모가 침대 머리맡 서랍에다 넣어두던 베레타, 그 전해 가을, 과녁을 세워놓고 우리가 돌려가면서 쏘던 바로 그 권총이었다. 우리는 찰스를 뻔히 바라보기만 했다. 커밀라가 침착한 목소리로 찰스를 달랬다.

"찰스 오빠, 지금 무슨 짓을 하고 있는지 알아?"

"비켜서."

목소리로 미루어 꽤 취해 있었다.

헨리가 담배를 쥔 채 앞으로 나서면서 물었다.

"그러니까 나를 죽이러 온 것이구나. 맞아?"

"그래."

"나를 죽이면 문제가 해결돼?"

"개새끼, 너는 내 인생을 이렇게 망쳐놓았어."

찰스는 권총으로 헨리의 가슴을 겨누었다. 나는 찰스의 사격 솜씨를 잘 알고 있었다. 찰스가 병을 나란히 세워놓고 차례로 쏘아 깨뜨리던 광경을 떠올리고 보니 끔찍했다.

"찰스, 바보같이 굴지 마라. 네 문제를 책임져야 할 사람이 있다면 그건 바로 너야."

헨리의 싸늘한 말투에 나는 목줄기를 타고 내려가는 공포를 처음으로 맛보았다. 이 호전적이면서도 위협적인 말투는 프랜시스나 나에게 같으면 먹혀들어 갔을지도 모른다. 그러나 상대는 찰스였다.

헨리에게 입을 닥치라는 말을 하려 했지만, 입을 열기도 전에 찰스가 사격 위치를 잡기 위해 옆으로 몇 걸음 옮겨놓았다. 커밀라가 찰스와 헨리 사이로 뛰어들었다.

"찰스 오빠, 그 총 이리 줘."

찰스는 권총을 오른손으로 옮겨쥐면서 왼손으로는 눈 위로 흘러내린 머리카락을 쓸어 넘겼다.

"밀리, 다시 한번 말하지만, 너는 저쪽으로 비켜서는 게 좋겠다."

밀리는 찰스가 자주 쓰지 않는 커밀라의 애칭이었다.

프랜시스가 끼어들었다. 핏기가 하나도 없는 그의 얼굴은 유령의 얼굴을 방불케 했다.

"찰스, 앉자. 앉아서 포도주라도 들자. 들면서 이 일조차 잊어버리자."

"더러운 자식, 나는 너를 믿었어. 그런데 내가 있는 곳을 헨리에게 고자질해?"

찰스가 물러서면서 내뱉었다. 기절초풍할 일은, 찰스가 더러운 자식이라고 부른 것이 프랜시스나 헨리가 아니라 나라는 점이었다.

나는 기가 막혀서 말을 할 수 없었다. 나는 놀라서 눈을 깜박거리기만 했다.

헨리가 나를 대신해서 말했다.

"나는 네가 어디에 있는지 알고 있었어. 찰스, 나를 쏠 생각이거든, 자, 어서 쏘아라. 모르기는 하지만 이건 네 평생 네가 한 일 중에서 가장 멍청한 짓이 될 거야."

"내가 저지른 일 중에서 가장 멍청한 짓은 네 말에 귀를 기울였다는 것이다."

찰스가 응수했다.

일은 순식간에 벌어졌다. 찰스가 권총 든 손을 천천히 올리는 순간, 찰스 바로 옆에 서 있던 프랜시스가 포도주 잔을 찰스의 얼굴을 향해 던졌다. 같은 순간에 헨리는 바닥을 박차고 찰스를 덮쳤다. 연속으로 네 발의 총성이 들렸다. 두 발째 총성에 이어 유리창이 부서지면서 쏟아져 내리는 소리가 들렸다. 그리고 세 발째 총성이 울리는 순간, 내 배의 배꼽 왼쪽이 뜨끔해지는 느낌을 받았다.

헨리는 두 손으로 찰스의 오른손을 잡아 머리 위로 밀어 올렸다가는 뒤로 꺾었다. 찰스는 왼손으로, 오른손에 있는 권총을 집으려고 안간힘을 썼지만 헨리가 찰스의 오른손을 꺾자 권총은 카펫 바닥에 떨어졌다. 찰스가 그 권총을 집으려고 몸을 날렸지만 헨리가 빨랐다.

나는 그때까지도 서 있었다. 맞았구나, 맞았어. 나는 손을 아래로 내려 배를 만져보았다. 피. 하얀 셔츠에 조그만 구멍이 나 있었다. 샌프란시스코에서 150달러나 주고 산 내 폴 스미스 셔츠. ……배 속이 몹시 뜨거웠다. 셔츠에 뚫린 과녁 같은 구멍에서 열파(熱波)가 방사되는 것 같았다.

권총은 헨리의 손으로 들어가 있었다. 헨리는 찰스의 팔을 뒤로 꺾은 채, 총구를 찰스의 등에다 대고는 문과는 반대쪽으로 밀고 갔다.

나는 그때까지도 뭐가 뭔지 알 수가 없었다. 앉아야 하나? 총알은 아직 내 배 속에 있을까? 이러다가 죽는 걸까? 이런 생각을 하자니 우스웠다. 죽을 것 같지는 않았다. 배는 타는 듯이 뜨거웠으나 마음은 이상하게도 차분하게 가라앉는 것 같았다. 이상하다. 총에 맞으면 이보다는 훨씬 아플 줄 알았는데. 조심스럽게 뒤로 물러서면서 손을 내저었다. 조금 전까지 내가 앉아 있던 의자 등받이가 손끝에 와 닿았다. 나는 거기에 앉았다.

찰스는 한 팔은 뒤로 꺾여 있으면서도 다른 팔 팔꿈치로는 헨리의 배를 쥐어지르고 있었다. 헨리는 찰스의 팔을 꺾어 벽 쪽 의자로 몰면서 소리쳤다.

"거기에 앉아!"

찰스가 일어서려고 하자 헨리는 어깨를 눌러 주저앉혔다. 찰스가 다시 일어서려고 하자 헨리는 손바닥으로 찰스의 얼굴을 갈겼다. 총소리보다 더 큰 소리가 났다. 헨리는 여전히 찰스에게 권총을 겨눈 채 창 쪽으로 다가가 블라인드를 내렸다.

나는 손으로 셔츠에 난 구멍을 가리고 있었다. 몸을 앞으로 기울이자 찌르는 듯한 통증이 느껴졌다. 나는 모두가 싸움질을 멈추고 나를 보아주겠거니 했다. 그러나 아무도 그러지 않았다. 나는 아무래도 소리를 질러 그들의 주의를 환기해야겠다고 생각했다.

찰스의 입가에는 피가 흘러 내려와 있었다. 헨리는 여전히 권총을 겨눈 채 안경을 벗어서 옷섶에 닦고는 다시 썼다.

"찰스, 이제 끝나는 것 같다."

헨리의 음성은 차분했다.

깨진 창을 통해 아래층에서 발소리, 웅성거리는 소리, 문이 여닫히는 소리가 들려왔다.

"총소리가 다 들렸겠지?"

프랜시스가 물었다.

"들렸겠지."

헨리가 대답했다.

커밀라가 찰스 쪽으로 다가갔다. 찰스는 취중에 커밀라를 거부하는 몸짓을 보였다.

"커밀라, 거기에서 떨어져."

헨리가 명령했다.

"이 깨진 유리창을 어떻게 할 거야?"

프랜시스가 물었다.

"나를 어떻게 할 거야?"

나도 물었다.

모두가 고개를 돌려 나를 바라보았다.

"맞았어."

그러나 이렇게 말했는데도 내가 기대했던 극적인 반응은 일어나지 않았다. 다시 한 번 주의를 환기하려는데, 발소리가 가까워지면서 문을 두드리는 소리가 들렸다.

"어떻게 된 거요? 무슨 일이 생긴 거야?"

호텔 주인의 목소리였다.

"이런 제기랄."

프랜시스가 두 손으로 얼굴을 감쌌다.

"문 열려 있어요."

찰스가 술 취한 목소리로 이렇게 소리치면서 일어서려고 했다. 헨리는

입술을 깨물었다. 헨리는 창가로 다가가 블라인드 사이로 잠깐 밖을 내다
보고는 돌아섰다. 권총은 여전히 그의 오른손에 있었다.

"커밀라, 이리 와."

헨리가 커밀라에게 말했다.

커밀라의 얼굴이 공포로 일그러졌다. 프랜시스의 얼굴도 마찬가지였다.

"이리 오라니까, 얼른."

헨리는 권총으로 커밀라에게 오리는 신호를 보내면서 속삭였다.

저 자식이 무슨 짓을 하려고? 이런 생각을 하고 있으려니 현기증이 났다.

커밀라는 헨리에게서 두어 걸음 물러섰다. 커밀라는 사색이 된 채 중얼
거렸다.

"헨리, 오, 헨리, 제발 이러지……."

놀랍게도 헨리는 커밀라에게 미소를 보내면서 속삭이고 있었다.

"내가 너를 해칠 줄 아니? 어서 이리 와."

커밀라가 다가갔다. 헨리는 커밀라의 이마에 입술을 대고는 뭐라고 속삭
였다. 뭐라고 속삭였는지는 지금까지도 궁금하다.

"내겐 열쇠가 있다. 문 안 열면 이걸로 따고 들어간다!"

호텔 주인이 문을 흔들면서 소리를 지르고 있었다. 방이 빙글빙글 돌기
시작했다. 벼엉신, 손잡이를 돌리기만 하면 되는데. 나는 현기증을 느끼면서
도 이런 생각을 했다.

헨리가 다시 커밀라에게 입을 맞추면서 속삭였다.

"사랑해."

그러고는 돌아서서 소리쳤다.

"들어오시오!"

문이 활짝 열렸다. 헨리는 천천히 권총을 들어 올렸다. 방문을 열고 들어
오는 사람들을 쏠 것 같았다. 호텔 주인과 그 뒤에 선 주인 마누라도 두어 걸

음 들어오다가 그대로 얼어붙는 것으로 보아 그렇게 생각했던 모양이었다.

"안 돼, 헨리!"

커밀라가 소리쳤다. 그러나 나는 그제야 헨리의 의도를 알았다.

헨리는 총구를 자기의 관자놀이에 대고 방아쇠를 당겼다. 총소리가 두 번 났다. 총탄은 그의 왼쪽 관자놀이를 부수고 들어갔다. 두 번째 방아쇠를 당기게 한 것은 권총의 반동 때문일 것이라고 나는 생각했다.

헨리가 입을 활짝 벌렸다. 열린 방문에서 불어 들어온 바람이 깨진 유리창 앞에 걸린 커튼을 바깥으로 날리다가 방충망에 부딪치면서 한숨 소리 비슷한 소리를 냈다. 눈이 감기는가 싶더니 헨리의 무릎이 꺾였다. 헨리의 몸은 바로 그 순간 카펫 위로 무너져 내렸다.

에필로그

아아, 가엾은 이, 청춘의 폐허 같은가?

아니, 폐허의 폐허 같구나.

존 포드, 《실연(失戀)》

나는 복부 총상이라는 찬란한 구실로 그다음 주에 있었던 프랑스어 시험을 면제받는 데 성공했다.

병원에서는 나를 두고 하늘이 도왔다고 했다. 내가 보아도 그랬다. 총탄은 내 대장과 비장을 겨우 일이 밀리미터 비키면서 배 속을 지나 들어간 곳에서 1인치 반쯤 오른쪽으로 빗긴 채 등을 뚫고 나갔다.

앰뷸런스에 실린 들것에 누운 채 나는 따뜻하고도 신비스러운 여름밤의 풍경—자전거를 타고 지나가는 아이들, 불빛에 모여드는 나방 떼—을 온몸으로 느끼면서, 이런 것이구나, 죽어간다는 것이 이런 것이구나, 하는 생각을 했다. 우스꽝스러워 견딜 수가 없었다. 셸 석유와 햄버거 광고탑으로 밝힌 터널을 따라 저승으로 가고 있다는 것이 우스꽝스러워 견딜 수 없었다. 나를 앰뷸런스에 태운 보조의료원은 나보다 나이가 많은 것 같지 않았다. 그는 총상 환자를 본 적이 없어 그랬겠지만 끊임없이 나에게 기분이 어떠냐, 고통의 종류는 둔중한 것이냐, 아니면 예리한 것이냐, 아프냐, 뜨거우

냐는 등의 질문을 퍼부었다. 나는 그가 만족할 만한 대답은 해줄 수 없었다. 그 보조의료원에게는 말해주지 않았지만 내 느낌은 처음으로 취했을 때의 느낌, 처음으로 여자와 함께 잘 때의 느낌과 비슷했다. 총상을 입어본 적이 없는 사람이 상상할 수 있는 그런 것이 아니었다. 나는 이것을 설명할 수는 없었지만, 체험을 해보면 생각하던 것과 전혀 다르다는 것을 깨닫게 되는 것은 분명하다. 모텔6, 데어리 퀸의 네온 불빛이 어찌나 밝은지 금방이라도 내 심장이 터질 것 같았다.

헨리는 물론 죽었다. 관자놀이에 두 발의 총탄을 맞은 사람에게 병원에서 해줄 수 있는 것은 별로 없었다. 그런데도 그는 열두 시간 동안이나 살아 있음으로써 의사들을 놀라게 했다(나는 마취 상태에 있었기 때문에 뒤에 의사들로부터 들었을 뿐이다). 의사들은 그런 치명상을 입을 경우 그 자리에서 즉사하는 것이 정상이라고 말했다. 헨리는 죽고 싶지 않았던 것일까? 죽고 싶지 않았다면 왜 자기 자신을 쏘았을까? 앨버말에서 벌어진 상황은 악몽 같은 것이었으나 나는 상황을 어느 정도 조리 있게 설명할 수 있을 것 같다. 헨리가 자신을 쏜 것은 절망 때문이 아니었다. 공포 때문도 아니었다. 줄리언과의 이별이 헨리에게는 너무나 무거운 마음의 짐이었던 것으로 보인다. 그 사건은 헨리에게 너무나 큰 상처를 주었던 것이다. 그래서 그에게는 우리와 자기 자신에게 줄리언이 가르쳤던 의리, 경건, 성실, 희생 같은 극도로 차가운 원칙은 따를 수 있는 것임을 증명하는 어떤 고상한 제스처가 필요했던 것이다. 나는 앨버말의 벽거울에 비치던, 헨리가 권총을 자기 관자놀이에 갖다 대던 모습을 잘 기억한다. 그의 표정으로 미루어볼 때 그의 정신은 승리의 순간을 향한 고도의 집중력을 보여주었다. 그의 얼굴은 흡사 도약대 끝으로 다가가는 하이 다이버의 얼굴과 같았다. 눈을 꼭 감은 채 도약대 끝으로 다가가면서 물을 가르고 뛰어들게 될 순간을 기다리는 환희의 표정, 바로 그것이었다.

나는 그의 얼굴에 나타나던 표정을 이따금씩 생각한다. 그리고 그 표정의 언저리에서 벌어지던 수많은 일도 이따금씩 생각한다. 나는 처음으로 햄든의 자작나무 숲을 보았을 때의 일, 처음으로 줄리언을 만났을 때의 일, 햄든에서 처음으로 배웠던 그리스어 문장, '아름다움은 공포다(Kalepa ta cala)'도 이따금씩 생각한다.

∽◯〜

나는 햄든 대학 영문과에서 학사 학위에 필요한 모든 과정을 마치기로 했다. 그러고는 갱단 두목처럼 배에다 붕대를 감은 채로 브루클린으로 가서(역사학 교수는 나에게, "여기는 조용한 브루클린 하이츠지, 험악한 벤슨허스트가 아니다."라고 농담을 했다) 그해 여름을 보냈다. 나는 그 아파트 옥상에서 졸면서, 담배를 피우면서 프루스트를 읽기도 했고, 삶과 죽음과 아름다움과 세월을 생각하기도 했다. 총상은 아물면서 내 배에 흉터를 남겼다. 그해 가을 나는 다시 학교로 돌아갔다.

프랜시스는 그해 가을 학교로 돌아오지 않았다. 쌍둥이 남매도 돌아오지 않았다. 앨버말에서의 이야기는 많은 사람들에 의해 공식적으로 재구성되었다. 이 이야기에 따르면, 헨리는 자살을 하려다가 총을 빼앗으려는 나를 쏘고는 기어이 자살을 강행하는 데 성공한 것이었다. 어떤 의미에서 이것은 헨리에 대한 공정한 대접이 아니었다. 그러나 또 다른 의미에서 보면 반드시 그런 것만도 아니다. 이 일로 나는 영웅이 된 것이다. 방관자가 되는 데 만족하지 않고 나는 용감하게 헨리를 저지하려다 총상을 입었다는 것이다. 그러나 사실은 나야말로 방관자가 아니었던가.

헨리의 장례식 날, 커밀라는 찰스를 데리고 버지니아로 갔다. 공교롭게도 그날이 바로 찰스와 헨리가 법정에 나타나야 하는 날이었다. 장례식은 세인트루이스에서 있었다. 우리 중 장례식에 참석할 수 있었던 것은 프랜시스뿐이었다. 나는 장례식이 거행되던 그 시각에 병원에서 포도주 잔이 앨버말의 카펫 위로 구르는 환상에 시달리고 있었다.

장례식 며칠 전에, 헨리의 어머니가 아들의 시신이 장의차에 실리는 것을 확인하고는 내 방으로 올라왔다. 헨리 어머니가 왔을 때의 일을 좀 더 분명히 기억할 수 있었으면 좋겠지만 불행히도 그것이 나에게는 불가능하다. 내가 기억하는 것은 헨리의 눈을 한, 검은 머리의 아름다운 부인의 모습뿐이다. 헨리의 어머니는 수많은 문병객 중의 하나에 지나지 않았다. 그렇다. 당시 나는 수많은 문병객에 시달리고 있었다. 이 중에는 내 현실의 침대 머리를 찾아온 문병객도 있었고, 내 상상력 속으로 들어온 문병객도 있었다. 죽은 사람도 있었고 산 사람도 있었다. 줄리언도 왔다 갔고, 오래전에 세상을 떠난 우리 할아버지, 심지어는 버니도 내 병실을 다녀갔다.

헨리의 어머니는 내 손을 잡았다. 나는, 자기 아들을 살리려다가 총상을 입은 것으로 되어 있는 사람이었다. 내 병실 안에는 의사도 몇 명 있었고 간호사도 몇 명 있었다. 나는 자기 어머니 뒤에 선 헨리도 보았다. 헨리는 덩굴장미 심을 때의 차림을 하고 있었다.

퇴원에 임박해서야 나는 내 소지품에 헨리의 자동차 열쇠가 들어 있는 것을 알았다. 그제야 헨리의 어머니가 하던 말이 기억났다. 헨리의 어머니는 아들의 살림을 수습하면서, 아들이 죽기 직전에 자기 자동차 소유권을 내 앞으로 이전하고 있었음을 알아냈다고 했다(이것은 공식 보도와도 정확하게 일치했다. 신문은 헨리가 자살을 감행하기 직전에 자기 소유물을 친구에게 유증했다고 보도했다. 그러나 신문은 물론이고 경찰도 헨리를 인심이 후한 사람이라고 할 줄만 알았지, 헨리가 당시 자동차를 잃을 수도 있는 상황에 몰려 있었다는 점에 관해서는 언급하지 못했다). 어쨌든 헨리의 베엠베는 내 것이 되었다. 헨리의 어머니는 헨리의 열아홉 번째 생일 선물로 자기가 직접 몰다 준 것이라서 팔 수도 없고, 다시 보고 싶지도 않아서 나에게 준다고 말했다. 헨리의 어머니가 내 침대 머리맡에서 흐느끼면서 이런 이야기를 하고 있을 동안 헨리는 내내 자기 어머니 뒤를 서성거렸다. 물론 간호사들이나 어머니의 눈에 헨리의 모습이 보였을 리 없다.

그 뒤로도 프랜시스와 나와 쌍둥이 남매가 서로 긴밀하게 연락하면서 지냈을 것으로 생각하는 사람들이 많을 것이다. 그러나 헨리가 우리를 연결하는 끈 같은 것이었던 모양인가? 그가 죽자 우리는 뿔뿔이 흩어진 채 자주 소식을 나누지도 못했다.

내가 브루클린에 있을 동안 프랜시스는 여름 내내 맨해튼에 있었다. 그동안 우리는 전화 통화는 다섯 차례 했지만 실제로 만난 것은 두 번밖에 되지 않았다. 우리는 두 번 다 프랜시스의 어머니 아파트에서 그리 멀지 않은 어퍼 이스트사이드에서 만났다. 프랜시스는 군중이라는 것을 견딜 수 없어서, 집에서 멀리 떨어진 곳으로는 되도록이면 가지 않으려 한다고 말했다. 그는 두 블록쯤 떨어진 곳에 있어도 건물들이 모조리 자신에게 무너져 내리는 것만 같다고 털어놨다. 그는 안절부절못하며 재떨이를 만지작거렸다. 그는 의사를 정기적으로 만난다고 하면서도 여전히 줄담배였다. 책도 많이 읽는다고 했다. 술집에 오는 사람 대부분은 프랜시스를 알고 있었다.

쌍둥이 남매는 버지니아에 있는 자기 할머니 아파트에서 두문불출하고 지냈다. 커밀라는 그해 여름 세 차례나 엽서를 보내주었다. 우리는 전화 통화만 두 번 했다. 10월이 되어 학교로 돌아가자 커밀라는 이번에는 학교로 편지를 보내주었다. 커밀라의 편지에 따르면 찰스는 근 한 달 동안이나 술은 한 방울도 마시지 않고 있었다. 크리스마스카드도 날아왔다. 2월, 내 생일날에도 카드가 날아왔다. 그러나 찰스에 관한 언급은 없었다. 그러고는 꽤 오래 소식이 끊어졌다.

졸업할 무렵이 되자 우리는 다시 활발히 접촉했다. 프랜시스는 편지에, 우리 동아리 중 너만이 학위를 받을 줄을 그 누가 짐작이나 했으랴, 이렇게 쓰고 있었다. 커밀라도 축하 편지를 보내주었다. 전화도 몇 번 걸어주었다. 프랜시스와 커밀라는 직접 햄든으로 와서 학사모를 쓴 내 모습을 보고 싶다고 했다. 그러나 이것은 현실이 되지 못했다. 나는 별로 놀라지도 실망하지도 않았다.

나는 졸업반 때부터 소피 디어볼드와 가까워지다가 마지막 학기에는 아예 소피의 교외 아파트로 들어갔다. 소피의 아파트는 헨리의 집과 멀지 않았다. 헨리가 심던 덩굴장미는 뒤뜰에 무성했다(헨리는 결국 산딸기 냄새가 난다던 그 덩굴장미의 꽃을 보지도 못하고 죽었다는 생각이 들어 기분이 좋지 않다). 내가 집 앞을 지나가자 헨리의 독약 실험에 걸렸다가 구사일생으로 목숨을 건진 불독이 뛰어나와 알은체를 했다. 소피는 학교를 졸업하고 로스앤젤레스에 있는 무용단에 들어갔다. 우리는 서로 사랑에 빠진 것으로 확신했다. 결혼 이야기도 오갔다. 그러나 나의 무의식은 나에게 자꾸만 적신호를 보냈다(밤이면 자동차 사고, 고속도로 강도에 시달리는 꿈을 유달리 자꾸 꾼 것도 그즈음이었다). 나는 대학원에 지원하되 지역은 캘리포니아 남부로 제한했다.

우리는 동거한 지 6개월이 채 못 되어 갈라섰다. 소피는 내가 너무 말을 하지 않는 것을 견딜 수 없을 것 같다고 했다. 내가 무슨 생각을 하는지 도무지 알 수 없어서 불안하다고 했다. 아침에 일어날 때마다 이따금씩 내가 던지는 시선이 그렇게 무서울 수가 없다고 했다.

나는 대부분의 시간을 도서관에서 보냈다. 나는 제임스 1세 시대의 희곡을 닥치는 대로 읽었다. 웹스터도 읽었고 미들턴도 읽었으며 터너도 읽고 포드도 읽었다. 전공치고는 묘하다는 사람이 많았으나 내게는 촛불 아래로 드러나는 무정한 그 시절의 세계―죄지은 자는 벌을 받지 않고, 순진무구한 자는 자주 파멸을 맞곤 하는―가 좋았다.《불만》《하얀 악마》《실연》같은 희곡의 제목도 내게는 묘하게 매혹적이고도 아름다웠고 때로는 사악했다. 나는 여백을 메모로 빽빽하게 채우면서 미친 듯이 읽었다. 제임스 1세 시대의 작가들에게는 종말론적 위기가 감돌았다. 그들은 악을 이해하고 있었다. 그들은 악이 교묘한 트릭을 통하여 선으로 그 모습을 드러내고 있다는 것도 이해하고 있었다. 나는 그들이야말로 썩어버린 이 세상의 본질적인 모습을 정확하게 이해한다고 생각했다.

크리스토퍼 말로도 좋았다. 나는 자주 말로를 내 사색의 무대로 삼고는 했다. 당대 사람들로부터는 '친절한 말로'로 불렸던 그는 학자이자, 롤리 경 및 내시의 친구이자, 케임브리지의 지성적 분위기에 대단히 밝은 박학이기도 했다. 그는 탁월한 문인들과 정치가들 사이를 유유히 흘러 다녔는데, 당대의 그 많은 시인 문객들 중에서 셰익스피어가 직접 언급하고 인용한 사람은 말로뿐이었다. 그는 위조범이자 살인자, 방탕한 자 등과 어울리면서 기괴한 습벽을 고집하던 사람, 스물아홉 살 나이에 한 술집에서 살해당한 사람이었다. 그날 그 자리에 어울린 술친구는 스파이, 소매치기, 천한 하인이었는데 그중의 하나가 말로의 눈 바로 위를 찔렀던 것이었다. 말로는 즉사했다.

나는 말로의 《파우스투스 박사》에 나오는 다음과 같은 구절을 자주 되씹고는 했다.

생각건대 내 주인은 내 요절을 바랐던 모양이다.
좋은 것은 다 나에게 베푼 것을 보면……

파우스투스가 검은 옷차림을 하고 황궁으로 가는 대목에 방백으로 나오는 다음과 같은 구절도 그렇다.

저 양반은 흡사 요술쟁이 같단 말이야.

터너의 《복수자의 비극》을 놓고 학위논문을 쓰는 즈음, 나는 프랜시스로부터 편지를 받았다.

사랑하는 리처드.
참으로 쓰기 고통스러운 편지라고 하고 싶지만 이것은 사실이 아니야. 오랜 세월 동안 내 삶은 타락의 한 과정이었지만, 이제 하나의 명예라도 건져야 할 때가 온 것 같아.
따라서 이 편지는 너를 상대로 하는 나의 마지막 말이 될 거야. 적어

도 이승에서는 그렇지. 내가 하고 싶은 말은 이래. 열심히 공부해라, 소
피와도 행복하게 잘 살아라(그는 내가 소피와 헤어졌다는 사실을 모르
고 있었다), 나를 용서하되, 내가 한 짓도 용서하고 내가 하지 못한 짓도
용서하라.

아, 하염없이 흐르는 눈물이여, 가슴 아픈 새벽이여(Mais, vrai, j'ai trop
pleuré! Les aubes sont navrantes). 이 얼마나 아름답고 슬픈 노래인
가. 나는 이 구절을 쓸 수 있을 때를 기다렸어. 이제 내가 이곳을 떠나가
서 살 땅의 새벽은 그렇게 가슴 아픈 새벽은 아닐 거야. 저 아테네 사람
들은 죽음은 잠에 지나지 않는다고 믿었다지. 곧 나는 이것을 확인할 수
있게 될 거야.

  거기에서 헨리를 만날 수 있을까 몰라. 만날 수 있으면, 왜 우리 모두
를 쏘아 그 자리에서 끝내주지 않았느냐고 따질 생각이야.

너무 상심하지 말기를 바란다.

                                   너를 사랑하는 프랜시스

  우리가 서로 만나지 못한 지도 3년이었다. 편지에는 보스턴의 소인이 찍
혀 있었다. 발송일은 나흘 전이었다. 나는 만사를 제쳐놓고 비행장으로 달
려가서는 로건행 첫 비행기를 탔다. 프랜시스는 브리검 위민스 병원에서
치료를 받고 있었다. 프랜시스는 면도칼로 손목의 동맥을 두 군데나 잘랐
던 것이었다.

  몰골이 말이 아니었다. 그의 얼굴은 시체처럼 창백했다. 그의 말에 따르
면, 욕조에서 그를 발견하고 병원에 연락함으로써 그를 살린 사람은 자기
집 하녀였다.

  그는 독실을 쓰고 있었다. 잿빛 유리창으로는 비가 뿌리고 있었다. 다시
만나게 된 것이 그렇게 반가울 수 없었다. 프랜시스 역시 그랬던 모양이었

다. 우리는 뚜렷한 주제도 없이 몇 시간이고 떠들었다.

"나 결혼하게 된 거 모르지?"

프랜시스가 불쑥 이런 말을 했다.

"알 리 있나."

나는 프랜시스가 농담한다고 생각했다. 그러나 아니었다. 프랜시스는 침대 머리맡의 서랍을 열고는 사진 한 장을 꺼내 내게 보여주었다. 파란 눈, 금발, 몸매가 매리언과 비슷할 터인 여자 사진이었다.

"예쁜데."

"그런데 멍청해. 싫어 죽겠어. 내 사촌은 얘를 '블랙홀'이라고 불러."

"하필이면 블랙홀이야?"

"얘만 들어오면 어떤 대화든 이 애한테로 빨려들고 말거든."

"그럼 뭣하러 결혼해?"

"자주 만나던 친구가 있었어. 변호사인데 술을 좋아하는 것만 빼면 참 좋았어. 그런데 이 친구가 하버드로 가버렸어. 킴이라는 친군데, 너도 틀림없이 좋아할 거야."

"그래서?"

"그런데 이걸 우리 할아버지에게 들켰어. 일이 얼마나 멜로드라마틱하게 진행되었는지 너는 능히 상상할 수 있을 거야."

프랜시스는 이러면서 담배를 뽑아 물었다. 손이 그 모양이라서 내가 라이터를 켜주었다. 프랜시스는 엄지손가락과 통하는 힘줄이 잘렸다고 했다.

"그래서 억지 결혼을 하게 되는 거야."

"안 하면?"

"우리 할아버지는 한 푼도 안 줄 거라는군."

"프랜시스, 홀로서기를 하지그래?"

"안 돼."

"나는 하는데?"

"너는 습관이 되어 있으니까."

그때 문이 열렸다. 간호사였다. 병원의 간호사가 아니라 프랜시스 어머니가 고용해서 거기에 심어둔 간호사였다.

"애버나디 씨, 손님이 오셨는데요?"

간호사가 말했다.

"개야."

프랜시스가 눈을 지그시 감았다.

간호사가 물러갔다.

"프랜시스, 하기 싫은 결혼이면 하지 마라."

"해야 해."

문이 열렸다. 사진 속의 금발이 춤추듯이 걸어 들어왔다. 눈송이 모양이 찍힌 분홍빛 스웨터, 핑크 리본으로 묶은 머리카락이 고왔다. 정말 아름다웠다. 프랜시스의 여자는 한 아름 안고 온 선물을 내려놓았다. 테디베어 인형, 셀로판지에 싸인 젤리빈, 〈GQ〉 〈월간 애틀랜틱〉 〈에스콰이어〉 같은 잡지. 맙소사, 프랜시스가 언제부터 잡지를 다 읽었지?

여자는 침대 옆으로 다가와 프랜시스의 이마에 입을 맞추고는 종알거렸다.

"보세요, 담배 안 피우기로 나랑 약속했잖아요?"

뜻밖에도 여자는 프랜시스의 담배를 빼앗아 재떨이에다 눌러 꺼버리고는 나를 보고 활짝 웃었다.

프랜시스가 붕대에 감긴 손으로 머리를 쓰다듬으면서 나를 소개했다.

"프리실라, 내 친구 리처드야."

"안녕하세요? 말씀 많이 들었어요."

"나도 많이 들었어요."

나는 들은 것이 없었으면서도 공손하게 말했다. 프리실라는 침대 앞에 의자를 끌어다 놓고는 앉았다.

프리실라는 과연 블랙홀이었다. 대화는 그것으로 끝이었다.

～○～

다음 날 커밀라가 보스턴에 도착했다. 역시 프랜시스의 편지를 받고 부랴부랴 달려온 것이었다.

나는 프랜시스의 침대 앞에 앉은 채 졸고 있었다. 프랜시스에게 《우리의 친구》라는 책을 읽어주던 참이었다(지금 생각하면 내가 보스턴의 병원에서 프랜시스와 보내던 시간은, 헨리가 버몬트의 병원에서 나와 보내주던 시간과 너무나 흡사했다). 나는 졸다가 프랜시스의 환성을 듣고는 정신을 차렸다. 문 앞에 커밀라가 서 있었다. 꿈을 꾸는 것 같았다.

커밀라는 훨씬 나이 들어 보였다. 뺨은 움푹 패어 있었다. 머리 모양도 달랐다. 머리가 아주 짧아져 있었다. 뜻밖에도 눈앞에 불쑥 나타난 커밀라는 유령 같았다. 그러나 유령이 아니라, 여전히 아름다운, 살 속으로 피가 흐르는 커밀라였다. 내 가슴이 걷잡을 수 없이 쿵쾅거렸다.

프랜시스가 침대에서 일어나면서 두 팔을 벌렸다.

"아, 커밀라."

～○～

우리 셋은 나흘 동안 보스턴에 함께 있었다. 그동안 내내 비가 왔다. 프랜시스는 내가 간 그 이튿날 퇴원했는데, 그날이 공교롭게도 재의 수요일이었다.

나에게 보스턴은 초행이었다. 나는 보스턴을 잘 모르면서도 막연하게 런던 같을 것이라고 상상해왔다. 런던도 내가 가보지 못한 도시이기는 마찬가지였다. 잿빛 하늘, 벽돌로 지어진 타운하우스 안개 속에서 핀 목련 같은 것은 내가 상상하던 그대로였다. 커밀라와 프랜시스가 미사를 참례해야 한다기에 나도 따라갔다. 신부는 엄지손가락으로 내 이마에 십자를 그렸다. 티끌로 되었으니 티끌로 돌아가리니. 성찬 순서가 되자 자리에서 일어섰는데, 커밀라가 내 팔을 잡아 주저앉혔다. 우리는 자리에 남은 채로 신도들이 제단 쪽으로 줄지어 가는 것을 보았다.

"언제 버니에게 죄악이라는 걸 생각해보았느냐고 묻는 실수를 저지른 적이 있어."

불쑥 프랜시스가 중얼거렸다.

"그러니까 뭐래?"

커밀라가 물었다.

"없대. 가톨릭이 아니라서 없대."

우리는 오후 내내 보일스톤 가의 컴컴한 바에서 담배를 피우면서 아이리시 위스키를 마셨다. 화제가 찰스에게로 옮겨 갔다. 커밀라가 찰스 이야기를 했다. 찰스는 몇 년 동안 프랜시스의 신세를 졌던 것 같았다.

"프랜시스가 2년 전에 찰스에게 꽤 많은 돈을 빌려줬어, 고맙긴 하지만, 프랜시스는 그때 돈을 빌려주지 말아야 했어."

"빌려주고 싶어서 빌려줬어."

프랜시스가 중얼거렸다. 프랜시스에게는 별로 유쾌한 화제가 못 되었던 모양이었다.

"돈을 빌려주었으니까 이제 다시는 찰스를 못 만날 거야."

"어쩔 수 없지, 뭐."

"찰스는 어디에 있어?"

내가 물었다.

이때부터 찰스 이야기는 커밀라에게도 유쾌한 화제가 못 되는 것 같았다.

"그럭저럭 한동안 삼촌 일을 도왔어. 그러다가 술집의 피아니스트가 되더라. 찰스와 술집, 어쩐지 예감이 안 좋지? 할머니의 기분이 어땠겠어? 할머니는 삼촌에게 당장 찰스를 쫓아내지 않으면 당신이 집을 나가겠다고 하시더라. 찰스가 나갔지. 시내에다 방을 하나 얻어놓고 술집에는 계속 나가더군. 하지만 예감이 안 좋잖아? 오래지 않아 거기에서 쫓겨나서 집으로 들어왔어. 그 직후에 프랜시스와 합류했어. 프랜시스, 고마워. 찰스 같은 사람을 견뎌주어서."

"어쩔 수 없지, 뭐."

"프랜시스는 정말 찰스에게 잘해줬어."

"친구니까."

"프랜시스는 돈을 빌려주면서까지 찰스를 알코올중독자 치료센터에 넣었어. 말하자면 입원시킨 거야. 하지만 한 일주일 있었나? 거기에서 만난 삼십대 여자와 병원에서 도망쳐 나왔어. 두 달 동안 소식이 없었는데 어느 날 그 여자의 남편이……"

"결혼한 여자였구나."

"응. 애도 있대. 여자의 남편이 사설탐정을 고용했고 사설탐정은 이들이 샌안토니오에 있다는 걸 알아냈어. 빈민굴에 살고 있었대. 찰스는 식당에서 접시를 닦았다는데 여자는 뭘 했는지 모르겠어. 사는 게 엉망인데도 둘 다

집으로는 죽자고 안 돌아가겠다고 했대. 행복했다나."

커밀라는 잠시 술잔을 만지작거렸다.

"그래서?"

"지금도 텍사스에 있을 거야. 샌안토니오에는 없고. 코퍼스크리스티에 잠시 머물렀다가 갤버스턴으로 옮겨 갔다고 들었어. 그것이 마지막 소식이야."

"전화는 왔었어?"

"찰스와 나, 이제 말 안 해."

"전혀?"

"전혀. 할머니의 속을 상하게 하면서까지."

우리는 비 오는 밤의 퍼블릭 가든을 지나 프랜시스의 집으로 걸었다. 가로등에는 이미 불이 들어와 있었다.

프랜시스가 앞뒤 없이 이런 말을 했다.

"헨리가 불쑥 나타날 것 같아."

신경이 곤두섰다. 말은 안 했지만 나 역시 늘 그런 느낌에 시달리고 있었기 때문이었다. 보스턴에 이르고부터는 검은 옷을 입고 있는 사람이면 택시 쪽으로 걷는 사람이든, 건물로 들어가는 사람이든 다 헨리 같다는 느낌에 쫓기고는 했다.

"헨리가 나타난 것 같았어. 욕조의 핏물에 몸을 담그고 누워 있을 때 말이야. 욕실 가운을 입고, 한 손은 주머니에 찔러 넣고 한 손으로는 담배를 든 채 창가에 서서 쉰 목소리로, 야, 이제 너도 행복하길 바라, 이러는 것 같았어."

우리는 계속해서 걸었다. 말은 프랜시스만 했다.

"이상하잖아? 아무리 생각해도 헨리가 죽은 사람으로는 믿어지지 않는다는 게. 물론 헨리가 살아 돌아올 수 없다는 건 나도 잘 알아. 하지만 만일에 이 세상에 죽었다가 살아 돌아올 수 있는 사람이 있다면 헨리가 바로 그런 사람일 것 같더라고. 셜록 홈스에나 나올 법한 이야기이기는 하지만, 어쩐지 헨리가 살아서, 자기가 속임수를 썼다면서 그 정교한 속임수를 설명할 것 같다고."

우리는 다리를 건넜다. 잉크빛 물 위에서 노랗게 불을 밝힌 소형선이 가물거렸다.

"프랜시스, 네가 본 건 진짜 헨리인지도 몰라."

내 말에 프랜시스가 걸음을 멈추었다.

"무슨 뜻이야?"

"나도 무수히 보았거든, 내 방에서, 병원에서."

"줄리언이 하던 말이 생각나는군. 유령 같은 게 진짜로 있다는 거야. 세계 어디에 가더라도 유령 이야기가 있는 것만 봐도 알 수 있대. 그러니까 우리 역시 호메로스처럼 유령의 존재를 믿고 있다는 거지. 줄리언의 말에 따르면 우리는 단지 그 이름을 다르게 부르고 있을 뿐이래. 추억, 무의식 같은 이름으로 부르고 있을 뿐이래."

"제발 화제 좀 바꿔줄 수 없겠니?"

커밀라의 말이었다.

커밀라는 금요일 아침에 떠나게 되어 있었다. 할머니의 건강 상태가 좋지 못해 가봐야 한다는 것이었다. 나는 그다음 주까지도 캘리포니아로 돌아갈 필요가 없었다.

우리는 기차역 플랫폼에 나란히 섰다. 커밀라는 발장단을 맞추고, 공연히 철길을 내려다보는 등 안절부절못하는 눈치였다. 나 역시 마찬가지였다. 나는 커밀라가 떠나는 모습을 보고 있을 수 없을 것 같았다. 프랜시스는 커밀라가 열차 안에서 읽을거리를 사러 가고 없었다.

"보내기 싫다."

내가 커밀라에게 내 마음을 고백했다.

"나도 가기 싫어."

"그럼 가지 말지."

"가야 해."

비가 내리고 있었다. 커밀라는 빗줄기와 색깔이 똑같은 눈으로 나를 바라보았다.

"커밀라, 사랑한다. 우리 결혼하자."

커밀라는 한동안 아무 말 없이 서 있다가 한참 뒤에야 대답했다.

"리처드, 그럴 수 없다는 걸 잘 알잖아?"

"왜 그럴 수 없어?"

"할 수 없어. 나는 보따리를 싸가지고 캘리포니아로 떠날 수가 없어. 할머니 연세가 많으셔. 혼자서는 살림을 꾸릴 수 없으셔. 보살펴 드릴 사람이 필요해."

"그럼 내가 캘리포니아를 포기하고 동부로 갈게."

"리처드, 그럴 수 없어. 논문은 어떻게 하고? 학교는 어떻게 하고?"

"학교 같은 건 아무래도 좋아."

우리는 서로의 눈길을 바라보면서 한동안 서 있었다. 커밀라가 먼저 눈길을 돌렸다.

"리처드, 내가 살아가는 걸 보고만 있어줘. 할머니는 많이 안 좋으셔. 할머니 보살피는 일, 그 큰 집을 관리하는 일, 이걸 내가 하지 않으면 안 돼. 근처에 또래 친구도 하나 없어. 책은 언제 읽었는지 기억도 안 나."

"내가 도와줄게."

"고맙지만, 네 도움은 바라지 않아."

커밀라의 시선이 모르핀처럼 감미로웠다.

"무릎을 꿇으라면 무릎이라도 꿇겠다."

커밀라가 눈을 감았다. 커밀라는 나이가 들어 보였다. 내가 사랑하던 아름다운 처녀는 더 이상 아니었다. 그러나 내게 필요한 것은 아름다움이 아니었다. 아름다움이라는 것은 내 오관을 자극한다기보다는 내 가슴을 갈가리 찢는 것이었다.

"리처드, 나는 너와 결혼할 수 없어."

"왜?"

사랑하지 않으니까. 나는 커밀라가 이렇게 말할 것으로 짐작하고 있었다. 사랑하지 않는다고 한다면 이 말은 어느 정도 진실에 가까울 것 같았다. 그러나 커밀라의 말은 나에게 뜻밖이었다.

"헨리를 사랑하고 있거든."

"헨리는 죽었어."

"그래도 어쩔 수 없어. 나는 아직도 헨리를 사랑해."

"나도 헨리를 사랑했어."

그 순간 커밀라의 어깨가 출렁거린 것 같았다. 커밀라는 내 시선을 피하면서 중얼거렸다.

"그건 나도 알아. 하지만 사랑했던 것만으로는 충분하지 않아."

캘리포니아에 도착할 때까지 내내 비가 왔다. 동부에서 무정하게 떠나기가 싫었다. 아주 떠나는 판인데 조금씩 떠나는 것이 좋을 것 같았다. 그래서 나는 차를 빌려 달리고 또 달렸다. 이윽고 풍경이 바뀌기 시작했다. 중서부였다. 중서부에 이를 때까지 계속해서 내린 비, 그것은 커밀라가 나에게 해준 작별 키스와 같은 것이었다. 빗물은 끊임없이 창유리를 쳤고, 라디오 방송국은 하나가 적막 속으로 사라져가면 또 하나가 나타나고는 했다. 가도 가도 끝없는 잿빛 옥수수밭이었다. 나는 딱 한 번 커밀라에게 작별 인사를 했다. 그러나 그것은 모든 작별 인사가 담긴 마지막 인사였다. 가엾은 오르페우스가 그의 유일한 사랑을 위해 미지막으로 뒤돌아보던 순산과 농시에 그녀를 영원히 떠나보낸 것처럼. 이런 까닭에 나는 눈물을 흘렸다(Hinc illae lacrimae).

이제 내가 해야 할 이야기는 남아 있지 않다. 그러나 기왕 끝내는 김에 이 이야기의 조연들 이야기도 내가 아는 데까지 해보기로 한다.

클로크 레이번은 놀랍게도 학교를 옮겨 법과대학을 졸업했다. 그는 지금 뉴욕 밀뱅크 트위드 회사에 다닌다. 재미있는 것은 휴 코크런이 클로크의 파트너가 되었다는 것이다. 떠도는 말로는 휴 코크런이 그에게 이 자리를 준 것으로 되어 있다. 이것은 사실인지, 사실이 아닌지 알 수 없지만 나는 사실이라고 믿는다. 클로크는 어떤 대학을 나오든지 간에 그리 두각을 나타내지 못했을 것임이 거의 확실하기 때문이다. 그는 지금 렉싱턴 81번가, 프랜시스와 프리실라가 사는 곳과 가까운 곳에서 살고 있다(프랜시스가 사는 아파트는 부동산업자인 프리실라의 아버지가 결혼 선물로 준 아파트로 굉장한 고급 아파트인 것으로 알려져 있다). 여전히 잠 때문에 고생하는 프랜시스는 이따금씩 이른 새벽에 한국인이 경영하는 델리점에서 클로크와 마주치는데 둘 다 여기에서 담배를 사곤 하기 때문이다.

주디 푸비는 이제 어느 정도의 유명인사가 되었다. 그녀는 공인 에어로빅 강사가 되었는데 요즘도 유선 텔레비전 같은 데에 근육미가 볼만한 미녀들과 출연하고는 한다.

프랭크와 저드는 학교를 졸업한 뒤 파머스 인을 사들였는데 이게 요즘 햄든의 명물 노릇을 하는 모양이다. 둘은 사업을 잘하는 것으로 알려져 있다. 동창 회보에 따르면 이들은 잭 타이텔바움, 루니 와인 같은 왕년의 햄든 대학 걸물들까지 고용하고 있다고 한다.

소문에 따르면 브램 건지는 특전대에 들어간 것으로 되어 있지만 아무래도 믿어지지 않는다.

조르주 라포르그 교수가 아직도 햄든 대학 어문학과 교수로 재직하고 있는 것을 보면 그의 적들은 여전히 라포르그를 축출하는 데 성공하고 있지 못한 모양이다.

롤랜드 박사는 일선에서 은퇴하고 햄든에 살면서 몇 년 동안 학교생활을 중심으로 찍어온 사진으로 사진집을 냈다. 이 때문에 그는 햄든의 갖가지 클럽 만찬에 강사로 불려 다니고 있다고 했다. 그는 내가 대학원으로 올 때 추천장을 써주면서 추천장에다 내 이름을 계속해서 '제리'라고 써서 나를 몹시 곤혹하게 한 적도 있다.

찰스가 주워 온 들고양이는 아주 얌전하게 길들었다는 후문이다. 이 고양이는 프랜시스의 사촌 밀드레드와 한 해 여름을 나고 그해 가을에는 밀드레드와 함께 보스턴으로 이사 와서 살고 있다. 이 고양이는 지금 엑스터 가에 있는 방 열 개짜리 아파트에서 '프린세스'라는 이름으로 호강을 누리며 살고 있다.

매리언은 브래디 코크런과 결혼했다. 지금은 뉴욕의 태리타운에 사는데 이들 사이에는 딸이 있다. 이 두 사람의 딸은 몇 세대만인지는 모르지만 하여튼 코크런 가문에서 태어난 최초의 손녀가 된다. 프랜시스의 말에 따르면 코크런 씨는 수많은 아들딸이 있고 수많은 손자가 있고 수많은 애완동물이 있지만 오로지 이 손녀에게만 미쳐 있다고 한다. 이 딸아이의 세례명은 원래 메리 캐서린이지만, 그 이름은 점차 불리지 않게 되었다. 바로 그들이 제일 잘 알고 있는 이유로, 그 아이가 '버니'라는 애칭으로 불리게 되었기 때문이었다.

소피 소식은 이따금씩 듣는다. 다리를 다쳐 무용단 일선에서 잠깐 물러나 있던 소피에게 최근에 꽤 괜찮은 역할이 주어진 모양이다. 우리는 이따금씩 함께 저녁을 먹고는 한다. 대개 저녁 늦게 전화를 걸어 만나자고 하는 소피는 만날 때마다 자기 남자친구 문제를 나에게 상담하고는 한다. 나는 소피를 좋아한다. 이곳에서는 그래도 나와는 가장 가까운 친구이다. 그러나 나를 이 버림받은 땅으로 오게 한 장본인은 바로 소피이다. 이 점에서는 나는 소피를 용서하지 못한다.

헨리와 함께 연구실에서 작별한 이래로 나는 아직까지도 줄리언을 만나지 못하고 있다. 프랜시스는 헨리의 장례식 직전에 그와 어렵게 어렵게 접촉한 모양이었다. 줄리언은 프랜시스로부터 헨리 소식을 듣고는, "프랜시스, 소식을 전해준 것은 고맙네만, 이제 내가 할 일은 더 이상 없는 것 같네." 하더라고 했다.

1년 전에 프랜시스는 나에게 줄리언이 동아프리카 어딘가에 있는 수아오릴란드국 왕세자의 가정교사가 되었다는 소문을 들었다고 한 적이 있다. 물론 헛소문으로 판명되기는 했지만 이 소문은 내 상상력 안에서 한동안 집요하게 맴돌았다. 왕세자 뒤에서 막강한 권력을 행사하면서 마침내 제자를 철인왕으로 길러낸다, 어쩐지 줄리언에게 어울리는 것 같았기 때문이다. 이 소문에 따르면 왕세자의 나이는 겨우 여덟 살이다(나는, 내가 여덟 살에 줄리언을 만났다면 지금 어떻게 되어 있을까, 이런 생각을 더러 해본다). 그랬다면 아리스토텔레스가 그랬듯이, 줄리언도 나를 세계의 정복자로 키웠을지도 모른다.

연방수사국의 대븐포트 수사관은 어떻게 되었는지 모르겠지만—나는 그가 여전히 뉴햄프셔의 내슈아에 살고 있으리라고 예상한다—사람 좋던 스키올라는 3년 전에 폐암으로 세상을 떠났다. 스키올라가 죽었다는 사실은, 밤늦게 텔레비전의 공익광고를 보고 알았는데, 그는 어둠을 배경으로 하고 서서 이렇게 말하고 있었다. "여러분이 이 프로를 보고 있을 즈음 나는 이 세상에 없을 것입니다. 나를 죽인 것은 강력범들이 아니라 하루에 두 갑씩 피운 담배였습니다." 나는 새벽 3시에 이 광고 방송을 보았다. 수신 상태가 고르지 못해 화면에는 눈발이 내리는 것 같았다. 잡음도 많이 났다. 그는 텔레비전 세트 안에서 나를 향해 이 말을 하는 것 같았다. 문득 무섭다는 생각이 들었다. 유령이 전파를 타고 내 텔레비전으로 들어와 있는 것 같았다. 파장과 에너지가 아니라면 죽음은 대체 무엇일 수 있는가? 아득한 옛날에 사멸한 별에서 지구로 날아오는 별빛 같은 것이 아니면 대체 무엇일 수 있는가?

이것은 줄리언이 하던 말이다. 《일리아스》 강의 시간, 파트로클로스가 아킬레우스의 꿈에 나타나는 대목에서 그가 하던 말이다. 아킬레우스가—유령을 보고는 매우 기뻐하며—사랑하는 친구의 목을 껴안으려 하자 유령이 바로 사라지고 마는 이 대목은 참으로 감동적이었다. 줄리언은 이런 말을 했다. 유령은 우리 꿈을 통해서 나타난다. 왜냐? 꿈을 통해서만이 우리에게 그 모습을 보여줄 수 있기 때문이다. 이때 우리 눈에 보이는 것은 아득히 멀리 떨어진 곳에서 날아온, 사멸한 별빛이 투사된 것에 지나지 않는다…….

몇 주 전에 꾼 꿈이 생각난다.

나는 전쟁과 질병으로 많은 사람이 목숨을 잃은 황량한 도시—런던 같은 유서 깊은 도시—에 있었다. 밤이었다. 폭격 맞은 거리는 어두웠다. 오래, 나는 정처 없이 걸었다. 폐허가 된 공원을 지나고, 부서진 조각상 곁을 지나고, 잡초가 웃자란 빈터를 지나고, 폭격을 맞아 철근이 갈비뼈처럼 비어져 나온 아파트 옆을 지났다. 그런데 폭격에 허물어진 수많은 공용 건물 사이로 새 건물이 보이기 시작했다. 새 건물 옆으로 난 초현대식 보도는 아래로부터 조명을 받고 있었다. 잿더미가 된 폐허 위로 현대식 건축물의 원경이 시원하게 펼쳐지고 있었다.

나는 그중 한 현대식 건축물 안으로 들어갔다. 실험실 같기도 하고, 박물관 같기도 했다. 발소리가 타일 바닥 저쪽으로 메아리쳤다. 사람들이 무리 짓고 있었다. 가운데에는 빛나는 유리 상자가 있었다. 유리 상자를 둘러싼 사람들의 얼굴은 그 상자에서 나온 빛으로 환하게 빛났다.

나는 그쪽으로 다가가 보았다. 상자 안에는 회전대 위에서 천천히 도는 기계가 한 대 놓여 있었다. 금속 부품으로 이루어진 이 기계는 스스로 움직이면서 무수한 이미지를 만들어내고 있었다. 잉카의 신전…… 찰칵찰칵…… 피라미드…… 파르테논 신전…… 내 눈앞에서 시시각각으로 역사가 지나가고 있었다.

"여기에 있을 줄 알았다."

내 팔꿈치 뒤에서 귀에 익은 목소리가 들려왔다.

헨리였다. 희미한 불빛 아래 그의 시선은 침착했다. 안경다리가 걸린 귀 위의 관자놀이에는 불에 덴 듯한 자국이 선명하게 남아 있었다.

놀랍다기보다는 반가웠다.

"모두들 네가 죽었다고들 하는데?"

그는 기계를 내려다보았다. 콜로세움…… 찰칵찰칵…… 판테온…….

"나는 죽은 것이 아니야. 여권에 문제가 좀 있을 뿐."

"뭐라고?"

그는 마른기침을 하고는 말했다.

"내 움직임은 제한 지역이 있어서 자유스럽지가 못해. 마음대로 여행할 수가 없어."

찰칵찰칵 …… 하기아 소피아…… 베니스에 있는 산마르코 성당……

"여기가 어디야?"

"비밀이야."

나는 주위를 둘러보았다. 방문객은 나뿐인 것 같았다.

"구경꾼들에게 개방되어 있는 곳 아니야?"

"아니라고 해야겠지."

나는 헨리를 바라보았다. 그에게 물을 것이 너무 많았다. 그러나 시간이 없었다. 시간이 있다고 하더라도 부질없는 짓 같았다.

"이곳에서 행복하니?"

마침내 내가 물었다.

헨리는 잠깐 생각해보고는 대답했다.

"별로. 너도 네가 있는 곳에서 행복하지 않겠지?"

찰칵찰칵…… 모스크바에 있는 성 바실리우스 성당…… 샤르트르 대성당…… 솔즈베리와 아미앵…… 헨리는 시계를 보았다.

"미안해. 약속에 늦을 것 같아서."

그는 돌아서서 걷기 시작했다. 나는 아득히 뻗어 있는 희미한 복도 저쪽으로 걸어가는 그의 뒷모습을 바라보았다.

비밀의 계절 2

1판 1쇄 발행 2015년 7월 10일
1판 3쇄 발행 2017년 5월 22일

지은이 · 도나 타트
옮긴이 · 이윤기
사장 · 주연선
발행인 · 이진희

편집 · 심하은 백다흠 강건모 이경란 최민유 윤이든 양석한
디자인 · 김서영 이지선 권예진
마케팅 · 장병수 김한밀 최수현 김다은
관리 · 김두만 유효정 신민영

(주)은행나무
04035 서울특별시 마포구 양화로11길 54
전화 · 02)3143-0651~3 | 팩스 · 02)3143-0654
신고번호 · 제 1997-000168호(1997. 12. 12)
www.ehbook.co.kr
ehbook@ehbook.co.kr

ISBN 978-89-5660-881-5 04840
ISBN 978-89-5660-879-2 (세트)